Bartolomé Maura y Montaner, 1880–1883

Um romance de

MIGUEL DE CERVANTES SAAVEDRA

Adriana Coppio, 2024

Tradução de

PAULA RENATA DE ARAÚJO

&

SILVIA MASSIMINI FELIX

Editorial
ROBERTO JANNARELLI
ISABEL RODRIGUES
DAFNE BORGES

Comunicação
MAYRA MEDEIROS
GABRIELA BENEVIDES
JULIA COPPA

Coordenação editorial
CAROLINA LEAL

Preparação de texto
ALINE ROCHA

Preparação de textos extras
VICTORIA REBELLO

Revisão
ALICE BICALHO
FÁBIO MARTINS

Notas
PAULA RENATA DE ARAÚJO
SILVIA MASSIMINI FELIX

Pesquisa e consultoria iconográfica
JOSÉ MANUEL LUCÍA MEGÍAS

Diagramação e produção gráfica
DESENHO EDITORIAL

Capa e projeto gráfico
GIOVANNA CIANELLI

Apresentação
SERGIO DRUMMOND

Textos de
CHRISTIAN DUNKER
MARIA AUGUSTA DA COSTA VIEIRA
PAULA RENATA DE ARAÚJO E SILVIA MASSIMINI FELIX
JOSÉ MANUEL LUCÍA MEGÍAS

TAMBÉM RESPEITAM A ORDEM DOS CAVALEIROS ANDANTES

RAFAEL DRUMMOND

&

SERGIO DRUMMOND

DOM QUIXOTE

ANTOFÁGICA

Romanelli, 2005

APRESENTAÇÃO 13

TAXA 21

TESTEMUNHO DAS ERRATAS 23

PRIVILÉGIO REAL 25

DEDICATÓRIA 27

PRÓLOGO 29

VERSOS PRELIMINARES 35

PRIMEIRA PARTE 45

Capítulo 1   47
Que trata da condição e do exercício do famoso e valente fidalgo Dom Quixote de La Mancha

Capítulo 2   53
Que trata da primeira saída que fez o engenhoso Dom Quixote de sua terra

Capítulo 3   61
Onde se conta a graciosa maneira que Dom Quixote teve ao se armar cavaleiro

Capítulo 4   69
Do que aconteceu a nosso cavaleiro quando saiu da pousada

Capítulo 5   77
Onde se prossegue a narração da desgraça de nosso cavaleiro

Capítulo 6   83
Do gracioso e grande escrutínio que o padre e o barbeiro fizeram na biblioteca de nosso engenhoso fidalgo

Capítulo 7   93
Da segunda saída de nosso bom cavaleiro Dom Quixote de La Mancha

Capítulo 8   101
Do grande triunfo que o bravo Dom Quixote teve na assustadora e jamais imaginada aventura dos moinhos de vento, com outros acontecimentos dignos de feliz recordação

SEGUNDA PARTE 111

Capítulo 9   113
Onde se conclui e dá fim à estupenda batalha que o galhardo biscainho e o valente manchego travaram

Capítulo 10   119
Do que mais aconteceu a Dom Quixote com o biscainho e do perigo no qual se viu com uma caterva de galegos

Capítulo 11   127
Do que sucedeu a Dom Quixote com uns cabreiros

Capítulo 12   135
Do que contou um cabreiro aos que estavam com Dom Quixote

Capítulo 13   141
Onde se dá fim ao conto da pastora Marcela, com outros sucessos

Capítulo 14   151
Onde se encontram os versos desesperados do falecido pastor, com outros inesperados acontecimentos

TERCEIRA PARTE 161

Capítulo 15   163
Onde se conta a infeliz aventura com que topou Dom Quixote ao topar com uns desalmados galegos

Capítulo 16   171
Do que aconteceu com o engenhoso fidalgo na pousada que ele imaginava ser um castelo

Capítulo 17   179
Onde prosseguem os inumeráveis trabalhos que o bravo Dom Quixote e seu bom escudeiro Sancho Pança passaram na estalagem que, para seu mal, o cavaleiro achou que era castelo

Capítulo 18   187
Onde se contam os assuntos de que tratou Sancho Pança com seu senhor Dom Quixote, com outras aventuras dignas de ser contadas

Capítulo 19   197
Dos discretos argumentos que Sancho sustentava com seu amo e da aventura que lhe sucedeu com um corpo morto, com outros acontecimentos famosos

Capítulo 20   205
Da jamais vista e sequer ouvida aventura que alguma vez sem o menor perigo deu cabo algum famoso cavaleiro como esta que levou a cabo o valoroso Dom Quixote de La Mancha

Capítulo 21   217
Que trata da alta aventura e valiosa conquista do elmo de Mambrino, com outras coisas sucedidas ao nosso invencível cavaleiro

Capítulo 22   229
Da liberdade que Dom Quixote deu a muitos desafortunados que, contra sua vontade, eram levados para onde não queriam ir

Capítulo 23   239
Do que aconteceu ao famoso Dom Quixote na Serra Morena, que foi uma das mais raras aventuras que nesta verdadeira história se conta

Apêndice   249
Perda do asno, segundo a edição revisada de Madri, 1605

Capítulo 24   251
Onde se prossegue a aventura da Serra Morena

Capítulo 25   259
Que trata das estranhas coisas que aconteceram ao valente cavaleiro de La Mancha na Serra Morena e da imitação que ele fez da penitência de Beltenebros

Capítulo 26   273
Onde se prosseguem as finezas que fez Dom Quixote como apaixonado na Serra Morena

Capítulo 27   283
De como o padre e o barbeiro se saíram com sua intenção, e outras coisas dignas de ser contadas nesta grande história

QUARTA PARTE 297

Capítulo 28 — 299
Que trata da nova e agradável aventura que
sucedeu ao barbeiro e ao padre na mesma serra

Capítulo 29 — 311
Que trata da discrição da formosa Doroteia,
com outras coisas de muito apreço e passatempo

Capítulo 30 — 323
Que trata do gracioso artifício e ordem que se tramou
para tirar nosso enamorado cavaleiro da duríssima
penitência em que se enfiara

Apêndice — 333
Recuperação do asno, segundo a edição revisada de Madri, 1605

Capítulo 31 — 337
Das saborosas conversações que se passaram entre
Dom Quixote e Sancho Pança, seu escudeiro, com outros
acontecimentos

Capítulo 32 — 347
Que trata do que ocorreu na estalagem a
toda a quadrilha de Dom Quixote

Capítulo 33 — 355
Onde se conta a novela do "Curioso impertinente"

Capítulo 34 — 371
Onde prossegue a novela do "Curioso impertinente"

Capítulo 35 — 387
Onde se dá fim à novela do "Curioso impertinente"

Capítulo 36 — 395
Que trata da brava e descomunal batalha que Dom Quixote teve
com uns odres de vinho tinto, e outros estranhos acontecimentos
que na estalagem lhe aconteceram

Capítulo 37 — 403
Onde se prossegue a história da famosa infanta Micomicona, com
outras divertidas aventuras

Capítulo 38 — 413
Que trata do curioso discurso que fez Dom Quixote
das armas e das letras

Capítulo 39 — 419
Onde o cativo conta sua vida e seus sucessos

Capítulo 40 — 429
Onde se prossegue a história do cativo

Capítulo 41 — 441
Onde o cativo ainda segue contando sua história

Capítulo 42 — 457
Que trata do que mais sucedeu na estalagem e de outras muitas
coisas dignas de se saber

Capítulo 43 — 465
Onde se conta a agradável história do moço de mulas, com outros
estranhos acontecimentos sucedidos na estalagem

Capítulo 44 — 475
Onde prosseguem os inauditos sucessos da estalagem

Capítulo 45 — 483
Onde se termina de averiguar a dúvida sobre o elmo de Mambrino
e a albarda, e outras aventuras sucedidas, com toda a verdade

Capítulo 46 — 491
Da notável aventura dos quadrilheiros e da grande ferocidade de
nosso bom cavaleiro Dom Quixote

Capítulo 47 — 499
Da estranha maneira com que Dom Quixote foi encantado, com
outros famosos sucessos

Capítulo 48 — 509
Onde o cônego prossegue com a matéria dos livros de cavalarias, e
outras coisas dignas de seu engenho

Capítulo 49 — 517
Onde se trata do discreto colóquio que Sancho Pança teve com seu
senhor Dom Quixote

Capítulo 50 — 525
Das discretas contendas que Dom Quixote e o cônego tiveram,
com outros acontecimentos

Capítulo 51 — 531
Que trata do que o cabreiro contou a todos os que levavam o
valente Dom Quixote

Capítulo 52 — 537
Da pendência que Dom Quixote teve com o cabreiro, com a rara
aventura dos disciplinantes, os quais tiveram um feliz fim à
custa de seu suor

LOUCURA E INDIVIDUALIZAÇÃO EM *DOM QUIXOTE*
por Christian Ingo Lenz Dunker
553

O *DOM QUIXOTE* DE MIGUEL DE CERVANTES: O LEITOR E A LEITURA
por Maria Augusta da Costa Vieira
561

O AVESSO E O DIREITO DA TAPEÇARIA:
CONSIDERAÇÕES SOBRE ESTE LOUVÁVEL EXERCÍCIO DE TRADUZIR
por Paula Renata de Araújo e Silvia Massimini Felix
569

ILUSTRAR, LER, TRADUZIR, INTERPRETAR O *DOM QUIXOTE*: O PODER DA IMAGEM
por José Manuel Lucía Megías
579

ÍNDICE ICONOGRÁFICO
593

APRESENTAÇÃO

por Sergio Drummond

Foi antes de ler Cervantes que tomei conhecimento do Dom Quixote. Talvez alguma imagem na infância me tenha chamado a atenção sobre ele, ou alguma figura humana estranha já me revelasse os traços patéticos e as extravagâncias da sua Triste Figura, ou eu o tenha visto em alguma ilustração na casa de meu avô, ou nas estantes de meu pai, ou ainda em algum cartaz metálico promocional do Circo Sarrasani, na propaganda em torno dos troncos das árvores da rua Uruguaiana ou, quem sabe, nos reclames dos bondes de Santa Teresa. De algum modo, essa imagem primordial estava escondida em algum canto fora do meu alcance.

Meu eu de menino, ainda em formação, teve a percepção vaga da presença quixotesca como de alguém que já existia, meio trágico, esquisito, mas cheio de humanidade e paixão. Desconhecia quem era e o que fizera. Algo imemorial que se antecipava como um modelo, um espelho humano.

Por volta dos 13 anos, na biblioteca do Colégio Cruzeiro, deparei-me com o próprio livro, vivo em sua imagem integral, mostrando nitidamente à minha frente a figura macilenta, montada num rocim claudicante, vestindo uma armadura esquecida pelo bisavô. Na cabeça um elmo reinventado, que ainda não era o de Mambrino, a viseira construída de papelão e refeita com barras de ferro, acompanhado de um escudeiro.

Vieram com ele Sancho Pança, Dulcineia, o padre, a sobrinha, os moinhos de vento e as aventuras fantásticas de cavaleiro andante. A partir daí comecei a senti-lo como a um velho companheiro, tornando-o um fiel escudeiro sem julgá-lo tão estranho, como faz meu neto que inventa amigos invisíveis sentados à mesa do jantar. Ao longo do tempo sua saga se tornou recorrente.

Soube que, com imponência e altivez, Quixote e Sancho Pança, um exército Brancaleone formado por apenas dois soldados, tinham saído dos livros de história medievais em busca de aventuras que os levassem à glória e eternizassem seus nomes, cheios de fama e orgulho aos humanos do futuro. Dois sonhadores, um desejo improvável.

Já na fase adolescente e mais amadurecido, tive, então, uma projeção ampla da real importância do livro para a cultura universal e compreendi que não se resumia apenas a um título popular, de uma figura exótica. Outros tantos haviam atingido o mesmo limiar de prestígio, mas Quixote era único.

Confirmei que o Cavaleiro da Triste Figura cumprira a promessa e se tornara eterno. Caminhara por quatrocentos anos, desde 1605, debochando do tempo, cometendo novas aventuras e disparates na cabeça dos novos leitores, chegando a este século XXI, coisa inimaginável até para as utopias mais esdrúxulas daqueles tempos.

Por isso, hoje não existe biblioteca pública ou privada, tímida ou gigante, pelo mundo afora, que não tenha em sua estante pelo menos um exemplar do *Dom Quixote de La Mancha*. A figura icônica enraizada na sua jornada de herói tornara-se uma referência humana.

Mas não é um personagem solitário, pois a imagem heroica que me impactou se refletiu, para mim, em muitos outros personagens e principalmente, ao correr da vida, em pessoas de carne e osso, em vizinhos, colegas, parentes, escritores, políticos, excêntricos de modo geral e loucos também, todos enredados, à sua maneira, na semântica da palavra "quixotesco".

Por outro lado, além de toda essa fama e eternidade fui descobrindo, gradualmente, a importância maior que *Dom Quixote* representava e que tudo isso estava aquém de resumi-lo.

Embutido nele, assim dizendo, há uma possível inscrição inconsciente junguiana que capta imagens esparsas e fugidias que universalmente dormem dentro de nós, bem além do mensurável pela tutela temporal ou dos aplausos dos escritores e leitores através dos séculos, das avaliações positivas e negativas dos críticos, do mundo onírico e mágico de nossa infância, das incursões ao absurdo, dos riscos em múltiplas aventuras, do destemor com que enfrentava os desafios dos quais se orgulhava, das passagens jocosas de puro humor, longe do que em geral agrada, distrai e entretém o leitor.

É um livro para reflexão, para transcender o texto, que trata de paixões, do desejo, o inconsciente que arranca o humano das suas profundezas obscuras e o exibe na superfície de um palco alegórico: *Dom Quixote* é um clássico fundamentado por uma personagem símbolo, um arquétipo, um tipo de origem que se amplifica e se internaliza em nós.

É um livro que ultrapassa sua época como obra, cuida em escalas diversas das incertezas humanas temperadas pela beleza, pela imaginação, pelo amor platônico, pelo amor cortês, pela lucidez, pela demência, o que mostra sua abrangência e seu ecletismo temático, mantendo higidez de geração a geração até hoje, lido e imitado por tantos outros escritores, seus pares que por sua vez se tornaram clássicos. Além do mérito de ter sido o protótipo do romance moderno, é um fenômeno literário e cultural.

Mas tranquilize-se o leitor; a leitura é fácil: plena de aventuras, como disse, de situações inusitadas e idiossincrasias que prendem a atenção pelas excentricidades e pela grandeza. É também fonte de entretenimento.

Uma curiosidade: diz-se que é o livro mais vendido no Ocidente, superado apenas pela Bíblia — um fenômeno sagrado. Um segundo lugar honroso! O clássico dos clássicos, por excelência, a despeito da excepcionalidade de outros.

Algo mais que lhe dá sustentação e legitimidade através do tempo: Dom Quixote influenciou inúmeras gerações nas artes plásticas, como mostra a seleção escolhida para ilustrar este livro, em que figuram Dalí, Portinari, Goya, Cézanne, Romanelli (especialista na Triste Figura no Brasil), e as gravuras de edições antigas. Da mesma forma, foi grande influência na literatura, como demonstram Joyce, Dumas, Sterne, Machado, Twain, Proust e tantos outros que, por sua vez, se tornaram clássicos também; no teatro; no cinema, desde a primeira produção cinematográfica realizada pela Gaumont, em 1898, até Orson Welles, Camilo José Cela e muitas produções durante o século XX; na escultura; no ballet, criado por Marius Petipa; na ópera, com Massenet, De Falla, Telemann; na música, com Ravel, Strauss; e outras manifestações de cultura. A lista é grande e inapropriada para expor aqui. Além disso, o *Dom Quixote* foi objeto de estudos em múltiplas atividades acadêmicas, como literatura, psicologia, psiquiatria e filosofia.

Historicamente, *Dom Quixote* surge junto a inovações que nos trouxeram a imprensa, o advento do próprio livro, o romance. Só seria possível, apesar de toda universalidade, emergir de um tempo de mudanças em que se abre uma clareira para o esclarecimento, permeado por circunstâncias repletas de novas possibilidades. Derivado de um mundo confuso imerso em uma nova humanização, saído do medieval, um entroncamento de mentalidades, um rompimento ctônico entre duas eras históricas quando os valores e os olhares sofrem metamorfose e se amplificam. Às vezes me lembra a pós-modernidade em que vivemos. Quixote serve para hoje. Reeditado, se ajusta à compreensão desta nossa época de encruzilhada. Perde-se o juízo, mas renasce um juízo novo.

Ainda uma observação. Em razão da figura pitoresca e seu comportamento instável, ao mesmo tempo poético e drástico, enfrentando um mundo transformado em imaginação, foi pioneiro nos estudos da psiquiatria no início da era moderna. A dualidade lucidez/loucura foi extraída da sua personalidade, como caso. Seria louco?

Prefiro apostar que não. Era apenas insensato. Por sua vez, o leitor vai constatar discursos serenos e lógicos em paralelo às esquisitices e aos enfrentamentos alucinantes contra aquilo que supõe ser um ato gravoso, em apoio aos desvalidos e desamparados, às mulheres ofendidas, o que demonstra que por trás de seus gestos há um sentimento de justiça, embora originário de um código de honra medieval obsoleto, mas essencialmente, em suas diferenças, de todas as épocas.

No afã das aventuras, sua imaginação supera o real, num plano de realizações possíveis. Talvez só um louco fizesse aquilo. Mas ele o faz a partir desses mandamentos justos, restituindo ao mundo, com essas reparações contra as desmesuras praticadas pelos vilões, aquilo que lhes foi retirado, recompondo o equilíbrio, embora, por sua vez, com humor, às vezes também o desequilibre.

A loucura quixotesca é consentida, como se nela houvesse uma lucidez implícita. O insano autorizado, como um ator representando que ama Dulcineia como se de fato a amasse, num amor simbolizado; é um fingidor fingindo que ama aquilo que de fato ama num nível sublimado, parodiando Fernando Pessoa; um imitador que imita um falso tempo sagrado e o atualiza enganosamente. Alguém que partiu para buscar uma nova narrativa para o mundo. Com isso, viola mais o bom senso do que adere à loucura, como uma inadaptação à sua época e um falso fundamentalismo cavaleiresco de fundo ético.

Dom Quixote, enfim, somos nós humanos em nossa totalidade e em nossa tão falada complexidade. Somos nós em nosso verdadeiro ego cheio de contradições e paradoxos, desejando muito além do possível, quando não o impossível, muito além de nossas competências, prometendo o que não podemos cumprir, às vezes enlouquecidos como dementes, num dia de fúria, nos lançando contra falsos monstros quando frustrados ou rejeitados; enfim, somos nós em nossa ancestralidade, em nosso arcaísmo dissimulado em múltiplas facetas e aparências. Quixote é a síntese da humanidade. Por isso sua longevidade, sua força literária, psíquica, seu poder sobre o tempo. Por isso, nesta apresentação, lanço um apelo à infância, ao clássico, e um olhar sobre a loucura. Para aquele menino que um dia observou uma figura fractal numa frágil transparência, o relance se transformou num gigante verdadeiro apelidado de Dom Quixote.

Caro leitor, descubra você mesmo se tenho razão ou se estou delirando tanto quanto Dom Quixote.

Mais avançado na vida e em atenção à parte quixotesca da minha personalidade, decidi multiplicar *Dom Quixote* com outras formas presenciais, além dos livros, dando-lhe realidade palpável mais próxima de mim. Trouxe para casa as duas primeiras estatuetas compradas na Feira Hippie de Ipanema, fui presenteado com peças e gravuras e finalmente pendurei nas paredes quadros de amigos artistas brasileiros nos quais pedi que o retratassem.

Muitos anos depois de haver descoberto o herói, fundamos a editora Antofágica e resolvi publicá-lo, tal como um dia prometera a meus leitores. E aí está o livro, editado na perspectiva de nossa filosofia de associar literatura e arte. Nele, a própria história do livro é contada pelas ilustrações aplicadas a partir de 1620.

Promessa feita; promessa cumprida. Aliás, agora Dom Quixote de La Mancha é um habitante de Antofágica.

SERGIO DRUMMOND nasceu no Rio de Janeiro, é advogado e editor de livros. Apreciador dos livros e das artes, foi um dos fundadores da editora e é o prefeito da cidade de Antofágica.

Com essa imagem, a Antofágica homenageia Gustave Doré, o grande ilustrador do Dom Quixote.

Gustave Doré e H. Pisan, 1863

O ENGENHOSO
FIDALGO DOM
QUIXOTE DE LA MANCHA,
composto por
Miguel de Cervantes Saavedra.

DIRIGIDO AO DUQUE DE BÉJAR,
marquês de Gibraleón, conde de Benalcázar e
de Bañares, visconde de Puebla de Alcocer,
senhor das vilas de Capilla, Curiel e Burguillos.

Ano, 1605.

COM PRIVILÉGIO,
EM MADRI, por Juan de la Cuesta.
Vende-se na casa de Francisco de Robles,
livreiro do Rei nosso Senhor.

TAXA

Eu, Juan Gallo de Andrada, escrivão da Câmara do Rei nosso Senhor, dos que residem em seu Conselho, certifico e dou fé que, havendo visto pelos senhores dele um livro intitulado *O engenhoso fidalgo de La Mancha*, composto por Miguel de Cervantes Saavedra, taxaram cada caderno do referido livro em três maravedis[1] e meio; o qual tem oitenta e três cadernos, que a esse preço monta a duzentos e noventa e seis maravedis e meio, e se há de vender em papel; e deram licença para que possa ser vendido a esse preço, e ordenaram que essa taxa se ponha no início do referido livro, e não se possa vender sem ela. E, para constar, dei a presente em Valladolid, aos vinte dias do mês de dezembro de mil seiscentos e quatro anos.

Juan Gallo de Andrada

---

1. O maravedi foi, durante um longo período, a principal unidade monetária da Espanha, e seu valor variou muito ao longo do tempo. Na época em que *Dom Quixote* foi escrito, 1 maravedi correspondia a 1/34 do real de prata e a 1/375 do ducado de ouro.

TESTEMUNHO DAS ERRATAS

Este livro não tem coisa digna de notar que não corresponda ao seu original; em testemunho de o haver corrigido, dei esta fé. No Colégio da Madre de Deus dos Teólogos da Universidade de Alcalá, em primeiro de dezembro de mil seiscentos e quatro anos.

O licenciado Francisco Murcia de la Llana

PRIVILÉGIO REAL

Porquanto de vossa parte, Miguel de Cervantes, nos foi feita relação de que havíeis composto um livro intitulado *O engenhoso fidalgo de La Mancha*, o qual vos custara muito trabalho e era muito útil e proveitoso, e nos pedistes e suplicastes que vos mandássemos dar licença e faculdade para poderdes imprimi--lo, e privilégio, pelo tempo que fôssemos servidos, ou como à nossa mercê aprouvesse; o qual, visto pelos de nosso Conselho, já que no referido livro se fizeram as diligências dispostas pela lei sobre a impressão dos livros ultimamente feita por Nós, ficou acordado que deveríamos conceder-vos este nosso privilégio, pelo referido motivo, e Nós o tivemos por bem. Pelo qual, para fazer-vos bem e mercê, vos damos licença e direito para que vós, ou a pessoa que vossa autorização tiver, e não qualquer outra, possais imprimir o referido livro, intitulado *O engenhoso fidalgo de La Mancha*, mencionado acima, em todos estes nossos reinos de Castela, por um tempo e espaço de dez anos, que corram e se contem a partir da data desta nossa concessão. Sob pena de que a pessoa ou pessoas que, sem ter vossa autorização, o imprimam ou vendam, ou mandem imprimir ou vender, por esse motivo percam a impressão que fizeram, com os moldes e aparelhos dela, e incorram ainda em pena de cinquenta mil maravedis, cada vez que fizerem o contrário. Que a terça parte de tal pena corresponda a quem fez a denúncia, e a outra terça parte à nossa Câmara, e a outra terça parte ao juiz que sentenciou. Contanto que, cada vez que mandardes imprimir o referido livro, durante o tempo dos referidos dez anos, o tragais ao nosso Conselho, juntamente com o original que por este foi visto e que está rubricado em cada página e assinado no fim por Juan Gallo de Andrada, nosso escrivão da Câmara e dos que nela se assentam, para saber se tal impressão está de acordo com o original; ou deveis trazer fé, de forma autenticada, de como, por corretor nomeado por nossa ordem, a referida impressão foi vista e corrigida de acordo com o original, e foi impressa em conformidade com ele, e as erratas por ele indicadas ficam impressas, para cada um dos livros que assim forem impressos, de modo que se taxe o preço que, para cada volume, houverdes de receber. E ordenamos, ao impressor que imprimir o referido livro dessa forma, que não imprima o início nem a primeira folha dele, nem entregue mais de um só livro com o original ao autor, ou à pessoa a cuja custa o imprimir, nem a qualquer outro, para efeito da referida correção e taxa, até que em primeiro lugar o referido livro seja corrigido e taxado por aqueles de nosso Conselho; e estando assim feito, e não de outra maneira, possa imprimir o referido início e a primeira folha, pondo em seguida esta nossa concessão e a aprovação, taxa e erratas, sob pena de recair e incorrer nas penas contidas nas leis e pragmáticas destes nossos reinos. E ordenamos aos de nosso Conselho e a outras quaisquer justiças deles que guardem e cumpram esta nossa concessão e o que nela está contido. Feito em Valladollid, aos vinte e seis dias do mês de setembro de mil seiscentos e quatro anos.

Eu, o Rei.
Por mandado do Rei, nosso Senhor:
Juan de Amézqueta

DEDICATÓRIA

AO DUQUE DE BÉJAR,[1]
marquês de Gibraleón, conde de Benalcázar e de Bañares,
visconde de Puebla de Alcocer,
senhor das vilas de Capilla, Curiel e Burguillos

Em fé do bom acolhimento e honra que faz vossa excelência a toda sorte de livros, como príncipe tão inclinado a favorecer as boas artes, em especial aquelas que por sua nobreza não são rebaixadas ao serviço e às cobiças do vulgo, determinei-me a trazer à luz o *Engenhoso fidalgo Dom Quixote de La Mancha* ao abrigo do claríssimo nome de vossa excelência, a quem, com o respeito que devo a tamanha grandeza, suplico que o receba agradavelmente em sua proteção, para que à sua sombra, embora despido daquele precioso ornamento de elegância e erudição do qual costumam se revestir as obras que se compõem nas casas dos homens de entendimento, ouse aparecer sem temor diante do juízo de alguns que, não se contendo nos limites de sua ignorância, costumam condenar com mais rigor e menos justiça os trabalhos alheios; e, pondo a sensatez de vossa excelência os olhos em meu bom desejo, confio que não desdenhe da insignificância de tão humilde serviço.

Miguel de Cervantes Saavedra

1. Trata-se de Dom Alonso López de Zuñiga y Sotomayor, sétimo duque de Béjar, que em 1604 residia com a corte em Valladolid e era solicitado como mecenas por vários escritores.

PRÓLOGO

Desocupado leitor:

sem juramento, poderás acreditar, quem me dera que este livro, como filho do entendimento, fosse o mais belo, o mais galhardo e o mais discreto[1] que se pudesse imaginar. Mas não pude contrariar a ordem da natureza, que nela cada coisa engendra seu semelhante. E, assim, o que poderia engendrar o estéril e mal cultivado engenho[2] meu, senão a história de um filho seco, mirrado, caprichoso e cheio de pensamentos erráticos e nunca imaginados por nenhum outro, como alguém que foi concebido no cárcere, onde todo desconforto tem seu lugar e onde todo triste ruído ali habita? A calma, o ambiente bucólico, a amenidade dos campos, a serenidade dos céus, o murmúrio das fontes, a quietude do espírito criam a ocasião para que as musas mais estéreis se mostrem fecundas e ofereçam partos ao mundo que o preencham de maravilha e contentamento. Acontece de um pai ter um filho feio e sem graça alguma, e o amor que tem por ele põe-lhe uma venda nos olhos para não ver seus defeitos, antes os julga por discrições e lindezas e os conta aos amigos como agudezas e donaires. Mas eu, que, embora pareça pai, sou padrasto de Dom Quixote, não quero me deixar levar ao sabor da maré do uso,

1. Nos séculos XVI e XVII, uma pessoa discreta era aquela considerada inteligente, sensata, com grande agudeza de espírito.
2. Capacidade de criar, produzir com arte, habilidade; criatividade, talento.

nem te suplicar quase com lágrimas nos olhos, como fazem outros, caríssimo leitor, que perdoes ou dissimules as faltas que neste meu filho vês, pois não és nem parente nem amigo dele, e tens tua alma em teu corpo e teu livre-arbítrio como o mais exemplar, e estás em tua casa, onde és senhor dela, como o rei o é de seus impostos, e sabes o que se costuma dizer, que "sob meu manto, o rei mato", tudo isso te isenta e te liberta de todo respeito e obrigação, e, assim, podes dizer da história tudo que achares conveniente, sem medo de que te caluniem pelo mal nem te premiem pelo bem que disseres dela.

Apenas gostaria de te oferecê-la nua e crua, sem o ornato do prólogo, nem os inumeráveis e habituais sonetos, epigramas e louvores catalogados que costumam ser postos no início dos livros. Porque eu sei te dizer que, embora tenha me custado algum trabalho compô-lo, nenhum foi maior do que fazer este prefácio que estás lendo. Muitas vezes peguei a pena para escrever, e muitas vezes a larguei, sem saber o que escreveria; e estando uma ocasião em suspenso, com o papel à minha frente, a pena na orelha, o coto-velo na mesa e a mão na bochecha, pensando no que diria, entrou a desoras um amigo meu, espirituoso e ilustrado, que, vendo-me tão contemplativo, perguntou-me a causa, e, não escondendo nada dele, disse-lhe que estava pensando no prólogo que havia de fazer à história de Dom Quixote, e que não estava muito disposto a fazê-lo, mas também não queria trazer à luz as façanhas de tão nobre cavaleiro sem ele.

— Porque, como quereis vós que não me desconcerte com o que dirá o velho legis-lador que chamam de vulgo quando vir que, depois de tantos anos que durmo no silêncio do esquecimento, saio agora, com todos os meus anos nas costas, com uma leitura seca como um esparto, alheia de invenção, minguada de estilo, pobre de conceitos e carente de toda erudição e doutrina, sem notas nas margens e sem apontamentos no final do livro, como vejo que estão outros livros, ainda que fantasiosos e profanos, tão cheios de frases de Aristóteles, Platão e toda a caterva[3] de filósofos, que os leitores admiram e consideram seus autores homens lidos, eruditos e eloquentes? Pois bem, e quando citam as Divinas Escritu-ras? Não dirão senão que são uns Sãos Tomases e outros doutores da Igreja, conservando nisso um decoro tão engenhoso, que numa linha retratam um amante desencaminhado e em outra fazem um pequeno sermão cristão, que é um contentamento e uma dádiva ouvi-lo e lê-lo. De tudo isso há de carecer este meu livro, pois não tenho notas que colocar na mar-gem nem apontamentos no final, muito menos sei quais autores sigo nele, para colocá-los ao princípio, como todo mundo faz, em ordem alfabética, começando em Aristóteles e termi-nando em Xenofonte e em Zoilo ou Zêuxis,[4] embora um fosse maledicente e o outro, um pintor. Também há de carecer de sonetos ao início este meu livro, pelo menos sonetos cujos autores sejam duques, marqueses, condes, bispos, damas ou poetas celebérrimos; embora

3.   Grupo de pessoas, animais ou coisas; grupo de vadios, desordeiros.
4.   Zoilo (século IV a.C.): gramático grego, filósofo e crítico literário; Zêuxis (século V a.C.): pintor da Grécia Antiga.

PRÓLOGO

eu saiba que se pedisse a dois ou três amigos meus do ofício, sei que me dariam, e tais, que se igualariam aos dos que têm mais nome em nossa Espanha. Enfim, senhor e amigo meu — continuei —, determino que o senhor Dom Quixote permaneça sepultado em seus arquivos em La Mancha, até que o céu conceda alguém que o adorne com tantas coisas quanto merece, pois me vejo incapaz de remediá-las, por minha insuficiência e pouca letradura, e porque naturalmente sou mole e preguiçoso para sair à procura de autores que digam o que sei dizer sem eles. Daqui, amigo, procedem a suspensão e a relutância em que me achastes, que é motivo suficiente para estar nelas o que haveis ouvido de mim.

Ao ouvir isso meu amigo, dando uma palmada na testa e disparando uma gargalhada, me disse:

— Por Deus, irmão, agora acabei de me desiludir com algo que tinha por certo desde que vos conheço, é que sempre vos considerei discreto e prudente em todas as vossas ações. Mas agora vejo que estais tão longe de sê-lo quanto o céu está da terra. Como é possível que coisas de tão pouca importância e tão fáceis de remediar possam ter força para suspender e absorver um engenho tão maduro como o vosso, e tão feito para romper e passar por cima de outras dificuldades maiores? Dou fé que isso não deriva da falta de habilidade, mas de excesso de preguiça e carência de discurso. Quereis ver se o que eu digo é verdade? Bem, prestai atenção em mim e vereis como num piscar de olhos eu decomponho todas as vossas dificuldades e resolvo todas as faltas que dizeis que vos suspendem e vos desencorajam de trazer à luz do mundo a história de vosso famoso Dom Quixote, luz e espelho de toda a cavalaria andante.

— Dizei — eu repliquei, ouvindo o que ele dizia —; de que modo pensais preencher o vazio de meu temor e conduzir à clareza o caos de minha confusão?

Ao que ele disse:

— A primeira coisa que observais, acerca dos sonetos, epigramas ou elogios que vos faltam para o princípio, e que sejam de personalidades graves e de título, pode ser remediada desde que vós mesmo tomeis algum trabalho em fazê-los, e depois podeis batizá-los e pôr neles o nome que quiserdes, filiando-os ao Preste João das Índias ou ao imperador da Trebizonda,[5] dos quais já ouvi dizer que foram famosos poetas; e, caso não o tenham sido, e se houver alguns pedantes e bacharéis que murmurem de vós pelas costas, contestando essa verdade, não vos deis importância nenhuma, pois, mesmo que descubram vossa mentira, não vos hão de cortar a mão com que a escrevestes. Quanto às citações nas margens dos livros e autores dos quais tirar as sentenças e os ditados que puserdes em vossa história, não há mais nada a fazer senão encaixar a propósito algumas sentenças ou latins que saibais de memória, ou pelo menos que vos custem pouco trabalho na busca, como por exemplo, tratando de liberdade e cativeiro:

---

5.   O Preste João das Índias é um personagem lendário de um Estado cristão do Oriente. Trebizonda é uma cidade situada na costa meridional do mar Negro, onde se encontra a atual Turquia.

DOM QUIXOTE

Non bene pro toto libertas venditur auro.[6]

"E depois, na margem, citar Horácio, ou quem quer que tenha dito isso. Se estiverdes tratando do poder da morte, então acudi com

Pallida mors aequo pulsat pede pauperum tabernas
Regumque turres.[7]

"Se for sobre a amizade e o amor que Deus ordena que se dedique ao inimigo, entrai logo na menção à Divina Escritura, o que podeis fazer com um tantinho de esforço e dizer nada menos do que as palavras do próprio Deus: '*Ego autem dico vobis: diligite inimicos vestros*'.[8] Se tratardes de maus pensamentos, acudi com o Evangelho: '*De corde exeunt cogitationes malae*'.[9] Caso tratardes da instabilidade dos amigos, eis Catão, que vos dará seu dístico:

Donec eris felix, multos numerabis amicos.
Tempora si fuerint nubila, solus eris.[10]

"E com esses latinzinhos e outros tais vos considerarão no mínimo um gramático, e nos dias de hoje isso não é de pouca honra e proveito. No que toca a pôr anotações no fim do livro, tranquilamente podeis fazer desta maneira: se nomeardes algum gigante em vosso livro, fazei que seja o gigante Golias, e só com isso, que vos custará quase nada, tereis uma grande nota, pois podeis pôr: 'O gigante Golias, ou Goliat, era um filisteu que o pastor Davi matou com uma grande pedrada, no vale de Terebinto, segundo se conta no livro dos Reis...', no capítulo em que encontrardes que está escrito. Depois disso, para vos mostrardes um homem erudito em letras humanas e cosmógrafo, fazei de maneira que em vossa história se mencione o rio Tejo, e então vos vereis com outra meritória nota, pondo: 'O rio Tejo foi assim chamado por um rei das Espanhas; tem seu nascimento em tal lugar e morre no mar Oceano, beijando os muros da famosa cidade de Lisboa, e acredita-se que suas areias são de ouro' etc. Se tratardes de ladrões, contar-vos-ei a história de Caco,[11] pois a sei de cor; se de mulheres rameiras, aí está o bispo de Mondoñedo, que vos

---

6. "A liberdade não se vende nem por todo o ouro." Esopo, *Fábulas*, III, 14.
7. "A pálida morte bate igualmente na casa dos pobres e nas torres dos reis." Horácio, *Odes*, I, 4.
8. "Eu, porém, vos digo: amai vossos inimigos." (Mt 5, 44)
9. "Do coração saem os maus pensamentos." (Mt 19, 19)
10. "Enquanto estiveres feliz, terás muitos amigos; mas se os tempos estiverem nublados, ficarás sozinho." (A passagem na verdade se encontra em Ovídio, *Tristia*, I, IX.)
11. Caco, filho do deus do fogo Vulgano na mitologia greco-romana, roubou os bois de Hércules enquanto o herói dormia.

PRÓLOGO

emprestará Lamia, Laida e Flora, cuja nota vos dará grande crédito; se de cruéis, Ovídio vos entregará Medeia; se de encantadores e feiticeiras, Homero tem Calipso, e Virgílio, Circe; se de bravos capitães, o próprio Júlio César vos emprestará a si mesmo em seus *Comentários*, e Plutarco vos dará mil Alexandres. Se tratardes de amores, com um tantico que souberdes de língua toscana topareis com Leão Hebreu, que vos cairá na justa medida. E se não quiserdes andar por terras estrangeiras, em vossa casa tendes Fonseca, *Del amor de Dios*, no qual se cifra tudo que vós e o melhor engenho puderem desejar em tal matéria.[12] Em suma, não tendes mais nada a fazer além de citar esses nomes, ou mencionar em vossa história as que aqui eu citei, e deixai a mim o encargo de pôr as notas e comentários; pois vos juro que preencherei as margens e gastarei quatro fólios no fim do livro. Passemos agora à citação dos autores que os outros livros têm e que faltam no vosso. O remédio para isso é muito fácil, pois basta que procureis um livro que liste todos eles, de A a Z, como dissestes. Pois esse mesmo abecedário poreis em vosso livro; ainda que se veja a mentira às claras, isso não importa, pela pouca necessidade que tínheis de valer-vos deles, e talvez alguns sejam tão ingênuos que acreditem que vos aproveitastes de todos eles em vossa história simples e singela; e mesmo que não sirva para mais nada, pelo menos aquele longo catálogo de autores servirá para dar, de improviso, autoridade ao livro. E mais: não haverá quem se ponha a averiguar se os seguistes ou não, pois nada se ganha com isso. Tanto mais que, se bem entendo, este vosso livro não tem necessidade de nenhuma dessas coisas que dizeis que lhe faltam, porque todo ele é uma invectiva contra os livros de cavalaria, dos quais nunca se lembrou Aristóteles, nem mencionou são Basílio, nem sequer chegou a falar Cícero;[13] nem se levam em conta, em seus fabulosos disparates, as minúcias da verdade nem as observações da astronomia, nem lhe importam as medidas geométricas ou a refutação dos argumentos daqueles que se servem da retórica, nem tem motivo para pregar a ninguém, entretecendo o humano com o divino, que é um tipo de tecido que nenhuma inteligência cristã deve vestir. Só tendes de se aproveitar da imitação em tudo o que fordes escrevendo, pois, quanto mais perfeita ela for, tanto melhor será o que escreverdes. E como este vosso escrito não procura mais do que desfazer a autoridade e o lugar que os livros de cavalaria têm no mundo e no vulgo, não há razão para que andeis mendigando sentenças de filósofos, conselhos da Sagrada Escritura, fábulas de poetas, orações de retóricos, milagres de santos, e sim procurar que com clareza, usando palavras significativas, honestas e bem colocadas, saiam vossa oração e vosso período sonoros e festivos, pintando vossa intenção em tudo o que alcançardes e for possível, dando a entender vossos conceitos sem complicá-los e escurecê-los.

12. Referência ao *Tratado del amor de Dios*, escrito em 1592 pelo frei agostiniano Cristóbal de Fonseca.
13. Os três autores são citados com muita frequência na teoria literária da época: Aristóteles por sua *Poética*, Cícero por seus tratados retóricos e Basílio pela epístola *Ad adolescentes*.

DOM QUIXOTE

Procurai também que, lendo vossa história, o melancólico se ponha a rir e o sorridente dê gargalhadas; o simples não se aborreça; o discreto admire a invenção; o sério não a deprecie nem o prudente deixe de elogiá-la. Enfim, tende os olhos postos em derrubar o mal fundamentado mecanismo desses livros cavaleirescos, abominados por tantos e elogiados por muitos mais; pois, se assim conseguirdes, não tereis conseguido pouco."

Com grande silêncio estive escutando o que meu amigo me dizia, e seus argumentos se imprimiram em mim de tal maneira que, sem discuti-los, eu os aprovei e deles quis fazer este prólogo, no qual verás, amável leitor, a discrição de meu amigo, minha boa ventura em encontrar tal conselheiro em momento tão necessitado, e o alívio que sentirás ao ver como é sincera e tão sem rodeios a história do famoso Dom Quixote de La Mancha, de quem todos os habitantes do distrito do campo de Montiel opinam que foi o mais casto enamorado e o mais valente cavaleiro que, desde muitos anos até o presente, se viu naquelas paragens. Não quero encarecer o serviço que te presto em dar-te a conhecer tão nobre e tão honrado cavaleiro; mas quero que me agradeças pelo conhecimento que terás do famoso Sancho Pança, seu escudeiro, em quem, a meu ver, te dou compiladas todas as graças escudeiris que estão dispersas na caterva dos fúteis livros de cavalaria. E, com isso, que Deus te dê saúde e de mim não se esqueça. *Vale*.[14]

---

14. Fórmula latina de despedida: "Que estejas bem", "Que passes bem", ou simplesmente "Adeus".

VERSOS PRELIMINARES[1]

AO LIVRO DE DOM QUIXOTE DE
LA MANCHA, URGANDA, A DESCONHECIDA[2]

Se ao achegar-te aos discre-,	[tos][3]
livro, fores com cuida-,	[do]
não te dirá o emproa-	[do]
que tu a mão não acer-.	[tas]
Mas se o pão antes o que-	[res]
por ir a mãos de idio-,	[tas]
tu verás, da mão à bo-,	[ca]
não darem uma no cra-,	[vo]
se bem de gana as mãos tra-	[gam]
por mostrar que são curio-.	[sos]

E, pois, a experiência mos-:	[tra]
à boa árvore se arri-	[ma]
quem boa sombra cobi-,	[ça]
em Béjar tua estrela bo-	[a]
árvore real te do-	[a]
que dá príncipes por fru-,	[to]
na qual floresceu um du-,	[que]
um novo Alexandre Mag-:	[no][4]
chega à sua sombra, que a ousa-	[dos]
favorece a fortu-.	[na]

---

1. Os "Versos preliminares" desta edição foram traduzidos por Giselle Macedo e originalmente publicados em seu livro *Dom Quixote: poesia, crítica e tradução*, lançado pela Editora Humanitas em 2015.
2. Urganda, a Desconhecida, era a maga protetora do cavaleiro Amadis de Gaula, chamada "a Desconhecida" por ser capaz de adotar várias formas.
3. Versos compostos em décimas de "cabo roto" (em cada verso se suprime a sílaba seguinte à última acentuada), que eram próprios da poesia cômica.
4. Alexandre Magno, ou Alexandre, o Grande, era considerado um modelo de generosidade.

DOM QUIXOTE

De um grão fidalgo manche-   [go]
contarás as aventu-,   [ras]
a quem ociosas leitu-   [ras]
transtornaram a cabe-;   [ça]
damas, armas, cavalei-   [ros]
provocaram-no de mo-   [do]
que, qual Orlando furio-,   [so][5]
moderado enamora-,   [do]
logrou à força do bra-   [ço]
Dulcineia del Tobo-.   [so]

Não indiscretos hierogli-   [ficos]
estampes em teu escu-,   [do]
que, quando é tudo figu-,   [ra]
com ruins pontos se envi-.   [da]
Se na prefação te humi-,   [lhas]
não dirá alguém da pu-:   [lha]
"Que Dom Álvaro de Lu-,   [na]
que Aníbal de Carta-,   [go]
que rei Francisco em Espa-   [nha][6]
se queixa de sua fortu-!".   [na]

Pois, ao céu, não lhe comprou- [ve]
que saísses tão ladi-   [no]
como o negro Juan Lati-,   [no][7]
falar latines recu-.   [sa]
Não me despontes de agu-,   [do]
nem me alegues com filó-,   [sofos]
porque, torcendo sua bo-,   [ca]
dirá quem entende a pe-,   [ça]
nem a um palmo das ore-:   [lhas]
"Para que comigo engo-?".   [dos]

5. Alusão ao poema narrativo *Orlando furioso* (1516–32), de Ludovico Ariosto.
6. Álvaro de Luna, Aníbal de Cartago e o rei Francisco I são personagens históricos cuja sorte se transformou, com o tempo, em azar.
7. Juan Latino, escravizado pelo duque de Sesa, foi um dos maiores latinistas do século XVI.

VERSOS PRELIMINARES

Não andes com garabu-,   [lhas]
nem trates da alheia vi-;   [da]
que ao que não põe nem ti-   [ra]
deixar passar é cordu-,   [ra]
que é costume a carapu-   [ça]
ser talhada aos que impli-;   [cam]
mas deves queimar teus cí-   [lios]
só por cobrar boa fa-,   [ma]
que o que imprime nescida-   [des]
as deixa em censo infini-.   [to]

Adverte que é desati-,   [no]
sendo de vidro o telha-,   [do]
pedras nas mãos apanha-   [res]
para atirar ao vizi-.   [nho]
Deixa que o homem de ti-,   [no]
nas obras que ele produ-   [za]
vá-se com seus pés de chum-,   [bo]
que o que expõe à luz impres-   [sos]
para entreter as donze-   [las]
escreve a torto e a jus-.   [to]

AMADIS DE GAULA[8]
A DOM QUIXOTE DE LA MANCHA

Tu, que imitaste esta chorosa vida
que tive, ausente e desdenhado, sobre
a grande ribança da Penha Pobre,[9]
de alegre à penitência reduzida;

---

8.   Amadis de Gaula é o protagonista do livro de cavalaria mais famoso, considerado o paradigma do gênero. Provavelmente composto no século XIV, sua imensa fortuna se baseia na recompilação de Garci Rodríguez de Montalvo, publicada pela primeira vez em 1495. Suas fantásticas aventuras foram as que mais impressionaram Dom Quixote, que sempre procurou imitá-lo.
9.   Ilha em que se refugia Amadis para fazer penitência diante do desprezo de sua amada Oriana. Como se verá, Dom Quixote imita esse gesto no capítulo 25.

tu, a quem os olhos deram a bebida
de abundante licor, mesmo salobre,
e te arrancando a prata, o estanho e o cobre,
te deu a terra em terra sua comida,

vive seguro de que eternamente,
contanto, ao menos, que na quarta esfera
seus cavalos agulhe o louro Apolo,[10]
terás claro renome de valente;
tua pátria será em todas a primeira;
teu sábio autor, único neste solo.

DOM BELIANIS DE GRÉCIA[11]
A DOM QUIXOTE DE LA MANCHA

Rompi, cortei, abaulei e disse e fiz
mais que no orbe cavaleiro andante;
fui destro, fui valente, fui arrogante;
mil agravos vinguei, cem mil desfiz.

Feitos dei à Fama que eternos diz;
fui comedido e regalado amante;
foi anão para mim todo gigante
e o duelo em qualquer ponto satisfiz.

Tive aos meus pés a Fortuna prostrada,
e, pelo topete, trouxe a cordura
a calva Ocasião ao estricote.[12]

Mas, ainda que sobre a lua apontada
sempre esteve elevada mi'a ventura,
tuas proezas invejo, oh, grão Quixote!

10. Apolo, deus do Sol e uma das principais divindades da mitologia greco-romana.
11. Protagonista e título de outro famoso livro de cavalarias, dividido em quatro partes (1547–79), de autoria de Jerónimo Fernández.
12. Engano, logro.

VERSOS PRELIMINARES

A SENHORA ORIANA[13]
A DULCINEIA DEL TOBOSO

Oh, quem tivera, bela Dulcineia,
por mais comodidade e mais repouso,
a Miraflores[14] posto em El Toboso,
e trocara sua Londres por tua aldeia!

Oh, quem de teus desejos e libreia[15]
alma e corpo adornara, e do famoso
cavaleiro que fizeste ditoso
olhara alguma desigual peleia!

Oh, quem tão castamente se escapara
do senhor Amadis, como fizeste
do comedido fidalgo Quixote!

Que invejada fora e não invejara,
e fora alegre o tempo que foi triste,
e, assim, gozara os gostos sem escote.

GANDALIM, ESCUDEIRO DE AMADIS DE GAULA,
A SANCHO PANÇA, ESCUDEIRO DE DOM QUIXOTE

Salve, varão famoso, a quem Fortuna,
quando no cargo escudeiril te pôs,
tão branda e cordatamente o dispôs,
que tu passaste sem desgraça alguma.

Já a foice ou a enxada pouco repugna
para o andante exercício; já se impôs
a lhaneza do escudo; acuso, pois,
o soberbo que ousa pisar a lua.

13. Oriana, filha do rei Lisuarte da Bretanha, é a amada de Amadis de Gaula.
14. Castelo onde vivia Oriana, nos arredores de Londres.
15. Uniforme, vestimenta, libré.

DOM QUIXOTE

Invejo o teu jumento e o teu nome,
e os teus alforjes igualmente invejo,
que mostraram tua corda providência.

Salve outra vez, oh, Sancho, tão bom homem,
que somente a ti nosso Ovídio ibero
com beijo e golpe te faz reverência.

DO DONOSO, POETA ENTREVERADO,
A SANCHO PANÇA E ROCINANTE

Sou Sancho Pança, escudei-   [ro]
do manchego Dom Quixo-;   [te]
pus os pés em polvoro-,   [sa]
por viver como um discre-,   [to]
que o tácito Villadie-   [go][16]
toda sua razão de esta-   [do]
cifrou em uma retira-,   [da]
como sente *Celesti*-,   [*na*][17]
livro, para mim, divi-,   [no]
se encobrisse mais o huma-.   [no]

A ROCINANTE

Sou Rocinante, o famo-,   [so]
bisneto do grão Babie-;   [ca][18]
por pecados de fraque-,   [za]
fui a poder de um Quixo-;   [te]
parelhas corri sem gos-,   [to]
mas à unha de cava-   [lo]
não me escapou a ceva-,   [da]

16.   Villadiego é um personagem folclórico que aparece na expressão "tomar as calças de Villadiego", isto é, fugir apressadamente.
17.   Alusão à *Comedia de Calisto y Melibea*, de Fernando Rojas (1499), mais conhecida por *A Celestina*, muito famosa na época de Cervantes.
18.   Cavalo de Dom Rodrigo Díaz de Vivar, El Cid Campeador, nobre guerreiro castelhano que viveu no século XI.

VERSOS PRELIMINARES

nisto excedi a Lazari-,   [lho][19]
quando, para furtar vi-   [nho]
ao cego, dei-lhe a pa-.   [lha]

ORLANDO FURIOSO
A DOM QUIXOTE DE LA MANCHA

Se não és par, que ser tampouco hás tido:
que par puderas ser entre mil pares,
nem pode haver um onde tu te achares,
invicto vencedor, jamais vencido.

Orlando sou, Quixote, que, perdido
por Angélica,[20] vi remotos mares,
oferecendo à Fama em seus altares
esse valor que respeitou o olvido.

Não posso ser-te igual, que este decoro
se deve a tuas proezas e a tua fama,
posto que, como eu, perdeste o siso;

mas serás como eu, se ao soberbo mouro
e cita feroz domas, que nos chama
iguais em um amor com prejuízo.

O CAVALEIRO DO FEBO[21]
A DOM QUIXOTE DE LA MANCHA

À vossa espada não chegou a minha,
Febo espanhol, curioso cortesão,
nem à alta glória de valor mi'a mão,
que foi raio onde nasce e morre o dia.

---

19.   Alusão a uma das passagens mais famosas do livro de autoria desconhecida *Lazarilho de Tormes* (modelo da narrativa picaresca), em que Lázaro bebe o vinho de seu amo cego sem que este perceba.
20.   Orlando enlouqueceu por causa de Angélica, que o desdenhou em favor do mouro Medoro.
21.   Principal personagem do livro de cavalarias *Espejo de príncipes y caballeros* (1555), de Diego Ortúñez de Calahorra, e de muitas outras continuações.

DOM QUIXOTE

Impérios desprezei; a monarquia
que me ofertou o Oriente rubro em vão
deixei, por ver soberana feição
de Claridiana,[22] bela aurora minha.

Amei-a por milagre único e raro,
e, ausente em sua desgraça, o próprio inferno
temeu meu braço, que domou sua raiva.

Mas vós, godo Quixote, ilustre e claro,
por Dulcineia sois ao mundo eterno,
e ela, por vós, famosa, honesta e sábia.

DE SOLISDÃO[23]
A DOM QUIXOTE DE LA MANCHA

Maguer,[24] senhor Quixote, que sandices
vos tenham o cerebelo derrubado,
nunca sereis por alguém reprochado
como homem de obras vis e desprezíveis.

Serão vossas façanhas os juízes,
pois tortos desfazendo haveis andado,
sendo vegadas mil apaleado
por vis felões, cativos e infelizes.

E se a formosa Dulcineia vossa
desaguisado contra vós comete,
e a vossas coitas não tem bom talante,

em tal desmando vosso alívio possa
estar, que Sancho foi mal alcaguete,
néscio um, dura a outra, e vós não amante.

---

22. Personagem de *Espejo de príncipes y caballeros*, filha do imperador da Trebizonda e da rainha das amazonas.
23. Personagem de origem desconhecida, talvez inventado por Cervantes.
24. Ainda.

VERSOS PRELIMINARES

DIÁLOGO ENTRE BABIECA
E ROCINANTE

B. Como estás, Rocinante, tão delgado?
R. Porque nunca se come, e se trabalha.
B. Mas, o que é de tua cevada e tua palha?
R. Não deixa meu amo nem um bocado.

B. Anda, senhor, que estais mui malcriado,
pois vossa língua de asno ao amo enxovalha.
R. Asno se é desde o berço até a mortalha.
Quereis ver? Olhai o enamorado.

B. É nescidade amar?
R. Não é prudência.
B. Metafísico estais.
R. É que eu não como.
B. Queixai-vos do escudeiro.
R. Não é o bastante.

Como me hei de queixar em mi'a dolência,
se são amo e escudeiro, ou seu mordomo,
tão rocins quanto o próprio Rocinante?

43

Candido Portinari, 1956

Primeira parte[*]

---

[*]   O livro completo *Dom Quixote de La Mancha* é dividido em duas partes. A primeira, intitulada *O engenhoso fidalgo Dom Quixote de La Mancha*, foi publicada em 1605. Sua continuação, *Segunda parte do engenhoso cavaleiro Dom Quixote de La Mancha*, em 1615. Inicialmente, *O engenhoso fidalgo* foi dividido em quatro partes. Contudo, a segunda parte prescindiu de qualquer divisão, e assim as edições posteriores suprimiram a divisão inicial em quatro partes do primeiro volume. A presente edição é a tradução da obra de 1605, portanto optamos por preservar a divisão interna original deste primeiro volume.

Capítulo 1

*Que trata da condição e do exercício do famoso e
valente fidalgo Dom Quixote de La Mancha*

Em algum lugar de La Mancha, de cujo nome não quero me lembrar, vivia não faz muito tempo um fidalgo daqueles de lança em riste,[1] escudo antigo, cavalo magro e galgo caçador. Um cozido com um pouco mais de carne de vaca do que de carneiro; fiambre quase todas as noites; mexido de ovos com toucinho aos sábados; lentilhas às sextas-feiras e, às vezes, um pombito aos domingos consumiam três partes de sua renda. O resto dela era utilizado num saio[2] do melhor pano, calções de veludo para as festas, com pantufas do mesmo tecido, e no dia a dia se adornava com uma leve burelina.[3] Tinha em sua casa uma criada que passava dos quarenta, uma sobrinha que não chegava aos vinte e um rapaz para os afazeres gerais, que selava o cavalo e podava os campos. Nosso fidalgo aparentava bem seus cinquenta anos. Era de compleição rija, seco de carnes, enxuto de rosto, grande madrugador e amigo da caça. Dizem que tinha o sobrenome de "Quijada", ou "Quesada", pois nisso há alguma discordância entre os autores que escrevem sobre o caso, embora por conjecturas verossímeis se dê a entender que se chamava "Quijana". Mas isso pouco importa para o nosso conto: basta que em sua narração não se afaste nem um pingo da verdade.

Há de se saber que o mencionado fidalgo, durante os momentos em que estava ocioso — que constituíam a maior parte do ano —, lia livros de cavalaria com tanta paixão e gosto que se esqueceu quase por completo do exercício da caça, e inclusive da administração de seus bens; e chegaram a tal ponto sua curiosidade e seu desatino que ele vendeu grande parte de suas terras cultiváveis a fim de comprar livros de cavalaria para ler, e, assim, levou para casa todos quantos existiam deles; e, de todos, nenhum lhe parecia

---

1. Riste era o suporte de ferro usado pelos cavaleiros medievais para apoiar a parte inferior da lança antes de lançá-la. "Lança em riste", aqui, significa que a lança estava à mostra, pronta para ser usada.
2. Veste masculina que descia até o joelho, uma espécie de capa, já fora de moda em 1605.
3. Variedade menos grossa que o burel, tecido pardo de lã.

melhor do que aqueles compostos pelo célebre Feliciano de Silva,[4] pois a clareza de sua prosa e aquelas intrincadas razões lhe pareciam pérolas, e mais ainda quando lia aqueles galanteios e cartas de desafio, nos quais em muitas partes achava escrito: "A razão da desrazão que à minha razão se faz, de tal maneira minha razão enfraquece, que com razão me queixo de vossa formosura". E também quando lia: "Os altos céus que de vossa divindade divinamente com as estrelas vos fortificam e vos fazem merecedora do mérito que merece vossa grandeza...".

Com esses escritos perdia o pobre cavaleiro o juízo, e se desvelava tanto para entendê-los e desentranhar seu sentido, que nem mesmo o próprio Aristóteles os entenderia, se ressuscitasse apenas para isso. Não estava muito convencido com as feridas que Dom Belianis[5] dava e recebia, pois imaginava que, ainda que grandes cirurgiões o tivessem curado, não deixaria de ter o rosto e todo o corpo cheios de cicatrizes e marcas. Porém, ainda assim, apreciava em seu autor o fato de acabar o livro com a promessa daquela inacabável aventura, e muitas vezes lhe acometeu o desejo de tomar a pena e terminá-la ao pé da letra, cumprindo desse modo o que ali se prometia; e sem dúvida alguma o faria, e com êxito, se outros maiores e contínuos pensamentos não o perturbassem. Muitas vezes teve discussões com o padre de seu lugarejo — que era um homem culto, graduado em Sigüenza[6] — sobre qual teria sido melhor cavaleiro: Palmeirim de Inglaterra[7] ou Amadis de Gaula; mas mestre Nicolás, barbeiro do mesmo povoado, dizia que nenhum deles se igualava ao Cavaleiro do Febo, e que se alguém podia ser comparado a ele era Dom Galaor, irmão de Amadis de Gaula, pois acomodava tudo da melhor maneira, não era um cavaleiro melindroso nem tão choramingas quanto seu irmão, e, quando se tratava de valentia, nenhum o deixava para trás.

Enfim, ele se enredou tanto na leitura que passava as noites lendo, em claro, e os dias de cochilo em cochilo; e assim, de pouco dormir e de muito ler, seu cérebro secou, de maneira que veio a perder o juízo. Sua fantasia preencheu-se de tudo aquilo que lia nos livros, tanto dos encantamentos quanto das contendas, batalhas, desafios, feridas, galanteios, amores, tormentas e disparates impossíveis; e se assentou de tal modo em sua imaginação que toda aquela máquina das sonhadas invenções que ele lia era verdadeira, que para ele não havia outra história mais real no mundo. Dizia ele que El Cid Ruy Díaz havia sido ótimo cavaleiro, mas que não era comparável ao Cavaleiro da Ardente Espada,[8] que de um só golpe partira ao meio dois ferozes e descomunais gigantes. Acompanhava com entusiasmo

4.   Autor da *Segunda comedia de Celestina* e de vários livros de cavalaria, dentre os quais *Lisuarte de Grecia, Amadis de Grecia, Florisel de Niquea* e *Rogel de Grecia*.
5.   Personagem de *Florisel de Niquea* que durante combates cavaleirescos recebeu mais de cem ferimentos.
6.   Sigüenza era uma das universidades menores e os que ali estudavam, assim como os de Osuna, aos quais Cervantes também alude com frequência, não eram tidos em grande conta.
7.   Personagem principal da novela de cavalaria portuguesa de mesmo nome.
8.   Um dos epítetos de Amadis de Grécia, pois trazia sempre uma espada vermelha estampada no peito.

Henry Liverseege e J. E. Coombs, 1834

DOM QUIXOTE

Bernardo del Carpio,[9] porque em Roncesvalles havia matado Rolando, o encantado, valendo-se do artifício de Hércules, quando sufocou Anteu, o filho da Terra, entre seus braços. Falava muito bem do gigante Morgante,[10] pois, mesmo sendo daquela geração de gigantes, em que são todos soberbos e descomedidos, ele, ao contrário, era afável e bem-educado. Porém, acima de todos, entusiasmava-se com Reinaldos de Montalbán,[11] ainda mais quando o via sair de seu castelo e roubar todos quantos encontrava, e quando, no ultramar, furtou aquele ídolo de Maomé que era todo de ouro, segundo conta sua história. Daria nosso cavaleiro, pela oportunidade de desferir uns bons pontapés no traidor do Galalão,[12] a criada que tinha em casa, e ainda a sobrinha iria de acréscimo.

Assim, já perdido completamente o juízo, ele veio a encasquetar com o mais estranho pensamento que jamais acometeu louco no mundo, e foi que lhe pareceu conveniente e necessário, tanto para o aumento de sua honra quanto para o serviço de sua pátria, tornar-se cavaleiro andante e sair pelo mundo com suas armas e seu cavalo em busca de aventuras, a fim de se exercitar em tudo aquilo que havia lido que os cavaleiros andantes se exercitavam, desfazendo todo tipo de ofensas e se enfiando em aventuras e perigos pelos quais, dando conta deles, conquistasse eterno nome e fama. Já se imaginava o pobre coroado pelo valor de seu braço, pelo menos no império de Trebizonda; e assim, com esses tão agradáveis pensamentos, levado pelo estranho prazer provocado por eles, apressou-se a tocar tão desejado propósito. E a primeira coisa que fez foi limpar umas armas que pertenceram a seus bisavôs, as quais, tomadas de ferrugem e cheias de mofo, longos séculos haviam ficado jogadas e esquecidas num canto. Limpou-as e as poliu da melhor maneira que pôde; mas percebeu que faltava algo, e era que não tinham elmo com viseira, e sim um capacete simples; porém sua argúcia compensou isso, pois de papelão fez a parte que faltava e que, encaixada no capacete, aparentava um elmo inteiro. Assim, para provar se era forte e não corria o risco de ser talhada, ele sacou sua espada e lhe desferiu dois golpes, e com o primeiro num ponto desfez o que havia feito durante uma semana. Não deixou de lhe parecer ruim a facilidade com que a fizera em pedaços, e, para se resguardar desse perigo, tornou a fazê-la de novo, colocando umas barras de ferro por dentro, de tal maneira que se satisfez com sua resistência e, sem querer fazer nova experiência, ele o estreou e o teve por finíssimo elmo com viseira.

Foi então ver seu cavalo e, embora fosse difícil distinguir-lhe os cascos no meio de tantas rachaduras e tivesse mais chagas que as do cavalo de Gonela, que *tantum pellis*

---

9. Herói mítico da independência de Castela; contava-se que vencera o cavaleiro Rolando, ou Orlando, na batalha de Roncesvalles.
10. Herói do poema *Morgante*, de Luigi Pulci (*c.* 1465).
11. Um dos Doze Pares de França e herói das canções de gesta medievais, companheiro de armas de Rolando e seu rival em assuntos amorosos.
12. Ou Ganelão, padrasto de Rolando, considerado traidor e culpado pela derrota dos francos em Roncesvalles.

50

CAPÍTULO 1

Walter Crane, 1900

et ossa fuit,[13] pareceu-lhe que nem o Bucéfalo de Alexandre nem o Babieca de El Cid se igualavam a ele. Passou quatro dias imaginando que nome lhe daria; pois — como dizia a si mesmo — não era razoável que o cavalo de cavaleiro tão famoso, e por si mesmo tão bom, não tivesse um nome reconhecido; e assim procurava conciliar sua trajetória, de maneira que declarasse quem havia sido antes de ser cavaleiro andante e o que era então; pois estava certo de que, mudando seu senhor de condição, mudasse ele também de nome, e que este lhe rendesse fama e fosse altissonante, como convinha à nova ordem e ao novo exercício que já professava; e assim, depois de muitos nomes que criou, apagou e retirou, acrescentou, desfez e tornou a fazer em sua memória e imaginação, por fim passou a chamá-lo "Rocinante", nome, ao seu parecer, mais altivo, sonoro e significativo do que havia sido quando foi um simples cavalo, antes do que era agora: o primeiro de todos os cavalos do mundo.

13. Gonela era o bufão da corte do duque de Ferrara; seu cavalo, que "era só pele e ossos", foi famoso pela fraqueza.

DOM QUIXOTE

Posto o nome, e com tanta satisfação, ao seu cavalo, quis escolher um para si mesmo, e nessa reflexão se demorou outros oito dias, e ao término disso veio a se chamar "Dom Quixote";[14] de onde, como no já mencionado registro, concluíram os autores desta tão verdadeira história que sem dúvida deveria chamar-se "Quijada", e não "Quesada", como outros quiseram dizer. No entanto, lembrando-se de que o valoroso Amadis não se contentara em se chamar "Amadis" simplesmente, e se intitulou "Amadis de Gaula", acrescentando o nome de sua pátria para torná-la famosa, assim quis ele, como bom cavaleiro, acrescentar ao seu o nome da sua e chamar-se "Dom Quixote de La Mancha", o que ao seu parecer declarava vividamente sua linhagem e pátria, e a honrava ao tomá-la como seu sobrenome.

Limpas, pois, suas armas, providenciado o elmo com viseira, posto nome ao seu cavalo e a si mesmo, entendeu por bem que nada mais lhe faltava senão buscar uma dama por quem se apaixonar, pois cavaleiro andante sem amores era árvore sem folhas e frutos, e corpo sem alma. Dizia a si mesmo:

— Se eu, por bem ou por mal, topar por aí com algum gigante, como em geral acontece com os cavaleiros andantes, e derrubá-lo de uma vez, ou partir seu corpo em dois, ou, finalmente, vencê-lo e rendê-lo, não será correto ter a ocasião para ordenar que se apresente e se ajoelhe perante minha doce senhora, e se dirija a ela com voz humilde e submissa: "Eu, senhora, sou o gigante Caraculiambro, senhor da ilha Malindrânia, e fui vencido em singular batalha pelo famoso cavaleiro Dom Quixote de La Mancha, jamais devidamente louvado, o qual mandou que me apresentasse perante vossa mercê, para que vossa grandeza disponha como quiser de mim"?

Oh, como nosso bom cavaleiro se regozijou quando pensou nesse discurso, e ainda mais quando encontrou a quem dar o nome de sua dama! E aconteceu, pelo que se sabe, que num lugarejo perto do seu havia uma moça camponesa de muito boa aparência, por quem ele um tempo atrás andou apaixonado, ainda que, segundo se entende, ela jamais soube nem se deu conta disso. Chamava-se Aldonza Lorenzo, e a esta lhe pareceu acertado dar o título de senhora de seus pensamentos; e, buscando-lhe um nome que não destoasse muito do seu e que se assemelhasse e aproximasse ao de princesa e grã-senhora, veio a chamá-la "Dulcineia del Toboso", porque era natural de El Toboso: nome, ao seu parecer, musical e peregrino e significativo, como eram todos os outros com os quais havia batizado a si mesmo e às suas coisas.

---

14. Os fidalgos menores, como Alonso Quijano, não tinham direito ao tratamento de *dom*, reservado a cavaleiros e grandes fidalgos, por isso a necessidade que o personagem sente de se armar cavaleiro, logo no início da obra. O *quijote* era a peça que protegia a coxa do cavaleiro (em português, "coxote"), peça aliás nunca usada por Dom Quixote.

Capítulo 2

*Que trata da primeira saída que fez o engenhoso
Dom Quixote de sua terra*

Charles-Antoine Coypel e Louis de Surugue, 1724–1736

DOM QUIXOTE

Feitas, pois, essas prevenções, não quis aguardar mais tempo para pôr em prática seu pensamento, impulsionado pela falta que acreditava fazer ao mundo sua demora, por conta dos descalabros que pensava confrontar, injustiças que corrigir, desrazões que emendar, abusos que combater e dívidas que liquidar. E assim, sem dar satisfação a nenhuma pessoa sobre sua intenção e sem que ninguém o visse, uma madrugada, antes de nascer o dia, que era um dos mais quentes do mês de julho, armou-se de todas as suas armas, montou em Rocinante, posto já seu mal composto elmo, abraçou seu escudo, tomou sua lança e pela porta falsa de um quintal saiu ao campo, com grandíssimo contentamento e alvoroço de ver com quanta facilidade havia dado princípio a seu bom desejo. Mas, tão logo se viu no campo, foi invadido por um pensamento terrível, e foi tanto, que por pouco não o fez abandonar a empreitada; e foi que lhe veio à memória que não tinha sido armado cavaleiro e que, conforme a lei de cavalaria, não podia nem devia lutar com nenhum cavaleiro, e, se assim o fizesse, deveria portar armas lisas, como cavaleiro novato, sem insígnias no escudo, até que por seu esforço as ganhasse. Esses pensamentos o fizeram titubear em seu propósito; mas, podendo mais sua loucura que qualquer razão, propôs deixar-se armar cavaleiro pelo primeiro que topasse, à imitação de outros muitos que assim o fizeram, segundo ele tinha lido nos livros que o deixaram naquele estado. No que concernia às armas lisas, pensava em poli-las de maneira que, tendo oportunidade, luziriam mais brancas do que um arminho; e com isso se aquietou e prosseguiu seu caminho, sem tomar outro diferente daquele que seu cavalo queria, acreditando que naquilo consistia a força das aventuras.

Indo, pois, caminhando nosso flamante aventureiro, ia falando consigo mesmo e dizendo:

— Quem duvida que nos vindouros tempos, quando vier à luz a verdadeira história de meus famosos feitos, o sábio que as escrever não chegue a contar esta minha primeira saída de manhãzinha, desta maneira?: "Tão logo havia o rubicundo[1] Apolo estendido pela face da larga e espaçosa terra as douradas mechas de seus formosos cabelos, e tão logo os pequenos e pintados passarinhos com suas harmoniosas línguas haviam saudado com doce e melíflua harmonia a vinda da rosada aurora, que, deixando o aconchego da cama do ciumento marido, pelas portas e varandas do manchego horizonte aos mortais se mostrava, quando o famoso cavaleiro Dom Quixote de La Mancha, deixando seu ocioso leito, subiu em seu famoso cavalo Rocinante e começou a caminhar pelo antigo e conhecido campo de Montiel".

E era verdade que por ele caminhava. E acrescentou dizendo:

— Venturosa era e século venturoso aquele em que virão à luz as famosas façanhas minhas, dignas de se entalhar em bronze, esculpir-se em mármores e pintar-se em telas, para memória no futuro. Oh, tu, sábio encantador, quem quer que sejas, a quem

---

1.   Cujas faces estão ou são muito avermelhadas; corado. O "rubicundo Apolo" é o Sol.

CAPÍTULO 2

caberá ser o cronista desta peregrina história! Rogo que não te esqueças de meu bom Rocinante, companheiro eterno meu em todos os meus caminhos e estradas.

Depois voltava a dizer, como se verdadeiramente estivesse apaixonado:

— Oh, princesa Dulcineia, senhora deste cativo coração! Muito dano me haveis feito ao despedir-me e censurar-me com a rigorosa obstinação de me ordenar que não aparecesse diante de vossa formosura. Comprazei-vos, senhora, ao se recordar deste vosso submisso coração, que tantas aflições por vosso amor padece.

Com esses ia enlaçando outros disparates, todos ao modo daqueles que seus livros o tinham ensinado, imitando o quanto podia sua linguagem. E, com isso, caminhava tão devagar, e o sol entrava tão a pino e com tanto ardor, que seria o bastante para derreter-lhe os miolos, se algum tivesse.

Ricardo Balaca, 1880–1883

DOM QUIXOTE

Quase todo aquele dia caminhou sem que lhe acontecesse alguma coisa para contar, e isso o desesperava, porque queria topar logo com quem pôr à prova o valor de seu braço. Autores há que dizem que a primeira aventura que lhe apareceu foi a de Puerto Lápice; outros dizem que a dos moinhos de vento; mas o que eu pude averiguar neste caso, e o que achei escrito nos anais de La Mancha, é que ele andou todo aquele dia, e, ao anoitecer, seu cavalo e ele estavam cansados e mortos de fome, e que, olhando em toda parte para ver se descobria algum castelo ou algum albergue de pastores onde se recolher e onde pudesse remediar sua enorme fome e necessidade, viu, não longe do caminho por onde ia, uma estalagem, que foi como se visse uma estrela que o guiava, não aos portais, e sim aos alcáceres[2] de sua redenção. Apressou-se a caminhar e chegou a ela a tempo de anoitecer.

Estavam por acaso à porta duas mulheres jovens, dessas que chamam "mulher da vida", as quais iam a Sevilha com uns tropeiros que aquela noite pernoitariam na estalagem; e como a nosso aventureiro tudo quanto pensava, via ou imaginava lhe parecia acontecer conforme o que havia lido, logo que viu a estalagem lhe pareceu que era um castelo com suas quatro torres e capitéis de reluzente prata, sem faltar sua ponte levadiça e calabouço, com todos aqueles adereços com os quais esses castelos se pintam. Foi chegando à pousada que a ele parecia castelo e a pouca distância dela deteve as rédeas de Rocinante, esperando que algum anão se postasse entre as torres para dar sinal, com alguma trombeta, de que chegava cavaleiro ao castelo. Porém, como viu que demoravam e que Rocinante tinha pressa para chegar ao estábulo, aproximou-se da porta da pousada e viu as duas moças à toa que ali estavam, que a ele pareceram duas formosas donzelas ou duas graciosas damas que em frente à porta do castelo estavam passando o tempo. Nisso sucedeu por acaso que um porqueiro que andava por ali recolhendo de uns restolhos uma manada de porcos (com o perdão da palavra, assim se chamam) tocou uma corneta de chifre, que era o sinal usado para eles se recolherem, e no mesmo instante se representou a Dom Quixote o que ele desejava, que era que algum anão desse sinal de sua chegada; e, assim, com estranho contentamento chegou à estalagem e às damas, as quais, ao verem que vinha um homem daquela maneira armado, e com lança e escudo, cheias de medo se retiraram para entrar na pousada; mas Dom Quixote, percebendo pela fuga o medo delas, levantou sua viseira de papelão e, deixando à mostra seu seco e empoeirado rosto, com gentil talante e voz repousada lhes disse:

— Não fujam vossas mercês nem temam inconveniente algum, pela ordem de cavalaria que professo não está permitido causar dano a ninguém, quanto mais a tão altas donzelas como vossas presenças demonstram ser.

---

2.   Fortaleza, castelo, palácio fortificado, de origem moura.

CAPÍTULO 2

Olhavam para ele as moças e com os olhos procuravam seu rosto, que a viseira ruim encobria; mas como escutaram ser chamadas de donzelas, algo tão distante de sua profissão, não puderam conter o riso, e foi assim que Dom Quixote veio a se irritar e a lhes dizer:

— A moderação é esperada das belas, e é muita sandice, por demais, o riso que procede de causa irrelevante; mas não vos digo isso para que vos aflijais nem mostreis mau talante, pois minha vontade é servir-vos.

A linguagem incompreensível para as senhoras e o aspecto ridículo de nosso cavaleiro aumentavam-lhes o riso, e nele a cólera, e tudo teria se estendido se nesse momento não saísse o dono da estalagem, homem que, por ser muito gordo, era muito pacífico, o qual, vendo aquela figura disforme, armada com armas tão disparatadas como eram aquelas: estribo, lança, escudo e corpete, esteve a ponto de acompanhar as donzelas nas demonstrações de gracejo. Mas, na verdade, temendo tal conjunto da obra, resolveu falar com ele educadamente e, assim, disse:

— Se vossa mercê, senhor cavaleiro, procura uma hospedaria, exceto pelas camas, porque nesta estalagem não há, tudo o mais se encontrará aqui em grande abundância.

Vendo Dom Quixote a humildade do guardião da fortaleza, tal como lhe pareciam o dono e a estalagem, respondeu:

— Para mim, senhor castelão, tudo basta, porque "meus adornos são as armas, meu descanso é lutar"[3] etc.

Pensou o anfitrião que o fato de tê-lo chamado de castelão era por ter achado que ele fosse natural de Castela, embora, na verdade, ele fosse andaluz, e daqueles da praia de Sanlúcar, logo, não menos ladrão que Caco nem menos malandro que um pajem meliante, assim respondeu:

— Segundo entendo, as camas de vossa mercê serão duros rochedos, e seu dormir, sempre velar; e sendo assim, pode-se muito bem apear, com a certeza de encontrar nesta cabana ocasião e ocasiões para não dormir durante um ano inteiro, muito menos por uma noite.

Dizendo isso, foi segurar o estribo para Dom Quixote, que apeou com muita dificuldade e trabalho, como quem estava em jejum o dia todo.

Disse logo ao anfitrião que tivesse muito cuidado com seu cavalo, porque era a melhor peça de quantas se alimentavam no mundo. Olhou para ele o estalajadeiro e não achou que fosse tão bom quanto dizia Dom Quixote, nem a metade; e, acomodando-o no estábulo, voltou para ver o que seu hóspede ordenava, a quem estavam desarmando as donzelas, que já tinham se reconciliado com ele; elas, embora tivessem lhe tirado o peitoral e o espaldar, jamais souberam ou puderam desencaixar a gola nem tirar o capacete

---

3. Versos iniciais de um antigo romance, então muito conhecido, cuja continuação é parafraseada a seguir pelo estalajadeiro.

DOM QUIXOTE

disforme, que estava amarrado com fitas verdes, e era preciso cortá-las, por não ser possível tirar os nós; mas ele não quis consentir de nenhuma maneira e, assim, ficou a noite toda de capacete, e era a figura mais cômica e estranha que se podia imaginar; e enquanto o desarmavam, imaginava que aquelas vividas e rodadas eram algumas importantes senhoras e damas daquele castelo, assim, disse-lhes com grande graça:

> — *Nunca houve um cavaleiro*
> *de damas tão bem servido*
> *como foi Dom Quixote*
> *quando de sua aldeia veio: ou*
> *donzelas cuidavam dele; ou*
> *princesas, de seu rocim.*[4]

ou Rocinante, pois esse é o nome, minhas senhoras, de meu cavalo, e Dom Quixote de La Mancha é o meu; ainda que eu não quisesse revelá-lo até que as façanhas realizadas em seu serviço viessem à luz, a necessidade de acomodar ao presente propósito esses velhos versos de Lancelote foi a razão pela qual soubessem meu nome antes do tempo; mas chegará a hora em que vossas senhorias me ordenarão e eu obedecerei, e a coragem de meu braço revelará o desejo que tenho de servir-vos.

As moças, que não estavam acostumadas a ouvir semelhantes retóricas, não respondiam nada; só lhe perguntaram se queria comer alguma coisa.

— Qualquer coisa poderia eu jantar — respondeu Dom Quixote —, pois, pelo que entendo, tudo me cairia muito bem.

Casualmente, era sexta-feira aquele dia, e não havia em toda a estalagem mais do que algumas porções de um peixe que em Castela chamam abadejo, e na Andaluzia bacalhau, e em outras partes peixinho curado, e em outras *truchuela*. Perguntaram-lhe se por acaso comeria a *truchuela*, pois não havia outro peixe para servir.

— Caso haja muitas *truchuelas* — respondeu Dom Quixote —, será como uma truta grande, porque para mim dá no mesmo que me deem oito reais em várias moedas ou numa só peça. Além disso, pode ser que essas *truchuelas* sejam como vitela, que é melhor que vaca, ou como cabrito, melhor que o bode. Mas, seja o que for, que venha logo, pois o trabalho e o peso das armas não se podem suportar sem o sustento das tripas.

Puseram-lhe uma mesa à porta da pousada, por ser mais fresco, e o estalajadeiro lhe trouxe uma porção de um mal ensopado e pior cozido bacalhau, e um pão tão preto e engordurado quanto suas armas; e foi motivo de muito riso vê-lo comer, porque, como

---

4.   Adaptação dos versos iniciais do *Romance de Lanzarote*.

CAPÍTULO 2

estava de capacete e tinha de segurar com as mãos a viseira levantada, não podia colocar nada na boca se alguém não o ajudasse, e assim uma daquelas senhoras servia a esse propósito. Mas dar-lhe de beber não era possível, nem seria se o estalajadeiro não furasse uma cana e, pondo uma das pontas na boca, pela outra ia despejando o vinho; e ele recebia tudo isso pacientemente, em troca de não cortar as fitas do capacete. Nisso, chegou por acaso à estalagem um castrador de porcos e, assim que chegou, apitou quatro ou cinco vezes com sua trompa, o que fez Dom Quixote concluir que estava em algum castelo famoso e que lhe serviam com música; e que o abadejo era truta; o pão, refinado; as meretrizes, damas; e o estalajadeiro, castelão do castelo, e com isso considerou exitosa sua determinação e saída. Mas o que mais o angustiava era não estar armado cavaleiro, pois lhe parecia que não podia embarcar legitimamente em nenhuma aventura sem receber a ordem de cavalaria.

Capítulo 3

Onde se conta a graciosa maneira que Dom Quixote
teve ao se armar cavaleiro

E assim, angustiado com esses pensamentos, abreviou sua parca ceia na estalagem; ao terminar, chamou o estalajadeiro e, fechando-se com ele no estábulo, pôs-se de joelhos à sua frente, dizendo:

— Não me levantarei jamais de onde estou, valoroso cavaleiro, até que vossa cortesia me conceda um dom que vos quero pedir, que redundará em vosso louvor e em favor do gênero humano.

O estalajadeiro, quando viu o hóspede a seus pés e escutou semelhantes razões, ficou confuso olhando para ele, sem saber o que fazer ou dizer, e insistia que se levantasse, coisa que ele não quis fazer antes que o homem lhe concedesse o dom solicitado.

— Eu não esperava menos de vossa grande magnificência, senhor meu — respondeu Dom Quixote —, e por isso vos digo que o dom que vos pedi e que vossa liberalidade me concedeu é que amanhã cedo, sem demora, me havereis de armar cavaleiro, e esta noite na capela de vosso castelo velarei as armas, e amanhã, como já disse, se cumprirá o que tanto desejo, para que eu possa ir, como se deve, pelos quatro cantos do mundo em busca de aventuras, em favor dos necessitados, como cabe à cavalaria e aos cavaleiros andantes, como eu, cujo desejo sempre se inclina a tais façanhas.

O estalajadeiro, que, como foi dito, era um pouco zombeteiro e já tinha algumas suspeitas da falta de juízo de seu hóspede, acabou de confirmá-las quando ouviu tais razões e, para ter do que rir naquela noite, decidiu seguir-lhe o humor; e, assim, disse-lhe que era muito acertado aquilo que ele desejava e pedia, e que tal propósito era próprio e natural de cavaleiros tão importantes como ele parecia ser e como demonstrava sua galharda presença; e que ele também, nos anos de sua juventude, entregara-se àquele honroso exercício, percorrendo várias partes do mundo, buscando suas aventuras, sem deixar de lado Percheles de Málaga, Islas de Riarán, Compás de Sevilha, Azoguejo de Segóvia, Olivera de Valência, Rondilla de Granada, Playa de Sanlúcar, Potro de Córdoba

DOM QUIXOTE

e Ventillas de Toledo,[1] e outras diversas partes, onde exercitara a leveza dos pés e a sutileza das mãos, fazendo muitos desmandos, cortejando muitas viúvas, desonrando algumas donzelas, enganando alguns pupilos e, finalmente, dando-se a conhecer pela maioria dos tribunais e cortes existentes em quase toda a Espanha; e que, por fim, viera recolher-se ao seu castelo, onde vivia com bens próprios e alheios, reunindo nele todos os cavaleiros andantes, de qualquer qualidade e condição que fossem, só pela grande afeição que lhes dedicava e para que compartilhassem com ele de seus bens, em paga de sua boa vontade.

Disse-lhe também que em seu castelo não havia capela onde pudesse velar as armas, pois fora demolida para ser reconstruída, mas que em caso de necessidade ele sabia que poderiam ser veladas em qualquer lugar, e que naquela noite poderia velá-las em um pátio do castelo; pela manhã, sendo Deus servido, seriam feitas as devidas cerimônias para que ele fosse armado cavaleiro, e tão cavaleiro como nenhum outro no mundo.

Perguntou-lhe se tinha algum dinheiro; Dom Quixote respondeu que não trazia nem um tostão furado, pois nunca tinha lido nas histórias dos cavaleiros que estes andassem com dinheiro. A isso o estalajadeiro respondeu que estava enganado: que, embora nas histórias não se escrevesse, pois parecia aos seus autores que não era preciso escrever algo tão claro e tão necessário como eram o dinheiro e as camisas limpas, nem por isso era de se acreditar que eles não os portassem, e assim, que ele tivesse por certo e conferido que todos os cavaleiros andantes, dos quais tantos livros estão cheios e dão testemunho, levavam as bolsas bem providas, para o que lhes pudesse acontecer, e que também levavam camisas e uma pequena arca cheia de unguentos para curar as feridas que recebiam, pois nem todas as vezes nos campos e desertos onde combatiam e se feriam havia quem os curasse, a não ser que tivessem como amigo algum sábio encantador, que então os socorria, trazendo pelo ar numa nuvem alguma donzela ou anão com algum frasco de água curativa pela qual, depois de apenas uma gota, eram imediatamente sanados de suas chagas e feridas, como se não houvessem tido mal algum; mas que, na falta disso, os antigos cavaleiros achavam acertado que seus escudeiros fossem providos de dinheiro e de outras coisas necessárias, como ataduras e unguentos para a cura; e quando acontecia que tais cavaleiros não tivessem escudeiros — que eram poucas e raras vezes —, eles próprios carregavam tudo em alforjes muito finos, que quase não apareciam nas ancas do cavalo, como se fossem coisa de maior importância, pois, não sendo por semelhante motivo, isso de carregar alforjes não era muito aceito entre os cavaleiros andantes; e portanto o aconselhava, pois já podia considerá-lo como afilhado, o mais rápido que pudesse, que não andasse daí por diante sem dinheiro e sem as precauções mencionadas, e que veria como seria proveitoso, quando menos esperasse.

---

1. Todos os lugares citados eram considerados de má fama na Espanha da época.

CAPITULO 3

Prometeu Dom Quixote fazer tudo o que lhe fora aconselhado, com toda a pontualidade; depois, tomou providências para velar as armas num grande curral que ficava ao lado da estalagem, e, pegando-as todas, Dom Quixote as depositou sobre uma pia que ficava junto a um poço e, sustentando o escudo, empunhou a lança e, com elegante postura, começou a andar em frente à pia; e quando a caminhada começou, a noite começava a cair.

Contou o estalajadeiro a todos os que estavam na estalagem da loucura de seu hóspede, da vela das armas e da cerimônia para armar-se cavaleiro que ele esperava. Admiraram-se todos com uma loucura tão estranha e foram olhá-lo de longe, e viram que às vezes ele andava com um gesto calmo; outras vezes, arrimado à sua lança, ele punha os olhos nas armas, sem tirá-los delas por longos momentos. A noite acabou de cair, mas estava tão iluminada pela lua que podia competir com o astro que lhe emprestava a luz, de modo que tudo que o novel cavaleiro fazia era bem observado por todos. Nisso, um dos tropeiros que estava na estalagem quis dar água aos seus mulos, e foi preciso retirar as armas de Dom Quixote, que estavam sobre a pia; este, vendo-o chegar, disse em voz alta:

— Ó tu, quem quer que sejas, atrevido cavaleiro, que vens tocar as armas do mais valoroso andante que já cingiu uma espada! Observa o que estás fazendo e não toques nelas, se não quiseres deixar a vida em paga de teu atrevimento.

O tropeiro não se preocupou com essas palavras (e se tivesse se preocupado seria melhor, pois não precisaria se preocupar com sua saúde), antes, pegando as armas pelas correias, jogou-as para bem longe de si. Dom Quixote, vendo isso, ergueu os olhos para o céu e, pondo o pensamento — ao que pareceu — em sua senhora Dulcineia, disse:

— Amparai-me, senhora minha, nesta primeira afronta que se oferece a esse vosso peito vassalo; que não me faltem, neste primeiro entrave, vosso favor e amparo.

E, dizendo essas e outras razões semelhantes, largando o escudo, levantou a lança com as duas mãos e deu com ela um golpe tão grande na cabeça do tropeiro que o derrubou no chão, tão estropiado que, se ele recebesse uma segunda pancada, não seria preciso nem um cirurgião para curá-lo. Feito isso, recolheu suas armas e voltou a andar com a mesma tranquilidade de antes. Dali a pouco, sem saber o que havia acontecido — porque o tropeiro ainda estava atordoado —, veio outro com a mesma intenção de dar água às suas bestas e foi logo tirando as armas para desimpedir a pia, mas Dom Quixote, sem falar palavra e sem pedir licença a ninguém, tornou a deixar cair o escudo e tornou a erguer a lança e, sem esmagá-la, dividiu a cabeça do segundo tropeiro em mais de três pedaços, porque a abriu em quatro. Ao ouvir o barulho, todas as pessoas da estalagem acudiram, inclusive o estalajadeiro. Vendo isso, Dom Quixote pegou o escudo e, levando a mão à espada, disse:

— Ó senhora da formosura, esforço e vigor de meu enfraquecido coração! Agora é a hora de voltares os olhos de tua magnanimidade para este teu cativo cavaleiro, que tamanha aventura está esperando.

Valero Iriarte, 1720

Com isso, julgou cobrar tanto ânimo que, se todos os tropeiros do mundo o atacassem, ele não voltaria atrás. Os companheiros dos feridos, assim que os viram, começaram de longe a fazer chover pedras sobre Dom Quixote, que, como podia, protegia-se com seu escudo e não ousava se afastar da pia, para não abandonar as armas. O estalajadeiro gritava para que o deixassem, pois já lhes dissera o quão louco ele era, e que se safaria sendo louco, mesmo que matasse todos eles. Dom Quixote também gritava, ainda mais alto, chamando-os de desleais e traidores, e que o senhor do castelo era um cavaleiro indolente e malnascido, pois permitia que cavaleiros andantes fossem tratados daquela maneira; e que, se ele já tivesse recebido a ordem de cavalaria, saberia fazê-lo entender sua traição:

— Mas de vós, escória grosseira e baixa, não faço caso algum: atirai, chegai, vinde e ofendei-me o quanto puderdes, que vereis a paga que recebereis por seu agravo e descortesia.

Dizia isso com tanto brio e intrepidez que infundiu um medo terrível naqueles que o atacavam; e, tanto por isso como pelas persuasões do estalajadeiro, pararam de apedrejá-lo, e ele permitiu que os feridos fossem retirados e voltou para a vela de suas armas com a mesma quietude e calma de antes.

Ao estalajadeiro não agradaram as fanfarronices de seu hóspede, e decidiu abreviá-las e dar-lhe logo a maldita ordem de cavalaria, antes que acontecesse outra desgraça. E, assim, achegando-se a ele, desculpou-se pela insolência que aquela gente espúria usou com ele, sem que ele soubesse de coisa alguma, mas que estavam bem castigados por seu atrevimento. Disse-lhe, como já lhe dissera, que não havia capela naquele castelo, e para o que restava fazer ela tampouco era necessária, que todo o toque para se armar cavaleiro consistia no pescoção e na espaldeirada,[2] de acordo com o que ele sabia do cerimonial da ordem, e que aquilo podia ser feito até no meio de um campo, e que ele já havia cumprido o que tinha de fazer ao velar as armas, pois duas horas de vela bastavam, ao passo que ele já tinha velado por mais de quatro. Dom Quixote acreditou em tudo, disse que estava ali pronto para obedecer-lhe e que concluísse o mais breve possível, porque, se fosse novamente atacado e se já tivesse sido armado cavaleiro, não pensaria em deixar no castelo uma única pessoa viva, exceto aquelas que o estalajadeiro apontasse, a quem, em respeito a ele, pouparia.

O castelão, precavido e temeroso, trouxe então um livro no qual anotava a palha e a cevada que dava aos tropeiros, e com um toco de vela que um rapaz lhe trouxe, e com as duas já mencionadas donzelas, veio até onde estava Dom Quixote, a quem ordenou que se ajoelhasse; e, lendo seu manual como se estivesse fazendo uma devota oração, no meio

---

2.   De fato, nas cerimônias em que se armava um cavaleiro em caso de urgência, usava-se o pescoção (golpe com a mão aberta ou com a espada sobre a nuca) e a espaldeirada (golpe com a espada sobre cada um dos ombros).

Gustave Doré e H. Pisan, 1863

DOM QUIXOTE

da leitura levantou a mão e deu-lhe no pescoço um bom golpe, e depois dele, com sua própria espada, uma leve pancada, sempre murmurando entre dentes, como se rezasse. Feito isso, ordenou a uma daquelas damas que lhe cingisse a espada, o que ela fez com muita desenvoltura e discrição, pois era preciso ter muita para não cair na gargalhada a cada passo da cerimônia; mas as proezas que já tinham visto do novel cavaleiro lhes freavam o riso. Ao lhe cingir a espada, disse a boa senhora:

— Deus faça de vossa mercê um cavaleiro muito afortunado e lhe dê ventura nas pelejas.

Dom Quixote perguntou-lhe como se chamava, para que soubesse dali em diante a quem devia agradecer a mercê recebida, pois pretendia dar-lhe parte da honra que alcançasse com o valor de seu braço. Ela respondeu com muita humildade que se chamava a Tolosa e que era filha de um remendeiro natural de Toledo, que morava perto das tendilhas de Sancho Bienaya[3] e que, onde quer que ela estivesse, o serviria e o teria como senhor. Dom Quixote replicou que, por seu amor, lhe concedesse a mercê de usar a partir dali o título de distinção e se chamasse "dona Tolosa". Ela assim lhe prometeu, e a outra lhe calçou a espora, com a qual se passou quase a mesma conversa que com a da espada. Ele perguntou seu nome, e ela disse que se chamava Molinera e que era filha de um honrado moleiro de Antequera; à qual também rogou Dom Quixote que usasse o "dom" e se chamasse "dona Molinera", oferecendo-lhe novos serviços e mercês.

Feitas, pois, a galope e às pressas as cerimônias nunca antes vistas, Dom Quixote não viu a hora de ver-se a cavalo e sair em busca de aventuras, e então, selando Rocinante, montou nele e, abraçando seu anfitrião, disse-lhe coisas tão esquisitas, agradecendo o favor de tê-lo armado cavaleiro, que não é possível contá-las aqui. O estalajadeiro, vendo-o fora da estalagem, com palavras não menos retóricas, embora mais breves, respondeu às suas e, sem lhe cobrar pela pousada, deixou-o ir em boa hora.

3.   Trata-se da zona comercial de Sancho Bienaya.

Capítulo 4

Do que aconteceu a nosso cavaleiro quando saiu
da pousada

A hora seria a da aurora quando Dom Quixote saiu da pousada tão satisfeito, tão garboso, tão alvoroçado por se ver já armado cavaleiro, que sua exaltação irrompeu pelas rédeas de seu cavalo. Mas, vindo-lhe à memória os conselhos de seu anfitrião sobre as provisões tão necessárias que havia de levar consigo, especialmente o dinheiro e as camisas, decidiu voltar para sua casa e providenciar tudo, inclusive um escudeiro, planejando contar, para isso, com um lavrador vizinho seu que era pobre e com filhos, mas muito adequado ao ofício escudeiril da cavalaria. Com esse pensamento guiou Rocinante para a sua aldeia, o qual, quase reconhecendo seu lugar, começou a caminhar com tanto entusiasmo que parecia que não punha os pés no chão.

Não tinha ido muito longe quando lhe pareceu que à sua direita, da parte espessa do bosque que ali havia, saíam algumas vozes delicadas, como as de quem se queixa; e mal as tinha ouvido, quando disse:

— Dou graças ao céu pela dádiva que me concede, pois tão rapidamente me oferece ocasiões em que posso cumprir o que devo à minha profissão e colher os frutos de meus bons desejos. Essas vozes, sem dúvida, são de algum homem ou mulher necessitado ou necessitada que necessita de meu favor e ajuda.

E, movendo as rédeas, encaminhou Rocinante para onde lhe pareceu que as vozes saíam e, poucos passos depois de entrar no bosque, viu uma égua atada a um carvalho, e atado a outro um menino, nu da cintura para cima; teria seus quinze anos e era quem gritava, e não sem motivo, pois um lavrador bem-apessoado lhe dava muitas chicotadas com um cinto, e cada chicotada vinha acompanhada de uma reprimenda e conselho. Porque dizia:

— Bico fechado e olhos abertos.

E o menino respondia:

— Eu não farei outra vez, meu senhor; pela paixão de Deus, que não farei outra vez, e prometo de agora em diante ter mais cuidado com o rebanho.

Vendo o que acontecia, Dom Quixote disse com voz colérica:

— Descortês cavaleiro, muito mal parece golpear quem não pode se defender; subi em vosso cavalo e tomai vossa lança — que também havia uma lança encostada no carvalho onde a égua estava atada —, pois eu vos mostrarei que é covardia o que estais fazendo.

O lavrador, que viu sobre si aquela figura cheia de armas brandindo a lança sobre seu rosto, considerou-se morto e com boas palavras respondeu:

— Senhor cavaleiro, este menino que estou castigando é um de meus criados, que me serve para guardar um rebanho de ovelhas que tenho nestes arredores; ele é tão descuidado que cada dia me falta uma; e porque eu castigo seu descuido, ou picardia, ele diz que sou miserável, por não lhe pagar o salário que lhe devo, e juro por Deus e minha alma que está mentindo.

William Strang, 1902

CAPÍTULO 4

— Mente diante de mim, vil vilão?[1] — disse Dom Quixote — Pelo sol que nos ilumina, que estou prestes a atravessar-vos de uma parte a outra com esta lança. Pagai-o logo sem mais réplica; se não, pelo Deus que nos governa, sereis aniquilado aqui mesmo. Desatai-o logo.

O lavrador baixou a cabeça e, sem responder uma palavra, desamarrou o criado, a quem Dom Quixote perguntou quanto lhe devia o patrão. Ele disse nove meses, a sete reais por mês. Dom Quixote fez as contas e achou que eram setenta e três reais, e disse ao lavrador que os pagasse imediatamente, se não quisesse morrer por isso. O vilão temeroso respondeu que, pela situação em que se encontrava e o juramento que fizera — e ainda não havia jurado nada —, não eram tantos, pois deviam ser deduzidos e recebidos três pares de sapatos que ele lhe dera e um real por duas sangrias feitas enquanto estava doente.

— Está bem — respondeu Dom Quixote —, mas fiquem os sapatos e a sangria pelos açoites que lhe destes sem culpa, pois, se ele arrebentou o couro dos sapatos que recebeu, haveis arrebentado o couro de seu corpo, e se tiraram seu sangue enquanto ele estava doente, haveis tirado dele quando estava saudável; assim, com relação a isso, ele não vos deve nada.

— O ruim, senhor, é que não tenho dinheiro aqui: que venha Andrés comigo até minha casa, e eu lhe pagarei cada real.

— Eu, ir com ele? — disse o menino. — De jeito nenhum! Não, senhor, nem pensar, porque estando a sós com ele, vai tirar meu couro, como um São Bartolomeu.

— Não fará isso — respondeu Dom Quixote —: basta que eu mande para que ele me respeite; basta que ele me jure pela lei de cavalaria que recebeu, eu o deixarei ir livre e garantirei o pagamento.

— Olhe vossa mercê, senhor, o que diz — disse o menino. — Este meu patrão não é cavaleiro nem recebeu nenhuma ordem de cavalaria, ele é Juan Haldudo,[2] o rico, morador do Quintanar.

— Pouco importa — respondeu Dom Quixote —, pois Haldudos podem ser cavaleiros; ainda mais porque cada um é filho de suas obras.

— É verdade — disse Andrés —, mas esse meu patrão, de que obras é filho, já que me nega meu salário, meu suor e trabalho?

— Não nego, irmão Andrés — respondeu o lavrador —, mas fazei a gentileza de vir comigo, pois juro, por todas as ordens de cavalaria que há do mundo, pagar-vos, como já disse, real por real, e até incensados.

— Sobre o incenso, estamos no lucro — disse Dom Quixote —: que lhe pagueis os reais, pois com isso me contento; e que cumprais como jurastes: se não, pelo mesmo

---

1. Dizer que alguém estava mentindo era considerado uma afronta gravíssima para quem a recebia.
2. O adjetivo *haldudo*, em espanhol arcaico, significa "hipócrita, falso".

juramento vos juro voltar para vos procurar e castigar, e hei de encontrar-vos, ainda que vos escondais mais que uma lagartixa. E se quereis saber quem vos encomendou a isso, para se ver ainda mais verdadeiramente obrigado a cumpri-lo, sabei que sou o corajoso Dom Quixote de La Mancha, o desfazedor de contendas e desrazões, e ficai com Deus e não esqueçais o prometido e jurado, sob pena de sentença pronunciada.

E, dizendo isso, picou seu Rocinante e em pouco tempo afastou-se deles. Seguiu-lhe o lavrador com os olhos e, quando viu que ele havia cruzado o bosque e que já não aparecia mais, virou-se para seu criado Andrés e lhe disse:

— Vinde cá, meu filho, quero vos pagar o que vos devo, como aquele desfazedor de injustiças me deixou ordenado.

— Isso eu juro — disse Andrés —, e vossa mercê faria bem em cumprir o mandamento daquele bom cavaleiro, que mil anos viva, posto que ele é valoroso e bom juiz, graças a Deus; e, se vossa mercê não me pagar, que ele volte e execute o que disse!

— Eu também juro — disse o lavrador —, mas, como vos quero bem, devo aumentar a dívida para aumentar o pagamento.

E, agarrando-o pelo braço, tornou a atá-lo ao carvalho, onde lhe deu tantos açoites que o deixou meio morto.

— Chamai agora, senhor Andrés — dizia o lavrador —, o desfazedor de injustiças: e vereis como ele não desfaz esta; embora eu não ache que esteja acabado, pois sinto vontade de tirar vosso couro, como temíeis.

Mas por fim desamarrou-o e deu-lhe licença para ir procurar seu juiz, a fim de que cumprisse a sentença pronunciada. Andrés partiu enraivecido, jurando ir procurar o valoroso Dom Quixote de La Mancha e contar-lhe ponto por ponto o que havia acontecido, e que teriam de lhe pagar com juros. Diante de tudo isso, ele partiu chorando e seu patrão ficou rindo.

E assim desfez a injustiça o valoroso Dom Quixote; este, muito satisfeito com o que havia acontecido, parecendo-lhe ter dado um felicíssimo e alto princípio às suas cavalarias, com grande contentamento de si mesmo ia caminhando em direção à sua aldeia, dizendo em voz baixa:

— Bem podes considerar-te afortunada com relação a todas as que vivem hoje na terra, oh, a mais bela das belas Dulcineia del Toboso! Pois te coube a sorte de ter submisso e rendido a todas as tuas vontades e determinações um cavaleiro tão valente e de renome como foi, é e será Dom Quixote de La Mancha; que, como todos sabem, ontem recebeu a ordem de cavalaria e hoje desfez o maior delito e injustiça que permitiu a desrazão e infringiu a crueldade: hoje tirou o açoite da mão daquele impiedoso inimigo que tão sem razão açoitava aquele delicado infante.

Nisso, chegou a um caminho que se dividia em quatro, e logo lhe veio à imaginação as encruzilhadas onde os cavaleiros andantes se punham a pensar qual desses

Armandino Pruneda Sainz, 1994

caminhos iriam tomar; e, para imitá-los, por um momento manteve-se calado e, depois de muito bem pensar, soltou as rédeas de Rocinante, deixando sua vontade à vontade do cavalo, que continuou sua primeira tentativa, que era a de ir para seu estábulo. E, tendo andado cerca de duas milhas, Dom Quixote descobriu um grande tropel de gente, que, como se soube mais tarde, eram mercadores de Toledo que iam a Múrcia para comprar seda. Havia seis deles, e vinham com seus guarda-sóis, com outros quatro criados a cavalo e três tropeiros de mulas a pé. Assim que Dom Quixote os avistou, imaginou ser uma nova aventura; e, imitando o quanto fosse possível os passos que lera em seus livros, pareceu-lhe este se ajustar com um que pretendia pôr em prática. E, assim, com suave comedimento e coragem, levantou-se bem nos estribos, apertou a lança, levou o escudo ao peito e, parado no meio do caminho, esperou a chegada daqueles cavaleiros andantes, pois ele como tal já os considerava e julgava; e, quando chegaram a uma distância onde se puderam ver e ouvir, Dom Quixote ergueu a voz e com um gesto arrogante disse:

— Que todo mundo se detenha, se todo mundo não confessar que não há donzela no mundo mais formosa que a imperatriz de La Mancha, a inigualável Dulcineia del Toboso.

Os mercadores pararam ao escutar essas palavras e ao ver a estranha figura de quem as dizia; e pela figura e pelas razões logo perceberam a loucura de seu dono, mas quiseram esperar para ver em que terminava a confissão que lhes era pedida, e um deles, que era um pouco zombeteiro e muito engenhoso, disse:

— Senhor cavaleiro, não conhecemos quem é esta boa senhora que dizeis; mostrai-a para que possamos vê-la, e se ela for de tamanha formosura como dizeis, de boa vontade e sem recompensa alguma confessaremos a verdade que nos é pedida.

— Se eu vos mostrasse — respondeu Dom Quixote —, que mérito haveria em confessardes uma verdade tão notória? A importância está em que, sem vê-la, haveis de acreditar, confessar, afirmar, jurar e defender; caso contrário, comigo entrareis em batalha, gente descomunal e soberba. Que agora venhais um a um, conforme reza a ordem de cavalaria, ou todos juntos, como é costume e mau hábito de vossa ralé, aqui vos aguardo e espero, confiante na razão que de minha parte tenho.

— Senhor cavaleiro — respondeu o mercador —, eu suplico a vossa mercê em nome de todos esses príncipes que aqui estão, para que não ocupemos nossas consciências confessando uma coisa para nós nunca vista ou ouvida, e mais ainda sendo tão prejudicial às imperatrizes e rainhas da Alcarria e da Estremadura, que vossa mercê nos mostre um retrato dessa senhora, ainda que do tamanho de um grão de trigo; que pelo fio se pega a meada e ficaremos com isso satisfeitos e seguros, e vossa mercê ficará contente e quite; e até acredito que já estamos tão do lado dela que, ainda que seu retrato nos mostre que ela é torta de um olho e que do outro brotem vermelhão e pus, com tudo isso, para agradar a vossa mercê, diremos em seu favor tudo que quiserdes.

CAPÍTULO 4

— Não lhe brota, canalha infame — respondeu Dom Quixote, colérico —, não lhe brota, digo, isso que dizeis, e sim âmbar e perfume; e ela não é torta nem corcunda, antes mais reta que um fuso de tear. Mas pagareis agora pela grande blasfêmia que haveis dito contra uma beldade como minha dama.

E, dizendo isso, arremeteu com a lança baixa contra aquele que havia falado, com tanta fúria e raiva que, se a sorte não fizesse Rocinante tropeçar e cair no meio do caminho, o ousado mercador teria passado um mau bocado. Rocinante caiu, e seu amo rolou um bom trecho pelo campo; e, querendo levantar-se, não conseguiu por nada: tal embaraço lhe causavam a lança, o escudo, as esporas e o elmo, com o peso das antigas armas. Enquanto lutava para se levantar e não conseguia, ficava dizendo:

— Não fujais, gente covarde e miserável, esperai que não é culpa minha, mas de meu cavalo, que estou aqui derrubado.

Um dos tropeiros que ali vinham, que não devia ser muito bem-intencionado, ao ouvir o pobre caído dizer tantas arrogâncias, não aguentou sem lhe revidar nas costelas. E, aproximando-se dele, pegou a lança e, depois de fazê-la em pedaços, com um deles começou a dar em nosso Dom Quixote tantos golpes que o esmagou, mesmo estando ele de armadura, deixando-o como pó. Seus amos gritavam com ele para não lhe bater tanto e deixá-lo; mas o jovem já estava irritado e não queria deixar o jogo até que cessasse todo o resto de sua cólera; e, tomando os outros pedaços da lança, acabou de desfazê-los sobre o miserável caído, que, com toda aquela enxurrada de paus que sobre ele chovia, não fechava a boca, ameaçando o céu e a terra e os meliantes, que assim era como os via.

Cansou-se o jovem, e os mercadores continuaram seu caminho, tendo agora o que contar sobre o pobre espancado. O qual, depois que se viu sozinho, tentou ver de novo se conseguia se levantar; mas, se ele não pôde fazê-lo quando estava são e bom, como poderia fazê-lo completamente moído e quase desfeito? E ainda se considerava afortunado, parecia-lhe que essa era a desgraça dos cavaleiros andantes, e a tudo atribuía a culpa a seu cavalo; e não era possível levantar, pois todo o seu corpo estava machucado.

Capítulo 5

Onde se prossegue a narração da desgraça de nosso cavaleiro

Vendo, pois, que de fato não podia se mexer, lembrou-se de recorrer a seu remédio ordinário, que era pensar em alguma passagem de seus livros, e sua loucura lhe trouxe à memória aquela de Valdovinos e o marquês de Mântua,[1] quando Carloto o deixou ferido no monte, uma história conhecida pelas crianças, não ignorada pelos jovens, celebrada e até acreditada pelos velhos e, mesmo assim, não mais verdadeira que os milagres de Maomé. Esta, então, pareceu-lhe que se enquadrava de molde para a situação em que se encontrava, e assim, com mostras de grande sentimento, começou a rolar pela terra e a dizer, quase sem fôlego, a mesma coisa que dizem que dizia o ferido cavaleiro do bosque:

> *Onde estás, senhora minha,*
> *que não te dói o meu mal?*
> *Ou não o sabes, senhora,*
> *ou és falsa e desleal.*

E dessa maneira foi prosseguindo o romance, até aqueles versos que dizem:

> *Oh, nobre marquês de Mantua,*
> *meu tio e senhor carnal!*[2]

E quis a sorte que, quando chegou a esse verso, passasse por ali um lavrador de sua mesma aldeia e vizinho seu, que acabara de levar uma carga de trigo para o moinho; o qual, vendo aquele homem ali estendido, foi até ele e lhe perguntou quem era e que mal

---

1. Alusão ao romance do marquês de Mântua, história bastante conhecida na Idade Média, que narrava o assassinato de Valdovinos, seu sobrinho, pelas mãos de Carloto, filho de Carlos Magno.
2. No original do romance do marquês de Mântua, a frase é *mi señor tío carnal*, "meu senhor tio carnal".

DOM QUIXOTE

sentia, pois tão tristemente se queixava. Dom Quixote acreditou que aquele era sem dúvida o marquês de Mântua, seu tio, e, assim, não lhe respondeu outra coisa além de prosseguir seu romance, onde lhe dava conta de sua desgraça e dos amores do filho do imperador com sua esposa, tudo da mesma maneira que o romance canta.[3]

O lavrador estava admirado ouvindo aqueles disparates; e tirando-lhe a viseira, que já estava em pedaços por causa das pauladas, limpou seu rosto, todo coberto de poeira; e mal acabou de limpá-lo, reconheceu-o e lhe disse:

— Senhor Quijana — que assim devia se chamar quando ainda tinha juízo e não havia passado de tranquilo fidalgo a cavaleiro andante —, quem pôs vossa mercê nesse estado?

Mas ele prosseguia com seu romance em resposta a tudo quanto era questionado. Vendo isso, o bom homem, o melhor que pôde, tirou-lhe o peitoral e o espaldar, para ver se havia algum ferimento, mas não viu sangue nem qualquer outro sinal. Tentou levantá-lo do chão e não com pouco esforço o montou sobre seu jumento, por parecer-lhe uma cavalaria mais sossegada. Apanhou as armas, até as lascas da lança, e as amarrou a Rocinante, o qual tomou pelas rédeas, e, levando o jumento pelo cabresto, dirigiu-se à sua aldeia, muito pensativo ao ouvir as bobagens que Dom Quixote dizia; e não menos pensativo ia Dom Quixote, que, de tão moído e debilitado, mal conseguia ficar em cima do burrico e de quando em quando dava alguns suspiros que chegavam até o céu, de modo que mais uma vez forçou o lavrador a pedir-lhe que dissesse o quão mal se sentia; e parece que o diabo lhe trazia à memória os contos adaptados aos seus acontecimentos, pois naquele ponto, esquecendo-se de Valdovinos, lembrou-se do mouro Abindarráez, quando o alcaide de Antequera, Rodrigo de Narváez, o prendeu e o levou cativo à sua alcaidia.[4] De modo que, quando o lavrador voltou a lhe perguntar como estava e o que sentia, respondeu com as mesmas palavras e razões que o cativo abencerrage[5] respondia a Rodrigo de Narváez, do mesmo modo que havia lido em *La Diana* de Jorge de Montemayor,[6] onde se encontra essa história; aproveitando-se dela tão a propósito, que o lavrador ia praguejando de ouvir tantas máquinas de disparates; por aí soube que seu vizinho estava louco, e se apressava em chegar à aldeia para se livrar do fastio que Dom Quixote lhe causava com sua longa arenga. Ao fim da qual, o fidalgo disse:

— Saiba vossa mercê, senhor Dom Rodrigo de Narváez, que esta bela Jarifa que mencionei é agora a linda Dulcineia del Toboso, por quem fiz, faço e farei as mais famosas proezas de cavalaria que já se viram, veem ou verão no mundo.

---

3. Aqui, Dom Quixote acredita ser um herói do romanceiro, e não de um livro de cavalaria.
4. Alcaidia é uma fortaleza governada por um alcaide, autoridade administrativa. Essa história é narrada em *El abencerraje y la hermosa Jarifa*, novela mourisca de grande sucesso, na qual o protagonista, Rodrigo de Narváez, alcaide de Antequera de 1410 a 1424, prende o mouro Abindarráez, que vinha para se casar em segredo com Jarifa.
5. Relativo à linhagem moura dos abencerrages, que dominou Granada e rivalizava com a linhagem dos zegris.
6. A novela *El abencerraje y la hermosa Jarifa* foi incluída no livro IV de *La Diana*, de Jorge de Montemayor, a partir da edição de 1563. *La Diana* é considerada a mais antiga novela pastoril.

CAPÍTULO 5

Francis Hayman e Charles Grignion, 1755

A isso, o lavrador respondeu:

— Olhe vossa mercê, senhor, que eu, por mal de meus pecados, não sou Dom Rodrigo de Narváez nem o marquês de Mântua, mas Pedro Alonso, seu vizinho; nem vossa mercê é Valdovinos ou Abindarráez, mas o honrado fidalgo senhor Quijana.

— Eu sei quem sou — respondeu Dom Quixote — e sei que posso ser não apenas esses que disse, mas todos os Doze Pares da França e até mesmo todos os Nove da Fama,[7]

---

7. Os Nove da Fama foram três judeus (Josué, Davi e Judas Macabeu), três pagãos (Alexandre, Heitor e Júlio César) e três cristãos (o rei Artur, Carlos Magno e Godofredo de Bulhões).

pois todas as façanhas que eles, todos juntos e cada um por si, fizeram serão suplantadas pelas minhas.

Com essas conversas e outras semelhantes, chegaram à aldeia na hora do anoitecer, mas o lavrador esperou até que fosse um pouco mais tarde para que não vissem o moído fidalgo tão mal montado. Quando a hora lhe pareceu conveniente, entrou na aldeia e na casa de Dom Quixote, que encontrou toda em alvoroço: lá estavam o padre e o barbeiro do lugar, que eram grandes amigos de Dom Quixote, a quem lhes dizia a criada em altas vozes:

— O que vossa mercê acha, senhor licenciado[8] Pero Pérez — que assim se chamava o padre —, da desgraça de meu senhor? Faz três dias que não aparecem nem ele, nem o rocim, nem o escudo, nem a lança, nem as armas. Pobre de mim, tenho a impressão, e isso é tão verdadeiro quanto nasci para morrer, que esses malditos livros de cavalaria que ele tem e costuma ler com tanta regularidade mexeram com seu juízo; estou me lembrando de tê-lo ouvido dizer muitas vezes, falando sozinho, que queria se tornar um cavaleiro andante e sair em busca de aventuras pelo mundo. Que tais livros sejam confiados a Satanás e a Barrabás, pois puseram a perder o mais delicado entendimento que havia em toda La Mancha.

A sobrinha dizia o mesmo e ainda mais:

— Saiba, senhor mestre Nicolás (pois este era o nome do barbeiro), que muitas vezes aconteceu ao meu senhor tio de estar lendo esses desalmados livros de desventuras por dois dias com suas noites, ao fim dos quais atirava o livro longe, punha a mão na espada e andava dando cutiladas nas paredes; e, quando estava muito cansado, dizia que tinha matado quatro gigantes como quatro torres, e o suor que suava do cansaço dizia que era sangue das feridas que recebera na batalha, e depois bebia um grande jarro de água fria, e ficava revigorado e tranquilo, dizendo que aquela água era uma bebida muito preciosa que lhe trouxera o sábio Esquife,[9] um grande encantador e amigo seu. Mas a culpa é toda minha, pois não avisei vossas mercês dos disparates de meu senhor tio, para que pudessem remediá-los antes que chegassem ao que chegou e queimassem todos esses excomungados livros, pois há muitos que bem merecem virar brasa, como se fossem de hereges.

— Isso é o que eu também digo — disse o padre —, e esperemos que não passe o dia de amanhã sem que deles se faça ato público[10] e sejam condenados ao fogo, para que não deem oportunidade a quem os ler de fazer o que meu bom amigo deve ter feito.

---

8. Licenciado era o tratamento que se dava na época a advogados, estudantes ou letrados que usassem vestes longas, inclusive os eclesiásticos.

9. A sobrinha se confunde: trata-se de Alquife, o encantador marido de Urganda, a Desconhecida, que aparece no ciclo dos Amadises. *Esquife*, por outro lado, na gíria picaresca é sinônimo de "rufião".

10. Fazer ato público significava ler e executar em público a sentença de um tribunal.

CAPÍTULO 5

Tudo isso estavam ouvindo o lavrador e Dom Quixote, e o lavrador então se convenceu da enfermidade do vizinho e, assim, começou a dizer em voz alta:

— Abram vossas mercês ao senhor Valdovinos e ao senhor marquês de Mântua, que vem malferido, e ao senhor mouro Abindarráez, que o bravo Rodrigo de Narváez, alcaide de Antequera traz cativo.

A essas vozes saíram todos, e como uns reconheceram o amigo; outras, o amo e o tio, que ainda não tinha se apeado do jumento porque não conseguia, correram a abraçá-lo. Ele disse:

— Detenham-se todos, pois venho malferido por culpa de meu cavalo. Levem-me ao leito e chamem, se possível, a sábia Urganda, para que cuide e cure minhas feridas.

— Eita, em má hora — disse a criada neste momento —, se meu coração não estava me dizendo de que pé mancava meu senhor! Suba vossa mercê em boa hora, que, sem necessidade dessa Purganta, saberemos como curá-lo aqui. Malditos, digo, sejam outra vez e mais cem esses livros de cavalaria, pois deixaram nesse estado vossa mercê!

Levaram-no então para a cama e, examinando seus ferimentos, não encontraram nenhum; e ele disse que estava todo dolorido, por ter levado um grande tombo com Rocinante, seu cavalo, combatendo com dez gigantes, os mais desaforados e atrevidos que se podia achar em qualquer parte da terra.

— Ora, ora! — disse o padre. — Há gigantes na dança? Juro por tudo que é sagrado que os queimo amanhã antes do anoitecer.

Fizeram mil perguntas a Dom Quixote, e ele não quis responder a nenhuma, apenas pediu que lhe dessem de comer e o deixassem dormir, que era o que mais lhe importava. Fez-se assim, e o padre conversou por muito tempo com o lavrador para se informar de como ele havia encontrado Dom Quixote. O lavrador lhe contou tudo, com os disparates que havia dito quando o achou e o trouxe, e isso deixou o licenciado com mais vontade de fazer o que fez no dia seguinte, que foi chamar seu amigo, o barbeiro mestre Nicolás, e com ele voltar à casa de Dom Quixote.

Antonio Quirós, 1960

Capítulo 6

*Do gracioso e grande escrutínio que o padre e o barbeiro
fizeram na biblioteca de nosso engenhoso fidalgo*

O qual ainda dormia. O padre pediu à sobrinha as chaves do aposento em que ficavam os livros que causaram o dano, e ela as deu de muito boa vontade. Entraram todos, e a criada com eles, e encontraram mais de cem tomos de livros grandes, muito bem encadernados, e outros pequenos; e, assim que a criada os viu, saiu do quarto com grande pressa, depois voltou com uma tigela de água benta e um hissope,[1] e disse:

— Tome vossa mercê, senhor licenciado; benza este aposento para que não reste aqui nenhum dos muitos encantadores que há nesses livros, e nos encantem revidando o castigo que queremos dar a eles expulsando-os do mundo.

Ao licenciado causou riso a simplicidade da ama, e ele ordenou ao barbeiro que lhe fosse entregando um a um esses livros, para ver de que tratavam, pois poderia calhar de encontrarem alguns que não merecessem o castigo do fogo.

— Não — disse a sobrinha —, não há razão para perdoar nenhum deles, porque todos juntos causaram dano: será melhor lançá-los ao quintal pelas janelas, fazer uma pilha deles e atear-lhes fogo; ou então levá-los para o pátio e ali fazer a fogueira, assim a fumaça não incomodará.

A criada disse a mesma coisa: tal era o desejo que as duas tinham em dar morte àqueles inocentes; mas o padre não consentiu nisso sem antes ler os títulos. E o primeiro que mestre Nicolás lhe entregou foi *Los cuatro de Amadís de Gaula*,[2] e o padre disse:

— Isso parece coisa da providência, pois, pelo que ouvi dizer, este livro foi o primeiro de cavalarias que se imprimiu na Espanha, e todos os outros tiveram início e origem a partir dele; e, assim, parece-me que, como dogmatizador de uma seita tão má, devemos sem qualquer desculpa condená-lo ao fogo.

---

1.   Utensílio usado para aspergir água benta, composto de um cabo e de uma bola de metal oca com orifícios.
2.   *Los cuatro libros del virtuoso caballero Amadís de Gaula*, de Garci Rodríguez de Montalvo, cuja primeira edição conservada é de 1508.

DOM QUIXOTE

— Não, senhor — disse o barbeiro —, pois também ouvi dizer que é o melhor de todos os livros que desse gênero foram compostos; e assim, por ser único em sua arte, ele deve ser perdoado.

— É verdade — disse o padre —, e por isso lhe é dada a vida por enquanto. Vejamos este outro ao lado dele.

— É — disse o barbeiro — *Las sergas de Esplandián*,[3] filho legítimo de Amadis de Gaula.

— Pois, na verdade — disse o padre —, a bondade do pai não deve valer para o filho. Tomai-o, senhora ama, abri aquela janela e atirai-o no pátio, e que se inicie a pilha da fogueira que deve ser feita.

Assim fez a criada com muito contentamento, e o bom Esplandián foi voando para o pátio, esperando com toda paciência o fogo que o ameaçava.

— Vamos em frente — disse o padre.

— Este que vem aqui — disse o barbeiro — é *Amadís de Grecia*,[4] e também todos os que estão deste lado, creio, são da mesma linhagem de Amadis.

— Que vão todos para o pátio — disse o padre —, pois só para queimar a rainha Pintiquinestra, o pastor Darinel e suas églogas, e os endiabrados e confusos raciocínios de seu autor, queimaria também com eles o pai que me gerou, se viesse na figura de um cavaleiro andante.

— Sou dessa opinião — disse o barbeiro.

— Eu também — acrescentou a sobrinha.

— Bem, que seja assim — disse a criada —, que venham, e ao pátio com eles.

Deram-lhe os livros, que eram muitos, e ela poupou descer as escadas e os atirou pela janela abaixo.

— Que tijolão é este? — disse o padre.

— É — respondeu o barbeiro — *Don Olivante de Laura*.[5]

— O autor deste livro — disse o padre — foi o mesmo que compôs *Jardín de flores*,[6] e a verdade é que não sei determinar qual dos dois livros é mais verdadeiro ou, melhor dizendo, menos mentiroso; só sei dizer que este vai para o pátio, por ser disparatado e presunçoso.

— Este que segue é o *Florismarte de Hircania*[7] — disse o barbeiro.

— O senhor Florismarte está aí? — respondeu o padre. — Pois juro que ele tem de ir parar logo no pátio; apesar de seu singular nascimento e de suas célebres aventuras,

3. De 1510, também de Garci Rodríguez de Montalvo, é a continuação de *Amadís de Gaula*.
4. Nono livro da série dos Amadises, escrito por Feliciano de Silva em 1530.
5. *Historia del invencible caballero don Olivante de Laura, príncipe de Macedonia, que por sus admirables hazañas vino a ser emperador de Constantinopla* (1564), de Antonio de Torquemada.
6. Trata-se do *Jardín de flores curiosas* (1570), coleção das mais variadas notícias extraordinárias.
7. *Primera parte de la grande historia del muy animoso y esforzado príncipe Felixmarte de Hircania y de su estraño nascimiento* (1556), de Melchor Ortega.

Claudio Dantas, 2024

DOM QUIXOTE

a dureza e secura de seu estilo não merecem outra coisa. Para o pátio com ele e também com este outro, senhora ama.

— Com prazer, meu senhor — respondia ela; e com muita alegria executava o que lhe era ordenado.

— Este é *El caballero Platir*[8] — disse o barbeiro.

— É um livro antigo — disse o padre —, e não consigo encontrar nele nada que mereça perdão. Que acompanhe os outros sem direito a réplica.

E assim foi feito. Outro livro foi aberto e eles viram que tinha por título *El caballero de la Cruz*.[9]

— Por ter um nome tão sagrado, a ignorância deste livro poderia ser perdoada; mas também se costuma dizer "atrás da cruz se esconde o diabo". Que vá para o fogo.

Pegando o barbeiro outro livro, disse:

— Este é o *Espejo de caballerías*.[10]

— Já conheço sua graça — disse o padre. — Aí anda o senhor Reinaldos de Montalbán com seus amigos e companheiros, mais ladrões que Caco, e os Doze Pares, com o verdadeiro historiador Turpin,[11] e na verdade gostaria de condená-lo apenas a desterro perpétuo, pois contém parte da invenção do famoso Matteo Boiardo,[12] de onde também teceu seu pano o poeta cristão Ludovico Ariosto,[13] pelo qual não guardarei respeito algum, se encontrá-lo aqui e ele falar em outra língua que não a sua. Porém, se falar em seu idioma, eu o elevarei aos céus.

— Pois eu o tenho em italiano — disse o barbeiro —, mas não o entendo.

— Nem seria bom que o entendêsseis[14] — respondeu o padre. — E aqui poderíamos perdoar o senhor capitão se não o tivesse trazido para a Espanha e o feito castelhano, porque lhe tirou muito de seu valor natural, e o mesmo farão todos aqueles que desejam transpor os livros de versos em outra língua, pois, não importa o muito cuidado que tenham e a habilidade que demonstrem, jamais chegarão ao ponto que eles têm em seu primeiro nascimento. Digo, portanto, que este livro e todos os que forem encontrados que tratam dessas coisas de França devem ser levados e depositados num poço seco, até

---

8. *Crónica del muy valiente y esforzado caballero Platir, hijo del invencible emperador Primaleón*, obra anônima de 1533.
9. Pode aludir a duas obras: *La crónica de Lepolemo, llamado el caballero de la Cruz* (1521), de Alonso de Salazar, ou *El libro segundo del esforzado Caballero de la Cruz Lepolemo* (1563), de Pedro de Luján.
10. Adaptação em prosa do *Orlando enamorado* (de Matteo Boiardo), feita em 1586 por Pedro López de Santamaría e Pedro de Reinosa.
11. Um dos Doze Pares e conselheiro de Carlos Magno, a quem se atribui uma crônica novelesca intitulada *Historia Caroli magni et Rotholandi*.
12. Poeta italiano (1441–94), autor de *Orlando enamorado* (1492).
13. Poeta italiano (1474–1533), autor de *Orlando furioso* (1516–32), que retoma o livro de Boiardo.
14. Referência às passagens do *Orlando enamorado* consideradas obscenas, que foram suprimidas ou atenuadas na versão castelhana de Jerónimo de Urrea, "El Capitán".

CAPÍTULO 6

que se veja com mais calma o que se deve fazer com eles, com exceção de um *Bernardo del Carpio*[15] que está por aí, e outro chamado *Roncesvalles*;[16] que esses, ao chegarem às minhas mãos, devem ir parar nas da ama, e delas nas do fogo, sem qualquer misericórdia.

O barbeiro concordou com tudo e considerou coisa muito acertada, por entender que o padre era tão bom cristão e tão amigo da verdade que por nada deste mundo faltaria com ela. E abrindo outro livro viu que era *Palmerín de Oliva*,[17] e junto a ele havia outro chamado *Palmerín de Inglaterra*;[18] ao vê-los, o licenciado disse:

— Que essa oliva seja logo cortada e queimada, para que dela não restem nem as cinzas; mas que essa palmeira da Inglaterra seja mantida e conservada como coisa única, e se faça para ela outra caixa como a que Alexandre encontrou nos espólios de Dario e usou para guardar nela as obras do poeta Homero.[19] Este livro, senhor compadre, tem autoridade por duas razões: uma, porque é muito bom em si mesmo; e a outra, porque dizem que foi composto por um discreto rei de Portugal. Todas as aventuras do castelo de Miraguarda são muito boas e de grande artifício; os argumentos, cortesãos e claros, pois guardam e miram o decoro de quem fala, com grande propriedade e entendimento. Digo, então, se não tiverdes outra opinião, senhor mestre Nicolás, que este e o *Amadís de Gaula* fiquem livres do fogo, e todos os outros, sem mais tento e experimento, pereçam.

— Não, senhor compadre — respondeu o barbeiro —, pois este que tenho aqui é o famoso *Don Belianís*.[20]

— Bem, este — respondeu o padre — e sua segunda, terceira e quarta partes precisam de um pouco de ruibarbo para purgar a cólera excessiva, e é necessário tirar deles tudo aquilo sobre o castelo da Fama e outras impertinências mais sérias, e para isso vamos dar-lhe um prazo dilatado; caso se emendem, assim se usará com eles de misericórdia ou justiça. Enquanto isso, guardai-os, compadre, em vossa casa, mas não deixeis que ninguém os leia.

— Com todo prazer — respondeu o barbeiro.

E, não querendo mais se cansar de ler livros de cavalaria, ordenou à criada que pegasse todos os volumes grandes e os jogasse no pátio. Não falou a uma tonta ou surda,

---

15.   Provável alusão ao poema *Historia de las hazañas y hechos del invencible caballero Bernardo del Carpio* (1585), de Agustín Alonso.

16.   Pode aludir a *El verdadero suceso de la famosa batalla de Roncesvalles* (1555), poema de Francisco Garrido Villena, ou a *La segunda parte del Orlando, con el verdadero suceso de la batalla de Roncesvalles* (1557), de Nicolás de Espinosa.

17.   *El libro del famoso y muy esforzado caballero Palmerín de Oliva* (1511), atribuído a Francisco Vázquez, é o primeiro da série dos Palmeirins.

18.   Obra do português Francisco de Moraes (1545) traduzida por Luis de Hurtado para o espanhol com o título *Libro del muy esforzado caballero Palmerín de Inglaterra* (1547).

19.   Alusão à caixa de ouro e pedras preciosas encontrada, segundo Plínio e Plutarco, entre os despojos do rei Dario por Alexandre, o Grande, a qual ele usava para guardar uma cópia da *Ilíada* de Homero anotada por Aristóteles.

20.   *Don Belianís de Grecia* (1547–79), de Jerónimo Fernández, já citado nos versos preliminares.

DOM QUIXOTE

mas a quem tinha mais vontade de queimá-los do que se lambuzar num pote de mel, do mais delicioso que fosse; e apanhando quase oito de cada vez, jogou-os pela janela. Por pegar muitos livros juntos, deixou cair um deles aos pés do barbeiro, que ficou com vontade de ver de quem era, e viu que dizia *Historia del famoso caballero Tirante el Blanco*.[21]

— Valha-me Deus! — disse o padre, dando um grito. — *Tirante el Blanco* está aqui! Dai-me cá, compadre, tenho certeza de que encontrarei nele um tesouro de contentamento e uma mina de passatempos. Aqui estão Dom Quirieleisón de Montalbán, valente cavaleiro, e seu irmão Tomás de Montalbán, e o cavaleiro Fonseca, com a batalha que o bravo Tirante travou com o alão,[22] e as sutilezas da donzela Prazerdeminhavida, com os amores e mentiras da viúva Repousada, e a senhora Imperatriz, apaixonada por Hipólito, seu escudeiro. Digo-vos a verdade, senhor compadre, que por seu estilo este é o melhor livro do mundo: aqui os cavaleiros comem, dormem e morrem em sua cama, fazem testamento antes da morte e coisas essas de que carecem todos os demais livros desse gênero. Por isso, digo-vos que aquele que o compôs merecia ser mandado às galés[23] por todos os dias de sua vida, pois não fez tantas besteiras de propósito. Levai-o para casa e lede-o, e vereis que tudo que eu vos disse sobre ele é verdade.

— Assim será — respondeu o barbeiro —, mas o que faremos com esses livros pequenos que restam?

— Estes — disse o padre — não devem ser livros de cavalarias, mas de poesia.

E, abrindo um deles, viu que era *La Diana*[24] de Jorge de Montemayor e disse, acreditando que todos os demais eram do mesmo gênero:

— Estes não merecem ser queimados, como os demais, pois não fazem nem farão o estrago que fizeram os de cavalaria, já que são livros de entretenimento que não prejudicam terceiros.

— Ai, senhor! — disse a sobrinha. — Vossa mercê bem pode mandar queimá-los como os outros, porque não seria de estranhar se, tendo se curado meu senhor tio da enfermidade cavaleiresca, lendo estes tivesse o desejo de tornar-se pastor e vagar pelos bosques e prados cantando e tangendo e, o que seria pior, tornar-se poeta, que dizem ser uma doença incurável e contagiosa. ·

— É verdade o que esta donzela está dizendo — disse o padre —, e bom será tirarmos da frente de nosso amigo essa oportunidade de tropeço. E já que começamos com *La Diana* de Montemayor, sou da opinião de que não se queime, mas que se tire dele tudo

21. Título da tradução castelhana de *Tirant lo Blanch* (1490), livro de cavalarias do valenciano Joanot Martorell.
22. Grande cão fila, usado para guarda e caça.
23. Esse trecho é objeto de muita discussão entre os estudiosos cervantistas. Se o autor é merecedor de grandes elogios, por que condená-lo às galés (navios em que remavam os condenados a trabalhos forçados)? Conjectura-se que *galés* aí é usado no sentido tipográfico: uma galé é a bandeja de metal em que se coloca a composição. Cervantes indica, portanto, que o livro deveria ter muitas edições.
24. *Los siete libros de la Diana* (1559), a mais antiga novela pastoril.

CAPÍTULO 6

aquilo que trata da sábia Felícia, da água encantada[25] e quase todos os versos maiores, e que se mantenha sua prosa e a honra de ser o primeiro entre semelhantes livros.

— Este que segue — disse o barbeiro — é *La Diana*, chamada *segunda*, do salmantino;[26] e este é outro de mesmo nome, que tem por autor Gil Polo.[27]

— Bem, que a do salmantino — respondeu o padre — acompanhe e aumente o número dos condenados ao pátio, e o de Gil Polo seja guardado como se fosse do próprio Apolo; e vá em frente, senhor compadre, e vamos nos apressar, que está ficando tarde.

— Este livro é — disse o barbeiro abrindo outro — *Los diez libros de Fortuna de amor*, compostos por Antonio de Lofraso, poeta sardo.[28]

— Juro pelas ordens que recebi — disse o padre — que, desde que Apolo é Apolo; e as musas, musas; e os poetas, poetas, não se compôs nenhum livro tão divertido nem tão disparatado quanto esse, e que, por seu estilo, é o melhor e o mais original de todos que desse gênero vieram à tona no mundo, e quem não o leu pode ter certeza de que nunca leu nada de tanto gosto. Dai-me aqui, compadre, que aprecio mais tê-lo encontrado do que se me dessem uma batina do mais fino tecido de Florença.

Ele o deixou de lado com grande prazer, e o barbeiro prosseguiu dizendo:

— Seguem-se *El pastor de Iberia*, *Ninfas de Henares* e *Desengaños de celos*.[29]

— Bem, não há mais nada a fazer — disse o padre — a não ser entregá-los ao braço secular da ama, e não me perguntem por quê, que isso não acabaria nunca.

— Este que vem agora é *El pastor de Fílida*.[30]

— Esse não é pastor — disse o padre —, mas um cortesão muito discreto: que seja guardado como uma joia preciosa.

— Este grande que está aqui se intitula — disse o barbeiro — *Tesoro de varias poesías*.[31]

— Se não fossem tantas — disse o padre —, seriam mais estimadas: é preciso que este livro seja cardado e limpo de algumas baixezas que há entre suas grandezas; que se guarde, pois seu autor é meu amigo, e também em respeito a outras obras mais heroicas e sublimes que ele escreveu.

---

25. Em *La Diana*, os problemas dos enamorados são resolvidos no palácio da sábia Felícia, que lhes dá de beber um elixir encantado.
26. *Segunda parte de la Diana* (1563), continuação infeliz da obra de Montemayor, por Alonso Pérez, médico de Salamanca.
27. *Diana enamorada* (1564), de Gaspar Gil Polo, é considerada superior à obra de Alonso Pérez.
28. Antonio de Lofraso foi um poeta italiano nascido em Alghero, em 1540. Os elogios do padre à sua obra *Los diez libros de Fortuna de amor* devem ser irônicos, já que na obra *Viaje del Parnaso* Cervantes propõe atirar Lofraso no Estreito de Messina.
29. Novelas pastoris, respectivamente, de Bernardo de la Vega, Bernardo de Bobadilla e Bartolomé López de Enciso, escritas em 1591, 1587 e 1586.
30. Obra de 1582 de autoria de Luis Gálvez de Montalvo, amigo de Cervantes.
31. Poemário publicado em 1580 por Pedro de Padilla, outro amigo de Cervantes.

Apeles Mestres e Francisco Fusté, 1879

CAPÍTULO 6

— Este é — continuou o barbeiro — o *Cancionero* de López Maldonado.[32]

— Também o autor desse livro — respondeu o padre — é um grande amigo meu; os versos dele, em sua boca, admiram quem os ouve, e a suavidade da voz com que os canta é tal que encanta. É um pouco demorado nas éclogas, mas as coisas boas nunca são em demasia; que se mantenha com os escolhidos. Mas que livro é esse que está ao lado dele?

— *La Galatea* de Miguel de Cervantes[33] — disse o barbeiro.

— Esse Cervantes é um grande amigo meu faz muitos anos, e sei que ele é mais versado em infortúnios do que em versos. Seu livro tem algum tanto de boa invenção: propõe algo e não conclui nada; é preciso esperar pela segunda parte que ele promete: talvez com a emenda alcance plenamente a misericórdia que agora lhe é negada; e, enquanto isso não acontece, mantende-o recluso em vossa casa, senhor compadre.

— Com prazer — respondeu o barbeiro. — E aqui vêm três juntos: *La Araucana* de Don Alonso de Ercilla; *La Austríada* de Juan Rufo, intendente de Córdoba; e *El Monserrato* de Cristóbal de Virués, poeta valenciano.[34]

— Todos esses três livros — disse o padre — são os melhores que já foram escritos em versos heroicos na língua castelhana e podem competir com os mais famosos da Itália; que sejam guardados como as mais ricas joias de poesia que a Espanha tem.

O padre se cansou de ver mais livros e assim, sem examiná-los, ordenou que todos os outros queimassem; mas o barbeiro já havia aberto um deles, chamado *Las lágrimas de Angélica*.[35]

— Eu as derramaria — disse o padre ao ouvir o nome — se este livro tivesse sido queimado, pois seu autor era um dos poetas mais famosos não só da Espanha, como também de todo o mundo, e foi felicíssimo na tradução de algumas das fábulas de Ovídio.

---

32. Livro de 1586 publicado por López Maldonado que continha duas composições poéticas de Cervantes.
33. *La Galatea* (1585) é uma novela pastoril do próprio Cervantes, que prometeu várias vezes uma continuação dela, mas morreu sem concluí-la.
34. O poema *La Araucana* foi publicado em três partes: 1569, 1578 e 1589; *La Austríada*, em 1584; *El Monserrato*, em 1588.
35. Obra de Dom Luis Barahona de Soto publicada em 1586.

Capítulo 7

Da segunda saída de nosso bom cavaleiro
Dom Quixote de La Mancha

Estando nisso, começou a esbravejar Dom Quixote, dizendo:

— Aqui, aqui, valentes cavaleiros, aqui é mister mostrar a força de vossos valentes braços, pois os cortesãos estão levando a melhor no torneio!

Como foram correndo ver aquele barulho e algazarra, não seguiram com o escrutínio dos restantes livros, e por isso se acredita que tenham ido ao fogo, sem ser vistos ou ouvidos, *La Carolea*[1] e *León de España*,[2] com os feitos do imperador, compostos por Dom Luís de Ávila,[3] que sem dúvida deviam figurar entre os que restavam e, talvez, se o padre os visse, não passassem por uma sentença tão rigorosa.

Quando viram Dom Quixote, ele já estava fora da cama e continuava com seus brados e desatinos, distribuindo punhaladas e golpes para todos os lados, tão acordado como se nunca tivesse dormido. Contiveram-no à força e obrigaram-no a voltar para a cama; e, depois que ele se acalmou um pouco, virou-se para falar com o padre e disse:

— Com certeza, senhor arcebispo Turpin, é um grande pesar, para os que nos chamamos Doze Pares, deixar os cavaleiros da corte vencerem este torneio sem mais nem menos, tendo nós, os aventureiros, ganhado o prêmio nos três dias anteriores.

— Cale-se vossa mercê, senhor compadre — disse o padre —, pois Deus há de prover para que a sorte mude e o que se perca hoje seja ganho amanhã; e cuide vossa mercê de sua saúde por enquanto, pois me parece que deve estar muito cansado, se é que já não está muito ferido.

— Ferido, não — disse Dom Quixote —, mas moído e alquebrado, não há dúvida, porque aquele bastardo de Dom Rolando me espancou com um galho de azinheira, e tudo por inveja, pois vê que sou o único que me oponho às suas valentias; mas eu não me

---

1.   *Primera parte de la Carolea, que trata las victorias del emperador Carlos V, rey de España*, poema épico de Jerónimo Sempere publicado em 1560.

2.   *Primera y segunda parte de El León de España*, poema de 1586 de autoria de Pedro de la Vezilla Castellanos.

3.   Provável alusão ao *Comentario de la guerra de Alemania* (1546–47), de Luis de Ávila y Zúñiga.

chamaria Reinaldos de Montalbán[4] se, ao me levantar deste leito, não o fizesse pagar, apesar de todos os seus encantamentos; e por ora tragam-me algo de comer, pois isso é o que mais me fará bem, e deixem que da vingança me encarrego eu.

Assim fizeram: alimentaram-no, e ele se pôs a dormir de novo, enquanto os outros se admiravam de sua loucura.

Naquela noite, a criada abrasou e queimou tantos livros quantos havia no pátio e em toda a casa, e devem ter ido para o fogo vários que mereciam ser guardados em arquivos perpétuos; mas sua sorte e a preguiça do escrutinador não o permitiram, e assim se cumpriu neles o ditado de que às vezes pagam os justos pelos pecadores.

Um dos remédios que o padre e o barbeiro ofereceram então para o mal de seu amigo foi fechar e emparedar o aposento dos livros, para que quando ele se levantasse não os encontrasse — talvez removendo a causa cessasse o efeito —, dizendo-lhe que um encantador havia levado os livros, o aposento e tudo o mais; e assim foi feito com muita presteza. Dois dias depois, Dom Quixote levantou-se e a primeira coisa que fez foi ir ver seus livros; e como não encontrava o aposento em que os deixara, andava de um lugar a outro à procura dele. Chegava ao ponto em que ficava a porta, tateava com as mãos e voltava e revirava os olhos por tudo, sem dizer palavra; mas depois de um bom tempo perguntou à criada onde estava o aposento com seus livros. A criada, que já estava bem informada do que tinha de responder, disse:

— Mas que aposento vossa mercê está procurando? Já não há aposento nem livros nesta casa, porque tudo foi levado pelo próprio diabo.

— Não era diabo — respondeu a sobrinha —, mas um encantador que chegou sobre uma nuvem certa noite, depois do dia em que vossa mercê partiu daqui, e, apeando-se de uma serpente em que vinha montado, entrou no aposento, e não sei o que fez lá dentro que, depois de pouco tempo, saiu voando pelo telhado e deixou a casa cheia de fumaça; e, quando viemos olhar o que ele havia feito, não vimos livro nem aposento algum: a criada e eu só nos lembramos muito bem de que, na hora de partir, aquele velho malvado disse aos gritos que, pela inimizade secreta que tinha pelo dono daqueles livros e aposento, deixava feito naquela casa o estrago que mais tarde se veria. Também disse que se chamava "o sábio Munhecão".

— Deve ser Frestão — disse Dom Quixote.

— Não sei — respondeu a criada — se o nome dele era "Frestão" ou "Fritão", só sei que seu nome terminava em *ão*.

— É isso mesmo — disse Dom Quixote —, pois esse é um sábio encantador, grande inimigo meu, que me tem rancor porque sabe, por suas artes e artimanhas, que daqui

---

4. Alusão ao combate entre Rolando e Reinaldos no *Orlando enamorado* de Boiardo. A rivalidade entre os dois Pares se deve à disputa pelo amor de Angélica.

CAPÍTULO 7

a algum tempo irei travar uma singular batalha com um cavaleiro que é seu favorecido e hei de derrotá-lo sem que ele possa impedir, e por isso ele tenta me causar todos os dissabores que pode; mas asseguro que dificilmente ele poderá contradizer ou evitar o que está ordenado pelos céus.

— Quem duvida disso? — disse a sobrinha. — Mas quem enfia vossa mercê nessas pendências, senhor meu tio? Não seria melhor ficar em paz na sua casa, em vez de sair pelo mundo comendo o pão que o diabo amassou, sem considerar que muitos vão atrás de lã e voltam tosquiados?

— Oh, minha sobrinha — respondeu Dom Quixote —, como estás equivocada! Primeiro que, se tentarem me tosquiar, vou raspar e arrancar a barba de tantos quantos imaginarem me tocar na ponta de um único fio de cabelo.

As duas não quiseram replicar-lhe mais nada, pois viram que sua cólera ia aumentando.

O caso é que ele passou quinze dias em casa muito sossegado, sem dar sinais de querer secundar seus primeiros desatinos; nesses dias ele teve conversas muito divertidas com seus dois compadres, o padre e o barbeiro, nas quais dizia que a coisa de que o mundo mais precisava era de cavaleiros andantes e de que nele se ressuscitasse a cavalaria andantesca. O padre às vezes o contradizia e outras vezes concordava, pois, se não lançasse mão desse artifício, não haveria como se entender com ele.

Nesse ínterim, Dom Quixote chamou um lavrador vizinho seu, um homem de bem — se é que esse título pode ser dado a quem é pobre —, mas com muito pouco sal na moleira.[5] Em resumo, tanto lhe disse, tanto o persuadiu e prometeu-lhe tanto, que o pobre aldeão decidiu sair com ele e servir como seu escudeiro. Dom Quixote dizia-lhe, entre outras coisas, que se dispusesse de boa vontade a ir com ele, porque algum dia poderia lhe acontecer uma aventura que ganhasse, a troco de nada, alguma ilha, e ele o deixasse como governador dela. Com essas e outras promessas, Sancho Pança, que assim se chamava o lavrador, deixou a mulher e os filhos e tornou-se escudeiro do vizinho.

Então Dom Quixote tratou de arrumar dinheiro e, vendendo uma coisa, penhorando outra e malbaratando todas elas, reuniu uma quantia considerável. Acomodou-se também com um broquel[6] que pediu emprestado a um amigo e, reparando o melhor que pôde seu capacete desconjuntado, comunicou ao seu escudeiro Sancho o dia e a hora que pretendia pôr-se a caminho, para que arrumasse o que achava que lhe seria mais necessário. Acima de tudo, encarregou-o de levar alforjes. Sancho disse que os levaria e que também estava pensando em levar um burro muito bom que ele tinha, pois não estava muito acostumado a andar a pé. Dom Quixote pensou um pouco na questão do burro,

5. De muito pouco juízo.
6. Pequeno escudo redondo, geralmente de madeira com guarnição de ferro.

José Moreno Carbonero, 1911

tentando se lembrar se algum cavaleiro andante havia tido escudeiro montado burralmente, mas nenhum lhe veio à memória; porém, apesar disso, decidiu que deveria levá-lo, com o propósito de provê-lo de montaria mais honrosa quando houvesse ocasião para isso, tomando o cavalo do primeiro descortês[7] cavaleiro com que topasse. Providenciou camisas e outras coisas que pôde, segundo o conselho que o estalajadeiro lhe dera; tudo isso feito e cumprido, sem que Pança se despedisse dos filhos e da mulher, nem Dom Quixote da criada e da sobrinha, uma noite saíram do lugar sem que ninguém os visse; e caminharam tanto que, ao amanhecer, tiveram a certeza de que não seriam encontrados, mesmo que os procurassem.

Ia Sancho Pança sobre seu burro como um paxá, com seus alforjes e um odre de vinho, e com grande desejo de se ver já governador da ilha que seu amo lhe prometera. Dom Quixote conseguiu tomar o mesmo caminho e rota que fizera em sua primeira viagem, que foi pelo campo de Montiel, pelo qual andava com menos pesar do que da última vez, pois, por ser de manhã cedo e os raios de sol atingi-los de lado, não se cansavam. Disse então Sancho Pança a seu amo:

— Olhe vossa mercê, senhor cavaleiro andante, não esqueça o que me prometeu sobre a ilha, que saberei governá-la, por maior que seja.

Ao que Dom Quixote respondeu:

— Tens de saber, amigo Sancho Pança, que foi um costume muito usado dos antigos cavaleiros andantes fazer de seus escudeiros os governadores das ilhas ou reinos que conquistavam, e, quanto a mim, estou determinado de que tal costume tão agradável não acabe, antes penso superar-me nele: pois eles algumas vezes, e talvez a maioria delas, esperavam até que seus escudeiros ficassem velhos e cansados de servir e de ter dias ruins e noites piores, para só depois lhes dar algum título de conde, ou quando muito de marquês, de algum vale ou província de pouca importância; mas se tu viveres e eu viver, pode bem se passar que antes de seis dias eu ganhe tal reino, que talvez tenha outros ligados a ele que venham de molde para coroar-te como rei de um deles. E não penses que é difícil, pois coisas e casos acontecem a tais cavaleiros de maneiras tão impensadas ou nunca vistas, que eu poderia com facilidade te dar ainda mais do que prometo.

— Dessa maneira — respondeu Sancho Pança —, se eu fosse rei por algum milagre que vossa mercê diz, pelo menos Juana Gutiérrez, minha cara-metade, viria a ser rainha; e meus filhos, infantes.

— Pois alguém tem dúvida disso? — respondeu Dom Quixote.

— Eu tenho — respondeu Sancho Pança —, pois acredito que, mesmo que Deus fizesse chover reinos sobre a terra, nenhum assentaria bem na cabeça de Mari Gutiérrez.

---

7.   Um cavaleiro descortês é aquele que não obedece às leis cavaleirescas da cortesia, ou seja, uma pessoa desrespeitosa.

CAPÍTULO 7

Saiba, senhor, que ela não vale dois maravedis para rainha; condessa lhe cairá melhor, isso com a ajuda de Deus.

— Encomenda isso a Deus, Sancho — respondeu Dom Quixote —, que Ele te dará o que for mais conveniente; mas não desanimes tanto teu espírito a ponto de ficar satisfeito com menos do que ser governador.

— Não vou fazer isso, meu senhor — respondeu Sancho —, e ainda mais por ter tão principal amo em vossa mercê, que saberá me dar tudo aquilo que me fizer bem e que eu possa carregar.

Arnold Belkin, 1985

Capítulo 8

*Do grande triunfo que o bravo Dom Quixote teve na
assustadora e jamais imaginada aventura dos moinhos de
vento, com outros acontecimentos dignos de feliz recordação*

Nisso, descobriram trinta ou quarenta moinhos de vento que estão naquele campo, e assim que Dom Quixote os viu, disse ao seu escudeiro:

— A fortuna vai guiando nossas coisas melhor do que poderíamos desejar; porque olha lá, amigo Sancho Pança, onde se avistam trinta ou mais desaforados gigantes, contra os quais pretendo lutar e tirar a vida de todos, e com seus despojos começaremos a enriquecer, que esta é uma guerra justa, e fazemos um grande serviço a Deus eliminando essa estirpe da face da Terra.

— Que gigantes? — disse Sancho Pança.

— Aqueles ali — respondeu seu amo —, de longos braços; alguns chegam a ter quase duas léguas de comprimento.[1]

— Olhe vossa mercê — respondeu Sancho —, os que ali aparecem não são gigantes, e sim moinhos de vento, e o que neles parecem braços são as pás que, giradas pelo vento, fazem mover a pedra do moinho.

— Ao que parece — respondeu Dom Quixote —, não és muito entendido em aventuras: eles são gigantes; e se estiveres com medo, sai daí e faz uma oração enquanto eu entro com eles na mais feroz e sem igual batalha.

E, dizendo isso, esporeou seu cavalo Rocinante, sem atender aos gritos que seu escudeiro Sancho lhe dava, avisando-lhe que sem dúvida alguma eram moinhos de vento, e não gigantes, aqueles que ia atacar. Mas ele estava tão convencido de que eram gigantes que nem ouvia a voz de seu escudeiro Sancho, nem percebia, embora já estivesse muito perto, o que eram, e até ia dizendo em voz alta:

— Não fujais, covardes e vis criaturas, que um só cavaleiro é quem vos acomete.

---

1. Uma légua equivalia, no antigo sistema espanhol, a 5.572,7 m.

Apeles Mestres e Francisco Fusté, 1879

CAPÍTULO 8

Nisso, levantou-se um pouco de vento e as grandes pás começaram a se mover; vendo isso, Dom Quixote disse:

— Ainda que movais mais braços do que os do gigante Briareu,[2] me haveis de pagar.

E, dizendo isso e encomendando-se de todo coração a sua senhora Dulcineia, pedindo-lhe que o socorresse em tal transe, bem protegido por seu escudo, com a lança em riste, avançou a todo galope com seu Rocinante e investiu contra o primeiro moinho que havia à sua frente; e dando-lhe uma lançada na pá, o vento a virou com tanta fúria, que fez a lança em pedaços, levando consigo o cavalo e o cavaleiro, que saiu rolando destroçado pelo campo. Acudiu Sancho Pança a socorrê-lo, tão rápido quanto seu burro podia correr, e quando chegou viu que não podia se mexer: tal foi o golpe que Rocinante deu com ele.

— Valha-me Deus! — disse Sancho. — Eu não disse para vossa mercê olhar o que fazia, que não eram nada além de moinhos de vento, e só podia ignorar aquele que também tivesse moinhos na cabeça?

— Cala, amigo Sancho — respondeu Dom Quixote —, que as coisas da guerra mais do que as outras estão sujeitas a contínua mudança; além disso, acredito, e assim é verdade, que aquele sábio Frestão, que roubou meu aposento e os livros, transformou esses gigantes em moinhos, para tirar-me a glória dessa conquista: tal é a inimizade que ele tem por mim; mas, ao fim e ao cabo, pouco hão de conseguir suas malignas artes contra a bondade de minha espada.

— Que Deus ajude como puder — respondeu Sancho Pança.

E, ajudando-o a se levantar, tornou a montar em Rocinante, que estava meio desconjuntado. E, falando sobre a última aventura, seguiram o caminho de Puerto Lápice, porque ali dizia Dom Quixote que não era possível evitar encontrar muitas e diversas aventuras, pois era um lugar muito movimentado; no entanto, ia muito pesaroso, por lhe faltar a lança; e comentando o fato ao seu escudeiro, ele disse;

— Eu me lembro de ter lido que um cavaleiro espanhol chamado Diego Pérez de Vargas, tendo em uma batalha quebrado sua espada, arrancou de uma azinheira um pesado galho ou tronco e com ele fez tais coisas naquele dia, e machucou tantos mouros, que ficou com o apelido de "Machuca", e assim ele e seus descendentes passaram a ser chamados a partir daquele dia de "Vargas Machuca".[3] Digo isso porque da primeira azinheira ou carvalho com que me deparar pretendo cortar outro galho, tão bom quanto aquele que imagino;

2. Irmão dos mitológicos titãs, filho de Urano e da Terra, Briareu tinha cem braços e cinquenta cabeças cujas bocas lançavam chamas.
3. Trata-se de Diego Pérez de Vargas, personagem histórico que se destacou no cerco de Jerez (1223) nos tempos de Fernando III.

103

DOM QUIXOTE

e penso realizar com ela tais façanhas, que tu te consideres muito afortunado por ter merecido presenciá-las e testemunhar coisas que quase não se poderão acreditar.

— Está nas mãos de Deus — disse Sancho —, e eu acredito em tudo assim como vossa mercê o diz; mas endireite-se um pouco que parece que está meio de lado, e deve ser pelo esmagamento da queda.

— Assim é a verdade — respondeu Dom Quixote —, e se não me queixo da dor, é porque não é costume dos cavaleiros andantes reclamar de qualquer ferida, ainda que dela saiam as tripas.

— Se é assim, não tenho eu que replicar — respondeu Sancho —; mas sabe Deus que me agradaria mais se vossa mercê se queixasse quando algo lhe doesse. De mim, sei dizer que hei de me queixar da mínima dor que tiver, se é que não está entendido que também vale para os escudeiros dos cavaleiros andantes isso de não se queixar.

Não deixou de rir Dom Quixote da simplicidade de seu escudeiro; e, assim, declarou-lhe que poderia muito bem se queixar como e quando quisesse, com ou sem vontade, que até então não havia lido nada contrário a isso na ordem da cavalaria. Disse-lhe Sancho para olhar que já era hora de comer. Respondeu seu amo que por enquanto não havia necessidade, que comesse ele quando bem quisesse. Com essa permissão, Sancho acomodou-se o melhor que pôde em seu burro e, tirando dos alforjes o que neles havia posto, ia seguindo e comendo atrás de seu amo, bem à vontade, e de vez em quando entornava a bota de vinho, com tanto gosto que podia causar inveja ao mais requintado taverneiro de Málaga.[4] E enquanto ia daquela maneira entornando cada trago, não se lembrava de nenhuma promessa que seu amo lhe tivesse feito, nem considerava um trabalho, e sim um descanso, andar buscando aventuras, por mais perigosas que fossem.

Em suma, passaram aquela noite entre umas árvores, e de uma delas arrancou Dom Quixote um galho seco que quase lhe podia servir de lança, e nele colocou o ferro que havia retirado da que quebrara. Toda aquela noite não dormiu Dom Quixote, pensando em sua senhora Dulcineia, tudo conforme ao que havia lido em seus livros, quando os cavaleiros passavam sem dormir muitas noites nas florestas e descampados, entretidos com a memória de suas damas. Não passou o mesmo com Sancho Pança, que, como tinha o estômago cheio, e não de água de chicória,[5] dormiu direto a noite toda, e não teriam sido suficientes para despertá-lo, caso seu amo não o chamasse, os raios do sol, que batiam em seu rosto, nem o canto das aves, que eram muitas e que muito alegremente a chegada do novo dia saudavam. Ao se levantar, deu uma golada na bota e achou-o um pouco mais magro do que na noite anterior, e isso lhe afligiu o coração, pois parecia-lhe que não estavam nem perto de remediar tão rapidamente tal falta. Não quis fazer seu

4.   Os vinhos de Málaga eram bastante célebres na Espanha.
5.   O bulbo da chicória, cozido e coado, era considerado sonífero.

Agustín Celis Gutiérrez, 1970

desjejum Dom Quixote, porque, como já foi dito, inventou de se sustentar apenas com saborosas lembranças. Retomaram seu já começado caminho para Puerto Lápice e às três da tarde o avistaram.

— Aqui — disse vendo-o Dom Quixote — podemos, irmão Sancho Pança, mergulhar até o pescoço nisso que chamam de aventuras. Mas estejas avisado de que, mesmo que me vejas nos maiores perigos do mundo, não hás de pôr a mão na tua espada para me defender, salvo se os que me ofenderem forem gentalha e gente humilde, que nesse caso podes me ajudar; mas, se forem cavaleiros, de nenhuma maneira é lícito ou permitido pelas leis da cavalaria que me ajudes, até que sejas armado cavaleiro.

— Por certo, senhor — respondeu Sancho —, que vossa mercê será muito bem obedecido nisso, e digo mais, que eu mesmo sou pacífico e avesso a me meter em tumultos e contendas. Bem é verdade que, quando se tratar de defender minha pessoa, não terei muito em conta essas leis, pois as leis divinas e humanas permitem que cada um se defenda de quem quiser afrontá-lo.

— Não digo menos — respondeu Dom Quixote —, mas nisso de me ajudar contra cavaleiros deves seguir à risca e manter controlados teus ímpetos naturais.

— Digo que assim o farei — respondeu Sancho — e que guardarei esse preceito tão guardado quanto o dia de domingo.

Estando nesses assuntos, apareceram pelo caminho dois frades da Ordem de São Bento cavalgando em dois dromedários, pois não eram menores as duas mulas nas quais vinham. Tinham no rosto viseiras com lentes contra o pó e portavam sombrinhas. Atrás deles vinha um coche, acompanhado de quatro ou cinco cavaleiros e dois tropeiros a pé. Na carruagem, como depois se soube, estava uma senhora biscainha[6] que ia para Sevilha, onde estava o marido, que se dirigia às Índias com um honroso cargo. Não vinham com ela os frades, embora fossem pelo mesmo caminho; mas, assim que Dom Quixote os avistou, disse ao seu escudeiro:

— Ou estou enganado, ou esta há de ser a mais famosa aventura que já se viu, porque aqueles vultos negros que lá aparecem devem ser e são sem dúvida alguns encantadores que levam raptada alguma princesa naquele coche, e é preciso desfazer esse agravo com todo o meu poderio.

— Pior será isso que os moinhos de vento — disse Sancho. — Olhe, senhor, que aqueles são frades de São Bento, e a carruagem deve ser de gente passageira. Olhe o que eu digo e olhe bem o que faz, para que o diabo não o engane.

— Já te disse, Sancho — respondeu Dom Quixote —, que sabes pouco das deixas para aventuras: o que digo é verdade, e agora mesmo verás.

---

6. Biscainho pode se referir ao natural de qualquer uma das três províncias do País Basco em que se fala o dialeto biscainho: Álava, Guipúzcoa e Biscaia.

CAPÍTULO 8

E, dizendo isso, seguiu adiante e se postou no meio do caminho por onde vinham os frades e, chegando mais perto, de modo que pudessem ouvir o que ele dizia, em voz alta disse:

— Gente endiabrada e descomunal, deixeis as altas princesas que nesse coche levais à força; se não, preparai-vos para receber súbita morte, como um justo castigo por vossas más ações.

Seguraram as rédeas os frades e ficaram maravilhados tanto com a figura de Dom Quixote quanto com suas palavras, às quais responderam:

— Senhor cavaleiro, não somos endiabrados nem descomunais, mas sim dois religiosos de São Bento que vamos em nosso caminho, e não sabemos se este coche leva ou não princesas forçadas.

— Para cima de mim, não venhais com palavras mansas, pois já vos conheço, gente desprezível — disse Dom Quixote.

E sem esperar outra resposta, picou Rocinante e, com a lança baixa, atacou o primeiro frade, com tanta fúria e ousadia que, se o frade não se deixasse cair da mula, despencaria de muito mau jeito no chão, terminando seriamente ferido ou até mesmo morto. O segundo religioso, que viu o tratamento dado ao seu companheiro, golpeou com os calcanhares sua boa mula e começou a correr por aquele descampado, mais ligeiro do que o próprio vento.

Sancho Pança, que viu o frade no chão, baixando rapidamente de seu burro, atacou-o e começou a tirar-lhe as vestes. Nisso chegaram os dois tropeiros dos frades e lhe perguntaram por que o estava despindo. Respondeu Sancho que aquilo tudo lhe pertencia por direito, como espólio da batalha que seu senhor Dom Quixote havia ganhado. Os homens, que não estavam para brincadeiras nem entendiam aquilo de despojos ou de batalhas, vendo que Dom Quixote já havia se afastado e estava falando com as damas que no coche vinham, atacaram Sancho e o derrubaram no chão, e, sem deixar pelo, arrancaram-lhe as barbas, destroçaram-no aos chutes e o deixaram caído no chão, sem fôlego e sem sentidos. E, sem parar para respirar, o frade voltou a subir, todo temeroso e acovardado e com o rosto pálido; e quando se viu sobre seu cavalo, acelerou atrás do companheiro, que ao longe o estava aguardando, esperando para ver no que ia dar todo aquele sobressalto, e, sem querer esperar pelo fim de todo aquele começado episódio, continuaram seu caminho, fazendo o sinal da cruz mais vezes do que se estivessem carregando o diabo nas costas.

Dom Quixote estava, como se disse, conversando com a senhora da carruagem, dizendo-lhe:

— Vossa formosura, minha senhora, pode fazer de sua pessoa o que mais lhe convier, porque já a soberba de vossos raptores jaz na terra, derrubada por este meu forte

107

Adolph Schrödter, 1863

braço; e para que não peneis por saber o nome de vosso libertador, sabei que me chamo Dom Quixote de La Mancha, cavaleiro andante e aventureiro, e cativo da sem-par e formosa dona Dulcineia del Toboso; e, como pagamento pelo benefício que de mim haveis recebido, não quero outra coisa senão que volteis a El Toboso e que em meu nome vos apresenteis perante essa senhora e lhe digais o que por vossa liberdade perpetrei.

Tudo isso que Dom Quixote dizia foi ouvido por um dos escudeiros que o coche acompanhava, que era biscainho, o qual, vendo que não queria deixar o coche seguir adiante, dizendo que teriam de dar meia-volta para El Toboso, foi ter com Dom Quixote e, agarrando-o pela lança, disse-lhe, em castelhano ruim e pior basco, assim:

— Anda, cavaleiro mal andante, pelo Deus que criou a mim, que, se não deixar passar o coche, assim te matará este biscainho.

Entendeu-o muito bem Dom Quixote e com muita calma respondeu:

— Se fosses cavaleiro, como não és, eu já teria punido tua sandice e atrevimento, mesquinha criatura.

CAPÍTULO 8

Ao que replicou o biscainho:

— Eu não cavaleiro? Juro por Deus que tanto mentes como cristão. Se lança jogares e espada sacares, verás rápido um banho que te darei. Biscainho sou por terra, fidalgo por mar, fidalgo pelo diabo; e olha: mentes se outra dizes coisa.

— Agora vereis,[7] como disse Agrajes — respondeu Dom Quixote.

E, atirando a lança ao chão, sacou a espada, agarrou seu broquel e atacou o biscainho, com determinação de tirar-lhe a vida. O biscainho, que assim o viu arremeter, embora quisesse apear da mula, que, sendo uma dessas de aluguel, não era confiável, não podia fazer outra coisa senão sacar sua espada; a sorte foi que estava junto ao coche, de onde pôde pegar uma almofada que lhe serviu de escudo, e logo foram um em direção ao outro, como se fossem dois mortais inimigos. Os demais queriam apaziguá-los, mas não conseguiram, porque o biscainho dizia com suas mal articuladas palavras que, se não o deixassem terminar sua batalha, ele mesmo teria de matar sua senhora e todas as pessoas que o estorvassem. A senhora da carruagem, admirada e temerosa do que via, fez com que o cocheiro se desviasse um pouco dali, e de longe começou a assistir à rigorosa disputa, durante a qual deu o biscainho uma grande punhalada em Dom Quixote no ombro, por cima do broquel, que, se fosse dada sem essa defesa, teria aberto até a cintura Dom Quixote, que sentiu a dor daquele desaforado golpe e deu um grito, dizendo:

— Oh, senhora de minha alma, Dulcineia, flor da formosura, socorrei a este vosso cavaleiro, que para satisfazer vossa muita bondade neste rigoroso padecimento se encontra!

Entre dizer isso, apertar sua espada, cobrir-se bem com seu broquel e atacar o biscainho não houve intervalo, tudo ocorreu ao mesmo tempo, com a determinação de arriscar tudo em um único golpe.

O biscainho, que assim o viu arremeter contra ele, bem compreendeu por sua ousadia seu brio, e decidiu fazer o mesmo que Dom Quixote; e, assim, o aguardou, bem protegido com sua almofada, sem poder contornar a mula para um lado ou para o outro, que, por puro cansaço e não acostumada a semelhantes divertimentos, não podia dar um passo.

Vinha, pois, como já foi dito, Dom Quixote contra o cauto biscainho com a espada no alto, com a determinação de parti-lo ao meio, e o biscainho o esperava do mesmo modo com a espada levantada e resguardado com sua almofada, e todos os espectadores estavam temerosos e pendentes do que ia acontecer a partir daqueles grandes golpes com os quais se ameaçavam; e a senhora da carruagem e outras, suas criadas, faziam mil votos e oferendas a todas as imagens e santuários da Espanha, para que Deus livrasse seu escudeiro e a elas do tão grande perigo no qual se encontravam.

---

7. "Agora vereis" é uma fórmula proverbial de ameaça; embora atribuída a Agrajes, primo de Amadis, o personagem não a profere em nenhuma das passagens do texto conservado do *Amadís de Gaula*.

DOM QUIXOTE

Mas o grande problema é que, neste ponto e término, o autor da história deixa pendente esta batalha, desculpando-se por não ter encontrado mais escritos sobre essas façanhas de Dom Quixote, além daquelas que deixa referidas. É bem verdade que o segundo autor desta obra não quis acreditar que tão curiosa história estivesse entregue às leis do esquecimento, nem que tivessem sido tão pouco curiosos os engenhos de La Mancha que não tivessem em seus arquivos ou em suas escrivaninhas alguns papéis que desse famoso cavaleiro tratassem; e assim, com esse pensamento, ele não se desesperou para achar o fim dessa pacífica história, que, estando o céu a seu favor, o encontrou do modo que se contará na segunda parte.

Segunda parte

Capítulo 9

Onde se conclui e dá fim à estupenda batalha que o
galhardo biscainho e o valente manchego travaram

Deixamos na primeira parte desta história o valente biscainho e o famoso Dom Quixote com as espadas em riste, na posição de descarregar dois furibundos golpes, tais que, se acertassem em cheio, no mínimo os dois se partiriam e rachariam um ao outro de cima a baixo, abrindo-se como romãs; e naquele ponto tão duvidoso parou e ficou truncada essa história tão saborosa, sem que seu autor nos desse notícia de onde se poderia encontrar o que dela faltava.

Isso me causou grande pesar, pois o gosto de ter lido tão pouco se transformava em desgosto ao pensar no difícil caminho que se oferecia para achar o muito que, em minha opinião, faltava de um relato tão saboroso. Pareceu-me coisa impossível e fora de todo bom costume que a tão bom cavaleiro faltasse algum sábio que se encarregasse de escrever suas nunca vistas façanhas, coisa que não faltou a nenhum dos cavaleiros andantes,

desses que as gentes dizem
que vão às suas aventuras,[1]

pois cada um deles tinha um ou dois sábios como de encomenda, que não apenas escreviam seus feitos, mas também pintavam seus mais ínfimos pensamentos e insignificâncias, por mais íntimas que fossem; e não havia de ser tão desafortunado um cavaleiro tão bom, que lhe faltasse o que sobrou a Platir e outros semelhantes. Assim, eu não podia me inclinar a crer que tão galharda história tivesse ficado capenga e estropiada, e punha a culpa na malignidade do tempo, devorador e consumidor de todas as coisas, que a mantinha oculta ou consumida.

---

1. Variante dos versos de um romance popular que Álvar Gómez de Ciudad Real incluiu em sua tradução de *Triunfo de amor*, de Petrarca.

Por outro lado, parecia-me que, como entre seus livros se achavam alguns tão modernos como *Desengaño de celos* e *Ninfas y pastores de Henares*, também sua história devia ser moderna e, mesmo que não tivesse sido escrita, estaria na memória da gente de sua aldeia e das que a rodeiam. Esse pensamento me deixava confuso e desejoso de saber real e verdadeiramente toda a vida e milagres de nosso famoso espanhol Dom Quixote de La Mancha, luz e espelho da cavalaria manchega, e o primeiro que em nossa época e nestes tempos tão calamitosos se entregou ao trabalho e ao exercício das andantes armas, e ao de desfazer agravos, socorrer viúvas, amparar donzelas, daquelas que andavam com seus açoites e palafréns[2] e com toda a sua virgindade às costas, de monte em monte e de vale em vale: pois donzela houve em passados tempos que, se não fosse forçada por algum malfeitor ou algum vilão com machado e capelina[3] ou algum descomunal gigante, ao cabo de oitenta anos, sem dormir uma única noite sob um teto, foi-se tão inteira à sepultura como a mãe que a havia parido. Digo, então, que, por esses e muitos outros aspectos, nosso galhardo Quixote é digno de contínuo e memorável louvor, que a mim também não deve ser negado, pelo trabalho e diligência que tive em buscar o fim desta agradável história; embora eu saiba bem que se o céu, o acaso e a ventura não me ajudassem, ao mundo faltariam o passatempo e o gosto que bem poderá ter por quase duas horas aquele que a ler com atenção. Aconteceu, então, de encontrá-la desta maneira:

Estando eu certo dia na Alcaná de Toledo,[4] chegou um menino querendo vender alguns calhamaços e papéis velhos para um trapeiro;[5] e, como sou aficionado a ler até os papéis rasgados das ruas, levado por essa minha inclinação natural peguei um dos calhamaços que o menino estava vendendo e vi nele caracteres que eu sabia serem arábicos. E como, embora os conhecesse, não sabia lê-los, fiquei observando para ver se aparecia por ali algum mourisco aljamiado[6] que os lesse, e não foi muito difícil encontrar tal intérprete, pois, mesmo que procurasse um de outra língua melhor e mais antiga, ali eu o encontraria. Enfim, a sorte me deparou um a quem falei de meu desejo, e, pondo-lhe o livro nas mãos, ele o abriu no meio e, lendo um pedaço, começou a rir.

Perguntei-lhe do que estava rindo, e respondeu-me que era de uma coisa que estava escrita na margem daquele livro, como uma anotação. Pedi-lhe que a contasse para mim, e ele, ainda rindo, disse:

— Está, como eu disse, escrito o seguinte aqui na margem: "Dizem que esta Dulcineia del Toboso, tantas vezes mencionada nesta história, teve a melhor mão para salgar porcos do que qualquer outra mulher em toda La Mancha".

---

2. Cavalo elegante e bem adestrado, pequeno e manso, especialmente usado pelas damas.
3. Capacete, casquete.
4. Alcanás eram antigas ruas mercantis em que se vendia de tudo.
5. Catador de papéis na rua para vender aos fabricantes de papel.
6. Que falava castelhano. A aljamia é a língua espanhola escrita com caracteres árabes.

CAPÍTULO 9

Adolphe Lalauze, 1879–1884

Quando o ouvi dizer "Dulcineia del Toboso", fiquei atônito e suspenso, pois logo imaginei que aqueles calhamaços continham a história de Dom Quixote. Com esse pensamento, apressei-o para que lesse o início, e, ao fazê-lo, transformando de improviso o arábico em castelhano, ele disse que dizia: *História de Dom Quixote de La Mancha, escrita por Cide Hamete Benengeli, historiador árabe.* Foi preciso muita discrição para dissimular o contentamento que tive quando chegou aos meus ouvidos o título do livro, e adiantando-me ao trapeiro, comprei todos os papéis e calhamaços do menino por meio real; se ele fosse mais discreto e soubesse o quanto eu os queria, bem pudera ter pedido e tirado mais de seis reais da compra. Depois, afastei-me com o mourisco pelo claustro da igreja matriz e roguei-lhe que me traduzisse aqueles calhamaços, todos os que tratavam de Dom Quixote, para a língua castelhana, sem lhes tirar ou acrescentar nada, oferecendo-lhe o pagamento que ele quisesse. Contentou-se com duas arrobas de passas

DOM QUIXOTE

e duas fangas de trigo,[7] e prometeu traduzi-los bem e fielmente, e com muita brevidade. Mas eu, para facilitar ainda mais o negócio e não deixar um achado tão bom me escapar, trouxe-o para minha casa, onde, em pouco mais de mês e meio, ele traduziu toda a história, da mesma maneira que é referida aqui.

No primeiro calhamaço, estava pintada de modo muito real a batalha entre Dom Quixote e o biscainho, postos na mesma posição que a história conta, espadas em riste, um protegido por seu broquel, o outro, pela almofada; e a mula do biscainho tão bem representada que se mostrava ser de aluguel já a uma longa distância. O biscainho tinha uma legenda a seus pés que dizia "Dom Sancho de Azpeitia",[8] que sem dúvida devia ser seu nome, e aos pés de Rocinante havia outra que dizia "Dom Quixote". Estava Rocinante maravilhosamente pintado, nos mínimos detalhes, tão fraco e magro, com o espinhaço tão à mostra, com tanta aparência de tísico, que mostrava com clareza o quanto o nome "Rocinante" lhe fora dado com discernimento e propriedade. Ao lado dele estava Sancho Pança, que segurava pelo cabresto seu burro, ao pé do qual havia outra legenda que dizia "Sancho Sancos",[9] e deve ser porque ele tinha, como mostra a pintura, uma barriga grande, o tronco curto e as pernas finas e compridas, e por isso deve ter recebido o nome de "Pança" e "Sancos", que a história às vezes o chama por essas duas alcunhas. Poder-se-ia apontar algumas outras miudezas, mas todas são de pouca importância e não vêm ao caso para o verdadeiro relato da história, pois nenhuma é má, caso tenha veracidade.

Se alguma objeção à sua verdade pode-se fazer aqui, não poderia ser outra senão ter sido seu autor árabe, sendo muito próprio dos daquela nação ser mentirosos; embora, por serem tão nossos inimigos, antes se pode entender que algo ficou faltando mais do que sobrando. E assim me parece, pois, quando poderia e deveria estender a pena nos elogios a tão bom cavaleiro, parece que de indústria o autor os passa em silêncio: coisa malfeita e pior pensada, devendo e tendo de ser os historiadores pontuais, verdadeiros e nada passionais, e que nem o interesse nem o medo, o rancor ou a afeição os façam se desviar do caminho da verdade, cuja mãe é a história, êmula do tempo, repositório de ações, testemunha do passado, exemplo e aviso do presente, advertência do que está por vir. Nesta eu sei que se encontrará tudo o que se possa desejar da forma mais aprazível; e se nela faltar algo de bom, tenho para mim que foi culpa do perro de seu autor, e não por falta de assunto. Enfim, sua segunda parte, seguindo a tradução, começava desta maneira:

Postas e levantadas no alto as espadas cortantes dos dois bravos e enfurecidos combatentes, parecia que estavam ameaçando os céus, a terra e o abismo: tal era sua

---

7. A arroba é uma antiga unidade de medida que correspondia a cerca de quinze quilos; a fanga era medida de capacidade para grãos, legumes e sementes, e equivalia a aproximadamente cinquenta litros.
8. Localidade na província basca de Guipúzcoa.
9. *Sancos*: com pernas de passarinho. É a única vez em toda a obra que Sancho é mencionado por essa alcunha.

CAPÍTULO 9

ousadia e a aparência que tinham. E o primeiro a desferir o golpe foi o colérico biscainho; o qual foi dado com tanta força e tanta fúria que, se sua espada não tivesse se desviado no caminho, aquele único golpe bastaria para pôr fim à sua rigorosa contenda e a todas as aventuras de nosso cavaleiro; mas a boa sorte, que para coisas maiores o guardava, torceu a espada de seu oponente, de modo que, embora o atingisse no ombro esquerdo, não fez outro dano senão desarmá-lo daquele lado, levando de passagem grande parte do capacete, com metade da orelha, e tudo isso com espantosa ruína caiu no chão, deixando-o muito maltratado.

Valha-me Deus! Quem terá agora a boa mente de contar a raiva que entrou no coração de nosso manchego, vendo-se tratado daquele jeito! Basta dizer que ele se endireitou de novo nos estribos e, apertando mais a espada com as duas mãos, com tanta fúria arremeteu contra o biscainho, acertando-o em cheio na almofada e na cabeça, que, sem lhe ser suficiente essa tão boa defesa, como se lhe caísse em cima uma montanha, começou ele a botar sangue pelas narinas, pela boca e pelos ouvidos, e a dar mostras de cair da mula abaixo, de onde cairia, sem dúvida, se não se abraçasse ao pescoço do animal; mas, com tudo aquilo, tirou os pés dos estribos e depois soltou os braços, e a mula, assustada com o terrível golpe, começou a correr pelo campo e, com alguns pinotes, deu com seu dono por terra.

Dom Quixote contemplava a cena com muita calma e, assim que viu o biscainho cair, saltou de seu cavalo e com muita rapidez aproximou-se dele, e, pondo-lhe a ponta da espada nos olhos, disse-lhe que se rendesse; se não, que lhe cortaria a cabeça. O biscainho ficou tão perturbado que não conseguiu responder palavra; e tão cego estava Dom Quixote que o homem teria tido um mau fim, se as senhoras do coche, que até então assistiam à luta com grande sobressalto, não fossem até onde ele estava e lhe pedissem com muito encarecimento que lhes fizesse a grande mercê e favor de perdoar a vida daquele seu escudeiro. Ao que Dom Quixote respondeu, com muita altivez e gravidade:

— Por certo, formosas senhoras, fico mui feliz em fazer o que me pedis, mas há de ser com uma condição e concerto: e é que este cavaleiro tem de me prometer ir à aldeia del Toboso e se apresentar em meu nome à sem-par dona Dulcineia, para que ela faça dele o que mais for de sua vontade.

A temerosa e desconsolada senhora, sem levar em conta o que Dom Quixote pedia e sem perguntar quem era Dulcineia, prometeram-lhe que o escudeiro faria tudo aquilo que de sua parte lhe fosse ordenado.[10]

— Pois, confiado nessa palavra, não lhe farei mais dano, embora ele bem o merecesse.

---

10. "Prometeram-lhe" tem por sujeito as "formosas senhoras" mencionadas por Dom Quixote. Ao longo do texto original, aparecem muitos exemplos de incongruências gramaticais de Cervantes, o que não afeta a fluência da obra. Mantivemos essas inconstâncias na presente tradução.

Capítulo 10

Do que mais aconteceu a Dom Quixote com o biscainho e do perigo no qual se viu com uma caterva de galegos[1]

Já neste meio-tempo havia se levantado Sancho Pança, um tanto maltratado pelos tropeiros dos frades, e havia estado atento à batalha de seu senhor Dom Quixote, e rogava a Deus em seu coração que lhe fosse outorgada a vitória e assim ele pudesse ganhar alguma ilha onde fosse nomeado governador, como lhe havia sido prometido. Vendo, então, que havia terminado a contenda e que seu amo subia novamente em Rocinante, chegou para segurar-lhe o estribo, mas, antes que chegasse a subir, ficou de joelhos diante dele e, tomando sua mão, beijou-a e lhe disse:

— Seja vossa mercê servido, senhor meu, Dom Quixote, de me dar o governo da ilha que nesta rigorosa contenda foi conquistada, que, por maior que seja, eu me sinto com forças para sabê-la governar tão bem quanto qualquer outro que tenha governado ilhas no mundo.

Ao que respondeu Dom Quixote:

— Notai bem, irmão Sancho, que esta aventura e as semelhantes a esta não são aventuras de ilhas, e sim de encruzilhadas, nas quais não se ganha outra coisa que sair com a cabeça quebrada, ou com uma orelha a menos. Tende paciência, que aventuras se oferecerão onde não somente vos possa nomear governador, mas algo mais elevado.

Agradeceu-lhe muito Sancho e, beijando-lhe mais uma vez a mão e a saia da armadura,[2] ajudou-o a subir em Rocinante, e montou em seu burro e começou a seguir seu amo, que a passos largos, sem se despedir nem falar mais com as da carruagem, embrenhou-se em um bosque que havia ali ao lado. Seguia-o Sancho a todo galope de seu burro, mas andava tão rápido Rocinante que, vendo-se deixado para trás, foi obrigado a gritar para

---

1. O título do capítulo não corresponde ao que se narra nele, pois o episódio do biscainho já havia terminado, e o dos galegos só acontecerá no capítulo 15. Para o crítico Francisco Rico, essa anomalia se relaciona às mudanças que Cervantes fez de última hora no manuscrito.
2. A saia da armadura era uma cota leve feita com lâmina e escamas de ferro, sobre a qual se punha a couraça. Sancho a beija em sinal de submissão.

Candido Portinari, 1956

CAPÍTULO 10

que seu amo esperasse. Assim o fez Dom Quixote, segurando as rédeas de Rocinante até que chegasse seu cansado escudeiro, que, ao chegar, lhe disse:

— Parece-me, senhor, que seria prudente nos refugiarmos em alguma igreja,[3] pois, como ficou ferido aquele com quem vossa mercê lutou, não tardará em dar notícias do caso à Santa Irmandade,[4] e nos prenderão; e creio que, se o fizerem, antes de sairmos da cadeia, teremos de suar a camisa.

— Calado — disse Dom Quixote —, onde já viste ou leste que um cavaleiro andante foi levado à justiça, por mais homicídios que tenha cometido?

— Eu não sei nada de *omecillos*[5] — respondeu Sancho —; em minha vida, não carrego nenhum deles; só sei que a Santa Irmandade tem a ver com os que lutam no campo, e nesse assunto não interfiro.

— Pois então, não tenhas medo, amigo — respondeu Dom Quixote —, porque eu te tirarei das mãos dos caldeus,[6] e ainda mais das da Irmandade. Mas me diz por tua vida: já viste um cavaleiro mais valoroso do que eu em tudo o que existe na terra? Já leste em histórias outro que tem ou teve mais brio em acometer, mais fôlego em perseverar, mais destreza em ferir ou mais manha em derrocar?

— Verdade é — respondeu Sancho — que nunca li história alguma, pois não sei ler nem escrever; mas o que ouso apostar é que a mais atrevido amo que vossa mercê eu nunca servi em toda minha vida, e que queira Deus que essas ousadias não sejam pagas onde eu já disse. O que lhe peço a vossa mercê é que se cure, que sai muito sangue dessa orelha, que aqui eu trago ataduras e um pouco de pomada branca nos alforjes.

—Tudo isso seria bem oportuno — respondeu Dom Quixote — se eu me lembrasse de preparar um frasco do bálsamo de Fierabrás,[7] que com uma só gota economizaríamos tempo e remédios.

— Que frasco e que bálsamo é esse? — disse Sancho Pança.

— É um bálsamo — respondeu Dom Quixote — do qual tenho a receita na memória, com o qual não se deve temer a morte nem pensar em morrer de ferida alguma. E assim, quando eu o preparar e te dar, não há nada mais a fazer a não ser, quando vires que em alguma batalha meu corpo for partido ao meio, como muitas vezes acontece, delicadamente, a parte do corpo que caiu no chão, e com muita sutileza, antes que o sangue esfrie,

3. Não se podia prender quem estivesse refugiado em uma igreja.
4. A Santa Irmandade era uma instituição armada regularizada pelos Reis Católicos em 1476, com poderes de condenação sobre os delitos cometidos em descampado, sobretudo por bandoleiros. Seus membros, os quadrilheiros, não eram bem-vistos pela população, por serem violentos e incapazes de garantir a segurança dos viajantes.
5. Sancho confunde *homicídios* com *omecillos*, "rancores", "ódios".
6. Ou seja, "eu te tirarei de apuros". É uma referência bíblica à subjugação de Israel por este povo.
7. O bálsamo de Fierabrás aparece em algumas gestas e livros de cavalaria; dizia-se que era feito com os restos dos perfumes que serviram para embalsamar Jesus Cristo, servindo portanto para curar instantaneamente todas as feridas. Fierabrás é um personagem de ficção, gigante sarraceno que rouba em Jerusalém dois barriletes do bálsamo e mais tarde, convertido à fé cristã, os entrega a Carlos Magno.

121

DOM QUIXOTE

a colocarás junto à outra metade que permaneceu na cela, prestando atenção para encaixá-la igualmente ajustada. Logo me darás de beber apenas dois goles do bálsamo que mencionei e me verás ficar mais são que uma maçã.

— Se existe tal coisa — disse Pança —, eu renuncio desde aqui ao governo da prometida ilha e não quero mais nada em troca de meus muitos bons serviços, a não ser que vossa mercê me dê a receita desse espetacular licor, que eu tenho para mim que a onça[8] deve valer em qualquer lugar no mínimo dois reais, e eu não preciso de mais para passar esta vida honesta e tranquilamente. Mas é preciso saber agora se o custo é alto para fabricá-lo.

— Com menos de três reais, podes fazer até seis litros — respondeu Dom Quixote.

— Pecador de mim! — respondeu Sancho. — Pois então, o que vossa mercê está esperando para fazê-lo e ensiná-lo a mim?

— Cala, amigo — respondeu Dom Quixote —, que maiores segredos pretendo ensinar-te e maiores favores conceder-te; e, por enquanto, vamos nos curar, porque minha orelha dói mais do que eu gostaria.

Tirou Sancho as ataduras e a pomada dos alforjes. Mas, quando Dom Quixote reparou em seu elmo quebrado, esteve a ponto de perder o juízo e, pondo a mão na espada e erguendo os olhos para o céu, disse:

— Eu faço um juramento ao Criador de todas as coisas e aos santos dos quatro Evangelhos, onde mais longamente estão escritos, de viver a vida que viveu o grande marquês de Mântua quando jurou vingar a morte de seu sobrinho Valdovinos, que foi de não comer pão com mesa posta, nem com a mulher folgar, e outras coisas que, embora não me lembre delas, tomo aqui por expressas, até conseguir completa vingança daquele que tal agravo me causou.

Ouvindo isso, Sancho lhe disse:

— Note vossa mercê, senhor Dom Quixote, que, se o cavaleiro cumpriu o que lhe foi ordenado de ir se apresentar diante de minha senhora Dulcineia del Toboso, já terá cumprido o que devia e não merece outra pena se ele não comete novo delito.

— Falaste e apontaste muito bem — respondeu Dom Quixote —, e, assim, anulo o juramento com relação a tomar dele nova vingança; mas faço-o e confirmo-o novamente de levar a vida que eu disse até que eu retire à força outro elmo tão bom quanto este de algum cavaleiro. E não penses, Sancho, que assim atuo como fogo de palha, que eu bem tenho a quem imitar: que isso mesmo aconteceu, ao pé da letra, no caso do elmo de Mambrino, que tão caro custou a Sacripante.[9]

---

8. Antiga unidade de medida de peso, com valores que variam entre 24g e 33g.
9. Esse episódio foi narrado por Ariosto no *Orlando furioso*. Protegido pelo elmo mágico que ganhara do rei mouro Mambrino, Reinaldos enfrentou e derrotou Dardinel de Almonte, aqui confundido com o vilão Sacripante, que aparece em outros capítulos da obra.

CAPÍTULO 10

— Que carregue o diabo tais juramentos, meu senhor — respondeu Sancho —, que são muito prejudiciais à saúde e danosos à consciência. Se não, diga-me agora: caso em muitos dias não encontrarmos um homem armado com um elmo, o que devemos fazer? Há de se cumprir o juramento, apesar de tantos inconvenientes e incomodidades, como ter de dormir vestido e não dormir em povoado,[10] e mil outras penitências contidas no juramento daquele velho maluco marquês de Mântua, que vossa mercê quer revalidar agora? Veja bem, vossa mercê, que por esses caminhos não andam homens armados, mas tropeiros e carroceiros, que não só não usam elmos, como talvez nunca tenham ouvido falar deles em todos os dias de suas vidas.

— Tu te enganaste quanto a isso — disse Dom Quixote —, porque não dou duas horas para que nesta encruzilhada vejamos mais homens armados do que aqueles que vieram para Albraca, para a conquista de Angélica, a Bela.[11]

— Basta, então; que assim seja — disse Sancho —, e Deus queira que tudo nos aconteça bem e que chegue a hora de ganhar esta ilha que tão caro me custa, e morra eu logo depois.[12]

— Já te disse, Sancho, não te preocupes com isso, que quando faltar a ilha, há o reino da Dinamarca, ou o de Sobradisa,[13] que te servirão como um anel no dedo, e tem mais, que estando em terra firme, deves te alegrar ainda mais. Mas cada coisa ao seu tempo, e vê se tem algo para comer nesses alforjes, porque seguimos depois em busca de algum castelo onde nos instalaremos esta noite e então faremos o bálsamo que te disse, porque juro por Deus que está me doendo muito a orelha.

— Aqui trago uma cebola e um pouco de queijo, e não sei quantas cascas de pão — disse Sancho —, mas não são iguarias que se ofereçam a um tão valente cavaleiro como vossa mercê.

— Que enganado estás! — respondeu Dom Quixote. — Pois saibas, Sancho, que é honra dos cavaleiros andantes não comer durante um mês, e, quando comem, que seja o que tiverem à mão; e isso saberias se tivesses lido tantas histórias quanto eu, que, embora tenham sido muitas, em todas não encontrei nenhuma lista com o que de fato os cavaleiros andantes comiam, se não fosse por acaso e em alguns banquetes suntuosos que eram feitos para eles, e os outros dias eram passados à míngua. E embora se entenda que eles não podiam passar sem comer e sem fazer todas as outras necessidades naturais, porque de fato eram homens como nós, deve-se entender também que, andando a maior parte de

10.   Sancho faz referência aos versos do romance do marquês de Mântua: "De não vestir outras roupas/ nem renovar meu calçar/ De não entrar em povoado/ Nem as armas tirar".
11.   Episódio do *Orlando enamorado* em que diversos exércitos de milhões de cavaleiros cercam a fortaleza do penhasco de Albraca, onde vivia a princesa Angélica, encerrada no castelo por seu pai.
12.   Citação de um vilancete muito popular no século XVI: "Vejam-te meus olhos/ e morra eu logo/ doce amor meu/ e o que mais quero".
13.   O reino fantástico de Sobradisa era governado por Galaor, irmão de Amadis.

123

sua vida pelas florestas e descampados, e sem cozinheiro, sua mais ordinária comida seriam iguarias rústicas, tais como as que tu agora me ofereces. Então, meu amigo Sancho, não te incomodes com o que a mim me dá gosto: nem queiras criar um mundo novo, nem tirar a cavalaria andante de seu curso natural.

— Perdoe-me vossa mercê — disse Sancho —, como não sei ler nem escrever, como disse antes, não sei nem captei as regras da profissão cavaleiresca; e de agora em diante proverei os alforjes de todos os tipos de frutas secas para vossa mercê, que é um cavaleiro, e para mim providenciarei outras coisas menos voláteis e com mais sustança.

— Não digo, Sancho — respondeu Dom Quixote —, que os cavaleiros andantes sejam obrigados a comer apenas essas frutas que mencionas, mas que seu mais ordinário sustento deve vir delas e de algumas ervas que encontravam nos campos, que eles conheciam e eu também conheço.

— É uma virtude — respondeu Sancho — conhecer essas ervas, pois, como imagino, um dia será necessário usar desse conhecimento.

Nisso, tomando o que ele disse que trazia, os dois comeram em boa paz e companhia. Mas, desejosos de buscar um lugar para passar aquela noite, terminaram rapidamente sua pobre e seca comida. Montaram logo a cavalo e se apressaram para chegar ao povoado antes do anoitecer, mas faltou-lhes o sol e a esperança de conseguir o que desejavam quando estavam perto de algumas choças de pastores, e por isso decidiram passar a noite ali mesmo; o que, se foi um pesadelo para Sancho não chegar ao povoado, para o seu amo, que dormiria a céu aberto, proporcionou-lhe contentamento, pois cada vez que isso acontecia tinha a ocasião de se apoderar cada vez mais de seu estatuto de cavaleiro e facilitar a prova de sua cavalaria.

W. Marstrand, 1865–1869

Capítulo 11

Do que sucedeu a Dom Quixote com uns cabreiros

Foi muito bem acolhido pelos cabreiros, e, tendo Sancho acomodado o melhor que pôde Rocinante e seu jumento, foi atrás do cheiro desprendido por certas talhadas de carne de cabra que ferviam num caldeirão sobre o fogo; e embora ele quisesse naquele momento ver se já era tempo de transferi-los do caldeirão para o estômago, deixou de fazê-lo, pois os cabreiros os tiraram do fogo e, espalhando no chão umas peles de ovelha, puseram com presteza sua mesa rústica e convidaram os dois, com mostras de muito boa vontade, a compartilhar do que tinham. Seis deles, que eram os que estavam na malhada,[1] sentaram-se ao redor das peles, tendo primeiro, com rústicas cortesias, rogado a Dom Quixote que se sentasse em uma gamela, que viraram de cabeça para baixo. Sentou-se Dom Quixote, e Sancho ficou de pé para lhe servir a taça, que era feita de chifre. Vendo-o em pé, seu amo lhe disse:

— Para que vejas, Sancho, o bem que encerra em si a cavalaria andante e como estão prestes a vir a ser honrados e estimados pelo mundo aqueles que em qualquer ministério dela se exercitam, quero que te sentes aqui ao meu lado e em companhia dessa boa gente, e que sejas uma mesma coisa comigo, que sou teu amo e natural senhor; que comas de meu prato e bebas de onde eu beber, porque da cavalaria andante pode-se dizer o mesmo que se diz do amor: que todas as coisas iguala.

— Que grande cortesia! — disse Sancho. — Mas sei dizer a vossa mercê que, tendo eu o que comer, comeria tão bem ou melhor em pé e sozinho quanto sentado ao lado de um imperador. E até, a bem da verdade, saboreio muito melhor o que eu como no meu canto sem melindres ou cerimônias, mesmo que seja pão e cebola, do que os faisões de outras mesas em que sou obrigado a mastigar devagar, beber pouco, limpar-me com frequência, não espirrar ou tossir se tiver vontade nem fazer outras coisas que a solidão e a liberdade trazem consigo. Assim, senhor meu, essas honras que vossa mercê quer me dar

---

1. Local à sombra de grandes árvores, onde o rebanho se protege do calor intenso e também se reúne para dormir.

por ser servidor e auxiliar da cavalaria andante, como sou sendo escudeiro de vossa mercê, converta-as em outras coisas que me sejam de mais utilidade e proveito; que a essas, embora as dê por bem recebidas, renuncio desde já e até o fim do mundo.

— Mesmo assim, deves te sentar, pois Deus exalta quem se humilha.

E, pegando-o pelo braço, obrigou-o a sentar-se ao seu lado.

Os cabreiros não entendiam aquele palavrório de escudeiros e cavaleiros andantes, e não faziam outra coisa senão comer e calar e olhar para seus convidados, que com grande graça e entusiasmo se empanzinavam de nacos de carne do tamanho de seus punhos. Terminando de servir a carne, espalharam sobre as peles grande quantidade de bolotas doces e também dispuseram meio queijo, mais duro do que se fosse feito de argamassa. Enquanto isso, não ficava ocioso o chifre, porque circulava tantas vezes, ora cheio, ora vazio, como balde de poço, que esvaziou facilmente um odre dos dois que estavam ali. Depois que Dom Quixote saciou bem o estômago, pegou um punhado de bolotas na mão e, olhando-as atentamente, soltou a voz dizendo as seguintes palavras:

— Afortunada época e séculos afortunados aqueles a quem os antigos deram o nome de dourados, e não porque neles o ouro, que nesta nossa época de ferro tanto se estima, naquela venturosa se alcançasse sem nenhuma fadiga, e sim porque então os que nela viviam ignoravam estas duas palavras: *teu* e *meu*. Eram, naquela santa época, todas as coisas comuns: não era necessário que ninguém, para obter seu sustento ordinário, fizesse outro trabalho além de levantar a mão e alcançá-lo das robustas azinheiras, que liberalmente os convidavam com seu doce e sazonado fruto. As claras fontes e os correntes rios, em magnífica abundância, saborosas e transparentes águas lhes ofereciam. Nas fendas dos penhascos e no oco das árvores, formavam sua república as solícitas e discretas abelhas, oferecendo a qualquer mão, sem pedir nada em troca, a fértil colheita de seu dulcíssimo trabalho. Os robustos sobreiros desprendiam de si, sem outro artifício senão o de sua cortesia, suas grossas e leves cascas, com as quais se começou a cobrir as casas, sobre rústicas estacas sustentadas, apenas para se defender das inclemências do céu. Tudo era paz então, tudo amizade, tudo concórdia: ainda não ousara a pesada relha do curvo arado se abrir ou visitar as entranhas piedosas de nossa mãe primeira; que ela, sem ser forçada, oferecia, por todas as partes de seu fértil e espaçoso seio, tudo que pudesse satisfazer, sustentar e deleitar os filhos que então a possuíam. Naquele então, sim, andavam as simples e belas pastoras de vale em vale e de outeiro em outeiro, com o cabelo trançado ou solto, sem mais vestes do que aquelas que eram necessárias para cobrir honestamente o que a honestidade quer e sempre quis que se cubra, e não eram seus adornos dos que agora se usam, a quem a púrpura de Tiro[2] e a tão martirizada seda encarecem,

---

2.   Tiro era uma cidade fenícia da antiga Ásia, célebre pela produção de púrpura, substância corante vermelho-arroxeada.

CAPÍTULO 11

mas de algumas folhas verdes de bardana e hera entrelaçadas, com as quais iam talvez tão solenes e bem-compostas quanto agora vão nossas cortesãs com as raras e peregrinas criações que a curiosidade ociosa lhes mostrou. Então se recitavam singelamente os conceitos amorosos da alma simples, da mesma forma e maneira que ela os concebia, sem buscar artificioso rodeio de palavras para encarecê-los. Não havia a fraude, o engano ou a malícia mesclando-se com a verdade e a singeleza. A justiça se mantinha em seus próprios termos, sem que ousassem perturbá-la ou ofendê-la os favorecidos e os interesseiros, que agora tanto a menosprezam, perturbam e perseguem. Não havia sido instituída ainda a lei arbitrária no entendimento do juiz, pois então não havia nada para julgar ou quem fosse julgado. As donzelas e a honestidade andavam, como já disse, por toda parte, sozinhas e altivas, sem medo de que o alheio atrevimento e a lasciva tentativa as desvirtuassem, e sua perdição nascia de seu gosto e própria vontade. E agora, nestes nossos detestáveis séculos, nenhuma está segura, mesmo que a esconda e encerre em outro novo labirinto como o de Creta;[3] porque ali, pelas frestas ou pelo ar, com o zelo da maldita solicitude, penetra a amorosa pestilência que as faz deixar de lado todo o seu recato. Para cuja segurança, à medida que o tempo passa e a malícia cresce, foi instituída a ordem dos cavaleiros andantes, para defender as donzelas, amparar as viúvas e socorrer os órfãos e os necessitados. Dessa ordem sou eu, irmãos cabreiros, a quem agradeço a atenção e a boa acolhida que dais a mim e ao meu escudeiro. Pois, embora por lei natural sejam obrigados todos os que vivem a favorecer os cavaleiros andantes, por saber que sem saberdes vós dessa obrigação me acolhestes e regalastes, é razão que, com toda a boa vontade que me for possível, eu vos agradeça pela vossa.

Nosso cavaleiro disse toda essa longa arenga (que muito bem se pudera escusar) porque as bolotas que lhe ofertaram haviam trazido à sua memória a idade do ouro, e então teve vontade de fazer aquele arrazoado inútil aos pastores, que, sem responder palavra, embasbacados e atônitos o ouviam. Sancho também calava e comia bolotas, e visitava com frequência o segundo odre, que havia sido pendurado num sobreiro para que o vinho se conservasse fresco.

Dom Quixote demorou mais a falar do que a terminar a ceia, ao fim da qual um dos pastores disse:

— Para que vossa mercê possa dizer com mais verdade, senhor cavaleiro andante, que o acolhemos prontamente e de boa vontade, queremos oferecer-lhe recreação e contentamento fazendo que cante um companheiro nosso que não tardará muito em estar aqui; é um pastor muito habilidoso e muito apaixonado, e que, além disso, sabe ler e escrever, e é músico tão bom no arrabil[4] que não deixa mais nada a desejar.

---

3. Na mitologia grega, Dédalo construiu um labirinto em Creta para encerrar o Minotauro.
4. Instrumento de arco, de origem árabe, com duas a cinco cordas.

John Vanderbank, 1730

CAPÍTULO 11

Mal o cabreiro acabou de dizer isso, quando chegou aos seus ouvidos o som do arrabil, e logo em seguida veio aquele que o tangia, que era um jovem de uns vinte e dois anos, muito bem-apessoado. Seus companheiros lhe perguntaram se ele havia ceado e, respondendo que sim, aquele que fizera o oferecimento lhe disse:

— Desse modo, Antônio, bem poderás nos dar o prazer de cantar um pouco, para que este senhor convidado que está aqui veja que também pelas montanhas e bosques há quem entenda de música. Já lhe falamos de tuas boas habilidades e desejamos que as mostres e confirmes o que dissemos; e, assim, rogo-te por tua vida que te sentes e cantes o romance de teus amores, que teu tio clérigo compôs para ti e que na aldeia tanto agradou.

— Com muito prazer — respondeu o jovem.

E, sem se fazer de rogado, sentou-se no tronco de uma azinheira desramada e, afinando seu arrabil, dali a pouco, com muita elegância, começou a cantar, dizendo desta maneira:

ANTÔNIO

— Já sei, Olália,[5] que me adoras,
sem que me tenhas dito
nem com os olhos sequer,
mudas línguas de amoricos.

Porque sei que és sensata,
em que me amas me afirmo,
pois nunca foi desditoso
amor que foi conhecido.

Bem é verdade que às vezes,
Eulália, me deste indício
que tens de bronze a alma
e de granito o seio níveo.

Mas lá entre teus reparos
e honestíssimos desvios,
mostra às vezes a esperança
a borda de seu vestido.

5.   Forma vulgar e pastoril de Eulália.

DOM QUIXOTE

Vai minha fé na direção
da isca, sem nunca ter podido
nem minguar por não chamado
nem crescer por escolhido.

Se o amor é cortesia,
da que tens eu concluo
que o fim de minha esperança
deve ser como imagino.

E se os serviços conseguem
tornar um peito benigno,
alguns dos que eu já fiz
fortalecem meu partido.

Porque, se reparaste nisso,
mais de uma vez terás visto
que me trajei às segundas
com as vestes de domingo.

Como o amor e a gala
trilham um mesmo caminho,
em todo tempo a teus olhos
quis eu me mostrar polido.

Deixo o bailar por tua causa,
nem as músicas te recito,
as que ouviste a desoras
e ao canto do galo primo.

Nem conto os elogios
que de tua beleza eu disse,
que, embora veros, me fazem
ser de algumas malquisto.

Teresa del Berrocal, quando
eu te louvava, me disse:

CAPÍTULO 11

"Quem pensa adorar um anjo
às vezes adora um símio,

graças aos muitos berloques
e aos cabelos postiços,
e a hipócritas formosuras,
que enganam até Cupido".

Desmenti-a e aborreceu-se;
veio defendê-la seu primo,
desafiou-me, e já sabes
o que eu fiz, e ele comigo.

Não te quero com desleixo,
nem te cobiço e te sirvo
para te ter por amásia,
que melhor é meu desígnio.

Correias tem a Igreja
que são laçadas de sirgo;[6]
põe teu pescoço no jugo:
e verás que irei contigo.

Se não, desde já eu juro
pelo santo mais bendito
que não saio dessas serras
se não for de capuchinho.

Com isso o cabreiro deu fim a seu canto; e, embora Dom Quixote tenha lhe rogado que cantasse outra coisa, não o consentiu Sancho Pança, pois estava mais para dormir do que para ouvir canções, e por isso disse ao seu amo:

— Bem pode vossa mercê acomodar-se desde agora onde deve pousar esta noite, já que o trabalho que esses bons homens têm o dia todo não lhes permite que passem as noites cantando.

— Já entendi, Sancho — respondeu Dom Quixote —, está claro para mim que as visitas ao odre pedem mais recompensas de sono do que de música.

---

6. Fio ou cordão de seda produzido com os ovos do bicho-da-seda.

DOM QUIXOTE

— A todos nos cai bem, bendito seja Deus — respondeu Sancho.

— Isso eu não nego — respondeu Dom Quixote —, mas acomoda-te tu onde quiseres, pois os de minha profissão ficam melhor velando do que dormindo. No entanto, seria bom, Sancho, que voltasses a cuidar dessa minha orelha, que está me doendo mais do que o necessário.

Fez Sancho o que lhe foi ordenado, e, quando um dos cabreiros viu a ferida, disse-lhe que não ficasse aflito, pois lhe daria um remédio para que cicatrizasse facilmente. E, pegando algumas folhas de alecrim, das muitas que por ali havia, mascou-as e misturou-as com um pouco de sal, e, aplicando-as na orelha, enfaixou-a muito bem, assegurando-lhe que não precisava de outro remédio, e assim foi verdade.

Capítulo 12

Do que contou um cabreiro aos que estavam com
Dom Quixote

Estando nisso, chegou outro moço dos que lhes traziam provisões da aldeia e disse:

— Sabeis o que acontece lá no lugar, companheiros?

— Como podemos saber? — respondeu um deles.

— Pois sabei — prosseguiu o moço — que morreu esta manhã aquele famoso pastor estudante chamado Grisóstomo, e se murmura que foi de amores por aquela endiabrada da Marcela, filha de Guillermo, o rico, aquela que anda vestida de pastora por essas paragens.

— Por Marcela, queres dizer? — disse um.

— Por ela, digo eu — respondeu o pastor —; e o melhor é que ordenou em seu testamento que o enterrassem no campo, como se fosse mouro, e que fosse ao pé do penhasco onde está a fonte do sobreiro, pois, segundo o que se sabe e diz-se que ele disse, é o lugar onde Grisóstomo a viu pela primeira vez. E ordenou também outras coisas, e são tais que os padres do lugarejo dizem que não devem ser cumpridas nem é bom que se cumpram, porque parecem coisa de pagãos. A tudo isso responde seu grande amigo Ambrósio, o estudante, que também se vestiu de pastor com ele, que tudo tem de ser cumprido, sem faltar nada, como Grisóstomo deixou ordenado, e por isso o povoado está em alvoroço, mas, pelo que se diz, no fim será feito o que Ambrósio e todos os pastores seus amigos querem, e amanhã vão enterrá-lo com grande pompa onde eu disse. E tenho para mim que deve ser algo extraordinário de se ver; eu, pelo menos, não deixarei de ir vê-lo, mesmo se soubesse que não regressaria amanhã à aldeia.

— Todos faremos o mesmo — responderam os cabreiros — e vamos tirar a sorte para ver quem ficará guardando as cabras de todos.

— Bem dizes, Pedro — disse um deles —, embora não seja necessário usar dessa providência, pois eu ficarei por todos; e não atribuas isso à virtude ou à pouca curiosidade minha, mas ao fato de que o galho quebrado com que meu pé topou outro dia não me deixa andar.

DOM QUIXOTE

— Ainda assim, te agradecemos — respondeu Pedro.

E Dom Quixote rogou a Pedro que lhe dissesse que morto era aquele e que pastora era aquela; ao qual Pedro respondeu que o que ele sabia era que o morto era um fidalgo rico, vizinho de um lugar que ficava naquelas serras, que havia sido estudante por muitos anos em Salamanca, ao fim dos quais voltara para seu lugar com fama de muito sábio e muito lido.

— Principalmente diziam que ele conhecia a ciência das estrelas, e do que se passa lá no céu entre o sol e a lua, pois pontualmente nos contava as crises do sol e da lua.

— *Eclipse* se chama, amigo, e não *crise*, o escurecimento desses dois luminares maiores — disse Dom Quixote.

Mas Pedro, não se detendo em ninharias, continuou sua história dizendo:

— Além disso, ele adivinhava quando o ano seria abundante ou estio.

— *Estéril* quereis dizer, amigo — disse Dom Quixote.

— *Estéril* ou *estio* — respondeu Pedro —, tudo dá no mesmo. E digo que com isso que ele dizia ficaram seu pai e seus amigos, que lhe davam crédito, muito ricos, porque faziam o que ele lhes aconselhava, dizendo-lhes: "Semeai este ano cevada, não trigo; neste podeis plantar grão-de-bico, e não cevada; o ano que vem será abundante de olivas; nos próximos três, não se colherá nada".

— Essa ciência se chama astrologia — disse Dom Quixote.

— Não sei como se chama — replicou Pedro —, mas sei que tudo isso ele sabia, e mais ainda. Finalmente, não haviam se passado muitos meses desde que ele viera de Salamanca, quando um dia apareceu vestido de pastor, com seu cajado e pelico,[1] tendo tirado a longa túnica que vestia quando era estudante;[2] e junto com ele se vestiu de pastor outro grande amigo seu, chamado Ambrósio, que fora seu companheiro de estudos. Esqueci de mencionar que Grisóstomo, o falecido, era um grande compositor de coplas: tanto que era ele quem compunha os vilancicos[3] para a noite do Nascimento do Senhor e os autos para o dia de Deus,[4] que eram executados pelos moços de nosso povoado, e todos diziam que eram perfeitos. Quando os do lugar viram os dois estudantes vestidos de pastores de forma tão inesperada, ficaram admirados e não conseguiam adivinhar a causa que os levara a fazer aquela estranha mudança. Já nessa época o pai de nosso Grisóstomo estava morto, e ele recebeu em herança grande quantidade de bens, tanto móveis quanto imóveis,[5] e não pouca quantidade de gado, graúdo e miúdo, e grande quantidade de

---

1. Colete de pastor feito com pele de cordeiro, forrado de lã.
2. Os estudantes costumavam vestir uma longa batina de algodão preto.
3. Composições que eram representadas e cantadas na Missa do Galo, à meia-noite.
4. Os autos sacramentais, no dia de Corpus Christi.
5. Bens móveis eram os instrumentos agrícolas e demais coisas necessárias para a lavoura; os imóveis eram as próprias terras.

CAPÍTULO 12

dinheiro; de tudo isso o jovem se tornou senhor absoluto, e na verdade ele merecia tudo, pois era muito bom companheiro e caritativo e amigo dos bons, e tinha um rosto formoso que era uma bênção. Mais tarde veio a entender-se que o fato de ele ter trocado de roupa não havia sido por outra coisa que perambular por esses descampados em busca daquela pastora Marcela à qual nosso zagal[6] se referiu antes, por quem se apaixonara o pobre falecido Grisóstomo. E quero dizer-vos agora, pois é bom que o saibais, quem é essa rapariga: quem sabe, ou mesmo sem saber, não tereis ouvido semelhante coisa em todos os dias de vossa vida, ainda que vivais mais anos do que a sarna.

— Quereis dizer *Sara*[7] — replicou Dom Quixote, não suportando a mudança dos vocábulos do cabreiro.

— Longa vida tem a sarna — respondeu Pedro —; e se for o caso, senhor, de que me importuneis a cada palavra que eu disser, não terminaremos em um ano.

— Perdoai, amigo — disse Dom Quixote —, mas há tanta diferença entre *sarna* e *Sara* que por isso vos adverti; mas respondestes muito bem, pois a sarna vive mais do que Sara, e prossegui vossa história, que não vos replicarei mais em nada.

— Digo, pois, meu senhor da minha alma — disse o cabreiro —, que em nossa aldeia houve um lavrador ainda mais rico que o pai de Grisóstomo, e que se chamava Guillermo, a quem Deus deu, além de muitas e grandes riquezas, uma filha de cujo parto morreu a mãe, que era a mulher mais honrada que houve por todos esses arredores. Parece que ainda a vejo, com aquele rosto que tinha o sol numa ponta e a lua na outra; e, acima de tudo, diligente e amiga dos pobres, por isso acho que sua alma deve estar, a estas horas, desfrutando de Deus no outro mundo. De pesar pela morte de tão boa mulher morreu seu marido Guillermo, deixando sua filha Marcela, menina e rica, em poder de um tio dela, sacerdote e beneficiado[8] de nosso lugar. Cresceu a menina tão bela que nos fazia lembrar da beleza de sua mãe, que a teve mui grande; e, ainda assim, julgava-se que a da filha havia de ultrapassar a da mãe. E foi assim que, quando ela chegou à idade de catorze para quinze anos, ninguém olhava para ela sem dar graças a Deus por tê-la criado tão formosa, e a maioria se apaixonava e se perdia por ela. Seu tio a guardava com muito recato e com muito confinamento; mas, mesmo assim, a fama de sua grande beleza se espalhou de tal modo que, tanto por ela como por suas muitas riquezas, seu tio era rogado, solicitado e importunado para que a desse como esposa, não só por nossa gente, mas por aqueles de muitas léguas ao redor, e dos melhores dentre eles. Mas o tio, que realmente é um bom cristão, embora quisesse casá-la logo, visto que já tinha idade, não quis fazê-lo

6. Pastor.
7. Sara é a bíblica mulher de Abraão, a qual viveu 127 anos. "Viver mais do que Sara" era um provérbio bastante proferido na época.
8. Clérigo que tem uma renda (benefício) pelo exercício das funções na paróquia.

sem o consentimento dela, sem ter olhos para o lucro e o benefício que lhe oferecia a herança da moça adiando seu casamento. E juro que isso foi dito em mais de uma roda na aldeia, em louvor ao bom sacerdote; pois quero que saibais, senhor andante, que nesses povoados pequenos tudo se discute e tudo se sussurra, e tende para vós, como tenho para mim, que deve ser demasiado bom o clérigo que obriga seus paroquianos a louvá-lo, especialmente nas aldeias.

Daniel Urrabieta Vierge, 1906–1907

— Isso é verdade — disse Dom Quixote —, e segui em frente, que a história é muito boa, e vós, bom Pedro, a contais com muita graça.

— Que a do Senhor não me falte, que é a que vem ao caso. E no mais sabereis que, embora o tio apresentasse à sobrinha as qualidades de cada um em particular, dos muitos que por mulher a pediam, rogando-lhe que se casasse e escolhesse a seu gosto, ela jamais respondeu outra coisa além de que, por enquanto, não queria se casar e que, sendo tão jovem, não se sentia capaz de carregar o fardo do casamento. Com essas desculpas que dava, que pareciam justas, deixava o tio de importuná-la e esperava até que ela tivesse mais idade e soubesse escolher companhia a seu gosto. Porque dizia ele, e dizia muito

CAPÍTULO 12

bem, que os pais não deviam casar os filhos contra a vontade deles. Mas eis que, quando menos se pensa, um dia reaparece a melindrosa Marcela transformada em pastora; e sem se importar com seu tio ou com todos os da aldeia, que a desencorajavam, decidiu ir para o campo com as outras pastoras do lugar e começou a guardar seu próprio gado. E assim que ela saiu em público e sua beleza se revelou, não saberei vos dizer de boa mente quantos ricos jovens, fidalgos e lavradores, vestiram o traje de Grisóstomo e a estão cortejando por esses campos; um dos quais, como já foi dito, era nosso falecido, de quem diziam que, mais que amá-la, a adorava. E não se pense que, por se pôr Marcela naquela liberdade e vida tão solta e de tão pouco ou nenhum recolhimento, tenha ela por isso dado algum indício, nem por sombra, que pudesse macular sua honestidade e recato: antes é tanta e tal a vigilância com que ela cuida de sua honra que, de quantos a servem e solicitam, nenhum se gabou, nem pode verdadeiramente se gabar, de que ela tenha lhe dado alguma mínima esperança de alcançar seu desejo. Pois, embora não fuja nem evite a companhia e a conversa dos pastores, e os trate com cortesia e amizade, quando descobre alguma de suas intenções, mesmo que seja tão justa e santa como a do matrimônio, ela os afasta de si como se os lançasse de um trabuco.[9] E com essa maneira de agir, ela causa mais danos nesta terra do que se por ela entrasse a pestilência, pois sua afabilidade e formosura movem o coração daqueles que com ela tratam de servi-la e amá-la; mas seu desdém e decepção os levam ao limite do desespero, e, assim, não sabem o que dizer a ela, senão chamá-la aos brados de cruel e ingrata, com outros títulos a esse semelhantes, que bem manifestam a qualidade de sua condição. E se aqui estivésseis, senhor, certos dias, veríeis estas serras e estes vales ressoarem com os lamentos dos desiludidos que a seguem. Não muito longe daqui há um lugar com quase duas dúzias de faias altas,[10] e não há nenhuma que em sua casca lisa não tenha o nome de Marcela gravado e escrito, e em cima de algumas uma coroa gravada na própria árvore, como se mais claramente seu amante dissesse que Marcela leva e merece a coroa de toda a formosura humana. Aqui suspira um pastor, ali outro se queixa; lá se ouvem canções de amor, aqui desesperadas endechas.[11] Há quem passe todas as horas da noite sentado ao pé de alguma azinheira ou penhasco, e ali, sem dar descanso aos chorosos olhos, embevecido e transportado em seus pensamentos, o sol o encontra pela manhã, e há quem, sem dar repouso ou trégua aos seus suspiros, em meio ao ardor da mais incômoda sesta do verão, estendido na areia ardente, envia suas queixas ao piedoso céu. E deste e daquele, e daqueles e destes, livre e descuidadamente triunfa a formosa Marcela, e todos nós que a conhecemos estamos esperando onde há de parar sua arrogância e quem será o afortunado que há de vir domar condição tão terrível

---

9. Máquina de guerra com que se lançavam grandes pedras para abalar e destruir muralhas e torres.
10. A faia é a árvore dedicada a Diana, a deusa virgem.
11. Composição triste, de tom melancólico, lamentoso e sentimental.

e desfrutar de formosura tão extrema. Por ser tudo o que contei tão averiguada verdade, entendo que também há de sê-lo o que nosso zagal disse que se dizia sobre a causa da morte de Grisóstomo. E por isso vos aconselho, senhor, que não deixeis de estar amanhã em seu enterro, que será muito interessante, pois Grisóstomo tem muitos amigos, e não está a meia légua daqui o lugar em que ele ordenou ser enterrado.

Pierre-Gustave Staal e Eugène Mouard, 1866

— Vou me atentar a isso — disse Dom Quixote — e agradeço-vos o prazer que me destes com a narração de uma história tão saborosa.

— Oh! — replicou o cabreiro. — Ainda não sei nem metade dos casos que aconteceram com os amantes de Marcela, mas pode ser que amanhã encontremos algum pastor na estrada que nos diga. E por ora será bom se fordes dormir debaixo da malhada, pois o sereno pode prejudicar vossa ferida; se bem que o remédio que vos foi dado é tão bom que não há necessidade de temer um segundo acidente.

Sancho Pança, que já estava maldizendo a longa prática do cabreiro, pediu, por sua vez, que o amo fosse dormir na choça de Pedro. Assim ele o fez e passou a maior parte da noite com os pensamentos voltados à sua senhora Dulcineia, à imitação dos amantes de Marcela. Sancho Pança acomodou-se entre Rocinante e seu jumento, e dormiu, não como enamorado desfavorecido, mas como homem moído a pauladas.

Capítulo 13

Onde se dá fim ao conto da pastora Marcela, com
outros sucessos

Mal começou a descobrir-se o dia pelos balcões do Oriente, quando cinco dos seis cabreiros se levantaram e foram despertar Dom Quixote e perguntar-lhe se ainda tinha a intenção de ir ver o famoso enterro de Grisóstomo, e que eles lhe fariam companhia. Dom Quixote, que não desejava outra coisa, levantou-se e mandou que Sancho encilhasse o cavalo e selasse o burro, o que ele fez com muita presteza, e com a mesma presteza todos partiram. E não tinham andado um quarto de légua, quando, ao cruzarem uma vereda, viram vir em sua direção seis pastores vestidos de pelicos negros, e as cabeças coroadas com grinaldas de cipreste e aloendro amargo.[1] Cada um deles tinha um grosso cajado de azevinho na mão. Vinham também com eles dois gentis-homens a cavalo, muito bem-vestidos para viagem, com outros três criados a pé que os acompanhavam. Ao se reunirem, cumprimentaram-se com cortesia e, perguntando-se uns aos outros para onde iam, souberam que todos se dirigiam ao local do enterro e, assim, começaram a caminhar todos juntos.

Um dos que estavam a cavalo, falando com seu companheiro, disse:

— Parece-me, senhor Vivaldo, que devemos considerar bem empregada a demora que tivermos em ver este famoso enterro, que não poderá deixar de ser famoso, pelas coisas estranhas que nos contaram esses pastores, tanto do pastor morto como da pastora homicida.

— É o que também acho — respondeu Vivaldo —, e não digo apenas um dia, mas quatro tardaria eu a troco de vê-lo

Perguntou-lhes Dom Quixote o que tinham ouvido de Marcela e Grisóstomo. O viajante disse que naquela madrugada haviam encontrado aqueles pastores e que, ao vê-los naquele traje tão triste, perguntaram-lhes por que estavam indo daquele jeito; que um deles lhes contou tudo, contando a estranheza e a formosura de uma pastora chamada Marcela e os amores de muitos que a cortejavam, com a morte daquele Grisóstomo a cujo enterro iam. Por fim, contou tudo o que Pedro havia contado a Dom Quixote.

---

1. O cipreste e o aloendro representam o luto e a tristeza na tradição pastoril.

Miguel Rep, 2010

CAPÍTULO 13

Cessou-se essa conversa e teve início outra, com aquele que se chamava Vivaldo perguntando a Dom Quixote qual era a ocasião que o movia a andar armado daquela maneira por terra tão pacífica. Ao que Dom Quixote respondeu:

— A profissão de meu exercício não consente nem permite que eu ande de outra maneira. O sossego, o regalo e o repouso se inventaram para os mansos cortesãos; mas o trabalho, a inquietude e as armas só foram inventados e feitos para aqueles que o mundo chama de cavaleiros andantes, dos quais eu, embora indigno, sou o mais novo de todos.

Assim que ouviram isso, todos o tomaram por louco; e para melhor averiguá-lo e ver que tipo de loucura era a dele, Vivaldo tornou a perguntar-lhe o que vinham a ser cavaleiros andantes.

— Vossas mercês nunca leram — respondeu Dom Quixote — os anais e as histórias da Inglaterra, em que se narram as famosas façanhas do rei Artur,[2] que sempre chamamos em nosso romance castelhano "el-rei Artus", de quem é tradição antiga e comum em todo aquele reino da Grã-Bretanha dizer que não morreu, mas por arte de encantamento se transformou em corvo, e que, passados os tempos, há de voltar para reinar e exigir seu reino e cetro,[3] e é por isso que, desde aquele tempo até hoje, nenhum inglês jamais matou corvo algum? Pois no tempo deste bom rei foi instituída aquela famosa ordem de cavalaria dos Cavaleiros da Távola Redonda,[4] e aconteceram, como ponto a ponto ali se conta, os amores de Dom Lancelote do Lago com a rainha Guinevere,[5] sendo conhecedora deles e sua mediadora aquela tão honrada dona Quintanhona, de onde nasceu aquele tão conhecido romance, e tão celebrado em nossa Espanha:

> *Nunca fora cavaleiro*
> *de damas tão bem servido*
> *como fora Lancelote*
> *que da Bretanha havia saído,*

com toda aquela progressão tão doce e tão suave de seus amorosos e fortes feitos. Pois desde então, de uns a outros, essa ordem de cavalaria foi se estendendo e dilatando se por muitas e diversas partes do mundo, e nela foram famosos e conhecidos por seus feitos o valente Amadis de Gaula, com todos os seus filhos e netos, até a quinta geração, e o valoroso Felixmarte de Hircânia, e o nunca tão adequadamente elogiado Tirante, o

2. O famoso rei da Bretanha e seus companheiros originaram uma tradição literária, a chamada "matéria de Bretanha", amplamente disseminada por toda a Europa.
3. A lenda de que o rei Artur não morreu, e sim foi levado à ilha de Avalon, era muito conhecida.
4. A Távola Redonda foi a mesa construída pelo encantador Merlin, para que a ela se sentassem os cavaleiros do rei Artur sem ordem de precedência.
5. O romance declamado a seguir por Dom Quixote conta a história dos amores do cavaleiro Lancelote do Lago com a rainha Guinevere, esposa do rei Artur, mediados pela aia, dona Quintanhona.

143

DOM QUIXOTE

Branco, e já quase em nossos dias vimos, noticiamos e ouvimos o invencível e bravo cavaleiro Dom Belianis de Grécia. Isso, pois, senhores, é ser um cavaleiro andante, e o que eu mencionei é a ordem de sua cavalaria, na qual eu, como também já mencionei, embora pecador, fiz profissão, e a mesma coisa que professaram os cavaleiros mencionados professo eu. E, assim, percorro essas solitudes[6] e descampados em busca de aventuras, com a intenção deliberada de oferecer meu braço e minha pessoa à mais perigosa pessoa que a sorte me deparar, em socorro dos fracos e necessitados.

Por essas razões que ele proferiu, os viajantes acabaram de tomar ciência da falta de juízo de Dom Quixote e do gênero de loucura que o dominava, e sentiram a mesma admiração que sentiam todos aqueles que tomavam novo conhecimento dela. E Vivaldo, que era pessoa muito sagaz e de caráter alegre, para passar sem aborrecimento o pouco caminho que diziam que lhes faltava para chegar à serra do enterro, quis dar-lhe oportunidade de ir mais longe com seus disparates e, assim, disse a ele:

— Parece-me, senhor cavaleiro andante, que vossa mercê professou uma das profissões mais rigorosas que há na terra, e tenho para mim que nem a dos frades cartuxos é tão rigorosa.

— Tão rigorosa até pode ser — respondeu nosso Dom Quixote —, mas tão necessária ao mundo já estou bem perto de duvidar. Porque, para dizer a verdade, o soldado que executa o que seu capitão lhe ordena não faz menos do que o próprio capitão que deu a ordem. Quero dizer que os religiosos, com toda paz e sossego, pedem ao céu o bem da terra, mas nós, soldados e cavaleiros, executamos o que eles pedem, defendendo-a com o valor de nossos braços e o fio de nossas espadas, não debaixo de um teto, mas a céu aberto, alvo dos insuportáveis raios do sol no verão e do gelo áspero do inverno. Portanto, somos ministros de Deus na terra e braços por quem se executa nela sua justiça. E como as coisas da guerra e as relacionadas e concernentes a elas não podem ser executadas senão com suor, labuta e trabalho, segue-se que aqueles que a professam têm, sem dúvida, mais trabalho do que aqueles que em sossegada paz e repouso rogam a Deus que favoreça aqueles que pouco podem. Não quero eu dizer, nem me passa pelo pensamento, que a condição de cavaleiro andante seja tão boa quanto a de religioso em clausura: quero apenas inferir, pelo que padeço, que sem dúvida é mais laboriosa e mais cansativa, e mais faminta e sedenta, miserável, alquebrada e piolhenta, pois não há dúvida de que os cavaleiros andantes do passado passaram muitos infortúnios no decorrer de sua vida; e se alguns se tornaram imperadores pelo valor de seu braço, atesto que isso lhes custou um bom tanto de sangue e suor, e se aqueles que chegaram a tal grau carecessem de encantadores e sábios que os ajudassem, ficariam bem desapontados em seus desejos e bem enganados em suas esperanças.

6. Característica dos locais ermos, solitários.

CAPÍTULO 13

— Sou do mesmo parecer — replicou o viajante —, mas uma coisa, dentre outras muitas, me parece muito mal a respeito dos cavaleiros andantes, que é quando eles têm oportunidade de acometer uma grande e perigosa aventura, na qual há um evidente perigo de perder a vida, nunca no instante de acometê-la eles se lembram de se encomendar a Deus, como todo cristão é obrigado a fazer em perigos semelhantes, antes se encomendam às suas damas, com tanta vontade e devoção como se elas fossem seu Deus, algo que me parece que cheira a gentilidade.[7]

— Senhor — respondeu Dom Quixote —, isso não pode ser de outra maneira, e incorreria em falta grave o cavaleiro andante que outra coisa fizesse, pois já é uso e costume na cavalaria andantesca que, ao acometer algum grande feito de armas, o cavaleiro andante tenha sua senhora diante de si e lhe dirija os olhos suave e amorosamente, como se lhe pedisse com eles que o favorecesse e o protegesse no duvidoso transe pelo qual passa; e mesmo que ninguém o ouça, ele é obrigado a murmurar algumas palavras entre dentes, em que de todo coração se encomende a ela, e disso temos inúmeros exemplos nas histórias. E não se deve entender por isso que eles hão de deixar de encomendar-se a Deus, pois tempo e lugar lhes resta para fazê-lo no transcurso da ação.

— Apesar de tudo isso — replicou o caminhante —, ainda me resta uma dúvida, e é que muitas vezes li que se travam discussões entre dois cavaleiros andantes, e, de palavra em palavra, a cólera deles se inflama, e volteiam os cavalos e andam um bom trecho do campo, e então, sem mais nem menos, enquanto correm, eles voltam a se encontrar e, no meio da corrida, eles se encomendam às suas damas; e o que costuma acontecer no encontro é que um cai pelas ancas do cavalo, varado de um lado a outro pela lança do adversário, e também passa o mesmo com o outro, que, se não sujeitasse a crina do cavalo, não podia deixar de vir ao chão. E não sei como o morto teve tempo de se encomendar a Deus no percurso dessa ação tão acelerada. Era melhor que as palavras que ele gastou na corrida encomendando-se à sua dama fossem gastas no que ele devia e era obrigado a fazer como cristão. Além disso, tenho para mim que nem todos os cavaleiros andantes têm damas a quem se encomendar, porque nem todos são enamorados.

— Isso não pode ser — respondeu Dom Quixote —: digo que não pode haver cavaleiro andante sem dama, porque é tão próprio e natural que estejam enamorados como é normal que o céu tenha estrelas, e é bem certo que ninguém viu história na qual se encontre cavaleiro andante sem amores; e se acaso estivesse sem eles, não seria tido por legítimo cavaleiro, e sim por bastardo que entrou na fortaleza da referida cavalaria não pela porta, mas pulando os muros, como salteador e ladrão.

7. Gentilidade no sentido de paganismo, mas também pode aludir a gentileza, sobretudo em relação à dama, o que explica a resposta de Dom Quixote.

145

DOM QUIXOTE

— Apesar de tudo — disse o viajante —, parece-me, se bem me lembro, ter lido que Dom Galaor, irmão do valoroso Amadis de Gaula, nunca teve uma dama distinta a quem pudesse se encomendar; e, apesar de tudo, ele não foi tido em menos conta, sendo mui valente e famoso cavaleiro.

Ao que respondeu nosso Dom Quixote:

— Senhor, uma só andorinha não faz verão. Além do mais, sei que esse cavaleiro estava secretamente muito bem enamorado; mas querer bem a todas quantas bem lhe pareciam era sua condição natural, contra a qual não podia lutar. Porém, em resumo, está muito bem averiguado que ele tinha apenas uma dama a quem fizera dona de sua vontade, a quem se encomendava muitas vezes e muito em segredo, pois se gabava de ser um secreto cavaleiro.[8]

— Então, se é da essência de todo cavaleiro andante ser enamorado — disse o viajante —, bem se pode crer que vossa mercê também o seja, já que isso é da profissão. E se é que vossa mercê não se preza de ser tão secreto como Dom Galaor, peço-lhe tão verdadeiramente quanto posso, em nome de toda essa companhia e no meu próprio, que nos diga o nome, a pátria, a condição e a formosura de sua dama, pois ela se sentirá afortunada de que o mundo inteiro saiba que ela é amada e servida por um tal cavaleiro como vossa mercê parece ser.

Aqui Dom Quixote deu um grande suspiro e disse:

— Não poderei afirmar se minha doce inimiga gostará ou não que o mundo saiba que a sirvo. Só sei dizer, respondendo ao que me é perguntado com tanta cortesia, que o nome dela é Dulcineia; sua pátria, El Toboso, um lugar de La Mancha; sua condição deve ser pelo menos a de princesa, já que ela é rainha e senhora minha; sua formosura, sobre--humana, porque nela vêm a se tornar verdadeiros todos os impossíveis e quiméricos atributos de beleza que os poetas dão às suas damas: seus cabelo são de ouro; sua fronte, campos elísios;[9] suas sobrancelhas, arcos do céu; seus olhos, sóis; suas faces, rosas; seus lábios, corais; pérolas seus dentes; alabastro seu colo; mármore seu peito; marfim suas mãos; sua brancura neve; e as partes que a honestidade oculta à vista humana são tais, como eu penso e entendo, que somente a discreta consideração pode encarecê-las, e não compará-las.

— Gostaríamos de saber sua linhagem, ancestralidade e estirpe — replicou Vivaldo.

Ao que Dom Quixote respondeu:

— Não é dos antigos Cúrcios, Gaios e Cipiões romanos; nem dos modernos Colonas e Ursinos; nem dos Moncadas e Requesenes da Catalunha; muito menos dos Rebellas

8.   Secreto cavaleiro é o que não diz a ninguém o nome de sua dama.
9.   Elísio é a morada dos heróis e dos justos depois da morte, segundo a mitologia greco-romana.

CAPÍTULO 13

e Villanovas de Valência; Palafoxes, Nuzas, Rocabertis, Corellas, Lunas, Alagones, Urreas, Foces e Gurreas de Aragão; Cerdas, Manriques, Mendozas e Guzmanes de Castela; Alencastros, Pallas e Meneses de Portugal;[10] mas pertence aos de El Toboso de La Mancha, uma linhagem que, embora moderna, é tal que pode dar generoso princípio às famílias mais ilustres dos séculos vindouros. E não me repliquem a isso, se não for com as condições que Cervino pôs ao pé do troféu das armas de Orlando, que dizia:

> *Ninguém as mova*
> *se com Rolando não possa se pôr à prova.*[11]

— Embora a minha seja a dos Cachopines de Laredo — respondeu o viajante —, não ousarei compará-la com a de El Toboso de La Mancha, pois, para dizer a verdade, tal sobrenome até hoje não chegou aos meus ouvidos.

— Uma figa que não chegou![12] — respondeu Dom Quixote.

Todos os outros ouviam com grande atenção a conversa dos dois, e até os próprios cabreiros e pastores entenderam a demasiada falta de juízo de nosso Dom Quixote. Só Sancho Pança achava que tudo o que seu amo dizia era verdade, sabendo ele quem era e o conhecendo desde seu nascimento; e no que ele hesitava um pouco era em acreditar naquilo da linda Dulcineia del Toboso, porque jamais tivera notícia de tal nome ou tal princesa, embora morasse tão perto de El Toboso.

Assim iam nessas conversas, quando viram que, pela fenda entre duas altas montanhas, desciam uns vinte pastores, todos vestidos com pelicos de lã preta e coroados de guirlandas, que, ao que depois pareceu, eram umas de teixo e outras de cipreste. Seis deles carregavam um andor, coberto com grande variedade de flores e ramos.

Quando um dos cabreiros viu aquilo, disse:

— Aqueles que ali vêm são os que trazem o corpo de Grisóstomo, e o pé daquela montanha é o lugar onde ele mandou que o enterrassem.

Por isso se apressaram a chegar, e foi bem a tempo que os que vinham acabavam de pôr o andor no chão, e quatro deles com picaretas afiadas cavavam a sepultura, ao lado de uma dura penha.

Receberam-se uns aos outros com cortesia, e então Dom Quixote e os que com ele vinham se puseram a olhar o andor, e nele viram coberto de flores um corpo morto, vestido como pastor, que aparentava uns trinta anos; e, embora morto, mostrava que vivo

---

10. Dom Quixote enumera as principais linhagens da Roma Antiga, da Itália e de reinos da Ibéria.
11. Versos do *Orlando furioso*. Encarregado de vigiar as armas de Orlando (Rolando), o leal Cervino, com medo de pegar no sono, escreveu um cartaz com essas palavras.
12. A frase era proferida ao mesmo tempo em que se fazia, com a mão, o gesto de figa.

DOM QUIXOTE

tinha sido bonito de rosto e galhardo de temperamento. Ao seu redor havia, no próprio andor, alguns livros e muitos papéis, abertos e fechados. E assim, tanto aqueles que assistiam a isso como aqueles que abriam a sepultura, e todos os demais que lá estavam, guardavam um silêncio extraordinário. Até que um dos que trouxeram o morto disse a outro:

— Vede bem, Ambrósio, se é este o lugar que Grisóstomo disse, já que quereis que se cumpra tão pontualmente o que ele ordenou em seu testamento.

— É este — respondeu Ambrósio —, pois muitas vezes nele meu infeliz amigo me contou a história de sua desventura. Aqui ele me disse que viu pela primeira vez aquela inimiga mortal da linhagem humana, e aqui foi também o lugar em que pela primeira vez ele lhe declarou seu pensamento, tão honesto quanto enamorado, e aqui foi a última vez que Marcela acabou de desiludi-lo e desdenhar dele, de modo que deu fim à tragédia de sua miserável vida. E aqui, em memória de tantos infortúnios, quis ele que lhe depositassem nas entranhas do eterno esquecimento.

E voltando-se para Dom Quixote e os viajantes, prosseguiu dizendo:

— Este corpo, senhores, que com piedosos olhos estais olhando, era o depositário de uma alma na qual o céu pôs uma infinita parte de suas riquezas. Este é o corpo de Grisóstomo, que foi único no engenho, solitário na cortesia, extremo na gentileza, fênix na amizade, magnífico sem medida, sério sem presunção, alegre sem baixeza e, enfim, primeiro em tudo o que é ser bom, e inigualável em tudo o que era ser infeliz. Amou, foi odiado; adorou, foi desdenhado; rogou a uma fera, importunou a um mármore, correu atrás do vento, clamou à soledade, serviu à ingratidão, de quem alcançou por prêmio ser despojo da morte na metade do caminho de sua vida, à qual deu fim uma pastora que ele procurava eternizar para que vivesse na memória das gentes, como bem poderiam mostrar esses papéis que estais vendo, se ele não tivesse me ordenado entregá-los ao fogo assim que entregasse seu corpo à terra.

— De maior rigor e crueldade usareis vós com eles — disse Vivaldo — do que o próprio dono, pois não é justo nem acertado que se cumpra a vontade de quem ordena aquilo que está além de todo discurso razoável. E não teria agido bem Augusto César se tivesse consentido a execução do que o divino Mantuano deixou ordenado em seu testamento.[13] Assim, senhor Ambrósio, já que dareis o corpo de vosso amigo à terra, não queirais dar seus escritos ao esquecimento, pois se ele ordenou como injustiçado, não é bom que cumprais como indiscreto; antes fazei, ao dar vida a esses papéis, com que sempre se saiba da crueldade de Marcela, para que sirva de exemplo, em tempos vindouros, aos vivos, para que se afastem e fujam de cair em semelhantes despenhadeiros; eu já conheço, e

13. Virgílio, o divino Mantuano, deixou registrado em testamento a solicitação de que queimassem sua *Eneida*, por considerá-la imperfeita; porém, a determinação não foi seguida pelo imperador Augusto, que a publicou após a morte do poeta.

Célestin F. Nanteuil e J. J. Martínez, 1855

aqueles de nós que viemos aqui, a história deste vosso enamorado e desesperado amigo, e conhecemos vossa amizade e a ocasião de sua morte, e o que ele deixou ordenado ao término da vida, de cuja lamentável história pode-se ver quão grandes foram a crueldade de Marcela, o amor de Grisóstomo, a fé de vossa amizade e o fim de quem corre à solta pelo caminho que o amor desvairado põe diante de seus olhos. Ontem à noite soubemos da morte de Grisóstomo e que seria sepultado neste local, e assim, por curiosidade e pena, desviamos de nosso caminho e combinamos de vir ver com nossos olhos o que tanto nos lastimara ao ouvi-lo. E em pagamento dessa pena e do desejo que surgiu em nós de remediá-la, se pudéssemos, rogamos-te, ó discreto Ambrósio, ao menos eu te suplico de minha parte que, deixando de queimar esses papéis, me deixes levar alguns deles.

E sem esperar que o pastor respondesse, estendeu a mão e pegou alguns dos que estavam mais próximos; vendo isso, Ambrósio disse:

— Por cortesia, permitirei que fiqueis, senhor, com os que já haveis pegado; mas pensar que deixarei de queimar aqueles que permanecem é um pensamento vão.

Vivaldo, que desejava ver o que os papéis diziam, abriu um deles e viu que tinha por título "Canção desesperada". Ambrósio ouviu e disse:

— Esse é o último papel que o coitado escreveu; e para que vejais, senhor, até que ponto seus infortúnios o levaram, lede-o de tal maneira que sejais ouvido, pois tereis tempo para isso enquanto se abra a sepultura.

— Farei isso de muito boa vontade — disse Vivaldo.

E, como todos os presentes tinham o mesmo desejo, ficaram ao seu redor, e ele, lendo com voz clara, viu que assim dizia:

Capítulo 14

*Onde se encontram os versos desesperados do falecido
pastor, com outros inesperados acontecimentos*

CANÇÃO DE GRISÓSTOMO

*Já que queres, cruel, que se publique
de língua para língua e para toda gente
do áspero rigor teu a força,
Farei que o próprio inferno comunique
ao triste peito meu um som dolente,
com que o uso comum de minha voz torça.
E junto ao meu desejo, que se esforça
a contar minha dor e tuas façanhas,
da espantosa voz irá o lamento,
e nele mesclado, para maior tormento,
pedaços das míseras entranhas.
Ouve, então, e dá atento ouvido,
não ao concertado som, mas ao ruído
que do fundo de meu amargo peito,
levado por um forçoso desvario,
por gosto meu sai e a teu despeito*

*O rugir do leão, do lobo feroz
o temeroso uivo, o assobio horrendo
de escamosa serpente, o espantável
grito de um monstro, o agourento
grasnado do corvo, e o estrondo
do vento contrastado em mar instável;
do já vencido touro o implacável*

DOM QUIXOTE

bramido, e da viúva rolinha
o sensível arrulhar; o triste canto
da invejada coruja, com o pranto
das infernais negras harpias
saiam com a dolente alma fora,
mesclados em um som, de tal maneira,
que se confunda os sentidos todos,
pois a pena cruel que em mim se acha
para cantá-la pede novos modos.

De tanta confusão nem as areias
do pai Tejo ouvirão os tristes ecos,
nem do famoso Betis as olivas,
que ali se esparzirão as duras penas
em altos penhascos e em profundas valas,
com morta língua e com palavras vivas,
ou já em escuros vales ou em esquivas
praias, desnudas de contato humano,
ou onde o sol jamais mostrou sua flama,
ou entre a tal venenosa caravana
de feras que alimenta o líbio chão.[1]
Que posto que nos páramos desertos
os ecos roucos de meu mal incertos
soem com teu rigor tão sem segundo,
por privilégio de meus breves fados,
serão levados pelo vasto mundo.

Mata um desdém, arrasa a paciência,
ou verdadeira ou falsa, uma suspeita;
matam os ciúmes com rigor mais forte;
desconcerta a vida longa ausência;
contra um temor de olvido não aproveita
firme esperança de ditosa sorte…
Em tudo há certa, inevitável morte;
mas eu, milagre nunca visto!, vivo

---

1.   O deserto africano. Na época, a Líbia era todo o território que ficava entre a Mauritânia e as margens do rio Nilo. Acreditava-se que o lugar era repleto de animais peçonhentos.

CAPÍTULO 14

ciumento, ausente, desprezado, certo
das suspeitas que me têm matado,
e no olvido em quem meu fogo avivo,
e, entre tantos tormentos, nunca alcança
minha vista para ver sombra de esperança,
nem eu, desesperado, a procuro,
antes, por extremar-me nessa querela,
ficar sem ela eternamente juro.

É possível, acaso, em um instante
esperar e temer, ou é bom fazê-lo
sendo as causas do temor mais certas?
Tenho, se o duro ciúme está diante,
de fechar estes olhos, se hei de vê-lo
por mil feridas na alma abertas?
Quem não abrirá de par em par as portas
à desconfiança, quando mira
descoberto o desdém e as suspeitas,
oh, amarga conversão!, verdades feitas,
e a limpa verdade feita em mentira?
Oh, no reino de amor ferozes tiranos
ciúmes, ponde-me uma arma nestas mãos.
Dai-me, desdém, uma torcida corda.
Mas, ai de mim!, que com cruel vitória
vossa memória o sofrimento sufoca.

Eu morro, enfim, e porque nunca espere
ter bom sucesso na morte ou na vida,
pertinaz serei em minha fantasia.
Direi que está certo quem bem quer,
e que é mais livre a alma mais rendida
a de amor antiga tirania.
Direi que a inimiga sempre minha
formosa a alma como o corpo tem,
que seu olvido de minha culpa nasce,
e que, em fé dos males que nos faz,
amor em seu império em justa paz se mantém.

DOM QUIXOTE

E com esta opinião e um duro laço,
acelerando o miserável prazo
aonde me conduziram seus desdéns,
oferecerei aos ventos corpo e alma,
sem louros ou palma de futuros bens.

Tu, que com tantas desrazões mostras
a razão que me força a que faça
à cansada vida que aborreço,
pois já vês que te dá notórias amostras
esta do coração profunda chaga
de quão alegre a teu rigor me ofereço,
se por fortuna sentes que mereço
que o céu claro de teus belos olhos
em minha morte se turve, não o faças:
que não quero que em nada satisfaças
dando-te de minha alma os despojos;
antes com riso na ocasião funesta
descobre que o fim meu foi sua festa.
Mas gran simpleza é avisar-te disso,
pois sei que isso é de sua glória conhecida
em que a vida me chegue ao fim tão cedo.

Venha, que é tempo já, do fundo abismo
Tântalo com sua sede; Sísifo venha
com o peso terrível de seu canto;
Tício traga seu abutre, e também
com sua roda Egião não se detenha,
nem as irmãs que trabalham tanto,
e todos juntos seu mortal quebranto
trasladem em meu peito,[2] e voz baixa
— se já a um desesperado são devidas —
cantem exéquias tristes, doloridas,
ao corpo, ainda que se negue a mortalha;

---

2.   O trecho do poema alude a vários personagens da mitologia greco-romana (Tântalo, Sísifo, Tício, Egião e as irmãs Danaides) que aparecem agrupados no livro IV das *Metamorfoses* de Ovídio e se caracterizam por padecerem de intermináveis suplícios.

Francis Hayman e Gérard Scotin, 1755

e o guardião infernal dos três rostos,[3]
com outras mil quimeras e mil monstros,
levem o doloroso contraponto,
que outra pompa melhor não me parece
que a merece um amador defunto.

Canção desesperada, não te queixes
quando tão triste companhia deixes;
antes, posto que a causa persiste
com minha desdita cresce sua ventura,
mesmo na sepultura não sejas triste.

Bem lhes pareceu aos que haviam escutado a canção de Grisóstomo, ainda que quem a leu disse que não lhe parecia muito acorde aos relatos que ouvira sobre o recato e a bondade de Marcela, porque nela Grisóstomo queixava-se de ciúmes, suspeitas e de ausência, tudo em detrimento do bom crédito e reputação de Marcela. Ao que respondeu Ambrósio, como quem conhecia bem os mais ocultos pensamentos de seu amigo:

— Para que, senhor, se satisfaça essa dúvida, é bom que saibais que quando este infeliz escreveu esta canção estava distante de Marcela, de quem ele havia se ausentado por vontade própria, para ver se com a ausência aumentava seus privilégios; e como ao enamorado ausente não há feito que não o angustie nem temor que não o domine, assim lhe angustiavam os ciúmes imaginados e as suspeitas temidas como se fossem verdadeiras. E com isso permanece válida a verdade que a fama anuncia sobre a bondade de Marcela, à qual, com exceção de ser cruel e um pouco arrogante, e muito desdenhosa, a própria inveja não pode nem deve atribuir-lhe falta alguma.

— É a verdade — respondeu Vivaldo.

E, querendo ler outro dos papéis que havia reservado do fogo, foi impedido por uma maravilhosa visão — que parecia ser ela — que inesperadamente apareceu diante de seus olhos; e foi que em cima da rocha onde estava sendo cavada a sepultura apareceu a pastora Marcela, tão bela que sua beleza superava sua fama. Aqueles que até então não a haviam visto olhavam para ela com admiração e silêncio, e aqueles que já estavam acostumados a vê-la não ficaram menos atordoados do que os que nunca a haviam visto. Mas tão logo a viu Ambrósio, com o espírito indignado, lhe disse:

— Vieste ver, por acaso, ó feroz basilisco[4] destas montanhas!, se com tua presença

---

3. Trata-se de Cérbero, o cão de três cabeças que guarda as portas do Inferno, na mitologia grega.
4. O basilisco é um animal fantástico; acreditava-se que era capaz de matar com o olhar.

CAPÍTULO 14

vertem sangue as feridas[5] deste miserável a quem tua crueldade tirou a vida? Ou vens gabar-te dos atos cruéis de tua condição? Ou ver daí de cima, qual implacável Nero, o incêndio de sua abrasada Roma? Ou pisar arrogantemente neste infeliz cadáver, como a ingrata filha de seu pai Tarquínio?[6] Diz-nos logo o que vens buscar ou o que mais aprecias, pois, por saber que os pensamentos de Grisóstomo nunca deixaram de te obedecer em vida, farei com que, mesmo morto, sejas obedecida por todos aqueles que se dizem seus amigos.

— Não venho aqui, ó Ambrósio!, por nenhuma das coisas que dizes — respondeu Marcela —, mas por mim mesma e para esclarecer o quão sem razão estão todos aqueles que de suas penas e da morte de Grisóstomo me culpam; e, assim, peço a todos que aqui estão que prestem atenção em mim, porque não será necessário muito tempo nem gastar muitas palavras para persuadir os discretos a uma verdade. O céu me fez, como dizeis, bela, e de tal maneira que, sem poder resistir, minha beleza vos move a me amar, e pelo amor que me mostrais dizeis e quereis que seja eu obrigada a amar-vos. Eu sei, com a natural compreensão que Deus me deu, que tudo o que é belo é adorável; mas não chego a acreditar que, por ser amado, seja obrigado o que é amado por belo a amar quem o ama. E mais: poderia acontecer que o amador do belo fosse feio, e como o feio é digno de desgosto, não fica bem dizer "Amo-te por ser bela: hás de amar-me ainda que seja feio". Mas, dado o caso de que se correspondam igualmente as belezas, isso não significa que os desejos devam corresponder da mesma forma, que nem todas as belezas apaixonam: que algumas agradam aos olhos e não cedem à vontade; pois, se todas as belezas apaixonassem e se entregassem, seria um caminho de vontades confusas e desorientadas, sem saber em que iriam parar, porque, sendo infinitos os sujeitos formosos, infinitos haviam de ser os desejos. E, segundo o que ouvi dizer, o verdadeiro amor não é dividido, e há de ser voluntário, e não forçado. Sendo assim, como eu acredito que seja, por que quereis que eu ceda minha vontade à força, obrigada apenas pelo fato de que me quereis bem? Se não, dizei-me: se, assim como o céu me fez bela, me fizesse feia, seria justo que eu me queixasse de vós porque não me amais? Além disso, há que se considerar que eu não escolhi a beleza que tenho, que tal como ela é o céu me deu de graça, sem que eu a pedisse ou a escolhesse. E assim como a víbora não merece ser culpada pela peçonha que tem, posto que com ela mata, já que a natureza lhe deu, tampouco eu mereço ser repreendida por ser bela, pois a beleza de uma mulher honesta é como fogo apartado ou como a espada afiada, que nem queima nem corta quem não se aproxima deles. A honra e as virtudes são adornos da alma, sem os quais o corpo, ainda que o seja, não deve parecer belo. Ora, se a honestidade é uma das virtudes que mais adornam e embelezam o

---

5. Segundo a crença popular, o cadáver de uma pessoa assassinada vertia sangue pelas feridas quando seu assassino estivesse próximo.

6. De acordo com a lenda, Túlia passou com sua carruagem por cima do pai para que o esposo pudesse reinar. Na realidade ela era mulher de Tarquínio, e não sua filha. A confusão já se encontra em um antigo romance castelhano, "Túlia, filha de Tarquínio, que em Roma rei residia".

corpo e a alma, por que há de perdê-la aquela que é amada por ser bela, por corresponder à intenção daquele que, só para seu próprio prazer, com todas as suas forças e artifícios atua para que a perca? Eu nasci livre e, para poder viver livre, escolhi a solidão dos campos: as árvores destas montanhas são minha companhia; as límpidas águas desses riachos, meus espelhos; com as árvores e com as águas divido meus pensamentos e minha beleza. Fogo sou apartado e espada deixada longe. Aqueles a quem enamorei com a visão, desiludi com as palavras; e se os desejos são sustentados por esperanças, não havendo eu dado nenhuma a Grisóstomo, nem a outro realizei os desejos, bem pode-se dizer que antes o matou sua porfia do que minha crueldade. E se me responsabilizam porque eram honestos seus pensamentos e por isso era obrigada a correspondê-los, digo que quando, no mesmo lugar onde agora está sendo cavada sua sepultura, revelou-me a bondade de sua intenção, disse eu que a minha era viver em perpétua solidão e que só a terra gozaria o fruto de meu recolhimento e os despojos de minha beleza; e se ele, com todo esse desengano, quis porfiar contra a esperança e navegar contra o vento, não é muito que se afogasse no meio do mar de seu desatino? Se eu o entretivesse, seria falsa; se o satisfizesse, seria contra minha intenção e propósitos, que são melhores. Perseverou desiludido, desesperou-se sem ser execrado: vede agora se há razão para que de sua pena me deis a culpa! Queixe-se o enganado, desespere-se aquele a quem lhe faltaram as prometidas esperanças, confesse aquele que eu evocar, ufane-se aquele que eu admitir; mas não me chame de cruel ou homicida a quem eu não prometo, engano, evoco nem admito. O céu até agora não quis que eu amasse por destino, e o pensamento de que eu tenho que amar por determinação é inútil. Essa geral desilusão serve a cada um dos que me solicitam para seu benefício particular; e esteja entendido de agora em diante que se algum por mim morrer, não morre por ciumento ou por desgraçado, pois quem a ninguém ama não deve a nenhum causar ciúmes, que os desenganos não devem ser considerados desdéns. Aquele que me chama besta e basilisco deixe-me como uma coisa nociva e ruim; quem me chama ingrata não me sirva; quem desconhecida, que não me conheça; quem cruel, não me siga; que esta besta, este basilisco, esta ingrata, esta cruel e esta desconhecida não os procurará, servirá, conhecerá ou seguirá de forma alguma. Que se Grisóstomo foi morto por sua impaciência e arrojado desejo, por que deveria ser culpada minha conduta honesta e de recato? Se eu conservo minha limpeza com a companhia das árvores, por que há de querer que a perca aquele que quer que eu a tenha com os homens? Eu, como sabeis, tenho riquezas próprias e não cobiço as dos outros; tenho uma condição livre e não gosto de me sujeitar; não amo nem odeio ninguém; não engano este nem solicito aquele; não me divirto com um nem me entretenho com outro. A conversa honesta das moças dessas aldeias e o cuidado com minhas cabras me entretêm. Têm por fim meus desejos estas montanhas, e se saem daqui é para contemplar a formosura do céu, passos com que a alma caminha para a sua morada primeira.

CAPÍTULO 14

Mariana Darvenne, 2024

E, dizendo isso, sem querer ouvir resposta alguma, deu as costas e se embrenhou na parte mais fechada do bosque de uma montanha que ali estava, deixando todos que ali estavam maravilhados tanto com sua discrição quanto com sua formosura. E alguns fizeram menção (aqueles que pela poderosa flecha dos raios de seus belos olhos foram feridos) de querer segui-la, sem levar em conta o manifesto desengano que haviam escutado. Ao ver isso, Dom Quixote, acreditando que era bom usar ali sua cavalaria, socorrendo as donzelas necessitadas, pondo a mão no punho da espada, em alta e inteligível voz disse:

— Ninguém, de qualquer estado e condição, ouse seguir a formosa Marcela, sob pena de cair em minha furiosa indignação. Ela mostrou com claras e suficientes razões quão pouca ou nenhuma culpa teve na morte de Grisóstomo e o quão alheia vive de condescender com os desejos de nenhum de seus amantes; por isso, é justo que, em vez de ser seguida e perseguida, seja honrada e estimada por todos os bons do mundo, pois mostra que nele ela é a única que com tão honesta intenção vive.

DOM QUIXOTE

Ou já fosse pelas ameaças de Dom Quixote, ou porque Ambrósio lhes disse que concluíssem o que ao seu bom amigo deviam, nenhum dos pastores se moveu ou se afastou de lá até que, terminada a sepultura e abrasados os papéis de Grisóstomo, puseram seu corpo nela, não sem muitas lágrimas dos espectadores. Fecharam o sepulcro com uma grossa penha, enquanto terminavam uma lápide que, segundo disse Ambrósio, pretendia fazer com um epitáfio que se lia assim:

Jaz aqui de um amador
o miserável corpo gelado,
que foi pastor de gado,
perdido por desamor.
Morreu pelas mãos do rigor
de uma esquiva formosa ingrata,
com quem seu império dilata
a tirania do amor.

Em seguida, espalharam sobre a sepultura muitas flores e buquês e, dando todos os pêsames ao seu amigo Ambrósio, despediram-se dele. Fizeram o mesmo Vivaldo e seu companheiro, e Dom Quixote despediu-se de seus anfitriões e dos viajantes, que lhe pediram que os acompanhasse a Sevilha, por ser um lugar tão propício para buscar aventuras, que em cada rua e ao virar cada esquina se encontram mais do que em qualquer outro lugar. Dom Quixote agradeceu-lhes o aviso e o ânimo que demonstraram em ser corteses com ele, e disse que por enquanto não queria nem devia ir a Sevilha, até que tivesse expurgado todas aquelas colinas, que tinham fama de estar cheias de ladrões malandros. Vendo sua firme determinação, não quiseram os viajantes importunar mais e, tornando a se despedir de novo, o deixaram e prosseguiram seu caminho, no qual não lhes faltou assunto, tanto da história de Marcela e Grisóstomo quanto das loucuras de Dom Quixote. O qual resolveu ir procurar a pastora Marcela e oferecer-lhe tudo o que pudesse a seu serviço; mas não lhe ocorreu como pensava, segundo o que é contado no decurso desta verdadeira história, dando fim aqui à segunda parte.[7]

7.   Das quatro em que se divide o primeiro volume do livro *Dom Quixote*, como explicado anteriormente.

Terceira parte

Capítulo 15

Onde se conta a infeliz aventura com que topou
Dom Quixote ao topar com uns desalmados galegos

Conta o sábio Cide Hamete Benengeli que, assim que Dom Quixote se despediu de seus anfitriões e de todos os que estavam no enterro do pastor Grisóstomo, ele e seu escudeiro entraram no mesmo bosque onde viram que a pastora Marcela tinha entrado e, tendo andado mais de duas horas por ele, procurando-a por toda parte sem conseguir encontrá-la, foram parar num prado cheio de grama viçosa, junto ao qual corria um riacho aprazível e fresco: tanto que os convidou e obrigou a passar ali as horas calorentas da sesta, que já começavam com bastante rigor.

Dom Quixote e Sancho apearam e, deixando o jumento e Rocinante com plena liberdade para pastar na abundante grama que ali havia, assaltaram seus alforjes e, sem qualquer cerimônia, em boa paz e companhia, amo e criado comeram o que neles encontraram.

Sancho não havia se preocupado em travar as patas de Rocinante, certo de que o conhecia por ser tão manso e tão pouco alvoroçado, que nem todas as éguas da pradaria de Córdoba[1] conseguiriam desencaminhá-lo. Ordenou então a sorte, e o diabo (que não é sempre que dorme), que andasse por aquele vale pastando uma manada de éguas galicianas de uns tropeiros galegos, que têm por costume fazer a sesta com seu rebanho em lugares e regiões de grama e água, e aquele onde calhou de estar Dom Quixote era bem apropriado para eles.

Aconteceu, pois, que Rocinante teve vontade de se revigorar com as senhoras éguas e, saindo, assim que as farejou, de seu natural passo e costume, sem pedir licença ao dono, começou a dar um trotezinho um tanto gracioso e foi comunicar sua necessidade a elas. Mas as éguas, que, ao que parecia, deviam ter mais vontade de pastar do que de outra coisa, receberam-no com as ferraduras e com os dentes, de tal maneira que, depois de um curto espaço, as cilhas de Rocinante se romperam e ele ficou sem sela, em pelo. Contudo, o que ele mais deve ter sentido é que, vendo os tropeiros como suas éguas

---

1.   Nesta enorme pradaria às margens do rio Guadalquivir eram criados os famosos cavalos cordobeses.

Giulia Bianchi, 2024

estavam sendo importunadas, acudiram com pedaços de pau e lhe deram tantas pauladas que o deixaram no chão, todo machucado.

Nisso, Dom Quixote e Sancho, que tinham visto o espancamento de Rocinante, chegaram ofegantes, e Dom Quixote disse a Sancho:

— Pelo que vejo, amigo Sancho, esses não são cavaleiros, mas gente grosseira e da ralé. Digo isso porque bem podes me ajudar a tomar a devida vingança do agravo que se fez a Rocinante diante de nossos olhos.

— Que diabo de vingança vamos tomar — respondeu Sancho —, se eles são mais de vinte, e nós, apenas dois; e talvez até só um e meio?

— Eu valho por cem — replicou Dom Quixote.

E, sem fazer mais discursos, pôs as mãos na espada e atacou os galegos, e Sancho Pança fez o mesmo, incitado e movido pelo exemplo de seu amo; e logo de início Dom Quixote deu uma cutilada num deles, abrindo-lhe o saio de couro com o qual estava vestido, assim como grande parte das costas.

Os galegos, ao se verem maltratar por aqueles dois homens sozinhos, sendo eles tantos, foram pegar seus paus e, cercando-os, começaram a atacá-los com grande afinco e veemência. É verdade que na segunda pancada deram com Sancho no chão, e a mesma coisa aconteceu a Dom Quixote, sem que lhe valesse sua destreza e bom ânimo, e quis sua sorte que ele viesse a cair aos pés de Rocinante, que ainda não havia se levantado: e daí se vê com que fúria machucam os paus quando são postos em mãos rústicas e raivosas.

Os galegos, vendo então a torpeza do que haviam feito, com a maior rapidez que puderam carregaram sua manada e seguiram seu caminho, deixando os dois aventureiros com má aparência e pior humor.

O primeiro que voltou a si foi Sancho Pança; e, achando-se ao lado de seu senhor, com voz enfermiça e lastimosa lhe disse:

— Senhor Dom Quixote? Ai, senhor Dom Quixote!

— O que tu queres, Sancho irmão?— respondeu Dom Quixote, com o mesmo tom lânguido e dolorido de Sancho.

— Gostaria, se possível — respondeu Sancho Pança —, que vossa mercê me desse dois tragos daquela bebida do feio Brás,[2] se vossa mercê a tiver à mão: talvez seja de proveito para ossos moídos, como é para ferimentos.

— Pois se eu a tivesse aqui, miserável de mim, o que nos faltava? — respondeu Dom Quixote. — Mas eu te juro, Sancho Pança, palavra de cavaleiro andante, que antes de dois dias, se a sorte não me ordenar outra coisa, devo tê-la em meu poder, e assim não terei mais as mãos atadas.

---

2.   O bálsamo de Fierabrás, cujas virtudes Dom Quixote já exaltara a Sancho (ver nota 7 do capítulo 10).

CAPÍTULO 15

— Pois em quantos dias vossa mercê acha que vamos conseguir mexer os pés? — replicou Sancho Pança.

— De mim sei dizer — disse o moído cavaleiro Dom Quixote — que não saberei como calcular esses dias. Mas a culpa é toda minha, pois não deveria pôr as mãos na espada contra homens que não foram armados cavaleiros como eu; e por isso acredito que, sob pena de ter ido contra as leis de cavalaria, o deus das batalhas permitiu que eu recebesse tal castigo. Por isso, Sancho Pança, é conveniente que estejas avisado sobre o que vou te dizer agora, pois é muito importante para a saúde de nós dois; e é que, quando vires que tais canalhas nos fazem algum mal, não esperes que eu ponha minha mão na espada por eles, que não farei isso de forma alguma: mas põe tu mesmo a mão na espada e castiga-os muito a teu gosto, que se em sua ajuda e defesa vierem cavaleiros, eu saberei te defender, indo atacá-los com todas as minhas forças, pois já deves ter visto por mil sinais e experiências até onde se estende o valor deste meu braço forte.

Tal era a arrogância do pobre senhor depois que venceu o bravo biscainho. Mas o aviso de Dom Quixote não pareceu tão bom a Sancho Pança, e ele não deixou de responder, dizendo:

— Senhor, sou um homem pacífico, manso, sossegado e sei passar por alto qualquer insulto, pois tenho mulher e filhos para sustentar e criar. Portanto, receba também vossa mercê este aviso, visto que não pode ser uma ordem: que de modo algum porei as mãos na espada, nem contra vilão nem contra cavaleiro, e juro por Deus que perdoo todas as injustiças que foram feitas e hão de fazer comigo, tenham sido ou ainda hão de ser feitas por pessoa alta ou baixa, rico ou pobre, nobre ou plebeu, sem exceção de qualquer estado ou condição.

Seu amo, ouvindo isso, respondeu-lhe:

— Quisera eu ter fôlego para poder falar um pouco descansado, e que a dor que tenho nesta costela se aplacasse um tantico, para te mostrar, Pança, o erro em que incorres. Vem aqui, pecador: se o vento da fortuna, até agora tão contrário, se voltar a nosso favor, levando-nos as velas do desejo para que, com segurança e sem nenhum contratempo, aportemos em alguma das ilhas que te prometi, o que seria de ti se, ganhando-a, eu te fizesse senhor dela? Pois tornarias isso impossível, por não ser cavaleiro, nem querer sê-lo, nem ter coragem ou intenção de vingar tuas injúrias e defender teu senhorio. Pois hás de saber que nos reinos e nas províncias recém-conquistados o ânimo de seus nativos nunca está tão calmo, nem tão favorável ao novo senhor, que não se tema algo novo para alterar as coisas mais uma vez e voltar, como se costuma dizer, a provar a sorte; e, assim, é necessário que o novo dono tenha entendimento para saber governar e coragem para ofender e se defender em qualquer acontecimento.

— Neste que nos aconteceu agora — respondeu Sancho —, quisera eu ter esse entendimento e essa coragem que vossa mercê diz; mas eu lhe juro, pela fé de pobre homem, que mais estou para cataplasmas do que para conversas. Olhe vossa mercê se pode se levantar, e ajudaremos Rocinante, embora ele não mereça, pois foi o principal causador de toda essa pancadaria. Nunca acreditei tal coisa vinda de Rocinante, pois o considerava pessoa casta e tão pacífica como eu. Enfim, bem se diz que é preciso muito tempo para conhecer as pessoas, e que nada é certo nesta vida. Quem diria que depois daquelas grandes cutiladas que vossa mercê deu naquele infeliz cavaleiro andante, viria rapidamente em seu rastro essa grande tempestade de pauladas que se descarregou em nossas costas?

— As tuas, Sancho — replicou Dom Quixote —, ainda devem estar acostumadas a semelhantes tempestades; mas as minhas, criadas entre tecidos finos e delicados, é claro que sentirão mais a dor desse infortúnio. E se não fosse o fato de eu imaginar... o que estou dizendo, que imagino? Se não fosse porque sei muito bem que todos esses desconfortos estão muito relacionados ao exercício das armas, agora mesmo me deixaria morrer de pura raiva.

A isso replicou o escudeiro:

— Senhor, já que esses infortúnios são da colheita da cavalaria, diga-me vossa mercê se acontecem com muita frequência ou se têm um tempo limitado para ocorrer; pois me parece que depois de duas colheitas ficaremos inúteis para a terceira, se Deus, em sua infinita misericórdia, não nos ajudar.

— Saibas, amigo Sancho — respondeu Dom Quixote —, que a vida dos cavaleiros andantes está sujeita a mil perigos e desventuras, mas também de súbito surge diante deles a possibilidade de se tornarem reis e imperadores, como a experiência mostrou em muitos e diversos cavaleiros, de cujas histórias tenho pleno conhecimento. E eu poderia te contar agora, se a dor me desse espaço, de alguns que só pelo valor de seu braço subiram aos altos graus que contei, e esses mesmos foram vistos antes e depois em diversas calamidades e misérias. Pois o bravo Amadis de Gaula se viu em poder de seu inimigo mortal Arcalaus, o encantador, de quem se sabe que lhe deu, enquanto o mantinha prisioneiro, amarrado à coluna de um pátio, mais de duzentas chicotadas com as rédeas de seu cavalo. E há ainda um autor secreto, e de não pouco crédito, que diz que, tendo sido apanhado o Cavaleiro do Febo numa certa armadilha, que se abriu debaixo de seus pés num certo castelo, ao cair, encontrou-se num profundo abismo sob a terra, atado pelas mãos e os pés, e lá jogaram nele uma dessas que chamam mezinhas,[3] de água de neve e areia, pela qual ele chegou quase à morte, e se não fosse socorrido naquela grã dificuldade por um sábio grande amigo seu, o pobre cavaleiro passaria muito mal. Assim, bem posso eu passar entre tanta gente boa, pois maiores são as afrontas que estes sofreram do que as que agora passamos. Pois eu quero que saibas, Sancho, que não nos ofendem

---

3. Líquidos para clister, lavagens.

CAPÍTULO 15

as feridas que são dadas com os instrumentos que por acaso estejam nas mãos, e isso está na lei do duelo, escrito com todas as letras; pois, se o sapateiro bater em outro com o formão que tem em mãos, que é realmente feito de pau, nem por isso se dirá que aquele que levou o golpe recebeu paulada. Digo isso para que não penses que, embora tenhamos saído moídos desta luta, ficamos desonrados, pois as armas que aqueles homens trouxeram, com as quais nos esmagaram, não eram outras além de seus paus, e nenhum deles, tanto quanto me lembro, tinha estoque,[4] espada ou punhal.

— Não me deram tempo — respondeu Sancho — de reparar nisso; pois assim que pus a mão em minha tizona,[5] já cruzaram meus ombros com seus paus, de tal forma que tiraram a visão de meus olhos e a força de meus pés, dando comigo onde estou agora; e me importa menos saber se a coisa das pauladas foi desonra ou não do que sentir a dor dos golpes, que hão de ficar impressos tanto em minha memória quanto nas costas.

— Apesar disso, quero que saibas, irmão Pança — replicou Dom Quixote —, que não há memória que o tempo não apague nem dor que a morte não consuma.

— Pois, que desgraça maior pode haver — respondeu Pança — do que aquela que espera o tempo que a consuma e a morte que a apague? Se esse nosso infortúnio for daqueles que com um par de cataplasmas se curam, não será tão ruim; mas estou vendo que nem todos os emplastros de um hospital serão suficientes para acabar com nossas mazelas.

— Deixa-te disso e tira forças da fraqueza, Sancho — respondeu Dom Quixote —, que assim também farei eu, e vejamos como está Rocinante; ao que me parece, não coube ao pobre a menor parte dessa desgraça.

— Não há por que se maravilhar disso — respondeu Sancho —, sendo ele também cavaleiro andante; o que me surpreende é que meu jumento tenha ficado livre e sem custos de onde saímos sem costelas.

— A ventura sempre deixa uma porta aberta nas desgraças, para remediá-las — disse Dom Quixote. — Digo isso porque esse jumentinho agora poderá suprir a falta de Rocinante, levando-me daqui para algum castelo onde serei curado de meus ferimentos. E mais: não considerarei tal cavalaria desonrosa, pois me lembro de ter lido que aquele bom e velho Sileno, criado e preceptor do alegre deus do riso, ao entrar na cidade das cem portas, cavalgava muito descansado um asno mui formoso.[6]

— Pode ser verdade que ele ia descansado, como diz vossa mercê — respondeu Sancho —, mas há uma grande diferença entre ir à vontade e ir atravessado como uma saca de entulho.

4. Espada reta e pontiaguda, com folha triangular ou quadrangular e fio não cortante (somente a ponta causa ferimentos).
5. Tizona era o nome da espada do Cid Campeador.
6. Sileno, que costumava ser representado em cima de um burro, foi camareiro e mestre de Baco, deus do riso. Nasceu em Tebas da Beócia, que Dom Quixote confunde aqui com Tebas do Egito, a "cidade das cem portas".

DOM QUIXOTE

Ao que Dom Quixote respondeu:

— As feridas recebidas em batalha antes dão honra, em vez de tirá-la; então, Pança amigo, não me repliques mais, e sim, como já te disse, levanta-te o melhor que puderes e me põe do jeito que mais te agradar em cima de teu jumento, e vamos sair daqui, antes que a noite caia e nos assalte nesse descampado.

— Pois eu ouvi vossa mercê dizer — disse Pança — que é muito próprio de cavaleiros andantes dormir nos brejos e desertos a maior parte do ano, e que eles consideram isso de muito boa ventura.

— Isso é — disse Dom Quixote — quando não têm outra escolha ou quando estão enamorados; e é tão verdade que houve cavaleiro que esteve num penhasco, entregue ao sol e à sombra e às inclemências do céu, por dois anos, sem que sua senhora soubesse. E um deles foi Amadis, quando, chamando-se Beltenebros, se alojou na Penha Pobre, não sei se oito anos ou oito meses, que não estou muito certo da conta: basta saber que ele esteve ali fazendo penitência, por algum desgosto que a senhora Oriana lhe causou.[7] Mas deixemos disso, Sancho, e termina antes que suceda outra desgraça ao jumento como passou com Rocinante.

— Isso sim seria o diabo — disse Sancho.

E, soltando trinta ais e sessenta suspiros e cento e vinte esconjuros e arrenegos contra quem o trouxera ali, levantou-se, ficando agoniado no meio do caminho, curvado como um arco turquesco,[8] sem conseguir terminar de se endireitar; e, apesar de todo esse trabalho, aparelhou seu asno, que também havia andado um pouco distraído com a liberdade excessiva daquele dia. Levantou depois Rocinante, que, se tivesse língua para reclamar, certamente não ficaria atrás nem de Sancho nem de seu amo.

Resumindo, Sancho acomodou Dom Quixote sobre o asno e prendeu Rocinante atrás do animal. Puxando o jumento por um cabresto, dirigiu-se um pouco ao léu para onde julgou ser a estrada real. E ainda não tinha andado nem uma légua quando a sorte, que ia guiando suas coisas de bem a melhor, o fez topar com a estrada, na qual descobriu uma estalagem que, para seu pesar e gosto de Dom Quixote, talvez fosse um castelo. Sancho insistia que era uma estalagem, e seu amo dizia que não, que era um castelo; e a disputa durou tanto que tiveram tempo, sem acabá-la, de chegar ao lugar, no qual entrou Sancho, sem maiores averiguações, com todo o seu bando.

---

7. Beltenebros (em provençal, "o belo tenebroso") é como Amadis de Gaula foi denominado, em virtude de sua tristeza e melancolia, pelo ermitão da Penha Pobre. O episódio da penitência é contado no capítulo II do *Amadís de Gaula*.
8. Esse tipo de arco era muito comprido, sendo necessário apoiar uma das pontas no chão para atirar.

Capítulo 16

Do que aconteceu com o engenhoso fidalgo na pousada
que ele imaginava ser um castelo

O estalajadeiro, que viu Dom Quixote atravessado em cima do asno, perguntou a Sancho o que havia de errado com ele. Sancho respondeu que não era nada, mas que havia caído penhasco abaixo, e que estavam um pouco moídas suas costelas. Tinha o estalajadeiro por esposa uma que não tinha a natureza que costumam ter aquelas de tal condição, porque naturalmente era caridosa e se doía com as calamidades do próximo; e, assim, acudiu a curar Dom Quixote e fez com que uma de suas filhas, donzela, moça e de bela aparência, a ajudasse a curar seu hóspede. Servia na estalagem também uma moça asturiana, de rosto largo, cangote curto, nariz chato, doente de um olho e do outro não muito saudável. Verdade é que a galhardia de seu corpo compensava as outras falhas: não tinha sete palmos de altura dos pés à cabeça, e as costas, um tanto encurvadas, faziam-na olhar para o chão mais do que desejava. Essa gentil moça, então, ajudou a donzela, e as duas improvisaram uma cama bem ruim para Dom Quixote numa edícula que em outras épocas dava indícios claros de que servira de celeiro por muitos anos; onde também se alojava um tropeiro, que tinha sua cama feita um pouco mais longe daquela de nosso Dom Quixote, e, embora fosse feita com as cangalhas e mantas de seus burros, levava muita vantagem à de Dom Quixote, que só continha quatro mal lixadas tábuas sobre dois bancos meio desiguais e um colchão que sutilmente parecia uma colcha, cheio de bodoques,[1] que, se não mostrassem por alguns rasgos que eram feitos de lã, ao toque em sua dureza pareciam de pedra, e dois lençóis feitos de couro de escudo, e uma manta cujos fios poderiam ser contados sem que nem um deles se perdesse na contagem.

Nessa maldita cama Dom Quixote se deitou, e logo a estalajadeira e a filha o emplastaram de cima a baixo, iluminando-os Maritornes, que assim se chamava a asturiana; e como, ao aplicar os emplastros, a estalajadeira viu Dom Quixote tão repleto de hematomas, disse que aquilo mais pareciam pancadas do que uma queda.

---

1. Bolas de barro cozido disparadas com balestra.

— Não foram pancadas — disse Sancho —, mas sim o penhasco que tinha muitos picos e tropeços, e cada um causou sua contusão.

E também disse:

— Faça vossa mercê, senhora, com que sobrem algumas estopas, que não faltará quem as necessite, porque também me dói o lombo.

— Desse jeito — respondeu a estalajadeira —, parece que caístes vós também.

— Eu não caí — disse Sancho Pança —, mas, pelo sobressalto que tive ao ver cair meu amo, de tal maneira me dói o corpo que parece que me deram mil golpes.

— Pode ser que seja isso — disse a donzela —, que já me aconteceu muitas vezes sonhar que despencava de uma torre abaixo e que nunca chegava ao chão, e quando despertava do sonho me encontrava tão moída e quebrantada como se eu realmente tivesse caído.

— Aí é que está, senhora — respondeu Sancho Pança —, que eu, sem sonhar nada, estando mais desperto do que estou agora, encontro-me com poucos hematomas a menos do que meu senhor Dom Quixote.

— Como se chama esse cavaleiro? — perguntou a asturiana Maritornes.

— Dom Quixote de La Mancha — respondeu Sancho Pança —, e ele é um cavaleiro aventureiro, um dos melhores e mais fortes que há muito tempo não se via no mundo.

— O que é cavaleiro aventureiro? — replicou a moça.

— Tão nova sois no mundo que não o sabeis? — respondeu Sancho Pança. — Pois sabei, irmã minha, que um cavaleiro aventureiro é uma coisa que, em poucas palavras, se vê apaleado e imperador: hoje está como a criatura mais desgraçada do mundo e a mais necessitada, e amanhã possuiria duas ou três coroas de reinos para dar ao seu escudeiro.

— Bem, mas como é que vós, servindo esse cavaleiro tão bom senhor — disse a estalajadeira —, não tendes, ao que parece, sequer um condado?

— Ainda é cedo — respondeu Sancho —, porque não há um mês que andamos procurando aventuras e até agora não topamos com nenhuma que o seja; e talvez procuremos uma coisa, mas estamos achando outra. A verdade é que se meu senhor Dom Quixote se curar desta ferida... ou queda, e eu não ficar muito abalado com ela, não trocaria minhas esperanças pelo melhor título da Espanha.

Todas essas conversas estava escutando com atenção Dom Quixote e, sentando-se no leito como pôde, tomando a mão da estalajadeira, disse-lhe:

— Crede, formosa senhora, que podeis vos considerar venturosa por haver alojado neste vosso castelo minha pessoa, que é tal que, se eu não a enalteço, é porque o que se costuma dizer é que o elogio próprio avilta; mas meu escudeiro vos dirá quem sou. Só vos digo que terei eternamente escrito em minha memória o serviço que me haveis prestado, para vos agradecer enquanto a vida me durar; e comprazeria aos altos céus que o amor não

CAPÍTULO 16

me tivesse tão rendido e tão sujeito às suas leis, e aos olhos daquela formosa ingrata, pois digo entre dentes: que os desta formosa donzela seriam senhores de minha liberdade.

Confusas ficaram a estalajadeira, sua filha e a boa Maritornes ouvindo as razões do andante cavaleiro, que assim as entendiam como se falasse em grego, embora bem entendessem que se dirigiam todas para oferendas e cortesias; e, como não estavam habituadas a tal linguagem, olhavam-no e admiravam-se, e ele parecia-lhes outro homem daqueles que estavam acostumadas; e, agradecendo-lhe com palavras hospederis as ofertas, deixaram-no, e a asturiana Maritornes curou Sancho, que disso necessitava tanto quanto seu amo.

Havia o tropeiro combinado com ela que aquela noite desfrutariam juntos, e ela lhe dera sua palavra de que, estando tranquilos os hóspedes e dormindo seus senhores, ela iria procurá-lo e satisfazer seu prazer o quanto ele mandasse. E dizem sobre essa boa moça que nunca deu palavra que não tenha cumprido, ainda que a desse numa colina e sem nenhuma testemunha, porque se presumia muito fidalga, e para ela não era uma afronta estar nesse trabalho de servir na estalagem, pois dizia ela que infortúnios e maus acontecimentos a levaram àquele estado.

O duro, estreito, parco e ingrato leito de Dom Quixote vinha primeiro, no centro daquele estábulo estrelado, e logo junto a ele Sancho fez o seu, que continha apenas uma esteira de junco e um cobertor, que antes parecia ser de estopa esfarrapada do que de lã. Na sequência estava a cama do tropeiro, fabricada, como se disse, de cangalhas e de todos os adornos das duas melhores mulas que trouxe, embora fossem doze, vistosas, gordas e famosas, porque era um dos ricos tropeiros de Arévalo, segundo diz o autor desta história, que a esse tropeiro faz menção especial porque o conhecia muito bem, e chegam a dizer que era uma espécie de parente seu. Fora que Cide Mahamate Benengeli foi um historiador muito curioso e muito pontual em todas as coisas, e isso se nota, porque todas são dignas de menção; mesmo sendo tão mínimas e tão vis, ele não quis passar por elas em silêncio; disso podem tirar exemplo os historiadores sérios, que nos contam as ações de forma tão breve e sucinta que mal chegam aos lábios, deixando no tinteiro, seja por descuido, malícia ou ignorância, a parte mais substancial da obra. Pois mil vezes mais o autor de *Tablante de Ricamonte*, e aquele de outro livro em que se contam os feitos do conde Tomillas, e com que detalhes descrevem tudo![2]

Digo, então, que depois de haver visitado suas mulas e de lhes haver dado a segunda ração, o tropeiro esticou-se sobre suas mantas e esperou ansioso por sua pontualíssima Maritornes. Já estava Sancho tratado e deitado, e, embora tentasse dormir, não lhe permitia a dor nas costelas; e Dom Quixote, com dor nas suas, tinha os olhos abertos

---

2. Refere-se, respectivamente, a *La crónica de los nobles caballeros Tablante de Ricamonte y Jofre, hijo de Donasón* (1513), anônima; e à *Historia de Enrique, fi de Oliva* (1498), da qual o conde Tomillas é um personagem secundário.

173

como uma lebre. Toda a estalagem estava em silêncio, e em toda ela não havia outra luz que aquela vinda de um candeeiro que, pendurado no meio da porteira, ardia.

Essa maravilhosa quietude e os pensamentos que nosso cavalheiro sempre carregava sobre os acontecimentos narrados a cada passo nos livros autores de sua desgraça trouxeram à imaginação uma das mais estranhas loucuras que bem se podem imaginar; e foi que ele imaginou haver chegado a um famoso castelo (pois, como já foi dito, castelos eram a seu ver todas as estalagens onde ele se hospedava) e que a filha do estalajadeiro era a filha do senhor do castelo, que, arrebatada por sua bondade, havia se apaixonado por ele e prometido que naquela noite, às escondidas de seus pais, viria para se deitar com ele um bocado; e, tendo toda essa quimera que ele havia fabricado como firme e válida, começou a se sentir acuado e a pensar no perigoso apuro com que sua honestidade teria que se haver, e propôs em seu coração não cometer deslealdade contra sua senhora Dulcineia del Toboso, ainda que a própria rainha Guinevere com sua dama Quintanhona estivessem diante dele.[3]

Pensando, então, nesses disparates, chegou o tempo e a hora (que para ele era a hora H) da chegada da asturiana, que, de camisola e descalça, presos os cabelos numa touca de fustão,[4] com passos tácitos e cautelosos, entrou no aposento onde os três se alojavam, em busca do tropeiro. Mas, assim que chegou à porta, Dom Quixote a ouviu e, sentado na cama, apesar dos emplastros e da dor nas costelas, estendeu os braços para receber sua formosa donzela. A asturiana, que, toda retraída e silenciosa, ia tateando com as mãos à frente à procura de seu querido, esbarrou nos braços de Dom Quixote, que a segurou fortemente pelo pulso e, puxando-a para si, sem que ela ousasse dizer uma palavra, fez com que ela se sentasse na cama. Tateou sua camisola, e, embora fosse de estopa, parecia-lhe de finíssima seda. Trazia nos pulsos umas contas de vidro, mas para ele lhe deram vislumbres de preciosas pérolas orientais. Os cabelos, que de alguma forma pareciam uma juba, ele notou como mechas do mais luzidio ouro da Arábia, cujo esplendor o próprio sol escurecia; e o hálito, que sem dúvida cheirava a salada passada e amanhecida, pareceu-lhe que de sua boca expelia um odor suave e aromático; e, por fim, pintou-a em sua imaginação, no mesmo contorno e modo que havia lido em seus livros sobre outra princesa que veio ver o cavaleiro ferido, arrebatada por seus amores, com todos os adornos que estão aqui expostos. E era tanta a cegueira do pobre fidalgo, que nem o tato nem o hálito nem outras coisas que trazia consigo a boa donzela[5] o desiludiam, as quais podiam fazer vomitar outro que não fosse tropeiro; antes, parecia-lhe que em seus braços tinha a deusa da formosura. E, tendo-a bem abraçada, em voz amorosa e baixa, começou a dizer:

3. A dama era uma pessoa da nobreza que acompanhava outra de hierarquia mais alta que ela.
4. Tecido de algodão, linho, seda ou lã, encordoado, que tem o avesso liso e o direito em relevo.
5. O narrador joga com os diversos sentidos da palavra donzela, que significava tanto "jovem solteira" (a filha do estalajadeiro) quanto "criada de uma casa" (Maritornes). Além disso, o termo "boa donzela" era utilizado, de maneira eufemística, para se referir a uma prostituta.

William Strang, 1902

— Quisera me encontrar em condições, formosa e nobre senhora, de poder corresponder tal dádiva como a que com a visão de vossa enorme formosura me haveis concedido; mas quis a sorte, que não se cansa de perseguir os bons, colocar-me nesta cama, onde jazo tão moído e quebrantado, que, mesmo que minha vontade quisesse satisfazer a vossa, seria impossível. E mais, que à impossibilidade se soma outra maior, que é a prometida fé que dei à sem-par Dulcineia del Toboso, a única senhora de meus mais ocultos pensamentos; pois se isso não estivesse envolvido, não seria eu tão néscio cavaleiro que deixaria passar em branco a venturosa ocasião em que vossa grande bondade me colocou.

Maritornes estava angustiadíssima e transpirando por se ver tão agarrada a Dom Quixote e, sem entender nem prestar atenção às razões que ele lhe dizia, tentava sem dizer uma palavra libertar-se. O bom tropeiro, a quem mantinham acordado seus maus desejos, e que desde o momento que entrou sua concubina pela porta a ouviu, esteve atentamente escutando tudo o que Dom Quixote dizia, e, ciumento de que a asturiana tivesse lhe faltado com a palavra por outro, foi chegando mais perto do leito de Dom Quixote e ficou quieto até ver onde iam parar aquelas palavras que não podia entender; mas, ao ver que a moça lutava para se libertar e que Dom Quixote pelejava para tê-la, parecendo-lhe de mau gosto a brincadeira, ergueu o braço e descarregou um soco tão terrível nas estreitas mandíbulas do apaixonado cavaleiro que lhe deixou a boca banhada em sangue; e, não contente com isso, subiu em cima de suas costelas e com os pés mais do que trotando pisou sobre todas elas de cabo a rabo.

A cama, que era um pouco frágil e sem firmes alicerces, não resistindo ao acréscimo do tropeiro, foi ao chão, e com o grande ruído o estalajadeiro acordou e logo imaginou que deviam ser as contendas de Maritornes, porque, tendo-a chamado em voz alta, não respondia. Com essa suspeita levantou-se e, acendendo uma lamparina, foi até onde havia ouvido a querela. A moça, vendo que seu senhor vinha furioso e já sabia o que a esperava, toda medrosa e alvoroçada, refugiou-se na cama de Sancho Pança, que ainda dormia, e ali se enroscou e se enrolou como num casulo. O estalajadeiro entrou dizendo:

— Onde estás, puta? Com certeza isso é coisa tua.

Nisso acordou Sancho e, sentindo aquele volume quase em cima de si, pensou que tinha um pesadelo[6] e começou a dar socos a uma e outra parte, e, entre outros, atingiu com não sei quantos a Maritornes, quem, sentindo a dor e deixando de lado o decoro, devolveu a Sancho tantos que, para seu desgosto, lhe tirou o sono; ele, vendo-se tratar dessa maneira, e sem saber por quem, erguendo-se como pôde, abraçou-se a Maritornes, e começaram entre os dois a mais concorrida e engraçada luta do mundo.

---

6. Segundo a crença popular, o pesadelo era personificado por uma velha que oprime o peito daquele que o sofre.

CAPÍTULO 16

Vendo, então, o tropeiro, à luz da lamparina do estalajadeiro, como estava sua senhora, deixou Dom Quixote e foi prestar-lhe o socorro necessário. O mesmo fez o estalajadeiro, mas com outra intenção, porque foi castigar a moça, acreditando sem dúvida que só ela era a razão de toda aquela harmonia. E, como se costuma dizer, "o gato ao rato, o rato à corda, a corda ao pau",[7] o tropeiro dava a Sancho; Sancho, à moça; a moça, a ele; o estalajadeiro, à moça; e todos agiam sem cessar, com muita pressa e sem descanso; e o melhor foi que a lamparina do estalajadeiro se apagou, e, como estavam no escuro, golpeavam sem compaixão todo vulto, e, onde quer que pusessem as mãos, não deixavam nada inteiro.

Por acaso estava alojado naquela noite na estalagem um quadrilheiro dos que se dizem da Santa Irmandade Velha de Toledo, o qual, ouvindo o estranho estrondo da briga, tomou sua meia vara e a lata de suas credenciais[8] e entrou na escuridão do quarto, dizendo:

— Que se faça a justiça! Recebam a Santa Irmandade!

E o primeiro com quem topou foi com o sovado Dom Quixote, que estava em seu desmoronado leito, deitado de costas sem sentidos; e, passando-lhe as mãos pela barba, puxando-a, não parava de dizer:

— Favor à justiça!

Mas vendo que o que ele segurava não se mexia nem se movia, deu-se a entender que ele estava morto e que os que ali estavam eram seus matadores; e, com essa suspeita, reforçou a voz, dizendo:

— Fechem as portas da estalagem! Cuidem para que não saia ninguém, que aqui mataram um homem!

Essa voz sobressaltou a todos, e cada um deixou sua contenda na medida em que foram ouvindo. Retirou-se o estalajadeiro para seu aposento; o tropeiro, para suas cangalhas; a moça, para seu cubículo; só os desventurados Dom Quixote e Sancho não puderam se mexer de onde estavam. Nisso soltou o justiceiro a barba de Dom Quixote e saiu em busca de luz para procurar e prender os delinquentes, mas não a encontrou, pois o estalajadeiro, numa artimanha, havia dado cabo da lamparina quando se retirou para seu quarto, e assim foi obrigado a recorrer à chaminé, onde com muito trabalho e tempo acendeu o quadrilheiro outra lamparina.

7. Conto popular de estrutura encadeada.
8. A Santa Irmandade Velha de Toledo foi estabelecida no século XIII no antigo reino de Toledo; era chamada de "velha" para distinguir da que se estabeleceu no século XV (ver nota 4 do capítulo 10). Os quadrilheiros, membros da Santa Irmandade, portavam uma pequeno bastão chamado meia vara e um canudo de lata no qual levavam a documentação contendo as credenciais de seu cargo e autoridade.

Capítulo 17

*Onde prosseguem os inumeráveis trabalhos que o
bravo Dom Quixote e seu bom escudeiro Sancho Pança
passaram na estalagem que, para seu mal, o cavaleiro
achou que era castelo*

Dom Quixote já havia voltado neste momento de seu desmaio e, com o mesmo tom de voz com que chamara seu escudeiro no dia anterior, quando estava deitado no vale das bordoadas,[1] começou a chamá-lo, dizendo:

— Sancho amigo, estás dormindo? Estás dormindo, amigo Sancho?

— Quem me dera, pobre de mim! — respondeu Sancho, cheio de irritação e raiva. — Parece que todos os diabos estiveram comigo esta noite!

— Podes acreditar nisso, sem dúvida — respondeu Dom Quixote —, porque ou eu sei pouco ou este castelo é encantado. Pois hás de saber… Mas isto que eu quero te dizer agora deves jurar que vais manter em segredo até depois de minha morte.

— Sim, juro — respondeu Sancho.

— Digo-o — replicou Dom Quixote — porque sou inimigo da perda da honra de quem quer que seja.

— Digo que sim — repetiu Sancho —, juro que me calarei até o fim dos dias de vossa mercê, e Deus queira que possa revelá-lo amanhã.

— Faço-te tantas maldades, Sancho — respondeu Dom Quixote —, que gostarias de me ver morto tão cedo?

— Não é por isso — respondeu Sancho —, mas porque sou inimigo de guardar demais as coisas e não queria que apodrecessem por estar guardadas.

— Seja pelo que for — disse Dom Quixote —, confio mais em teu amor e tua cortesia; e, portanto, deves saber que esta noite me aconteceu uma das mais estranhas aventuras que se possa imaginar, e, para te contar de modo breve, deves saber que há pouco veio até mim a filha do senhor deste castelo, que é a mais galante e formosa donzela que

---

1. Alusão a um célebre romance antigo que diz "Pelo vale dos bordões [bordoadas]/ o bom Cid passado havia".

se possa encontrar em grande parte da terra. O que eu poderia dizer sobre a beleza de sua pessoa? E quanto ao seu galhardo entendimento? E das outras coisas ocultas, que, para guardar a fé que devo à minha senhora Dulcineia del Toboso, deixarei passar intactas e em silêncio? Só quero te dizer que, invejoso o céu de tanto bem que a ventura me havia posto nas mãos, ou talvez, e isso é o mais certo, por, como eu disse, este castelo estar encantado, enquanto eu estava com ela em colóquios dulcíssimos e amorosíssimos, sem que eu a visse nem soubesse de onde vinha vindo, apareceu uma mão presa ao braço de algum descomunal gigante e assentou-me um soco no queixo, tão forte que ele está todo banhado em sangue; e depois me moeu de tal maneira que estou pior do que ontem, quando os tropeiros, pelos excessos de Rocinante, nos fizeram aquele agravo que já sabes. De onde suponho que o tesouro da formosura dessa donzela deve ser guardado por algum mouro encantado[2] e não deve ser destinado a mim.

— Nem a mim — respondeu Sancho —, porque mais de quatrocentos mouros me bateram, de modo que as pauladas de ontem foram água com açúcar. Mas diga-me, senhor, como vossa mercê chama essa boa e rara aventura, tendo saído dela como saímos? Embora vossa mercê não tenha se saído muito mal, pois teve em suas mãos aquela formosura incomparável que mencionou; porém o que eu tive, senão os maiores golpes que pretendo receber em toda a minha vida? Infeliz de mim e da mãe que me pariu, pois não sou um cavaleiro andante nem penso em ser jamais, e de todas as mal-andanças me cabe a maior parte!

— Então também fostes espancado? — respondeu Dom Quixote.

— Já não lhe disse que sim, apesar de minha linhagem? — disse Sancho.

— Não te lamentes, amigo — disse Dom Quixote —, que vou fazer agora mesmo o bálsamo precioso, com o qual nos curaremos num abrir e fechar de olhos.

Nisso, o quadrilheiro terminou de acender a lamparina e entrou para ver quem ele achava que estava morto; e assim que Sancho o viu entrar, bem mal-encarado, de camisola, com o lenço na cabeça e a lamparina na mão, perguntou ao seu amo:

— Senhor, será este, por acaso, o mouro encantado que está vindo nos castigar de novo, caso tenha ficado faltando alguma coisa?

— Não pode ser o mouro — respondeu Dom Quixote —, porque os encantados não se deixam ser vistos por ninguém.

— Se não se deixam ver, deixam-se sentir — disse Sancho —; minhas costas que o digam.

— As minhas também poderiam dizer — respondeu Dom Quixote —, mas isso não é indício suficiente para acreditar que este que se vê é o mouro encantado.

---

2. Segundo a tradição folclórica espanhola, os tesouros eram guardados por mouros encantados ou duendes vestidos como mouros, e eram entregues apenas às pessoas que cumpriam determinadas condições estabelecidas por eles.

CAPÍTULO 17

Chegou o quadrilheiro e, ao encontrá-los conversando com tanta calma, ficou perplexo. É bem verdade que Dom Quixote ainda estava deitado sem poder se mexer, de tão moído e emplastrado. Aproximou-se dele o quadrilheiro e disse:

— Pois, como vai, bom homem?[3]

— Eu falaria com mais educação — respondeu Dom Quixote —, se estivesse em vosso lugar. Usa-se nesta terra falar desse modo com os cavaleiros andantes, seu grosseiro?

O quadrilheiro, que se viu tão maltratado por um homem de tão má aparência, não aguentou e, levantando a lamparina com todo o azeite, deu com ela na cabeça de Dom Quixote, de modo que o deixou em ruínas; e como tudo estava escuro, foi logo embora, e Sancho Pança disse:

— Sem dúvida, senhor, este é o mouro encantado, e deve guardar o tesouro para os outros; para nós, ele só guarda os socos e as lamparinadas.

— É isso mesmo — respondeu Dom Quixote —, e não devemos dar atenção a essas coisas de encantamento, nem há motivo para se encolerizar ou se aborrecer com elas, porque, como são invisíveis e fantásticas, não acharemos de quem nos vingar, por mais que tentemos. Levanta-te, Sancho, se puderes, e chama o alcaide desta fortaleza e pede que ele me dê um pouco de azeite, vinho, sal e alecrim para fazer o salutar bálsamo; que na verdade eu acho que tenho muita necessidade disso agora, pois escorre muito sangue do ferimento que esse fantasma me fez.

Sancho levantou-se com grandes dores nos ossos e foi, às escuras, até onde estava o estalajadeiro; e, ao encontrar com o quadrilheiro, que escutava para ver o que seu inimigo faria, disse-lhe:

— Senhor, quem quer que sejais, fazei-nos a mercê e o benefício de nos dar um pouco de alecrim, azeite, sal e vinho, que são necessários para curar um dos melhores cavaleiros andantes que há na terra, o qual jaz naquele leito machucado pelas mãos do mouro encantado que está nesta estalagem.

Quando o quadrilheiro ouviu isso, considerou-o um homem sem juízo algum; e, porque já começava a amanhecer, abriu a porta da estalagem e, chamando o estalajadeiro, disse-lhe o que aquele bom homem queria. O estalajadeiro deu-lhe tudo o que ele pediu, e Sancho levou-o a Dom Quixote, que estava com as mãos na cabeça, queixando-se da dor da lamparinada, que não lhe fizera mais mal do que levantar dois galos um tanto volumosos; e o que ele pensava que era sangue não era nada além de suor, vertido por causa da agonia da tormenta passada.

Enfim, pegou um a um os ingredientes, dos quais fez um composto, misturando-os todos e cozinhando-os por um bom tempo, até que lhe pareceu que estavam no ponto. Pediu então um frasco para guardá-lo e, como não havia nenhum na estalagem, decidiu

---

3.   Chamar alguém de "bom homem" era considerado ofensivo.

vertê-lo numa vasilha ou azeiteira de lata que o estalajadeiro lhe deu de presente, e então lançou sobre ela mais de oitenta pai-nossos e outras tantas ave-marias, salves e credos, e cada palavra era acompanhada por uma cruz, como uma bênção; estavam presentes Sancho, o estalajadeiro e o quadrilheiro, pois o tropeiro andava ocupado cuidando de seus animais.

Feito isso, quis ele mesmo experimentar a virtude daquele precioso bálsamo que imaginava ter feito, e então bebeu, do que não coubera no frasco e tinha restado na panela onde havia sido cozido, quase um litro; e assim que terminou de beber, começou a vomitar, de maneira que nada ficou em seu estômago; e com as ânsias e a agitação do vômito lhe deu um suadouro copioso, pelo que ordenou que o cobrissem e o deixassem sozinho. Assim o fizeram e ele adormeceu por mais de três horas, ao cabo das quais acordou e sentiu o corpo aliviadíssimo, a tal ponto melhor de seu quebrantamento que se considerou curado e acreditou verdadeiramente que havia acertado com o bálsamo de Fierabrás, e que com esse remédio poderia acometer a partir de então sem temor algum quaisquer estragos, batalhas e pendências, por mais perigosas que fossem.

Sancho Pança, que também tomou por milagre a melhora de seu amo, rogou-lhe que lhe desse o que restava na panela, que não era pouca coisa. Dom Quixote concordou, e o escudeiro, pegando-a com as duas mãos, de boa-fé e com melhor ânimo, entornou-a em grandes goles, bebendo pouco menos do que seu amo. Pois o caso é que o estômago do pobre Sancho não devia ser tão delicado como o de seu amo, e assim, em vez de vomitar, teve tantas ânsias e náuseas, com tantos suores e desmaios que pensou bem e verdadeiramente que era chegada sua última hora; e vendo-se tão aflito e angustiado, amaldiçoou o bálsamo e o bandido que o havia dado. Vendo-o assim, disse-lhe Dom Quixote:

— Creio, Sancho, que todo esse teu mal vem de não seres armado cavaleiro, pois tenho para mim que esse licor não deve beneficiar quem não o é.

— Se vossa mercê sabia disso — replicou Sancho —, que pena para mim e para toda a minha parentela! Por que permitiu que eu o provasse?

Nisso, a mistura fez seu efeito e o pobre escudeiro começou a desaguar-se por ambos os canais, com tanta pressa que a esteira de junco em que voltara a se deitar e a manta de estopa com que se cobriu não foram mais de proveito. Suava e transpirava com tantos espasmos e convulsões que não só ele, mas todos pensaram que sua vida estava se acabando. Esse temporal e infortúnio duraram quase duas horas, ao cabo das quais ele não ficou como seu amo, e sim tão moído e alquebrado que mal podia se aguentar.

Mas Dom Quixote, que, como já foi dito, sentia-se aliviado e revigorado, queria partir logo em busca de aventuras, parecendo-lhe que todo o tempo que se demorava ali era roubado do mundo e dos que nele necessitavam de seu favor e proteção, e ainda mais, com a segurança e confiança que ele depositava em seu bálsamo. E assim, forçado por esse desejo, ele mesmo selou Rocinante e aparelhou o jumento de seu escudeiro, a quem

CAPÍTULO 17

também ajudou a se vestir e subir no asno. Então montou a cavalo e, chegando a um canto da estalagem, pegou um chuço[4] que estava ali, para lhe servir de lança.

Todos na estalagem, que eram mais de vinte pessoas, olhavam para ele; olhava-o também a filha do estalajadeiro, e ele tampouco tirava os olhos dela, e de vez em quando soltava um suspiro, parecendo arrancá-lo do fundo das entranhas, e todos pensavam que devia ser da dor que ele sentia nas costelas — ao menos pensavam assim aqueles que o haviam visto cheio de emplastros na noite anterior.

Quando os dois já estavam em suas montarias, parados na porta da estalagem, Dom Quixote chamou o estalajadeiro e, com voz muito calma e grave, disse-lhe:

— Muitas e mui grandes são as mercês, senhor alcaide, que recebi neste vosso castelo, e tenho a obrigação de vos agradecer por elas todos os dias de minha vida. Se vos puder retribuir vingando algum arrogante que vos prejudicou, sabei que meu ofício não é outro senão valer pelos que pouco podem, vingar os que sofrem injúrias e castigar deslealdades. Percorrei vossa memória, e se achardes algo dessa natureza para me encomendar, basta dizê-lo a mim, que vos prometo, pela ordem de cavalaria que recebi, tornar-vos satisfeito e contentado em toda a vossa vontade.

O estalajadeiro lhe respondeu com a mesma calma:

— Senhor cavaleiro, não tenho necessidade de que vossa mercê me vingue qualquer injustiça, pois sei tomar a vingança que julgo mais acertada, quando me ofendem. Só preciso que vossa mercê me pague a despesa que fez na estalagem na noite passada, tanto pela palha e cevada de seus dois animais quanto pelo jantar e as camas.

— Então isso é uma estalagem? — replicou Dom Quixote.

— E mui honrada — respondeu o estalajadeiro.

— Enganado vivi até aqui — respondeu Dom Quixote —, pois na verdade pensei que fosse um castelo, e não ruim; mas, como não é um castelo, e sim uma estalagem, o que se pode fazer agora é que perdoeis o pagamento, pois não posso contrariar a ordem dos cavaleiros andantes, dos quais estou certo, sem que até agora tenha lido algo em contrário, que jamais pagaram hospedagem ou qualquer outra coisa na estalagem onde estivessem, porque se deve a eles, tanto por privilégio como por lei, qualquer boa recepção que lhes for dada, em pagamento pelo intolerável trabalho que sofrem procurando aventuras noite e dia, no inverno e no verão, a pé e a cavalo, com sede e com fome, com calor e com frio, sujeitos a todas as inclemências do céu e a todos os incômodos da terra.

— Tenho pouco a ver com isso — respondeu o estalajadeiro. — Que eu receba o que me é devido e vamos parar de histórias e de cavalarias, que não tenho outro interesse além de receber por meus serviços.

---

4. Vara curta armada de ferro pontiagudo.

DOM QUIXOTE

— Sois um estúpido e um mau estalajadeiro — respondeu Dom Quixote.

E, batendo as pernas em Rocinante e terçando seu chuço, saiu da estalagem sem que ninguém o detivesse; e, sem olhar se seu escudeiro o seguia, percorreu um bom trecho.

O estalajadeiro, que o viu partir sem pagá-lo, foi cobrar de Sancho Pança, o qual disse que, como seu senhor não quis pagar, que tampouco ele pagaria, porque, sendo escudeiro de um cavaleiro andante, a mesma regra e razão valiam tanto para ele como para seu amo: não pagar nada nas pensões e estalagens. O estalajadeiro ficou muito desgostoso com isso e o ameaçou dizendo que, se não o pagasse, ele o cobraria de tal forma que lhe pesasse. Ao que Sancho respondeu que, pela lei de cavalaria que seu amo havia recebido, não pagaria um só cornado,[5] mesmo que lhe custasse a vida, pois não havia de se perder por causa dele o bom e antigo costume dos cavaleiros andantes, nem haviam de se queixar dele os escudeiros daqueles que estavam para vir ao mundo, repreendendo-o pela violação de tão justa norma.

Quis a má sorte do infeliz Sancho que entre a gente que estava na estalagem se achassem quatro cardadores de lã de Segóvia, três fabricantes de agulhas do Potro de Córdoba e dois vizinhos da Feira de Sevilha,[6] gente alegre, bem-intencionada, maliciosa e brincalhona, os quais, quase como instigados e movidos pelo mesmo espírito, aproximaram-se de Sancho, e, enquanto o desmontavam do asno, um deles foi pegar a manta da cama do hóspede, na qual o lançaram; mas, levantando os olhos, viram que o teto era algo mais baixo do que precisavam para sua obra e decidiram sair para o pátio, que tinha por limite o céu; e ali, com Sancho posto no meio da manta, começaram a levantá-lo para o alto e a divertir-se com ele como se fosse um cão no Carnaval.[7]

Os gritos que o mísero manteado dava eram tantos que chegaram aos ouvidos de seu amo, o qual, detendo-se para ouvir com atenção, acreditou que alguma nova aventura estava se aproximando, até que claramente reconheceu que quem gritava era seu escudeiro; e, virando as rédeas, com um galopar penoso chegou à estalagem, e, encontrando-a fechada, deu a volta nela para ver se encontrava uma maneira de entrar; porém, mal tendo alcançado as paredes do pátio, que não eram muito altas, viu a brincadeira de mau gosto que estava sendo feita com seu escudeiro. Viu-o subir e descer pelo ar com tanta graça e rapidez que, se a cólera deixasse, tenho para mim que ele riria. Tentou passar do cavalo para o muro, mas estava tão moído e alquebrado que não conseguia nem apear, e assim, de cima do cavalo, começou a dizer tantas injúrias e ofensas aos que manteavam Sancho

5. Moeda de pouco valor, equivalente à sexta parte de 1 maravedi.
6. Todos os ofícios e localidades citados eram, na época, próprios de gente considerada desabusada e com fama de fanfarrona.
7. O ato de mantear (segurar uma capa, ou manta, pelas quatro pontas e fazer algo saltar sobre ela) cães era comum nos dias de Carnaval.

184

W. Marstrand, 1865–1869

DOM QUIXOTE

que não é possível acertar em escrevê-las; mas nem por isso cessavam eles de rir e de brincar, nem o voador Sancho abandonava suas queixas, misturadas ora com ameaças, ora com súplicas; mas nada disso adiantou, até que o deixaram por puro cansaço. Trouxeram-lhe seu asno e, subindo-o em cima dele, envolveram-no em seu casaco; e a compassiva Maritornes, vendo-o tão fatigado, achou que seria bom socorrê-lo com um jarro de água, que trouxe do poço, por estar mais fresca. Sancho o pegou e o levou à boca, mas se deteve por causa dos gritos que seu amo lhe dava, dizendo:

— Filho Sancho, não bebas água; filho, não bebas, isso vai te matar. Vês? Tenho aqui comigo o santíssimo bálsamo — e mostrava-lhe o frasco da beberagem —, e com duas gotas que dele bebas vais te curar, sem dúvida.

A esses gritos, Sancho revirou os olhos, como desdenhoso, e disse com voz mais alta:

— Por acaso vossa mercê esqueceu que eu não sou um cavaleiro, ou quer que eu termine de vomitar as entranhas que me restaram na noite passada? Guarde aí sua bebida com mil diabos e me deixe quieto.

E terminar de dizer isso e começar a beber foi uma só ação; mas como ao primeiro gole viu que era água, não quis ir em frente e implorou a Maritornes que lhe trouxesse vinho, e ela o fez de boa vontade e o pagou com seu próprio dinheiro: porque, de fato, se diz dela que, embora estivesse naquela vida, tinha alguma sombra e traços de cristã.

Assim que Sancho bebeu, escoiceou seu burro com os calcanhares e, abrindo a porta da estalagem de par em par, saiu dela, muito contente por não ter pagado nada e ter saído com sua intenção, embora tenha sido à custa de seus fiadores costumeiros, que eram suas costas. É verdade que o estalajadeiro ficou com seus alforjes, em pagamento do que lhe era devido; mas Sancho não deu pela falta deles, de tão perturbado que estava. O estalajadeiro quis trancar bem a porta assim que o viu do lado de fora, mas os manteadores não consentiram, pois sabiam que, mesmo se Dom Quixote fosse verdadeiramente um dos cavaleiros andantes da Távola Redonda, não dariam por ele um tostão furado.

186

Capítulo 18

*Onde se contam os assuntos de que tratou Sancho Pança
com seu senhor Dom Quixote, com outras aventuras
dignas de ser contadas*

Chegou Sancho ao seu amo murcho e atontado, tanto que não conseguiu encilhar seu jumento. Quando Dom Quixote o viu assim, disse:

— Agora acabo de concluir, meu bom Sancho, que aquele castelo ou estalagem está encantado sem dúvida, porque aqueles que tão atrozmente te tomaram como passatempo, o que poderiam ser senão fantasmas e gente do outro mundo? E confirmo isso por ter visto que, quando estava junto às cercas do pátio, observando os atos de tua triste tragédia, não me foi possível escalá-las, nem ao menos pude apear de Rocinante, porque devem ter me enfeitiçado; que te juro pela fé de quem sou que, se pudesse subir ou descer, eu te faria vingar, de maneira que esses encrenqueiros e canalhas se lembrassem dessa zombaria para sempre, mesmo que eu soubesse que iria contrariar as leis de cavalaria, que, como já muitas vezes te disse, não permitem que um cavaleiro ponha as mãos sobre quem não o é, se não for em defesa de sua própria vida e pessoa, em caso de urgência e grande necessidade.

— Também me vingaria eu se pudesse, fosse ou não fosse cavaleiro, mas não pude, ainda que tenha para mim que aqueles que se divertiram comigo não eram fantasmas ou homens encantados, como vossa mercê diz, mas homens de carne e osso como nós; e todos eles, segundo os ouvi nomear quando me viravam, tinham seus nomes: um se chamava Pedro Martínez e o outro Tenório Hernández, e o estalajadeiro ouvi que se chamava Juan Palomeque, o Canhoto. Então, senhor, o fato de não poder pular as cercas do pátio ou apear-se do cavalo não tem nada a ver com encantamentos. E o que eu tiro a limpo de tudo isso é que essas aventuras que andamos procurando ao fim e ao cabo nos hão de trazer a tantas desventuras, que não saberemos distinguir o pé direito do esquerdo. E o melhor e mais acertado, segundo meu pouco entendimento, seria voltar a nossa terra, agora que é tempo da colheita e de organizar o trabalho, deixando-nos de ir de um lado a outro, para lá e para cá, como dizem.

— Como sabes pouco, Sancho — respondeu Dom Quixote —, de assuntos da cavalaria! Cala e tem paciência, que chegará o dia em que verás com teus próprios olhos quão honroso é andar neste exercício. Se não, diz-me: que maior contentamento pode haver no mundo ou que prazer pode ser igual ao de vencer uma batalha e triunfar sobre o inimigo? Nenhum, sem dúvida alguma.

— Assim deve ser — respondeu Sancho —, posto que eu não sei; só sei que, desde que somos cavaleiros andantes, ou vossa mercê o é (e não há por que me incluir em um número tão honroso), nunca vencemos batalha nenhuma, fora a do biscainho, e ainda daquela vossa mercê saiu com meia orelha e meio elmo a menos; que depois aqui tudo foi pauladas e mais pauladas, socos e mais socos, e levando eu ainda a vantagem do manteamento, e isso ter me acontecido pelas mãos de pessoas encantadas, de quem não posso me vingar para saber até onde chega o gosto da vitória sobre o inimigo, como vossa mercê diz.

— Essa é a cruz que eu carrego e a que tu deves carregar, Sancho — respondeu Dom Quixote —, mas de agora em diante tentarei ter em mãos uma espada feita com tal poder, de modo que a quem a carregue não lhe possa acometer nenhum gênero de encantamentos; e pode até ser que me deparasse com o destino de Amadis, quando foi chamado de Cavaleiro da Ardente Espada, que foi uma das melhores espadas que teve um cavaleiro no mundo, pois, além da virtude mencionada, cortava como uma navalha, e não havia armadura, por mais forte e encantada, que parasse em pé diante dele.

— Sou tão afortunado — disse Sancho — que, caso isso acontecesse e vossa mercê viesse encontrar uma espada semelhante, ela só viria para servir e ajudar os armados cavaleiros, como é com o bálsamo: e aos escudeiros, que um raio os parta.

— Não temas isso, Sancho — disse Dom Quixote —, que melhor fará o céu contigo.

Nesses colóquios iam Dom Quixote e seu escudeiro, quando viu Dom Quixote que, pelo caminho que iam, vinha uma grande e espessa nuvem de poeira em sua direção; e, vendo-a, voltou-se para Sancho e disse:

— Este é o dia, ó Sancho!, em que há de se ver o bem que minha sorte me reserva; este é o dia, digo eu, em que se há de mostrar, tanto como em nenhum outro, o valor de meu braço e no qual devo fazer obras que ficarão escritas no livro da fama por todos os vindouros séculos. Vês aquela nuvem de poeira que ali se levanta, Sancho? Pois toda ela está coalhada de um copiosíssimo exército que com diversas e inumeráveis gentes por ali vem marchando.

— Pelo jeito, dois devem ser — disse Sancho —, porque deste lado oposto se levanta também outra semelhante poeira.

Voltou a olhar Dom Quixote, viu que era a verdade e, alegrando-se sobremaneira, pensou sem dúvida alguma que eram dois exércitos que vinham a encontrar-se e investir um contra o outro no meio daquela espaçosa planície. Porque ele tinha todas as horas e

CAPÍTULO 18

momentos cheios da fantasia daquelas batalhas, encantamentos, acontecimentos, desatinos, amores, desafios, que nos livros de cavalaria são contados, e tudo o que ele falava, pensava ou fazia era encaminhado a coisas semelhantes. E a nuvem de poeira que ele tinha visto era levantada por dois grandes rebanhos de ovelhas e carneiros que pelo mesmo caminho de duas direções diferentes vinham, os quais, com a poeira, não se puderam distinguir até que chegaram perto. E com tanto afinco afirmava Dom Quixote que eram exércitos, que Sancho chegou a acreditar e lhe disse:

— Senhor, então, que havemos de fazer?

— O quê? — disse Dom Quixote. — Favorecer e ajudar os necessitados e desvalidos. E hás de saber, Sancho, que este que vem à nossa frente está sendo conduzido e guiado pelo grande imperador Alifanfarrão, senhor da grande ilha de Trapobana;[1] este outro que marcha atrás de mim é o de seu inimigo, o rei dos garamantas, Pentapolim do Arregaçado Braço, porque sempre entra nas batalhas com o braço direito desnudo.

— Bem, por que se querem tão mal esses dois senhores? — perguntou Sancho.

— Querem-se mal — respondeu Dom Quixote — porque este Alifanfarrão é um furibundo pagão e está apaixonado pela filha de Pentapolim, que é uma formosa e também agraciada dama, e é cristã, e seu pai não a quer entregar ao rei pagão, se ele não abandonar primeiro a lei de seu falso profeta Maomé e se converter à sua.

— Pelas minhas barbas — disse Sancho —, que faz muito bem Pentapolim, e eu o tenho que ajudar no quanto puder!

— Nisso farás o que deves, Sancho — disse Dom Quixote —, porque para entrar em batalhas semelhantes não é preciso ser armado cavaleiro.

— Bem estou sujeito a isso — respondeu Sancho —, mas onde deixaremos este burro para que com certeza o encontremos depois de passada a contenda? Porque entrar nela em semelhante cavalaria não acho que esteja em uso no momento.

— É verdade — disse Dom Quixote. — O que podes fazer com ele é deixá-lo livre para suas aventuras, perdendo-se ou não, porque serão tantos os cavalos que teremos depois que sairmos vitoriosos, que até Rocinante corre perigo que eu o troque por outro. Mas presta atenção que quero falar sobre os cavaleiros mais importantes que nesses dois exércitos vêm. E para que possas vê-los e notá-los melhor, retiremo-nos para aquela colina que ali há, de onde podemos ver como surgem os dois exércitos.

Fizeram-no e subiram uma colina, de onde poderiam ver claramente os dois rebanhos que para Dom Quixote se fizeram exército, se as nuvens de pó que levantavam não lhes embotasse e cegasse a vista; mas, apesar de tudo, vendo em sua imaginação o que não via nem havia, com a voz elevada começou a dizer:

---

1. Trapobana era o antigo nome do Ceilão, mas aqui aparece como indicação de um lugar distante e lendário.

DOM QUIXOTE

— Aquele cavaleiro que vês aí das armas de um jade amarelado, que traz no escudo um leão coroado, rendido aos pés de uma donzela, é o bravo Laurcalco, senhor da Ponte de Prata; o outro das armas e das flores douradas, que traz no escudo três coroas de prata sobre um campo azul, é o temido Micocolembo, grão-duque de Quirócia; o outro dos membros gigantescos, que está à sua direita, é o implacável Brandabarbarán de Boliche, senhor das três Arábias, que vem armado com aquela pele de serpente e tem por escudo uma porta, que segundo a fama é uma das do templo que derrubou Sansão quando com sua morte se vingou de seus inimigos. Mas volta os olhos para esta outra parte e verás adiante e na frente desse outro exército o sempre vencedor e nunca vencido Timonel de Carcassona, príncipe de Nueva Vizcaya, que vem armado com armas repartidas em peças azuis, verdes, brancas e amarelas, e traz no escudo um gato dourado num campo aleonado, com uma letra que diz "Miau", que é o início do nome de sua dama, que, segundo dizem, é a sem-par Miulina, filha do duque Alfeñiquén do Algarve; o outro que sobrecarrega e oprime o lombo daquele poderoso corcel, que traz as armas como a neve, brancas, e o escudo branco e sem emblema algum, é um cavaleiro novel, de nação francesa, chamado Pierres Papin,[2] senhor dos baronatos de Utrique; o outro que bate os flancos com ferraduras nos calcanhares àquela pintada e ligeira zebra e traz as armas dos veiros[3] azuis é o poderoso duque de Nérbia, Espartafilardo do Bosque, que tem impresso no escudo um ramo de aspargo, com uma letra em castelhano que se diz assim: "Rastreia minha sorte".

E dessa maneira foi nomeando muitos cavaleiros de um e do outro esquadrão que ele imaginava, e a todos deu-lhes suas armas, suas cores, emblemas e alcunhas de improviso, levado pela imaginação de sua nunca vista loucura, e, sem parar, prosseguiu dizendo:

— Este esquadrão dianteiro é formado e feito por gente de diversas nações: aqui estão os que beberam as águas doces do famoso rio Xanto; os montanheiros que trilham os campos de Massila; aqueles que peneiram o finíssimo e diminuto ouro na feliz Arábia; os que apreciam as famosas e frescas margens do límpido Termodonte; aqueles que sangram por muitas e diversas vias o dourado Pactolo; os númidas, duvidosos em suas promessas; os persas, famosos arcos e flechas; os partos, os medos, que lutam fugindo; os árabes das tendas itinerantes; os citas, tão cruéis quanto brancos; os etíopes, com lábios perfurados, e inúmeras outras nações, cujos rostos conheço e vejo, embora não me recorde seus nomes. Neste outro esquadrão vêm aqueles que bebem a correnteza cristalina do Bétis com seu olival; os que limpam e lustram o rosto com o licor do sempre rico e dourado Tejo; os que desfrutam das águas benéficas do divino Genil; os que pisam os campos

2. Personagem lendário conhecido por suas habilidades com as cartas e os jogos.
3. Guarnição metálica dos escudos e brasões, composta por uma sequência de peças azuis e prateadas em forma de pequenos sinos que se encaixam alternadamente.

Paul Cézanne, c. 1875

tartéssios, de pastos abundantes; os que se alegram nos prados elísios de Jerez; os manchegos ricos e coroados de douradas espigas; os de ferro indumentados, antigas relíquias do sangue godo; os que em Pisuerga se banham, famoso pela mansidão de sua corrente; os que seu gado pastam nos extensos prados do tortuoso Guadiana, célebre por seu escondido curso; os que estremecem com o frio dos Pireneus selvagens e com os flocos brancos dos elevados Apeninos; finalmente, todos quantos toda a Europa em si contém e encerra.[4]

Valha-me Deus, e quantas províncias disse, quantas nações ele nomeou, dando a cada uma com maravilhosa presteza os atributos que lhe pertenciam, todo absorto e embebido no que havia lido em seus livros mentirosos!

Estava Sancho Pança aferrado às suas palavras, sem falar nenhuma, e de vez em quando virava a cabeça para ver se via os cavaleiros e gigantes que seu amo nomeava; e como não visualizava nenhum deles, disse:

— Senhor, que o diabo os carregue, que nem gigante, nem cavaleiro de todos quantos vossa mercê diz aparecem em meio a tudo isso. Pelo menos eu não os vejo. Talvez tudo deva ser encantamento, como os fantasmas da noite passada.

— Como dizes isso? — respondeu Dom Quixote. — Não ouves o relinchar dos cavalos, o toque dos clarins, o ruído dos tambores?

— Não ouço outra coisa — respondeu Sancho — além de muitos balidos de ovelhas e carneiros.

E essa era a verdade, porque já chegavam perto os dois rebanhos.

— O medo que tens — disse Dom Quixote — faz, Sancho, que não vejas nem ouças direito, porque um dos efeitos do medo é perturbar os sentidos e fazer com que as coisas não pareçam o que são; e se é que tanto temes, retira-te a alguma parte e deixa-me só, que sozinho me basto para dar vitória à parte a quem darei minha ajuda.

E, dizendo isso, pôs as esporas em Rocinante e, posta a lança em riste, desceu da colina como um raio.

Gritou-lhe Sancho, dizendo:

— Retorne vossa mercê, senhor Dom Quixote, que juro por Deus que são carneiros e ovelhas que vai atacar. Volte, desgraçado do pai que me engendrou! Que loucura é essa? Olhe, não há gigante nem cavaleiro, nem gatos, nem armas, nem escudos partidos ou inteiros, nem veiros azuis nem endiabrados. O que é que está fazendo? Que pecador sou eu, meu Deus!

---

4. O rio Xanto atravessava Troia; Massila era um país da África do Norte; Termodonte, um rio da Capadócia, na atual Turquia; Pactolo, um rio da Líbia, em cuja corrente se encontrava ouro; os númidas ocupavam o território entre a Mauritânia e Cartago; os partos e os medos habitavam a Pérsia; os citas, nômades da Ásia Central que se estabeleceram perto do mar Negro e do mar Cáspio; Bétis, Tejo, Genil, Pisuerga, Guadiana: rios da Espanha; os campos tartéssios se situam na região do antigo reino de Tartessos (atuais províncias andaluzas de Huelva e Cádis).

CAPÍTULO 18

Nem por isso voltou Dom Quixote, antes em voz alta ia dizendo:

— Ei, cavaleiros, aqueles que seguis e lutais sob as bandeiras do valoroso imperador Pentapolim do Arregaçado Braço, segui-me todos! Vereis com que facilidade lhe dou vingança de seu inimigo Alifanfarrão de Trapobana!

Dizendo isso, entrou no meio do esquadrão de ovelhas e começou a lanceá-las com tanta coragem e ousadia como se deveras lanceasse seus mortais inimigos. Os pastores e guardadores de rebanho que vinham gritavam que não fizesse aquilo; mas, vendo que não adiantava, afrouxaram as tiras das bolsas e começaram a saudar-lhe os ouvidos com pedras como punhos. Dom Quixote não se protegia das pedras, antes, correndo por toda parte, dizia:

— Onde estás, soberbo Alifanfarrão? Vem a mim, que um só cavaleiro sou, que deseja, a sós, testar tua força e tirar-te a vida, como pena ao que causas ao valoroso Pentapolim de Garamanta.

Voou nisto um pedregulho de um riacho e, acertando-lhe num lado, enterrou-lhe duas costelas no corpo. Vendo-se tão maltratado, acreditou sem dúvida que estava morto ou em estado grave e, lembrando-se de seu licor, tirou sua azeiteira e a levou à boca e começou a despejar o bálsamo em seu estômago; mas, antes de terminar de despejar o que lhe parecia ser suficiente, chegou outra pedra e o atingiu na mão e na azeiteira tão em cheio que a quebrou em pedaços, tirando-lhe de quebra três ou quatro dentes e molares de sua boca e esmagando gravemente dois dedos de sua mão.

Tal foi o golpe primeiro e tal foi o segundo, que foi inevitável ao pobre cavaleiro a queda do cavalo. Aproximaram-se dele os pastores e pensaram tê-lo matado; e assim com muita pressa reuniram seu gado e recolheram as ovelhas mortas, que eram mais de sete, e, sem averiguar nada mais, foram embora.

Estava todo esse tempo Sancho sobre a colina olhando as loucuras que seu amo fazia, e se arrancava a barba, amaldiçoando a hora e o instante em que a fortuna fez com que o conhecesse. Vendo-o, pois, caído no chão, e que os pastores já tinham ido, desceu a colina, foi até ele e o encontrou em péssimo estado, embora não tivesse perdido a consciência, então lhe disse:

— Não lhe dizia, senhor Dom Quixote, para retornar, que os que ia atacar não eram exércitos, mas rebanhos de carneiros?

— Coisas assim aquele ladrão do sábio meu inimigo pode fazer desaparecer e encobrir. Saibas, Sancho, que é muito fácil para esses tais nos fazer acreditar no que querem, e esse maligno que me persegue, invejoso da glória que viu que eu havia de alcançar nesta batalha, transformou os esquadrões de inimigos em rebanhos de ovelhas. Se não é assim, faz uma coisa, Sancho, pela minha vida, para que não te iludas e vejas que é verdade o que te digo: monta em teu burro e segue-os belamente e verás como, à medida que se afastam um pouco daqui, eles voltam ao seu ser original e, deixando de ser carneiros, são homens feitos e direitos como eu a ti os pintei primeiro. Mas não vai agora, preciso de teu favor e ajuda: vem até mim e olha quantos molares e dentes me faltam, parece-me que não me restou nenhum na boca.

Chegou Sancho tão perto que quase lhe metia os olhos pela boca, e foi bem a tempo de que já tivesse agido o bálsamo no estômago de Dom Quixote; e, quando Sancho veio olhar-lhe a boca, Dom Quixote pôs para fora de si, mais forte do que uma espingarda, tudo o que tinha dentro e expeliu tudo nas barbas do compassivo escudeiro.

— Santa Maria! — disse Sancho. — E o que é isso que me aconteceu? Sem dúvida, este pecador está ferido de morte, pois vomita sangue pela boca.

Mas, reparando melhor nisso, notou pela cor, sabor e cheiro que não era sangue, e sim o bálsamo do cantil que o vira beber; e foi tanto o asco que sentiu que, com o estômago revirando, vomitou as tripas em seu próprio senhor, e ficaram quites à perfeição. Sancho foi ao seu burro buscar nos alforjes com que se limpar e com que curar seu amo e, como não os encontrou, esteve a ponto de perder o juízo: amaldiçoou-se novamente e propôs em seu coração deixar seu amo e voltar para sua terra, ainda que perdesse o salário do que havia servido e as esperanças do governo da prometida ilha.

Levantou-se nisso Dom Quixote e, levando a mão esquerda à boca para que os dentes não lhe acabassem de sair, com a outra agarrou as rédeas de Rocinante, que nunca tinha saído do lado de seu amo — tal eram sua lealdade e bom caráter —, e foi até onde estava seu escudeiro, debruçado sobre o asno, com a mão na bochecha, com um gesto de homem pensativo. E vendo-o Dom Quixote daquela maneira, com sinais de tanta tristeza, disse-lhe:

— Saibas, Sancho, que nenhum homem é mais do que outro se não fizer mais do que outro. Todas essas tempestades que nos acontecem são sinais de que há de serenar o tempo e hão de acontecer coisas boas, pois não é possível que haja bem ou mal que para sempre durem, e, daqui para a frente, tendo durado muito tempo o mal, o bem está próximo. Assim, não deves angustiar-te com as desgraças que a mim me acontecem, pois a ti não te cabe fazer parte delas.

— Como não? — Sancho respondeu. — Por acaso, aquele que ontem mantearam não era o filho de meu pai? E os alforjes que hoje me faltam, com todas as minhas provisões, são de outro que não de mim mesmo?

— Estão te faltando alforjes, Sancho? — disse Dom Quixote.

— Sim, me faltam — respondeu Sancho.

— Desse modo, não temos o que comer hoje — respondeu Dom Quixote.

— Isso seria — respondeu Sancho — se faltassem nestes prados as ervas que vossa mercê diz que conhece, com as quais costumam compensar tais faltas esses mal--aventurados andantes cavaleiros como vossa mercê o é.

CAPÍTULO 18

— Com tudo isso — respondeu Dom Quixote —, antes comeria agora com mais gosto um quarto de pão ou um filão e duas cabeças de sardinha arenque do que quantas ervas descreve Dioscórides, ainda que fossem ilustradas pelo doutor Laguna.[5] Mas, com tudo isso, sobe no teu jumento, Sancho, o bom; e vem atrás de mim, que Deus, que é provedor de todas as coisas, não nos há de faltar, e mais ainda andando tanto a seu serviço quanto nós andamos, pois não falta aos mosquitos do ar nem aos vermes da terra nem aos girinos da água, e é tão piedoso que faz nascer o sol sobre os bons e os maus e chover sobre os injustos e os justos.

William Strang, 1902

5. Referência ao livro *Acerca de la materia medicinal y de los venenos mortíferos* (1555), tradução castelhana do dr. Andrés Laguna de um importante tratado do botânico grego Pedacio Dioscórides.

— Melhor daria vossa mercê — disse Sancho — para pregador do que para cavaleiro andante.

— De tudo sabiam e deviam saber os cavaleiros andantes, Sancho — disse Dom Quixote —, pois cavaleiro andante houve em passados séculos que parava para fazer um sermão ou discurso no meio de um campo aberto como se fosse graduado pela Universidade de Paris; daí se infere que a lança nunca embotou a pena, nem a pena a lança.

— Agora, bem, que seja como vossa mercê diz — respondeu Sancho —; vamo-nos daqui agora para encontrar um lugar onde passar a noite, e queira Deus que seja em algum lugar onde não haja mantas ou manteadores nem fantasmas ou mouros encantados, pois se houver, mandarei tudo às favas, o gado e o arado.

— Pede a Deus, filho — disse Dom Quixote —, e guia para onde quiseres, pois desta vez quero deixar à tua escolha o alojamento. Mas me dá a mão aqui e me sente com o dedo e olha bem quantos dentes e molares me faltam neste lado direito, no maxilar de cima, que é aí que sinto a dor.

Sancho meteu os dedos e, tateando-o, disse-lhe:

— Quantos molares vossa mercê costumava ter nesta parte?

— Quatro — respondeu Dom Quixote —, fora o do juízo, todos inteiros e muito sãos.

— Veja vossa mercê bem o que diz, senhor — respondeu Sancho.

— Digo quatro, se não forem cinco — respondeu Dom Quixote —, porque em toda a minha vida não tive nenhum dente ou molar arrancado da boca, nem me caiu ou me comeram as cáries ou qualquer reumatismo.

— Bem, nessa parte de baixo — disse Sancho — não tem vossa mercê mais de dois molares e meio; e na de cima, nem metade, nem nenhum, que tudo está tão liso quanto a palma da mão.

— Desventurado de mim! — disse Dom Quixote, ouvindo as tristes notícias que seu escudeiro lhe dava. — Quisera eu que me tivessem derrubado um braço, não sendo o da espada. Porque te faço saber, Sancho, que uma boca sem dentes é como um moinho sem pedra, e um muito mais se há de estimar um dente que um diamante; mas a tudo estamos sujeitos nós que professamos a estrita ordem da cavalaria. Sobe, amigo e guia, que eu te seguirei no ritmo que quiseres.

Assim o fez Sancho e dirigiu-se para onde lhe pareceu que poderia encontrar abrigo, sem sair do caminho real, que ali costumava ir com frequência.

Indo, então, pouco a pouco, porque a dor nas mandíbulas de Dom Quixote não o deixava sossegar nem se apressar, quis Sancho entretê-lo e diverti-lo dizendo-lhe alguma coisa, e entre outras coisas disse-lhe o que se dirá no seguinte capítulo.

Capítulo 19

*Dos discretos argumentos que Sancho sustentava com
seu amo e da aventura que lhe sucedeu com um corpo
morto, com outros acontecimentos famosos*

— Creio, meu senhor, que todas essas desventuras que nos sucederam esses dias foram, sem dúvida, a pena do pecado cometido por vossa mercê contra a ordem de sua cavalaria, não tendo cumprido o juramento que fez de não comer pão em toalhas finas ou com a rainha folgar, com tudo aquilo que a isso se segue e vossa mercê jurou cumprir até tirar aquele elmete de Malandrino, ou como se chama o tal mouro, que não me lembro bem.

— Tens muita razão, Sancho — disse Dom Quixote —, mas, para te dizer a verdade, tinha me esquecido disso, e também podes ter certeza de que te aconteceu aquela coisa com a manta porque não me lembraste a tempo; mas vou fazer a emenda, pois há modos de composição na ordem de cavalaria para tudo.

— Mas eu jurei alguma coisa, por acaso? — respondeu Sancho.

— Não importa que não tenhas jurado — disse Dom Quixote —, basta que eu entenda que não tenhas muita certeza dos participantes,[1] e, pelo sim, pelo não, será bom nos provermos de remédio.

— Pois se é assim — disse Sancho —, olhe vossa mercê se não volta a se esquecer disso como fez com o juramento: talvez os fantasmas queiram se divertir de novo comigo, e até mesmo com vossa mercê, se o virem assim tão determinado.

Nessas e em outras conversas foram surpreendidos pela noite no meio da estrada, sem ter ou descobrir onde se recolheriam naquela noite; e o pior é que estavam mortos de fome, pois com a falta dos alforjes lhes faltaram todos os apetrechos e as provisões. E para acabar de confirmar essa desgraça, aconteceu-lhes uma aventura que, sem qualquer artifício, parecia mesmo verdadeira. E foi que a noite se fechou com alguma escuridão,

---

1. Um participante é aquele que mantém contato com excomungados, e por esse motivo incorriam também em causa de excomunhão.

Candido Portinari, 1956

CAPÍTULO 19

mas, apesar disso, foram andando, acreditando Sancho que, como aquela estrada era a principal, a uma ou duas léguas razoavelmente encontraria nela alguma estalagem.

Indo, pois, dessa maneira, a noite escura, o escudeiro faminto e o amo com vontade de comer viram que, pelo mesmo caminho que iam, vinha em direção a eles uma grande multidão de luzes, que pareciam ser estrelas em movimento. Sancho ficou pasmo ao vê-las, e Dom Quixote não lhe ficou atrás: o primeiro puxou o cabresto de seu asno, o outro, as rédeas de seu rocim, e ficaram calados, olhando atentamente o que poderia ser aquilo, e viram que as luzes estavam se aproximando deles, e, quanto mais se achegavam, maiores pareciam. Ao ver isso, Sancho começou a tremer mais do que vara verde, e se arrepiaram os cabelos de Dom Quixote, que, animando-se um pouco, disse:

— Esta, sem dúvida, Sancho, deve ser uma aventura muito grande e muito perigosa, será necessário que eu mostre todo o meu valor e esforço.

— Ai, coitado de mim! — respondeu Sancho. — Se por acaso esta aventura for de fantasmas, como está me parecendo, onde vou achar costelas que a sofram?

— Por mais fantasmas que sejam — disse Dom Quixote —, não consentirei que toquem num fio de tua roupa; pois se da outra vez zombaram de ti, foi porque não consegui pular os muros do pátio, mas agora estamos em campo aberto, onde poderei esgrimir minha espada como quiser.

— E se o encantarem e paralisarem como da outra vez — disse Sancho —, de que adianta estar em campo aberto ou não?

— Apesar de tudo — respondeu Dom Quixote —, rogo-te, Sancho, que tenhas coragem, pois a experiência te fará entender que eu a tenho.

— Hei de ter, se Deus quiser — respondeu Sancho.

E, afastando-se os dois para um lado da estrada, voltaram a olhar com atenção o que poderia ser aquilo daquelas luzes que andavam e, pouco depois, descobriram muitos encamisados,[2] cuja visão arrepiante acabou com a coragem de Sancho Pança, que começou a bater os dentes, como quem tem febre quartã;[3] e o bater e dentear aumentaram quando viram distintamente o que era, pois descobriram cerca de vinte encamisados, todos a cavalo, com tochas acesas nas mãos, atrás dos quais vinha uma liteira coberta de luto, seguida por outros seis a cavalo, enlutados até as patas das mulas,[4] pois viram muito bem que não eram cavalos, por causa da calma em que caminhavam.

2. Quando atacavam à noite, os soldados costumavam vestir camisas sobre as couraças como forma de se diferenciar dos inimigos. Aqui, no entanto, as camisas eram apenas uma sobrepeliz, um mantelete branco que os clérigos usam sobre a batina.
3. Denominação dada ao paludismo (malária), em que os acessos febris surgem de quatro em quatro dias.
4. A liteira (veículo sem rodas que podia ser carregado pelas mãos ou preso às montarias) estava coberta de panos pretos em sinal de luto. Era comum, nas cerimônias funerais solenes, que as montarias também fossem enlutadas.

DOM QUIXOTE

Iam os encamisados murmurando entre si em voz baixa e compassiva. Essa estranha visão, a tal hora e num lugar tão deserto, bastaria para pôr medo no coração de Sancho e até no de seu amo; e quem dera fosse assim com Dom Quixote, pois há muito a coragem de Sancho já naufragara. Mas o contrário aconteceu com seu amo, que naquele momento imaginou, em seu vívido pensamento, que aquela era uma das aventuras de seus livros.

Pensou ele que a liteira era uma padiola onde devia estar algum cavaleiro ferido ou morto, cuja vingança estava reservada apenas para ele, e, sem pensar em mais nada, pôs o chuço em riste, endireitou-se bem na sela e, com gentil brio e continência, postou-se no meio do caminho por onde os encamisados forçosamente tinham de passar e, quando os viu perto, levantou a voz e disse:

— Parai, cavaleiros, ou quem sejais, e dai-me conta de quem sois, de onde vindes, para onde ides, o que é que naquela padiola levais; pois, pelo visto, ou fizestes ou fizeram a vós algum ultraje, e é conveniente e necessário que eu saiba, seja para punir-vos pelo mal que fizestes ou para vingar-vos do agravo que vos fizeram.

— Estamos com pressa — respondeu um dos encamisados —, e a estalagem fica longe, e não podemos parar e dar conta de tudo que pedis.

E, esporeando a mula, foi em frente. Dom Quixote se ressentiu muito dessa resposta e, pegando a mula pelas rédeas, disse:

— Parai-vos, e sede mais educado e dai-me conta do que vos pedi; se não, comigo estareis todos em batalha.

Era a mula espantadiça e, ao ser tomada pelas rédeas, assustou-se tanto que, levantando as patas, fez seu dono escorregar pelas ancas até o chão. Um moço que ia a pé, vendo cair o encamisado, começou a insultar Dom Quixote; o qual, já enfurecido, sem esperar mais, com o chuço em riste atacou um dos enlutados e, ferindo-o, deu com ele por terra; e, movendo-se com rapidez entre os demais, era coisa de se ver a presteza com que os atacava e os desbaratava, e parecia que naquele momento tinham brotado asas em Rocinante, pois caminhava ligeiro e orgulhoso.

Todos os encamisados eram gente medrosa e desarmada, e, assim, com facilidade num instante abandonaram a refrega e começaram a correr por aquele campo, com as tochas acesas, e pareciam aqueles mascarados que correm em noites de regozijo e festa. Os enlutados, revoltos e envoltos em suas vestes de luto, não conseguiam se mexer, de modo que, muito a seu gosto, Dom Quixote deu pauladas em todos e os fez abandonar o lugar muito assustados, pois todos pensaram que aquele não era um homem, e sim diabo do inferno que vinha lhes roubar o defunto que carregavam na padiola.

Sancho olhava para tudo, admirado com a ousadia de seu senhor, e dizia para si:

— Sem dúvida, este meu amo é tão valente e corajoso quanto diz.

CAPÍTULO 19

Havia uma tocha ardendo no chão, ao lado do primeiro que a mula tinha derrubado, e pela luz Dom Quixote pôde vê-lo; aproximando-se dele, pôs a ponta do chuço em seu rosto, dizendo-lhe que se rendesse: se não, que o mataria. Ao que o caído respondeu:

— Eu me rendo, pois não consigo me mexer, por ter uma perna quebrada; suplico a vossa mercê, se for cavaleiro cristão, que não me mate, pois cometerá um grande sacrilégio, já que sou licenciado e tomei as primeiras ordens.[5]

— Pois, quem diabos vos trouxe aqui — disse Dom Quixote —, sendo um homem da Igreja?

— Quem, senhor? — replicou o caído. — Minha desventura.

— Pois outra maior vos ameaça — disse Dom Quixote —, se não me satisfizerdes em tudo o que vos perguntei antes.

— Vossa mercê será facilmente satisfeito — respondeu o licenciado — e, assim, saiba vossa mercê que, embora eu tenha dito antes que era licenciado, sou apenas bacharel[6] e me chamo Alonso López; sou de Alcobendas; estou vindo da cidade de Baeza, com outros onze sacerdotes, que são os que fugiram com as tochas; vamos à cidade de Segóvia acompanhando um defunto que vai nessa liteira, que pertence a um cavaleiro que morreu em Baeza, onde foi depositado, e agora, como digo, levávamos seus ossos à sua sepultura, que fica em Segóvia, de onde é natural.

— E quem o matou? — perguntou Dom Quixote.

— Deus, por meio de algumas febres pestilentas que lhe deram — respondeu o bacharel.

— Sendo assim — disse Dom Quixote —, Nosso Senhor me tirou do trabalho que eu havia de tomar para vingar sua morte, se outro alguém o tivesse matado; mas, tendo-o matado aquele que o matou, não há nada a fazer além de calar e se resignar, porque eu faria o mesmo se me matasse. E quero que vossa reverência saiba que sou um cavaleiro de La Mancha chamado Dom Quixote, e é meu ofício e exercício andar pelo mundo consertando erros e desfazendo agravos.

— Não sei como pode ser isso de consertar erros — disse o bacharel —, pois a mim, que era todo certo, me fizestes errado, deixando-me com uma perna quebrada, que não será consertada em todos os dias da vida dela; e o agravo que me desfizestes foi deixar-me agravado de tal maneira que permanecerei agravado para sempre; e grande infortúnio foi topar convosco que estais procurando aventuras.

— Nem todas as coisas — respondeu Dom Quixote — acontecem da mesma maneira. O mal foi, senhor bacharel Alonso López, terdes vindo como viestes, à noite,

---

5.   Tratava-se das "ordens menores", às quais se permitia exercer ofícios menores, mas que não podiam celebrar missas nem administrar sacramentos. O direito canônico excomungava aqueles que maltratassem um eclesiástico.
6.   O grau universitário mais baixo, seguido pelos de licenciado, mestre e doutor.

201

DOM QUIXOTE

vestidos com aquelas sobrepelizes, com as tochas acesas, rezando, cobertos de luto, que realmente semelháveis coisa ruim e de outro mundo; e, assim, não pude deixar de cumprir minha obrigação atacando-vos, e vos atacaria mesmo que verdadeiramente soubesse que éreis os próprios satanases do inferno, que vos julguei e sempre vos tive como tais.

— Já que minha sorte assim o quis — disse o bacharel —, suplico a vossa mercê, senhor cavaleiro andante que tão mal-andança me deu, que me ajude a sair de baixo desta mula, que mantém minha perna presa entre o estribo e a sela.

— Pois demorastes a pedir! — disse Dom Quixote. — Quanto tempo iríeis aguardar para me contar desse apuro?

Então chamou Sancho Pança para que viesse, mas ele nem se preocupou em atender ao chamado, pois andava ocupado tirando os alforjes de uma mula de carga que aqueles bons senhores traziam, bem abastecida de coisas para comer. Sancho fez seu casaco de sacola e, juntando tudo o que pôde e coube nele, carregou seu jumento e depois acudiu aos chamados de seu amo e ajudou a libertar o bacharel da opressão da mula, e, pondo-o em cima dela, deu-lhe a tocha; e Dom Quixote disse-lhe que acompanhasse o rumo dos companheiros, e lhes pedisse, de sua parte, perdão pelo mal que não esteve em suas mãos deixar de cometer. Sancho também lhe disse:

— Se acaso aqueles senhores quiserem saber quem foi o valoroso que os deixou assim, vossa mercê lhes diga que é o famoso Dom Quixote de La Mancha, que também é chamado de Cavaleiro da Triste Figura.[7]

Com isso o bacharel partiu, e Dom Quixote perguntou a Sancho o que o levara a chamá-lo de "o Cavaleiro da Triste Figura", naquele exato momento e não antes.

— Vou lhe dizer — respondeu Sancho —: é porque fiquei por algum tempo olhando-o à luz da tocha que aquele mal-andante está carregando, e verdadeiramente vossa mercê tem a pior figura que jamais vi; e isso deve ser por causa ou do cansaço deste combate, ou da falta dos molares e dentes.

— Não é isso — respondeu Dom Quixote —, mas o sábio que deve estar encarregado de escrever a história de minhas façanhas deve ter pensado que seria bom para mim tomar algum nome apelativo como todos os cavaleiros do passado fizeram: um se chamava o da Espada Ardente; outro, o do Unicórnio; aquele, o das Donzelas; este, o da Ave Fênix; outro, o cavaleiro do Grifo; este outro, o da Morte;[8] e por esses nomes e insígnias

7.   Um Cavaleiro da Triste Figura já aparecia na novela de cavalarias *Don Clarián de Landanís*; aqui, "figura" se refere à feição do personagem, como se verá a seguir.

8.   O Cavaleiro da Ardente Espada era o epíteto de Amadis de Grécia; Cavaleiro do Unicórnio se aplicava a Dom Belianis ou, no *Orlando furioso*, a Ruggiero; Cavaleiro das *Donzelas* era o príncipe Florandino de Macedônia no *Caballero de la Cruz*; o da Ave Fênix, Florarlán de Trácia no *Florisel de Niquea*, ou Marfisa vestida de homem no *Orlando furioso*; o do Grifo, um personagem de *Filesbián de Candaria*; o da Morte, também Amadis de Grécia, mas em *Florisel de Niquea*. Com exceção de Amadis, todos os cavaleiros recebem seu nome devido à insígnia, que era pintada em seu escudo ou na armadura.

202

CAPÍTULO 19

eram conhecidos em toda a volta da terra. E, assim, digo que o sábio de que já te falei pôs em tua boca e em teus pensamentos que me chamasses de Cavaleiro da Triste Figura, como pretendo me chamar daqui para a frente; e para que tal nome me caiba melhor, mandarei pintar, quando houver oportunidade, uma figura muito triste em meu escudo.

— Não há motivo para perder tempo e dinheiro pintando essa figura — disse Sancho —, o necessário é que vossa mercê descubra a sua e ofereça o rosto aos que o olharem, pois sem mais delongas, e sem outra imagem ou escudo, eles o chamarão de Triste Figura; e acredite que estou lhe dizendo a verdade: asseguro a vossa mercê, senhor (e que isso seja dito em tom de brincadeira), que a fome e a falta de molares tornam-no tão mal-encarado que, como já disse, poderá muito bem dispensar a triste pintura.

Dom Quixote riu do gracejo de Sancho; no entanto, mesmo assim ele continuou no propósito de adotar o nome tão logo pudesse pintar seu escudo ou rodela como havia imaginado.

Nisso, o bacharel voltou, dizendo:

— Estava me esquecendo de dizer que vossa mercê deve notar que está excomungado, por ter posto as mãos violentamente em coisa sagrada, *iuxta illud*, "*Si quis suadente diabolo*" etc.[9]

— Não entendo esse latim — respondeu Dom Quixote —, mas sei muito bem que não pus as mãos, mas este chuço; tanto mais que não pensei em ofender sacerdotes ou coisas da Igreja, que respeito e adoro como católico e cristão fiel que sou, mas sim fantasmas e monstros do outro mundo. E, se assim fosse, em minha memória tenho o que aconteceu a Cid Ruy Díaz, quando quebrou a cadeira do embaixador daquele rei diante de Sua Santidade o Papa, motivo pelo qual o excomungou, e naquele dia andou o bom Rodrigo de Vivar como um cavaleiro muito honrado e valente.

Ao ouvir isso, o bacharel foi embora, como já se disse, sem lhe replicar palavra. Dom Quixote queria ver se o corpo que vinha na liteira era ossada ou não, mas Sancho não consentiu, dizendo-lhe:

— Senhor, vossa mercê terminou esta perigosa aventura mais a salvo que de todas quantas vi; esses homens, embora derrotados e desbaratados, poderiam se dar conta de que foram vencidos por uma pessoa apenas e, aturdidos e envergonhados disso, voltar a se reunir e nos procurar, e nos dariam o que fazer. O jumento está como deveria estar; a montanha, perto; a fome, aumentando. Não há nada a fazer além de nos retirarmos num bom compasso dos pés, e, como dizem: para o morto, o caixão; e para o vivo, o pão.

E, fazendo seu jumento andar, rogou ao seu senhor que o seguisse; o qual, achando que Sancho tinha razão, o seguiu sem voltar a replicar. E pouco depois de terem

---

9. Palavras extraídas de um decreto do Concílio de Trento, que excomunga quem comete violência contra algum clérigo: segundo aquele, "Se alguém, incitado pelo diabo...".

andado um breve trecho entre duas pequenas montanhas, encontraram-se num vale espaçoso e escondido, onde apearam e Sancho aliviou o jumento; e estendidos na grama verde, com o tempero da fome, almoçaram, merendaram, jantaram e cearam ao mesmo tempo, saciando o estômago com mais de um cesto de comida que os senhores clérigos do defunto — que raramente se deixavam passar mal — traziam em sua mula de carga.

Mas sucedeu-lhes outra desgraça, que Sancho considerou a pior de todas: não tinham vinho para beber nem água para achegar à boca; e, atormentados pela sede, disse Sancho, vendo que o prado onde estavam estava coberto de grama verde e miúda, o que se dirá no capítulo seguinte.

Capítulo 20

*Da jamais vista e sequer ouvida aventura que alguma
vez sem o menor perigo deu cabo algum famoso
cavaleiro como esta que levou a cabo o valoroso
Dom Quixote de La Mancha*

— Não é possível, meu senhor, mas essas ervas são o sinal de que aqui perto deve haver alguma fonte ou riacho que essas ervas umedece, e, assim, será bom irmos um pouco mais adiante, que já toparemos com o lugar onde mitigar essa terrível sede que nos consome, que sem dúvida causa mais aflição do que a fome.

O conselho pareceu bom a Dom Quixote, e tomando pelas rédeas Rocinante e Sancho pelo cabresto o seu burro, depois de ter acomodado sobre ele os restos que da ceia sobraram, começaram a caminhar prado acima tateando, porque a escuridão da noite não os deixava ver coisa alguma; mas não haviam andado duzentos passos, quando chegou aos seus ouvidos um grande ruído de água, como se houvesse uma queda proveniente de algum grande e elevado penhasco. Alegrou-lhes o barulho sobremaneira e, parando para ouvir de que lado vinha, ouviram de repente outro estrondo que fez ir por água abaixo toda a alegria, em especial a de Sancho, que naturalmente era medroso e de pouco alento. Digo que ouviram que davam alguns golpes compassados, com um certo ranger de ferros e correntes, que, acompanhados do furioso estrondo da água, apavoraria qualquer coração que não fosse o de Dom Quixote.

Era a noite, como já foi dito, escura, e eles conseguiram entrar por entre algumas árvores altas, cujas folhas, movidas pelo brando vento, faziam um temeroso e manso ruído, de modo que a solidão, o lugar, a escuridão, o ruído da água com o farfalhar das folhas, tudo causava horror e espanto, e ainda mais quando viram que nem os golpes cessavam nem o vento dormia nem a manhã chegava, somando a tudo isso o fato de ignorarem o lugar onde estavam. Mas Dom Quixote, acompanhado de seu intrépido coração, saltou sobre Rocinante e, tomando seu broquel, ajeitou sua lança e disse:

— Sancho amigo, hás de saber que nasci por querer do céu nesta nossa idade de ferro para ressuscitar nela a de ouro, ou a dourada, como se costuma chamar. Eu sou aquele para quem estão reservados os perigos, as grandes façanhas, os valorosos feitos. Eu sou, repito, aquele que deve ressuscitar os da Távola Redonda, os Doze da França e os Nove da Fama, e aquele que há de condenar ao esquecimento os Platires, os Tablantes, Olivantes e Tirantes, os Febos e Belianises, com toda a caterva dos famosos cavaleiros andantes do passado, fazendo neste tempo em que me encontro tais grandezas, raridades e feitos de armas, que ofuscarão a fama que eles perfizeram. Notas bem, escudeiro fiel e legal, as trevas desta noite, seu estranho silêncio, o surdo e confuso ruído destas árvores, o estrondo temeroso daquela água em busca da qual viemos, que parece desabar e despenhar-se das altas montanhas da lua, e aquele bater incessante que nos fere e maltrata os ouvidos, coisas que todas juntas e cada uma por si são suficientes para instilar medo, terror e espanto no peito do próprio Marte, quanto mais naquele que não está acostumado a semelhantes fenômenos e aventuras. Pois tudo isso que pinto são incentivos e estímulos para o meu espírito, que já faz meu coração explodir no peito com o desejo que tem de acometer essa aventura, por mais dificultosa que pareça. Então aperta um pouco as cilhas de Rocinante e fica com Deus, e espera por mim aqui por não mais do que três dias, durante os quais, se eu não voltar, podes voltar para nossa aldeia, e de lá, por me fazer mercê e boa ação, irás a El Toboso, onde dirás à incomparável senhora minha Dulcineia que seu cativo cavaleiro morreu por acometer coisas que o tornavam digno de poder chamar-se seu.

Quando Sancho ouviu as palavras de seu amo, começou a chorar com a maior ternura do mundo e lhe disse:

— Senhor, eu não sei por que vossa mercê quer acometer essa tão temerosa aventura. Já é noite, aqui ninguém nos vê: é melhor dar meia-volta e nos desviarmos do perigo, ainda que não bebamos por três dias; e como não há ninguém que nos veja, menos haverá quem nos acuse de covardes, além do mais eu ouvi o padre de nosso lugar, que vossa mercê bem conhece, predicar que quem procura o perigo perece nele. Assim, não é bom tentar a Deus com tão desaforado feito, onde não se pode escapar senão por milagre, e bastam os que o céu já fez por vossa mercê em livrá-lo de ser manteado como eu fui e torná-lo vencedor, livre e a salvo, entre tantos inimigos que acompanhavam o defunto. E quando tudo isso não comover ou amolecer esse duro coração, deixe-se comover pelo pensamento e crédito de que vossa mercê mal terá partido daqui, quando eu, por medo, entregarei minha alma a quem quiser tomá-la. Eu saí de minha terra e deixei filhos e mulher para vir a servir vossa mercê, acreditando valer mais e não menos; mas como a cobiça tudo corrompe, rompeu minhas esperanças, porque quando mais vivas eu as tinha de alcançar aquela ilha negra e malfadada que vossa mercê me prometeu tantas vezes, vejo que em pagamento e troca por ela agora quer me deixar num lugar tão remoto do trato humano. Por um só Deus, senhor meu, que não me perfaça tal agravo; e se vossa mercê ainda assim não desistir de acometer esse feito, dilate-o pelo menos até a manhã, que, pelo que diz a ciência que aprendi quando

CAPÍTULO 20

era pastor, não deve haver daqui até a aurora mais de três horas, porque a boca da buzina está acima da cabeça e é meia-noite na linha do braço esquerdo.[1]

— Como podes, Sancho — disse Dom Quixote —, ver onde faz essa linha, nem onde fica essa boca ou esse cangote que mencionas, se a noite é tão escura que não aparece em todo o céu estrela alguma?

— Assim é — disse Sancho —, pois tem o medo muitos olhos e vê as coisas debaixo da terra, quanto mais acima no céu, posto que pelo bom senso se pode bem entender que há pouco daqui até o dia.

— Falte o que faltar — respondeu Dom Quixote —, não se há de dizer por mim agora nem em nenhum momento que lágrimas e súplicas me impediram de fazer o que me correspondia como um cavaleiro; assim, rogo-te, Sancho, que te cales, que se Deus me pôs no coração para acometer agora esta nunca vista e tão temerosa aventura, terá cuidado de zelar por minha saúde e consolar tua tristeza. O que tens de fazer é apertar bem as cilhas de Rocinante e ficar aqui, e eu estarei de volta em breve, ou vivo ou morto.

Jérôme David, 1650

1. A buzina é a constelação da Ursa Menor: a boca eram as estrelas da extremidade da Estrela Polar (a embocadura).

DOM QUIXOTE

Vendo, pois, Sancho a última resolução de seu senhor e quão pouco valiam suas lágrimas, conselhos e súplicas, resolveu tirar proveito de sua situação e fazê-lo esperar até o dia, se pudesse; e assim, quando apertava as cilhas de seu cavalo, delicadamente e sem ser notado amarrou ambos os pés a Rocinante com o cabresto de seu burro, de modo que quando Dom Quixote quis partir não pôde, porque o cavalo não podia se mexer senão aos pulos. Quando Sancho Pança viu o sucesso de seu truque, disse:

— Ei, senhor, o céu, comovido por minhas lágrimas e orações, ordenou que Rocinante não possa se mexer; e se quereis teimar, esporear e tentar, será para enfurecer a fortuna e dar coices, como dizem, contra o aguilhão.[2]

Desesperava-se com isso Dom Quixote, e quanto mais dava com as pernas no cavalo, menos ele se movia; e, sem se dar conta da amarração, resolveu acalmar-se e esperar que amanhecesse ou que Rocinante se mexesse, acreditando sem dúvida que aquilo vinha de outra razão que não da artimanha de Sancho; e assim disse:

— Pois assim é, Sancho: se Rocinante não pode se mexer, eu me contento em esperar que ria a aurora, ainda que eu chore o tempo que demorar para a sua vinda.

— Não há o que chorar — respondeu Sancho —, que entreterei vossa mercê contando contos daqui até o dia, se é que não prefere apear e deitar-se para dormir um pouco na verde relva, à maneira dos cavaleiros andantes, para se encontrar mais descansado quando o dia chegar e pronto para acometer esta aventura tão incomparável que o espera.

— O que queres dizer com apear e dormir? — disse Dom Quixote. — Sou porventura um desses cavaleiros que repousam no perigo? Dorme tu, que nasceste para dormir, ou faz o que quiser, que farei o que vier mais acorde com minha pretensão.

— Não se zangue vossa mercê, senhor meu — respondeu Sancho —, que não é para tanto.

E, aproximando-se dele, pôs uma mão no arção[3] dianteiro da sela e a outra no outro, de modo que ficou abraçado à coxa esquerda de seu amo, sem ousar se afastar dele nem mesmo um dedo: tal era o medo que tinha dos golpes que ainda alternadamente soavam. Dom Quixote lhe disse para contar algum conto para entretê-lo, como havia prometido; ao que Sancho disse que o faria, se o medo do que ouvia lhe permitisse.

— Mas, com tudo isso, vou me esforçar para contar uma história que, se eu conseguir contar e não perder a mão, é a melhor das histórias; e esteja vossa mercê atento, estou prestes a começar. "Era uma vez o que uma vez era, o bem que vier para todos seja, e o mal, para quem for buscá-lo…". E note vossa mercê, senhor meu, que o princípio que os antigos

---

2.   Vara com ponta de ferro afiada, usada para tanger bois.
3.   Armação da sela de montaria, de madeira revestida de couro, formada por uma arcada na dianteira e outra na traseira.

CAPÍTULO 20

deram às suas fábulas não foi coisa pouca, e sim uma sentença de Catão Sonsorino,[4] que diz "e o mal, para quem for procurá-lo", que cai aqui como uma luva, para que vossa mercê não se mova e não vá procurar o mal em nenhuma parte, e que voltemos por outro caminho, pois ninguém nos obriga a seguir este onde tantos medos nos sobressaltam.

— Segue com tua história, Sancho — disse Dom Quixote —, que do caminho que temos de seguir cuido eu.

— "Digo então" — continuou Sancho — "que num lugar da Estremadura havia um pastor cabreiro, quero dizer, que guardava cabras; e esse pastor ou cabreiro, como digo na minha história, chamava-se Lope Ruiz; e esse Lope Ruiz estava apaixonado por uma pastora chamada Torralba; e essa pastora chamada Torralba era filha de um rico criador de gado; e esse rico criador..."

— Se dessa maneira contas tua história, Sancho — disse Dom Quixote —, repetindo duas vezes o que estás dizendo, não acabarás em dois dias: diz logo e conta como um homem de entendimento; se não, não digas nada.

— Assim como eu conto — respondeu Sancho —, contam em minha terra todas as fábulas, e eu não sei contar de outra maneira, nem fica bem que vossa mercê me peça para fazer novos usos.

— Diz como quiseres — respondeu Dom Quixote —, que a fortuna quis que não possa deixar de te ouvir; prossegue.

— "Assim, senhor meu da minha alma" — prosseguiu Sancho —, "como já tenho dito, este pastor estava apaixonado pela pastora Torralba, que era uma moça roliça, arredia, e até um pouco viril, pois tinha um pouco de bigode, que parece que a estou vendo agora."

— Então a conheceste? — disse Dom Quixote.

— Não a conheci — respondeu Sancho —, mas quem me contou esta história disse-me que era tão certa e verdadeira que eu bem que podia, quando a contasse a outro, afirmar e jurar que tinha visto tudo. "Assim, com o passar dos dias, o diabo, que não dorme e que tudo corrompe, fez com que o amor que o pastor tinha pela pastora se transformasse em inimizade e rechaço; e a causa foi, segundo as más línguas, uma certa quantidade de ciúmes que ela lhe deu, os quais passavam do limite, chegando ao inaccitável, e foi tanto que o pastor a repudiou dall em diante, que, para não vê-la, quis deixar aquela terra e ir aonde seus olhos não a vissem jamais. A Torralba, que se viu desdenhada por Lope, logo passou a desejá-lo, mais do que jamais o amara".

— Essa é a condição natural das mulheres — disse Dom Quixote —, desdenhar quem as ama e amar quem as repudia. Vai em frente, Sancho.

---

4.   Referência burlesca a Catão Censorino, ou O Censor. Sancho se refere ao folheto, bastante popular na época, *Castigos y ejemplos de Catón*, uma versão dos *Disticha* de Dionísio Catão, que era utilizado para ensinar as crianças a ler e oferecia uma série de conselhos morais.

— "Aconteceu" — disse Sancho — "que o pastor pôs em prática sua determinação e, conduzindo suas cabras, atravessou os campos da Estremadura, para atravessar para os reinos de Portugal. A Torralba, quando soube, foi atrás dele e o seguiu a pé e descalça de longe, com um cajado na mão e alguns alforjes ao pescoço, onde carregava, segundo dizem, um pedaço de espelho e outro de um pente e não sei o quê para passar no rosto num frasquinho; mas, levasse o que levasse, não vou me meter agora a descobrir, apenas direi que dizem que o pastor veio com seu gado para atravessar o rio Guadiana, que naquela ocasião estava cheio e quase transbordando, e pela parte que ele chegou, não havia barca nem barco, nem ninguém que o atravessasse, ou seu gado, para o outro lado, o que o deixou muito angustiado, pois viu que a Torralba chegava já muito perto e lhe daria muito desgosto com suas súplicas e lágrimas; mas tanto ficou olhando que viu um pescador que tinha junto a si um barco tão pequeno que só cabiam nele uma pessoa e uma cabra; e, com tudo isso, falou com ele e combinou que o atravessasse, e as trezentas cabras que carregava. Entrou o pescador no barco e atravessou uma cabra; voltou e atravessou outra; tornou a voltar e tornou a atravessar outra". Atente vossa mercê às cabras que o pescador está passando, porque se uma se perder da memória, a história está acabada, e não será possível contar mais nenhuma palavra dela. "Continuo, então, e digo que o desembarque do outro lado estava lamacento e escorregadio, e o pescador tardava muito para ir e voltar. Com tudo isso, ele voltou por outra cabra, e outra, e outra"…

— Faz de conta que ele atravessou todas — disse Dom Quixote —, não andes indo e vindo dessa maneira, que não acabarás de atravessá-las em um ano.

— Quantas atravessaram até agora? — disse Sancho.

— Que diabos eu sei? — Dom Quixote respondeu.

— Eis aí o que eu disse: que atentasse à conta. Já que, por Deus, a história acabou, não há como passar adiante.

— Como pode ser isso? — respondeu Dom Quixote. — É tão essencial para a história saber as cabras que atravessaram por extenso, que, se errar um número, não podes seguir adiante com a história?

— Não, senhor, de nenhuma maneira — respondeu Sancho —; porque assim como eu perguntei a vossa mercê que me dissesse quantas cabras haviam passado, e me respondeu que não sabia, naquele exato momento tudo o que eu tinha a dizer se escapou de minha memória, e dou fé que era de grande virtude e contentamento.

— De tal maneira — disse Dom Quixote —, que a história já é acabada?

— Tão acabada quanto minha mãe — disse Sancho.

— Eu te digo de verdade — respondeu Dom Quixote — que contaste um das mais inovadoras fábulas, conto ou história que ninguém poderia pensar no mundo, e que tal modo de contá-la ou abandoná-la jamais se poderá ver ou se terá visto em toda a vida,

CAPÍTULO 20

embora não esperasse eu outra coisa de teu bom discurso; mas não me surpreendo, porque talvez esses golpes que não cessam devem ter te perturbado o raciocínio.

— Tudo pode ser — respondeu Sancho —, mas sei que sobre minha história não há mais nada a dizer, que ela termina ali onde começa o erro na contagem da travessia das cabras.

— Acabe em boa hora onde quiser — disse Dom Quixote —, e vejamos se já pode se mexer Rocinante.

Tornou a dar-lhe com as pernas, e ele tornou a dar pulos sem sair do lugar: tão bem estava amarrado.

Nisso, porque o frio da manhã já se aproximava, ou porque Sancho tinha comido algumas coisas relaxantes ao jantar, ou porque era coisa natural — que é o mais crível —, veio a ele uma vontade e um desejo de fazer o que outro não poderia fazer por ele; mas tão grande era o medo que havia entrado em seu coração, que não ousava se afastar um dedo de seu amo. E pensar em não fazer o que tinha vontade tampouco era possível; e, assim, o que ele fez, pela paz de todos, foi soltar a mão direita, que segurava o arção traseiro, com a qual ele soltou delicadamente e sem ruído o cordão deslizante que, sem nenhuma outra ajuda, sustentava os calções, os quais imediatamente caíram prendendo-lhe os pés como grilhões; depois disso, alçou a camisa o melhor que pôde e libertou ambas as popas, que não eram muito pequenas. Feito isso, quando ele pensou ter feito o suficiente para sair daquele terrível aperto e angústia, outra maior se apoderou dele, e foi então que percebeu que não podia se esvaziar sem fazer estrago e ruído, e começou a cerrar os dentes e a encolher os ombros, tomando fôlego o máximo que podia; mas, mesmo com todas essas diligências, foi tão infeliz que acabou fazendo um pouco de barulho, bem diferente daquele que o amedrontava. Dom Quixote ouviu e disse:

— Que ruído é esse, Sancho?

— Não sei, senhor — ele respondeu. — Deve ser algo novo, que as aventuras e desventuras nunca param por aí.

Tornou outra vez a tentar a sorte, e tudo correu tão bem que, sem mais ruídos além do alvoroço passado, viu-se livre da carga que tanto o afligia. Mas, como Dom Quixote tinha o olfato tão apurado quanto seus ouvidos, e Sancho estava tão perto e colado nele que quase em linha reta subiam os vapores para cima, não se pôde evitar que alguns chegassem ao seu nariz; e, mal tinham chegado, ele foi logo protegê-lo, apertando-o entre os dois dedos, e com um tom um tanto fanhoso, disse:

— Parece-me, Sancho, que estás com muito medo.

— Sim, estou — respondeu Sancho —, mas o que fez vossa mercê notá-lo agora mais do que nunca?

— Porque agora mais do que nunca tu cheiras, e não a âmbar — respondeu Dom Quixote.

— Pode ser — disse Sancho —, mas eu não tenho culpa, e sim vossa mercê, que me traz na hora errada e por essas desusadas paragens.

— Arreda-te três ou quatro passos para lá, amigo — disse Dom Quixote (tudo isso sem tirar os dedos do nariz) —, e a partir de agora sê mais cuidadoso consigo mesmo e com o que deves à minha pessoa; que a muita conversa que tenho contigo gerou esse pouco caso.

— Aposto — respondeu Sancho — que vossa mercê pensa que eu fiz por minha conta alguma obra que não devia.

— Mexer nisso é pior, amigo Sancho — respondeu Dom Quixote.

Nesses colóquios e em outros semelhantes, passaram a noite amo e criado; mas vendo Sancho que a largos passos chegava a manhã, com muito cuidado desatou Rocinante e amarrou os calções. Como Rocinante se viu livre, embora não fosse de seu feitio, parece que se ressentiu e começou a bater as patas dianteiras, porque empinar (com seu perdão) não sabia. Vendo, então, Dom Quixote que Rocinante já se movia, tomou isso como um bom sinal e acreditou que era hora de acometer aquela temerosa aventura.

Terminou de despontar a aurora, e as coisas pareciam diferentes, e viu Dom Quixote que estava entre algumas árvores altas, que eram castanheiros que faziam uma sombra muito escura. Percebeu também que os golpes não cessavam, mas não via quem os poderia causar, e assim, sem mais esperar, deu esporas a Rocinante e, tornando a despedir-se de Sancho, mandou-o esperar no máximo três dias, como da outra vez já lhe havia dito, e que se depois disso não voltasse, que tivesse a certeza de que Deus havia determinado que naquela perigosa aventura seus dias chegariam ao fim. Tornou-lhe a referir a missão e o recado que havia de levar de sua parte à sua senhora Dulcineia, e que quanto ao pagamento de seus serviços não devia se preocupar, pois antes de partir de seu lugar havia deixado feito seu testamento, em que seria gratificado com tudo relacionado ao seu salário, proporcional ao tempo que servira; mas que, se Deus o tirasse desse perigo são e salvo e sem paga de resgate, poderia ser considerada muito mais do que certa a ilha prometida.

De novo, voltou a chorar Sancho, ouvindo de novo as lastimáveis palavras de seu bom senhor, e decidiu não deixá-lo até o último momento e fim daquele transe.

Dessas lágrimas e de tão honesta determinação de Sancho Pança extrai o autor desta história que ele devia ser bem-nascido e pelo menos um cristão-velho. Esse sentimento tocou algo em seu amo, mas não tanto que ele mostrasse alguma fraqueza; antes, dissimulando o melhor que pôde, começou a caminhar em direção à parte de onde lhe pareceu que vinham o ruído da água e os golpes.

Sancho seguia-o a pé, conduzindo, como de costume, pelo cabresto seu jumento, perpétuo companheiro de suas prósperas e adversas fortunas; e tendo andado uma boa

Apeles Mestres e Francisco Fusté, 1879

distância entre aqueles castanheiros e árvores frondosas, deram com um pequeno prado que ao pé de um rochedo havia, de onde se precipitava uma grande queda d'água. Ao pé do rochedo havia algumas casas mal construídas, que mais pareciam ruínas de edifícios do que casas, de entre as quais notaram que saía o ruído e estrondo daquelas pancadas que ainda não haviam cessado.

Alvoroçou-se Rocinante com o ruído da água e dos golpes, e, acalmando-o, Dom Quixote aproximou-se aos poucos das casas, encomendando-se de todo coração à sua senhora, suplicando-lhe que naquela jornada e empresa o favorecesse, e no caminho se encomendava também a Deus, para que não o esquecesse. Não saiu de seu lado Sancho, que esticava o quanto podia o pescoço e a vista por entre as pernas de Rocinante, para ver se via logo o que tão tenso e temeroso o deixava.

Outros cem passos percorreram, quando ao virarem de um ponto apareceu revelada e patente a causa, sem que pudesse ser outra a daquele som horrível e para eles assustador que tão tensos e temerosos a noite toda os mantivera. E havia (oh, leitor! não te zangues) seis vigas de pisão,[5] que com golpes alternados aquele estrondo faziam.

Quando Dom Quixote viu o que era, emudeceu e ficou pasmo, paralisado da cabeça aos pés. Sancho olhou para ele e viu que tinha a cabeça inclinada sobre o peito, com um gesto envergonhado. Dom Quixote também olhou para Sancho e viu que tinha as bochechas estufadas e a boca cheia de riso, com evidentes sinais de querer explodir numa gargalha, e sua melancolia não pôde com tanto, pois ao ver Sancho não podia parar de rir; e como viu Sancho que seu amo tinha começado, soltou a risada de tal maneira que teve de apertar o peito com os punhos para não cair na gargalhada. Quatro vezes se acalmou e tantas vezes voltou a rir, com o mesmo ímpeto de antes; por conta disso, Dom Quixote já o mandava ao diabo, e ainda mais quando o ouviu dizer, como que por gozação:

— "Hás de saber, oh, amigo Sancho!, que nasci por vontade do céu nesta nossa idade de ferro para ressuscitar nela a dourada, ou a do ouro. Eu sou aquele para quem estão reservados os perigos, as grandes façanhas, os valorosos feitos…"

E por aqui foi repetindo todas ou a maioria das razões que Dom Quixote disse na primeira vez que ouviram os golpes medonhos.

Vendo, então, que Sancho zombava dele, Dom Quixote se constrangeu e se enfureceu de tal maneira que levantou o chuço e lhe acertou duas pauladas tão fortes que, se Sancho as tivesse recebido na cabeça em vez de nas costas, Dom Quixote ficaria livre de pagar seu salário, se não fosse a seus herdeiros. Vendo Sancho que levava tão a mal as zombarias, com temor de que seu amo não as superasse, disse-lhe com grande humildade:

---

5.   O pisão é um instrumento usado para bater panos ou couros. Trata-se de um aparelho construído com troncos grossos de madeira, forrados de couro, que batem nos panos ou nas peles de couro para tirar sua graxa; sobre esse tecido, joga-se argila em pó ou em pasta. Os troncos são acionados por uma roda d'água.

CAPÍTULO 20

— Acalme-se vossa mercê, que, por Deus, é só uma brincadeira.

— Pois por que zombais, acaso zombo eu? — respondeu Dom Quixote. — Vinde cá, senhor alegre: parecei-vos que se não fossem vigas de pisão, e sim outra perigosa aventura, eu não teria mostrado o espírito adequado para acometê-la e liquidá-la? Sou obrigado por ventura, sendo como sou um cavaleiro, a reconhecer e distinguir os sons e saber quais são de pisões ou não? E mais, que poderia ser, como é a verdade, que eu não os tenha visto jamais em minha vida, como vós os tereis visto, como o vil camponês que sois, criado e nascido entre eles. Se não, fazei essas seis vigas se transformarem em seis gigantes, e incitai-os nas minhas barbas um por um, ou todos juntos, e quando eu não derrubar todos e deixá-los de pernas para o ar, fazei de mim a chacota que quiserdes.

— Não há mais o que dizer, senhor meu — respondeu Sancho —, confesso que andei rindo além da conta. Mas diga-me, vossa mercê, agora que estamos em paz, e que Deus o socorra em todas as aventuras que acontecerem tão são e salvo como o resgatou desta: não foi motivo de riso, e é de contar, o grande medo que passamos? Pelo menos o que eu passei, que o de vossa mercê eu já sei que não existe, nem sabe o que é temor ou espanto.

— Não nego — respondeu Dom Quixote — que o que nos aconteceu não seja coisa digna de riso, mas não é digna de contar, pois nem todas as pessoas são tão discretas para saber estimar as coisas como são.

— Pelo menos — respondeu Sancho — vossa mercê soube estimar bem a posição certa do chuço, mirando em minha cabeça e me acertando nas costas, graças a Deus e à diligência que me fez desviar. Mas, vamos, que a verdade virá à tona; que ouvi dizer: "Esse que te quer bem te fará chorar"; e mais, que os principais senhores costumam, depois de uma má palavra dita a um criado, dar-lhe algumas calças, embora eu não saiba o que costumam dar-lhe depois de haver dado pauladas; os cavaleiros andantes, por sua vez, pode ser que deem, após as pauladas, ilhas ou reinos em terra firme.

— Os dados poderiam rolar assim — disse Dom Quixote —, de modo que tudo o que dizes viesse a ser verdade; e perdoa o acontecido, pois és discreto e sabes que o primeiro impulso escapa das mãos do homem, e estás avisado de agora em diante numa coisa, para que te abstenhas e evites falar demais comigo, que em quantos livros de cavalaria li, que são infinitos, nunca encontrei algum escudeiro que falasse tanto com seu senhor como tu com o teu. E, na verdade, tenho isso por grande falha, tua e minha: tua, porque pouco me acatas; minha, porque não me permito ser mais acatado. Sim, que Gandalim, escudeiro de Amadis de Gaula, foi conde da Ínsula Firme, e lê-se sobre ele que sempre falava com seu senhor com o chapéu na mão, cabeça baixa e corpo dobrado, ao modo turco. Pois, o que diremos de Gasabal, escudeiro de Dom Galaor, que ficou tão calado que, para nos declarar a excelência de seu maravilhoso silêncio, seu nome é mencionado apenas uma vez em toda essa tão grande e verdadeira história? De tudo o que disse, deves inferir, Sancho, que é preciso distinguir entre amo e criado, entre senhor e servo, entre cavaleiro e escudeiro. Então, a partir de agora, havemos de nos tratar com mais respeito, sem mais galhofa, porque se de qualquer forma eu me zangar convosco, há de ser ruim para o lado mais fraco da corda. Os favores e benefícios que vos prometi chegarão no devido tempo; e, se não chegarem, pelo menos o salário não se há de perder, como já vos disse.

— O que vossa mercê diz está bem — disse Sancho —, mas gostaria de saber, caso não chegue a hora dos benefícios e se for necessário recorrer aos salários, quanto um escudeiro de cavaleiro andante ganhava naqueles tempos, e se se calculava por meses, ou por dias, como obreiros de alvenaria.

— Não creio eu — respondeu Dom Quixote — que tais escudeiros foram pagos com salários, e sim com benefícios, e se eu agora te coloquei no testamento fechado que deixei em minha casa, foi por causa do que poderia acontecer, pois ainda não sei como anda a cavalaria nestes nossos tão calamitosos tempos e não desejaria que por pouca coisa minha alma penasse no outro mundo. Porque quero que saibas, Sancho, que neste mundo não há estado mais perigoso do que o dos aventureiros.

— É verdade — disse Sancho —, porque só um ruído de golpes de pisão pôde alvoroçar e desassossegar o coração de tão valoroso andante aventureiro como é vossa mercê. Mas pode estar certo de que de agora em diante não abrirei meus lábios para fazer graça das coisas de vossa mercê, se não for para honrá-lo, como meu amo e senhor natural.

— Dessa maneira — respondeu Dom Quixote —, viverás em paz nesta terra, porque, depois dos pais, os amos devem ser respeitados como tais.

Carmen Parra, 1990

Capítulo 21

Que trata da alta aventura e valiosa conquista do elmo
de Mambrino, com outras coisas sucedidas ao nosso
invencível cavaleiro

Nisso começou a chover um pouco, e Sancho bem gostaria que entrassem no moinho dos pisões, mas Dom Quixote tinha ficado com tanta aversão a eles por causa daquela tamanha zombaria que não quis ir até lá de maneira alguma; e assim, desviando o caminho para a direita, deram em outra estrada como a que haviam percorrido no dia anterior.

Pouco depois, Dom Quixote avistou um homem a cavalo que trazia na cabeça algo que brilhava como se fosse de ouro; assim que o viu, virou-se para Sancho e disse:

— Parece-me, Sancho, que não há provérbio que não seja verdadeiro, porque todos eles são sentenças tiradas da própria experiência, mãe de todas as ciências, em especial aquele que diz: "Onde uma porta se fecha, outra se abre". Digo isso porque, se ontem à noite a ventura nos fechou a porta que procurávamos, enganando-nos com os pisões, agora nos abre outra de par em par, para uma aventura melhor e mais certa, e, se eu não conseguir entrar por ela, a culpa será minha, sem que eu possa atribuí-la ao pouco conhecimento que tenho dos pisões ou à escuridão da noite. Digo isso porque, se não me engano, vem em nossa direção alguém que traz na cabeça o elmo de Mambrino, sobre o qual fiz aquele juramento que já conheces.

— Olhe bem vossa mercê o que está dizendo, ou melhor, o que está fazendo — disse Sancho —, pois eu não queria que outros pisões acabassem de pisotear e espancar nosso juízo.

— Que o diabo te carregue, homem! — respondeu Dom Quixote. — O que o elmo tem a ver com os pisões?

— Não sei de nada — respondeu Sancho —, mas juro que, se eu pudesse falar tanto quanto costumava, talvez lhe desse tantas razões que vossa mercê veria que está enganado no que diz.

Francis Hayman, 1765

— Como posso me enganar no que estou dizendo, traidor escrupuloso? — disse Dom Quixote. — Diz-me, não vês aquele cavaleiro que está vindo em nossa direção, sobre um cavalo ruço[1] malhado, que tem na cabeça um elmo de ouro?

— O que eu vejo e vislumbro — respondeu Sancho — não é nada mais do que um homem montado num asno pardo, como o meu, que traz na cabeça algo que brilha.

— Pois então! Esse é o elmo de Mambrino — disse Dom Quixote. — Afasta-te um pouco e me deixa sozinho com ele: verás que, sem dizer uma palavra, para economizar tempo, concluo esta aventura e será meu o elmo que tanto desejei.

— Terei o cuidado de me afastar — respondeu Sancho —, mas queira Deus, torno a dizer, que vossa mercê não confunda alhos com bugalhos, como no caso dos pisões.

— Eu já vos disse, irmão, que não toqueis mais nesse assunto dos pisões, nem em pensamento — disse Dom Quixote —, pois juro que pedirei a... e nem digo o nome... pedirei que vos pisoteie a alma.

Sancho calou-se, temendo que seu amo cumprisse o juramento que lhe fizera, redondo como uma bola.

O caso é que o elmo, o cavalo e o cavaleiro que Dom Quixote via eram isto: naquelas paragens havia dois lugarejos, um tão pequeno que não tinha botica nem barbeiro, e o outro, que ficava ao lado, sim; portanto, o barbeiro do maior atendia o menor, e neste um enfermo teve necessidade de fazer uma sangria, e o outro a barba, e por isso o barbeiro vinha trazendo uma bacia de latão; e quis a sorte que, quando ele estava a caminho, começasse a chover, e para que seu chapéu, que devia ser novo, não ficasse manchado, ele pôs a bacia na cabeça, que, como estava limpa, brilhava desde meia légua lá longe. Vinha montado num asno pardo, como disse Sancho, e foi por isso que Dom Quixote pensou num cavalo ruço malhado e num cavaleiro e elmo de ouro, já que todas as coisas que via com muita facilidade as acomodava às suas cavalarias e pensamentos mal-andantes. E quando viu que o pobre cavaleiro se aproximava, sem trocar com ele nem uma palavra, a todo o galope de Rocinante investiu com o chuço abaixado, pretendendo transpassá-lo de lado a lado; mas, quando estava mais perto, sem deter a cavalgada furiosa, disse:

— Defende-te, mísera criatura, ou entrega-me por tua vontade o que com tanta razão me é devido!

O barbeiro, que vinha tão distraído e sem medo, quando viu aquele fantasma disparar sobre ele, não teve outro remédio para se proteger do golpe da lança a não ser se atirar de cima do burro; e nem bem havia tocado o chão, já foi se levantando mais rápido do que um cervo e começou a correr pelo descampado, com tanta velocidade que nem o vento o alcançaria. Abandonou no chão a bacia; e Dom Quixote, que ficou satisfeito com

---

1. De cor parda.

CAPÍTULO 21

ela, disse que o pagão havia se comportado com discrição e imitado o castor, que, vendo-se acossado pelos caçadores, corta e desgarra com os dentes aquilo pelo que, por seu instinto natural, sabe que é perseguido.[2] Ordenou a Sancho que levantasse o elmo, e este, tomando-o nas mãos, disse:

— Por Deus, a bacia é mesmo boa, deve valer uns oito reais ou talvez um maravedi.

E a entregou ao seu amo, que a enfiou logo na cabeça, virando-a de um lado para o outro à procura do encaixe; como não o encontrou, disse:

— Sem dúvida, o pagão para quem esse famoso elmo foi feito sob medida devia ter uma cabeça enorme; e o pior é que lhe falta a outra metade.

Quando Sancho ouviu a bacia ser chamada de "elmo", não conseguiu conter o riso, mas a ira de seu amo lhe veio à memória, e ele se calou no meio da ação.

— Do que estás rindo, Sancho? — disse Dom Quixote.

— Estou rindo — respondeu ele — em pensar na cabeçorra do dono pagão deste elmete, que para mim é igualzinho a uma bacia de barbeiro.[3]

— Sabes o que imagino, Sancho? Que essa famosa peça deste elmo encantado, devido a algum estranho acidente, deve ter chegado às mãos de alguém que não soube reconhecer ou estimar seu valor e, sem saber o que fazia, vendo-o de ouro puríssimo, deve ter derretido metade dele para ter lucro e com a outra metade fez este que parece uma bacia de barbeiro, como dizes. Mas, seja como for, para mim, que o conheço, sua transmutação é irrelevante, pois vou consertá-lo no primeiro lugar onde houver ferreiro, e de tal maneira que não seja superado, nem no mais mínimo, por aquele que foi feito e forjado pelo deus dos ferreiros para o deus das batalhas;[4] e enquanto isso vou usá-lo da melhor forma que puder, pois mais vale um pouco do que nada, até porque servirá muito bem para que eu me defenda de alguma pedrada.

— Isso — disse Sancho — se a pedra não for atirada com uma funda, como fizeram na peleja entre os dois exércitos, quando benzeram os dentes de vossa mercê e quebraram a azeiteira contendo aquela santa mistura que me fez vomitar as entranhas.

— Não lamento muito por tê-la perdido, pois já sabes, Sancho — disse Dom Quixote —, que tenho a receita na memória.

— Eu também a tenho — respondeu Sancho —; mas se eu a fizer ou prová-la de novo alguma vez nesta vida, que eu caia morto agora. Tanto mais que não pretendo me

---

2. Refere-se a uma antiga tradição segundo a qual o próprio animal se castra para salvar a vida, quando é perseguido devido ao castóreo, substância usada na perfumaria e secretada em seus testículos.

3. A bacia de barbeiro tinha uma borda com uma abertura circular para acomodar o pescoço de quem molhava a barba na água com sabão. Os barbeiros também a usavam para aparar o sangue quando faziam sangrias, pois, nos séculos XVI–XVII, os barbeiros, além de cortar cabelo e fazer a barba, podiam exercer trabalhos de auxiliar de médico. A imagem de Dom Quixote com a bacia na cabeça, que ele confunde com um elmo, é uma das mais representadas em toda a sua iconografia.

4. Vulcano e Marte, respectivamente.

Charles-Antoine Coypel e Louis de Surugue, 1724–1736

pôr em situação de precisar dela, porque penso em me proteger com todos os meus cinco sentidos de ser ferido ou de ferir alguém. Não digo nada sobre ser manteado outra vez, pois tais infortúnios dificilmente podem ser evitados e, se acontecerem de novo, não há nada a fazer senão encolher os ombros, prender a respiração, fechar os olhos e deixar-se ir por onde a sorte e a manta nos levarem.

— És um mau cristão, Sancho — disse Dom Quixote, ouvindo isso —, porque nunca te esqueces das injúrias que uma vez te fizeram; pois saibas que é próprio de corações nobres e generosos não dar atenção a ninharias. De que pé coxeaste, que costela quebraste, que cabeça rompeste para não te esqueceres daquela brincadeira? Pois, bem analisadas as coisas, eram brincadeira e passatempo, e, se eu não tivesse entendido

CAPÍTULO 21

assim, teria voltado lá e feito mais estrago em tua vingança do que os gregos fizeram pela roubada Helena,[5] a qual, se existisse em nossa época, ou se minha Dulcineia vivesse naquela, poderia estar certa de não ter tanta fama de bela como tem.

E aqui ele deu um suspiro e o enviou às nuvens. E Sancho disse:

— Que seja mesmo tomado como brincadeira, pois a vingança não pode ser levada tão a sério; mas só eu sei a seriedade dessas burlas e também sei que não sairão de minha memória, assim como nunca sairão de minhas costas. Mas, deixando isso de lado, vossa mercê me diga o que vamos fazer com esse cavalo ruço malhado que mais parece um asno pardo, abandonado aqui por aquele Martino que vossa mercê derrubou, que, do jeito que pôs as pernas para correr mais do que um papa-léguas, não dá sinais de que irá voltar. E, pelas minhas barbas, se o ruço não é bom!

— Nunca tenho o hábito — disse Dom Quixote — de despojar aqueles aos quais venço, nem é costume da cavalaria levar seus cavalos e deixá-los a pé, a não ser no caso de o vencedor já ter perdido o seu na contenda, pois em tal ocasião é permitido tomar o do vencido, como ganho em guerra lícita.[6] Então, Sancho, deixa aí esse cavalo ou asno ou o que quiseres que seja, para que, quando o dono vir que nos afastamos daqui, venha buscá-lo.

— Deus sabe como eu gostaria de levá-lo — respondeu Sancho —, ou no mínimo trocá-lo por este meu, que não me parece tão bom. Como as leis da cavalaria são estritas, pois não permitem nem mesmo que um asno seja trocado por outro! Gostaria de saber se eu posso, pelo menos, trocar os arreios.

— Não tenho muita certeza disso — respondeu Dom Quixote —, mas, como estou na dúvida, até que esteja melhor informado permito que os troques, se tiveres extrema necessidade deles.

— É tão extrema — respondeu Sancho — que, se fossem para minha própria pessoa, eu não teria tanta necessidade.

E então, habilitado com aquela licença, fez *mutatio caparum*[7] e enfeitou seu jumento às mil maravilhas, deixando-o um quinto melhorado, ou talvez até um terço.

Feito isso, comeram as sobras do que haviam despojado da mula de carga e beberam da água do riacho dos pisões, sem virar o rosto para olhá-los: tamanha era a repugnância que lhes devotavam por causa do medo que haviam sentido.

Aplacadas, pois, a cólera, e até a melancolia, montaram a cavalo e, sem tomar um caminho certo, por ser muito próprio de cavaleiros andantes não tomar um rumo preciso,

---

5. Referência à Guerra de Troia, cujo estopim foi o rapto de Helena, esposa de Menelau.
6. O butim (tomar os bens do vencido) figurava como uma possibilidade legal nos tratados sobre a ética da guerra.
7. Trata-se da cerimônia celebrada na Páscoa pelos cardeais e prelados, que trocam suas capas vermelhas forradas de pele por capas roxas, de seda.

começaram a caminhar por onde quis a vontade de Rocinante, que levava atrás da dele a de seu amo e até a do burro, que sempre o seguia para onde quer que fosse, em mostras de afeto e companhia. Apesar disso, voltaram à estrada real e continuaram por ela ao acaso, sem qualquer outro propósito.

Indo, pois, assim caminhando, Sancho disse ao seu amo:

— Senhor, vossa mercê me daria permissão de falar um pouco? Depois que me impôs aquele áspero mandamento do silêncio, já mais de quatro coisas apodreceram em meu estômago, e eu gostaria que ao menos uma, a qual tenho agora na ponta da língua, não se malograsse.

— Diz — disse Dom Quixote —, mas sê breve em teus pensamentos, pois nenhum deles é prazeroso se for longo.

— Digo, então, senhor — respondeu Sancho —, que há alguns dias venho pensando quão pouco se ganha e conquista em andar buscando essas aventuras que vossa mercê procura por esses desertos e encruzilhadas, onde, uma vez que as mais perigosas sejam vencidas e acabadas, não há quem as veja ou saiba delas, e, portanto, hão de permanecer em silêncio perpétuo e em prejuízo da intenção de vossa mercê e do que merecem. E, assim, parece-me que seria melhor, salvo o melhor parecer de vossa mercê, que fôssemos servir algum imperador ou outro grande príncipe que esteja travando alguma guerra, em cujo serviço vossa mercê mostre o valor de sua pessoa, suas grandes forças e melhor entendimento; pois, visto isso pelo senhor a quem servirmos, certamente haverá de remunerar cada um de nós de acordo com seus méritos, e não faltará alguém que escreva as façanhas de vossa mercê, para memória perpétua. Das minhas não digo nada, pois não devem ultrapassar os limites escudeiris; embora eu possa dizer que, se for costume na cavalaria escrever as façanhas dos escudeiros, não acho que as minhas hão de ficar nas entrelinhas.

— Não falas mal, Sancho — respondeu Dom Quixote —, mas antes que se chegue a essa finalidade é preciso andar pelo mundo, como que em provação, procurando as aventuras, para que, terminando algumas delas, o cavaleiro ganhe tal nome e fama que, quando for à corte de algum grande monarca, já seja conhecido por suas obras, e assim que os meninos o virem entrar pela porta da cidade, todos o sigam e o rodeiem, dizendo em altas vozes: "Este é o Cavaleiro do Sol", ou da Serpente, ou de qualquer outra insígnia, sob a qual ele teria realizado grandes façanhas. "Este é", dirão, "aquele que venceu em singular batalha o gigantesco Brocabruno da Grã-Força; aquele que desencantou o Grão-Mameluco da Pérsia do longo encantamento em que esteve por quase novecentos anos". Assim, de um a outro irão sendo proclamados seus feitos, e então, para o alvoroço dos meninos e das demais pessoas, o rei daquele reino assomará às janelas de seu palácio real e assim que vir o cavaleiro, conhecendo-o pelas armas ou pelo brasão no escudo, forçosamente há de dizer: "Eia, adiante! Saiam meus cavaleiros, e todos que em minha corte estão, para receber a flor da

CAPÍTULO 21

cavalaria, que ali vem". A essa ordem sairão todos, e ele chegará até o meio da escada e o estreitará nos braços, e o beijará no rosto em sinal de amizade, e então o levará pela mão até o aposento da senhora rainha, onde o cavaleiro a encontrará com a infanta, sua filha, que há de ser uma das mais belas e perfeitas donzelas que jamais se encontrará em grande parte da face da Terra. Acontecerá depois disso, imediatamente, que ela porá os olhos no cavaleiro, e ele nos dela, e cada um parecerá ao outro algo mais divino do que humano, e, sem saber de que maneira, eles ficarão presos e enlaçados na intrincada rede amorosa e com grande aflição em seus corações, por não saberem como poderão se falar para descobrir seus anseios e sentimentos. De lá o levarão, sem dúvida, a algum quarto do palácio, ricamente guarnecido, onde, depois de lhe retirarem as armas, lhe trarão um rico manto escarlate para que se cubra; e embora parecesse bem de armadura, tão bem ou melhor parecerá em trajes leves. Chegada a noite, ele jantará com o rei, a rainha e a infanta, da qual não tirará os olhos, olhando-a furtivamente, sem que ninguém perceba, e ela fará o mesmo, com a mesma sagacidade, pois, como eu disse, ela é uma donzela muito discreta. As mesas serão tiradas, e entrará de repente pela porta do salão um feio e pequeno anão, com uma formosa dama que vem entre dois gigantes atrás do anão, apresentando algum desafio feito por um antigo sábio, e quem conseguir resolvê-lo será considerado o melhor cavaleiro do mundo. Então o rei ordenará que todos os presentes tentem cumpri-lo, e nenhum deles lhe dará fim e cabo a não ser o cavaleiro seu hóspede, para o bem de sua fama, com qual feito a infanta ficará muito feliz, e além de contente se dará por bem paga, por ter posto e depositado seus pensamentos em lugar tão elevado. E o melhor é que esse rei ou príncipe, ou o que quer que ele seja, trava uma guerra muito cerrada com outro tão poderoso quanto ele, e o cavaleiro lhe pede, depois de alguns dias hospedado em sua corte, licença para ir servi-lo na guerra mencionada. O rei a dará de muito bom grado, e o cavaleiro beijará cortesmente suas mãos pela mercê que lhe faz. E naquela noite se despedirá da infanta sua senhora pelas grades de um jardim que dá no aposento onde ela dorme, pelas quais já havia falado com ela muitas vezes, sendo intermediária e ciente de tudo uma donzela em quem a infanta muito confiava. Suspirará ele, desmaiará ela, buscará água a donzela e ficará muito aflita pois a manhã está chegando, e ela não quer que os dois sejam descobertos, pela honra de sua senhora. Por fim, a infanta voltará a si e oferecerá suas brancas mãos através das grades ao cavaleiro, que as beijará mais de mil vezes e as banhará em lágrimas. Ficará combinado entre os dois a maneira como se darão a conhecer seus bons ou maus sucessos, e a princesa suplicará que ele se demore o mínimo possível; isso ele prometerá com muitos juramentos; beijará suas mãos novamente e dirá adeus com tanto sentimento que pouco lhe faltará para morrer. Vai dali para o seu aposento, lança-se ao leito, não consegue dormir pela dor da partida, levanta-se muito cedo, vai se despedir do rei, da rainha e da infanta; dizem-lhe, tendo se despedido dos dois, que a senhora infanta está indisposta e não pode receber visita; o cavaleiro pensa que é por causa de sua partida: isso lhe transpassa o coração, e por um triz ele não demonstra claramente sua tristeza. A donzela intermediária está à sua frente e, ao perceber tudo, vai contá-lo à sua senhora, a qual a recebe com lágrimas e lhe diz que uma das maiores aflições que ela sente é não saber quem é seu cavaleiro e se ele é da linhagem de reis ou não; assegura-lhe a donzela que tal cortesia, gentileza e bravura como a de seu cavaleiro não podem caber senão num sujeito nobre e sério; conforta-se a aflita com isso: procura consolar-se, para não causar suspeitas nos pais, e ao fim de dois dias aparece em público. O cavaleiro já se foi; ele luta na guerra, derrota o inimigo do rei, ganha muitas cidades, triunfa em muitas batalhas, volta à corte, vê sua senhora no lugar de costume, combina de pedi-la ao pai por esposa em pagamento por seus serviços; o rei não quer consentir porque não sabe quem ele é; mas, apesar disso, seja roubada ou de qualquer outra forma, a infanta torna-se sua esposa, o que seu pai acaba considerando uma grande ventura, pois se descobriu que o tal cavaleiro é filho de um valoroso rei não sei de que reino, pois acho que nem deve estar no mapa. O pai morre, a infanta herda o trono e o cavaleiro se torna rei da noite para o dia. Aí vem então a concessão de mercês a seu escudeiro e a todos aqueles que o ajudaram a subir a tão alto estado: ele casa seu escudeiro com uma donzela da infanta, que sem dúvida será aquela que foi intermediária em seus amores, a qual é filha de um duque muito importante.

— É só o que eu peço, sem dúvida — disse Sancho —, e fico aqui esperando que aconteça tudo ao pé da letra, ainda mais chamando-se vossa mercê o Cavaleiro da Triste Figura.

— Não duvides, Sancho — replicou Dom Quixote —, porque do mesmo modo, e pelos mesmos passos que contei, cavaleiros andantes sobem e subiram ao posto de reis e imperadores. Resta agora ver qual rei dos cristãos ou dos pagãos está em guerra e tem uma bela filha; mas haverá tempo para pensar nisso, pois, como eu te disse, primeiro é preciso ganhar fama em outros lugares antes de ir à corte. Também me falta outra coisa: é que, mesmo que seja o caso de encontrar um rei em guerra e com uma bela filha, e que eu tenha ganhado uma fama incrível em todo o universo, não sei como se poderia descobrir que sou da linhagem de reis, ou pelo menos um primo de segundo grau do imperador, pois o rei não vai querer me entregar sua filha como esposa se não estiver bem-informado sobre isso, ainda que meus feitos famosos sejam merecedores de muito mais. Assim, por essa falta, temo perder o que meu braço bem merece. É verdade que sou fidalgo de origem conhecida, de posse e propriedade, com direito a quinhentos soldos,[8] e poderia ser que o sábio que escrevesse minha história deslindasse meu parentesco e descendência de tal maneira que me apontasse como quinto ou sexto neto de um rei. Porque te faço saber, Sancho, que há no mundo dois tipos de linhagens: alguns que trazem e derivam sua descendência de príncipes e monarcas, que o tempo foi desfazendo aos poucos, até acabarem num ponto, como uma pirâmide virada de cabeça para baixo; e outros que começaram

---

8. Fidalgo de nobreza comprovada, pois se sabe qual é o lugar de origem de sua família e linhagem. Em caso de injúria, o fidalgo tinha direito a uma indenização de quinhentos soldos (antiga moeda carolíngea usada como base de cálculo).

CAPÍTULO 21

como pessoas humildes e foram subindo de grau em grau, até se tornarem grandes senhores; de modo que a diferença é que alguns foram mas já não são, e outros são mas antes não foram; e eu poderia ser um desses que, depois de averiguado, teve um princípio grande e famoso, e por causa disso o rei devia se contentar em ser meu sogro; e, quando não, a infanta haverá de me amar de tal maneira que, apesar de seu pai, e mesmo que eu fosse claramente filho de um aguadeiro,[9] deve me aceitar como senhor e esposo; e, se não, será o caso de raptá-la e levá-la para onde mais me agradar, pois o tempo ou a morte porá fim à mágoa de seus pais.

— É aí que serve também — disse Sancho — o que dizem alguns desalmados: "Não peças como um favor o que podes tomar à força"; embora seja melhor dizer: "É melhor saltar o barranco do que rezar ao santo". Digo isso porque se o senhor rei, sogro de vossa mercê, não se decidir a entregar minha senhora a infanta, não há outro jeito, como diz vossa mercê, a não ser raptá-la e levá-la. Mas o ruim é que, enquanto não se fazem as pazes para que se aproveite pacificamente o reino, o pobre escudeiro poderá ficar sem uma migalha nessa questão das mercês. A não ser que a donzela intermediária, que há de ser sua mulher, também fuja com a infanta, assim ele poderá passar com ela sua má ventura, até que o céu ordene o contrário; pois acredito que seu senhor possa muito bem dar-lhe a donzela como esposa legítima desde o início.

— Não há quem o impeça disso — disse Dom Quixote.

— Bem, seja como for — respondeu Sancho —, não há nada a fazer senão nos encomendar a Deus e deixar que a sorte transcorra por onde melhor ele determinar.

— Que Deus faça — respondeu Dom Quixote — como eu desejo e tu, Sancho, necessitas, e ruim seja quem ruim se considera.

— Como Deus quiser — disse Sancho —, porque sou cristão-velho, e para ser conde isso me basta.

— E ainda te sobra — disse Dom Quixote —, e mesmo que não fosses, isso não viria ao caso, porque, sendo eu o rei, posso muito bem te dar nobreza, sem que precises comprá-la ou me prestar serviço algum. Porque quando eu te fizer conde, logo serás também cavaleiro, e, digam o que disserem, juro que hão de te tratar por senhoria, mesmo que lhes pese.

— E eu saberia muito bem utilizar esse *tito*! — disse Sancho.

— Deves falar título, e não *tito* — disse seu amo.

— Que seja assim — respondeu Sancho Pança. — Digo que eu saberia muito bem usá-lo, pois certa vez já fui cobrador de uma confraria, e os trajes do posto me assentavam tão bem que todos diziam que eu tinha presença para ser administrador da própria

---

9. Vendedor, fornecedor ou transportador de água.

DOM QUIXOTE

confraria. Pois então, o que acontecerá quando eu usar um manto ducal nas costas ou me vestir de ouro e pérolas, como um conde estrangeiro?[10] Cá para mim, acho que vão vir me ver de uma lonjura de cem léguas.

— Vais ficar muito bem — disse Dom Quixote —, mas será necessário que rapes a barba com frequência, pois, desse jeito que a levas tão espessa, emaranhada e malfeita, se não rapá-la com navalha pelo menos a cada dois dias, a tiro de espingarda te deixarás ver como és.

— Nada mais fácil de resolver — disse Sancho — do que pegar um barbeiro e mantê-lo empregado em casa. E ainda, se necessário, posso fazê-lo andar atrás de mim, como cavalariço dos grandes.

— E como sabes — perguntou Dom Quixote — que os grandes levam seus cavalariços atrás de si?

— Vou dizer a vossa mercê — respondeu Sancho. — Anos atrás passei um mês na corte e lá vi passeando um homem muito pequeno, que diziam ser muito grande; e um homem o seguia a cavalo por todo lugar que ia, tanto que parecia ser nada mais do que seu rabo. Perguntei por que aquele homem não andava ao lado do outro, e sim sempre atrás dele. Responderam-me que era seu cavalariço, e que era costume dos grandes levar tais homens atrás de si.[11] Desde então, sei tão bem disso que nunca mais esqueci.

— Digo que tens razão — disse Dom Quixote —, e que assim podes transportar teu barbeiro, pois os costumes não vieram todos juntos nem foram inventados de uma só vez, e podes ser o primeiro conde a levar teu barbeiro atrás de si, sendo até mais de confiança fazer a barba do que selar um cavalo.

— Deixe o barbeiro a meu encargo — disse Sancho —, e que vossa mercê continue tentando se tornar rei e me fazer conde.

— Assim será — respondeu Dom Quixote.

E, levantando os olhos, viu o que se dirá no próximo capítulo.

10.   Usar ouro e pérolas era um ornamento vedado aos nobres espanhóis.
11.   O cavalariço era um criado pessoal que acompanhava seu senhor nas cavalgadas, andando atrás dele, e nunca a seu lado.

Capítulo 22

Da liberdade que Dom Quixote deu a muitos desafortunados
que, contra sua vontade, eram levados para onde não queriam ir

Conta Cide Hamete Benengeli, autor árabe e manchego, nesta gravíssima, altissonante, humilde, doce e imaginada história, que, depois que o famoso Dom Quixote de La Mancha e Sancho Pança, seu escudeiro, trocaram aquelas conversações referidas no fim do capítulo vinte e um, Dom Quixote levantou os olhos e viu que uns doze homens vinham a pé pela estrada, encadeados como contas a uma grande corrente de ferro atada pelo pescoço, e todos com algemas nas mãos; também vinham com eles dois homens a cavalo e dois a pé: os cavaleiros, com espingardas de pederneira,[1] e os que estavam a pé, com dardos e espadas; e assim que Sancho Pança os viu, disse:

— Essa é uma cadeia de galeotes,[2] gente forçada do rei, que vai para as galés.

— Como gente forçada? — perguntou Dom Quixote. — É possível que o rei force a gente?

— Não estou dizendo isso — respondeu Sancho —, mas sim que é gente que, por seus delitos, está condenada à força a servir o rei remando nas galés.

— Em conclusão — respondeu Dom Quixote —, seja como for, essa gente vai levada à força, e não por vontade própria.

— Assim é — disse Sancho.

— Pois, dessa maneira — disse seu amo —, aqui se enquadra bem a execução de meu ofício, que é desfazer violências e socorrer e acudir os miseráveis.

— Vossa mercê deve notar — disse Sancho — que a justiça, que é o próprio rei, não fere com força ou violência essa gente, mas sim a castiga por seus delitos.

Nisso, chegou a cadeia de galeotes, e Dom Quixote, com palavras muito corteses, pediu aos guardas que fizessem o favor de informá-lo e lhe dizer a causa ou causas pelas quais conduziam aquela gente daquele modo.

---

1. As espingardas de pederneira disparam quando se aperta o gatilho e o sílex roça sobre uma roda de aço que gira rapidamente.
2. Delinquentes que eram condenados a remar nas galés (barcos) da esquadra real.

Virgílio Dias, 2024

Um dos guardas a cavalo respondeu que eram galeotes, gente de sua majestade, que iam às galés, e que não havia mais nada a dizer, nem ele tinha mais a saber.

— Apesar disso — replicou Dom Quixote —, gostaria de saber de cada um deles em particular a causa de sua desgraça.

Acrescentou a esses outros motivos tão comedidos para levá-los a dizer o que desejava, que o outro guarda a cavalo lhe disse:

— Temos aqui o registro e a ata das sentenças de cada um desses mal-aventurados, mas não é hora de pararmos para pegá-los ou lê-los: vossa mercê se aproxime e pergunte a eles mesmos, que lhe dirão se quiserem, e com certeza vão querer, pois é gente que gosta de fazer e dizer patifarias.

CAPÍTULO 22

Com essa permissão, que Dom Quixote tomaria mesmo que não lhe fosse dada, foi até a fila e perguntou ao primeiro por quais pecados ia assim em tão mau estado. Ele respondeu que ia daquela maneira por estar enamorado.[3]

— Por causa disso, e mais nada? — replicou Dom Quixote. — Porque se mandam às galés quem está enamorado, há muito tempo eu poderia estar remando nelas.

— Não são amores como os que vossa mercê imagina — disse o galeote —, pois os meus foram que me enamorei tanto de um cesto de vime cheio de roupas brancas, e me abracei a ele com tanto vigor, que se a justiça não me afastasse dele à força, até agora eu não o teria largado por vontade própria. Fui pego em flagrante, não houve necessidade de tortura, concluiu-se a causa, meu lombo sofreu cem bordoadas e ainda me acrescentaram três anos de gurapas, e fim da história.

— O que são gurapas? — perguntou Dom Quixote.

— Gurapas são as galés — respondeu o galeote.

Era um jovem de vinte e quatro anos, que disse ser natural de Piedrahíta. Dom Quixote perguntou a mesma coisa ao segundo, que não respondeu uma palavra, pois estava triste e melancólico, mas o primeiro respondeu por ele e disse:

— Este, senhor, está indo por ser canário, digo: músico e cantor.[4]

— Pois como? — respondeu Dom Quixote. — Músicos e cantores também vão às galés?

— Sim, senhor — respondeu o galeote —, pois não há nada pior do que cantar no tormento.

— Antes ouvi dizer — disse Dom Quixote — que aquele que canta seus males espanta.

— Aqui é o contrário — disse o galeote —: quem canta uma vez chora a vida inteira.

— Não entendo — disse Dom Quixote.

Mas um dos guardas lhe disse:

— Senhor cavaleiro, cantar no tormento, entre essa gente *non santa*,[5] significa confessar por meio de tortura. Este pecador foi torturado e confessou seu delito: ser quatreiro, que é ser ladrão de gado, e por ter confessado o condenaram às galés por seis anos, além de duzentos açoites que ele já levou nas costas; e anda sempre pensativo e triste porque os outros ladrões que lá ficaram, e os que aqui vão, o maltratam e humilham, zombam dele e o desprezam, porque confessou em vez de ter coragem de persistir negando. Pois dizem eles que um "não" tem tantas letras quanto um "sim", e que grande ventura tem um delinquente cuja vida ou morte está em sua própria língua, e não na das testemunhas e provas; e cá para mim, acho que não estão muito longe da verdade.

3. Na gíria picaresca, um enamorado era a pessoa que se aproveita do descuido de outra para roubá-la.
4. Canário é o réu que confessa sob tortura. Canário, músico e cantor eram sinônimos.
5. Gente de conduta duvidosa; era uma expressão comum na época.

DOM QUIXOTE

— E eu também entendo assim — respondeu Dom Quixote.

E, passando ao terceiro, perguntou a mesma coisa que aos outros; ele respondeu prontamente e com muita desenvoltura, dizendo:

— Vou passar cinco anos nas senhoras gurapas por me faltarem dez ducados.[6]

— De muito boa vontade eu daria vinte — disse Dom Quixote — para vos livrar desse infortúnio.

— Isso é igual — respondeu o galeote — a alguém que tem dinheiro no meio do mar e morre de fome, pois não tem onde comprar o que é necessário. Digo isso porque, se no tempo devido eu tivesse esses vinte ducados que vossa mercê agora me oferece, teria molhado com eles a pena do escrivão e avivado a imaginação do procurador, de maneira que hoje estaria no meio da Plaza de Zocodover, em Toledo,[7] e não nesta estrada, encoleirado como um cachorro; mas Deus é grande: paciência, e isso basta.

Dom Quixote passou para o quarto, que era um homem de rosto venerável, com uma barba branca que lhe passava do peito; o qual, sendo questionado por que estava ali, começou a chorar e não respondeu uma palavra; mas o quinto condenado serviu-lhe de língua e disse:

— Este homem honrado vai para as galés por quatro anos, tendo sido levado a passear pelas ruas de costume, bem-apanhado, em pompa e a cavalo.

— Então — disse Sancho Pança —, ao que me parece, ele foi exposto ao cortejo da vergonha.[8]

— Isso mesmo — respondeu o galeote —, e a razão pela qual lhe deram essa sentença é porque ele fornecia cobertores de orelha, e até mesmo de corpo inteiro. Na verdade, quero dizer que este senhor está indo por alcoviteiro e também por ter lá suas pinceladas de feiticeiro.

— Se não tivesse esses pincéis e tintas — disse Dom Quixote —, só por ser alcoviteiro ele não merecia ir remar nas galés, e sim comandá-las e ser general delas. Pois não é como se imagina o ofício de alcoviteiro, que é discreto e extremamente necessário numa república bem-ordenada, e só devia ser exercido por pessoas muito bem-nascidas; e até devia haver fiscais e inspetores de alcoviteiros, como existem dos demais ofícios, com nomeação e registro oficial, feito o dos corretores de praça.[9] Dessa maneira, seriam evitados muitos males causados pelo fato de esse ofício e exercício ser distribuído entre pessoas idiotas e de pouco entendimento, como mulherzinhas vulgares, pajenzinhos e patifes de poucos anos e pouca experiência, que, na ocasião mais necessária e quando é preciso tomar uma atitude, ficam como paralisados e não conseguem mexer nem a mão direita.

---

6. Ducado era uma moeda de valor bastante alto.
7. Praça frequentada por criminosos.
8. Castigo que consistia em expor o réu à afronta pública.
9. Agentes ou corretores atuantes no comércio de mercadorias.

CAPÍTULO 22

Quisera eu continuar e expor as razões pelas quais seria conveniente escolher bem aqueles que, na república, deveriam ter um ofício tão necessário, mas não é o lugar certo para isso: algum dia as direi a quem possa consertar as coisas. Só digo agora que a pena que senti ao ver essas barbas brancas e esse venerável rosto em tanto sofrimento por ser alcoviteiro foi embora ao descobrir que se trata de um feiticeiro. Embora eu saiba muito bem que não há feitiços no mundo que possam mover e forçar a vontade, como pensam alguns simplórios, pois nossa vontade é livre e não há erva ou encanto que a force: o que algumas mulherzinhas broncas e alguns embusteiros velhacos costumam fazer são algumas misturas e venenos com os quais enlouquecem os homens, dando a entender que têm força para fazer as pessoas se apaixonarem; mas, como digo, é impossível forçar a vontade.

— É isso mesmo — disse o bom velho —, e para falar a verdade, senhor, nesse negócio de feiticeiro não tenho culpa alguma; no de alcoviteiro, não posso negar, mas nunca pensei que estivesse fazendo algo errado, pois toda a minha intenção era que todos se divertissem e vivessem em paz e sossego, sem brigas ou mágoas; mas de nada me serviu esse bom desejo, já que estou indo para um lugar de onde não espero voltar, pois já me pesam os anos e um mal de urina do qual sofro, que não me permite descansar nem por um momento.

E aqui voltou às lágrimas como antes; e Sancho teve tanta pena dele que tirou uma moeda do peito e lhe deu de esmola.

Dom Quixote prosseguiu e perguntou qual era o delito do próximo, que respondeu com não menos, mas muito mais galhardia do que o anterior:

—Vou aqui porque me diverti demais com duas primas-irmãs minhas e com outras duas irmãs que não eram minhas; enfim, diverti-me tanto com todas elas que a diversão resultou na parentela crescendo de modo tão desordenado que não há diabo que lhe ponha ordem. Tudo saiu à tona, faltou-me proteção, não tive dinheiro, estava a ponto de perder o pescoço, condenaram-me às galés por seis anos, consenti: o castigo é minha culpa; jovem sou: que a vida prossiga, pois com ela tudo se conquista. Se vossa mercê, senhor cavaleiro, traz alguma coisa com que socorrer esses pobres, Deus o pagará no céu, e nós cuidaremos, aqui na terra, de rezar a Deus em nossas orações pela vida e saúde de vossa mercê, que seja tão longa e tão boa quanto sua boa presença merece.

Ele trajava umas vestes de estudante, e um dos guardas disse que era um grande falador e um latino[10] muito gentil.

Atrás de todos estes vinha um homem de uns trinta anos, de muito boa aparência, mas que, ao mirar, entortava um pouco o olho. Não vinha preso como os outros, pois tinha uma corrente atada ao pé, tão extensa que lhe subia por todo o corpo, e duas argolas

10. Na dupla acepção de indivíduo latinista (versado em latim) e ladino (enganador).

233

DOM QUIXOTE

no pescoço, uma delas presa à corrente. Da outra argola, dessas que chamam guarda amigo ou pé de amigo,[11] saíam dois ferros que chegavam à cintura, nos quais estavam presas duas algemas, em que o homem levava as mãos, fechadas com um cadeado grosso, de tal forma que nem conseguia levantar as mãos para alcançar a boca nem abaixar a cabeça para chegar às mãos. Dom Quixote perguntou por que aquele homem estava muito mais acorrentado do que os outros. O guarda respondeu-lhe que era porque ele sozinho tinha mais delitos do que todos os outros juntos, e era tão atrevido e tão grande patife que, embora o conduzissem daquela maneira, não estavam muito confiantes, pois temiam que ele pudesse fugir.

— Quais delitos ele pode ter — disse Dom Quixote —, se não mereceram punição maior do que ser levado às galés?

— Vai por dez anos — respondeu o guarda —, que é como a morte civil. Basta saber que este bom homem é o famoso Ginés de Pasamonte, que também atende por outro nome: Ginesillo de Parapilla.[12]

— Senhor oficial — disse então o galeote —, vamos com calma e não comecemos agora a confundir nomes e apelidos. Meu nome é Ginés, e não Ginesillo, e Pasamonte é minha linhagem, e não Parapilla, como diz vosmecê; e que cada um cuide de seus negócios, e não fará pouco.

— Pare de abrir a boca — respondeu o oficial —, senhor ladrão de marca maior, se não quiser que eu a feche à força, doa o que doer.

— Bem parece — respondeu o galeote — que a gente vai como Deus ordena, e não como quer, mas um dia saberão se meu nome é Ginesillo de Parapilla ou não.

— Pois não te chamam assim, seu embusteiro? — disse o guarda.

— Sim, chamam — respondeu Ginés —, mas vou fazer com que não me chamem, juro pelas minhas barbas; por ora, só falo entre dentes. Senhor cavaleiro, se tem algo para nos dar, dê-nos agora e vá com Deus, que já está aborrecendo de tanto querer conhecer a vida alheia; e se da minha quiser saber, saiba que sou Ginés de Pasamonte, cuja vida está escrita por estas próprias mãos.

— Está dizendo a verdade — disse o oficial —, pois ele mesmo escreveu sua história, que não deixa nada a desejar, e o livro ficou penhorado na cadeia por duzentos reais.

— E pretendo tirá-lo — disse Ginés —, mesmo se tivesse deixado por duzentos ducados.

---

11.   Levava-se assim os presos mais perigosos, que podiam escapar.
12.   Muitos críticos veem no personagem Ginés de Pasamonte uma referência ao escritor aragonês Jerónimo de Pasamonte, que lutou ao lado de Cervantes na batalha de Lepanto e foi apontado como o autor do *Dom Quixote* apócrifo [dizendo-se a continuação da segunda parte do *Dom Quixote*, o apócrifo foi um volume editado um ano antes de Cervantes publicar sua própria segunda parte da obra, em 1615. Foi escrito por certo Alonso Fernández de Avellaneda, cuja identidade real se desconhece até hoje, apesar das inúmeras conjecturas].

CAPÍTULO 22

— É tão bom assim? — disse Dom Quixote.

— É tão bom — respondeu Ginés — que deixa nas chinelas o *Lazarilho de Tormes* e todos os que desse gênero foram ou ainda serão escritos.[13] O que sei dizer a vosmecê é que se trata de verdades, e são verdades tão belas e tão graciosas que não pode haver mentiras que se assemelhem a elas.

— E qual é o título do livro? — perguntou Dom Quixote.

— *A vida de Ginés de Pasamonte* — respondeu o próprio.

— E está terminado? — perguntou Dom Quixote.

— Como pode estar terminado — respondeu ele —, se minha vida ainda não terminou? O que está escrito é desde meu nascimento até o ponto em que me jogaram nas galés da última vez.

— Então já estivestes nelas? — disse Dom Quixote.

— Para servir a Deus e ao rei, estive lá faz quatro anos, e já conheço bem o pão duro e a chibata — respondeu Ginés —, e não me incomoda muito ir para as galés, pois lá conseguirei terminar meu livro: ainda me restam muitas coisas a dizer, e nas galés da Espanha há mais calma do que seria necessário, embora não seja preciso muito mais para o que tenho de escrever, porque sei tudo de memória.

— Pareces habilidoso — disse Dom Quixote.

— E desafortunado — respondeu Ginés —, porque os infortúnios sempre perseguem o bom engenho.

— Perseguem é os patifes — disse o oficial.

— Já lhe disse, senhor oficial — respondeu Pasamonte —, para irmos com calma, que aqueles senhores não lhe deram essa vara para maltratar os pobres coitados que vamos aqui, mas para nos guiar e levar aonde sua majestade ordena. Se não, pela vida de... Basta, pois lavando a roupa suja é que saem à luz as manchas, e que todo mundo cale a boca e viva bem e fale melhor, e vamos andando, que já foi muito longe esse falatório.

Em resposta às suas ameaças, o oficial levantou a vara para dar em Pasamonte, mas Dom Quixote se pôs entre ambos e implorou para que ele não o maltratasse, pois não era muito que alguém com as mãos tão presas soltasse um pouco a língua. E, virando-se para todos os acorrentados, disse:

— De tudo o que me dissestes, caríssimos irmãos, tirei a limpo que, embora vos tenham castigado por vossas faltas, os castigos que ides sofrer não vos dão muito gosto, e ides a eles com muito pesar e muito contra vossa vontade, e pode ser que a pouca coragem que aquele teve na tortura, a falta de dinheiro deste, o pouco favor do outro e, por

---

13. Refere-se ao gênero do romance pseudobiográfico da tradição picaresca, iniciado por *Lazarilho de Tormes* em 1554, de autoria anônima, e cujo representante mais famoso foi o *Guzmán de Alfarache* (1599–1604), de Mateo Alemán, no qual quem conta sua vida também é um galeote.

fim, o torto juízo do juiz tenham sido causa de vossa perdição e de não ter sido feita a justiça que merecíeis. Tudo isso me vem agora à mente, de modo que ela está me dizendo, persuadindo e até me obrigando a mostrar convosco a finalidade para a qual o céu me lançou ao mundo e me fez professar nele a ordem de cavalaria que professo, e o voto que fiz nela de ajudar os necessitados e oprimidos pelos poderosos. Mas, como sei que uma das qualidades da prudência é que aquilo que pode ser feito por bem não deve ser feito por mal, quero rogar a esses senhores guardas e oficiais que vos desamarrem e vos deixem ir em paz, pois não faltarão outros que sirvam o rei em melhores ocasiões, já que me parece horrível tornar escravos aqueles a quem Deus e a natureza fizeram livres. Quanto mais, senhores guardas — acrescentou Dom Quixote —, essa pobre gente não cometeu nada contra vós. Que cada qual se entenda com seu pecado; há um Deus no céu, que não deixa de punir os maus nem recompensar os bons, e não é certo que homens honrados sejam carrascos de outros homens, não tirando nenhum proveito disso. Peço isso com toda mansidão e calma porque, se cumprirdes, posso vos agradecer; e, caso não façais de boa vontade, esta lança e esta espada, com o valor de meu braço, farão com que o façais à força.

— Mas que bela tolice! — respondeu o oficial. — Olhe a graça com que ele se saiu, no fim de tudo! Quer que soltemos os forçados do rei, como se tivéssemos autoridade para libertá-los, ou ele a tivesse para nos ordenar tal coisa! Vá embora vossa mercê, senhor, siga em paz por seu caminho, endireite essa bacia que tem na cabeça e não ande por aí procurando cinco patas no gato.

— Vós é que sois o gato, o rato e o velhaco! — Dom Quixote respondeu.

E, dizendo e fazendo, atacou-o com tanta rapidez que, sem que o oficial tivesse tempo de se defender, deu com ele por terra, ferido por uma lançada; e nisso se deu bem, pois era o que estava com a espingarda. Os outros guardas ficaram atônitos e pasmos com o acontecimento inesperado, mas, voltando a si, os que vinham a cavalo pegaram suas espadas; e os que estavam a pé, os dardos, e atacaram Dom Quixote, que os esperava com muita calma, e sem dúvida se daria mal se os galeotes, vendo a oportunidade que lhes era oferecida para alcançar a liberdade, não se apossassem dela, procurando romper as correntes em que vinham encadeados. A revolta foi tanta que os guardas, tendo de acudir os galeotes que se soltavam e ao mesmo tempo tentando atacar Dom Quixote que os atacava, nada fizeram de útil.

Sancho, por sua vez, ajudou a libertar Ginés de Pasamonte, que foi o primeiro a se soltar, livre e desimpedido, e, atacando o oficial caído, tirou-lhe a espada e a espingarda, com a qual, apontando para um e mirando em outro, sem jamais disparála, não deixou um só guarda em todo o campo, pois todos fugiram, tanto da espingarda de Pasamonte quanto das muitas pedradas que os galeotes já soltos lhes atiravam.

CAPÍTULO 22

Sancho ficou muito triste com o acontecido, pois imaginou que aqueles que estavam fugindo haviam de dar notícia do caso à Santa Irmandade, que sairia a toque de sino para procurar os delinquentes, e assim disse a seu amo, e lhe rogou que fossem logo embora dali e se emboscassem na serra, que estava perto.

— É uma boa ideia — disse Dom Quixote —, mas sei o que agora convém fazer.

E, chamando todos os galeotes — que estavam em alvoroço e haviam despojado o oficial até deixá-lo nu em pelo —, todos ficaram ao seu redor para ver o que lhes ordenava, e assim ele disse:

— Cabe aos bem-nascidos agradecer pelos benefícios que recebem, e um dos pecados que mais ofende a Deus é a ingratidão. Digo isso porque já haveis visto, senhores, com manifesta experiência, o que recebestes de mim; em pagamento do qual eu gostaria e é minha vontade que, carregando aquela corrente que vos tirei do pescoço,[14] de imediato vos ponhais a caminho da cidade de El Toboso e lá vos apresenteis diante da senhora Dulcineia del Toboso e digais a ela que seu cavaleiro, o da Triste Figura, envia a ela seus cumprimentos, e conteis ponto por ponto tudo o que aconteceu nesta famosa aventura até que obtivésseis a desejada liberdade; e, feito isso, podereis ir aonde quiserdes, à boa sorte.

Ginés de Pasamonte, respondendo por todos, disse:

— O que vossa mercê nos ordena, nosso senhor e libertador, está muito além de toda possibilidade de ser cumprido, pois não podemos percorrer os caminhos juntos, e sim a sós e divididos, e cada um por seu lado, procurando enfiar-se nas entranhas da terra para não ser encontrado pela Santa Irmandade, que sem dúvida alguma sairá à nossa procura. O que vossa mercê pode fazer e é justo que faça é trocar esse serviço e tributo da senhora Dulcineia del Toboso por várias ave-marias e credos, que rezaremos pela intenção de vossa mercê, e isso é algo que se poderá cumprir de noite e de dia, fugindo ou descansando, na paz ou na guerra; mas pensar que possamos voltar agora ao cativeiro do Egito, quer dizer, a pegar nossa corrente e nos pôr a caminho de El Toboso, é pensar que já é noite, quando ainda não são dez da manhã, e é pedir que colhamos peras na macieira.

— Pois esta é minha ordem — disse Dom Quixote, já enfurecido —, Dom filho da puta, Dom Ginesillo de Paropillo, ou como vos chamais: que haveis de ir sozinho, com o rabo entre as pernas, com toda a corrente nas costas.

Pasamonte, que não tinha a mínima paciência, já sabendo que Dom Quixote não era muito bom do juízo, pois cometera o disparate de querer libertá-los, vendo-se tratar daquela maneira, piscou para os companheiros, e, afastando-se para um lado, tantas pedras começaram a chover sobre Dom Quixote que ele não dava conta de se cobrir com o broquel; e o pobre Rocinante não fazia caso nenhum da espora, como se fosse feito de

---

14. O preso, quando liberado do cativeiro, costumeiramente mantinha consigo a corrente, levando-a como oferecimento à igreja da qual era devoto.

bronze. Sancho ficou atrás de seu burro e com ele se defendia da chuva de pedregulhos que caía sobre os dois. Dom Quixote não conseguiu se proteger tão bem que não fosse atingido por não sei quantas pedradas no corpo, com tanta força que deram com ele no chão; e assim que caiu, o estudante veio até ele e tirou-lhe a bacia da cabeça e deu com ela três ou quatro golpes em suas costas e vários outros no chão, com os quais a deixou em pedaços. Arrancaram-lhe uma jaqueta que trazia sobre a armadura e até levariam as meias, se as grevas[15] não os atrapalhassem. Tiraram o casaco de Sancho e, deixando-o quase nu, distribuindo entre si o resto dos despojos da batalha, foram cada qual por seu caminho, pensando mais em escapar da Irmandade que tanto temiam do que carregar a corrente e ir se apresentar à senhora Dulcineia del Toboso.

Ficaram sós jumento e Rocinante, Sancho e Dom Quixote: o jumento, cabisbaixo e pensativo, sacudindo as orelhas de vez em quando, pensando que a tempestade de pedras que perseguia seus ouvidos ainda não havia cessado; Rocinante, estendido ao lado de seu amo, que também caíra no chão depois de outra pedrada; Sancho, sem roupa e temeroso da Santa Irmandade; Dom Quixote, aborrecidíssimo por se ver tão maltratado por aqueles a quem tanto bem fizera.

Virgílio Dias, 2024

15. Componente das armaduras antigas utilizado como proteção para as canelas e o topo do joelho.

Capítulo 23

Do que aconteceu ao famoso Dom Quixote na Serra Morena,[1] que foi uma das mais raras aventuras que nesta verdadeira história se conta

Vendo-se tão maltratado, Dom Quixote disse a seu escudeiro:

— Sempre, Sancho, ouvi dizer que fazer bem a vilões é vender areia na praia. Se eu tivesse acreditado no que me disseste, teria evitado essa injúria; mas já está feito: paciência, e ter mais cautela daqui em diante.

— Vossa mercê vai ter tanta cautela — respondeu Sancho — quanto eu sou turco; diz que se tivesse acreditado em mim teria evitado esse dano, então acredite em mim agora e evitará outro maior, pois lhe faço saber que com a Santa Irmandade não adianta falar de cavalarias, que ela não dá nem dois maravedis por todos os cavaleiros andantes que há no mundo, e saiba vossa mercê que já sinto suas flechas ressoarem em meus ouvidos.[2]

— És um covarde por natureza, Sancho — disse Dom Quixote —, mas, para que não digas que sou teimoso e nunca faço o que me aconselhas, desta vez quero seguir teu conselho e afastar-me da fúria que tanto temes, mas há de ser com uma condição: que nunca, nem na vida nem na morte, digas a ninguém que eu me retirei e me afastei desse perigo por medo, e sim para agradar a teus pedidos; pois se outra coisa disseres, vais mentir sobre isso, e de agora até o fim, e do fim até agora, eu te desminto e digo que mentes e mentirás todas as vezes que pensares ou disseres isso. E não me digas mais nada, que só de pensar que estou me retirando e afastando de algum perigo, especialmente deste que parece carregar uma espécie de sombra de medo, estou pronto para ficar e aguardar aqui, sozinho, não só a Santa Irmandade que dizes e temes, mas os irmãos das doze tribos de Israel e os sete Macabeus e Castor e Pólux,[3] e mais todos os irmãos e irmandades que existem no mundo.

---

1.   Cordilheira que delimita La Mancha e a Andaluzia.
2.   A Santa Irmandade podia condenar delitos graves, concretizando a pena de morte por meio de flechadas.
3.   Os irmãos das doze tribos de Israel são os doze filhos de Jacó, que deram origem e nome às tribos; os sete macabeus eram sete irmãos de uma família sacerdotal judia que reinou na Palestina de 142 a 63 a.C.; Castor e Pólux eram os filhos gêmeos de Zeus e Leda, na mitologia grega.

Honoré Daumier, 1866–1868

— Senhor — respondeu Sancho —, recuar não é fugir, nem a espera é sensatez, quando o perigo sobrepuja a esperança, e é prudente guardar-se hoje para o que vier amanhã e não se aventurar em tudo num só dia. E saiba que, embora grosseiro e rústico, ainda tenho algo do que chamam de bom juízo; então não se arrependa de ter seguido meu conselho, mas suba em Rocinante, se puder, ou então eu o ajudo, e siga-me; que o entendimento me diz que agora precisamos mais dos pés do que das mãos.

Dom Quixote subiu sem lhe dizer mais uma palavra, e, indo à frente Sancho em seu burro, entraram por um lado da Serra Morena que estava bem perto dali. Sancho tinha intenção de atravessá-la toda e sair em Viso ou Almodóvar del Campo,[4] e se esconder por alguns dias naquelas asperezas, para não ser encontrados se a Irmandade estivesse procurando por eles. Foi encorajado a isso por ter visto que da briga dos galeotes tinham escapado as provisões que vinham sobre seu asno, o que ele julgou ser um milagre, por tudo que os galeotes tinham tirado e levado.[5]

---

4. Duas localidades de La Mancha, na atual província de Ciudad Real.
5. A segunda edição do *Dom Quixote*, publicada alguns meses depois da primeira, insere neste ponto um trecho em que se conta como Ginés de Pasamonte roubou o asno de Sancho. Esse acréscimo não foi disposto no lugar certo, pois no capítulo 25 Sancho ainda aparece "com seu jumento", e só no fim desse mesmo capítulo se menciona "a falta do ruço". Um outro acréscimo, no capítulo 30, mostra como Sancho recuperou o burro, que no entanto não volta a aparecer na narrativa até o capítulo 42. Talvez essas incongruências possam ser explicadas pelo fato de que Cervantes

CAPÍTULO 23

Assim que entrou por aquelas montanhas, Dom Quixote sentiu seu coração se alegrar, pois aqueles lugares lhe pareciam adequados para as aventuras que procurava. Voltavam à sua memória os acontecimentos maravilhosos que haviam acontecido aos cavaleiros andantes em semelhantes soledades e durezas. Ia pensando nessas coisas, tão embevecido e absorto nelas, que não se lembrava de mais nada. Nem Sancho tinha outra preocupação, depois de lhe parecer que caminhava em segurança, além de saciar o estômago com as sobras que restavam do espólio clerical,[6] e, assim, ia atrás de seu amo, sentado à maneira feminina sobre o jumento, tirando de quando em quando de um alforje e guardando na pança; e, indo daquela maneira, não daria nada para estar em outra aventura.

Nisso, ergueu os olhos e viu que seu amo estava parado, procurando com a ponta do chuço levantar não sei que coisa caída no chão, então se apressou em ajudá-lo se fosse necessário; e chegou no mesmo instante em que Dom Quixote levantava com a ponta do chuço um coxim[7] e uma maleta presa a ele, meio apodrecidos, ou completamente podres e desfeitos; mas pesavam tanto que foi preciso que Sancho apeasse para pegá-los, e o amo ordenou que ele visse o que havia na maleta.

Sancho fez isso com muita presteza e, embora a maleta estivesse fechada com corrente e cadeado, por estarem quebrados e podres viu o que havia nela, que eram quatro camisas de tecido fino e outras coisas de linho não menos primorosas do que limpas; num lenço encontrou um bom punhado de escudos de ouro[8] e, assim que os viu, disse:

— Bendito seja todo o céu, que nos proporcionou enfim uma aventura que seja proveitosa!

E, procurando mais, encontrou um livrinho de memórias ricamente guarnecido, que Dom Quixote logo pediu, ordenando-lhe que guardasse o dinheiro e o tomasse para si. Sancho beijou-lhe as mãos pela mercê e, despindo a maleta de suas roupas, enfiou-a no alforje das provisões. A tudo isso Dom Quixote assistia, e disse:

— Parece-me, Sancho, e não é possível que seja outra coisa, que algum caminhante desencaminhado passou por essa serra e, sendo assaltado por bandidos, deve ter sido morto por eles, e trouxeram-no para ser enterrado neste lugar mais escondido.

— Não pode ser isso — respondeu Sancho —, pois se fossem ladrões não teriam deixado aqui esse dinheiro.

nunca chegou a submeter o *Quixote* a uma revisão minuciosa da obra. De fato, na segunda parte do *Dom Quixote*, publicada em 1615, o escritor volta ao assunto e explica "quem foi o ladrão que furtou o ruço de Sancho", atribuindo as incongruências ao "descuido do impressor". O trecho interpolado por Cervantes foi traduzido e acrescentado por nós como apêndice ao final deste capítulo (p. 249).

6. As sobras da comida dos frades, despojados na aventura dos encamisados.

7. Pequena almofada de couro ajustada à sela de viagem, com bolsos e argolas em que se pendurava a maleta, geralmente fechada a cadeado.

8. Moeda de ouro equivalente a meio dobrão.

DOM QUIXOTE

— É verdade o que dizes — disse Dom Quixote —, e assim, não adivinho nem imagino o que pode ser; mas espera, vamos ver se há algo escrito neste livrinho de memórias por onde possamos rastrear e vir a saber o que desejamos.

Abriu-o, e a primeira coisa que encontrou nele, escrito como se fosse um rascunho, embora em muito boa caligrafia, foi um soneto. Lendo-o em voz alta, para que Sancho também o ouvisse, viu que dizia desta maneira:

Ou falta ao Amor conhecimento
ou lhe sobra crueldade, ou minha pena
não iguala a ocasião que me condena
ao gênero mais duro de tormento.

Mas, se o Amor é deus, é argumento
que nada ignora, e é razão muito plena
que um deus não seja cruel. Pois quem ordena
a terrível dor que sinto e lamento?

Se digo que sois vós, Fili, não acerto,
pois tanto mal em tanto bem não cabe,
nem me vem do céu este tormento.

Logo terei de morrer, que é o mais certo:
pois para mal cuja causa não se sabe
milagre é acertar no tratamento.

— Por essa trova[9] — disse Sancho — não se pode saber nada, a menos que por esse fio que aparece aí se puxe todo o novelo.

— Qual fio aparece aí? — disse Dom Quixote.

— Parece-me — disse Sancho — que vossa mercê mencionou um fio.

— O que eu disse foi *Fili* — respondeu Dom Quixote —, e esse é, sem dúvida, o nome da dama de quem se queixa o autor desse soneto; e aposto que ele deve ser um poeta razoável, ou pouco sei sobre arte.

— Então — disse Sancho —, vossa mercê também entende de trovas?

— E mais do que pensas — respondeu Dom Quixote —, e verás quando levares uma carta, escrita em versos do início ao fim, à minha senhora Dulcineia del Toboso.

9. Denominava-se trova qualquer composição em verso que não fosse uma copla (composição de quatro versos rimados, escrita para ser cantada).

CAPÍTULO 23

Porque quero que saibas, Sancho, que todos ou a maioria dos cavaleiros andantes dos tempos passados foram grandes trovadores e grandes músicos, pois essas duas habilidades, ou graças, para dizer melhor, são inseparáveis dos enamorados andantes, se bem que os versos dos antigos cavaleiros tinham mais alma do que primor.

— Leia mais vossa mercê — disse Sancho —, que já vai encontrar algo que nos satisfaça.

Dom Quixote virou a página e disse:

— Isso é prosa e parece uma carta.

— Carta missiva,[10] senhor? — perguntou Sancho.

— Pelo começo, parece carta de amor — respondeu Dom Quixote.

— Pois então, leia vossa mercê em voz alta — disse Sancho —, gosto muito dessas coisas de amor.

— Com todo o prazer — disse Dom Quixote.

E lendo-a em voz alta, como Sancho lhe pedira, viu que assim dizia:

> Tua falsa promessa e minha certa desventura me levam a um lugar em que antes chegará a teus ouvidos a notícia de minha morte do que as razões de minhas queixas. Tu me trocaste, ó ingrata!, por quem tem mais, não por quem vale mais do que eu; mas se a virtude fosse riqueza estimável, eu não invejaria a felicidade alheia nem choraria minhas próprias desgraças. O que tua beleza elevou, tuas obras derrubaram: por ela entendi que eras anjo e por elas descobri que és mulher. Fica em paz, causadora de minha guerra, e o céu permita que os enganos de teu esposo estejam sempre encobertos, para que tu não te arrependas do que fizeste e eu não tome vingança do que não desejo.

Terminando de ler a carta, Dom Quixote disse:

— Menos por esta do que pelos versos, pode-se deduzir que quem escreveu essas coisas é algum amante desprezado.

E, folheando quase todo o livrinho, encontrou outros versos e cartas: alguns ele conseguiu ler e outros não; mas o que todos continham eram queixas, lamentos, desconfianças, gostos e desgostos, favores e desdéns, alguns celebrados e outros lamentados.

Enquanto Dom Quixote remexia o livro, Sancho remexia a maleta, não havendo nenhum canto nela ou no coxim que não vasculhasse, esquadrinhasse e investigasse, nem costura que

---

10. A carta missiva ou familiar informava sobre algum evento particular, ao contrário dos documentos oficiais ou mercantis, que também eram denominados "cartas" (precatória, credencial, de venda etc.).

não desfizesse, nem feixe de lã que não desembaraçasse, para que não sobrasse nada por pressa ou descuido: tal cobiça fora despertada nele pelos escudos encontrados, que passavam de cem. E embora não encontrasse mais do que encontrou, considerou bem empregados os voos da manta, o vômito da mistura, as bênçãos das pauladas, os socos do tropeiro, a falta dos alforjes, o roubo do casaco e toda a fome, sede e cansaço que passara ao serviço de seu bom senhor, parecendo-lhe que estava mais do que pago com a mercê recebida pela entrega do achado.

O Cavaleiro da Triste Figura ficou com grande desejo de saber quem era o dono da maleta, conjecturando, pelo soneto e pela carta, pelo dinheiro em ouro e pelas camisas muito boas, que deviam pertencer a algum enamorado importante, a quem o desdém e os maus-tratos de sua dama deviam ter levado a algum desfecho desesperado. Mas como naquele lugar inabitável e escabroso não aparecia pessoa alguma com quem pudesse se informar, ele se resignou a seguir em frente, sem tomar outro caminho que não aquele que Rocinante queria — que era por onde ele podia andar —, sempre com a imaginação de que não poderia faltar naqueles matagais alguma estranha aventura.

Indo, pois, com esse pensamento, viu que no alto de uma colina que se oferecia diante de seus olhos um homem saltava de rocha em rocha e de arbusto em arbusto com estranha rapidez. Pareceu-lhe que estava nu, com uma espessa barba preta, os cabelos compridos e amarrados, os pés descalços e as pernas sem coisa alguma; suas coxas estavam cobertas por uns calções, aparentemente de veludo fulvo, mas tão esfarrapados que sua carne se revelava em muitos lugares. Tinha a cabeça descoberta e, embora passasse com a rapidez que se disse, todas essas miudezas foram vistas e percebidas pelo Cavaleiro da Triste Figura, que, embora tentasse, não conseguiu segui-lo, pois a fraqueza de Rocinante não lhe permitia andar por aquelas asperezas, e mais ainda por ter o passo curto e sossegado. Então Dom Quixote imaginou que aquele era o dono do coxim e da maleta e resolveu procurá-lo, determinando-se a andar nem que fosse um ano por aquelas montanhas até encontrá-lo e, assim, ordenou que Sancho apeasse do asno e cortasse o caminho por uma parte da montanha, que ele iria pela outra, e poderia ser que se deparassem, com esse ardil, com aquele homem que havia sumido tão rápido de suas vistas.

— Não poderei fazer isso — respondeu Sancho —, porque quando me afasto de vossa mercê logo se aproxima de mim o medo, que me assalta com mil gêneros de sobressaltos e visões. E que isso que eu digo lhe sirva de aviso, para que de agora em diante eu não me afaste nem um dedo de sua presença.

— Assim será — disse o da Triste Figura —, e estou muito contente de que queiras se valer de meu ânimo, o qual não te há de faltar, mesmo que te falte a alma do corpo. E agora vem atrás de mim pouco a pouco, ou como puderes, e faz teus olhos de lanternas; rodearemos esta serrinha: talvez encontremos aquele homem que vimos, que sem dúvida não é outro senão o dono de nosso achado.

CAPÍTULO 23

Ao que Sancho respondeu:

— Seria muito melhor não procurá-lo, pois se o encontrarmos e for ele o dono do dinheiro, é claro que tenho de restituí-lo; e assim seria melhor, sem fazer essa inútil busca, possuí-lo eu de boa-fé, até que por outra maneira menos zelosa e diligente aparecesse seu verdadeiro senhor, e quem sabe a essa altura eu já o tivesse gasto, e então o rei me liberaria a fiança.

— Tu te enganas nisso, Sancho — respondeu Dom Quixote —, pois, já que a suspeita de quem é o dono está quase à nossa frente, somos obrigados a procurá-lo e devolver-lhe o dinheiro; e, se não o procurarmos, a veemente suspeita que temos de que seja ele o dono já nos torna tão culpados como se ele o fosse realmente. Então, Sancho amigo, não sintas pena de procurá-lo, pois ela será tirada de mim se eu encontrá-lo.

E assim esporeou Rocinante, e Sancho o seguiu com seu costumeiro jumento, e, tendo rodeado parte da montanha, encontraram ao lado de um riacho, caída, morta e meio comida por cães e picada por gralhas, uma mula com sela e arreios, e tudo isso confirmou para eles mais ainda a suspeita de que quem fugia era o dono da mula e do coxim.

Enquanto olhavam para ela, ouviram um assobio como o de um pastor guardando o gado, e de repente, a seu lado esquerdo, apareceu um bom número de cabras, e atrás delas,

Honoré Daumier, 1867

no alto da montanha, apareceu o cabreiro que as guardava, que era um homem idoso. Dom Quixote gritou para ele, pedindo que descesse até onde eles estavam. O homem respondeu também aos gritos, perguntando quem os trouxera até aquele lugar, poucas vezes ou nunca pisado a não ser pelas patas de cabras, ou lobos e outras feras que por ali andavam. Respondeu-lhe Sancho que descesse, pois lhe contariam tudo. O cabreiro desceu e, quando chegou onde estava Dom Quixote, disse:

245

— Aposto que está olhando para a mula de aluguel que está morta naquela fundura. Juro que ela já está nesse lugar faz uns seis meses. Digam-me, já toparam por aí com seu dono?

— Não topamos com ninguém — respondeu Dom Quixote —, apenas achamos um coxim e uma maletinha, não muito longe deste lugar.

— Eu também a achei — respondeu o pastor —, mas nunca quis pegá-la nem chegar perto dela, com medo de que acontecesse alguma desgraça e de que não me pedissem a maleta de volta por tomarem-na como roubada, pois o diabo é sutil e esconde coisas embaixo dos pés do homem para que ele tropece e caia quando menos espera.

— É isso mesmo que eu digo — respondeu Sancho —, porque também a achei e não quis me aproximar dela e nem mesmo cutucá-la com vara; ali a deixei e ali ela fica como estava, pois não quero que me apareça nenhum lobo em pele de cordeiro.

— Diga-me, bom homem — disse Dom Quixote —, sabeis quem é o dono dessas coisas?

— O que eu sei dizer — disse o cabreiro — é que, há uns seis meses, pouco mais ou menos, chegou a uma malhada de pastores que fica a cerca de três léguas daqui um jovem de gentil porte e boa aparência, cavalgando aquela mesma mula que está morta ali e com o mesmo coxim e a maleta que dizeis ter achado e não tocado. Perguntou-nos qual parte desta serra era a mais cerrada e escondida; dissemos-lhe que era esta onde estamos agora, e é a mais pura verdade, porque se avançais meia légua, talvez não consigais sair: e estou espantado com o modo pelo qual haveis conseguido chegar até aqui, pois não há estrada ou vereda que traga a este lugar. Digo, pois, que ao ouvir nossa resposta, o jovem virou as rédeas e dirigiu-se para o local que lhe indicamos, deixando-nos todos contentes com sua boa figura e maravilhados com sua pergunta e a pressa com que o vimos caminhar e dirigir-se para a serra; e desde então não o vimos mais, até que alguns dias depois um de nossos pastores saiu para a estrada, e, sem dizer nada, o jovem foi até ele e o esmurrou e chutou muitas vezes, e depois foi até a cabana dos pastores e tirou todo o pão e queijo que havia nela; e com estranha rapidez, tendo feito isso, voltou a se emboscar na serra. Quando alguns de nós soubemos disso, estivemos a procurá-lo durante quase dois dias na parte mais inacessível desta serra, no fim dos quais o encontramos enfiado no oco de um espesso e robusto sobreiro. Ele veio até nós com grande mansidão, suas vestes já rasgadas e seu rosto desfigurado e bronzeado pelo sol, de tal forma que mal o reconhecemos, mas as vestes, embora rasgadas, com a lembrança que delas tínhamos, fizeram-nos entender que era quem estávamos procurando. Ele nos cumprimentou com cortesia e em poucas e muito boas razões nos disse que não nos espantássemos ao vê-lo andar daquele modo, pois assim lhe convinha para cumprir certa penitência que lhe fora imposta por seus muitos pecados. Imploramos para que nos dissesse quem era, mas de forma alguma

CAPÍTULO 23

conseguimos descobrir. Pedimos-lhe também que, quando tivesse necessidade de sustento, sem o qual não poderia passar, nos dissesse onde encontrá-lo, pois com muito prazer e zelo o levaríamos até ele; e se isso também não fosse de seu gosto, que pelo menos fosse pedi-lo, e não tirá-lo à força dos pastores. Ele agradeceu nossa oferta, desculpou-se pelos roubos passados e prometeu que a partir de então ia pedir pelo amor de Deus, sem incomodar ninguém. Quanto ao local de sua habitação, disse que não tinha outro senão o oferecido pela ocasião onde a noite o apanhava; e terminou sua fala com um pranto tão terno, que aqueles de nós que o ouvíamos seríamos feitos de pedra se não o acompanhássemos, considerando como o havíamos visto da primeira vez e como o víamos então. Porque, como eu disse, era um jovem muito gentil e gracioso, e em suas elegantes e concertadas razões se mostrava uma pessoa bem-nascida e muito cortês; pois, apesar de nós que o ouvíamos sermos rústicos, sua gentileza era tanta que bastava para ser reconhecida pela própria rusticidade. Porém, estando no melhor de sua conversa, ele parou e emudeceu; cravou os olhos no chão por um longo tempo, em que todos nós ficamos quietos e suspensos, esperando para ver onde ia dar aquele alheamento, com não pouca lástima de vê-lo, pois, pelo que ele fazia — abrindo os olhos, olhando fixo para o chão sem mexer as pestanas por muito tempo, e outras vezes fechando-as, apertando os lábios e erguendo as sobrancelhas —, facilmente reconhecemos que algum acidente de loucura o havia atacado. E ele logo nos deu a entender que o que pensávamos era verdade, pois se levantou com grande fúria do chão, onde havia se atirado, e arremeteu contra o primeiro que encontrou ao seu lado, com tanto brio e raiva que, se não o segurássemos, ele o mataria aos murros e dentadas; e fazia tudo isso dizendo: "Ah, traiçoeiro Fernando! Aqui, aqui vais me pagar pelas injustiças que me fizeste, estas mãos vão arrancar teu coração, onde estão guardadas e mantidas todas as maldades juntas, principalmente a fraude e o engano!". E a estas acrescentava outras razões, todas destinadas a falar mal daquele Fernando e a chamá-lo de traidor e desleal. Nós o tiramos dali, então, com não pouco esforço, e ele, sem dizer mais palavra, afastou-se de nós e se emboscou correndo entre esses arbustos e matagais, de modo que não conseguimos segui-lo. Por isso conjecturamos que a loucura o atacava de tempos em tempos e que alguém chamado Fernando devia ter feito contra ele alguma maldade, tão grave quanto demonstrado pelo estado em que ficava. Tudo isso foi confirmado mais tarde aqui com as vezes, que foram muitas, que ele saiu pela estrada, algumas para pedir aos pastores que lhe dessem o que tinham para comer e outras para tomá-lo à força; pois quando está tomado pela loucura, embora os pastores lhe ofereçam alimento de boa vontade, ele não o aceita, mas o toma aos socos; e quando está em sua razão, pede-o pelo amor de Deus, com cortesia e modéstia, e agradece muito por isso, não sem muitas lágrimas. E em verdade vos digo, senhores — continuou o pastor —, que ontem resolvemos, eu e mais quatro pastores, dois deles criados e dois amigos meus, que vamos procurá-lo até encontrá-lo; e depois que isso acontecer, seja por força, seja de bom grado, vamos levá-lo para a vila de Almodóvar, que fica a oito léguas daqui, e ali o curaremos, se sua doença tiver cura, ou saberemos quem ele é quando estiver em seu juízo e se ele tem parentes a quem dar notícia de sua desgraça. Isso é, senhores, tudo que sei dizer-vos sobre o que me perguntastes; e entendei que o dono das roupas que encontrastes é o mesmo que vistes passar com tanta rapidez quanto nudez — pois Dom Quixote já lhe contara como tinha visto aquele homem passar saltando pela serra.

Espantou-se Dom Quixote com o que ouvira do cabreiro e ficou com mais vontade de saber quem era o louco desventurado, e propôs-se a mesma coisa que já havia pensado: procurá-lo por toda a montanha, sem deixar de olhar nenhum canto ou caverna até encontrá-lo. Mas a sorte fez melhor do que ele pensava ou esperava, pois naquele exato momento apareceu por uma quebrada da serra de onde eles estavam o jovem que ele procurava, o qual vinha conversando consigo mesmo sobre coisas que não podiam ser entendidas nem de perto, quanto mais de longe. Seu traje era aquele do qual se falou, só que, quando se aproximou, Dom Quixote viu que o colete esfarrapado que ele vestia era de camurça perfumada a âmbar, pelo qual concluiu que uma pessoa usando tais trajes não devia ser de baixa condição.

Quando o jovem chegou, cumprimentou-os com uma voz desafinada e rouca, mas com muita cortesia. Dom Quixote retribuiu os cumprimentos com não menos comedimento e, apeando de Rocinante, com gentil compostura e elegância, foi abraçá-lo e segurou-o bem apertado nos braços, como se o conhecesse há muito tempo. O outro, a quem podemos chamar de "O Roto da Má Figura" (como Dom Quixote era da Triste), depois de se deixar abraçar, afastou-o um pouco de si e, pondo as mãos nos ombros de Dom Quixote, ficou olhando para ele, como se quisesse ver se o conhecia, talvez não menos espantado ao ver a figura, o porte e as armas de Dom Quixote do que Dom Quixote ao vê-lo. Em suma, o primeiro que falou depois do abraço foi o Roto, que disse o que se dirá em seguida.

Apêndice
Perda do asno, segundo a edição revisada de Madri, 1605[*]

Naquela noite chegaram ao meio das entranhas da Serra Morena, onde pareceu a Sancho que seria bom passar aquela noite, e até alguns outros dias, pelo menos enquanto durassem as provisões que levava; e assim passaram a noite entre duas penhas e muitos sobreiros. Mas a sorte fatal, que, segundo a opinião dos que não têm o lume da verdadeira fé, tudo guia, encaminha e compõe à sua maneira, ordenou que Ginés de Pasamonte, o famoso embusteiro e ladrão que, por virtude e loucura de Dom Quixote, havia escapado das correntes, guiado pelo medo da Santa Irmandade, a quem temia com justa razão, resolveu se esconder naquelas montanhas, e sua sorte e seu medo o levaram para o mesmo lugar aonde haviam levado Dom Quixote e Sancho Pança, a tempo e hora de poder reconhecê-los e a ponto de vê-los dormir; e como os maus são sempre ingratos, e a necessidade é ocasião para recorrer ao que não se deve, e o remédio que se possui derrota o que está por vir, Ginés, que não era agradecido nem bem-intencionado, resolveu roubar o burro de Sancho Pança, nem se importando com Rocinante, por ser besta tão ruim de penhorar quanto de vender. Enquanto Sancho Pança dormia, roubou-lhe o jumento e, antes que amanhecesse, já se achava bem longe de poder ser achado.

Saiu a aurora, alegrando a terra e entristecendo Sancho Pança, porque deu pela falta de seu ruço; e, vendo-se sem ele, começou a chorar o mais triste e doloroso pranto do mundo, e foi de tal maneira que Dom Quixote despertou pelos berros e ouviu o que eles diziam:

— Oh, filho de minhas entranhas, nascido em minha própria casa, joia de meus filhos, regalo de minha mulher, inveja de meus vizinhos, alívio de meus fardos e, enfim, sustentador da metade de minha pessoa, pois com vinte e seis maravedis que ganhava todos os dias eu cobria metade de meus gastos!

---

[*] Na segunda edição, revisada, a passagem incluída aqui substitui a frase "Assim que entrou por aquelas montanhas…" da edição *princeps* (a primeira edição impressa).

DOM QUIXOTE

Dom Quixote, que viu o pranto e ficou sabendo da causa, consolou Sancho com as melhores razões que pôde e lhe rogou que tivesse paciência, prometendo dar-lhe uma ordem por escrito para que lhe entregassem três burros dos de sua casa, dos cinco que lá tinha deixado.

Sancho consolou-se com isso e enxugou as lágrimas, moderou os soluços e agradeceu a Dom Quixote pela mercê que lhe fazia; o qual, *assim que entrou por aquelas montanhas...*

Capítulo 24

Onde se prossegue a aventura da Serra Morena

Conta a história que Dom Quixote escutava com grandíssima atenção o desvalido Cavaleiro da Serra, o qual, dando continuidade à sua fala, disse:

— A propósito, senhor, quem quer que sejais, não vos conheço, agradeço por vossas demonstrações e pela cortesia que tendes comigo; quisera me encontrar em condições de poder servir-vos mais do que com a vontade, posto que haveis demonstrado agir com gentileza e boa-fé, mas minha sorte não me permite oferecer nada mais para corresponder às boas obras que me fazem a não ser bons desejos de satisfazê-las.

— Os que tenho — respondeu Dom Quixote — são os de ser-vos útil, tanto que decidi não deixar estas serras até que vos encontrasse e soubesse por vós se para a dor que pareceis ter em vossa singular vida podia ser encontrado algum gênero de remédio, e, se for necessário procurá-lo, procurá-lo com toda a diligência possível. E quando vossa desventura for uma daquelas cujas portas estão fechadas para todo tipo de consolo, pensei em ajudar-vos a chorar e prantear o melhor que possa, pois ainda é um consolo nas desgraças encontrar alguém que se doa por nós. E se é que minha boa intenção merece ser agradecida com algum tipo de cortesia, rogo-vos, senhor, pelo muito que vejo que está encerrado em vós, e juntamente eu vos conjuro pelo que nesta vida mais haveis amado ou amais, que me digais quem sois e a causa que vos levou a viver e a morrer entre essas soledades como um animal bruto, já que habitais entre eles tão alheio a vós mesmo, assim como vosso traje e vossa pessoa mostram. E juro — acrescentou Dom Quixote — pela ordem de cavalaria que recebi, embora indigno e pecador, e pela profissão de cavaleiro andante, que se nisso me comprazeis, senhor, servir-vos-ei com a verdade que me obriga a ser quem sou, ora remediando vossa desgraça, se tem remédio, ora ajudando-vos a chorá-la, como vos prometi.

O Cavaleiro do Bosque, que, ouvindo o da Triste Figura falar dessa maneira, não fazia nada além de olhar para ele e fitá-lo e tornar a olhá-lo de cima a baixo, depois de ter olhado bem para ele, disse:

DOM QUIXOTE

— Se têm algo para me dar de comer, pelo amor de Deus, que me deem, que depois de comer farei tudo o que me mandarem, em agradecimento pelos tão bons desejos que aqui se demonstraram.

Logo tiraram Sancho de seu alforje e o pastor de seu surrão[1] algo com o que saciou o Roto sua fome, comendo o que lhe deram como um esganado, tão rápido que não dava espaço de uma bocada a outra, porque as devorava sem mastigá-las; e, enquanto comia, nem ele nem os que o olhavam falaram uma palavra. Quando acabou de comer, fez sinais para que o seguissem, e eles assim o fizeram, e os levou a um prado verde que ficava nos arredores de um penhasco um pouco afastado dali. Ao alcançá-lo, deitou-se no chão, em cima da grama, e os outros fizeram o mesmo, e tudo isso sem que ninguém falasse, até que o Roto, depois de se acomodar em seu assento, disse:

— Se quiserdes, senhores, que vos conte brevemente a imensidão de minhas desventuras, me haveis de prometer que, com nenhuma pergunta ou qualquer outra coisa, interrompereis o fio de minha triste história; porque no momento em que o façais, nesse ponto permanecerá o que eu estiver contando.

Essas palavras do Roto trouxeram à memória de Dom Quixote a história que seu escudeiro lhe contara, quando não adivinhou o número de cabras que haviam atravessado o rio e a história ficou pendente. Mas, voltando ao Roto, prosseguiu dizendo:

— Essa prevenção que faço é porque gostaria de recapitular brevemente a história de minhas desgraças, pois trazê-las à memória não me ajuda em nada, a não ser em acrescentar outras novas, e quanto menos me perguntardes, mais cedo terminarei de contar, posto que não deixarei de contar nada que seja importante para não deixar de satisfazer plenamente seu desejo.

Dom Quixote lhe prometeu em nome dos outros, e ele, com essa garantia, começou desta maneira:

— Meu nome é Cardênio; minha terra natal, uma das melhores cidades desta Andaluzia; minha linhagem, nobre; meus pais, ricos; minha desgraça, tanta, que a devem ter chorado meus pais e sofrido minha linhagem, sem poder aliviá-la com suas riquezas, que para remediar as desditas do céu, pouco costumam valer os bens de fortunas. Vivia nesta mesma terra um céu, onde o amor depositou toda a glória que pude desejar para mim: tal é a beleza de Lucinda, uma donzela tão nobre e tão rica como eu, mas com mais ventura e menos firmeza do que o desejariam meus honrados pensamentos. Essa Lucinda eu quis bem, amei e adorei desde minha tenra idade, e ela me amou, com aquela simplicidade e bom espírito que sua pouca idade permitia. Nossos pais sabiam de nossas intenções e não lhes causava pesar, porque bem viram que, com a passagem do tempo, não poderiam ter outro propósito senão

1. Sacola grande, geralmente de couro, usada pelos pastores.

Miguel Rep, 2010

nos casar, algo que quase foi arranjado pela igualdade de nossa linhagem e riqueza. Cresceu a idade, e com ela o amor de nós dois, de modo que ao pai de Lucinda pareceu que por questão de respeito estava obrigado a me negar a entrada em sua casa, quase imitando nisso os pais daquela Tisbe tão cantada entre os poetas.[2] E foi essa negação que uniu chama à chama e desejo a desejo, porque, embora silenciassem as línguas, não podiam silenciar as penas, que, com mais liberdade do que as línguas, costumam dar a conhecer a quem ama o que na alma está encerrado, pois muitas vezes a presença do ser amado perturba e emudece a intenção mais determinada e a língua mais ousada. Oh, céus, e quantos bilhetes lhe escrevi! Quantas respostas talentosas e honestas eu tive! Quantas canções compus e quantos versos amorosos, onde a alma declarava e transpunha seus sentimentos, pintava seus ardentes desejos, entretinha suas memórias e recriava sua vontade! Com efeito, vendo-me aflito e percebendo que minha alma se consumia de desejo de vê-la, decidi pôr em ação e ir direto ao ponto no que me parecia mais conveniente para sair com meu desejado e merecido prêmio, que era pedi-la a seu pai por esposa legítima, e assim o fiz; ao que ele respondeu que me agradecia a vontade que demonstrava em honrá-lo e por querer honrar-me com prendas suas, mas que, estando meu pai vivo, lhe cabia por direito executar aquela demanda, pois, se não fosse de sua vontade e gosto, Lucinda não era mulher para ser tomada às escondidas. Eu lhe agradeci a boa intenção, parecendo-me que ele tinha razão no que dizia, e que meu pai o faria assim que lhe dissesse; e com essa intenção, naquele exato momento, fui dizer ao meu pai o que queria. E, ao entrar no aposento onde ele estava, encontrei-o com uma carta aberta na mão, a qual, antes que eu lhe dissesse uma palavra, me foi entregue, e ele disse: "Por essa carta verás, Cardênio, a vontade que o duque Ricardo tem de te fazer mercê". Esse duque Ricardo, como vós, senhores, já deveis saber, é um dos grandes da Espanha que tem seus domínios no melhor da Andaluzia. Peguei e li a carta, na qual demandava tão encarecidamente, que me pareceria terrível se meu pai não cumprisse o que lhe era pedido nela, que era que me mandasse para onde ele estava, pois queria que eu fosse companheiro, não criado, de seu filho mais velho, e que ele se encarregava de me oferecer uma posição que correspondesse à estima em que me tinha. Li a carta e fiquei mudo ao lê-la, e ainda mais quando ouvi meu pai dizer-me: "Daqui a dois dias partirás, Cardênio, para fazer a vontade do duque, e dai graças a Deus, que estás abrindo o caminho para alcançar o que eu sei que mereces". Acrescentou a essas outras palavras de pai conselheiro. Chegou o tempo de minha partida, falei com Lucinda uma noite, contei-lhe tudo o que estava acontecendo e fiz o mesmo com seu pai, suplicando-lhe que esperasse uns dias e postergasse a conceder-lhe a mão até ver o que o duque Ricardo queria de mim; ele me prometeu e ela me confirmou com mil juras e mil desmaios. Vim, enfim, para onde o duque Ricardo estava. Fui tão bem recebido e tratado por

---

2.   Referência à fábula de Píramo e Tisbe, que se comunicavam por uma fenda na parede que dividia suas casas. A história é contada nas *Metamorfoses* de Ovídio.

CAPÍTULO 24

ele que logo a inveja começou a fazer seu trabalho, vinda da parte dos velhos criados, pois lhes parecia que as demonstrações e as mercês que o duque me dava haviam de ser em seu prejuízo. Mas quem mais se regozijou com minha ida foi um segundo filho do duque, chamado Fernando, um jovem arrojado, cavalheiro, liberal e de temperamento apaixonado, o qual em pouco tempo queria que eu fosse tão amigo dele que chegou a dar o que falar; e embora o mais velho me quisesse bem e me favorecesse, não chegou ao extremo com que Dom Fernando me estimava e me tratava. É, pois, o caso que, como entre amigos não há segredo que não seja comunicado, e a formalidade que eu tinha com Dom Fernando deixou de existir porque já era amizade, ele compartilhava comigo todos os seus pensamentos, especialmente um apaixonado, que lhe trazia algum desassossego. Ele amava uma lavradora, uma vassala de seu pai, com pretendentes muito ricos, e era tão formosa, recatada, discreta e honesta, que ninguém que a conhecesse sabia em qual dessas coisas ela tinha mais excelência ou mais vantagem. Esses atributos tão bons da bela lavradora incitaram a tal ponto os desejos de Dom Fernando que ele resolveu, para alcançá-los e conquistar a castidade da lavradora, dar-lhe a palavra de ser seu marido, porque de outra maneira seria tentar o impossível. Eu, forçado por nossa amizade, com as melhores razões que conhecia e com os mais vívidos exemplos que pude, tentei impedi-lo e afastá-lo de tal propósito, mas, vendo que não adiantava, resolvi contar o caso ao duque Ricardo, seu pai; mas Dom Fernando, astuto e discreto, desconfiou e temeu isso, pois sabia que eu era obrigado, pelo preceito do bom criado, a não ocultar algo tão prejudicial à honra de meu senhor, o duque; e assim, para despistar-me e enganar-me, disse-me que, para poder tirar da memória a formosura à qual estava tão sujeito, não encontrava outro remédio melhor do que se ausentar por alguns meses, e que queria que a ausência fosse para nós dois voltarmos para a casa de meu pai, e o motivo que diria ao duque é que viria ver e feirar alguns cavalos muito bons que havia em minha cidade, que é a mãe dos melhores do mundo. Assim que o ouvi dizer isso, movido por meu interesse, ainda que sua determinação não fosse tão boa, aprovei-a como uma das mais acertadas que se poderia imaginar, por perceber a boa oportunidade e conjuntura que me oferecia para rever minha Lucinda. Com esse pensamento e desejo, aprovei seu parecer e alentei seu propósito, dizendo-lhe para pô-lo em ação com brevidade, porque, de fato, a ausência se fazia sentir, apesar dos pensamentos mais fortes. No entanto, quando veio me propor isso, como mais tarde se soube, já tinha usufruído da lavradora com a promessa do título de esposo e estava esperando uma melhor ocasião para revelar seu feito, temeroso do que o duque seu pai faria quando soubesse de seu disparate. Aconteceu, então, que como o amor na maioria dos jovens não é amor, mas sim apetite, que, sendo o prazer seu fim último, ao alcançá-lo ele termina, e o que parecia amor volta atrás, porque não pode ir adiante para além do limite que sua natureza lhe impôs, limite que não se impõe quando há verdadeiro amor, quero dizer que assim que Dom Fernando desfrutou da lavradora, seus desejos foram aplacados e sua ânsia

DOM QUIXOTE

esfriou; e se primeiro ele fingia querer se ausentar para remediá-los, agora ele deveras tentava partir para não realizá-los. Deu-lhe a licença o duque e ordenou-me que o acompanhasse. Viemos à minha cidade, meu pai o recebeu como devia, logo vi Lucinda, foram reavivados (embora não estivessem mortos ou amortecidos) meus desejos, os quais, para meu desalento, revelei a Dom Fernando, por me parecer que, pela lei da grande amizade que demonstrou, não lhe devia esconder nada. Elogiei a beleza, a graça e a discrição de Lucinda, de tal maneira que meus elogios despertaram nele o desejo de ver a donzela de quem se exaltavam tantas virtudes. Cumpri seu desejo, para meu azar, mostrando-lhe uma noite, à luz de uma vela, por uma janela pela qual nós dois costumávamos conversar. Ele a viu de túnica, de tal forma que todas as belezas que tinha visto até então ficaram no esquecimento. Emudeceu, perdeu a consciência, ficou absorto e, finalmente, tão apaixonado como vereis no decurso da história de minha desventura. E para aguçar ainda mais seu desejo (que de mim ocultava e só ao céu, a sós, revelava), a fortuna quis que encontrasse um dia um bilhete seu pedindo-me para pedi-la a seu pai como esposa, tão discreto, tão honesto e tão apaixonado que, ao lê-lo, me disse que só em Lucinda estavam encerradas todas as dádivas de formosura e entendimento que nas outras mulheres do mundo estavam repartidas. Bem é verdade, devo confessar agora, que, ainda que eu visse a maneira justa com a qual Dom Fernando elogiava Lucinda, foi penoso ouvir aqueles elogios de sua boca, e comecei a temer e a desconfiar dele, pois não havia conversa que ele não a arrastasse para falar de Lucinda, mesmo que tivesse de puxar a conversa pelos cabelos, algo que despertou em mim um não sei quê de ciúmes, não porque eu temesse algum revés da bondade e da fé de Lucinda, mas, com tudo isso, fiquei temeroso por minha sorte, ainda que ela me assegurasse. Dom Fernando sempre procurava ler as mensagens que eu mandava para Lucinda e as que ela me respondia, com o pretexto de que a discrição de ambos lhe fazia muito gosto. Aconteceu, então, que Lucinda me pediu um livro de cavalaria para ler, um de que ela gostava muito, que era o de *Amadís de Gaula*...

Dom Quixote mal tinha ouvido nomear o livro de cavalaria, quando disse:

— Se vossa mercê me dissesse ao princípio de sua história que sua mercê, a senhora Lucinda, apreciava livros de cavalaria, não seriam necessários outros louvores para me fazer entender a alteza de seu entendimento, porque ela não o teria tão elevado como vós, senhor, haveis pintado, se lhe faltasse o gosto por essas tão saborosas lendas: então para mim não é necessário gastar mais palavras para declarar sua beleza, valor e entendimento, que apenas sabendo de seu gosto eu a confirmo como a mais formosa e discreta mulher do mundo. E quisera, senhor, que vossa mercê tivesse enviado junto com *Amadís de Gaula* o bom *Don Rugel de Grecia*,[3] pois sei que a senhora Lucinda gostaria muito de Daraida e Garaya, e das discretas razões do pastor Darinel, e daqueles admiráveis versos de suas bucólicas, cantadas e representadas por ele com toda graça,

---

3. Trata-se do décimo primeiro livro da série dos Amadises, de Feliciano de Silva, cujos personagens Daraida e Garaya são os príncipes Agesilao e Arlanges disfarçados de mulher.

CAPÍTULO 24

discrição e desenvoltura. Mas pode chegar o tempo em que essa falha seja emendada, e essa emenda não demorará mais do que o quanto queira vossa mercê ser servido vindo comigo à minha aldeia, pois lá poderei dar-lhe mais de trezentos livros que são o dom de minha alma e o entretenimento de minha vida; embora eu tenha para mim que já não tenho nenhum, graças à malícia de maus e invejosos encantadores. E perdoe-me vossa mercê por ter infringido a promessa de não interromper seu discurso, porque, ouvindo coisas sobre cavalaria e cavaleiros andantes, está tão em minhas mãos deixar de falar deles quanto está nas do sol deixar de aquecer, ou nas da lua deixar de refrescar. Então perdão, e prosseguir, que é o que agora faz mais sentido.

Enquanto Dom Quixote dizia o que foi dito, Cardênio ia ficando cabisbaixo, dando sinais de estar profundamente pensativo. E ainda que Dom Quixote lhe dissesse duas vezes para continuar sua história, ele não levantava a cabeça nem respondia uma palavra; mas ao cabo de um bom tempo ele a levantou e disse:

— Não há quem me tire da cabeça, nem haverá no mundo quem me dissuada ou dê a entender outra coisa, e seria um tolo aquele que o contrário entendesse ou acreditasse, mas aquele patife do mestre Elisabat estava amancebado com a rainha Madasima.[4]

— Isso não, jamais! — respondeu com grande cólera Dom Quixote, evocando seus juramentos como de costume. — E essa é uma grande malícia, ou vilania, melhor dizendo: a rainha Madasima foi uma dama muito importante, e não se há de presumir que tão alta princesa se haja amancebado com um curador;[5] e quem o contrário entende, mente como um grande canalha, e eu o farei entender a pé ou a cavalo, armado ou desarmado, de noite ou de dia, ou ao seu gosto.

Com muita atenção olhava-o Cardênio, a quem já acometia o acidente de sua loucura e que já não estava para prosseguir sua história, nem Dom Quixote a ouviria, pois ficara perturbado com o que de Madasima ouvira. Estranho caso esse, que ele a defendesse como se verdadeiramente fosse sua verdadeira e natural senhora, tal o deixavam seus descomungados livros! Digo, então, que, como Cardênio já estava louco e ouviu que o tratavam como mentiroso e canalha, com outros insultos semelhantes, ficou ofendido com a zombaria e levantou um pedregulho que encontrou ao seu lado e deu com ele tal golpe no peito de Dom Quixote que o fez cair para trás. Sancho Pança, que viu seu senhor malparado daquela maneira, atacou o louço com o punho cerrado, e o Roto o recebeu de tal modo que com um soco o derrubou aos seus pés e logo subiu sobre ele e lhe moeu as costelas muito ao seu gosto. O pastor, que quis defendê-lo, passou pelo mesmo perigo. E depois de deixá-los todos rendidos e moídos, deixou-os e foi com gentil calma emboscar-se na montanha.

---

4. Mestre Elisabat e a rainha Madasima são personagens do *Amadís de Gaula*. Embora no livro apareçam três Madasimas, nenhuma delas é rainha nem se relacionou com mestre Elisabat, tutor e acompanhante de Amadis, sábio mestre e sacerdote que curou em muitas ocasiões as feridas do cavaleiro andante.
5. Um curandeiro.

Sancho levantou-se e, com a raiva que tinha ao ver-se apaleado tão imerecidamente, foi vingar-se do pastor, dizendo-lhe que a culpa era dele por não tê-los avisado que àquele homem lhe acometia de tempos em tempos a loucura, que se soubessem disso eles teriam ficado de sobreaviso para poder se resguardar. Respondeu o pastor que já o tinha dito e que, se não o tinha ouvido, não era culpa dele. Replicou Sancho Pança e tornou a replicar o pastor, e foi o fim das réplicas, um agarrando as barbas do outro e trocando grandes murros que, se Dom Quixote não os apaziguasse, terminariam em frangalhos. Dizia Sancho, agarrado ao pastor:

— Deixe-me vossa mercê, senhor Cavaleiro da Triste Figura, que com este, que é um rústico como eu e não está armado cavaleiro, posso muito bem por minha conta satisfazer-me do agravo que me fez, lutando com ele no braço, como um homem honesto.

— Assim é — disse Dom Quixote —, mas eu sei que ele não tem nenhuma culpa do que aconteceu.

Com isso Dom Quixote os apaziguou e voltou a perguntar ao cabreiro se seria possível encontrar Cardênio, pois ficou com um grande desejo de saber o fim de sua história. O cabreiro contou o que lhe havia dito antes, que era que ele não sabia ao certo seu paradeiro, mas que, se andasse muito por aqueles contornos, não deixaria de encontrá-lo, são ou louco.

Francis Hayman e Simon Francis Ravenet, 1755

Capítulo 25

Que trata das estranhas coisas que aconteceram ao valente cavaleiro de La Mancha na Serra Morena e da imitação que ele fez da penitência de Beltenebros[1]

Dom Quixote despediu-se do cabreiro e, montando outra vez em Rocinante, mandou que Sancho o seguisse, o que ele fez, em seu jumento,[2] com muita má vontade. Pouco a pouco iam entrando na parte mais íngreme da montanha, e Sancho ia morto de vontade de dialogar com seu amo e queria que ele começasse a conversa, para não contrariar a ordem recebida; mas, não podendo sofrer tanto silêncio, disse-lhe:

— Senhor Dom Quixote, vossa mercê me dê sua bênção e sua licença, que daqui quero voltar para minha casa e para minha mulher e meus filhos, com os quais pelo menos falarei e compartilharei tudo o que quiser; pois querer vossa mercê que o acompanhe nessas soledades de dia e de noite, e que não lhe fale quando eu tiver vontade, é me enterrar vivo. Se ao menos a sorte quisesse que os animais falassem, como faziam no tempo de Esopo, seria menos ruim, já que então eu falaria com meu jumento o que me desse na telha e com isso passaria minha má ventura; pois é uma dureza, e que não se pode suportar com paciência, andar buscando aventuras a vida inteira e não encontrar nada além de coices e manteamentos, tijoladas e socos, e, ainda assim, precisando costurar a boca, sem ousar dizer o que a gente tem no coração, como se fosse mudo.

— Eu te entendo, Sancho — respondeu Dom Quixote —: tu morres de vontade que eu revogue a proibição que te lancei à língua. Considera-a revogada e diz o que quiseres, com a condição de que essa revogação dure apenas enquanto estivermos andando por estas serras.

— Que assim seja — disse Sancho. — Então vou falar agora, porque depois só Deus sabe o que será; e, começando a gozar desse salvo-conduto, pergunto: por que vossa mercê defendeu tanto aquela rainha Malassina, ou seja lá qual for o nome dela? Ou o que lhe importava se aquele abade era amigo dela ou não? Pois se vossa mercê deixasse isso

---

1.   Dom Quixote decide atuar como Beltenebros (ver nota 7 do capítulo 15), meditando sob as árvores e compondo canções.
2.   Menciona-se aqui o asno de Sancho como se ele não tivesse sido roubado, conforme se explicou no capítulo 23.

de lado, já que não era seu juiz, bem creio que o louco prosseguiria com sua história, e teríamos evitado a pedrada e os chutes, além de mais de seis bofetões.

— Na verdade, Sancho — respondeu Dom Quixote —, se soubesses, como sei, o quão honrada e distinta senhora era a rainha Madasima, sei que dirias que tive muita paciência por não ter arrebentado a boca de onde tais blasfêmias saíram; pois é uma grande blasfêmia dizer ou pensar que uma rainha esteja amancebada com um curador. A verdade da história é que aquele mestre Elisabat que o louco mencionou foi um homem muito prudente, com conselhos muito bons, e serviu como preceptor e médico da rainha; mas pensar que ela era sua amiga é disparate digno de mui grande castigo. E para que vejas que Cardênio não sabia o que estava dizendo, hás de notar que, quando ele disse isso, já estava sem juízo.

— É por isso que eu digo — disse Sancho — que não havia razão para levar em conta as palavras de um louco; pois se a boa sorte não ajudasse vossa mercê e direcionasse a pedrada para sua cabeça em vez de mandá-la para o peito, estaríamos bem arrumados por ter defendido aquela minha senhora, que Deus a carregue. Bem, duvido que Cardênio não se safasse por louco!

— Contra sãos ou contra insanos, qualquer cavaleiro andante tem obrigação de defender a honra das mulheres, sejam elas quem forem, quanto mais a de rainhas de tão alta qualidade e honra como foi a rainha Madasima, a quem devoto uma afeição especial por suas boas maneiras; porque, além de ter sido formosa, foi também mui prudente e sofrida em suas calamidades, que as teve muitas, e os conselhos e a companhia de mestre Elisabat foram e foi de muito proveito e alívio para ela, para que pudesse suportar seus trabalhos com prudência e paciência. E daí o vulgo ignorante e mal-intencionado aproveitou para dizer e pensar que ela era sua amante; e mentem, digo outra vez, e mentirão outras duzentas todos aqueles que tal coisa pensarem e disserem.

— Não digo nem penso assim — respondeu Sancho. — Eles lá que colham o fruto do que plantaram: se foram amancebados ou não, a Deus devem ter prestado contas. Fico aqui com meus botões, não sei de nada, não sou chegado a me intrometer na vida alheia, pois quem compra e mente no seu bolso é que sente. Além disso, nasci nu e nu me encontro: não perco nem ganho. Mas, se fossem, o que eu tenho com isso? E muitos pensam que tudo que reluz é ouro. Mas quem pode pôr porteiras em campo aberto? Quanto mais, até de Deus já falaram mal!

— Valha-me Deus! — disse Dom Quixote. — Que bobagens vais discorrendo, Sancho! O que isso que estamos falando tem a ver com os provérbios que estás enfileirando? Por tua vida, Sancho, cala-te, e de agora em diante trata de esporear teu burro e deixa de te intrometer no que não te diz respeito. E entende com todos os teus cinco sentidos que tudo o que fiz, faço e farei é muito racional e muito de acordo com as regras da cavalaria, pois as sei melhor do que todos os cavaleiros que as professaram no mundo.

Salvador Dalí, 1983

DOM QUIXOTE

— Senhor — respondeu Sancho —, e é uma boa regra de cavalaria que andemos perdidos por essas montanhas, sem trilha nem rumo, à procura de um louco que, depois de encontrado, talvez esteja disposto a terminar o que começou, não em sua história, mas na cabeça de vossa mercê e em minhas costelas, acabando de quebrá-las em mil pedaços?

— Cala-te, digo outra vez, Sancho — disse Dom Quixote —, pois te faço saber que não é apenas o desejo de encontrar o louco que me traz a essas paragens, mas também a vontade que tenho de realizar nelas uma façanha com a qual hei de ganhar perpétuo nome e fama em toda a face da Terra; e será tal que, com ela, hei de dar por concluído tudo aquilo que pode tornar perfeito e famoso um cavaleiro andante.

— E essa façanha é muito perigosa? — perguntou Sancho Pança.

— Não — respondeu o da Figura Triste —, embora os dados possam rolar de tal forma que tenhamos azar em vez de sorte; mas tudo dependerá de tua diligência.

— De minha diligência? — disse Sancho.

— Sim — disse Dom Quixote —, porque se voltares rapidamente de onde pretendo enviar-te, logo acabará minha pena e logo começará minha glória. E porque não é bom que eu te mantenha em suspenso, esperando para ver aonde vão parar minhas razões, quero que saibas, Sancho, que o famoso Amadis de Gaula foi um dos mais perfeitos cavaleiros andantes. Não me expressei bem: ele não *foi um dos*, e sim o primeiro, o único e ímpar, o senhor de todos quantos houve em seu tempo no mundo. Infeliz de Dom Belianis e de todos aqueles que disserem ter se igualado a ele em algo, pois estão enganados, juro bem jurado. Digo também que, quando um pintor quer ser famoso em sua arte, tenta imitar os originais dos pintores mais excepcionais que conhece, e essa mesma regra vale para todos os outros ofícios ou profissões de monta que servem para adorno das repúblicas, e assim há de fazer e faz quem quer alcançar o nome de prudente e sofrido, imitando Ulisses, em cuja pessoa e obras Homero nos pinta um retrato vivo de prudência e de sofrimento, como Virgílio também nos mostrou, na pessoa de Eneias, o valor de um filho piedoso e a sagacidade de um capitão corajoso e experiente, não pintando ou pondo de manifesto como eles eram, mas como deveriam ser, para que suas virtudes servissem de exemplo aos homens vindouros. Dessa mesma sorte, Amadis foi o norte, a estrela, o sol dos valentes e enamorados cavaleiros, a quem todos nós que militamos sob a bandeira do amor e da cavalaria devemos imitar. Sendo, pois, as coisas assim como são, acho eu, Sancho amigo, que o cavaleiro andante que mais o imitar estará mais perto de atingir a perfeição da cavalaria. E uma das coisas em que esse senhor mais mostrou sua prudência, valor, valentia, sofrimento, firmeza e amor foi quando se retirou, ao ser desprezado pela senhora Oriana, para fazer penitência na Penha Pobre, mudando seu nome para Beltenebros, nome sem dúvida significativo e próprio para a vida que ele, por vontade própria, havia escolhido. Portanto, é mais fácil para mim imitá-lo nisso do que fender gigantes, decapitar serpentes,

CAPÍTULO 25

matar dragões, desbaratar exércitos, vencer armadas e desfazer encantamentos. E, como este lugar é tão propício para tais fins, não há motivo para que se deixe passar a ocasião, que agora com tanto conforto me oferece suas madeixas.[3]

— Mas enfim — disse Sancho —, o que vossa mercê quer fazer nesse lugar tão remoto?

— Já não te disse — respondeu Dom Quixote — que quero imitar Amadis, bancando aqui o desesperado, o desajuizado e o furioso, por imitar ao mesmo tempo o valente Dom Rolando, quando achou numa fonte os sinais de que Angélica, a Bela, havia cometido vileza com Medoro,[4] por cuja tristeza enlouqueceu e arrancou as árvores, turvou as águas das claras fontes, matou pastores, destruiu gados, incendiou choupanas, derrubou casas, arrastou éguas e fez outras cem mil insolências dignas de eterno nome e escritura? E, posto que não penso em imitar Rolando, nem Orlando, nem Rotolando (que todos esses três nomes ele tinha), parte por parte, em todas as loucuras que fez, disse e pensou, farei um resumo como melhor puder no que me parecer mais essencial. E pode ser que eu venha a me contentar apenas com a imitação de Amadis, que sem fazer loucuras de dano, mas de lágrimas e sentimentos, alcançou uma fama sem igual.

— Tenho cá comigo — disse Sancho — que os cavaleiros que tal fizeram foram provocados e tiveram motivos para fazer essas loucuras e penitências; mas vossa mercê, que razão tem para enlouquecer? Que dama o desprezou, ou que sinais encontrou que o fazem entender que a senhora Dulcineia del Toboso fez alguma safadeza com mouro ou cristão?

— Aí está o ponto — respondeu Dom Quixote —, e essa é a sutileza de meu propósito! Que um cavaleiro andante enlouqueça por uma causa não tem graça nem mérito: o negócio é desatinar sem nenhuma razão e fazer minha dama entender que, se eu faço isso no seco, o que faria no molhado? Além do mais, há oportunidades de sobra para isso, por causa da longa ausência em que tenho estado de minha sempre senhora Dulcineia del Toboso, pois, como já ouviste dizer aquele pastor que encontramos, Ambrósio: quem está ausente todos os males teme e sente. Então, Sancho amigo, não percas tempo me aconselhando que abandone tão rara, tão feliz e tão inédita imitação. Louco sou, louco hei de ser até que voltes com a resposta de uma carta que pretendo enviar contigo a minha senhora Dulcineia; e, se tudo se passar tal como desconfio que deve ser, minha loucura e minha penitência terão fim; e, se for o contrário, estarei realmente louco e, sendo assim, não sentirei nada. Assim, seja qual for sua resposta, sairei da aflição e do sofrimento em que me deixares, desfrutando do bem que me trouxeres, porque estou são, ou não sentindo o

---

3.   Alusão à figura alegórica da Ocasião, que costumava ser representada calva, com uma simples madeixa, único lugar pelo qual se podia agarrá-la.

4.   No *Orlando furioso*, o herói enlouquece ao entrar em uma gruta e achar, junto a uma fonte, um texto em árabe escrito por Medoro, no qual declara que Angélica descansou nua entre seus braços.

mal que me aportares, porque estou louco. Mas diz-me, Sancho, tens bem guardado o elmo de Mambrino? Vi que o pegaste do chão quando aquele ingrato quis despedaçá-lo e não conseguiu, o que demonstra a fineza de sua têmpera.

Ao que Sancho respondeu:

— Por Deus, senhor Cavaleiro da Triste Figura, não posso sofrer ou suportar com paciência algumas coisas que vossa mercê diz, e por causa delas chego a imaginar que tudo o que me diz sobre cavalarias e conquistar reinos e impérios, sobre dar ilhas e fazer outras mercês e grandezas, como é costume dos cavaleiros andantes, que tudo isso devem ser mentiras e palavras ao vento, e tudo patranhada, ou patranha, ou o nome que se dê. Pois quem ouve vossa mercê dizer que bacia de barbeiro é elmo de Mambrino, sem que se corrija esse erro em tantos dias, o que deve pensar? No mínimo que quem diz e afirma isso deve ter a cachola fraca! Carrego a bacia no alforje, toda amassada, e levo para consertá-la em casa e fazer minha barba nela, se Deus me der tanta graça de um dia voltar a ver minha mulher e meus filhos.

— Olha, Sancho, pelo mesmo que dantes juraste, eu te juro — disse Dom Quixote — que tens o menor entendimento que um escudeiro tem ou já teve no mundo. É possível que, desde que andas comigo, não tenhas percebido que todas as coisas dos cavaleiros andantes parecem quimeras, loucuras e desatinos, e que são todas feitas às avessas? E não é porque sejam realmente assim, mas porque há sempre um bando de encantadores andando entre nós, que mudam e trocam todas as nossas coisas, e as transformam a seu bel-prazer e de acordo com seu desejo de nos favorecer ou destruir; e, assim, o que para ti parece uma bacia de barbeiro, para mim parece o elmo de Mambrino, e será outra coisa para outra pessoa. E foi rara providência do sábio que está do meu lado fazer com que para todos pareça bacia o que realmente é o elmo de Mambrino, porque, sendo ele de tanto valor, todo mundo me perseguiria para tirá-lo de mim, mas, como acham que não é mais do que uma bacia de barbeiro, não se preocupam em consegui-lo, como ficou bem demonstrado por aquele que queria quebrá-lo e o deixou no chão sem levá-lo, pois juro que, se o conhecesse, nunca o abandonaria. Guarda-o, amigo, pois por enquanto não necessito dele, primeiro preciso tirar todas essas armas e ficar nu como quando nasci, para o caso de ter vontade de seguir, em minha penitência, mais Rolando do que Amadis.

Chegaram, assim conversando, ao sopé de uma alta montanha que, quase como uma rocha talhada, se erguia solitária entre muitas outras que a rodeavam. Corria por suas encostas um manso riacho, e por todos os lados se espalhava um prado tão viçoso e agradável que dava contentamento aos olhos que o contemplavam. Havia por ali muitas árvores silvestres e algumas plantas e flores, o que tornava o lugar tranquilo. Foi esse o ponto que o Cavaleiro da Triste Figura escolheu para fazer sua penitência e, assim, ao vê-lo, começou a dizer em voz alta, como se estivesse sem juízo:

CAPÍTULO 25

— Este é o lugar, oh, céus, que eu destino e escolho para chorar a desventura em que vós mesmos me haveis posto! Este é o ponto onde o humor de meus olhos aumentará as águas desse pequeno riacho, e meus suspiros contínuos e profundos moverão incessantemente as folhas dessas árvores indomáveis, como testemunho e sinal da pena que padece meu coração agoniado. Ó vós, quem quer que sejais, rústicos deuses que neste lugar inabitável fazem vossa morada: ouvi as queixas desse desafortunado amante, a quem uma longa ausência e ciúmes imaginados trouxeram a lamentar-se entre essas asperezas e a queixar-se da dura condição daquela ingrata e bela, termo e fim de toda beleza humana! Oh, vós, napeias e dríades,[5] que têm o costume de habitar nas espessuras dos montes: que os sátiros ligeiros e lascivos, de quem sois embora em vão amadas, nunca perturbem vosso doce sossego, para que me ajudeis a lamentar minha desventura, ou pelo menos não vos canseis de ouvi-la! Oh, Dulcineia del Toboso, dia de minha noite, glória de minha pena, norte de meus caminhos, estrela de minha ventura: que o céu te satisfaça em tudo quanto lhe pedires, e que consideres o lugar e o estado a que tua ausência me levou, e que com bom termo correspondas ao que minha fé merece! Oh, solitárias árvores, que de hoje em diante haveis de fazer companhia à minha solidão, dai indícios, com o movimento suave de vossos ramos, que não vos desagrada minha presença! Oh, tu, escudeiro meu, agradável companheiro em meus prósperos e adversos sucessos, guarda bem na memória o que aqui me verás fazer, para que o contes e recites à única causadora de tudo isso!

E, assim dizendo, apeou de Rocinante e num instante lhe tirou o freio e a sela e, dando-lhe uma palmada nas ancas, disse a ele:

— Liberdade te dá o que sem ela fica, oh, cavalo tão extremado por tuas obras quanto infeliz por tua sorte! Vai por onde quiseres, pois em tua fronte levas escrito que não te igualou em velocidade o hipogrifo de Astolfo nem o chamado Frontino, que tão caro custou a Bradamante.[6]

Vendo isso, Sancho disse:

— Bendito seja quem nos livrou agora do trabalho de tirar as albardas do burro,[7] pois aposto que não faltariam palmadinhas para lhe dar ou coisas para dizer em seu louvor; mas, se ele estivesse aqui, eu não permitiria que ninguém o desalbardasse, porque não haveria razão para isso: não lhe caberiam as imputações de estar apaixonado ou desesperado, pois não o estava seu amo, que era eu, quando Deus queria. E na verdade,

5. Na mitologia grega, ninfas das colinas e ninfas dos bosques, respectivamente.
6. O hipogrifo, cruzamento de égua e grifo, é o cavalo alado de Astolfo, que aparece no *Orlando furioso*; Frontino era o cavalo de Ruggiero, dado a ele por sua dama Bradamante, que lhe custou caro pois o herói se manteve afastado dela em longas aventuras.
7. Pela primeira vez se menciona, no texto da edição *princeps*, a falta do burro, no qual, no entanto, Sancho estava montado no começo deste capítulo.

senhor Cavaleiro da Triste Figura, se é que minha partida e sua loucura já são coisas certas, será bom selar Rocinante de novo, para que ele possa compensar a falta do ruço, pois será economizar meu tempo de ida e volta; já que, se eu for a pé, não sei quando chegarei nem quando voltarei: lá no fundo, sou um mau caminhante.

— Digo, Sancho — respondeu Dom Quixote —, que seja como quiseres, pois não me parece má tua intenção; e digo que partirás dentro de três dias, pois quero que nesse tempo vejas o que eu faço e digo por ela, para que possas contar-lhe.

— Bem, que mais tenho para ver — disse Sancho — além do que já vi?

— Mas se ainda não vistes nada! — respondeu Dom Quixote. — Ainda me falta rasgar as roupas, espalhar as armas e dar cabeçadas nessas rochas, com outras coisas desse tipo, das quais hás de te admirar.

— Pelo amor de Deus — disse Sancho —, que vossa mercê observe como vai dar essas cabeçadas, pois pode topar com uma rocha de tal jeito que, de primeira, já se acabe a intenção dessa penitência; e eu considero que, já que vossa mercê acha que é preciso dar cabeçadas e que esse trabalho não pode ser feito sem elas, devia se contentar, uma vez que tudo isso é fingido, de imitação e brincadeira, que devia se contentar, como eu disse, dando-as na água, ou em algo macio como algodão; e deixe a meu encargo dizer a minha senhora que vossa mercê dava as cabeçadas numa ponta de rocha, mais dura do que a de um diamante.

— Agradeço tua boa intenção, amigo Sancho — respondeu Dom Quixote —, mas quero que saibas que todas essas coisas que faço não são de brincadeira, mas muito a sério, porque de outra maneira seria contrariar as ordens de cavalaria, que ordenam que não digamos nenhuma mentira, sob pena de relapsos,[8] e fazer uma coisa por outra é o mesmo que mentir. Então minhas cabeçadas têm de ser verdadeiras, firmes e válidas, sem que tenham nada de enganoso ou fantástico. Só será necessário que me deixes algumas ataduras para me curar, pois o destino quis que nos faltasse o bálsamo que perdemos.

— Pior foi perder o asno — respondeu Sancho —, porque se perderam com ele as ataduras e tudo mais. E eu imploro a vossa mercê que não se lembre mais dessa maldita mistura, que só de ouvi-lo falar nela minha alma se revira, e não apenas meu estômago. E peço-lhe mais: que faça de conta que já passaram os três dias que vossa mercê me deu de prazo para ver as loucuras que faz, pois já as tomo por vistas e passadas como coisa julgada, e direi maravilhas à minha senhora; e escreva a carta e me despache logo, porque tenho um grande desejo de tirar vossa mercê desse purgatório onde o deixo.

— Chamas isso de purgatório, Sancho? — disse Dom Quixote. — É melhor chamá-lo de inferno, ou coisa ainda pior, se é que existe.

---

8. Os reincidentes (ou relapsos), nos processos inquisitoriais, eram condenados à morte.

CAPÍTULO 25

— "Para quem está no inferno" — respondeu Sancho —, "*nula es retencio*",[9] segundo ouvi dizer.

— Não entendo o que quer dizer *retencio* — disse Dom Quixote.

— *Retencio* significa — respondeu Sancho — que quem está no inferno nunca sai dele, nem pode sair. Com vossa mercê acontecerá o contrário, ou meus pés serão maus caminhantes, já que vou ter esporas para animar Rocinante; assim, tão logo me ponha de fato em El Toboso e diante de minha senhora Dulcineia, lhe direi tais coisas das asneiras e loucuras, pois é tudo a mesma coisa, que vossa mercê fez e está fazendo, que a deixarei mais macia do que uma luva, mesmo que a encontre mais dura do que um sobreiro. Com sua doce e suave resposta, virei pelos ares, como um bruxo, e tirarei vossa mercê desse purgatório, que parece inferno e não é, pois há esperança de sair dele, a qual, como já disse, não a têm aqueles que estão no inferno, e acredito que vossa mercê não me dirá outra coisa.

— Isso é verdade — disse o da Triste Figura —, mas como vamos fazer para escrever a carta?

— E a promissória burrinesca também[10] — acrescentou Sancho.

— Vamos incluir tudo — disse Dom Quixote —; e seria bom, já que não há papel, que a escrevêssemos, como faziam os antigos, em folhas de árvores ou em algumas tabuletas de cera, embora seja tão difícil encontrá-las agora quanto o papel. Mas já me veio à mente onde será bom, e mais do que bom, escrevê-la: é no livro de memórias que pertenceu a Cardênio, e terás o cuidado de transferi-la para o papel, com boa letra, no primeiro lugar que encontrares onde houver um mestre-escola de meninos, ou, se não, qualquer sacristão fará isso para ti; e não a dê a nenhum escrivão para copiá-la, pois eles fazem letras processuais,[11] que nem mesmo Satanás entenderá.

— Mas e quanto à assinatura? — disse Sancho.

— As cartas de Amadis nunca são assinadas — respondeu Dom Quixote.

— Está bem — respondeu Sancho —, mas a promissória deve necessariamente ser assinada, ou então, se for copiada, dirão que a assinatura é falsa e eu ficarei sem os burricos.

— A promissória vai assinada no próprio livrinho, e, vendo-a, minha sobrinha não porá empecilhos em cumpri-la. E no que diz respeito à carta de amor, porás por assinatura: "Vosso até a morte, o Cavaleiro da Triste Figura". E não importa se vier da mão de outra pessoa, pois, pelo que me lembro, Dulcineia não sabe escrever nem ler, e em toda a sua

---

9. Sancho deforma a frase *Quia in inferno nulla est redemptio* ("Não há redenção no inferno"), pronunciada no ofício de defuntos.
10. Refere-se à ordem por escrito prometida por Dom Quixote a Sancho para consolá-lo da perda do burro, como se viu no apêndice ao capítulo 23 (p. 249).
11. Letra utilizadas pelos escrivães nos processos e escrituras, muito difícil de ler.

vida nunca viu minha caligrafia ou alguma carta minha, pois meus amores e os dela sempre foram platônicos, sem se estender a mais do que um olhar honesto. E mesmo isso se deu tão de vez em quando, que ousarei jurar ser verdade que, em doze anos que a amo mais do que a luz desses olhos que a terra há de comer, não a vi nem quatro vezes, e pode ser que, dessas quatro vezes, ela nem tivesse notado quem a olhava: tal é o recato e a reclusão com que seu pai, Lorenzo Corchuelo, e sua mãe, Aldonza Nogales, a criaram.

— Opa, opa! — disse Sancho. — Então a filha de Lorenzo Corchuelo é a senhora Dulcineia del Toboso, chamada por outro nome Aldonza Lorenzo?

— É ela — disse Dom Quixote —, e é quem merece ser senhora de todo o universo.

— Bem a conheço — disse Sancho — e posso dizer que ela arremessa tão longe no jogo da barra[12] quanto o rapaz mais forte de toda a aldeia. Que Deus a conserve, pois é moça de categoria, direita e bem-feita, que peita tudo e pode tirar de todo aperto qualquer cavaleiro, andante ou por andar, que a tiver por senhora! Ah, filha da mãe, como é forçuda, e que vozeirão! Ouvi dizer que um dia ela subiu no alto do campanário da aldeia para chamar alguns dos pastores que andavam no terreno de seu pai, e, embora estivessem a mais de meia légua de distância, ouviram-na como se estivessem ao pé da torre. E o melhor dela é que não é nada melindrosa, porque tem muito de cortesã: brinca com todos e de tudo faz zombarias e troças. Agora eu digo, senhor Cavaleiro da Triste Figura, que não só pode e deve vossa mercê fazer loucuras por ela, mas que com justo título pode se desesperar e se enforcar, pois não haverá ninguém que, ao saber disso, não vá dizer que fez muito bem, mesmo que o diabo o leve. E eu gostaria de já estar a caminho, só para vê-la, pois não a vejo há muito tempo, e ela já deve estar mudada, porque a face das mulheres fica muito castigada de andar sempre no campo, exposta ao sol e ao vento. E confesso a vossa mercê uma verdade, senhor Dom Quixote: que até agora estive em grande ignorância, pois pensava bem e fielmente que a senhora Dulcineia devia ser alguma princesa por quem vossa mercê estava apaixonado, ou tal pessoa que merecesse os ricos presentes que vossa mercê lhe enviou, tanto o do biscainho como o dos galeotes, e muitos outros que devem existir, já que deve haver muitas vitórias que vossa mercê conquistou e ganhou na época em que eu ainda não era seu escudeiro. Mas, pensando bem, o que irá importar à senhora Aldonza Lorenzo, digo, à senhora Dulcineia del Toboso, que os vencidos que vossa mercê lhe envia e há de enviar se ajoelhem diante dela? Pois poderia ser que, na hora que eles chegassem, ela estivesse cardando o linho ou depenando as galinhas, e eles ficassem com vergonha de vê-la, e ela se risse e se aborrecesse com o presente.

---

12.   Jogo que consistia no arremesso de uma barra de ferro o mais distante possível. Era um esporte tradicional de Castela, de Aragão e do País Basco.

CAPÍTULO 25

— Já te disse muitas vezes antes, Sancho — disse Dom Quixote —, que és um grande falador e que, embora sejas bastante simplório, muitas vezes te sais com pinta de arguto; mas para que vejas como és tolo e como sou discreto, quero que ouças um breve conto. Hás de saber que uma bela viúva, jovem, livre e rica, e acima de tudo desimpedida, se apaixonou por um frade leigo, rechonchudo e bem-humorado; seu superior descobriu e um dia disse à boa viúva, por meio de uma repreensão fraterna: "Estou admirado, senhora, e não sem motivo, que uma mulher tão importante, tão bonita e tão rica como vossa mercê tenha se apaixonado por um homem tão grosseiro, tão baixo e tão idiota como fulano de tal, havendo nessa casa tantos mestres, tantos licenciados e tantos teólogos, dentre os quais vossa mercê poderia escolher como os frutos de uma árvore, dizendo: 'Quero este, não quero aquele'". Mas ela lhe respondeu com grande donaire e desenvoltura: "Vossa mercê, meu senhor, está muito enganado e pensa muito à moda antiga, se acha que não escolhi bem fulano de tal, por lhe parecer idiota; pois, para aquilo que eu o quero, ele sabe tanta filosofia, ou mais ainda, do que Aristóteles". Então, Sancho, para o que eu quero, Dulcineia del Toboso é tão boa quanto a princesa mais altiva da terra. Pois nem todos os poetas que fazem louvores às damas sob um nome escolhido por eles mesmos as têm de verdade. Pensas que as Amarílis, as Fílis, as Sílvias, as Dianas, as Galateias, as Fílidas e outras tais[13] de que os livros, os romances, as tendas dos barbeiros e os teatros de comédia estão cheios eram verdadeiramente damas de carne e osso, e senhoras daqueles que as celebram e celebraram? Não, é claro, mas a maioria finge isso para dar assunto a seus versos e para que sejam vistos como enamorados e homens que têm valor para sê-lo. E, assim, basta-me pensar e acreditar que a boa Aldonza Lorenzo é bela e honesta; em termos de linhagem, pouco importa, pois ninguém terá o trabalho de conferir se ela é ou não cristã para lhe dar hábito de freira, e eu faço de conta que é a princesa mais alta do mundo. Porque tens de saber, Sancho, se não o sabes, que só duas coisas incitam ao amor, mais do que as outras: a grande beleza e a boa fama, e estas duas coisas encontram-se consumadamente em Dulcineia, pois em ser bela nenhuma a iguala, e na boa fama poucas a alcançam. E, para concluir, imagino que tudo o que digo seja assim, sem nada sobrar ou faltar, e pinto-a em minha imaginação como a desejo, tanto na beleza como na principalidade, e nem Helena se assemelha a ela nem Lucrécia a alcança,[14] nem qualquer outra das famosas mulheres das épocas passadas, grega, bárbara ou latina. E cada um que diga o que quiser; que se por isso eu for repreendido pelos ignorantes, não serei castigado pelos rigorosos.

— Acho que vossa mercê está certo em tudo — respondeu Sancho — e que eu sou um asno. Mas não sei por que ponho o nome do asno na boca, pois a corda não deve ser mencionada na casa do enforcado. Mas que venha a carta, e adeus, que já estou indo.

13. Nomes em geral utilizados na literatura pastoril.
14. Helena de Troia é símbolo da beleza e Lucrécia, que se matou depois de ter sido violada por Sexto Tarquínio, de castidade.

DOM QUIXOTE

Dom Quixote pegou o livro de memórias e, afastando-se um pouco, começou a escrever a carta com muita calma; quando a terminou, chamou Sancho e perguntou-lhe se queria lê-la para guardá-la de memória, caso a perdesse pelo caminho, já que de seu infortúnio tudo se podia temer. Ao qual Sancho respondeu:

— Escreva-a vossa mercê duas ou três vezes aí e me dê o livro, que eu o levarei bem guardado; porque pensar que eu hei de guardá-la de memória é um disparate, pois ela é tão ruim que muitas vezes esqueço até como me chamo. Mas, apesar disso, leia a carta para mim, pois ficarei muito feliz em ouvi-la: deve ter ficado perfeita.

— Ouve, que diz assim — disse Dom Quixote.

CARTA DE DOM QUIXOTE PARA
DULCINEIA DEL TOBOSO

Soberana e alta senhora:

O ferido a ponta de ausência e o chagado nas teias do coração, dulcíssima Dulcineia del Toboso, te envia a saúde que ele não tem. Se tua formosura me despreza, se teu valor não está a meu favor, se teus desdéns estão em meu afincamento, embora eu seja assaz sofredor, mal poderei me sustentar nesta coita, que, além de ser forte, é muito duradoura. Meu bom escudeiro Sancho te dará inteira relação, oh, bela ingrata, amada inimiga minha!, do modo que, por causa tua, fico: se quiseres me socorrer, sou teu; e, se não, faz o que tiveres gosto, pois, dando cabo de minha vida, terei satisfeito tua crueldade e meu desejo. Teu até a morte,

O Cavaleiro da Triste Figura

— Pela vida de meu pai — disse Sancho ao ouvir a carta —, é a melhor coisa que já ouvi. Diacho, como lhe diz aí vossa mercê tudo quanto quer, e como cai bem a assinatura *O Cavaleiro da Triste Figura*! De fato, tenho que dizer que vossa mercê é o próprio diabo e que não há nada que não saiba.

— Tudo é necessário — respondeu Dom Quixote — para o ofício que exerço.

— Eia, pois — disse Sancho —, ponha vossa mercê desse outro lado a cédula dos três burricos e assine-a com muita clareza, para que a reconheçam quando a virem.

— Com prazer — disse Dom Quixote.

E, tendo-a escrito, leu-a, e dizia assim:

CAPÍTULO 25

Mandará vossa mercê, por esta promissória dos burricos, senhora sobrinha, dar a Sancho Pança, meu escudeiro, três dos cinco que deixei em casa e que estão a cargo de vossa mercê. Mando entregar e pagar os três burricos por outros tantos aqui recebidos à vista, que, com esta e com sua declaração de pagamento, serão bem dados. Feita nas entranhas da Serra Morena, aos vinte e dois de agosto deste presente ano.

— Está boa — disse Sancho —; agora vossa mercê a assine.

— Não é preciso assiná-la — disse Dom Quixote —, mas só pôr minha rubrica, que é o mesmo que assinatura, e para três burros, ou mesmo para trezentos, bastaria.

— Confio em vossa mercê — respondeu Sancho. — Deixe-me ir selar Rocinante, e vossa mercê se prepare para me dar sua bênção, e depois pretendo partir, sem ver as sandices que vossa mercê há de fazer, e eu direi que o vi fazer tantas que já foi o bastante.

— Pelo menos eu quero, Sancho, e é preciso que seja assim, eu quero, digo, que me vejas nu e fazendo uma dúzia ou duas de loucuras, que as farei em menos de meia hora, para que, tendo-as visto por teus olhos, possas jurar por tua consciência pelas outras que quiseres acrescentar; e asseguro-te que não dirás tantas quantas pretendo fazer.

— Pelo amor de Deus, senhor meu, não me faça ver vossa mercê desnudo, isso me dará muita pena e não poderei deixar de chorar, e minha cabeça está de um jeito, de tanto chorar ontem à noite pelo asno, que não estou para me meter em novos prantos; e se vossa mercê quiser que eu veja algumas loucuras, faça-as vestido, brevemente e as que mais lhe convier. Tanto mais que por mim nada disso seria necessário e, como já disse, quero é abreviar o caminho de minha volta, que há de ser com as notícias que vossa mercê deseja e merece. E, se não, que se prepare a senhora Dulcineia, pois, se ela não responder como se deve, faço a quem posso o voto solene de que hei de lhe tirar a boa resposta do estômago aos chutes e bofetões. Pois onde já se viu que um cavaleiro andante tão famoso como vossa mercê enlouqueça, sem mais nem menos, por uma…? Não me obrigue a completar a frase, porque, pelo amor de Deus, eu perco o juízo e ponho tudo a perder, sem medir as consequências. Para isso eu sou uma beleza! Ela mal me conhece! Pois juro que, se me conhecesse, teria medo de mim!

— Sinceramente, Sancho — disse Dom Quixote —, parece que não tens mais juízo do que eu.

— Não sou tão louco — respondeu Sancho —, e sim mais colérico. Porém, deixando isso de lado, o que vossa mercê vai comer enquanto eu não volto? Vai sair pela estrada, como Cardênio, para tomar a comida dos pastores à força?

— Não te preocupes com isso — respondeu Dom Quixote —, porque, mesmo que eu tivesse alimento, não comeria senão as ervas e os frutos que este prado e estas árvores me dessem, pois a fineza de meu propósito está em não comer e fazer outras provações equivalentes.

— Adeus, então. Mas vossa mercê sabe o que eu temo? Que não consiga voltar a este lugar onde agora o deixo: ele é tão escondido!

— Repara bem nos sinais, que eu tentarei não me afastar desses contornos — disse Dom Quixote — e terei até o cuidado de escalar esses penhascos mais altos, para ver se te avisto quando estiveres voltando. Além disso, o mais acertado será, para que me encontres e não te percas, que cortes uns ramos dos muitos que existem por aqui e vá deixando-os de trecho em trecho, até sair ao descampado, pois eles te servirão de marcos e sinais para que me encontres quando voltares, à imitação do fio do labirinto de Perseu.[15]

— Vou fazer isso — respondeu Sancho Pança.

E, cortando alguns ramos, pediu a bênção de seu senhor e, não sem muitas lágrimas de ambos, despediu-se dele. E montando em Rocinante, a quem Dom Quixote encomendou muito e que zelasse por ele como por sua própria pessoa, se pôs a caminho do descampado, espalhando ramos de trecho em trecho, como seu amo o aconselhara. E assim foi embora, ainda que Dom Quixote continuasse o importunando para que o visse fazer ao menos duas loucuras. Porém, mal tinha dado cem passos, quando voltou e disse:

— Acho, senhor, que vossa mercê disse muito bem: para que eu possa jurar sem encargo de consciência que o vi fazer loucuras, seria bom que eu visse uma delas, embora já ache uma loucura bem grande vossa mercê querer ficar aqui.

— Não te disse? — respondeu Dom Quixote. — Espera, Sancho, vou fazê-las num minuto.

E, despindo os calções com toda pressa, ficou só de camisa, e então sem mais nem menos deu dois pinotes no ar e duas voltinhas com a cabeça para baixo e os pés para cima, descobrindo coisas que, para não vê-las de novo, volteou Sancho as rédeas de Rocinante, dando-se por contente e satisfeito de poder jurar que seu amo estava louco. E assim vamos deixá-lo seguir seu caminho, até a volta, que foi breve.

---

15. Provavelmente Cervantes confunde Perseu com Teseu, que matou o Minotauro no labirinto de Creta e conseguiu sair dele graças ao fio que recebera de Ariadne.

Capítulo 26

*Onde se prosseguem as finezas que fez Dom Quixote
como apaixonado na Serra Morena*

Robert Blyth, 1782

DOM QUIXOTE

E voltando a contar o que fez o da Triste Figura depois que se viu só, diz a história que assim que Dom Quixote acabou de dar as cambalhotas ou pinotes nu da cintura para baixo e vestido da cintura para cima e que viu que Sancho tinha ido sem querer esperar para ver mais sandices, subiu na ponta de uma alto penhasco e lá tornou a pensar no que muitas outras vezes pensara sem nunca ter podido decidir, e era o que seria melhor e estaria mais a contento: imitar Rolando nas loucuras desaforadas que ele fez ou Amadis nas melancólicas; e falando consigo mesmo, dizia:

— Se Rolando foi tão bom cavaleiro e tão valente como todos dizem, que maravilha isso tem? Porque afinal estava encantado, e ninguém podia matá-lo a não ser enfiando um grosso alfinete na sola de seu pé, e ele sempre usava sapatos com sete solas de ferro. Mesmo assim, de nada serviram seus truques contra Bernardo del Carpio, que os captou e o afogou em seus braços em Roncesvalles. Mas deixando a bravura de lado, vejamos sua perda de juízo, que é certeza que o perdeu, pelos sinais que encontrou na fonte e pelas notícias que lhe deu o pastor de que Angélica dormira mais de duas sestas com Medoro, um mourisco de cabelos enrolados e pajem de Agramante;[1] se ele entendeu que isso era verdade e que sua dama lhe havia feito esse ultraje, enlouquecer foi pouco. Mas como posso imitá-lo nas loucuras, se não o imito na causa delas? Porque minha Dulcineia del Toboso, ousarei jurar que em todos os dias de sua vida não viu mouro algum, assim como ele, nem com o mesmo traje, e que hoje está conservada como sua mãe a pariu; e eu lhe faria uma ofensa manifesta se, imaginando outra coisa sobre ela, enlouquecesse com aquela loucura de Rolando, o Furioso. Por outro lado, vejo que Amadis de Gaula, sem perder o juízo e sem fazer loucuras, alcançou tanta fama de apaixonado como qualquer outro, porque o que fez, segundo sua história, não foi nada além de, ao se ver desdenhado por sua senhora Oriana, que lhe ordenara não aparecer diante de sua presença até que fosse sua vontade, retirar-se para a Penha Pobre na companhia de um ermitão, e ali se fartou de chorar e de encomendar-se a Deus, até que o céu o acorreu em meio à sua maior agrura e necessidade. E se isso é verdade, como o é, por que eu quero me dar ao trabalho agora de me despir completamente, ou infringir dor a essas árvores, que não me fizeram mal algum? Nem tenho eu motivos para turvar as águas límpidas desses riachos, que me darão de beber sempre que me apetecer. Viva a memória de Amadis, e seja imitado por Dom Quixote de La Mancha em tudo o que pôde, de quem se dirá o que se disse do outro, que, se não conquistou grandes coisas, morreu ao persegui-las; e se não sou rejeitado ou desdenhado por Dulcineia del Toboso, basta-me, como já disse, estar na ausência dela. Eia, pois, mãos à obra: vinde à minha memória, coisas de Amadis, e mostrai-me por onde devo começar a imitar-vos.

1.   Na verdade, Medoro foi pajem de Dardinel de Almonte.

CAPÍTULO 26

Mas já sei que o máximo que fez foi rezar e se encomendar a Deus; mas o que usarei como rosário, já que não o tenho?

Nisso pensou como o faria, e foi que rasgou uma grande tira das barras da camisa, que estavam penduradas, e deu-lhe onze nós, algum mais grossos que os outros, e isso serviu de rosário para o tempo que lá esteve, onde rezou um milhão de ave-marias. E o que o incomodava muito era não encontrar outro ermitão por ali para fazer confissões e com quem se consolar; e, assim, entretinha-se passeando pelo prado, escrevendo e entalhando muitos versos na casca das árvores e na areia miúda, todos adaptados à sua tristeza, e alguns em louvor a Dulcineia. Mas aqueles que puderam ser encontrados na íntegra e que puderam ser lidos depois que ele foi encontrado não foram mais do que estes que aqui se seguem:

> *Árvores, ervas e plantas*
> *que neste lugar habitais,*
> *tão alto, verde e tantas,*[2]
> *se pelo meu mal não chorais,*
> *ouvi minhas queixas santas.*
> *Que minha dor não se note,*
> *que sequer façam ideia.*
> *Pelo peso de seu garrote*
> *aqui chorou Dom Quixote*
> *as ausências de Dulcineia*
> *del Toboso.*

> *Este é o lugar onde*
> *o amador mais leal*
> *de sua senhora se esconde,*
> *e vive com tanto mal*
> *sem saber como ou por onde.*
> *O amor é o seu mote,*
> *escreve sua epopeia;*
> *amor até encher um pacote,*
> *aqui chorou Dom Quixote*
> *as ausências de Dulcineia*
> *del Toboso.*

2. Alto (árvores), verde (ervas) e tantas (plantas), em correlação trimembre. O poema é uma letrilha, com rima dominante em -ote, que soa como uma composição burlesca.

DOM QUIXOTE

Procurando as aventuras
por entre duras penhas,
maldizendo entranhas duras,
que entre pedras e entre brenhas
acha o triste desventuras,
*   feriu-o amor com chicote,*
não aceita panaceia,
atingiu-lhe o cangote
aqui chorou Dom Quixote
as ausências de Dulcineia
*   del Toboso.*

Não provocou poucas risadas naqueles que acharam nos versos referidos a adição de "del Toboso" ao nome de Dulcineia, pois imaginaram que Dom Quixote deve ter imaginado que se ele não pusesse também "del Toboso" ao nomear Dulcineia, a copla não podia ser interpretada; e assim era a verdade, como ele mais tarde confessou. Outros muitos escreveu, mas, como já foi dito, não se conservaram legíveis e íntegros nenhum além dessas três coplas. Entretinha-se nisso e em suspirar, e em chamar pelos faunos e silvanos[3] daquelas matas, pelas ninfas dos rios, pela dolorosa e úmida Eco,[4] rogando que lhe respondessem, consolassem e escutassem. Também procurava algumas ervas para se sustentar enquanto Sancho voltasse; que se, em vez de demorar três dias, demorasse três semanas, o Cavaleiro da Triste Figura ficaria tão desfigurado que não o reconheceria a mãe que o pariu.

E será bom deixá-lo envolto em seus suspiros e versos, para contar o que aconteceu com Sancho Pança em sua missão. E foi que, ao sair da estrada real, se pôs à procura de El Toboso, e no dia seguinte chegou à estalagem onde havia sucedido a desgraça da manta, e mal a tinha visto, quando lhe pareceu que andava pelos ares outra vez, e não quis entrar, embora chegasse na hora em que podia e devia fazê-lo, porque era hora de comer e querer saborear algo quente, pois havia vários dias em que tudo o que comia era fiambre.

Essa necessidade o obrigou a aproximar-se da estalagem, ainda incerto se entraria ou não. E estando nisso, saíram duas pessoas da estalagem que logo o reconheceram; e disseram um ao outro:

— Diga-me, senhor licenciado, aquele do cavalo não é Sancho Pança, aquele que a criada de nosso aventureiro disse que tinha saído com seu senhor como escudeiro?

— Sim, é — disse o licenciado —, e aquele é o cavalo de nosso Dom Quixote.

---

3.   Na mitologia romana, divindades dos bosques e campos.
4.   A ninfa Eco se desmanchou em lágrimas e acabou por se fundir a um rio quando morreu Narciso, por quem estava apaixonada. Dela restou apenas a voz.

CAPÍTULO 26

E eles o conheciam tão bem porque aqueles eram o padre e o barbeiro de sua aldeia e os mesmos que fizeram o escrutínio e auto de fé dos livros. Eles, assim que reconheceram Sancho Pança e Rocinante, desejosos de saber de Dom Quixote, foram ter com ele, e o padre chamou-o pelo nome, dizendo:

— Amigo Sancho Pança, onde está vosso amo?

Reconheceu-os logo Sancho Pança e decidiu encobrir o lugar e o destino de onde e como seu amo estava, e então respondeu que seu amo estava ocupado em certo lugar e em uma certa coisa que era de grande importância para ele, a qual, pela luz que o iluminava, ele não podia revelar.

— Não, não — disse o barbeiro —, Sancho Pança, se não nos dizeis onde ele está, imaginaremos, como já imaginamos, que o haveis matado e roubado, já que vindes montado em seu cavalo. Na verdade, tendes de mostrar o dono do cavalo ou, sobre isso, vereis.

— Não há por que fazer ameaças a mim, pois não sou homem que rouba ou mata ninguém: a cada um mate sua própria fortuna, ou Deus, que o fez. Meu amo está fazendo penitência no meio dessa montanha, muito ao seu gosto.

E logo, de uma vez e sem parar, contou-lhes sobre seu destino e como o deixara, as aventuras que lhe aconteceram e que levava uma carta para a senhora Dulcineia del Toboso, que era filha de Lorenzo Corchuelo, por quem seu amo estava apaixonado até os fígados.

Ficaram admirados os dois com o que Sancho Pança lhes contava; e embora já conhecessem a loucura de Dom Quixote e seu tipo, sempre que a ouviam voltavam a se admirar. Pediram a Sancho Pança que lhes mostrasse a carta que levava à senhora Dulcineia del Toboso. Ele disse que estava escrita em um livro de memórias e que era ordem de seu amo que fizesse com que a passassem para o papel no primeiro lugar a que chegasse; ao que disse o padre para mostrá-la, que ele mesmo a passaria com boa letra. Sancho Pança pôs a mão no peito, procurando o livrinho, mas não o encontrou, nem poderia encontrá-lo se o procurasse até agora, porque Dom Quixote ficara com ele e não lhe dera, nem ele se lembrou de pedi-lo.

Quando Sancho viu que não conseguia encontrar o livro, seu rosto se paralisou como de morte; e virando-se para apalpar todo o corpo muito rapidamente, tornou a ver que não o achava, e sem mais delongas levou os dois punhos à barba e arrancou metade dela, e logo rapidamente e sem parar deu em si mesmo meia dúzia de socos no rosto e no nariz, que se banharam de sangue. Vista a cena pelo padre e pelo barbeiro, eles lhe perguntaram o que havia acontecido com ele, que parecia tão malparado.

— O que poderia acontecer comigo — respondeu Sancho —, além de ter perdido de uma hora para outra, num instante, três burros, que cada um era como um tesouro?

— Como é isso? — respondeu o barbeiro.

DOM QUIXOTE

— Perdi o livro de memórias — respondeu Sancho — em que estava a carta para Dulcineia e uma declaração assinada por meu amo, pela qual ele mandava que sua sobrinha me desse três burros de quatro ou cinco que estavam em casa.

E com isso ele lhes contou sobre a perda do asno. O padre consolou-o e disse-lhe que quando encontrasse seu senhor o faria revalidar a promissória de doação e dessa vez em papel, como era o uso e costume, porque as registradas em livros de memória nunca eram aceitas ou cumpridas.

Com isso se consolou Sancho e disse que, sendo assim, não lamentava muito a perda da carta de Dulcineia, porque a sabia quase de cor e era possível passá-la a limpo onde e quando quisessem.

— Disseste bem, Sancho — disse o barbeiro —, depois a passaremos.

Sancho Pança parou e coçou a cabeça para puxar pela memória a carta, e ora ficou em um pé, ora em outro; ora olhando para o chão, ora para o céu, e depois de ter roído metade da unha de um dedo, deixando em suspenso aqueles que esperavam que a dissesse, disse ao cabo de um bom tempo:

— Pelo amor de Deus, senhor licenciado, que os diabos levem o pouco que me lembro da carta, embora no início dissesse: "Alta e subestimada senhora".

— Eu não diria — disse o barbeiro — subestimada, mas sobre-humana ou soberana senhora.

— Assim é — disse Sancho. — Então, se bem me lembro, prosseguia, se bem me lembro: "o chocado e o maldormido, e o ferido beija as mãos de vossa mercê, ingrata e mui desconhecida formosa", e não sei o que dizia de saúde e de doença que lhe enviava, e por aqui ia escorrendo, até terminar em "Vosso até a morte, o Cavaleiro da Triste Figura".

Não apreciaram pouco os dois ao ver a boa memória de Sancho Pança, elogiaram-na muito e pediram-lhe que repetisse a carta mais duas vezes, para que eles mesmos a soubessem de memória para passá-la a seu tempo. Sancho repetiu-a três vezes, e tantas vezes disse outros três mil disparates. Depois disso, ele também contou as coisas de seu amo, mas não disse uma palavra sobre o manteamento que lhe havia sucedido naquela estalagem na qual se recusou a entrar. Contou também que, trazendo-lhe ao seu senhor um bom despacho da senhora Dulcineia del Toboso, ele havia de se encaminhar para procurar se tornar imperador, ou pelo menos monarca, como fora acordado entre os dois, e seria algo natural, muito fácil de conquistar, por conta do valor de sua pessoa e da força de seu braço; e que quando assim fosse deveria casá-lo, porque já então seria viúvo, o que não poderia ser menos, e lhe havia de dar por esposa uma aia da imperatriz, herdeira de um rico e grande reino em terra firme, sem ilhas nem ínsulas, que já não as queria.

Sancho dizia isso com tanta serenidade, limpando de vez em quando o nariz e com tão pouco juízo, que os dois se admiraram de novo, considerando quão veemente

CAPÍTULO 26

fora a loucura de Dom Quixote, pois havia desencaminhado também o juízo daquele pobre homem. Não quiseram se cansar para tentar tirá-lo do erro em que estava, parecendo-lhes que, como sua consciência em nada o prejudicava, era melhor deixá-lo nele, e para eles traria mais deleite ouvir seus disparates. E, assim, disseram-lhe para rezar a Deus pela saúde de seu senhor, que era uma coisa contingente e muito factível que com o decurso do tempo viesse a ser imperador, como ele disse, ou pelo menos arcebispo ou outra dignidade equivalente. Ao que Sancho respondeu:

— Senhores, se a sorte mudasse as coisas de tal maneira que meu amo decidisse não ser imperador, mas arcebispo, gostaria de saber agora o que os arcebispos andantes costumam dar aos seus escudeiros.

— Costumam dar-lhes — respondeu o padre — algum benefício simples ou curado,[5] ou alguma sacristia, que vale uma boa renda fixa, além das doações recebidas ao pé do altar, que costumam gerar outro tanto.

— Para isso será necessário — respondeu Sancho — que o escudeiro não seja casado e que saiba ao menos ajudar na missa; e se for assim, pobre de mim, que sou casado e não sei a primeira letra do abecê! O que será de mim se meu amo quiser ser arcebispo, e não imperador, como é uso e costume dos cavaleiros andantes?

— Não vos penalizeis, amigo Sancho — disse o barbeiro —, aqui rogaremos a vosso amo e o aconselharemos, e até o conscientizaremos que seja imperador e não arcebispo, porque lhe será mais fácil, já que ele é mais valente do que estudioso.

— Foi assim que me pareceu — respondeu Sancho —, embora eu possa dizer que ele tem habilidade para tudo. O que pretendo fazer de minha parte é pedir a Nosso Senhor que o envie para aquelas partes onde mais se sobressaia e onde me conceda mais benesses.

— Vós falais como um discreto — disse o padre — e o fareis como um bom cristão. Mas o que deve ser feito agora é dispor como tirar vosso amo dessa penitência inútil que dizeis que está fazendo e pensar no modo como o faremos; e para comer, que está na hora, vai ser bom se entrarmos nessa estalagem.

Sancho disse a eles que entrassem, que ele esperaria fora, e que depois lhes contaria o motivo pelo qual não entrava e por que não lhe convinha entrar, mas lhes pedia que lhe trouxessem dali algo quente para comer, e também cevada para Rocinante. Eles entraram e o deixaram, e dentro de pouco o barbeiro lhe levou o que comer. Depois, tendo os dois pensado bem em como poderiam conseguir o que desejavam, o padre veio com um pensamento muito bem-adaptado ao gosto de Dom Quixote e ao que eles queriam; e foi que ele disse ao barbeiro que o que pensava era que ele se vestiria com o hábito de

---

5. Benefício era um cargo na Igreja; simples, se as ordens fossem menores, ou curado, quando eram maiores (pois podiam ministrar sacramentos para a cura de almas).

uma donzela andante, e que ele tentasse se vestir o melhor que pudesse como escudeiro, e que assim eles iriam para onde estava Dom Quixote, fingindo ser ele uma donzela aflita e necessitada, que lhe pediria um dom, o qual ele não poderia deixar de conceder, como um valoroso cavaleiro andante. E que o dom que pretendia lhe pedir era que ele a acompanhasse aonde quer que ela o levasse, para desfazer um agravo que um mau cavaleiro lhe fizera; e que ela também lhe implorava que não lhe mandasse tirar o véu nem questionasse nada desse assunto, até que ele houvesse feito justiça àquele mau cavaleiro. Acreditava, sem dúvida, que Dom Quixote aceitaria o que fosse pedido nesses termos, e que assim o tirariam de lá e o levariam à sua aldeia, onde tentariam ver se havia algum remédio para sua estranha loucura.

Susano Correia, 2024

Capítulo 27

*De como o padre e o barbeiro se saíram com sua intenção, e
outras coisas dignas de ser contadas nesta grande história*

O barbeiro não achou a invenção do padre ruim, e sim tão boa que eles logo a puseram em prática. Pediram à estalajadeira um vestido e umas toucas, deixando-lhe em troca uma batina nova do padre. O barbeiro fez uma grande barba com um rabo de boi, entre pardo e vermelho, no qual o estalajadeiro pendurava o pente. A estalajadeira perguntou-lhes por que estavam pedindo aquelas coisas. O padre lhe contou brevemente sobre a loucura de Dom Quixote e como aquele disfarce serviria bem para tirá-lo da montanha onde ele estava naquele momento. Então o estalajadeiro e a mulher logo se deram conta de que o louco era seu hóspede, o do bálsamo, o amo do escudeiro manteado, e contaram ao padre tudo o que lhes havia acontecido, sem calar o que tanto calava Sancho. Por fim, a estalajadeira vestiu o padre de um jeito que dava gosto de ver: pôs nele um vestido de pano, cheio de faixas de veludo preto de um palmo de largura, com cortes verticais, e um corpete de veludo verde com fitas de cetim branco, que deviam ter saído, ele e o vestido, lá do fundo do baú. O padre não permitiu que lhe pusessem a touca, mas em vez disso enfiou na cabeça um gorrinho de linho acolchoado que ele usava para dormir à noite e amarrou na testa uma liga de tafetá preta; com outra liga, fez um véu com que cobriu muito bem a barba e o rosto; encasquetou o chapéu, que era tão grande que poderia servir de guarda-sol, e, cobrindo-se com seu mantelete, montou na mula de lado, à maneira das mulheres, e o barbeiro na sua, com a barba que lhe chegava à cintura, entre vermelha e branca, que, como já se disse, havia sido feita do rabo de um boi barroso.[1]

Despediram-se de todos e da boa Maritornes, que prometeu rezar um rosário, mesmo sendo pecadora, para que Deus lhes desse bom êxito em tão árdua e cristã tarefa como a que empreendiam.

Porém, assim que saiu da estalagem, veio à mente do padre o seguinte pensamento: fazia mal em ter se vestido daquela maneira, por ser coisa indecente que um sacerdote

---

1. Vermelho amarelado ou semelhante à cor do barro.

se apresentasse assim, ainda que fosse muito necessário à ocasião; e dizendo isso ao barbeiro, pediu-lhe que trocassem de traje, pois era mais justo que ele fosse a donzela necessitada e que ele próprio se fingisse de escudeiro, de modo que assim sua dignidade seria menos profanada; e, se o barbeiro não quisesse fazer a troca, ele estava determinado a não ir em frente, mesmo que Dom Quixote fosse levado pelo diabo.

Nisso chegou Sancho e, ao ver os dois naqueles trajes, não pôde conter o riso. Por fim, o barbeiro consentiu em tudo aquilo que o padre queria, e, enquanto trocavam de disfarce, o padre foi lhe instruindo em como devia se comportar e as palavras que tinha de dizer a Dom Quixote para comovê-lo e obrigá-lo a voltar com eles, desapegando-se do lugar que escolhera para sua vã penitência. O barbeiro respondeu que não havia necessidade de doutriná-lo, pois ele acertaria no ponto. Não quis vestir-se logo: preferia esperar até que estivessem perto de onde estava Dom Quixote, e então dobrou o vestido, e o padre guardou a barba, e seguiram seu caminho, guiados por Sancho Pança, o qual lhes foi contando o que lhes passara com o louco que encontraram na serra, ocultando, porém, a descoberta da maleta e de tudo o que nela havia, pois, embora tolo, o moço era um pouco ganancioso.

No dia seguinte, chegaram ao local onde Sancho espalhara os ramos para achar o lugar onde deixara seu amo, e, ao reconhecê-lo, disse-lhes que era aquela a entrada e que eles já podiam se vestir, se aquilo fosse mesmo necessário para libertar seu senhor: pois já lhe haviam dito que andar daquele jeito e vestir-se daquela forma era de suma importância para tirar seu amo daquela má vida que escolhera, e lhe pediam encarecidamente para não dizer a seu amo quem eles eram nem que os conhecia; se o amo lhe perguntasse, como havia de perguntar, se entregara a carta a Dulcineia, que Sancho dissesse que sim, e que, pelo fato de ela não saber ler, havia respondido verbalmente, dizendo-lhe que lhe ordenava, sob pena de cair em desgraça, que sem demora fosse vê-la, pois era coisa que lhe importava muito; assim, com isso e com o que pensavam dizer-lhe, tinham a certeza de levá-lo a uma vida melhor e fazer com que ele logo se pusesse a caminho de se tornar imperador ou monarca, pois quanto a ser arcebispo não havia nada a temer.

Tudo aquilo Sancho escutou e guardou muito bem na memória, e agradeceu-lhes muito pela intenção que tinham de aconselhar seu senhor a ser imperador, e não arcebispo, pois tinha para si que, naquilo de fazer mercês a seus escudeiros, os imperadores podiam mais do que os arcebispos andantes. Também lhes disse que seria bom que ele fosse na frente para procurá-lo e dar-lhe a resposta de sua senhora; que só isso já bastaria para tirá-lo daquele lugar, sem que eles tivessem tanto trabalho. Pareceu-lhes bem o que dizia Sancho Pança, e decidiram esperá-lo até que voltasse com a notícia do achado de seu amo.

Sancho entrou por aquelas quebradas da serra, deixando os dois numa delas, por onde corria um pequeno e manso riacho, à sombra agradável e fresca de outros rochedos e algumas árvores que ali estavam. O calor e o dia em que lá chegaram eram

Francisco de Goya e Félix Bracquemond, 1860

DOM QUIXOTE

os do mês de agosto, que naquelas paragens costuma ser muito quente; a hora, três da tarde; tudo isso tornava o lugar mais agradável e os convidava a esperar a volta de Sancho, como eles fizeram.

Estando, pois, os dois ali sossegados e à sombra, chegou aos seus ouvidos uma voz que, desacompanhada do som de algum outro instrumento, soava doce e delicada, e disso eles não pouco se admiraram, pois lhes parecia que aquele não era o lugar onde pudesse estar alguém que cantasse tão bem. Porque, embora se costume dizer que pastores com vozes extraordinárias são encontrados nas florestas e nos campos, são mais exageros de poetas do que verdades; e ainda mais quando perceberam que o que ouviam cantar eram versos, não de cabreiros rústicos, mas de cortesãos discretos. E confirmou essa verdade ter sido estes os versos que ouviram:[2]

> *Quem menospreza meus bens?*
> *Os desdéns.*
> *E quem aumenta meu azedume?*
> *O ciúme.*
> *E quem testa minha paciência?*
> *A ausência.*
> *Assim, em minha dolência*
> *nenhum remédio se alcança,*
> *pois me matam a esperança*
> *desdéns, ciúme e ausência.*
>
> *Quem me causa essa dor?*
> *O amor.*
> *E quem minha glória arruína?*
> *A sina.*
> *E quem me consente viver ao léu?*
> *O céu.*
> *Dessa forma, é cruel*
> *morrer desse mal tirano,*
> *pois aumentam meu dano*
> *amor, sina e céu.*

---

2.   Esse tipo de composição, que aparentemente Cervantes emprega pela primeira vez na literatura espanhola, foi denominado *ovillejo*. Trata-se de estrofes de dez versos agrupados em duas seções de seis (com três perguntas e três respostas) e quatro versos, respectivamente.

CAPÍTULO 27

Quem melhorará minha sorte?
A morte.
E o bem de amor, quem o alcança?
A mudança.
E seus males, quem os cura?
A loucura.
Dessa forma, é vã procura
querer curar a paixão,
quando os remédios são
morte, mudança e loucura.

A hora, o tempo, a solidão, a voz e a destreza de quem cantava causaram admiração e contentamento nos dois ouvintes, que ficaram calados, esperando se ouviam mais alguma coisa; mas, vendo que o silêncio durava algum tempo, resolveram sair e procurar o músico que cantava com uma voz tão boa. E iam já saindo, quando a mesma voz fez com que não se movessem, pois chegou de novo aos seus ouvidos, cantando este soneto:

SONETO

Santa amizade, que com leves asas,
tua aparência permanecendo ao léu,
entre benditas almas lá no céu,
subiste alegre até as empíreas salas:

E de lá, quando tu queres, nos dás
a justa paz coberta com um véu,
por quem certas vezes cintila o céu
de boas ações que no fim são más.

Deixa o céu, oh, amizade!, ou não permitas
que o engano seja um teu criado,
com o qual destrói o vero aliado;

pois, se tuas aparências não lhe tiras,
em breve o mundo há de estar afinal
na louca confusão primordial.

DOM QUIXOTE

O canto terminou com um profundo suspiro, e os dois esperaram com atenção para ver se mais se cantava; mas, vendo que a música se transformara em soluços e lastimosas queixas, procuraram saber quem era aquele triste ser, tão excelente na voz como doloroso nos gemidos, e não tinham andado muito quando, ao dobrar a quina de um rochedo, viram um homem do mesmo talhe e figura que Sancho Pança lhes havia pintado quando contou a história de Cardênio; esse homem, ao vê-los, sem se sobressaltar, ficou calado, com a cabeça inclinada sobre o peito, com ares de homem pensativo, sem erguer os olhos para olhá-los depois daquele primeiro momento, quando chegaram de improviso.

O padre, que era bom de conversa, tendo já notícia de sua desgraça, pois o havia reconhecido pelos sinais, foi até ele, e com razões breves, mas muito discretas, implorou e o aconselhou a deixar aquela vida miserável, para que não a perdesse ali, que era a desgraça maior entre todas as desgraças. Cardênio estava então em seu bom juízo, livre daquele furioso ataque que tantas vezes o tirava do sério; e, assim, vendo os dois em trajes tão incomuns entre aqueles que andavam por aquelas solidões, não deixou de se admirar um pouco, e ainda mais quando ouviu falarem com ele sobre seu caso, como se fosse algo conhecido (pois as coisas que o padre lhe disse assim lhe deram a entender); e então ele respondeu desta maneira:

— Bem vejo, senhores, quem quer que sejais, que o céu, que se preocupa em socorrer os bons, e até os maus muitas vezes, sem que eu o mereça me envia, nesses lugares tão remotos e afastados do trato comum das gentes, algumas pessoas que, pondo-me diante dos olhos, com vivas e várias palavras, o quão sem razão ando em levar a vida que levo, tentaram me tirar desta para melhor parte; mas, como eles não sabem que eu sei que ao sair desse mal cairei em outro maior, talvez devam me considerar um homem de débil razão, e até, o que seria pior, de nenhum juízo. E não seria de admirar se assim fosse, pois me parece que a força da imaginação de meus infortúnios é tão intensa e pode tanto em minha perdição que, sem que eu possa impedi-lo, acabo ficando como pedra, desprovido de todo bom senso e conhecimento; e percebo essa verdade quando alguns me dizem e me dão mostras das coisas que fiz quando aquele terrível mal toma conta de mim, e não faço nada além de lamentar em vão e amaldiçoar inutilmente minha ventura, e pedir desculpas por minhas loucuras contando a causa delas para quantos quiserem ouvi-la; porque, vendo o motivo, os sensatos não se maravilharão com os efeitos, e se não me derem remédio, ao menos não me darão culpa, transformando seu aborrecimento por meu destempero em pena por minhas desgraças. E se vós, senhores, vindes com a mesma intenção que outros vieram, antes que passeis adiante em vossas discretas persuasões, rogo-vos que escuteis a história inacabada de minhas desventuras, porque talvez, depois de entendê-las, poupareis o trabalho que tereis em consolar um mal que é incapaz de qualquer consolo.

Os dois, que não desejavam outra coisa além de saber de sua própria boca a causa de seu mal, imploraram que lhes contasse, prometendo-lhe não fazer nada além do que

CAPÍTULO 27

ele quisesse para seu remédio ou consolo; e com isso o triste cavaleiro começou sua história lamentável, quase com as mesmas palavras e passos que havia contado a Dom Quixote e ao cabreiro alguns dias antes, quando, por ocasião de mestre Elisabat e da preocupação de Dom Quixote em manter o decoro na cavalaria, o relato permaneceu inacabado, como a história deixa registrado. Mas agora quis a boa sorte que o ataque de loucura fosse interrompido, dando-lhe a oportunidade de contar seu relato até o fim; e assim, chegando ao ponto do bilhete que Dom Fernando encontrara dentro do livro de *Amadís de Gaula*, Cardênio disse que o sabia de memória e que dizia desta maneira:

LUCINDA A CARDÊNIO

A cada dia descubro em vós qualidades que me obrigam e forçam a estimar-vos mais; e, assim, se quiserdes me livrar dessa dívida sem me executar na honra, podeis muito bem fazê-lo. Tenho um pai que vos conhece e me quer bem, o qual, sem forçar minha vontade, cumprirá aquela que é justo que tenhais, se é que me estimais como dizeis e como eu acredito.

— Por esse bilhete me encorajei a pedir Lucinda por esposa, como já vos disse, e essa foi a razão de ter Lucinda se tornado, na opinião de Dom Fernando, uma das mulheres mais discretas e ajuizadas de sua época; e esse bilhete foi o que lhe atiçou o desejo de me destruir antes que o meu fosse efetuado. Contei eu a Dom Fernando no que o pai de Lucinda estava pensando, que era que meu pai lhe pedisse a mão, o que eu não ousava dizer-lhe, temeroso de que não concordasse, não porque não conhecesse bem a qualidade, bondade, virtude e formosura de Lucinda, a qual tinha méritos suficientes para enobrecer qualquer outra linhagem da Espanha, mas porque entendia que ele não queria que eu me casasse tão cedo, até ver o que o duque Ricardo iria fazer comigo. Enfim, disse-lhe que não me arriscaria a contar ao meu pai, tanto por esse inconveniente como por muitos outros que me acovardavam, sem nem saber quais eram: apenas me parecia que o que eu desejava jamais iria se realizar. A tudo isso Dom Fernando me respondeu que ele se encarregaria de conversar com meu pai e fazer com que ele falasse com o pai de Lucinda. Oh, ambicioso Mário, oh, cruel Catilina, oh, facínora Sila, oh, mentiroso Galalão, oh, traidor Vellido, oh, vingativo Julião, oh, ganancioso Judas![3] Traidor, cruel, vingativo e embusteiro, que deslealdade te fizera este triste homem que tão

---

3. Todos os mencionados são considerados exemplos de traição. Mário, Catilina e Sila são personagens históricos provenientes da história romana; Galalão é o padrasto traidor de Orlando; Vellido Dolfos é o assassino do rei Sancho; o conde Dom Julião foi quem permitiu a invasão da Península Ibérica pelos mouros; Judas é o traidor de Jesus no Evangelho.

abertamente te revelou os segredos e contentamentos de seu coração? Que ofensa eu te fiz? Que palavras te disse, ou que conselhos te dei, que não visavam todos a engrandecer tua honra e teu proveito? Mas de que me queixo, desventurado de mim, pois é certo que, quando os infortúnios seguem o curso dos astros e vêm de cima para baixo, caindo com fúria e violência, não há força na terra que possa detê-los, nem indústria humana que possa preveni-los? Quem poderia imaginar que Dom Fernando, ilustre cavaleiro, discreto, a quem tantos serviços prestei, bastante poderoso para realizar o que seu desejo amoroso lhe pedisse onde quer que fosse, haveria de se manchar, como dizem, tomando de mim uma única ovelha que eu ainda nem possuía? Mas vamos deixar essas considerações à parte, pois são inúteis e sem proveito, e reatar o fio rompido de minha infeliz história.

"Digo, então, que, parecendo a Dom Fernando que minha presença era inconveniente para que ele pusesse em execução seu falso e mau pensamento, decidiu enviar-me ao seu irmão mais velho, com o objetivo de lhe pedir dinheiro para pagar por seis cavalos que, só para que eu me ausentasse para melhor poder se sair com sua tentativa danosa, comprara de propósito no mesmo dia que se ofereceu para falar com meu pai, e queria então que eu fosse buscar o dinheiro. Poderia eu prever essa traição? Poderia sequer imaginá-la? Não, por certo; antes com muito prazer me ofereci para partir logo, contente pela boa compra feita. Naquela noite, falei com Lucinda e contei-lhe o que tinha sido combinado com Dom Fernando, e que ela tivesse firme esperança de que nossos bons e justos desejos se cumpririam. Ela me disse, tão desprevenida quanto eu da traição de Dom Fernando, que tentasse voltar rápido, porque ela acreditava que a conclusão de nossos desejos não demoraria mais do que o tempo que meu pai levaria para falar com o seu. Não sei o que aconteceu, pois quando ela terminou de me dizer isso, seus olhos se encheram de lágrimas, e um nó atravessou sua garganta, que não a deixava falar uma só palavra das muitas outras que me pareceu que ela estava tentando me dizer. Fiquei admirado com esse novo acontecimento, até ali jamais visto nela, pois sempre conversávamos, nas vezes que a boa sorte e minha diligência o conseguia, com todo regozijo e contentamento, sem mesclar em nossas conversas lágrimas, suspiros, ciúmes, suspeitas ou temores. Vivia eu engrandecendo minha sorte, pelo céu tê-la dado a mim como senhora: enaltecia sua beleza, admirava-me de seu valor e entendimento. Ela me retribuía em dobro, elogiando em mim o que, como enamorada, lhe parecia digno de elogio. Com isso, contávamos um ao outro cem mil bobagens e ocorrências de nossos vizinhos e conhecidos, e o mais longe a que minha desenvoltura chegava era pegar, quase à força, uma de suas belas e brancas mãos e trazê-la à minha boca, o quanto permitia a estreiteza de uma grade baixa que nos separava. Mas, na noite que antecedeu o triste dia de minha partida, ela chorou, gemeu, suspirou e se foi, deixando-me cheio de confusão e sobressalto, espantado por ter visto tão novas e tão tristes manifestações de dor e sentimento em Lucinda; mas, para não

CAPÍTULO 27

destruir minhas esperanças, atribuí tudo à força do amor que tinha por mim e à dor que a ausência costuma causar naqueles que se querem bem. Enfim, parti triste e pensativo, a alma cheia de imaginações e suspeitas, sem saber o que suspeitava ou imaginava: claros indícios que me mostravam o triste acontecimento e a desventura que estava guardada para mim. Cheguei ao lugar aonde me mandaram, entreguei as cartas ao irmão de Dom Fernando, fui bem recebido, mas não bem despachado, porque ele me mandou esperar oito dias, para meu desgosto, e num lugar onde o duque seu pai não me visse, pois seu irmão lhe escrevera para lhe enviar algum dinheiro sem seu conhecimento; e foi tudo invenção do falso Dom Fernando, já que não faltava dinheiro ao irmão para me despachar logo. Quase cheguei ao ponto de desobedecer tal ordem e mandato, pois me parecia impossível passar tantos dias de minha vida na ausência de Lucinda, e ainda mais deixando-a com a tristeza de que vos falei; mas, apesar disso, obedeci, como bom criado, embora visse que havia de ser à custa de minha saúde. Porém, depois de quatro dias que eu havia chegado, veio um homem à minha procura com uma carta que me entregou, a qual, pela letra no sobrescrito, percebi ser de Lucinda. Abri-a temeroso e sobressaltado, acreditando que devia ser uma grande coisa que a levara a escrever-me enquanto eu estava ausente, já que raramente o fazia estando eu presente. Perguntei ao homem, antes de lê-la, quem lhe dera a carta, e quanto tempo ele havia se demorado no caminho; ele me disse que, passando casualmente por uma rua da cidade, à hora do meio-dia, uma senhora muito formosa o chamou de uma janela, com os olhos cheios de lágrimas, e com grande pressa lhe disse: 'Irmão, se sois cristão, como pareceis, pelo amor de Deus vos peço que encaminheis sem demora esta carta ao lugar e à pessoa mencionada no sobrescrito, que tudo é bem conhecido, e nisso prestareis um grande serviço a Nosso Senhor; e para que não vos faltem meios de poder fazê-lo, tomai o que está neste lenço'. E, dizendo isso, jogou-me um lenço pela janela, onde estavam amarrados cem reais e este anel de ouro que trago aqui, com a carta que vos entreguei. E depois, sem aguardar minha resposta, afastou-se da janela, embora primeiro tenha visto como eu peguei a carta e o lenço, e por sinais lhe disse que faria o que ela me ordenava. E, assim, vendo-me tão bem pago pelo trabalho que eu poderia ter em vos trazê-la e sabendo pelo sobrescrito que a carta era destinada a vós, porque eu, senhor, vos conheço muito bem, e também forçado pelas lágrimas daquela bela senhora, decidi não confiar em outra pessoa, mas vir eu mesmo entregá-la, e em dezesseis horas desde que ela me pediu eu fiz o caminho, que sabeis que é de dezoito léguas.

"Enquanto o agradecido e novo correio me dizia isso, estava eu pendente de suas palavras, e minhas pernas tremiam tanto que eu mal conseguia me sustentar. Por fim, abri a carta e vi que continha estas razões:

DOM QUIXOTE

A palavra que Dom Fernando vos deu de falar com vosso pai para que falasse com o meu, cumpriu-a mais por prazer dele do que em vosso benefício. Sabei, senhor, que ele me pediu por esposa, e meu pai, iludido pela vantagem que ele pensa que Dom Fernando tem sobre vós, consentiu no que ele quer com tanto fervor que daqui a dois dias deve ser celebrado o casamento, tão discreto e tão íntimo que só os céus e algumas pessoas de casa devem ser testemunhas. Como me sinto, imaginai-o; se quiserdes vir, vereis; e se eu vos quero bem ou não, o desfecho desse acontecimento vos mostrará. Rogo a Deus que esta chegue às vossas mãos antes que a minha se veja em condições de se juntar à de quem sabe tão mal guardar a fé prometida.

"Essas, enfim, foram as palavras contidas na carta e as que me fizeram partir no mesmo instante, sem esperar outra resposta ou algum dinheiro; ficou claro então que não foi a compra dos cavalos, mas a de seus próprios interesses, que levou Dom Fernando a me enviar até seu irmão. A raiva que nutri contra Dom Fernando, junto com o temor de perder a prenda que havia conquistado com tantos anos de trabalho e desejos, deram-me asas, porque, quase como voando, no dia seguinte cheguei à minha aldeia, no ponto e na hora conveniente para ir falar com Lucinda. Entrei às escondidas e deixei a mula na qual vinha na casa do bom homem que me levara a carta, e quis a sorte que a minha fosse tão boa que encontrei Lucinda junto à grade que testemunhara nossos amores. Logo Lucinda me reconheceu, e eu a reconheci, mas não como ela deveria me reconhecer e eu a reconhecia. Contudo, quem há no mundo que possa se gabar de que penetrou e conheceu o pensamento confuso e a condição mutável de uma mulher? Ninguém, decerto. Digo então que, assim que Lucinda me viu, disse: 'Cardênio, estou vestida de noiva; Dom Fernando, o traidor, e meu pai, o ganancioso, já estão me esperando na sala, com outras testemunhas, que antes serão de minha morte que de meu enlace. Não te perturbes, amigo, mas tenta estar presente neste sacrifício: se ele não puder ser impedido por minhas palavras, levo um punhal escondido, pronto para dificultar as mais poderosas forças, sendo o fim de minha vida e o princípio da revelação do desejo que tive e tenho por ti'. Respondi-lhe confuso e apressado, temeroso de não ter mais oportunidade de lhe responder: 'Que tuas obras, senhora, tornem verdadeiras tuas palavras, pois se carregas um punhal para dar-te crédito, aqui trago uma espada para defender-te com ela ou para matar-me, se a sorte nos for contrária'. Não creio que ela conseguiu ouvir todas essas razões: escutei que a chamavam às pressas, pois o noivo a esperava. Com isso, caiu a noite da minha tristeza, pôs-se o sol da minha alegria, fiquei sem luz nos olhos e sem rumo no entendimento. Eu não

CAPÍTULO 27

conseguia entrar na casa nem me mover para lugar nenhum; mas, considerando o quanto minha presença era importante para o que poderia acontecer naquele caso, animei-me o máximo que pude e entrei em sua casa. E, como eu já conhecia muito bem todas as suas entradas e saídas, e ainda mais com o alvoroço que em segredo reinava ali, ninguém me notou; assim, sem ser visto, pude esconder-me no vão de uma janela da sala, coberta pelas pontas e os arremates de duas tapeçarias, através das quais eu podia ver, sem ser visto, tudo que se fazia na sala. Quem poderia dizer agora os sobressaltos que o coração me deu enquanto ali estive, os pensamentos que me ocorreram, as considerações que fiz, que foram tantas e tais, que nem se podem dizer nem é certo que se digam? Basta saberdes que o noivo entrou no quarto sem nenhum outro adorno além das mesmas roupas comuns que costumava usar. Trazia um primo de Lucinda como padrinho, e em toda a sala não havia ninguém de fora, apenas os criados da casa. Pouco depois, Lucinda saiu de uma recâmara,[4] acompanhada da mãe e de duas donzelas suas, tão bem-vestida e composta quanto sua qualidade e formosura mereciam e quanto cabia a quem era a perfeição da gala e da galanteria cortesã. Em minha perplexidade e assombro, não consegui nem olhar e perceber em detalhes o que ela estava vestindo: só pude notar as cores, que eram encarnado e branco, e o brilho das pedras e joias do toucado e do traje todo; e tudo isso era sobrepujado pela beleza singular de seus belos cabelos louros, que, competindo com as pedras preciosas e com as luzes de quatro tochas que havia na sala, ofereciam mais brilho aos olhos. Oh, memória, inimiga mortal de meu descanso! De que me serve imaginar agora a incomparável beleza daquela minha adorada inimiga? Não será melhor, cruel memória, que me faças lembrar e imaginar o que então ela fez, para que, movido por um agravo tão manifesto, eu procure, se não vingança, pelo menos perder a vida? Não vos canseis, senhores, de ouvir essas digressões que faço, que minha pena não é daquelas que possam nem devam ser contadas sucintamente e de passagem, pois cada circunstância sua me parece digna de um longo discurso".

A isso o padre lhe respondeu que não só não se cansavam de ouvi-lo, como lhes davam muito gosto as minúcias que ele contava, pois eram tais que não mereciam ser passadas em silêncio e deviam receber a mesma atenção que o principal ponto da história.

— Digo, então — continuou Cardênio —, que, estando todos na sala, entrou o padre da paróquia e, pegando os dois pela mão para fazer o que é requerido em tal ato, disse: "Aceitais, senhora Lucinda, o senhor Dom Fernando, que está presente, por seu legítimo esposo, como ordena a Santa Madre Igreja?". Nesse instante, eu tirei toda a cabeça e o pescoço de entre as tapeçarias e com atentíssimo ouvido e alma perturbada comecei

---

4. Quarto que dá para a sala principal de um aposento, utilizado para guardar roupas e bens pessoais.

a ouvir o que Lucinda respondia, esperando de sua resposta a sentença de minha morte ou a confirmação de minha vida. Oh, quem se atreveria a sair então gritando: "Ah, Lucinda, Lucinda! Vê o que estás fazendo, considera o que me deves, olha que és minha e não podes pertencer a outro. Repara que, ao dizer sim, ao mesmo tempo acabas com minha vida. Ah, traidor Dom Fernando, ladrão de minha glória, morte de minha vida! O que queres? O que pretendes? Considera que não podes, como cristão, chegar ao fim de teus desejos, porque Lucinda é minha esposa e eu sou seu marido". Ah, louco de mim! Agora que estou ausente e longe do perigo, digo que devia ter feito o que não fiz! Agora que deixei roubar minha cara prenda, amaldiçoo o ladrão, de quem poderia ter me vingado se tivesse coração para isso, como eu tenho para queixar-me! Enfim, tendo sido então um covarde e tolo, não é muito que eu morra agora vexado, arrependido e louco. O padre estava esperando a resposta de Lucinda, que demorou um bom tempo para dá-la, e quando pensei que ela estava sacando o punhal para se justificar ou soltando a língua para dizer alguma verdade ou decepção que redundasse em meu proveito, ouvi-a dizer com a voz fraca e desmaiada: "Sim, aceito", e o mesmo disse Dom Fernando; e, entregando-lhe o anel, ficaram ligados por nó indissolúvel. O marido veio abraçar sua esposa, e ela, pondo a mão sobre o coração, caiu desmaiada nos braços da mãe. Agora resta dizer como fiquei eu ao ver, no "sim" que tinha ouvido, burladas minhas esperanças, falseadas as palavras e promessas de Lucinda, impossibilitado de recuperar em tempo algum o bem que naquele momento havia perdido: fiquei sem saber o que fazer, desamparado, a meu ver, de todo o céu, feito inimigo da terra que me sustentava, negando-me o ar aleento para meus suspiros, e a água, lágrimas para meus olhos; apenas o fogo aumentou, de modo que tudo ardia de raiva e ciúme. Ficaram todos alvoroçados com o desmaio de Lucinda, e a mãe, ao lhe desabotoar o peito para que tomasse ar, descobriu nele um papel dobrado, que Dom Fernando então pegou e começou a ler à luz de uma das tochas; e, ao acabar de ler, sentou-se em uma cadeira e pôs a mão na face, com mostras de homem mui pensativo, sem prestar atenção aos cuidados que eram dados à esposa para que voltasse do desmaio. Eu, vendo todas as pessoas da casa em alvoroço, aventurei-me a sair, quer me vissem ou não, determinado, se me vissem, a fazer tal desatino que todos entenderiam a justa indignação de meu peito no castigo do falso Dom Fernando, e até no mutável da traidora desmaiada. Mas minha sorte, que para males maiores, se é possível que existam, deve ter me guardado, ordenou que naquele momento me sobrasse o entendimento que a partir de então me faltou; e assim, sem querer vingar-me de meus maiores inimigos (já que, por nem imaginarem que eu estivesse ali, seria fácil tomar vingança), quis tomá-la de mim mesmo e executar em mim a pena que eles mereciam, e talvez até com mais rigor do que teria com eles se então lhes desse a morte, pois a que se recebe de repente acaba logo com a pena, mas a que se dilata com tormentos sempre mata sem acabar com a vida. De qualquer forma, saí daquela casa

CAPÍTULO 27

e fui à daquele onde havia deixado a mula; pedi-lhe que a encilhasse, e sem me despedir dele montei nela e saí da cidade, sem ousar, como outro Lot, virar o rosto para olhá-la;[5] e quando me vi sozinho no campo, e notei que a escuridão da noite me cobria e seu silêncio me convidava a reclamar, sem respeito ou medo de ser ouvido ou reconhecido, soltei a voz e desatei a língua em tantas maldições contra Lucinda e Dom Fernando, como se com elas satisfizesse o agravo que me fizeram. Dei-lhe títulos de cruel, ingrata, falsa e mal--agradecida, mas acima de tudo gananciosa, pois a riqueza de meu inimigo lhe havia fechado os olhos da vontade, para tirá-la de mim e entregá-la àquele com quem a fortuna se havia mostrado mais liberal e franca; e, no meio do ardor dessas maldições e vitupérios, eu a desculpava, dizendo que não era de se espantar que uma donzela recolhida na casa de seus pais, afeita e acostumada sempre a obedecê-los, tivesse preferido condescender ao seu gosto, pois lhe davam por esposo um cavaleiro tão importante, tão rico e tão gentil--homem, que, se não quisesse recebê-lo, podia-se pensar ou que ela não tinha juízo ou que em outro lugar estava sua vontade, coisa que redundaria em grande prejuízo de sua boa reputação e fama. Então voltava a dizer que, se ela dissesse que eu era seu esposo, seus pais veriam que ela não tinha feito uma escolha tão ruim ao me escolher que não pudessem desculpá-la, pois antes que Dom Fernando se oferecesse a eles, não podiam eles desejar, se medissem corretamente seu desejo, outro melhor do que eu para esposo de sua filha; e que ela bem poderia, antes de se pôr no transe forçado e último de dar-lhe sua mão, dizer que eu já lhe dera a minha: que eu viria e concordaria com tudo que ela decidisse inventar nesse caso. Por fim, decidi que pouco amor, pouco juízo, muita ambição e desejos de grandeza fizeram-na esquecer as palavras com que me havia enganado, entretido e sustentado em minhas firmes esperanças e honestos desejos. Com esses lamentos e com essa inquietação, caminhei o resto daquela noite e, ao amanhecer, topei com uma entrada para essas serras, pelas quais caminhei por mais três dias, sem senda nem trilha alguma, até que vim a dar em uns prados, que não sei em que lado dessas montanhas estão, e lá perguntei a alguns pastores onde ficava o lugar mais íngreme dessas serras. Eles me disseram que era por esses lados. Então me dirigi para cá, com a intenção de acabar com minha vida, e, entrando por essas asperezas, minha mula caiu morta de cansaço e fome, ou, no que mais acredito, para se desfazer de uma carga tão inútil como a que levava, que era eu. Fiquei a pé, à mercê da natureza, varado de fome, sem sequer pensar em procurar alguém que me socorresse. Fiquei assim não sei por quanto tempo, estendido no chão, ao fim do qual me levantei sem fome e encontrei junto a mim alguns cabreiros, que sem dúvida devem ter sido os que supriram minha necessidade, pois me contaram como tinham me encontrado, e como eu estava dizendo tantos disparates e desatinos, que dava claros

---

5. Os anjos permitiram que Lot (ou Ló) saísse de Sodoma com a condição de que não virasse a cabeça para olhar enquanto a cidade era destruída (Gênesis 19,17).

DOM QUIXOTE

indícios de que havia perdido o juízo; e desde então tenho sentido em mim que nem sempre o tenho bom, mas tão fraco e minguado que faço mil loucuras, rasgando as roupas, gritando por essas solidões, amaldiçoando minha ventura e repetindo em vão o amado nome de minha inimiga, sem ter outro discurso ou intenção que tentar acabar com a vida gritando; e quando volto a mim, estou tão cansado e moído, que mal consigo me mexer. Minha habitação mais comum fica no oco de um sobreiro capaz de cobrir esse corpo miserável. Os pastores e cabreiros que andam por essas montanhas, movidos pela caridade, sustentam-me, deixando a comida nas veredas e nos rochedos onde entendem que talvez eu possa passar e encontrá-la; e assim, ainda que então me falte juízo, a necessidade natural me dá a conhecer o sustento e desperta em mim o desejo de ir buscá-lo e a vontade de tomá-lo. Outras vezes me dizem eles, quando me encontram com juízo, que saio pelas estradas e que o tomo à força, mesmo que me deem de boa vontade, o que os pastores trazem da aldeia para as malhadas. Assim passo minha vida miserável e extrema, até que o céu seja servido de conduzi-la ao seu último fim, ou por acabar com minha memória, para que não me lembre da formosura e da traição de Lucinda e da ofensa de Dom Fernando: pois se o céu fizer isso sem tirar minha vida, meus pensamentos voltarão a ter melhor rumo; do contrário, só me resta pedir-lhe que tenha absolutamente misericórdia de minha alma, pois não sinto em mim a coragem nem a força para tirar meu corpo dessa estreiteza em que, por minha vontade, quis deixá-lo. Oh, senhores! Essa é a amarga história de minha desgraça: dizei-me se é tal que possa ser celebrada com menos sentimentos do que aqueles que em mim haveis visto, e não vos canseis em me persuadir ou me aconselhar o que a razão vos disser que pode ser bom para minha cura, porque há de aproveitar comigo tanto quanto o paciente aproveita o remédio receitado por um médico famoso quando não quer recebê-lo. Não quero saúde sem Lucinda; se ela quis ser de pessoa alheia, sendo ou devendo ser minha, quero eu pertencer à desgraça, embora pudesse ter sido da boa sorte. Ela quis com sua inconstância tornar estável minha perdição; eu quero, ao tentar me perder, contentar sua vontade. Será um exemplo, para os que virão, de que só me faltou o que sobra a todos os infelizes, para quem costuma ser um consolo a impossibilidade de tê-lo, e em mim é causa de maiores sentimentos e mazelas, pois ainda penso que não terminarão com a morte.

Aqui Cardênio encerrou seu longo discurso e sua história, tão infeliz quanto amorosa; e enquanto o padre se preparava para lhe dizer algumas palavras de consolo, foi interrompido por uma voz que chegou aos seus ouvidos, que em lastimosos acentos ouviram que dizia o que se dirá na quarta parte desta narração, pois neste ponto deu fim à terceira o sábio e sensato historiador Cide Hamete Benengeli.

Quarta parte

Capítulo 28

Que trata da nova e agradável aventura que sucedeu ao barbeiro e ao padre na mesma serra

Felicíssimos e venturosos foram os tempos em que se lançou ao mundo o audacíssimo cavaleiro Dom Quixote de La Mancha, pois por haver tido a tão honrosa determinação de querer ressuscitar e devolver ao mundo a já perdida e quase morta ordem dos cavaleiros andantes, é que agora desfrutamos nesta nossa época, tão carente de alegres entretenimentos, não só da doçura de sua verdadeira história, mas também dos contos e episódios dela, que em parte não são menos agradáveis, artificiosos e verdadeiros do que a própria história, que, tecendo seu firme e enredado fio, conta que, assim que o padre começou a se preparar para confortar Cardênio, o impediu uma voz que chegou aos seus ouvidos, que, com um triste pesar, assim dizia:

— Ai, Deus! Será que é possível que eu já tenha achado um lugar que possa servir de oculta sepultura para meu pesado corpo, que suporto tão contra minha vontade! Sim, assim há de ser, se a promessa de solidão que estas montanhas me fazem não me mentir. Ai, desventurada, e quão mais agradável companhia serão para minha intenção esses penhascos e mato, pois eles me darão espaço para com queixas comunicar minha desgraça ao céu, mais do que qualquer ser humano, pois não há ninguém na terra de quem se possa esperar conselho nas dúvidas, alívio nas queixas ou remédio aos males!

Todas essas palavras ouviram e perceberam o padre e os que estavam com ele, e porque lhes parecia, como de fato era, que quem as proferia estava ali ao lado, levantaram-se para procurar o dono; e não tinham andado vinte passos, quando atrás de um penhasco viram sentado ao pé de um freixo um jovem vestido de lavrador, que, por estar com o rosto inclinado, lavando os pés no riacho que por ali corria, não puderam vê-lo naquele momento; e chegaram com tanto silêncio, que não foram notados por ele, nem ele estava atento a nada além de lavar os pés, que eram tais que pareciam nada mais do que dois pedaços de um branco cristal que haviam nascido entre as pedras do riacho. Ficaram suspensos com a brancura e a beleza daqueles pés, parecendo-lhes que não foram feitos para pisar na terra nem para andar atrás do arado e dos bois, como mostrava a vestimenta de seu dono; e assim, vendo que eles não haviam sido notados, o padre, que estava à frente, fez sinais para os outros dois se agacharem ou se esconderem atrás de alguns blocos de pedra que ali havia, e assim fizeram todos, olhando atentamente o que o moço fazia, o qual vestia sobre os ombros uma capa parda de duas partes, bem atada ao corpo com uma cinta branca. Trajava também um calção e polainas de pano pardo, e na cabeça um chapéu de cor parda. Suas polainas estavam arregaçadas até o meio da perna, que sem dúvida parecia branca como mármore. Terminou de lavar seus formosos pés e, então, com um lenço que tirou de baixo do chapéu, os limpou; e quando foi tirá-lo, levantou o rosto, revelando aos que olhavam uma beleza incomparável, de modo que Cardênio disse ao padre, em voz baixa:

— Esta, não sendo Lucinda, não é uma pessoa humana, e sim divina.

O jovem tirou o chapéu e, balançando a cabeça de um lado para o outro, começou a soltar e a desembaraçar uns cabelos que poderiam dar inveja aos do sol. Com isso souberam que quem parecia um lavrador era uma mulher, e delicada, e inclusive a mais bela que até então os olhos dos dois tinham visto, e até os de Cardênio, se não tivessem olhado e conhecido Lucinda: mais tarde ele afirmou que só a beleza da Lucinda poderia competir com aquela. Seus longos e loiros cabelos não apenas cobriam suas costas, mas escondiam tudo ao seu redor sob eles, de modo que, além de seus pés, nada mais em seu corpo aparecia: tais e tantos que eram. Nisso, serviram-lhe de pente as mãos, que se os pés na água pareciam um branco cristal, as mãos nos cabelos pareciam flocos de neve; tudo isso aumentava nos três que a olhavam a admiração e o desejo de saber quem era ela.

Para isso eles decidiram se mostrar; e enquanto eles se levantavam, a formosa moça levantou a cabeça e, tirando o cabelo da frente dos olhos com ambas as mãos, olhou para aqueles que faziam o ruído, e mal os tinha visto, quando se levantou e, sem esperar para calçar os sapatos ou amarrar os cabelos, agarrou com destreza uma trouxa, como de roupa, que tinha junto a si, e quis fugir, cheia de agitação e sobressalto; mas não havia dado seis passos quando seus delicados pés, incapazes de suportar a aspereza das pedras, a derrubaram no chão. Vendo os três aquilo, foram ter com ela, e o padre foi o primeiro a dizer-lhe:

— Parai, senhora, quem quer que sejais, porque os que vê aqui só têm a intenção de servi-la: não há razão para que empreendais essa improcedente fuga, porque nem vossos pés poderão suportar, nem nós consentiremos.

A tudo isso ela não respondeu uma palavra, atônita e confusa. Foram até ela, então, e, tomando-a pela mão, o padre continuou dizendo:

— O que vosso traje nos nega, donzela, seus cabelos nos revelam: sinais claros de que não devem ser de pouca importância as causas que encobriram vossa beleza em um traje tão indigno e vos trouxeram a tanta solidão como esta, na qual foi uma sorte

CAPÍTULO 28

Francis Hayman e Charles Grignion, 1755

encontrar-vos, se não para remediar vossos males, pelo menos para vos dar conselhos, pois nenhum mal pode perturbar-vos tanto ou chegar a tal extremo de sê-lo (enquanto ainda há vida), que se recuse a ouvir sequer o conselho que com boa intenção é dado ao que padece. Então, senhora minha, ou senhor meu, ou o que quiseres ser, abandonai o sobressalto que nossa visão vos causou e contai-nos vossa boa ou má sorte, que em nós juntos, ou em cada um, encontrareis quem vos ajude a suportar vossas desgraças.

  Enquanto o padre dizia isso, a moça disfarçada estava como paralisada, olhando para todos, sem mexer o lábio ou dizer uma palavra, como um aldeão rústico a quem de forma inesperada lhe apresentam coisas estranhas nunca vistas antes. Mas voltando o padre a dar-lhe mais razões para o mesmo propósito, dando um profundo suspiro, ela quebrou o silêncio e disse:

— Pois bem, a solidão destas montanhas não foi suficiente para me encobrir, nem a soltura de meus desalinhados cabelos permitiu que minha língua fosse mentirosa, seria em vão fingir novamente agora pois, se acreditassem, seria mais por cortesia do que por qualquer outra razão. Diante disso, senhores, digo que vos agradeço a oferta feita, que me colocou na obrigação de vos satisfazer em tudo o que me pedireis, ainda que eu tema que o relato que vos darei de minhas desditas vos há de causar, junto com compaixão, tristeza, porque não haveis de encontrar um remédio para remediá-las, nem consolo para amenizá-las. Mas com tudo isso, para que minha honra não ande vacilando em vossas suposições, já tendo me reconhecido como mulher e me vendo moça, sozinha e com esse traje, com todas essas coisas juntas e cada uma por si arruinando o crédito em minha honestidade, haverei de dizer-vos o que quisera calar, se pudesse.

Tudo isso foi dito sem parar pela mulher que tão formosa parecia, com tanta desenvoltura, com uma voz tão suave, que sua discrição os surpreendeu tanto quanto sua beleza. E tornando a fazer novas cortesias e novos pedidos para que se cumprisse o prometido, ela, já sem se fazer de rogada, calçando os sapatos com toda a honestidade e prendendo os cabelos, acomodou-se no assento de uma pedra com os três ao redor dela e, fazendo força para conter algumas lágrimas que vieram aos seus olhos, com uma voz pausada e clara começou a história de sua vida assim:

— Nesta Andaluzia há um lugar do qual um duque toma o título, o que o torna um daqueles que são chamados de "grandes" na Espanha. Tem dois filhos: o mais velho, herdeiro de seu estado e, ao que parece, de seus bons costumes; e não sei do que o mais novo é herdeiro, senão das traições de Vellido e das mentiras de Galalão. Meus pais são vassalos desse senhor; são humildes de linhagem, mas tão ricos, que se os bens de sua linhagem fossem iguais aos de sua fortuna, não teriam mais o que desejar, nem eu temeria ver-me na desgraça em que me vejo, porque talvez a origem de minha má sorte seja o fato de que eles não a tiveram em não haver nascido ilustres. A verdade é que eles não provêm de tão baixo que possam se envergonhar de seu estado, nem são tão altos que me tirem da cabeça que minha desdita vem de sua humildade. São, em suma, lavradores, gente simples, não misturados com judeus ou mouros e, como se costuma dizer, cristãos-velhos rançosos, porém tão ricos, que com sua riqueza e seu fino trato adquirem pouco a pouco o nome de fidalgos, e inclusive de cavalheiros, pois a maior riqueza e nobreza de que se orgulhavam era ter-me como filha; e assim, por não ter outra ou outro que fosse seu herdeiro e por serem pais afetuosos, eu era uma das mais acomodadas filhas pelos pais já acomodada. Era o espelho em que se olhavam, o cajado de sua velhice e o ser a quem direcionavam, medindo-os com o céu, todos os seus desejos, dos quais, por serem tão bons, os meus não desviavam nem um milímetro. E da mesma forma que eu era senhora de suas almas, também era de sua propriedade: os criados eram admitidos e dispensados por mim; a razão e a

CAPÍTULO 28

conta do que era semeado e colhido passava pela minha mão, os moinhos de azeite, os lagares de vinho, a quantidade de gado do maior e do menor, a das colmeias; enfim, de tudo que um lavrador rico como meu pai pode ter e tem, eu tinha a conta e fui a governanta e a senhora, com tanta dedicação minha e com tanto gosto dele, que não vou conseguir fazer jus aqui. Os momentos do dia que me restaram depois de ter dado o que convinha aos pastores, aos capatazes e aos outros empregados, eu os entretinha em atividades que são tão lícitas quanto necessárias para as donzelas, como são as de agulha e linha, e as de roca de fiar muitas vezes; e se em alguma ocasião, por recrear o espírito, essas atividades deixava, refugiava-me o entretenimento de ler algum livro devoto, ou de tocar harpa, porque a experiência me mostrava que a música recompõe os ânimos descompassados e alivia os trabalhos do espírito. Essa, então, era a vida que eu tinha na casa de meus pais, que se eu descrevi tão detalhadamente não foi por ostentação ou para dar a entender que sou rica, mas para que se perceba o quão sem culpa eu vim a dar daquela boa situação à infeliz na qual me encontro agora. É, pois, o caso que, passando minha vida em tantas ocupações e em tal reclusão, que à de um mosteiro poderia ser comparada, sem ser vista, a meu ver, por outra pessoa que não os criados da casa, porque nos dias em que eu ia à missa era tão cedo, e tão acompanhada por minha mãe e por outras criadas, e estava tão coberta e recatada, que meus olhos baixos viam apenas o chão em que pisava, e, com tudo isso, os olhos de amor, ou os de ociosidade, para melhor dizer, a quem os do lince não podem ser igualados, viram-me, postos na diligência de Dom Fernando, que esse é o nome do filho mais novo do duque de quem vos falei.

Mal havia nomeado Dom Fernando aquela que a história contava, quando Cardênio perdeu a cor do rosto e começou a suar com tanta alteração, que o padre e o barbeiro, que o olhavam, temeram que estivesse sendo acometido por aquele acidente de loucura que tinham ouvido dizer que de vez em quando o tomava. Mas Cardênio não fez nada além de transpirar e ficar parado, olhando fixamente para a lavradora, imaginando quem ela era, a qual, sem perceber os movimentos de Cardênio, prosseguiu sua história, dizendo:

— E mal me tinha postos os olhos, quando, segundo o que disse depois, ficou tão arrebatado de amores por mim quanto deram a entender suas demonstrações. Mas para acabar logo a história de minhas desgraças, que não tem fim, passei em silêncio as diligências que Dom Fernando fez para me declarar sua vontade: subornou todas as pessoas da minha casa, deu e ofereceu presentes e favores aos meus parentes; os dias eram todos de festa e alegria na minha rua, às noites a música não deixava ninguém dormir; os bilhetes, que sem saber como chegavam às minhas mãos, eram infinitos, cheios de palavras e ofertas amorosas, com menos letras do que promessas e juramentos. Tudo isso não só não me abrandava, mas me endurecia como se ele fosse meu inimigo mortal; era como se todas as obras que ele fazia para me sujeitar a sua vontade tivessem o efeito oposto, não porque não gostasse da cortesia de Dom Fernando, nem que ele exagerasse em suas diligências, porque me dava um não sei quê de contentamento ver-me tão amada e estimada por um cavaleiro tão distinto, e não me incomodava ver em seus papéis meus elogios (que nisso, por mais feias que nós mulheres sejamos, parece-me que sempre ficamos felizes em ouvir que somos chamadas de belas), mas a tudo isso se opõe minha honestidade, e se opunham os conselhos contínuos que me davam meus pais, pois já era sabido que conheciam a vontade de Dom Fernando, porque ele já não se importava que todo mundo soubesse. Meus pais me diziam que só em minha virtude e bondade depositavam sua honra e fama, e que eu deveria considerar a desigualdade que existia entre mim e Dom Fernando, e que então eu notaria que seus pensamentos (embora ele dissesse outra coisa) mais se direcionavam ao seu gosto do que ao meu benefício, e que se eu quisesse expor meus inconvenientes para que ele abandonasse sua injusta pretensão, que eles me casariam sem demora com quem eu mais gostasse, assim dos mais distintos de nossa aldeia como de todos os vizinhos, porque tudo se podia esperar de suas grandes posses e de minha boa reputação. Com essas promessas certas e com a verdade que me diziam, fortaleci minha integridade e nunca quis responder a Dom Fernando com uma palavra que lhe mostrasse, mesmo de longe, a esperança de alcançar seu desejo. Todo esse meu recato, que ele deve ter considerado desdém, deve ter sido a causa de avivar ainda mais seu apetite lascivo, que dessa forma quero nomear a vontade que ele demonstrava, a qual, se fosse de fato como deveria, não saberíeis de nada agora, porque não haveria ocasião de vos contar. Finalmente, Dom Fernando descobriu que meus pais estavam às voltas com conceder minha mão, para tirar dele a esperança de me possuir, ou pelo menos porque assim eu teria mais guardas para me vigiar, e essa nova suspeita foi motivo para ele fazer o que agora ouvireis. E foi que uma noite, estando eu no meu aposento apenas com a companhia de uma donzela que me servia, mantendo as portas bem fechadas, por medo de que por descuido minha honestidade corresse perigo, sem saber ou imaginar como, em meio a todo esse recato e precauções e na solidão desse silêncio e confinamento, encontrei-me diante dele, cuja visão me perturbou de tal maneira que ele a tirou dos meus olhos e emudeceu minha língua; e, assim, eu não fui poderosa como para gritar, nem ele acho que me deixaria, porque logo veio até mim e, tomando-me em seus braços (porque eu, como digo, não tive forças para defender-me, pois estava desnorteada), começou a me dizer tais palavras, que não sei como é possível que as mentiras tenham tanta habilidade, que saibam compô-las de tal maneira que pareçam tão verdadeiras. Fazia o traidor que suas lágrimas confirmassem suas palavras; e seus suspiros, sua intenção. Eu, pobre de mim, somente entre os meus, sem experiência em casos semelhantes, comecei, não sei como, a tomar todas aquelas falsidades como verdades, mas não de tal forma que suas lágrimas e suspiros me movessem a nada mais do que honesta compaixão; e assim, passando aquele primeiro sobressalto, senti voltar minha alma para o corpo e, com mais coragem do que pensei que

CAPÍTULO 28

poderia ter, disse-lhe: "Se como estou, senhor, em teus braços, eu estivesse entre os de um leão feroz, e para livrar-me deles fosse necessário fazer ou dizer qualquer coisa que prejudique minha honestidade, assim seria possível fazê-la ou dizê-la tanto quanto é possível deixar de ter sido o que foi. Então, se tens meu corpo cingido com teus braços, eu tenho minha alma atada com meus bons votos, que são tão diferentes dos teus quanto verás, se à força quiseres ir em frente com eles. Tua vassala sou, mas não tua escrava; não tem e não deve ter império a nobreza de teu sangue para desonrar e menosprezar a humildade da minha; e tanto me estimo, camponesa e lavradora, quanto tu, senhor e cavalheiro. Comigo não terá nenhum efeito tua força, nem tuas riquezas terão valor, nem tuas palavras poderão me enganar, nem teus suspiros e lágrimas me abrandarão. Se eu visse alguma dessas coisas que eu disse naquele que meus pais me dessem como esposo, minha vontade se ajustaria à deles, e minha vontade da deles não desviaria; para que, sendo com honra, mesmo que fosse sem gosto, eu entregaria de bom grado o que o senhor, agora, com tanta força procura. Tudo isso disse para que não penses que alguma coisa conseguirá de mim aquele que não for meu legítimo esposo". "Se o que importa para ti é apenas isso, belíssima Doroteia (que esse é o nome desta infeliz)", disse o desleal cavalheiro, "vês aqui que eu te dou minha mão e serei teu, e que sejam testemunhas desta verdade os céus, a quem nada está oculto, e esta imagem de Nossa Senhora que aqui tens".

Quando Cardênio a ouviu dizer que se chamava Doroteia, voltou a ter sobressaltos e acabou por confirmar sua primeira opinião como verdadeira, mas não quis interromper a história, para ver onde ia dar o que ele já quase sabia; somente disse:

— Doroteia é o teu nome, senhora? De outra do mesmo nome já ouvi falar, talvez andem pareadas em seus infortúnios. Vá em frente, que logo chegará o momento de eu lhe contar coisas que vão te espantar na mesma medida em que te ferirão.

Reparou Doroteia nas palavras e no estranho e surrado traje de Cardênio, e implorou-lhe que se ele soubesse alguma coisa sobre seu assunto, que lhe contasse logo, porque se a fortuna lhe havia deixado com algo de bom, era sua coragem para sofrer qualquer desastre que lhe sobreviesse, segura de que a seu ver nenhum conseguiria superar nem mesmo em um ponto aquele que já tinha.

— Eu não perderia a oportunidade, senhora — respondeu Cardênio —, de te dizer o que penso, se o que imagino for verdade; e até agora a situação não está perdida, nem te importa saber disso.

— Seja como for — respondeu Doroteia —, o que aconteceu em minha história foi que Dom Fernando, pegando uma imagem que estava naquele aposento, colocou-a como testemunha de nosso noivado; com palavras muito eficazes e juramentos extraordinários, ele me deu a palavra para ser meu marido, e antes que terminasse de dizê-las eu lhe disse para ver bem o que estava fazendo e considerar a raiva que seu pai sentiria ao vê-lo

305

casado com uma aldeã, sua vassala; que ele não se deixasse cegar por minha formosura, tal como era, pois ela não bastava como desculpa para seu erro, e que se quisesse me fazer algum bem, pelo amor que tinha por mim, que deixasse meu destino seguir de acordo com minha condição, porque nunca casamentos tão desiguais são apreciados ou duram muito tempo com aquele entusiasmo com que começam. Todas essas razões que aqui expus disse a ele, e outras muitas que não me lembro, mas não foram suficientes para que ele abandonasse sua intenção, assim como aquele que não pretende pagar não repara no preço e não considera inconvenientes. Nesse momento fiz um breve discurso para mim e falei comigo mesma: "Sim, não serei a primeira a passar de humilde a grande estado por meio do casamento, nem Dom Fernando será o primeiro a quem a formosura ou a cega fixação, que é o mais certo, fez com que escolhesse companhia desigual a sua grandeza. Pois bem, se não faço nada novo ou inusitado, está bem amparar-me nessa honra que o destino me oferece, ainda que a vontade que me é demonstrada não dure mais do que a satisfação de seu desejo; que, ao fim, diante de Deus serei sua esposa. Ainda que queira repeli-lo com desdém, ao fim e ao cabo não procederá como deve, usará da força, e ficarei desonrada e sem desculpa pela culpa que poderá me atribuir quem não souber quão sem ela cheguei a este ponto: pois que motivos bastarão para persuadir meus pais e outros de que este cavalheiro entrou em meu quarto sem meu consentimento?". Todos esses prós e contras conjecturei em minha cabeça; e eles, sobretudo, começaram a me forçar e a fazer com que me curvasse ao que foi, sem que eu soubesse, minha perdição, os juramentos de Dom Fernando, as testemunhas que evocava, as lágrimas que derramava e, finalmente, sua disposição e gentileza, que, acompanhado de tantas amostras de verdadeiro amor, poderiam render qualquer coração tão livre e recatado como o meu. Chamei minha criada, para acompanhar da terra as testemunhas do céu; voltou a reiterar e confirmar Dom Fernando seus juramentos; acrescentou aos primeiros novos santos como testemunhas; lançou mil maldições futuras sobre si mesmo se não cumprisse o que me prometia; voltou a umedecer seus olhos e aumentar seus suspiros; apertou-me ainda mais em seus braços, dos quais nunca me soltou; e com isso, ao tornar a sair do aposento minha donzela, eu deixei de ser uma e ele acabou sendo um traidor e perjuro. O dia que se seguiu à noite de minha desgraça não raiou tão rápido quanto eu acho que Dom Fernando desejava, porque, depois de satisfazer o que o apetite pede, o maior prazer que pode vir é afastar-se de onde o aplacaram. Digo isso porque Dom Fernando estava com pressa de me deixar, e por ardil de minha criada, que era a mesma que o trouxera até ali, antes do amanhecer ele se viu na rua. E ao se despedir de mim, embora não com tanto zelo e veemência como quando veio, ele me disse para ter certeza de sua promessa e que eram firmes e verdadeiros seus juramentos; e, para mais confirmação de sua palavra, ele tirou um rico anel de seu dedo e o colocou no meu. Efetivamente, ele se foi, e eu fiquei, não sei se triste ou feliz; o

CAPÍTULO 28

que sei dizer é: que fiquei confusa e pensativa e quase fora de mim com o novo incidente, e não tive coragem, ou não me lembrei, de repreender minha criada pela traição cometida ao trancar Dom Fernando em meu próprio aposento, porque eu ainda não tinha apurado se era bom ou ruim o que havia me acontecido. Ao sair, disse a Dom Fernando que ele poderia me ver em outras noites pelo mesmo caminho daquela, pois já era dele, até que, quando ele quisesse, esse fato pudesse ser publicado. Mas não veio mais nenhuma, além da seguinte, não o vi na rua nem na igreja por mais de um mês, que em vão me cansei de solicitá-lo, pois sabia que ele estava no vilarejo e que na maioria dos dias ia caçar, um exercício de que gostava muito. Estes dias e estas horas sei muito bem que para mim foram funestos e precários, e sei muito bem que foi quando comecei a duvidar, e até a descrer, da fé de Dom Fernando; e também sei que minha criada ouviu então as palavras que, em repreensão a seu atrevimento, ela não ouvira antes; e sei que fui obrigada a conter minhas lágrimas e manter a compostura do meu rosto, para não dar motivos aos meus pais de me perguntarem por que eu andava infeliz e me forçarem a procurar mentiras para lhes contar. Mas tudo isso acabou para dar lugar a um novo momento em que as conveniências foram atropeladas e os honrados discursos terminaram, quando a paciência foi perdida e se revelaram meus secretos pensamentos. E isso porque alguns dias depois se dizia pelo lugarejo que numa cidade vizinha Dom Fernando se casara com uma donzela formosíssima ao extremo e de pais muito importantes, embora não tão rica, que pelo dote pudesse aspirar a um tão nobre casamento. Diziam que se chamava Lucinda, entre outras coisas que aconteceram durante seu noivado, dignas de admiração.

Cardênio ouviu o nome de Lucinda e não fez nada além de encolher os ombros, morder os lábios, erguer as sobrancelhas e, pouco a pouco, deixar romper de seus olhos duas fontes de lágrimas. Mas não por isso Doroteia deixou de continuar sua história, dizendo:

— Essa triste notícia chegou aos meus ouvidos e, em vez de gelar meu coração ao ouvi-la, foi tanta cólera e raiva que ardeu nele, que por muito pouco não saí às ruas gritando, anunciando a aleivosia e a traição que ele comigo havia feito. Mas essa fúria foi abrandada naquele momento com a ideia de colocar em ação naquela mesma noite o que eu coloquei, que era me vestir com esse hábito, dado a mim por um daqueles que são chamados de "zagais" em casa de lavradores, que era criado de meu pai, a quem revelei toda a minha desgraça e implorei que me acompanhasse até a cidade onde entendi que meu inimigo estava. Ele, depois de ter repreendido meu atrevimento e maldizer minha determinação, vendo-me resoluta em minha opinião, ofereceu-se para me acompanhar, como ele disse, até o fim do mundo. Então imediatamente embrulhei em uma fronha de tecido um vestido de mulher e algumas joias e dinheiro, para o que poderia acontecer, e no silêncio daquela noite, desapercebida de minha traidora criada, saí de casa, acompanhada de meu criado e de muitas imaginações, e peguei o caminho para a cidade a pé, arrebatada pelo desejo de chegar, se não para interferir no que já estava feito, pelo menos para dizer a Dom Fernando que me dissesse com que alma o tinha feito. Cheguei em dois dias e meio onde queria, e ao entrar na cidade perguntei pela casa dos pais de Lucinda, e a primeira pessoa a quem fiz a pergunta respondeu mais do que eu queria ouvir. Contou-me sobre a casa, e tudo o que aconteceu no noivado de sua filha, algo tão público na cidade, que as pessoas se acotovelavam nas rodas para contar em todas as partes. Contou-me que na noite em que Dom Fernando se casou com Lucinda, depois de ela ter dado o sim para ser sua esposa, teve um violento desmaio, e que quando o esposo veio desabotoar seu peito para que ela tomasse um ar, ele encontrou um pedaço de papel escrito com a letra de Lucinda, em que dizia e declarava que não podia ser esposa de Dom Fernando, porque era de Cardênio, que, pelo que o homem me disse, era um senhor muito distinto da mesma cidade; e que, se disse sim a Dom Fernando, foi para não abandonar a obediência aos pais. Em resolução, disse que o papel continha tais razões que davam a entender que ela pretendia se matar quando acabasse a cerimônia, e que dava ali as razões pelas quais ela havia tirado a própria vida; tudo o que dizem foi confirmado por um punhal encontrado em não sei em que parte de seu vestido. Tudo isso, visto por Dom Fernando, e parecendo-lhe que Lucinda o tinha ridicularizado, escarnecido e feito pouco dele, levou-o a atacá-la antes que ela voltasse do desmaio, e com o mesmo punhal que encontraram nela quis esfaqueá-la, o que teria feito se seus pais e os presentes não o impedissem. Disseram mais: que depois Dom Fernando havia se ausentado, Lucinda, voltando de seu desfalecimento no dia seguinte, contou aos pais como era a verdadeira esposa daquele Cardênio que mencionei. Soube mais: Cardênio, como diziam, estava presente no casamento e, ao vê-la desposada, o que jamais pensou, saiu da cidade desesperado, deixando-lhe primeiro escrita uma carta, na qual insinuava o agravo que Lucinda lhe fizera, e como ele partiria para onde ninguém o encontrasse. Tudo isso era público e notório em toda a cidade, e todos falavam disso, e falavam ainda mais quando souberam que Lucinda tinha abandonado a casa dos pais e a cidade, pois não a encontraram em toda ela, que seus pais estavam enlouquecendo e não sabiam que medidas poderiam ser tomadas para encontrá-la. Isso que soube avivou minhas esperanças, e achei melhor não ter encontrado Dom Fernando do que encontrá-lo casado; parecia-me que a porta do meu alívio ainda não estava completamente fechada, dando-me a entender que poderia ser que o céu havia posto esse impedimento no segundo casamento para levá-lo a reconhecer o que ao primeiro devia e cair em conta que era cristão e que estava mais comprometido com sua alma do que com os desígnios humanos. Todas essas coisas se agitavam em minha fantasia, e eu me consolava sem ter consolo, fingindo longas e minguadas esperanças, para entreter a vida que já abominava. Estando, pois, na cidade sem saber o que fazer, pois não encontrava Dom Fernando, chegou-me aos ouvidos um pregão público, prometendo uma grande recompensa a quem

CAPÍTULO 28

me encontrasse, dando os dados de minha idade e até do mesmo traje que eu estava vestindo; e ouvi dizer que se comentava que o criado que veio comigo havia me tirado da casa de meus pais, algo que feriu minha alma, por ver como meu crédito estava em baixa, já que não bastava perdê-lo com minha partida, mas também acrescentar com quem parti, ainda mais um sujeito tão baixo e tão indigno de meus bons pensamentos. Assim que ouvi o anúncio, saí da cidade com meu criado, que já começava a dar sinais de vacilar na promessa que me havia feito de fidelidade, e naquela noite entramos pelo espesso desta montanha, com medo de ser encontrados. Mas como se costuma dizer que um mal leva a outro e que no fim de tudo desgraça pouca é tolice, assim aconteceu comigo, porque meu bom criado, até então fiel e seguro, assim que me viu nessa solidão, incitado por sua própria malícia antes que por minha beleza, quis se aproveitar da ocasião que, a seu ver, lhe ofereciam esses baldios e, com pouca vergonha e menos temor de Deus ou respeito a mim, exigiu-me amores; e, vendo que eu respondia com palavras feias e justas à falta de pudor de seus propósitos, ele deixou de lado as súplicas, das quais primeiro pensou se aproveitar, e começou a usar a força. Mas o justo céu, que raramente ou nunca deixa de olhar e favorecer as justas intenções, favoreceu as minhas, de modo que com pouca força e com pouco esforço derrubei-o de um desfiladeiro, onde o deixei, nem sei se morto ou vivo; e então, com mais rapidez do que meu sobressalto e cansaço exigiam, entrei nestas montanhas, sem ter outro pensamento ou desígnio senão me esconder nelas e fugir de meu pai e daqueles que de sua parte me procuravam. Com esse desejo, há não sei quantos meses entrei nelas, onde encontrei um pastor que me tomou como seu criado, levando-me para um lugar que fica nas entranhas desta serra, para o qual trabalhei como zagal todo esse tempo, sempre tentando estar no campo para encobrir estes cabelos que agora inesperadamente me revelaram. Mas toda a minha diligência e toda a minha destreza foram em vão e de nada serviram, pois meu amo soube que eu não era um homem, e surgiu nele o mesmo mau pensamento que em meu criado; e como a fortuna nem sempre tudo remedia, não encontrei um desfiladeiro ou barranco de onde derrubar ou despedir o patrão, como encontrei para o criado, e por isso achei menos inconveniente deixá-lo e me esconder de novo entre essas asperezas do que pôr à prova com ele minha força ou minhas escusas. Digo, então, que voltei a emboscar-me e procurei onde sem nenhum impedimento eu pudesse, com suspiros e lágrimas, pedir ao céu que se doa por minha desgraça e me dê diligência e condições para sair dela, ou para deixar a vida entre estas solidões, sem que fique a memória desta triste, que tão sem culpa terá dado assunto para que dela se fale e murmure em sua própria e em estrangeiras terras.

Capítulo 29

Que trata da discrição da formosa Doroteia, com
outras coisas de muito apreço e passatempo

— Esta é, senhores, a verdadeira história de minha tragédia: vede e julgai agora se os suspiros que escutastes, as palavras que ouvistes e as lágrimas que saíram de meus olhos tinham motivos suficientes de mostrar-se em maior abundância; e, considerada a qualidade de minha desgraça, vereis que o consolo será em vão, pois é impossível remediá--la. Apenas vos suplico, o que podeis e deveis fazer com facilidade, que me aconselheis onde poderei passar a vida sem que me destruam o temor e o sobressalto que tenho de ser achada pelos que me procuram; pois, embora eu saiba que o grande amor que meus pais têm por mim me assegura que serei bem recebida por eles, é tanta a vergonha que me toma só de pensar que eu possa aparecer na presença deles de maneira diferente do que pensavam, que considero melhor desterrar-me para sempre de ser vista do que ver o rosto deles pensando que olham para o meu alheio à honestidade que de mim deviam ter prometida.

Depois de dizer isso, calou-se, e seu rosto foi tomado por uma cor que mostrou claramente seus sentimentos e a vergonha de sua alma. Na deles, sentiram aqueles que a ouviram tanta pena quanto admiração por sua desgraça; e embora o padre logo quisesse consolá-la e aconselhá-la, Cardênio adiantou-se e tomou as mãos dela, dizendo:

— Então, senhora, és a bela Doroteia, a única filha do rico Clenardo.

Doroteia ficou admirada ao ouvir o nome do pai e, ao ver de que baixa condição era quem o nomeava — pois já se disse de que péssima maneira Cardênio estava vestido —, então lhe disse:

— E quem sois vós, irmão, que sabeis o nome de meu pai dessa maneira? Porque eu, até agora, se bem me lembro, em todo o decorrer do relato de meu infortúnio não o mencionei.

— Sou — respondeu Cardênio — aquele desventurado de quem, segundo vós, senhora, Lucinda disse que era esposa. Sou o desafortunado Cardênio, a quem o mau comportamento daquele que vos pôs no lugar em que estais me levou a que me vejais como me vedes, alquebrado, nu, sem consolação humana e, o que é pior, carente de juízo, pois o tenho apenas quando o céu quer oferecê-lo a mim por um curto espaço de tempo. Eu, Doroteia, sou aquele que presenciou as desrazões de Dom Fernando e que esperou para ouvir o sim que Lucinda pronunciou ao aceitar ser sua esposa. Eu sou aquele que não teve coragem de ver aonde ia dar seu desmaio, nem o que resultava do papel que foi encontrado em seu peito, pois a alma não teve forças para ver tantas desventuras juntas; e, assim, abandonei a casa e a impassibilidade, e deixei uma carta à pessoa que me hospedou, a quem implorei que a entregasse em mãos de Lucinda, e me dirigi para estas solidões, com a intenção de aqui dar um fim à vida, que a partir daquele instante detestei como mortal inimiga minha. Mas a sorte não quis tirá-la de mim, contentando-se em tirar-me o juízo, talvez me guardando para a boa ventura que tive em vos encontrar; pois sendo verdade, como acho que é, o que aqui haveis contado, ainda pode ser que o céu tenha guardado a nós dois melhores sucessos em nossos desastres do que pensávamos. Porque, supondo que Lucinda não possa casar-se com Dom Fernando, por ser minha, nem Dom Fernando com ela, por ser vosso, e ela o declarou tão manifestamente, bem podemos esperar que o céu nos restitua o que é nosso, pois ainda continua tendo validez: não foi alienado nem desfeito. E como temos essa consolação, nascida de uma esperança não muito remota nem fundada em imaginações desvairadas, suplico-vos, senhora, que tomeis outra resolução em vossos honrados pensamentos, pois eu pretendo tomá-la nos meus, acomodando-os a esperar melhor fortuna; porque vos juro, pela fé de cavaleiro e cristão, que não vos abandonarei até que vos veja em poder de Dom Fernando; e que, se não puder levá-lo com sensatez a reconhecer o que vos deve, usarei então da liberdade que me é concedida por ser cavaleiro e poder com justa causa desafiá-lo, em razão da desrazão que voz faz, sem me lembrar de meu agravos, cuja vingança deixarei ao céu, para acudir na terra aos vossos.

Com o que Cardênio disse, acabou Doroteia de se admirar e, por não saber que agradecimentos replicar a tão grandes oferecimentos, quis tomar seus pés para beijá-los; mas Cardênio não consentiu, e o licenciado respondeu por ambos e aprovou o bom discurso de Cardênio e, sobretudo, implorou-lhes, aconselhou-os e convenceu-os a ir com ele à sua aldeia, onde poderiam se prover das coisas que lhes faltavam e organizar como procurar Dom Fernando ou levar Doroteia aos pais ou fazer o que lhes parecesse mais conveniente. Cardênio e Doroteia agradeceram e aceitaram a mercê que lhes era oferecida. O barbeiro, que se mantivera o tempo todo suspenso e calado, fez também seu bom discurso e se ofereceu com não menos vontade do que o padre a fazer o que fosse melhor para servi-los.

Também contou brevemente o motivo de estarem ali, falou da estranheza da loucura de Dom Quixote e que estavam aguardando seu escudeiro, o qual tinha ido buscá-lo. Veio à memória de Cardênio, como em sonho, a briga que tivera com Dom Quixote, e contou-a aos demais, mas não soube dizer o que motivou essa pendência.

CAPÍTULO 29

Nisso ouviram gritos e souberam que quem os dava era Sancho Pança, que, por não tê-los encontrado no lugar onde os deixou, os chamava em altas vozes. Saíram ao seu encontro e, quando lhe perguntaram por Dom Quixote, ele lhes contou como o encontrara só de camisa, magro, amarelo, morto de fome e suspirando por sua senhora Dulcineia; e que, embora lhe dissesse que ela ordenara que saísse daquele lugar e fosse para El Toboso, onde ela o esperava, ele havia respondido que estava determinado a não aparecer diante de sua formosura até que tivesse feito proezas que o tornassem digno de sua graça; e que, se aquilo continuasse, ele corria o risco de não se tornar imperador, como estava determinado, ou mesmo arcebispo, que era o mínimo que podia ser: por isso, que pensassem bem no que tinha de ser feito para tirá-lo de lá.

O licenciado respondeu-lhe que não se afligisse, pois o tirariam de lá, mesmo contra sua vontade. Depois contou a Cardênio e Doroteia o que pretendiam fazer para curar Dom Quixote, ou pelo menos para levá-lo para casa, ao que Doroteia disse que representaria a donzela necessitada melhor do que o barbeiro, e mais: que ela trazia roupas para fazê-lo com naturalidade, e que deveriam deixar a ela o encargo de saber representar tudo o que fosse necessário para levar adiante sua intenção, pois havia lido muitos livros de cavalaria e conhecia bem o estilo que as donzelas aflitas tinham quando faziam suas súplicas aos cavaleiros andantes.

— Pois então, nada mais é preciso — disse o padre — além de pôr mãos à obra, porque sem dúvida a boa sorte se mostra a nosso favor, pois de improviso, senhores, a vós começaram a abrir-se as portas para vosso remédio, e a nós foi facilitado o que precisávamos.

Então Doroteia tirou de sua fronha um vestido de certa lã rica e uma mantilha verde de outro tecido vistoso; e de uma caixinha, um colar e outras joias, com as quais num instante se enfeitou de tal maneira que parecia uma rica e grande senhora. Tudo isso, e mais, ela disse que havia pegado de sua casa para o que se apresentasse, mas que até então não lhe havia sido apresentada nenhuma ocasião de ter necessidade daquilo. Todos ficaram extremamente satisfeitos com sua grande graça, donaire e formosura, e confirmaram que Dom Fernando tinha muito pouca inteligência, já que rejeitava tanta beleza.

Contudo, quem mais se admirou foi Sancho Pança, porque lhe parecia, como era verdade, que em todos os dias de sua vida nunca tinha visto uma criatura tão bela; e, assim, pediu ao padre com grande fervor que lhe dissesse quem era aquela tão formosa senhora e o que procurava naquelas paragens.

— Essa formosa senhora — respondeu o padre —, Sancho irmão, é nada mais, nada menos do que a herdeira por linha direta do varão do grande reino de Micomicão, que vem em busca de vosso amo para pedir-lhe um favor: que ele desfaça uma infâmia ou agravo que um gigante malvado lhe fez; e, pela fama que vosso amo tem de bom cavaleiro por toda a face da Terra, esta princesa veio da Guiné para procurá-lo.

313

DOM QUIXOTE

— Venturosa busca e venturoso achado — disse Sancho Pança nesse momento —, e ainda mais se meu amo tiver a sorte de desfazer esse agravo e endireitar aquela infâmia, matando esse bastardo desse gigante que vossa mercê diz, que ele matará se o encontrar, a menos que seja um fantasma, pois contra fantasmas não tem meu senhor poder algum. Mas uma coisa quero suplicar a vossa mercê, entre outras, senhor licenciado: para que meu amo não tenha vontade de ser arcebispo, que é o que temo, que vossa mercê o aconselhe a casar-se logo com essa princesa, e assim ficará impossibilitado de receber ordens arcebispais e chegará facilmente ao seu império; e eu, ao fim de meus desejos; pois pensei bastante nisso e, em minha opinião, não é bom para mim que meu amo seja arcebispo, pois sou inútil para a Igreja, já que sou casado, e andar agora atrás de dispensas para poder obter uma renda da Igreja, tendo como tenho mulher e filhos, seria um trabalho sem fim. Portanto, senhor, o ponto é que meu amo se case logo com essa senhora, que até agora não sei sua graça e, portanto, não a chamo pelo nome.

— Ela se chama — respondeu o padre — princesa Micomicona, pois, como seu reino é chamado Micomicão, é claro que ela deve ser chamada assim.

— Não há dúvida disso — respondeu Sancho —, pois vi muitos tomarem o sobrenome e a alcunha do lugar onde nasceram, chamando-se Pedro de Alcalá, Juan de Úbeda e Diego de Valladolid, e isto também deve ser usado lá na Guiné: tomar as rainhas os nomes de seus reinos.

— Deve ser assim — disse o padre —; e quanto a casar-se vosso amo, vou empregar nisso todas as minhas forças.

Com isso, Sancho ficou tão satisfeito quanto o padre admirado de sua simplicidade e de ver quão embutidos estavam em sua imaginação os mesmos disparates que seu amo pensava, pois sem dúvida alguma pensava que ele se tornaria imperador.

A essa altura, Doroteia já tinha montado na mula do padre e o barbeiro pusera no rosto a barba do rabo do boi, e disseram a Sancho que os levasse até onde estava Dom Quixote (advertindo-o de que não dissesse que conhecia o licenciado nem o barbeiro, porque em não conhecê-los consistia a chave para que seu amo se tornasse imperador), pois nem o padre nem Cardênio quiseram ir com eles, para que Dom Quixote não se lembrasse da briga que teve com Cardênio, e o padre, porque sua presença não era necessária naquele momento; e, assim, eles os deixaram seguir em frente e foram seguindo-os a pé, a passo miúdo. O padre não deixou de dizer a Doroteia o que ela tinha de fazer; ao que ela lhes disse para não se preocuparem, que tudo seria feito sem faltar nem um ponto, como solicitavam e pintavam os livros de cavalaria.

Devem ter andado três quartos de légua quando descobriram Dom Quixote entre uma maranha de rochas, já vestido, embora não com armadura, e assim que Doroteia o viu e foi informada por Sancho de que aquele era Dom Quixote, deu com o chicote em seu palafrém,

314

Ricardo Balaca, 1880–1883

sendo seguida pelo bem barbado barbeiro; e, ao alcançá-lo, o escudeiro saltou da mula e foi tomar Doroteia nos braços, que, apeando com grande desenvoltura, foi ajoelhar-se diante de Dom Quixote; e, por mais que ele tentasse levantá-la, ela, sem se levantar, falou-lhe assim:

— Daqui não me levantarei, ó valoroso e esforçado cavaleiro, até que vossa bondade e cortesia me concedam uma mercê, que redundará em honra e louvor para vossa pessoa e em prol da donzela mais desconsolada e ofendida que o sol já viu. E se é que o valor de vosso forte braço corresponde à voz de vossa imortal fama, estais obrigado a favorecer a esta desventurada que de terras tão distantes vem, seguindo o faro de vosso famoso nome, buscando-vos para remediar suas desgraças.

— Não vos responderei palavra, formosa senhora — respondeu Dom Quixote —, nem ouvirei mais nada sobre vosso assunto, até que vos levanteis do chão.

— Não me levantarei, senhor — respondeu a aflita donzela —, se antes, por vossa cortesia, não me for concedido o favor que peço.

— Eu vos concedo e outorgo — respondeu Dom Quixote —, desde que não venha a prejudicar ou diminuir meu rei, minha pátria e aquela que tem a chave de meu coração e de minha liberdade.

— Não será em prejuízo ou diminuição dos que dizeis, meu bom senhor — respondeu a triste donzela.

E, estando nisso, Sancho Pança chegou ao ouvido de seu senhor e em voz muito baixa lhe disse:

— Vossa mercê pode muito bem, senhor, conceder-lhe o favor que pede, que é uma coisica de nada: é só matar um gigante, e isso quem lhe pede é a alta princesa Micomicona, rainha do grande reino Micomicão da Etiópia.

— Seja quem for — respondeu Dom Quixote —, farei o que sou obrigado a fazer e o que minha consciência me dita, conforme o que professei.

E voltando-se para a donzela, disse:

— Que vossa grã-formosura se levante, pois lhe concedo o favor que me deseja pedir.

— Pois o que eu peço é — disse a donzela — que vossa magnânima pessoa venha comigo aonde eu a levar e me prometa que não há de se meter em outra aventura ou demanda alguma até que me vingue de um traidor que, contra todos os direitos, divinos e humanos, usurpou meu reino.

— Digo que assim o concedo — respondeu Dom Quixote —, e, assim, podeis, senhora, de hoje em diante, despojar-vos da melancolia que vos fadiga e fazer vossa desvanecida esperança ganhar novo vigor e força, pois, com a ajuda de Deus e de meu braço, vos vereis em breve restituída ao vosso reino e sentada na cadeira de vosso antigo e grande Estado, apesar e a despeito dos velhacos que quiserem se opor a isso. E mãos à obra, que na tardança dizem que costuma morar o perigo.

CAPÍTULO 29

Pedro González Bolívar, 1881

A donzela necessitada tentou com muita persistência beijar suas mãos; mas Dom Quixote, que era em tudo um comedido e cortês cavaleiro, não consentiu de modo algum, antes fez com que ela se levantasse e a abraçou com grande cortesia e comedimento, e ordenou a Sancho que conferisse os arreios de Rocinante, e também que o armasse com presteza. Sancho foi pegar a armadura, que, como um troféu, estava pendurada numa árvore, e, conferindo as cilhas do cavalo, foi num piscar de olhos armar seu senhor; o qual, vendo-se armado, disse:

— Vamos daqui, em nome de Deus, para favorecer essa grã-senhora.

DOM QUIXOTE

O barbeiro ainda estava de joelhos, tomando muito cuidado para dissimular o riso e evitar que a barba caísse, o que poderia deixar todos sem alcançar suas boas intenções; e vendo que o favor já havia sido concedido e a diligência com que Dom Quixote se preparava para ir cumpri-lo, levantou-se e pegou a senhora pela outra mão, e os dois a puseram na mula. Depois Dom Quixote montou Rocinante, e o barbeiro acomodou-se em sua montaria, deixando Sancho a pé, o que o fez lamentar mais uma vez a perda do ruço, pela falta que agora lhe fazia; mas ele aceitava tudo com gosto, pois lhe parecia que seu senhor já estava a caminho e muito perto de ser imperador, porque sem dúvida alguma pensava ele que o amo havia de se casar com aquela princesa e ser pelo menos rei de Micomicão: só se lamentava ao pensar que aquele reino ficava em terra de negros e que as pessoas que lhe dessem por vassalos deviam ser todas negras; para o qual ele então imaginou um bom remédio, e disse a si mesmo:

— O que me importa que meus vassalos sejam negros? Não é só carregá-los e trazê-los para a Espanha, onde poderei vendê-los e me pagarão à vista, e com esse dinheiro poderei comprar algum título ou algum cargo oficial com o qual viver descansado todos os dias de minha vida? Não, não vou dormir de touca, olha lá se não tenho engenho e habilidade para dispor das coisas e para vender trinta ou dez mil vassalos num piscar de olhos! Juro por Deus que os faço desaparecer, vendendo-os todos juntos, ou como puder, e, por mais pretos que sejam, hei de torná-los prateados e dourados.[1] Pois que venham, vamos ver se eu fico chupando o dedo!

Com isso, ia andando tão agitado e tão feliz que até se esquecia do desgosto de andar a pé.

Cardênio e o padre olhavam tudo isso escondidos pelo matagal e não sabiam o que fazer para se juntar a eles; mas o padre, sempre com suas artimanhas, imaginou então o que eles fariam para conseguir o que desejavam, e foi que com uma tesoura que ele trazia em um estojo tirou com muita pressa a barba de Cardênio e o vestiu com um capotinho pardo que estava usando e também com seu mantelete preto, ficando apenas com os calções e o gibão; e Cardênio se mostrou tão diferente do que parecia antes, que nem ele próprio se reconheceria, mesmo se se olhasse no espelho. Feito isso, embora os outros já tivessem passado enquanto se disfarçavam, os dois chegaram facilmente à estrada real antes deles, porque a mata cerrada e as trilhas tortas daqueles lugares não permitiam que os que iam a cavalo andassem tanto quanto os que estavam a pé. De fato, postaram-se na planície à saída da serra, e assim que saiu dela Dom Quixote e seus camaradas, o padre começou a olhá-lo de longe, dando sinais de que o reconhecia; e depois de um bom espaço de tempo o observando, foi até ele com os braços abertos e dizendo aos gritos:

---

1.   Ou seja, como Sancho pensava em vendê-los, iria convertê-los em prata ou ouro (prateados e dourados).

CAPÍTULO 29

— Que felicidade ter encontrado o espelho da cavalaria, meu bom compatriota Dom Quixote de La Mancha, flor e nata da gentileza, amparo e remédio dos necessitados, quintessência dos cavaleiros andantes.

E, dizendo isso, abraçava Dom Quixote pelo joelho da perna esquerda, e ele, espantado com o que via e ouvia aquele homem dizer e fazer, começou a olhá-lo com atenção e por fim o reconheceu, espantando-se com o que via e fazendo um grande esforço para apear; mas o padre não consentiu, pelo que Dom Quixote dizia:

— Deixe-me vossa mercê, senhor licenciado, que não é justo que eu esteja a cavalo, e uma pessoa tão venerável como vossa mercê vá a pé.

— Isso eu não consentirei de forma alguma — disse o padre —: continue vossa grandeza a cavalo, pois estando a cavalo realiza as maiores façanhas e aventuras que em nossa época já se viram; quanto a mim, embora indigno sacerdote, me bastará subir na garupa de uma dessas mulas desses senhores que com vossa mercê caminham, se não se importarem, e até farei de conta que vou montado no cavalo Pégaso[2] ou na zebra ou no alfaraz[3] em que cavalgava aquele famoso mouro Muzaraque, que ainda hoje jaz encantado na grande encosta Zulema, não muito distante da grande Campluto.[4]

— Nisso eu não tinha pensado, meu senhor licenciado — respondeu Dom Quixote —, e sei que minha senhora princesa se dignará, por amor a mim, a mandar que seu escudeiro ofereça a vossa mercê a sela de sua mula; ele poderá se acomodar na garupa, se a mula não se importar.

— Acredito que não — respondeu a princesa —, e também sei que não será necessário pedi-lo ao senhor meu escudeiro, pois ele é tão cortês e cortesão que não permitirá que uma pessoa eclesiástica vá a pé, podendo ir a cavalo.

— Isso mesmo — respondeu o barbeiro.

E, apeando-se com presteza, convidou o padre a subir à sela, e ele a aceitou sem se fazer de rogado. E foi o mal que, quando o barbeiro subiu na garupa, a mula, que na verdade era de aluguel — o que basta para dizer que era ruim —, levantou um pouco os quartos traseiros e deu dois coices no ar, que, se as desse no peito de mestre Nicolás ou na cabeça, ele amaldiçoaria muito por ter vindo procurar Dom Quixote. Mesmo assim, levou um susto tão grande que caiu no chão, tomando tão pouco cuidado com a barba que ela também foi ao chão; e, assim que se viu sem ela, não teve outra escolha a não ser cobrir o rosto com ambas as mãos e reclamar que seus dentes tinham quebrado. Dom Quixote, vendo todo o emaranhado de barbas, sem queixada e sem sangue, longe do rosto do escudeiro caído, disse:

2.   O mitológico cavalo alado nascido do sangue de Medusa.
3.   Cavalo árabe ligeiro e próprio para a guerra.
4.   Zulema é uma grande colina a oeste de Alcalá de Henares, a antiga cidade Campluto de Ptolomeu.

DOM QUIXOTE

— Valha-me Deus, mas que grande milagre! Barbas derrubadas e arrancadas do rosto, como se tivessem sido removidas de propósito!

O padre, que viu que sua invenção corria o risco de ser descoberta, acudiu logo para pegar a barba e foi com ela até onde mestre Nicolás jazia, ainda gritando, e rapidamente, encostando a cabeça do barbeiro em seu peito, pôs a barba no lugar, murmurando algumas palavras que ele disse ser um certo ensalmo[5] adequado para colar barbas, como eles veriam; e quando a arrumou, afastou-se, e o escudeiro permaneceu tão barbado e saudável como antes, do qual Dom Quixote se admirou sobremaneira e rogou ao cura que, quando tivessem oportunidade, lhe ensinasse aquele ensalmo, que ele entendia ser de virtude maior do que pregar barbas, pois estava claro que, de onde quer que se removessem barbas, a carne devia ficar chagada e machucada, e que, tendo ficado ali tudo são, é porque o remédio curava mais do que barbas.

— Isso mesmo — disse o padre, e prometeu ensinar-lhe assim que pudesse.

Combinaram então que o padre montaria primeiro, e depois os três iriam se alternando até que chegassem à estalagem, que ficava a duas léguas dali. Com os três a cavalo, isto é, Dom Quixote, a princesa e o padre, e os três a pé, Cardênio, o barbeiro e Sancho Pança, Dom Quixote disse à donzela:

— Vossa grandeza, senhora minha, se encaminhe para onde mais lhe apetecer.

E antes que ela respondesse, o licenciado disse:

— Para qual reino vossa senhoria deseja se dirigir? É por acaso para Micomicão? Deve ser, ou sei pouco sobre reinos.

Ela, que estava atenta a tudo, entendeu que tinha de responder que sim, portanto disse:

— Sim, senhor, meu caminho é para esse reino.

— Se é assim — disse o padre —, temos de passar por dentro de minha aldeia, e de lá vossa mercê tomará a rota para Cartagena, onde poderá embarcar com boa ventura; e se houver vento próspero, mar calmo e sem tempestade, em pouco menos de nove anos será possível avistar a grande lagoa Mijótis, quero dizer Meótis,[6] que fica a pouco mais de cem dias do reino de vossa grandeza.

— Vossa mercê está enganado, senhor meu — disse ela —, porque não faz dois anos que parti de meu reino e, na verdade, nunca tive bom tempo; apesar disso consegui ver o que tanto desejava, que é o senhor Quixote de La Mancha, cujas notícias chegaram aos meus ouvidos assim que pus os pés na Espanha e me levaram a procurá-lo, para encomendar-me à sua cortesia e confiar minha justiça ao valor de seu invencível braço.

---

5. Reza extraída do *Livro dos Salmos*, utilizada para cura.
6. Meótis ou Meótide, braço do Mar Negro hoje conhecido como Mar de Azov, localizava-se na antiga Cítia, região cujos habitantes eram conhecidos por sua crueldade.

CAPÍTULO 29

— Basta: chega de elogios — disse Dom Quixote neste momento —, porque sou inimigo de todo tipo de adulação; e embora aqui não seja o caso, semelhantes conversas ainda ofendem meus castos ouvidos. O que sei dizer, senhora minha, é que, tenha eu ou não valor, o que eu tiver ou não tiver deve ser empregado em vosso serviço, até eu perder a vida; e assim, deixando isso para seu tempo, suplico ao senhor licenciado que me diga qual é a causa que o trouxe a essas partes tão sozinho, tão sem criados e conforto, que me espanta.

— A isso responderei brevemente — disse o padre —, porque vossa mercê deve se lembrar, senhor Dom Quixote, de que eu e mestre Nicolás, nosso amigo e nosso barbeiro, íamos a Sevilha cobrar certo dinheiro que um parente meu que foi há muitos anos para as Índias me enviou, e não era pouca coisa: ultrapassam sessenta mil pesos de prata pura que, aquilatados, devem valer quase o dobro;[7] e passando ontem por essas paragens, quatro ladrões saíram ao nosso encontro e tiraram até nossas barbas, e tanto as tiraram que o barbeiro precisou dispor de postiças, e deixaram até mesmo este jovem aqui — apontando para Cardênio — parecendo outro. E o melhor de tudo é que é fama pública por todos esses contornos que aqueles que nos assaltaram são do bando de uns galeotes que dizem ter sido libertados quase nesse mesmo lugar por um homem tão valente que, apesar do comissário e dos guardas, soltou a todos; e sem dúvida alguma devia estar fora de si, ou deve ser um grande velhaco como eles, ou algum homem sem alma e sem consciência, pois quis soltar o lobo entre as ovelhas, a raposa entre as galinhas, a mosca no mel, quis fraudar a justiça, ir contra seu rei e senhor natural, pois foi contra seus justos mandamentos; ele quis, digo eu, privar as galés de seus pés, pôr em alvoroço a Santa Irmandade, que estava em repouso havia muitos anos; quis, finalmente, realizar uma façanha pela qual sua alma se perde e seu corpo nada ganha.

Sancho contara ao padre e ao barbeiro a aventura dos galeotes, que seu amo terminou com tanta glória, e por isso o padre pesava a mão ao narrá-la, para ver o que fazia ou dizia Dom Quixote, que mudava de cor a cada palavra e não ousava dizer que havia sido ele o libertador daquela boa gente.

— Esses, então — disse o padre —, foram os que nos roubaram. Que Deus, por sua misericórdia, perdoe aquele que não os deixou receber o devido castigo.

---

7. Os pesos de prata pura (em barra) dobravam de valor quando convertidos em moeda na Península Ibérica.

Capítulo 30

Que trata do gracioso artifício e ordem que se tramou para tirar nosso enamorado cavaleiro da duríssima penitência em que se enfiara

Nem bem o padre tinha acabado, quando Sancho disse:

— Pois, por minha fé, senhor licenciado, quem fez aquela façanha foi meu amo, e não porque eu não lhe tivesse dito antes e avisado para ver bem o que estava fazendo, e que era um pecado dar-lhes liberdade, já que todos estavam ali por serem grandes velhacos.

— Seu tonto — disse Dom Quixote nesse momento —, não cabe nem diz respeito aos cavaleiros andantes averiguar se os aflitos, acorrentados e oprimidos que encontram pelas estradas vão daquele jeito ou estão nessa angústia por suas culpas ou desgraças: cabe apenas ajudá-los como necessitados, pondo os olhos em suas penas e não em suas vilanias. Eu topei com um rosário e uma fileira de pessoas infelizes e desgraçadas, e fiz com eles o que minha religião me pede, e o resto não me importa; e para quem achou isso ruim, salvo a santa dignidade do senhor licenciado e sua honrada pessoa, digo que sabe pouco em matéria de cavalaria e que mente como um bastardo e malnascido: e isso o farei conhecer com minha espada, onde mais largamente se contém.[1]

E disse isso apoiando-se nos estribos e enfiando o capacete, pois levava a bacia do barbeiro, que a seu ver era o elmo de Mambrino, pendurada no arção dianteiro, enquanto não a consertava dos maus-tratos que os galeotes lhe deram.

Doroteia, que era discreta e de grande donaire, e já sabendo do minguado humor de Dom Quixote e que todos zombavam dele, menos Sancho Pança, não quis ficar atrás e, vendo-o tão zangado, disse:

— Senhor cavaleiro, recorde-se vossa mercê do favor que me prometeu e de que, segundo ele, não pode se envolver em outra aventura, por mais urgente que seja. Acalme vossa mercê o peito, pois se o senhor licenciado soubesse que os galeotes tinham sido libertados por esse invicto braço, ele costuraria a boca com três pontos e

---

1. "Onde mais largamente se contém" era uma frase jurídica utilizada pelos escrivães para se referir a um documento anterior mais extenso.

DOM QUIXOTE

ainda morderia a língua três vezes antes de dizer uma palavra que redundasse em ofensa a vossa mercê.

— Juro por isso — disse o padre —, e até arrancaria os fios do bigode.[2]

— Ficarei calado, minha senhora — disse Dom Quixote —, e reprimirei a justa cólera que já se erguera em meu peito, e irei quieto e pacífico até cumprir o dom prometido a vós; mas em troca desse bom desejo, peço-vos que me diga, se não vos molestar, qual é vossa aflição, e quantas, quem e quais são as pessoas de quem tenho que vos dar a devida, satisfeita e completa vingança.

— Isso farei de boa vontade — respondeu Doroteia —, se é que não ficareis aborrecido de ouvir tantas lástimas e desgraças.

— Não ficarei, minha senhora — respondeu Dom Quixote.

Ao que Doroteia respondeu:

— Pois bem, que vossas mercês prestem atenção.

Mal tinha dito isso, quando Cardênio e o barbeiro se postaram ao seu lado, ansiosos para ver como a discreta Doroteia fingia sua história, e o mesmo fez Sancho, que estava tão iludido com ela quanto seu amo. E ela, depois de se acomodar bem na sela e preparar-se tossindo e fazendo outros gestos graciosos, começou a dizer desta maneira:

— Em primeiro lugar, quero que vossas mercês saibam, meus senhores, que me chamam...

E aqui se deteve um pouco pois esqueceu o nome que o padre lhe dera; mas ele acudiu em seu auxílio, entendendo o que se passava, e disse:

— Não é à toa, minha senhora, que vossa grandeza esteja perturbada e se embarace ao relatar suas desventuras, que costumam ser tais que muitas vezes tiram a memória de quem é maltratado, de tal maneira que nem sequer se lembram de seus próprios nomes, como fizeram com vossa grã-senhoria, que esqueceu que se chama princesa Micomicona, herdeira legítima do grande reino Micomicão; e com esse esclarecimento, vossa grandeza pode agora facilmente restituir à sua lastimada memória tudo o que ela quiser contar.

— É verdade — respondeu a donzela —, e de agora em diante acho que não será necessário me esclarecer mais nada, pois chegarei a bom porto com minha verdadeira história. E esta é que o rei meu pai, que se chamava Tinácrio, o Sabedor,[3] foi muito versado no que chamam de arte mágica e assim soube, por sua ciência, que minha mãe, que se chamava a rainha Jaramilla, haveria de morrer antes dele, e que em pouco tempo ele também passaria desta vida e eu ficaria órfã de pai e mãe. Mas dizia que isso não o afligia

2. O costume da época era jurar acompanhado do gesto de puxar uma das pontas do bigode.
3. Tinácrio, o Sabedor ou o Mago, é um personagem da continuação de *El caballero del Febo* (1580), de Pedro de la Sierra Infanzón.

324

CAPÍTULO 30

tanto quanto o atormentava saber com toda a certeza que um gigante colossal (senhor de uma grande ilha que quase faz fronteira com nosso reino, chamado Pandafilando da Fosca Vista, pois é coisa averiguada que, embora tenha os olhos no devido lugar e direitos, ele sempre olha de revés, como se fosse vesgo, e faz isso de maldade e para infundir medo e pavor naqueles para os quais olha), digo, que meu pai soube que esse gigante, ao tomar conhecimento de minha orfandade, havia de entrar em meu reino com grande poderio e tirar tudo de mim, sem me deixar ao menos uma pequena aldeia onde me recolher. O gigante podia desculpar toda essa ruína e desgraça se eu quisesse me casar com ele, mas, pelo que meu pai entendia, jamais pensava que eu teria vontade de fazer um casamento tão desigual; e isso que ele falou era a mais pura verdade, porque nunca me passou pela cabeça a ideia de me casar com aquele gigante, e nem com qualquer outro, por maior e mais audacioso que fosse. Meu pai também disse que, depois que ele morresse e eu visse que Pandafilando estava começando a invadir meu reino, eu não ficasse aguardando na defensiva, pois isso me destruiria, mas que voluntariamente deixasse meu reino desimpedido, se eu quisesse evitar a morte e a destruição total de meus bons e leais vassalos, já que não seria possível me defender da força diabólica do gigante; mas que com presteza, com alguns dos meus, eu me pusesse a caminho das Espanhas, onde descobriria o remédio de meus males encontrando um cavaleiro andante cuja fama neste momento se estenderia por todo esse reino, o qual deveria se chamar, se não me lembro mal, Dom Archote ou Dom Calote.

— Devia ser Dom Quixote, senhora — disse Sancho Pança neste momento —, ou, por outro nome, o Cavaleiro da Triste Figura.

— É a mais pura verdade — disse Doroteia. — E disse mais: que devia ser alto de corpo, seco de rosto, e que no lado direito, debaixo do ombro esquerdo, ou próximo a ele, havia de ter uma pinta parda com certos pelos que mais pareciam cerdas.

Ao ouvir isso, Dom Quixote disse ao seu escudeiro:

— Vem cá, Sancho, filho, ajuda me a me despir, pois quero ver se sou o cavaleiro que aquele sábio rei profetizou.

— Mas por que vossa mercê quer se despir? — disse Doroteia.

— Para ver se eu tenho aquela pinta que vosso pai disse — respondeu Dom Quixote.

— Não há razão para se despir — disse Sancho —, pois sei que vossa mercê tem uma pinta assim no meio das costas, que é sinal de homem forte.

— Já basta isso — disse Doroteia —, porque com os amigos não é preciso reparar em coisas miúdas, e se a pinta é no ombro ou nas costas pouco importa: basta que haja uma pinta, esteja onde estiver, que tudo é uma mesma carne; e sem dúvida meu bom pai acertou em tudo, e eu acertei em encomendar-me ao senhor Dom Quixote, que ele é quem meu pai mencionou, pois os sinais do rosto vêm com os da boa fama que este cavaleiro

DOM QUIXOTE

tem, não só na Espanha, mas em toda La Mancha, pois mal tinha desembarcado em Osuna quando ouvi falar de tantas de suas façanhas, que logo me disse o coração que era ele mesmo quem eu vinha procurar.

— Mas como vossa mercê desembarcou em Osuna, minha senhora — perguntou Dom Quixote —, se não é um porto marítimo?

Contudo, antes que Doroteia respondesse, o padre lhe roubou a palavra e disse:

— A senhora princesa deve estar querendo dizer que, depois que desembarcou em Málaga, a primeira parte em que teve notícias de vossa mercê foi em Osuna.

— Foi isso que eu quis dizer — disse Doroteia.

— E diz muito bem — disse o padre —; prossiga vossa majestade.

— Não há mais o que dizer — respondeu Doroteia —, salvo que finalmente minha sorte foi tão boa em encontrar o senhor Dom Quixote, que já me considero e me tenho por rainha e senhora de todo o meu reino, porque ele, por sua cortesia e magnificência, prometeu-me o favor de ir comigo aonde quer que eu o leve, que não será a outra parte senão pô-lo diante de Pandafilando da Fosca Vista, para que o mate e me restitua o que tão contra a razão me usurpou; que tudo isso há de suceder tal como se desejava, porque assim deixou profetizado Tinácrio, o Sabedor, meu bom pai, o qual também deixou dito e escrito em letras caldeias ou gregas, as quais não sei ler, que, se este cavaleiro da profecia, depois de ter degolado o gigante, quisesse se casar comigo, que eu me declarasse sem questionar como sua legítima esposa e lhe desse a posse de meu reino, junto com a de minha pessoa.

— O que te parece, Sancho amigo? — disse Dom Quixote neste ponto. — Não ouves o que está passando? Eu não te disse? Vê se já não temos um reino para governar e uma rainha com quem casar.

— Isso é o que eu juro — disse Sancho — para o puto que não se casar ao abrir a goela do senhor Pandafiado! Pois olhe que a rainha não é nada má! É assim que as pulgas na minha cama deviam ser!

E, dizendo isso, deu duas cabriolas no ar, com sinais de grande contentamento, e depois foi tomar as rédeas da mula de Doroteia, e, fazendo-a parar, fincou-se de joelhos diante dela, implorando que lhe desse as mãos para que pudesse beijá-las, em sinal de que a recebia como sua rainha e senhora. Qual dos presentes não haveria de rir, vendo a loucura do amo e a simplicidade do criado? De fato, Doroteia as deu a ele e prometeu torná-lo um grão-senhor em seu reino, quando o céu fosse tão bom que lhe permitisse recobrá-lo e desfrutar dele. Sancho agradeceu com tais palavras que renovou o riso em todos.

— Essa, senhores — continuou Doroteia —, é minha história. Só falta dizer-vos que, de todos os acompanhantes que tirei de meu reino, só me resta este bem barbado escudeiro, pois todos se afogaram numa grande tempestade que tivemos à vista do porto, e ele e eu viemos em duas tábuas para a terra, como que por milagre: e assim tudo é

Célestin F. Nanteuil e J. J. Martínez, 1855

milagre e mistério no decorrer de minha vida, como deveis ter notado. E se em alguma coisa eu fui longe demais, ou não tão acertada quanto deveria, culpai o que o senhor licenciado disse no início de minha história: que os trabalhos contínuos e extraordinários tiram a memória de quem os padece.

— Esta não será tirada de mim, ó altiva e valorosa senhora — disse Dom Quixote —, não importa quantos eu passarei em servir-vos, por maiores e não vistos que sejam; e, assim, mais uma vez confirmo o favor que vos prometi e juro ir convosco ao fim do mundo, até encontrar vosso feroz inimigo, a quem penso, com a ajuda de Deus e de meu braço, cortar a cabeça soberba com o fio desta… não quero dizer "boa" espada, graças a Ginés de Pasamonte, que me levou a minha.[4]

Isso ele disse entre dentes e prosseguiu dizendo:

— E depois de tê-la cortado e vos posto na posse pacífica de vosso estado, caberá a vossa vontade fazer de vossa pessoa o que mais vos agradar; porque enquanto eu tiver ocupada a memória, cativa a vontade e perdido o entendimento em relação àquela… E não digo mais, não é possível que eu me atreva, nem em pensamento, a me casar, mesmo que seja com a ave fênix.[5]

Pareceu tão mal a Sancho o que seu amo disse sobre não querer se casar que ele ergueu a voz com muita raiva:

— Eu garanto e juro a mim mesmo que não tem vossa mercê, senhor Dom Quixote, um pingo de juízo! Pois como é possível que vossa mercê questione se casar com uma princesa tão alta como esta? Acha que a fortuna lhe oferecerá, depois de cada esquina, uma tal sorte como a que agora lhe é oferecida? Minha senhora Dulcineia é, por acaso, mais bonita? Não, decerto; aliás, nem metade, e ainda vou dizer que não chega na sola do sapato da que está à sua frente. Assim, nem em sonho que eu vou chegar a ter o condado que espero, se vossa mercê ficar tentando colher batatas no mar. Case-se, case-se logo, em nome de Satanás, e pegue esse reino que lhe oferecem de mão beijada, e, sendo rei, faça-me um marquês ou governador, e então, que tudo o mais vá para o inferno.

Dom Quixote, tendo ouvido tais blasfêmias contra sua senhora Dulcineia, não aguentou e, levantando a lança, sem dirigir uma palavra a Sancho e sem dizer mais nada, deu-lhe duas pauladas tão fortes que deu com ele em terra; e se não fosse por Doroteia insistir para que ele não lhe batesse mais, sem dúvida acabaria tirando sua vida.

— Pensais[6] — disse a Sancho depois de um tempo —, seu vil vilão, que sempre tereis espaço para essas confianças excessivas e que tudo se resume a cometerdes um

---

4. Em nenhum momento é narrado o roubo da primeira espada e a conquista da segunda. Pasamonte poderia tê-la roubado quando Dom Quixote o liberta, no capítulo 22, ou no momento em que roubou o burro de Sancho, mas o texto não faz qualquer referência à espada do cavaleiro nessas ocasiões.
5. Ave fabulosa que renascia das próprias cinzas; é um símbolo de pessoa ou algo raro, excepcional.
6. Dom Quixote passa aqui do tratamento de tu para o vós, para manifestar sua irritação.

CAPÍTULO 30

erro e eu vos perdoar? Pois não o penseis, canalha excomungado, o que sem dúvida fostes, pois abristes vossa boca para falar da inigualável Dulcineia. E não sabeis vós, brutamontes, tosco, sem-vergonha, que se não fosse pelo valor que ela me infunde no braço, eu não o teria para matar uma pulga? Dizei-me, socarrão[7] com língua de víbora, e quem pensais que ganhou este reino e decepou a cabeça desse gigante e fez a vós marquês, que tudo isso eu já tomo como certo e como coisa passada em julgado, se não é o valor de Dulcineia, tomando meu braço como instrumento de suas façanhas? Ela luta em mim e vence em mim, e eu vivo e respiro nela, e tenho vida e ser. Oh, seu bastardo velhaco, como sois mal-agradecido, que vos vedes levantado do pó da terra a ser senhor de título e correspondeis a tão boa obra falando mal de quem fez isso convosco!

Sancho não estava tão alquebrado a ponto de não ouvir tudo o que seu amo lhe dizia; e, levantando-se com alguma pressa, foi postar-se atrás do palafrém de Doroteia e dali disse ao seu amo:

— Diga-me, senhor: se vossa mercê está decidido a não se casar com essa grande princesa, é claro que não será seu o reino dela; e, não sendo, que mercês pode me fazer? É disso que eu reclamo. Case-se vossa mercê de uma vez por todas com essa rainha, agora que a temos aqui como chovida do céu, e depois pode voltar com minha senhora Dulcineia, pois devem ter existido reis no mundo que foram amancebados. Quanto à formosura, nem vou falar nada, pois na verdade, para ser bem sincero, ambas me parecem bem, já que nunca vi a senhora Dulcineia.

— Como é que não a viste, seu traidor blasfemo? — disse Dom Quixote. — Pois não acabaste de me trazer uma mensagem de sua parte?

— Digo que não a vi por tanto tempo — disse Sancho — para ter notado particularmente sua formosura e suas boas partes ponto por ponto; mas assim, por alto, ela me pareceu bem.

— Então te desculpo — disse Dom Quixote —, e me perdoa a raiva com que te bati, pois os primeiros movimentos não estão nas mãos dos homens.

— Isso eu já sabia — respondeu Sancho —, e, em mim, o desejo de falar é sempre primeiro movimento, e não posso deixar de dizer, por uma vez sequer, o que me vem à língua.

— Apesar disso — disse Dom Quixote —, olha bem, Sancho, o que falas, porque tantas vezes o cântaro vai à fonte...[8] E não te digo mais nada.

— Muito bem — respondeu Sancho. — Mas Deus está no céu e vê as artimanhas e será o juiz de quem faz mais mal: eu, por não falar bem, ou vossa mercê, por não fazê-lo.

— Já basta — disse Doroteia —: correi, Sancho, e beijai a mão de vosso senhor e pedi-lhe perdão, e a partir de agora andai mais atento em vossos elogios e insultos, e não

---

7. Aquele que engana os outros aparentando inocência; velhaco, sonso, fingido.
8. Provérbio que termina com "que afinal se quebra".

329

DOM QUIXOTE

falai mal daquela senhora Tobosa, que eu não conheço senão para servi-la, e tende confiança em Deus, que não vos há de faltar um Estado onde vivereis como um príncipe.

Sancho foi, todo cabisbaixo, pedir a mão a seu senhor, e este a deu com toda tranquilidade; e, depois do beijo, deu a bênção a Sancho e pediu-lhe que se adiantassem um pouco, pois precisava lhe fazer perguntas e conversar com ele sobre coisas de grande importância. Sancho assim o fez, e os dois se afastaram um pouco à frente, e Dom Quixote disse-lhe:

— Depois que chegaste, não tive lugar nem espaço para te perguntar muitos pormenores sobre a embaixada que levaste e a resposta que trouxeste; e, agora, já que a fortuna nos concedeu tempo e lugar, não me negues a ventura que podes me dar com tão boas-novas.

— Vossa mercê pode perguntar o que quiser — respondeu Sancho —, que a tudo darei tão boa saída como tive a entrada. Mas suplico a vossa mercê, meu senhor, que não seja tão vingativo de agora em diante.

— Por que dizes isso, Sancho? — disse Dom Quixote.

— Digo-o — respondeu Sancho — porque esses golpes recentes foram mais pela briga que o diabo começou entre nós dois na outra noite do que pelo que eu disse contra minha senhora Dulcineia, a quem amo e reverencio como uma relíquia só por ser coisa de vossa mercê, embora não tenha nenhuma obrigação com ela.

— Não voltes a essas conversas, Sancho, por tua vida — disse Dom Quixote —, que me entristecem; já te perdoei antes, e sabes muito bem que se costuma dizer: "Para novo pecado, nova penitência".[9]

Enquanto os dois conversavam, o padre disse a Doroteia que ela havia sido muito discreta tanto em seu relato como na brevidade e semelhança que tinha com as dos livros de cavalaria. Ela disse que muitas vezes se divertira lendo-os, mas que não sabia onde ficavam as províncias nem os portos marítimos e que, por isso, havia dito às cegas que desembarcara em Osuna.

— Eu entendi — disse o padre — e por isso logo acudi a dizer o que disse, e com isso tudo se encaixou. Mas não é coisa estranha ver com que facilidade esse desventurado fidalgo acredita em todas essas invenções e mentiras, só porque têm o estilo e o modo dos absurdos de seus livros?

— Sim, é — disse Cardênio —, e coisa tão rara e nunca vista, que não sei se, querendo inventá-la e fabricá-la falsamente, haveria uma engenhosidade tão afiada que pudesse dar nisso.

---

9. Na segunda edição impressa, interpola-se aqui um trecho para contar como Ginés de Pasamonte aparece vestido de cigano e montando um jumento que Sancho reconhece como seu; diante dos seus gritos, o galeote foge, abandonando o animal. O fragmento deve ter sido acrescentado por Cervantes como complemento do que se interpolou no capítulo 23, onde se contava o roubo do jumento (ver nota 5 desse capítulo). Para consertar a incongruência produzida quando o asno volta a aparecer na narração, introduziu-se outra que dá conta de como Sancho recuperou o burrico (traduzida como apêndice no final deste capítulo).

CAPÍTULO 30

— Bem, há outra coisa — disse o padre —: é que, com exceção de todas as tolices que o bom fidalgo diz no que toca à sua loucura, ao tratar de outros assuntos ele discorre com muito bons argumentos e mostra que tem um entendimento claro e aprazível em tudo; de modo que, enquanto não tocarem no assunto de suas cavalarias, não haverá ninguém que não o julgue como pessoa de muito bom entendimento.

Enquanto eles iam nessa conversa, Dom Quixote prosseguiu com a sua e disse a Sancho:

— Vamos cruzar nossos mindinhos em sinal de paz, amigo Pança, e esquecer nossas pendências, e me diz agora, sem levar em conta raiva ou rancor: onde, como e quando encontraste Dulcineia? Que fazia? O que disseste a ela? O que ela te respondeu? Que cara ela fez quando leu minha carta? Quem a copiou para ti? E tudo o que achares que neste caso vale a pena saber, indagar e satisfazer, sem acrescentar nada ou mentir para me dar gosto, muito menos encurtar algo, para não me tirar o prazer.

— Senhor — respondeu Sancho —, se é para dizer a verdade, a carta ninguém me copiou, porque eu não levei carta alguma comigo.

— É assim como dizes — disse Dom Quixote —, pois encontrei o livrinho de memórias em que a escrevi dois dias depois de tua partida, o que me causou grande tristeza, por não saber o que farias quando te visses sem a carta, e sempre acreditei que voltarias ao lugar onde deste por falta dela.

— Assim seria — respondeu Sancho —, se eu não a tivesse guardado na memória quando vossa mercê a leu para mim, de modo que a contei a um sacristão, que a copiou de meu entendimento ponto por ponto e disse que em todos os dias de sua vida, embora tivesse lido muitas cartas de excomunhão,[10] nunca tinha visto nem lido uma carta tão linda como aquela.

— E ainda a tens na memória, Sancho? — disse Dom Quixote.

— Não, senhor — respondeu Sancho —, porque depois que a disse, como eu vi que não tinha mais utilidade, logo a esqueci, e se de alguma coisa me lembro, é daquela coisa do "subordinada", quero dizer a "soberana senhora", e o último: "Vosso até a morte, o Cavaleiro da Triste Figura". E entre essas duas coisas enfiei mais de trezentas almas, vidas e olhos meus.

---

10. A censura mais grave imposta a um membro da Igreja, um edito pelo qual se comunicava que a pessoa havia sido acusada de heresia e devia se manter afastada da comunidade.

Apêndice
Recuperação do asno, segundo
a edição revisada de Madri, 1605

Enquanto isso acontecia, viram vir pela estrada por onde eles iam um homem montado em um jumento, e, quando ele chegou perto, pareceu-lhes que era um cigano; mas Sancho Pança, cujos olhos e alma se dirigiam para onde quer que passasse um asno, mal tinha visto o homem quando reconheceu que era Ginés de Pasamonte, e pelo fio do cigano desenrolou o novelo de seu asno, como era verdade, pois era o ruço sobre o qual vinha montado Pasamonte; que, para não ser reconhecido e poder vender o asno, vestira-se de cigano, cuja língua e muitas outras ele sabia falar como se fossem suas. Sancho o viu e o reconheceu; e mal o tinha visto e reconhecido quando lhe disse aos gritos:

— Ah, ladrão Ginesillo! Deixa minha prenda, larga minha vida, não te vás com meu descanso, deixa meu asno, deixa meu presente! Foge, seu puto; some, ladrão; e abandona o que não é teu!

Tantas palavras ou ofensas nem eram necessárias, porque na primeira delas Ginés saltou e, pegando um trote que mais parecia uma corrida, rapidamente se ausentou e se distanciou de todos. Sancho chegou perto de seu asno e, abraçando-o, disse:

— Como tens passado, meu querido, ruço da minha vida, meu companheiro?

E, com isso, beijava-o e acariciava-o como se fosse uma pessoa. O burro ficou calado e deixou-se beijar e acariciar por Sancho sem responder palavra alguma. Todos se aproximaram e lhe deram os parabéns por encontrar o asno, especialmente Dom Quixote, que lhe disse que nem por isso iria cancelar a promissória dos três burricos. Sancho agradeceu-lhe.

José Moreno Carbonero, 1898

Capítulo 31

*Das saborosas conversações que se passaram entre Dom Quixote e
Sancho Pança, seu escudeiro, com outros acontecimentos*

— Tudo isso não me desagrada; vai em frente — disse Dom Quixote. — Tu chegaste, e o que aquela rainha da formosura estava fazendo? Decerto a encontraste fazendo um cordão de pérolas ou bordando algum emblema com fio de ouro para este seu cativo cavaleiro.[1]

— Não, eu a encontrei mesmo — respondeu Sancho — foi limpando os grãos de duas sacas de trigo em um pátio de sua casa.

— Pois faz de conta — disse Dom Quixote — que os grãos daquele trigo eram grãos de pérolas, tocados por suas mãos. E reparaste, amigo, se o trigo era candial ou tremês?[2]

— Era só trigo-vermelho — respondeu Sancho.

— Pois eu te asseguro — disse Dom Quixote — que, desgranado por suas mãos, ele se tornou farinha candial, sem dúvida alguma. Mas vai em frente: quando lhe deste minha carta, ela a beijou? Colocou-a sobre a cabeça?[3] Fez alguma cerimônia digna de tal carta, ou o que fez?

— Quando eu ia dar-lhe a carta — respondeu Sancho —, ela estava peneirando com todo vigor boa parte do trigo, e disse-me: "Põe, amigo, a carta ali em cima daquela saca, que eu não consigo lê-la até terminar de peneirar tudo o que está aqui".

— Discreta senhora! — disse Dom Quixote. — Isso deve ter sido para lê-la com vagar e deleitar-se com ela. Vai em frente, Sancho. E enquanto estava em seus afazeres, que conversas ela teve contigo? Que te perguntou sobre mim? E tu, que respondeste? Anda com isso, conta-me tudo, não deixa no tinteiro nem uma gotinha.

---

1. Geralmente o cavaleiro levava em suas vestes um bordado simbólico composto por um desenho representando sua divisa e às vezes acompanhado de um verso.
2. Candial é a variedade de trigo com espiga barbada e grãos claros, de que se produz farinha muito branca; tremês, que nasce e cresce em três meses, é uma variedade mais dura.
3. Em sinal de respeito, as cartas recebidas eram postas sobre a cabeça antes de serem abertas.

Stephen Baghot de la Bere, 1905

— Ela não me perguntou nada — disse Sancho —, mas eu lhe disse de que maneira, por causa dela, vossa mercê tinha ficado fazendo penitência: nu da cintura para cima, enfiado nessas serras como se fosse um selvagem, dormindo no chão, sem comer em mesa posta nem pentear a barba, chorando e amaldiçoando sua sorte.

— Disseste mal ao dizer que eu amaldiçoava minha sorte — disse Dom Quixote —, porque antes a abençoo e a abençoarei todos os dias de minha vida, por ter me tornado digno de merecer amar tão alta senhora como Dulcineia del Toboso.

— É mesmo bem alta — respondeu Sancho —, juro que me ultrapassa em meio braço.

— Pois como, Sancho? — disse Dom Quixote. — Te mediste com ela?

— Medi-me desta maneira — respondeu Sancho —: quando fui ajudá-la a pôr uma saca de trigo sobre um jumento, chegamos tão perto um do outro que notei que ela me passava em mais de um palmo.

— Pois é verdade — respondeu Dom Quixote —, e olha que essa grandeza é acompanhada e adornada com mil milhões de graças da alma. Mas não me negarás saber, Sancho, uma coisa: quando te aproximaste dela, não sentiste um perfume das Arábias, uma

CAPÍTULO 31

fragrância aromática e um não sei quê de bom, que nem consigo nomear? Quer dizer, uma exalação ou lufada, como se estivesses na tenda de algum zeloso luveiro?[4]

— O que posso dizer — disse Sancho — é que senti um cheirinho um tanto masculino, e deve ter sido porque ela, por causa do muito exercício, estava suada e um pouco ensebada.

— Não deve ter sido isso — respondeu Dom Quixote —, mas sim que devias estar encatarrado, ou deves ter cheirado a ti mesmo, pois sei bem como é o cheiro daquela rosa que se ergue entre os espinhos, aquele lírio do campo, aquele âmbar desvanecido.

— Tudo pode ser — respondeu Sancho —, já que muitas vezes sai de mim aquele cheiro que então me pareceu que saía de sua mercê a senhora Dulcineia; mas não há de que se admirar, pois um demônio se parece com outro.

— Bem — prosseguiu Dom Quixote —, então ela acabou de limpar seu trigo e mandá-lo para o moinho. O que fez quando leu a carta?

— A carta — disse Sancho — ela não leu, pois disse que não sabia ler nem escrever, antes a rasgou e a fez em pedacinhos, dizendo que não queria que ninguém a lesse, para que seus segredos não fossem conhecidos no lugar, e que bastava o que eu lhe dissera verbalmente sobre o amor que vossa mercê lhe devotava e a extraordinária penitência que estava fazendo por ela. E, por fim, disse-me que dissesse a vossa mercê que lhe beijava as mãos, e que ali ficava com mais vontade de vê-lo do que de lhe escrever, e que, assim, lhe suplicava e ordenava que, em vista da presente, saísse desses matagais e parasse de fazer disparates e tomasse o caminho de El Toboso, se não lhe acontecesse outra coisa de maior importância, pois tinha uma grande vontade de ver vossa mercê. Riu-se muito quando lhe disse que vossa mercê se denominava o Cavaleiro da Triste Figura. Perguntei-lhe se o biscainho de outrora tinha ido vê-la; ela me disse que sim e que era um homem de bem. Também lhe perguntei pelos galeotes, mas ela me disse que não tinha visto nenhum até o momento.

— Tudo está indo bem até agora — disse Dom Quixote. — Mas diz-me, que joia foi que ela te deu quando te despediste, pelas notícias que de mim levaste? Porque é costume antigo e usado entre cavaleiros e damas andantes dar aos escudeiros, donzelas ou anões que lhes trazem notícias, de suas damas a eles, a elas de seus andantes, alguma rica joia como recompensa, em agradecimento por sua mensagem.

— Bem pode ser assim, e eu o tenho por boa usança, mas isso deve ter sido em tempos passados, que agora só devem ter o costume de dar um pedaço de pão com queijo, que isso foi o que me deu minha senhora Dulcineia, por entre as cercas do pátio, quando me despedi dela; e por sinal era queijo de ovelha.

---

4. As peles que se usavam para a confecção de luvas eram perfumadas com âmbar e almíscar.

DOM QUIXOTE

— Ela é generosa ao extremo — disse Dom Quixote —, e se não te deu joia de ouro, deve ter sido, sem dúvida, porque não a teria à mão para te dar; mas o que é teu está guardado, mesmo que chegue tarde: eu a verei e tudo se ajeitará. Sabe o que me surpreende, Sancho? Parece-me que foste e vieste pelos ares, pois demoraste pouco mais de três dias para ir e vir daqui até El Toboso, havendo mais de trinta léguas daqui até lá. Por isso, entendo que aquele sábio necromante que toma conta das minhas coisas e é meu amigo (porque pela força ele existe e há de existir, do contrário eu não seria um bom cavaleiro andante), digo, esse sujeito deve ter te ajudado a caminhar sem que sentisses; pois há desses sábios que agarram um cavaleiro andante dormindo em sua cama e, sem saber como nem de que maneira, outro dia ele amanhece a mais de mil léguas de onde anoiteceu. E se não fosse por isso, os cavaleiros andantes não seriam capazes de se socorrer uns aos outros em seus perigos, como se socorrem a cada passo, pois acontece de um deles estar lutando nas montanhas da Armênia com algum dragão ou qualquer monstro horrendo, ou com outro cavaleiro, onde ele leva o pior da batalha e já está à beira da morte, e quando menos espera aparece por ali, em cima de uma nuvem ou em um carro de fogo, outro cavaleiro amigo dele, que pouco antes estava em Inglaterra, que o favorece e o livra da morte, e à noite já está em sua casa, jantando muito a seu gosto; e geralmente há duas ou três mil léguas de uma a outra, e tudo isso é feito por indústria e sabedoria desses sábios encantadores que tomam conta desses valorosos cavaleiros. Então, amigo Sancho, não me é difícil acreditar que em tão pouco tempo tenhas ido e vindo deste lugar para El Toboso, pois, como eu disse, algum sábio amigo deve ter te feito voar sem que notasses.

— Deve ter sido assim — disse Sancho —, pois juro que Rocinante andava como se fosse um asno de cigano com azougue nas orelhas.[5]

— E como não andava!? — disse Dom Quixote. — Com azougue e também com uma legião de demônios, que é gente que anda e faz andar sem cansaço tudo aquilo que eles desejam. Mas, deixando isso de lado, o que achas que devo fazer agora, quanto a isso que minha senhora me ordena que vá vê-la? Pois, embora eu saiba que sou obrigado a cumprir sua ordem, também me vejo impossibilitado por causa do favor que prometi à princesa que vem conosco, e a lei de cavalaria me força a cumprir minha palavra antes que minha vontade. Por um lado, me acossa e me aflige o desejo de ver minha senhora; por outro lado, me incita e me chama a fé prometida e a glória que hei de alcançar nessa empreitada. Mas o que pretendo fazer é andar rápido e chegar logo aonde está esse gigante; e, ao chegar, vou cortar sua cabeça e pôr a princesa pacificamente em seu Estado, e no mesmo instante voltarei para ver a luz que ilumina meus sentidos, à qual darei tais desculpas que ela irá considerar como boa minha tardança, pois verá que tudo resulta em

---

5.   O truque de pingar gotas de mercúrio (azougue) nas orelhas dos cavalos para animá-los era bastante disseminado.

CAPÍTULO 31

aumento de sua glória e fama: tudo que conquistei, conquisto e conquistarei pelas armas nesta vida vem do favor que ela me dá e de eu pertencer a ela.

— Ai! — disse Sancho. — Mas vossa mercê anda muito mal da cachola! Pois me diga, senhor: vossa mercê pensa em trilhar esse caminho em vão e deixar passar e perder um casamento tão rico e importante como este, que lhe dará um reino como dote, o qual, para falar a verdade, ouvi dizer que tem mais de vinte mil léguas de contorno e que é extremamente abundante em todas as coisas que são necessárias para o sustento da vida humana, e que é maior do que Portugal e Castela juntos? Cale-se, pelo amor de Deus, e se envergonhe do que disse, e siga meu conselho e me perdoe: case-se logo no primeiro lugar que tenha um padre; e se não, aí está nosso licenciado, que cairá como uma luva. E repare que já tenho idade para dar conselhos, e que este que lhe dou vem de molde, e que mais vale um pássaro na mão do que dois voando, porque quem tiver um bem e mal escolher, por mais que se irrite, nada poderá dizer.

— Olha, Sancho — respondeu Dom Quixote —, se o conselho que me dás de que me case é para que eu seja logo rei ao matar o gigante e tenha oportunidade de te fazer favores e dar-te o prometido, faço-te saber que sem me casar poderei realizar muito bem teu desejo, porque vou impor como condição, antes de entrar na batalha, que, saindo vitorioso dela, mesmo que não me case, eles me deem uma parte do reino, para que eu possa dá-la a quem eu quiser; e, ao recebê-la, a quem queres que eu o dê senão a ti?

— Isso está claro — respondeu Sancho —, mas lembre-se vossa mercê de escolhê-la perto da costa, para que, se a morada não me contentar, eu possa embarcar meus vassalos negros e fazer deles o que já disse. E vossa mercê não se preocupe em ir ver minha senhora Dulcineia agora, mas vá matar o gigante, e vamos concluir esse negócio; que, por Deus, tenho para mim que há de ser de muita honra e de muito proveito.

— Digo-te, Sancho — disse Dom Quixote —, que tens razão e que vou seguir teu conselho quanto a ir com a princesa antes de ir ver Dulcineia. E te previno para não dizeres nada a ninguém, nem mesmo aos que vêm conosco, sobre o que discutimos e tratamos aqui; pois, como Dulcineia é tão recatada que não quer que seus pensamentos sejam conhecidos, não será bom que eu, ou que outro por mim, os descubra.

— Bem, se é assim — disse Sancho —, por que vossa mercê manda todos aqueles que vence por seu braço se apresentarem perante minha senhora Dulcineia, sendo essa a confirmação de que a ama muito e que é seu enamorado? E sendo forçoso que os que forem devem se ajoelhar diante de sua presença e dizer que vão da parte de vossa mercê para lhe prestar obediência, como se podem encobrir os pensamentos de ambos?

— Oh, como és ignorante e simplório!— disse Dom Quixote. — Não vês, Sancho, que tudo isso resulta em sua maior exaltação? Porque hás de saber que, nesse nosso estilo de cavalaria, é grande honra para uma dama ter muitos cavaleiros andantes que a sirvam, sem que os pensamentos deles se estendam mais do que servi-la apenas por quem ela é, sem esperar outro prêmio por seus muitos e bons desejos senão que ela se contente em aceitá-los como seus cavaleiros.

— Com essa maneira de amor — disse Sancho — ouvi dizer que se deve amar Nosso Senhor, por quem é, sem que nos mova esperança de glória ou medo de castigo, embora eu preferisse amá-lo e servi-lo apenas pelo que me pudesse dar.

— Com mil diabos, Sancho! — disse Dom Quixote. — Como falas às vezes com tanta discrição! Parece que estudaste.

— Pois lhe juro que nem sei ler — respondeu Sancho.

Nisso, mestre Nicolás lhes gritou que esperassem um pouco, pois queriam parar para beber em uma pequena fonte que ali havia. Dom Quixote se deteve, para grande satisfação de Sancho, que já estava cansado de tanto mentir e temia que seu amo o pegasse em contradição de palavras; pois, embora soubesse que Dulcineia era uma lavradora de El Toboso, nunca a tinha visto em toda a sua vida.

Nesse meio-tempo, Cardênio já vestira as roupas que Doroteia usava quando a encontraram, as quais, embora não fossem muito boas, levavam muita vantagem em relação às que ele deixara para trás. Apearam junto à fonte e, com o que o padre tinha trazido da estalagem, saciaram, ainda que pouco, a grande fome que todos sentiam.

Estando nisso, calhou de passar por ali um rapaz que, pondo-se a olhar com muita atenção para aqueles que estavam na fonte, pouco depois arremeteu contra Dom Quixote e, abraçando-o pelas pernas, começou a chorar com muita insistência, dizendo:

— Ah, senhor meu! Vossa mercê não me reconhece? Pois olhe bem para mim, que eu sou aquele jovem Andrés que vossa mercê tirou do carvalho onde estava amarrado.

Dom Quixote reconheceu-o e, tomando-o pela mão, voltou-se para os que ali estavam e disse:

— Para que vossas mercês vejam como é importante ter cavaleiros andantes no mundo, que desfaçam as injustiças e agravos que nele cometem os homens insolentes e maus que nele habitam, saibam vossas mercês que em dias passados, passando por um bosque, ouvi alguns gritos e algumas vozes muito lamentosas, como de uma pessoa aflita e necessitada. Fui, então, movido por minha obrigação, para o lugar onde me parecia que soavam as lamuriosas vozes, e encontrei amarrado a um carvalho este rapaz, que agora está à minha frente, o que muito me contenta a alma, pois será testemunha que não me deixará mentir em nada. Digo que ele estava amarrado ao carvalho, nu da metade do corpo para cima, enquanto o açoitava com as rédeas de uma égua um vilão, que mais tarde soube ser seu amo; e assim que o vi perguntei-lhe a causa de uma surra tão atroz; respondeu o bronco que o açoitava porque o rapaz era seu criado, e que certos descuidos que tinha pareciam ser mais de ladrão do que de simplório; ao que este menino disse: "Senhor, está me açoitando apenas porque

CAPÍTULO 31

lhe peço meu salário". O amo replicou não sei que arengas e desculpas, que, embora ouvidas por mim, não foram admitidas. Em suma, mandei desamarrá-lo e fiz o vilão jurar que o levaria com ele e lhe pagaria real por real, e até com acréscimos. Não é tudo verdade, Andrés, meu filho? Não notaste com quanta autoridade eu lhe ordenei a paga, e com que humildade ele prometeu fazer tudo quanto eu lhe impus e notifiquei e quis? Responde, não te envergonhes nem hesites em nada, conta o que aconteceu a esses senhores, para que vejam e considerem como é benéfico haver cavaleiros andantes pelos caminhos.

— Tudo o que vossa mercê disse é muito verdade — respondeu o rapaz —, mas o fim do negócio saiu exatamente ao contrário do que vossa mercê imagina.

— Como ao contrário?— replicou Dom Quixote. — Então o vilão não te pagou?

— Não só não me pagou — respondeu o rapaz —, mas, assim que vossa mercê atravessou o bosque e ficamos sozinhos, ele voltou a me amarrar no mesmo carvalho e novamente me deu tantos açoites que eu fiquei como um São Bartolomeu esfolado; e a cada açoite que ele me dava, zombava de vossa mercê com tantas piadas e troças que, se eu não sentisse tanta dor, até riria do que ele dizia. De fato, ele me deixou de tal maneira que até agora estive em um hospital, curando-me das sovas que o malvado vilão me deu. Tudo isso é culpa de vossa mercê, porque se seguisse seu caminho e não viesse onde não foi chamado, nem se intrometesse nos negócios alheios, meu amo se contentaria em me dar uma ou duas dúzias de açoites, e então me soltaria e pagaria o que me devia. Mas, como vossa mercê o desonrou tão sem propósito e lhe disse tantas vilanias, acendeu-se nele a cólera, e como não podia vingá-la em vossa mercê, quando se viu só descarregou em mim a tormenta, de modo que me parece que não serei mais homem pelo resto da vida.

— O erro foi — disse Dom Quixote — eu ter saído de lá, pois não devia ter ido embora antes que ele te pagasse; bem devia eu saber por longa experiência que não há vilão que cumpra a palavra que dá, se ele vir que não tirará proveito disso. Mas te lembras, Andrés, que jurei que, se não te pagasse, eu iria procurá-lo e o encontraria, mesmo que ele se escondesse no ventre da baleia?

— Isso é verdade — disse Andrés —, mas não adiantou nada.

— Já verás se não adianta — disse Dom Quixote.

E, assim dizendo, levantou-se muito depressa e mandou Sancho pôr os freios em Rocinante, que estava pastando enquanto eles comiam.

Doroteia perguntou-lhe o que ele pretendia fazer. Ele respondeu que queria ir procurar o vilão e castigá-lo por tão mau comportamento, fazendo com que pagasse Andrés até o último maravedi, a despeito e apesar de quantos vilões houvesse no mundo. Ao que ela respondeu que percebesse que não podia, conforme o favor prometido, intrometer-se em qualquer empreendimento até que o seu estivesse concluído, e, como ele sabia disso melhor do que ninguém, que acalmasse o peito até que voltasse de seu reino.

— É verdade — respondeu Dom Quixote —, e Andrés deve ter paciência até que eu volte, como vós, senhora, dizei; que eu torno a jurar e a prometer de novo que não vou descansar até vingá-lo e pagá-lo.

— Não me fio nesses juramentos — disse Andrés. — Preferia eu ter agora com que chegar a Sevilha do que toda a vingança do mundo. Dê-me, se tiver aí, algo para comer e levar, e fique com Deus vossa mercê e todos os cavaleiros andantes, que tão bem andantes sejam eles consigo quanto foram comigo.

Sancho pegou um pedaço de pão e outro de queijo de sua reserva e, entregando-o ao rapaz, disse:

— Tomai, irmão Andrés, que a todos nos atinge parte de vossa desgraça.

— Pois que parte vos atinge? — perguntou André.

— Essa parte de queijo e do pão que vos dou — respondeu Sancho —, pois só Deus sabe se vai me fazer falta ou não; porque vos faço saber, amigo, que os escudeiros dos cavaleiros andantes estão sujeitos a muita fome e má ventura, e também a outras coisas que são mais sentidas do que ditas.

Andrés pegou o pão e o queijo e, vendo que ninguém lhe dava mais nada, baixou a cabeça e deu no pé, como se costuma dizer. É verdade que, ao partir, disse a Dom Quixote:

— Pelo amor de Deus, senhor cavaleiro andante, se me encontrar novamente, mesmo que veja que estão me despedaçando, não me socorra nem me ajude, mas deixe-me com minha desgraça, que não será tanta como a que poderia vir da ajuda de vossa mercê, a quem Deus amaldiçoe, e a todos os cavaleiros andantes que tenham nascido no mundo.

Dom Quixote ia se levantar para castigá-lo, mas ele começou a correr com tanta velocidade que ninguém se atreveu a segui-lo. Dom Quixote ficou muito envergonhado com a história de Andrés, e foi preciso que os outros tomassem muito cuidado para não rir, para não acabar de envergonhá-lo por completo.

Antonio Rodríguez e Bartolomé Vázquez, 1797–1798

Capítulo 32

Que trata do que ocorreu na estalagem a toda a
quadrilha de Dom Quixote

Acabando a boa merenda, encilharam e, sem que lhes acontecesse nada digno de nota, chegaram no dia seguinte àquela mesma estalagem que causara espanto e assombro em Sancho Pança; e embora ele não quisesse entrar, não havia escapatória. A estalajadeira, o estalajadeiro, sua filha e Maritornes, que viram chegar Dom Quixote e Sancho, saíram para recebê-los com manifestações de muita alegria, e ele os recebeu com solenidade e mostras de aprovação, e disse-lhes que preparassem outra cama melhor do que aquela da última vez. A anfitriã respondeu que, se ele lhe pagasse, não seria só uma melhor, seria como de príncipes. Dom Quixote disse que assim o faria, e então lhe prepararam uma razoável na mesma edícula de outrora, e ele se deitou, porque estava quebrado e meio sem juízo.

Ele mal havia se recolhido, quando a anfitriã se lançou ao barbeiro e, agarrando-o pela barba, disse:

— Pelo amor de Deus, vossa mercê não vai mais se aproveitar do meu rabo para sua barba, então me devolva logo esse rabo, que o do meu marido está pelo chão, o que é vergonhoso: quero dizer, o pente, pois eu costumava pendurar meu rabo nele.

O barbeiro não queria devolvê-lo, ainda que ela puxasse mais, até que o licenciado lhe disse para devolver logo, que não era mais necessário usar aquela invenção, que ele se revelasse e se mostrasse em sua forma original e que dissesse a Dom Quixote que quando os ladrões galeotes o roubaram, tinham ido à estalagem fugindo, e que se ele perguntasse pelo escudeiro da princesa, eles lhe diriam que ela o havia enviado na frente para contar aos de seu reino que ela estava chegando e levando consigo seu libertador e o de todos. Com isso, o barbeiro de bom grado deu o rabo à estalajadeira e também devolveu todos os adereços que emprestara para a libertação de Dom Quixote. Todos na estalagem ficaram maravilhados com a beleza de Doroteia, e até mesmo com a boa figura do zagal Cardênio. O padre cuidou para que preparassem uma comida com o que houvesse na estalagem, e o anfitrião, esperando uma boa paga, providenciou com diligência uma

347

refeição razoável. Enquanto isso dormia Dom Quixote, e acharam que era melhor não acordá-lo, porque naquela hora lhe faria mais bem dormir do que comer.

Debateram, após a refeição, o estalajadeiro, sua mulher, sua filha, Maritornes, e todos os passageiros, sobre a estranha loucura de Dom Quixote e a forma como o haviam encontrado. A anfitriã contou-lhes o que havia acontecido com ele e com o tropeiro, e vendo se Sancho estava ali, como não o viu, contou-lhes tudo sobre o manteamento, que não pouco entretenimento lhes trouxe. E como o padre disse que os livros de cavalaria que Dom Quixote havia lido lhe tiraram o juízo, o estalajadeiro disse:

— Não sei como pode ser isso, pois na verdade, pelo que sei, não há melhor leitura no mundo, tanto que tenho dois ou três deles ali, com outros papéis, que realmente me animaram a vida, e não só a mim, mas a muitos outros. Porque quando é tempo de colheita, muitos ceifeiros se reúnem aqui para as festas, e sempre há alguns que sabem ler, que pegam um desses livros na mão, e fazemos uma roda em volta dele mais de trinta e ficamos ouvindo com tanto gosto que nos rejuvenesce mil cabelos brancos. Pelo menos sei dizer que, quando ouço aqueles furiosos e terríveis golpes que os cavaleiros desferem, me dá vontade de fazer o mesmo, e que gostaria de escutá-los noites e dias.

— E eu nem mais nem menos — disse a estalajadeira — porque nunca me divirto em minha casa a não ser naquela ocasião em que vós estais ouvindo a leitura, pois estais tão embasbacado que não vos lembrais de importunar naquela hora.

— Essa é a verdade — disse Maritornes —, e, para ser sincera, também gosto muito de ouvir essas coisas, que são muito lindas, ainda mais quando dizem que tem uma senhora debaixo de umas laranjeiras abraçando seu cavaleiro, e que ali está uma donzela vigiando, morrendo de inveja e com muito sobressalto. Digo que tudo isso é um deleite.

— E o que achais, senhora donzela? — disse o padre, falando com a filha do estalajadeiro.

— Eu não sei, senhor, pela minha alma — ela respondeu. — Também ouço, e a verdade é que, embora não entenda, me dá gosto ouvir; mas não gosto das pancadas de que meu pai gosta, e sim das lamentações que os cavaleiros fazem quando se ausentam de suas damas, que realmente às vezes me fazem chorar, de compaixão que tenho por eles.

— Então vós cederíeis, senhora donzela — disse Doroteia —, se por vós chorassem?

— Eu não sei o que faria — respondeu a moça —, só sei que algumas senhoras daquelas são tão cruéis, que seus cavaleiros as chamam de tigres e leões e mil outras imundícies. E Jesus!, não sei o que são essas pessoas, tão desalmadas e tão sem consciência, que ao não olhar para um homem honrado o deixam morrer ou enlouquecer. Não sei para que tanto melindre: se se fazem de honestas, casem-se logo com eles, que eles não desejam outra coisa.

CAPÍTULO 32

Arthur B. Houghton e Irmãos Dalziel, 1866

— Fecha a boca, menina — disse a estalajadeira —, parece que sabes muito sobre essas coisas, e não é bom que as donzelas saibam ou falem tanto.

— Como esse senhor me pergunta — ela respondeu —, não pude deixar de responder.

— Agora — disse o padre —, trazei-me, senhor anfitrião, esses livros, que os quero ver.

— Com prazer — ele respondeu.

E entrando em seu aposento, tirou uma maleta velha, fechada com uma correntinha, e, abrindo-a, encontrou nela três grandes livros e alguns papéis com caligrafia muito boa, manuscritos. O primeiro livro que abriu era o *Don Cirongilio de Tracia*, e o outro, de *Felixmarte de Hircania*, e o outro, a *Historia del Gran Capitán Gonzalo Hernández de Córdoba, con la vida de Diego García de Paredes*.[1] Assim que o padre leu os dois primeiros títulos, virou o rosto para o barbeiro e disse:

— Que falta nos fazem a criada de meu amigo e sua sobrinha.

— Não fazem — respondeu o barbeiro —, que também eu sei levá-los para o pátio ou para a lareira, pois é fato que há um fogo muito bom nela.

---

1. O primeiro é *Los cuatro libros del valeroso caballero Don Cirongilio de Tracia* (1545), de Bernardo de Vargas; a partir da edição sevilhana de 1580, a *Breve suma de la vida de Diego Garcia de Paredes* vinha acrescentada à *Historia del Gran Capitán Gonzalo Hernández de Córdoba*.

— Então, quer vossa mercê queimar mais livros? — disse o estalajadeiro.

— Não mais — disse o padre — do que estes dois, o de Dom Cirongílio e do Felixmarte.

— E por acaso — disse o estalajadeiro — meus livros são hereges ou fleumáticos, para querer queimá-los?

— Cismáticos quereis dizer, amigo — disse o barbeiro —, não fleumáticos.

— Isso mesmo — respondeu o estalajadeiro. — Mas se alguém quer queimar, que seja esse do Grande Capitão e esse de Diego García, que antes prefiro deixar queimar um filho do que deixar queimar qualquer um desses outros.

— Meu irmão — disse o padre —, estes dois livros são mentirosos e estão cheios de disparates e devaneios, e este sobre o Grande Capitão é história verdadeira e tem os feitos de Gonzalo Hernández de Córdoba, que, por suas muitas e grandes façanhas, mereceu ser chamado de "Grande Capitão" por todo o mundo, renome famoso e fulgente, e só por ele merecido; e este Diego García de Paredes era um senhor de destaque, natural da cidade de Trujillo, na Estremadura, soldado valente e de tantas forças naturais, que com um dedo deteve uma roda de moinho no meio de sua fúria e bloqueou com uma espada a entrada de uma ponte, impedindo que todo um grande exército passasse por ela; e fez outras coisas, que se, como as conta e as escreve ele mesmo, com a modéstia de um cavaleiro sendo ele próprio o cronista, outro livre e desapaixonado as escrevesse, deixariam no esquecimento as de Heitores, Aquiles e Rolandos.

— Isso é conversa para boi dormir! — disse o estalajadeiro. — Veja o que lhe causa espanto, deter uma roda de moinho! Por Deus, agora havia vossa mercê de ler o que fez Felixmarte de Hircânia, que de um só golpe partiu cinco gigantes pela cintura, como se fossem feitos de favas, como os bonecos que as crianças fazem com suas vagens. E certa vez arremeteu contra um grandíssimo e poderosíssimo exército, onde derrotou mais de um milhão e seiscentos mil soldados, todos armados da cabeça aos pés, e os desbaratou, como se fossem rebanhos de ovelhas. E o que me dirão do bom Dom Cirongílio de Trácia, que foi tão valente e corajoso como se verá no livro, no qual se conta que, navegando por um rio, uma serpente de fogo brotou do meio da água, e ele, assim que a viu, atirou-se sobre ela, e montando escanchado em seu escamoso dorso, apertou sua garganta com as duas mãos com tanta força que, vendo a cobra que a estava sufocando, não teve escolha a não ser deixar-se submergir nas profundezas do rio, levando consigo o cavaleiro, que não a soltou por nada? E quando eles chegaram lá no fundo, viu-se em palácios e em tão belos jardins, que eram de se maravilhar, e então a serpente se transformou em um velho, que lhe disse tantas coisas, que não há mais nada para ouvir. Cale, senhor, que se vossa mercê ouvisse isso, ficaria louco de prazer. Dou uma banana para o Grande Capitão e para esse Diego García que está dizendo!

Gustave Doré e H. Pisan, 1863

DOM QUIXOTE

Ao ouvir isso, Doroteia sussurrou a Cardênio:

— Nosso anfitrião não está muito longe de fazer uma dupla com Dom Quixote.

— Assim me parece — respondeu Cardênio —, porque, segundo seus indícios, ele tem por certo que tudo o que esses livros contam aconteceu nem mais nem menos do que está escrito, e nem frades descalços o farão crer em outra coisa.

— Olhai, irmão — repetiu o padre —, não houve Felixmarte de Hircânia, nem Dom Cirongílio da Trácia, nem outros cavaleiros semelhantes que os livros de cavalaria contam, porque tudo é invenção e ficção de engenhos ociosos, que os compuseram com o propósito de entreter o tempo, como vossos ceifeiros o entretêm lendo-os. Porque eu realmente vos juro que tais cavaleiros nunca passaram pelo mundo, nem tais feitos ou absurdos ocorreram nele.

— Para cima de mim com essa história, não — respondeu o estalajadeiro. — Como se eu não soubesse quanto é dois mais dois e onde aperta meu sapato! Não pense vossa mercê que vou engolir essa, porque por Deus que de tonto eu não tenho nada. Curioso é que vossa mercê queira dar a entender que tudo o que esses bons livros dizem é disparate e mentira, tendo sido impressos com a licença dos senhores do Conselho Real, como se eles permitissem que fossem impressas tantas mentiras juntas, e tantas batalhas, e tantos encantamentos, que tiram o juízo!

— Já vos disse, amigo — respondeu o padre —, que isso é feito para entreter nossos ociosos pensamentos; e assim como é permitido nas repúblicas bem organizadas que haja jogos de xadrez, de bola e bilhar, para entreter alguns que não têm, nem devem, nem podem trabalhar, assim também é permitido imprimir e ter tais livros, acreditando, como é verdade, que não há ninguém tão ignorante que considere qualquer um desses livros como história verdadeira. E se me fosse lícito agora e o público o exigisse, eu diria coisas sobre o que devem ter os livros de cavalaria para serem bons, que talvez seja proveitoso e até do agrado de alguns; mas espero que chegue o momento em que eu possa comunicá-lo a alguém que possa remediá-lo, e, enquanto isso, acreditai, senhor estalajadeiro, no que vos disse, e pegai vossos livros com suas verdades ou mentiras, e bom proveito, e por Deus que não padeçais do mesmo mal que vosso hóspede Dom Quixote padece.

— Isso não — respondeu o estalajadeiro —, que eu não sou tão louco a ponto de me tornar um cavaleiro andante, que bem vejo que o que era usual naquela época não é usual agora, quando se diz que perambulavam pelo mundo esses famosos cavaleiros.

Estava presente Sancho pegando a conversa pela metade e ficou muito confuso e pensativo sobre o que ouvira dizer, que os cavaleiros andantes não eram usuais agora e que todos os livros de cavalaria eram necedades e mentiras, e disse a si mesmo para esperar aonde iria dar aquela viagem de seu amo, e que se não saísse com a felicidade

352

CAPÍTULO 32

que ele esperava, estava determinado a deixá-lo e a voltar com sua esposa e filhos ao seu trabalho de costume.

Ia levando a maleta e os livros o estalajadeiro, mas o padre lhe disse:

— Esperai, quero ver que papéis são esses que com tão boa letra estão escritos.

O anfitrião os tirou e, entregando-os a ele para ler, viu até umas oito páginas manuscritas, e ao princípio tinham um grande título que dizia: *Novela do curioso impertinente*. Leu o padre para si três ou quatro linhas e disse:

— É verdade que o título desta novela não me parece ruim, e que me vem o desejo de lê-la toda.

Ao que respondeu o estalajadeiro:

— Bem que sua reverência poderia lê-la, pois lhe digo que alguns hóspedes que aqui a leram ficaram muito satisfeitos, e me pediram com muitas razões; mas não quis dá--la a eles, pensando em devolvê-la a quem deixou essa maleta esquecida aqui com esses livros e esses papéis, pois pode ser que seu dono volte aqui algum dia, e apesar de saber que me farão falta os livros, dou fé que os hei de devolver, porque, embora estalajadeiro, ainda sou cristão.

— Tendes muita razão, amigo — disse o padre —, mas mesmo assim, se a novela me agradar, deveis me deixar copiá-la.

— Com muito gosto — respondeu o estalajadeiro.

Enquanto os dois diziam isso, Cardênio tinha pegado a novela e começado a lê-la; e, sendo da mesma opinião que o padre, rogou-lhe que a lesse para que todos pudessem ouvi-la.

— Sim, eu leria — disse o padre —, se não fosse melhor passar este tempo dormindo do que lendo.

— Será um ótimo descanso para mim — disse Doroteia — passar o tempo ouvindo alguma história, porque ainda não tenho o espírito tão tranquilo, que me permita dormir quando for razoável.

— Bem, dessa forma — disse o padre —, quero lê-la, por curiosidade mesmo: talvez seja curiosa de fato.

Veio então mestre Nicolás a pedir-lhe a mesma coisa, e Sancho também; percebendo isso, e entendendo que a todos faria o gosto, inclusive o dele, disse:

— Pois se é assim, prestem todos atenção, que a novela começa desta maneira:

Capítulo 33

Onde se conta a novela do "Curioso impertinente"

Em Florença, cidade rica e famosa da Itália, na província que chamam Toscana, viviam Anselmo e Lotário, dois cavalheiros ricos e importantes, e tão amigos que, por excelência e antonomásia, eram chamados de "os dois amigos" por todos que os conheciam. Eram solteiros, rapazes da mesma idade e dos mesmos costumes, o que era motivo suficiente para que os dois se correspondessem com amizade recíproca. É verdade que Anselmo era um pouco mais inclinado aos passatempos amorosos do que Lotário, que era afeito aos da caça; mas, quando a oportunidade se oferecia, Anselmo deixava de ir em busca de seus gostos para seguir os de Lotário, e Lotário deixava os seus para acudir aos de Anselmo, e assim suas vontades andavam tão juntas que não havia relógio que andasse mais acertado que eles.

Anselmo estava perdido de amores por uma bela e principal donzela da mesma cidade, filha de tão bons pais e tão boa ela em si mesma, que ele decidiu, com o parecer de seu amigo Lotário, sem o qual nada fazia, pedi-la por esposa a seus pais, e assim começou a executar seu plano; e quem dirigiu a embaixada foi Lotário, que concluiu o negócio tão ao gosto de seu amigo que em pouco tempo ele se viu na posse do que queria, e Camila, tão contente por ter alcançado Anselmo para esposo, não parava de dar graças ao céu e a Lotário, por meio do qual tanta felicidade lhe havia chegado. Nos primeiros dias, alegres como costumam ser os das bodas, continuou Lotário, como costumava, a ir à casa do amigo Anselmo, procurando honrá-lo, celebrá-lo e alegrá-lo com tudo o que lhe fosse possível; mas, uma vez terminadas as festas e já acalmada a frequência das visitas e felicitações, Lotário começou a descuidar-se com cuidado das visitas à casa de Anselmo, pois lhe parecia (como parece com razão a todos os que forem sensatos) que não se deve visitar ou frequentar a casa dos amigos casados da mesma forma que quando eram solteiros, pois, embora a boa e verdadeira amizade não possa e não deva ser suspeitosa em nada, a honra do casado é tão delicada que pode ser que se ofenda até com os próprios irmãos, quanto mais com os amigos.

DOM QUIXOTE

Anselmo notou o afastamento de Lotário e fez grandes queixas a ele, dizendo-lhe que, se soubesse que casar incluía não se comunicar com o amigo como costumava fazer, ele nunca teria feito isso, e que, se pela boa correspondência que os dois tinham enquanto ele era solteiro, haviam alcançado ser chamados "os dois amigos" de maneira tão doce, que Lotário não permitisse, por querer se fazer de circunspecto, sem qualquer outro motivo, que um nome tão famoso e agradável se perdesse; e que, assim, lhe suplicava (se era lícito que tal jeito de falar fosse usado entre eles) que voltasse a ser senhor de sua casa, que entrasse e saísse dela como antes, assegurando-lhe que sua esposa Camila não tinha nenhum outro gosto ou vontade além do que ele queria que ela tivesse, e que, sabendo o quanto os dois realmente se amavam, estava confusa ao ver tantas evasivas nele.

A todas essas e muitas outras razões que Anselmo disse a Lotário para persuadi-lo a voltar a frequentar sua casa como de costume, Lotário respondeu com tanta prudência, discrição e cautela, que Anselmo ficou satisfeito com as boas intenções do amigo, e combinaram que dois dias da semana, e também nos dias santos, Lotário iria almoçar com ele; e embora isso ficasse assim acertado entre os dois, Lotário propôs fazer apenas o que considerasse mais adequado à honra do amigo, cuja reputação defendia mais do que a sua própria. Dizia ele, e dizia bem, que o homem casado a quem o céu concedeu uma bela mulher tinha de ter o mesmo cuidado com os amigos que trazia para casa que com as amigas com quem a mulher conversava, pois o que não se faz nem se concerta nas praças, nos templos, nas festas públicas ou nas visitas às igrejas (coisas que o marido nem sempre deve negar à esposa), é arranjado e facilitado na casa da amiga ou da parenta em quem se deposita mais confiança.

Lotário dizia ainda que os casados precisavam ter, cada um, algum amigo que o advertisse dos descuidos que tivesse em sua conduta, pois em geral acontece que, por causa do grande amor que o marido tem pela esposa, ou ele não a adverte ou não lhe diz, para não irritá-la, que ela faça ou deixe de fazer algumas coisas que, fazendo-as, seriam honrosas ou humilhantes, e, sendo advertido disso pelo amigo, facilmente remediaria tudo. Mas onde se encontrará um amigo tão discreto e tão leal e verdadeiro como aqui Lotário lhe pede? Eu é que não sei, por certo. Só Lotário era assim, e com toda solicitude e cuidado zelava pela honra do amigo e tentava rarear, limitar e diminuir os dias combinados de ir à sua casa, para que o povo ocioso e os olhos vagabundos e maliciosos não vissem com malícia a entrada de um jovem rico, gentil-homem e bem-nascido, e com todas as qualidades que ele julgava ter, na casa de uma mulher tão bela como Camila; pois, mesmo que sua bondade e valor pudessem pôr fim a qualquer língua maledicente, ele não queria pôr em dúvida seu crédito nem o do amigo, e por isso a maior parte dos dias combinados de visita eram ocupados e entretidos em outras coisas que ele dava a entender serem indesculpáveis. Assim, nas reclamações de um e nas desculpas do outro, passavam-se muitas horas e partes do dia.

CAPÍTULO 33

Então, certo dia em que os dois passeavam por um prado fora da cidade, Anselmo disse a Lotário as seguintes palavras:

— Vê só, amigo Lotário: as mercês que Deus me fez ao fazer-me filho de pais como foram os meus e ao dar-me com liberalidade seus bens, tanto os que chamam de natureza como aqueles da fortuna,[1] não posso retribuir com gratidão que iguale o bem recebido e ultrapasse o que me fez em dar-me a ti como amigo e Camila como minha própria esposa, duas prendas que estimo, quando não no grau que devo, ainda assim no que posso. Pois bem, com todos esses dons, que geralmente são o todo com que os homens costumam e podem viver contentes, sou eu o homem mais rancoroso e mais repugnante de todo o vasto mundo, pois já não sei desde quando me angustia e aflige um desejo tão estranho e tão fora do uso comum que me maravilho de mim mesmo, e me culpo e me censuro, e procuro silenciar e encobrir meus próprios pensamentos, e assim foi possível manter esse segredo como se de propósito tentasse contá-lo para todo o mundo. E como na verdade ele há de se fazer notório, quero que seja guardado como um segredo teu, confiando que, com ele e com a diligência que empregarás, como meu verdadeiro amigo, em me remediar, em breve estarei livre da angústia que me toma, e minha alegria por tua solicitude chegará ao ponto em que chegou meu descontentamento por minha loucura.

As palavras de Anselmo mantinham Lotário em suspense, e ele não sabia onde iria parar tão longa advertência ou preâmbulo, e embora estivesse revolvendo em sua imaginação qual poderia ser o desejo que tanto afligia seu amigo, estava muito longe do alvo da verdade; e para sair rapidamente da agonia que lhe causava aquela suspensão, disse a Anselmo que ele estava causando um notório agravo à sua grande amizade ao ficar fazendo rodeios para lhe contar seus pensamentos mais encobertos, pois estava certo de que se podia esperar dele tanto consolo para entretê-los quanto meios para cumpri-los.

— Isso é verdade — respondeu Anselmo —, e com essa confiança te faço saber, amigo Lotário, que o desejo que me angustia é pensar se Camila, minha mulher, é tão boa e tão perfeita quanto eu penso, e não posso convencer-me dessa verdade se não for testada de tal maneira que o teste revele os quilates de sua bondade, como o fogo mostra os do ouro. Porque tenho para mim, oh, amigo!, que a bondade de uma mulher só aparece quando é solicitada, e que só é forte aquela que não se curva a promessas, presentes, lágrimas e contínuas importunações de amantes solícitos. Porque o que há para agradecer — dizia ele — que uma mulher seja boa se ninguém lhe pedir que ela seja má? O que adianta ser recatada e temerosa aquela que não tem oportunidade de se soltar, e a que sabe que tem um marido que, ao pegá-la na primeira leviandade, há de tirar sua vida? Então aquela que é boa por temor ou por falta de espaço não merece de mim a mesma estima que terei pela

---

1. Os bens de fortuna eram as riquezas materiais, enquanto os bens de natureza eram as virtudes.

solicitada e perseguida que saiu com a coroa da vitória. Por esses motivos, e por muitos outros que eu poderia te dizer para provar e fortalecer a opinião que tenho, desejo que Camila, minha esposa, passe por essas dificuldades e se purifique e aperfeiçoe no fogo de se ver cortejada e solicitada, e por quem tenha valor para atiçar nela seus desejos; e se ela sair, como acho que sairá, com os louros dessa batalha, irei considerar sem igual minha ventura: poderei dizer que a taça de meus desejos está transbordando, direi que me coube por sorte aquela mulher forte de quem o Sábio diz "quem a encontrará?".[2] E, se isso acontecer ao contrário do que penso, com o prazer de ver que estava certo em minha opinião, carregarei sem pena o que minha custosa experiência possa me causar. E, dando por certo que nada do que me disseres contra meu desejo será de proveito para que eu

Adolphe Lalauze, 1879–1884

2. O Sábio é o rei Salomão, que em seus Provérbios, no Antigo Testamento, tece louvores à mulher forte e honesta.

CAPÍTULO 33

deixe de executar meu propósito, quero, oh, amigo Lotário!, que te disponhas a ser o instrumento que lavre essa obra de minha vontade; e te darei lugar para que o faças, sem faltar nada do que considero necessário para cortejar uma mulher honesta, honrada, recolhida e desinteressada. E o que me leva, entre outras coisas, a te confiar essa árdua empreitada é ver que, se Camila for vencida por ti, a vitória não virá consumada a todo custo, mas apenas se dará como feito o que ainda se há de fazer, por bons motivos, e, assim, não me ofenderei mais do que com o desejo, e minha injúria permanecerá oculta na virtude de teu silêncio, que bem sei que, no que me toca, deve ser eterno como o da morte. Então, se queres que eu tenha uma vida digna desse nome, desde logo hás de entrar nessa batalha amorosa, não de forma morna ou preguiçosa, mas com a determinação e diligência que meu desejo pede e com a confiança que nossa amizade me assegura.

Essas foram as palavras que Anselmo dirigiu a Lotário, às quais ele esteve tão atento que, além daquelas que se mencionou que ele disse, não despregou os lábios até que o amigo terminasse; e vendo que Anselmo não dizia mais nada, depois de muito tempo o olhando, como se olhasse para outra coisa que nunca tinha visto, que lhe causava admiração e espanto, disse:

— Não posso me persuadir, oh, amigo Anselmo!, de que as coisas que me disseste não foram para zombar de mim, pois, se pensasse que as dizias de verdade, eu não permitiria que fosses tão longe, porque não te ouvindo eu impediria tua longa arenga. Sem dúvida, imagino que ou não me conheces ou eu não te conheço. Mas não, sei bem que tu és Anselmo, e tu sabes que eu sou Lotário: o mal é que eu acho que não és o Anselmo que costumavas ser, e tu deves ter pensado que eu não sou o Lotário que devia ser, pois as coisas que me disseste nem são daquele Anselmo meu amigo, nem as que me pedes devem ser pedidas àquele Lotário que conheces, porque os bons amigos têm de testar seus amigos e valer-se deles, como disse um poeta, "*usque ad aras*",[3] querendo dizer que não deviam se valer de sua amizade em coisas que fossem contra Deus. Bem, se um pagão sentiu isso sobre a amizade, quanto melhor é que o sinta um cristão, que sabe que por nenhuma razão humana há de perder a amizade divina? E quando o amigo vai tão longe, que deixa de lado os respeitos do céu para acudir os de seu amigo, não deve ser por coisas leves e de escassa importância, mas por aquelas em que a honra e a vida de seu amigo estejam em jogo. Pois me diz agora, Anselmo: qual dessas duas coisas tens em perigo, para que eu me aventure a agradar-te e fazer uma coisa tão detestável como me pedes? Nenhuma; aliás, antes me pedes, segundo o que entendo, que eu procure e tente tirar tua honra e vida, e tirá-la de mim juntamente, porque se eu tiver de tirar tua honra, claro está que te tiro a vida, pois um homem sem honra é pior do que um morto; e sendo eu o instrumento, como queres que eu seja, de tanto dano teu, não vou ficar desonrado e,

---

3. "Até o altar", adágio clássico atribuído a Péricles.

consequentemente, sem vida? Escuta, amigo Anselmo, e tem paciência de não me responder até que eu termine de te dizer o que me foi apresentado acerca do que teu desejo te pediu, pois tempo haverá para que me repliques e eu te escute.

— Com prazer — disse Anselmo —, diz o que quiseres.

E Lotário continuou dizendo:

— Parece-me, oh, Anselmo!, que tens agora o engenho como o que sempre têm os mouros, aos quais não se pode fazer entender o erro de sua seita com comentários da Sagrada Escritura, nem com razões que consistem em especulação do entendimento, nem nas que sejam fundadas em artigos de fé, mas que devemos lhes trazer exemplos palpáveis, fáceis, inteligíveis, demonstrativos, indubitáveis, com demonstrações matemáticas que não podem ser negadas, como quando dizem: "Se de duas partes iguais retirarmos partes iguais, as que ficam também são iguais"; e quando eles não entendem isso em palavras, como não entendem de fato, deve-se mostrar com as mãos e pôr diante de seus olhos, e mesmo assim, com eles nada é suficiente para persuadi-los das verdades de nossa religião sagrada. E esse mesmo termo e modo me convirá usar contigo, porque o desejo que em ti nasceu é tão desencaminhado e tão distante de tudo aquilo que tenha uma sombra de razoável, que me parece que há de ser tempo desperdiçado o que eu ocupar em dar-te a entender tua simplicidade — que por ora não lhe quero dar outro nome —, e quase estou a deixar-te em tua insensatez, como castigo por teu mau desejo; mas a amizade que tenho por ti não me deixa usar desse rigor, pois não me permite que te deixe em tão manifesto perigo de perder-te. E para que vejas claramente, me diz, Anselmo: não me disseste que tenho de cortejar uma recatada, persuadir uma honesta, ofertar a uma desinteressada, servir a uma prudente? Sim, me disseste. Pois se sabes que tens uma mulher recatada, honesta, desinteressada e prudente, o que estás procurando? E se achas que ela sairá vencedora de todas as minhas investidas, como sairá sem dúvida, que melhores títulos pretendes dar a ela depois dos que ela tem agora, ou pensas que ela será mais depois do que é agora? Ou tu não a tens pelo que dizes, ou não sabes o que estás pedindo. Se não a tens pelo que dizes, para que queres experimentá-la, a não ser para fazer dela o que mais te agradar, como se faz com mulher ruim? Mas, se for tão boa quanto pensas, será uma coisa impertinente fazer experiência dessa verdade, porque, depois de feita, hás de ficar com a mesma estima que tinhas antes. Portanto, conclui-se disso que tentar as coisas que podem nos causar dano em vez de benefício é próprio de juízos temerários e imprudentes, ainda mais quando querem experimentar aquelas a que não são forçados ou compelidos e que de muito longe mostram que experimentá-las é uma loucura manifesta. As coisas dificultosas são tentadas por Deus ou pelo mundo ou por ambos: as que são empreendidas por Deus são aquelas que os santos empreenderam, tentando viver a vida dos anjos em corpos humanos; as que se empreendem pelo mundo são as de quem enfrenta tanta infinidade de

CAPÍTULO 33

água, tanta diversidade de climas, tanta estranheza de povos, para adquirir o que chamam de bens da fortuna; e as que são tentadas por Deus e pelo mundo juntos são aquelas dos valentes soldados, que dificilmente veem na muralha do inimigo tanto espaço quanto aquele que uma bala de artilharia poderia abrir, quando, deixando de lado todo o medo, sem fazer discurso nem prestar atenção no perigo manifesto que os ameaça, levados em voo pelas asas do desejo de retornar por sua fé, por sua nação e por seu rei, lançam-se intrepidamente em meio a mil mortes contrapostas que os aguardam. Essas coisas são as que se costuma tentar, e há honra, glória e proveito em tentar fazê-las, embora tão cheias de inconvenientes e perigos; mas aquela que dizes que queres experimentar e pôr em ação, nem a glória de Deus, nem a boa fortuna, nem a fama entre os homens há de chegar a ti, já que, mesmo que consigas o que desejas, não ficarás nem mais orgulhoso nem mais rico nem mais honrado do que és agora; e, se não conseguires, deverás te ver na maior miséria que se possa imaginar, pois não adianta pensar então que ninguém sabe da desgraça que aconteceu contigo, porque bastará que tu mesmo saibas disso para afligir-te e desgastar-te. E, para confirmar essa verdade, quero te dizer uma estância composta pelo famoso poeta Luis Tansilo, no fim de sua primeira parte de *As lágrimas de São Pedro*,[4] que diz assim:

> *Cresceram a dor e a vergonha*
> *em Pedro, quando o dia se mostrou,*
> *e embora ali ninguém há, se envergonha*
> *de si mesmo, por ver que pecou:*
> *para um peito nobre, ter vergonha*
> *não vem só se alguém o observou,*
> *pois de si se envergonha quando erra,*
> *mesmo que outro só veja céu e terra.*

Portanto, não escusarás tua dor com o segredo, antes terás de chorar continuamente, se não lágrimas dos olhos, lágrimas de sangue do coração, como as que chorava aquele simples doutor que nosso poeta nos conta que fez a prova da taça, a qual com melhor discurso o prudente Reinaldos se escusou de fazer;[5] embora se trate de ficção poética, tem em si encerrados segredos morais dignos de ser percebidos, compreendidos e imitados. Além do mais, com o que penso agora em te dizer, acabarás percebendo o grande erro que desejas cometer. Diz-me, Anselmo, se o céu ou a boa sorte te tivesse feito senhor

---

4. Trata-se de Luigi Tansillo (1510–68), poeta napolitano. Sua obra *Le lacrime di San Pietro* foi traduzida ao castelhano em 1587 pelo poeta Luis Gálvez de Montalvo.
5. No *Orlando furioso* há uma taça mágica que derramava o vinho no peito do homem traído pela esposa. Reinaldos se recusou a fazer a prova.

e legítimo proprietário de um finíssimo diamante, de cuja qualidade e quilate ficariam satisfeitos todos os lapidários que o vissem, e que todos, a uma só voz e de comum acordo, dissessem que atingia em quilates, qualidade e finura o máximo que a natureza de tal pedra poderia oferecer, e tu mesmo assim acreditasse, sem nada saber em contrário, seria justo que te viesse o desejo de pegar esse diamante e colocá-lo entre uma bigorna e um martelo, e ali, com a pura força de golpes e marteladas, provar se é tão duro e tão fino como dizem?[6] E mais: se executasses tal obra e a pedra resistisse a uma prova tão néscia, nem por isso teria mais valor ou fama, e se ela se quebrasse, que é coisa que poderia acontecer, não estaria tudo perdido? Sim, decerto, e seu dono seria estimado como um simplório. Então faz de conta, Anselmo amigo, que Camila é finíssimo diamante, tanto em sua avaliação quanto na dos outros, e que não é motivo para que corra o risco de se quebrar, pois, mesmo que ela mantenha sua inteireza, não pode ter mais valor do que agora tem; e se ela falhasse e não resistisse, considera a partir de agora como ficarias sem ela e com quanta razão poderias queixar-te de ti mesmo, por ter sido a causa de sua perdição e da tua. Vê que não há joia no mundo que valha tanto quanto a mulher casta e honrada, e que toda a honra das mulheres consiste na boa opinião que delas se tem; e já que a de tua esposa é tal que chega ao extremo de bondade que conheces, por que queres pôr essa verdade à prova? Vê, amigo, que a mulher é um animal imperfeito, e que não se deve apresentar a ela obstáculos em que tropece e caia, e sim tirá-los e limpar-lhe o caminho de qualquer inconveniente, para que sem dificuldades ela corra ligeira para alcançar a perfeição que lhe falta, que consiste em ser virtuosa. Os filósofos da natureza contam que o arminho é um animalejo de pele alvíssima, e que, quando os caçadores querem caçá-lo, usam deste artifício: conhecendo os caminhos por onde ele costuma passar e aparecer, enchem-nos de lodo, e então, espantando o bicho aos gritos, encaminham-no para aquele lugar, e assim que ele chega ao lodo, fica quieto e se deixa prender e cativar, em troca de não passar pela lama e perder e sujar sua brancura, pois ele a estima mais do que a liberdade e a vida. A mulher honesta e casta é um arminho, e a virtude da honestidade é mais branca e limpa do que a neve; e quem não quiser que a mulher a perca, mas antes a guarde e conserve, deve usar de um estilo diferente daquele que com o arminho se usa, pois não se deve pôr diante dela o lodo dos presentes e serviços dos amantes importunos, porque talvez, e mesmo sem talvez, ela não tenha tanta virtude e força natural que possa por si mesma atropelar e passar por aqueles obstáculos, e é preciso tirá-los de sua frente e pôr diante dela a pureza da virtude e a beleza que em si encerra a boa fama. Da mesma forma, a boa mulher é como um espelho de cristal brilhante e claro, mas sujeito a embaçar e escurecer com qualquer hálito que o toque. Deve-se agir com a mulher honesta da mesma forma que com as

6. O diamante verdadeiro era muito resistente, resistindo a todos os golpes.

CAPÍTULO 33

relíquias: adorá-las e não tocá-las. A boa mulher há de ser guardada e estimada como se guarda e estima um belo jardim cheio de flores e rosas, cujo dono não consente que ninguém ande ou toque nele: basta que de longe, e por entre as grades de ferro, desfrutem de sua fragrância e formosura. Por fim, quero dizer-te alguns versos que me vieram à mente, os quais ouvi em uma comédia moderna, que me parece que servem ao propósito do que estamos tratando. Um velho prudente aconselhava a outro, pai de uma donzela, que a recolhesse, guardasse e encerrasse, e entre outras razões lhe disse estas:

> *É de vidro a donzela*
> *mas não se há de provar*
> *se pode ou não se quebrar,*
> *pois tudo se encerra nela.*
>
> *E é mais fácil quebrar-se,*
> *e não é sensato bater,*
> *a ponto de se romper,*
> *o que não pode soldar-se.*
>
> *E esta opinião convém*
> *a todos, e com motivo profundo:*
> *que se há Dânaes no mundo,*[7]
> *há chuvas de ouro também.*

Tudo o que te disse até agora, oh, Anselmo!, diz respeito a ti, e agora é bom que ouças algo do que me convém, e perdoa-me se for longo, pois assim requer o labirinto onde entraste e de onde queres que eu te tires. Tu me tens como amigo e queres tirar minha honra, coisa que é contra toda amizade; e não apenas pretendes isso, mas procuras fazer com que eu tire isso de ti. Que queres tirá-la de mim é evidente, pois quando Camila vir que eu a solicito, como me pedes, é certo que ela há de me considerar um homem sem honra e sem escrúpulos, pois tento fazer algo tão distante daquilo que sou e que tua amizade me obriga. Não há dúvida de que queres que eu tire tua honra de ti, pois vendo Camila que eu a solicito, há de pensar que vi nela alguma leviandade que me deu a audácia de revelar meu mau desejo a ela, e tendo-se por desonrada cabe a ti, como coisa dela, sua própria desonra. E daí surge o que é de uso comum: que o marido da mulher adúltera,

---

7. Segundo a mitologia grega, Dânae era uma princesa virgem aprisionada pelo pai Acrísio numa torre de bronze, a fim de evitar a gravidez de um filho que, segundo o oráculo, assassinaria o rei. Entretanto, Dânae foi possuída por Júpiter transmutado em chuva de ouro.

ainda que não saiba nem tenha dado oportunidade para que sua mulher não seja a que deveria ser, nem tenha estado em suas mãos nem em seu descuido e pouco recato impedir seu infortúnio, apesar disso é chamado e nomeado com um nome aviltante e baixo, e de certa maneira aqueles que conhecem a maldade de sua mulher olham para ele com menosprezo, em vez de mirá-lo com piedade, visto que não por culpa dele, mas por gosto de sua má companheira, ele está nessa desventura. Mas quero te dizer a causa pela qual com justa razão o marido da mulher má é desonrado, embora não saiba que é, nem tenha culpa, nem tenha sido parte, nem tenha dado oportunidade para que ela o seja. E não te canses de me ouvir, que tudo há de redundar em teu proveito. Quando Deus criou nosso primeiro pai no Paraíso terrestre, a divina Escritura diz que Ele infundiu sono em Adão e que, enquanto dormia, tirou-lhe do lado esquerdo uma costela, da qual formou nossa mãe Eva; e assim que Adão acordou e olhou para ela, disse: "Esta é carne da minha carne e osso dos meus ossos"; e Deus disse: "Por ela o homem deixará pai e mãe, e serão dois numa só carne".[8] E então foi instituído o divino sacramento do matrimônio, com tais laços que só a morte pode desatá-los. E esse sacramento milagroso tem tanta força e virtude que faz com que duas pessoas diferentes sejam uma mesma carne, e ainda mais nos bem casados: que, embora tenham duas almas, não têm mais de uma vontade. E daí vem que, como a carne da esposa é a mesma do esposo, as manchas que nela caem ou os defeitos que se procura redundam na carne do marido, embora ele não tenha dado, como se disse, ocasião para esse dano. Porque assim como a dor do pé ou de qualquer membro do corpo humano é sentida por todo o corpo, por ser tudo uma só carne, e a cabeça sente a lesão do tornozelo, sem que ela a tenha causado, assim o marido é participante da desonra da mulher, por ser a mesma coisa com ela; e como as honras e desonras do mundo são e nascem todas da carne e do sangue, e as da mulher má são dessa espécie, é forçoso que caiba ao marido parte delas e ele seja considerado desonrado sem que saiba. Olha, então, oh, Anselmo!, o perigo a que te expões em querer perturbar o sossego em que vive tua boa esposa; olha por quão vã e impertinente curiosidade queres revolver os ânimos que agora estão sossegados no peito de tua casta esposa; percebe que o que te arriscas a ganhar é pouco e o que perderás será tanto, que vou deixar de falar agora mesmo, porque me faltam palavras para encarecê-lo. Mas se tudo o que eu disse não foi suficiente para mover-te de tua má intenção, bem podes buscar outro instrumento de tua desonra e desventura, que eu não pretendo sê-lo, mesmo que por isso eu perca tua amizade, que é a maior perda que posso imaginar.

Dizendo isso, o virtuoso e prudente Lotário calou-se, e Anselmo ficou tão confuso e pensativo que durante um bom espaço de tempo não pôde responder uma palavra; mas por fim disse:

8. Gênesis 2, 21-24.

CAPÍTULO 33

— Lotário amigo, viste com quanta atenção escutei tudo que quiseste me dizer, e em tuas palavras, exemplos e comparações vi a grande discrição que tens e o extremo da verdadeira amizade que alcanças, e também vejo e confesso que, se eu não seguir tua opinião e for atrás da minha, estou fugindo do bem e correndo atrás do mal. Dito isso, tens de considerar que estou sofrendo da mesma enfermidade que algumas mulheres costumam ter quando sentem vontade de comer terra, gesso, carvão e outras coisas piores, nojentas até mesmo de olhar, quanto mais de comer. Então é necessário usar de algum artifício para que eu me cure, e isso poderia ser feito facilmente se começasses, ainda que de forma tímida e fingida, a cortejar Camila, que não deve ser tão ingênua que nos primeiros encontros dê com sua honestidade por terra; e só com esse pouco já ficarei satisfeito e terás cumprido o que deves à nossa amizade, não só me dando a vida, mas também me persuadindo a não me ver sem honra. E estás obrigado a fazer isso por uma única razão, e é que, estando eu determinado a pôr em prática essa prova, não deves permitir que eu dê conta de meu desatino a outra pessoa, com a qual eu arriscaria a honra que procuras que eu não perca; e se a tua não estiver na devida consideração de Camila quando a solicitares, pouco ou nada importa, pois em muito pouco tempo, vendo nela a integridade que esperamos, poderás lhe dizer a pura verdade de nosso artifício, e com isso teu crédito voltará a ser como antes. E já que te arriscarás tão pouco e tanto contentamento me darás, não deixes de arriscar-te, mesmo que muitos inconvenientes te sejam apresentados, pois, como eu já disse, se apenas começares, darei a causa por concluída.

Lotário, vendo a resoluta vontade de Anselmo e não sabendo que outros exemplos dar a ele ou que outras razões lhe mostrar para demovê-lo, e vendo que ameaçava dar conta de seu desejo maligno a outro, para evitar um mal maior, resolveu contentá-lo e fazer o que ele pedia, com propósito e intenção de guiar aquele negócio de tal forma que, sem alterar os pensamentos de Camila, Anselmo ficasse satisfeito; e, assim, respondeu que não deveria comunicar seus pensamentos a mais ninguém, que ele se encarregaria da tarefa e a começaria quando o amigo quisesse. Anselmo abraçou-o com ternura e carinho, e agradeceu-lhe a oferta como se lhe tivesse feito um grande favor, e combinaram entre os dois que os trabalhos começariam no dia seguinte, que ele lhe daria espaço e tempo para que pudesse falar com Camila, e também lhe daria dinheiro e joias para dar e oferecer a ela. Aconselhou-o que lhe ofertasse músicas, que escrevesse versos em seu louvor e que, quando não quisesse se dar ao trabalho de escrevê-los, ele mesmo os faria. Lotário concordou com tudo, mas com uma intenção bem diferente da que Anselmo pensava.

E com esse acordo voltaram para a casa de Anselmo, onde encontraram Camila ansiosa e preocupada esperando pelo marido, pois naquele dia ele estava demorando mais do que de costume para chegar.

DOM QUIXOTE

Lotário foi para sua casa, e Anselmo ficou na sua tão feliz quanto Lotário foi embora pensativo, sem saber que rumo tomar para se sair bem daquele negócio impertinente. Mas naquela noite ele pensou no modo de conseguir enganar Anselmo sem ofender Camila, e no dia seguinte foi almoçar com seu amigo, e foi bem recebido por Camila, que sempre o recebia e lhe contentava com muito boa vontade, pois sabia a afeição que o esposo lhe devotava.

Acabaram de comer, a mesa foi tirada e Anselmo disse a Lotário que ficasse ali com Camila enquanto ele ia resolver um negócio urgente, e que voltaria dentro de uma hora e meia. Camila implorou para que ele não fosse, e Lotário se ofereceu para lhe fazer companhia, mas Anselmo não quis, antes insistiu que Lotário ficasse e o esperasse, pois tinha de tratar com ele algo muito importante. Também disse a Camila que não deixasse Lotário sozinho até que ele voltasse. De fato, ele soube tão bem como fingir a necessidade ou necedade de sua ausência que ninguém poderia perceber que era fingida. Anselmo saiu, e Camila e Lotário ficaram sozinhos na mesa, porque as outras pessoas da casa tinham ido comer. Lotário viu-se então no aperto que seu amigo queria, tendo à sua frente o inimigo, que poderia derrotar um esquadrão de cavaleiros armados só com sua beleza: olhai se Lotário não temesse com razão.

Mas o que ele fez foi apoiar o cotovelo no braço da cadeira e o rosto na mão aberta, e, desculpando-se com Camila pela falta de educação, disse que queria descansar um pouco enquanto Anselmo voltava. Camila respondeu que seria melhor descansar no estrado[9] do que na cadeira e, assim, rogou que ele entrasse no cômodo e fosse ali dormir. Lotário não quis, e adormeceu na cadeira até a volta de Anselmo, o qual, ao encontrar Camila em seu quarto e Lotário dormindo, acreditou que, por ter demorado tanto, os dois já teriam tido oportunidade de conversar, e até de dormir, e não via a hora que Lotário acordasse para sair com ele e perguntar-lhe sobre sua ventura.

Tudo sucedeu como ele queria: Lotário acordou e logo os dois saíram da casa, e ali ele lhe perguntou o que desejava, e Lotário respondeu que não tinha achado certo que na primeira vez ele se mostrasse por completo; assim, não fez nada além de elogiar a formosura de Camila, dizendo-lhe que em toda a cidade não se falava em outra coisa a não ser sua beleza e discrição, e que esse lhe parecera um bom início para ir conquistando sua confiança e predispondo-a a escutá-lo com prazer da próxima vez, usando nisso o artifício que o diabo usa quando quer enganar alguém que fica vigilante para não cair em tentação: transforma-se em anjo de luz, sendo ele das trevas, e, pondo diante dele aparências boas, no final revela quem é e demonstra sua intenção, se a princípio sua trapaça não foi descoberta. Tudo isso contentou muito Anselmo, e ele disse que daria a mesma oportunidade

---

9.   Estrutura de madeira na sala de receber, atapetada e com almofadas dispostas para as damas, nas quais se podia fazer a sesta.

366

CAPÍTULO 33

todos os dias, mesmo que não saísse de casa, pois nela se ocuparia de coisas de maneira que Camila não pudesse ter conhecimento de seu artifício.

Aconteceu, então, que se passaram muitos dias nos quais, sem que Lotário dissesse uma palavra a Camila, respondia a Anselmo que estavam conversando e que ele nunca conseguia tirar dela nem uma pequena mostra de comportamento suspeito, nem mesmo dar-lhe a mínima sombra de esperança: antes ela o ameaçava dizendo que, se não se livrasse daquele mau pensamento, havia de contar tudo ao marido.

— Muito bem — disse Anselmo. — Até aqui, Camila resistiu às palavras; é preciso ver como resiste às obras. Eu vos darei amanhã dois mil escudos de ouro para que possais oferecê-los a ela, ou até mesmo dá-los, e outros tantos para que compreis joias com que atraí-la; pois por mais castas que sejam, as mulheres tendem a ser aficionadas, e ainda mais se forem bonitas, a se vestir bem e se ornamentar, e se ela resistir a essa tentação, ficarei satisfeito e não vos importunarei mais.

Lotário respondeu que, como já havia começado, levaria aquela empresa até o fim, embora entendesse que sairia dela cansado e vencido. No dia seguinte recebeu os quatro mil escudos, e com eles quatro mil confusões, pois não sabia o que dizer para mentir de novo; mas, por fim, resolveu dizer-lhe que Camila era tão íntegra diante dos presentes e das promessas quanto tinha sido em relação às palavras, e que não havia motivo para insistir, pois todo aquele tempo estava sendo empregado em vão.

Daniel Urrabieta Vierge, 1906–1907

Mas o destino, que guiava as coisas de outra maneira, ordenou que, tendo Anselmo deixado Lotário e Camila sozinhos, como costumava fazer, ele se trancasse em um aposento e pelo buraco da fechadura ficasse observando e escutando o que os dois diziam, e ele viu que em mais de meia hora Lotário não trocou uma palavra com Camila, nem falaria com ela se permanecesse ali por um século, e percebeu que tudo o que o amigo havia dito sobre as respostas de Camila era fingimento e mentira. E para ver se era isso mesmo, saiu do aposento e, chamando Lotário à parte, perguntou quais eram as novidades e como estava o humor de Camila. Lotário respondeu que não pensava mais em prosseguir com aquele negócio, pois ela respondia com tanta dureza e grosseria que ele não tinha coragem de lhe dizer mais nada.

— Ah! — disse Anselmo. — Lotário, Lotário, como retribuis mal o que me deves e toda a confiança que deposito em ti! Agora mesmo estive te olhando pela abertura que permite a entrada desta chave e vi que não disseste uma palavra a Camila; portanto, concluo que mesmo as primeiras ainda estão para ser ditas; e se é assim, como sem dúvida é, por que me enganas ou por que queres tirar de mim, com tua indústria, os meios que encontrei para realizar meu desejo?

Anselmo não disse mais nada, mas o que ele havia dito bastou para deixar Lotário envergonhado e confuso, o qual, quase tomando por desonra o fato de ter sido pego na mentira, jurou a Anselmo que a partir daquele momento se encarregaria de contentá-lo e não mentir, como veria se o espiasse com curiosidade, tanto mais que não seria necessário usar qualquer diligência, pois a que ele pretendia usar para satisfazê-lo o afastaria de qualquer suspeita. Anselmo acreditou nele e, para deixá-lo mais à vontade e confiante, resolveu se ausentar de casa por oito dias, indo para a casa de um amigo seu, que ficava numa aldeia não muito longe da cidade, e com esse amigo combinou que o mandasse chamar com muita insistência, a fim de justificar sua partida para Camila.

Ah, como és infeliz e imprudente, Anselmo! O que estás fazendo? O que estás tramando? O que estás ordenando? Olha o que fazes contra ti mesmo, tramando tua desonra e ordenando tua perdição. Tua esposa Camila é boa; calma e sossegadamente a possuis; ninguém perturba tua satisfação; os pensamentos dela não saem das paredes de sua casa; tu és seu céu na terra, o alvo de seus desejos, o cumprimento de seus gostos e a medida por onde ela mede sua vontade, ajustando-a em tudo com a tua e com a do céu. Pois se a mina de sua honra, formosura, honestidade e recolhimento te dá sem nenhum trabalho toda a riqueza que tem e tu podes desejar, por que queres cavar a terra e procurar novos veios de um novo e nunca visto tesouro, correndo o risco de que tudo desmorone, pois afinal se sustenta nas débeis bases de sua frágil natureza? Olha, é justo que, para aquele que busca o impossível, o possível lhe seja negado, como melhor disse um poeta ao dizer:

CAPÍTULO 33

Busco na morte a vida,
saúde na enfermidade,
na prisão liberdade,
no que é fechado saída
e no traidor lealdade.
Mas minha sorte, de quem
nunca espero algum bem,
estabeleceu com o céu duro
que, como o impossível procuro,
nem o possível me deem.

No dia seguinte Anselmo foi para a aldeia, deixando dito a Camila que, durante o tempo em que estivesse ausente, Lotário viria olhar pela casa e almoçar com ela, que ela tivesse o cuidado de tratá-lo como sua própria pessoa. Camila, como mulher discreta e honesta, ficou aflita com a ordem que seu marido lhe deixava, e disse a ele que notasse que não era certo que ninguém, em sua ausência, ocupasse sua cadeira à mesa, e que se o fazia porque não confiava que ela saberia governar sua casa, que experimentasse daquela vez e veria por experiência própria como ela se bastava até para maiores cuidados. Anselmo respondeu que aquela era sua vontade, e que tudo que ela devia fazer era baixar a cabeça e obedecê-lo. Camila disse que assim o faria, embora contra sua vontade.

Anselmo foi embora, e no outro dia Lotário chegou à sua casa, onde foi recebido com amorosa e honesta acolhida por Camila, a qual nunca ficou em lugar onde Lotário a visse sozinha, pois estava sempre rodeada de seus criados e criadas, em especial de uma donzela sua chamada Leonela, de quem ela gostava muito, por terem sido criadas juntas desde meninas na casa dos pais de Camila, e quando se casou com Anselmo a trouxe consigo. Nos três primeiros dias, Lotário não lhe disse nada, embora pudesse, quando a mesa era tirada e as pessoas iam comer com muita pressa, porque Camila havia determinado assim, e Leonela até tinha ordem de comer antes de Camila e de que nunca saísse do seu lado; mas a donzela, que pensava em outras coisas de seu agrado e precisava daquelas horas e daquele lugar para se ocupar de seus contentamentos, nem sempre acatava a ordem de sua senhora, antes os deixava a sós, como se tivesse recebido ordens de se comportar assim. Mas a honesta presença de Camila, a seriedade de seu rosto, a compostura de sua pessoa era tão grande que refreava a língua de Lotário.

Mas o bem que as muitas virtudes de Camila fizeram, silenciando a língua de Lotário, redundou mais em prejuízo de ambos, porque se a língua calava, o pensamento corria e tinha oportunidade de contemplar ponto a ponto todos os extremos de bondade e formosura que Camila tinha, que eram suficientes para fazer uma estátua de mármore se apaixonar, quanto mais um coração de carne.

No tempo e espaço que devia falar com ela, Lotário ficava observando-a e considerava quão digna ela era de ser amada, e essa consideração começou pouco a pouco a fazer ruir o respeito que tinha por Anselmo, e mil vezes quis ele se ausentar da cidade e ir aonde Anselmo jamais o visse nem ele visse Camila; mas já o impedia e detinha o prazer que sentia ao olhar para ela. Ele se forçava e lutava consigo mesmo para rejeitar e não sentir o contentamento que o levava a olhar para Camila; a sós, ele se culpava por seu desatino; considerava-se um mau amigo e até um mau cristão; fazia julgamentos e comparações entre ele e Anselmo, e todos o levavam a pensar que maiores haviam sido a loucura e a confiança de Anselmo do que sua pouca fidelidade, e que se ele fosse desculpado diante de Deus e dos homens para o que pretendia fazer, não temeria o castigo por sua culpa.

De fato, a formosura e a bondade de Camila, juntamente à oportunidade que o marido ignorante depositava em suas mãos, deram com a lealdade de Lotário por terra; e sem olhar para nada além daquilo a que seu gosto o inclinava, depois de três dias da ausência de Anselmo, nos quais esteve em contínua batalha para resistir aos seus desejos, começou a cortejar Camila, com tanto arroubo e com razões tão amorosas, que Camila ficou suspensa e não fez nada além de se levantar de onde estava e entrar em seu aposento sem responder palavra alguma. Mas essa aparente frieza não fez Lotário perder a esperança, que sempre nasce junto com o amor: antes aumentou a consideração que tinha por Camila. Ela, tendo visto em Lotário o que nunca imaginara, não sabia o que fazer, e, parecendo-lhe não ser coisa correta nem acertada dar-lhe oportunidade ou lugar para que lhe falasse novamente, decidiu enviar naquela mesma noite, como o fez, um criado seu com um bilhete para Anselmo, no qual escreveu estas palavras:

Capítulo 34

Onde prossegue a novela do "Curioso impertinente"

Assim como muitas vezes se diz que não é bom o exército sem seu general e o castelo sem seu castelão, eu digo que a mulher casada e moça sem seu marido parece muito pior, quando justíssimas ocasiões não o impedem. Eu me sinto tão mal sem vós e tão impossibilitada de não sofrer com essa ausência, que se não vierdes logo, terei de refugiar-me na casa de meus pais, ainda que eu deixe a vossa sem vigia, porque o que me deixastes, se é que ficou com esse título, creio que se interessa mais por seus caprichos do que pelo que a vós diz respeito; e como sois sensato, não tenho mais nada para vos dizer, nem é bom que eu vos diga mais.

Anselmo recebeu essa carta e dela entendeu que Lotário já havia começado o plano e que Camila devia ter respondido como ele desejava; e, muito feliz com a notícia, respondeu por um emissário a Camila que ela não fizesse mudança de casa de forma alguma, pois ele voltaria muito em breve. Camila se espantou com a resposta de Anselmo, que a deixou mais confusa do que antes, pois nem se atrevia a estar em sua casa, muito menos ir à casa de seus pais, pois ao ficar corria perigo sua honestidade, e partindo, ia contra a ordem de seu esposo.

Por fim, decidiu pelo que foi pior para ela, que era ficar, resolvida a não fugir da presença de Lotário, para não dar o que dizer aos seus criados, e já se arrependia de ter escrito o que escreveu ao seu esposo, temerosa de que pensasse que Lotário tinha visto nela alguma desinibição que o induzisse a não manter o decoro que lhe devia. Mas, acreditando em sua bondade, confiou em Deus e em seus bons pensamentos, com os quais pretendia resistir calada a tudo o que Lotário lhe quisesse dizer, sem prestar mais contas ao marido, para não o envolver em pendência ou lhe dar trabalho; e até estava buscando uma forma de desculpar Lotário com Anselmo, quando lhe perguntasse a ocasião que a

Édouard Zier e Alfred Prunaire, 1890

CAPÍTULO 34

havia motivado a escrever aquele bilhete. Com esses pensamentos, mais honrosos do que corretos ou favoráveis, ela passou mais um dia ouvindo Lotário, que pesou a mão de tal forma que a firmeza de Camila começou a vacilar, e sua honestidade teve muito que implorar aos olhos, para que não mostrasse alguma compaixão amorosa que as lágrimas e palavras de Lotário em seu peito haviam despertado. Lotário percebeu tudo isso, e tudo o acendia.

Finalmente, pareceu-lhe necessário, no espaço e lugar que a ausência de Anselmo lhe dava, apertar o cerco daquela fortaleza, e, assim, atacou sua presunção com os elogios à sua formosura, porque não há nada que mais rápido renda e aplaine as torres encasteladas da vaidade das belas do que a própria vaidade, posta nas línguas da adulação. Com efeito, ele, com toda diligência, minou a fortaleza de sua integridade, com tais artimanhas que, ainda que Camila fosse toda de bronze, ela cairia no chão. Lotário chorou, implorou, ofereceu, adulou, insistiu e fingiu com tantos sentimentos, com tantos sinais de verdade, que fez ruir o recato de Camila e veio a triunfar sobre o que era menos esperado e mais desejado.

Rendeu-se Camila, Camila se rendeu… Mas de que vale, se a amizade de Lotário desmoronou? Um exemplo claro que nos mostra que a paixão amorosa só pode ser superada com a fuga e que ninguém deve entrar em queda de braço com tão poderoso inimigo, pois são necessárias forças divinas para derrotar suas forças humanas. Só Leonela sabia da fraqueza de sua senhora, porque os dois ineptos amigos e os novos amantes não conseguiram esconder dela. Lotário não quis contar a Camila sobre a pretensão de Anselmo, nem que ele lhe dera o espaço para chegar àquele ponto, para que ela não subestimasse seu amor e pensasse que assim, ao acaso e sem pensar, e não de propósito, a havia cortejado.

Voltou dali alguns dias Anselmo a sua casa e não percebeu o que faltava nela, que era o que menos considerava e o que mais estimava. Foi logo ver Lotário e o encontrou em sua casa; os dois se abraçaram, e Anselmo perguntou sobre as novas de sua vida ou de sua morte.

— A notícia que posso te dar, oh, amigo Anselmo — Lotário disse —, é que tens uma mulher que pode dignamente ser um exemplo e coroa de todas as mulheres boas. Foram palavras ao vento as que lhe falei; as ofertas foram insuficientes, as dádivas não foram admitidas; de algumas lágrimas fingidas minhas zombou de forma notável. Em suma, assim como Camila é o compêndio de toda beleza, ela é um depósito onde habita a honestidade e vive o comedimento e o recato e todas as virtudes que podem tornar louvável e bem-afortunada uma honrada mulher. Toma de volta teu dinheiro, amigo, porque eu o tenho aqui, sem tê-lo tocado, pois a integridade de Camila não cede a coisas tão baixas quanto presentes ou promessas. Contenta-te, Anselmo, e não queiras fazer mais experimentos do que os feitos; e como com os pés secos passaste pelo mar de dificuldades e suspeitas que as mulheres costumam e podem ter, não queiras entrar novamente em mar profundo de novos inconvenientes, nem com outro piloto fazer experiência da bondade e fortaleza do navio que o céu te deu de bom grado para que pudesses passar o mar deste mundo nele, antes percebe que já estás em um porto seguro e aferra-te com as âncoras do bom senso, e deixa-te estar até que venham te pedir a dívida que não há fidalguia humana que te livre de pagá-la.

Satisfeitíssimo ficou Anselmo com as palavras de Lotário e por isso acreditou nelas como se ditas por algum oráculo, mas, apesar de tudo isso, implorou para que ele não deixasse aquela empresa, ainda que fosse apenas por curiosidade e entretenimento, ainda que dali em diante não fizesse uso de tantas diligentes artimanhas como até então, e que só queria que ele escrevesse alguns versos em seu louvor, sob o nome de Clori, porque isso faria Camila entender que ele estava apaixonado por uma senhora a quem dera esse nome, para poder celebrá-la com o decoro que cabia à sua honestidade; e que, caso Lotário não quisesse se dar ao trabalho de escrever os versos, ele os escreveria.

— Isso não será necessário — disse Lotário —, porque não sou tão inimigo das musas que elas não me visitem em certas épocas do ano. Diz tu a Camila o que disseste sobre o fingimento de meu amor, que eu vou escrever os versos: se não tão bons quanto o assunto merece, pelo menos os melhores que eu puder escrever.

Ficaram de acordo o impertinente e o traidor amigo, e quando Lotário voltou para sua casa, Anselmo perguntou a Camila o que ela já estranhava que não tivesse perguntado, que era que ela lhe contasse o motivo pelo qual havia escrito o bilhete que lhe enviara. Camila respondeu que lhe havia parecido que Lotário a olhava de forma um pouco mais desinibida do que quando ele estava em casa, mas que estava iludida e achava que havia sido imaginação dela, pois Lotário já evitava vê-la e estar com ela a sós. Anselmo lhe disse que ela podia ficar despreocupada com aquela suspeita, porque ele sabia que Lotário andava apaixonado por uma donzela importante da cidade, a quem ele celebrava sob o nome de Clori, e que, mesmo que não estivesse, não havia nada a temer com relação à sinceridade de Lotário e à grande amizade de ambos. Se Camila não estivesse avisada por Lotário de que eram fingidos aqueles amores por Clori, e que ele havia dito isso a Anselmo para poder se ocupar alguns momentos com louvores à própria Camila, ela sem dúvida cairia na rede desesperada do ciúme; mas, já avisada, passou por aquele sobressalto sem pesares.

No outro dia, estando os três no momento da sobremesa, Anselmo implorou a Lotário que recitasse algo que havia composto para sua amada Clori, que, como Camila não a conhecia, com certeza poderia dizer o que quisesse.

— Ainda que a conhecesse — respondeu Lotário —, não esconderia nada, porque quando um amante enaltece sua dama como bela e a sente como cruel, nenhuma injúria lança sobre sua boa reputação; mas, seja como for, o que digo é que ontem escrevi um soneto à ingratidão dessa Clori, que diz assim:

CAPÍTULO 34

SONETO

No silêncio da noite, quando
ocupa o doce sono os mortais,
a pobre conta dos meus sofridos ais
estou ao céu e à minha Clori dando.

E ao tempo quando o sol vai se mostrando
pelas rosadas portas orientais,
com suspiros e gemidos desiguais
vou a antiga queixa renovando.

E quando o sol, de seu estrelado assento
certeiros raios para a terra envia,
o pranto cresce e dobro os gemidos.

Volta a noite, volta o triste lamento
e sempre encontro, na mortal porfia,
o céu surdo, e Clori sem ouvidos.

Apreciou o soneto Camila, e mais ainda Anselmo, pois o elogiou e disse que era demasiadamente cruel a dama que a tão claras verdades não correspondia. Ao que Camila disse:

— Então tudo o que os poetas apaixonados dizem é verdade?

— Como poetas, não a dizem — respondeu Lotário —; mas como apaixonados, são sempre tão insuficientes quanto verdadeiros.

— Não há dúvida disso — replicou Anselmo, tudo para apoiar e dar crédito aos pensamentos de Lotário para Camila, tão desprevenida contra o artifício de Anselmo quanto já apaixonada por Lotário.

E assim, com o prazer que sentia com aquelas coisas, e mais, tendo por certo que seus desejos e escritos eram dirigidos a ela e que ela era a verdadeira Clori, rogou-lhe que, se ele soubesse outro soneto ou outros versos, os recitasse.

— Sim, sei — respondeu Lotário —, mas não creio que seja tão bom quanto o primeiro, ou melhor dizendo, menos ruim. E podereis julgá-lo bem, porque é este:

SONETO

Eu sei que morro, e se não for crido,
é tão certo o morrer, como é mais certo
ver-me a teus pés, ó bela ingrata!, morto,
antes que de te adorar arrependido.

Poderei me ver em tal esquecimento,
de vida e glória e de favor incerto,
e lá poderá ver em meu peito aberto
como teu belo rosto ainda ostento.

Que esta relíquia guardo para o duro
transe que ameaça minha porfia,
que em teu próprio rigor se fortalece.

Ai daquele que navega, o céu escuro,
por mar inexplorado, perigosa via,
onde o norte ou porto não se oferece!

Anselmo também elogiou esse segundo soneto como tinha feito com o primeiro, e dessa forma ia acrescentando elo por elo à corrente com a qual encadeava e travava sua desonra, porque quanto mais Lotário o desonrava, então lhe dizia que era mais honrado; e com isso todos os degraus que Camila descia para as profundezas de seu menosprezo, ela os subia, na opinião do marido, até o cume da virtude e de sua boa fama.

Aconteceu que nisso se encontrando uma vez, entre outras, sozinha Camila com sua donzela, ela lhe disse:

— Envergonhada estou, amiga Leonela, de ver o quão pouco consegui me estimar, pois nem sequer fiz que com o correr do tempo Lotário comprasse toda a posse que tão rápido lhe dei de minha vontade. Temo que ele leve em conta minha presteza ou rapidez, sem considerar a força que ele usou para que eu não pudesse resistir a ele.

— Não te envergonhes disso, senhora minha — respondeu Leonela —, pois nem aumenta o valor nem é motivo para diminuir a estima dar o que se dá rapidamente, se o que se dá é de fato bom e por si só digno de estima. E até se diz que quem rápido dá, dá duas vezes.

— Também se costuma dizer — disse Camila — que o que demanda pouco trabalho é menos estimado.

CAPÍTULO 34

— Isso não vale para ti — respondeu Leonela — porque o amor, como ouvi dizer, algumas vezes voa e outras anda: com alguns corre e com outros vai devagar; a alguns amorna e a outros queima; a alguns fere e a outros mata; e no mesmo ponto que começa a corrida por seus desejos é nesse mesmo ponto que termina e conclui; pela manhã costuma cercar uma fortaleza e à noite a vê rendida, porque não há força que lhe resista. E sendo assim, o que te espanta, ou o que temes, se o mesmo deve ter acontecido com Lotário, tendo tomado o amor como instrumento para nos render durante a ausência de meu senhor? E era forçoso que nela se consumasse o que o amor determinara, sem dar mais tempo ao tempo para a volta de Anselmo, pois com sua presença ficaria inacabada a obra; porque o amor não tem outro melhor ministro para executar o que deseja do que a ocasião: da ocasião se vale em todas as suas ações, principalmente em seus princípios. Tudo isso eu sei muito bem, mais por experiência do que por ouvir dizer, e um dia te contarei, senhora, que também sou de carne e osso e jovem. Além do mais, senhora Camila, não te entregaste ou deste tão cedo, antes de ter visto nos olhos, nos suspiros, nas palavras e nas promessas e dádivas de Lotário toda a sua alma, vendo nela e em suas virtudes o quão Lotário era digno de ser amado. E, se é assim, não deixes que esses pensamentos escrupulosos e melindrosos assaltem tua imaginação, mas sim assegura-te de que Lotário te estima como tu o estimas, e vive com contentamento e satisfação de que, desde que caíste no laço amoroso, é ele que te aperta de coragem e de estima, e que não só tem os quatro S que dizem que hão de ter os bons enamorados, mas todo um abc: se não, ouve-me, e verás como te digo em coro. Ele é, a meu ver e em minha opinião,

agradecido,
bom,
cavalheiro,
dadivoso,
enamorado,
firme,
galante,
honrado,
ilustre,
leal,
moço,
nobre,
(h)onesto,
principal,
quantioso,

rico e os

S's[1] que dizem, e então,

tácito,

verdadeiro.

O x não cabe, porque é uma letra áspera; o y já está dito no i; o z, zeloso de tua honra.

Camila riu do abc de sua donzela e pediu que ela falasse mais sobre as coisas do amor, e assim ela confessou, revelando a Camila como ela levava os amores com um jovem bem-nascido, da mesma cidade; o que perturbou Camila, temendo que fosse esse o caminho pelo qual sua honra pudesse estar em risco. Ela a apertou para saber se de fato essas conversas aconteciam na prática. Leonela, com pouca vergonha e muita desenvoltura, respondeu que sim, porque já é sabido que os descuidos das senhoras tiram a vergonha das criadas, que, ao verem os tropeços de suas amas, não se importam em mancar ou que se fique sabendo disso.

Não pôde fazer nada Camila além de implorar a Leonela que não contasse nada sobre seu feito para aquele que dizia ser seu amante, e que tratasse seus assuntos com sigilo, para que não tivessem notícia disso nem Anselmo nem Lotário. Leonela respondeu que o faria, mas cumpriu de uma forma que fez com que o temor de Camila de perder seu crédito fosse verdadeiro. Porque a desonesta e atrevida Leonela, depois de ver que o comportamento de sua ama não era mais o que costumava ser, atreveu-se a colocar seu amante dentro de casa, confiante de que, ainda que sua senhora o visse, não ousaria revelá-lo. Que este dano, entre outros, é causado pelos pecados das senhoras: tornam-se escravas de suas próprias criadas e são obrigadas a encobrir suas desonestidades e vilezas, como aconteceu com Camila, a qual, embora tenha visto uma e muitas vezes que sua Leonela estava com seu galã em um aposento de sua casa, não só não ousava repreendê-la, como lhe dava um lugar para encerrá-lo e retirava todos os obstáculos, para que não fosse visto por seu marido.

Mas isso não foi suficiente para que Lotário não o visse uma vez saindo ao raiar da aurora; e, sem saber quem era, pensou primeiro que devia ser algum fantasma, mas quando o viu andar, encobrir-se e se esconder com cuidado e recato, saiu de seu simples pensamento e se entregou a outro, que seria a perdição de tudo se Camila não o remediasse. Pensou Lotário que o homem que vira sair tão fora de hora da casa de Anselmo não entrara nela por causa de Leonela, nem se lembrava que Leonela existia: só acreditou que Camila, da mesma maneira que havia sido fácil e ligeira com ele, o era para outro; que a maldade da mulher pecadora traz consigo estes acréscimos: perde o crédito de sua honra com o mesmo a quem ela se entregou, seduzida e persuadida, e ele acredita que

---

1.   Os quatro Ss de sábio, só, solícito e secreto.

CAPÍTULO 34

ela se dá aos outros com mais facilidade e dá crédito infalível a qualquer suspeita que disso lhe chegue. E não parece senão que faltou a Lotário nesse ponto todo o seu bom senso, e desapareceram de sua memória todos os seus conceitos razoáveis, porque, sem fazer uso de nenhum que fosse bom, ou mesmo aceitável, sem mais nem menos, antes que Anselmo se levantasse, impaciente e cego pela ciumenta raiva que lhe roía as entranhas, morrendo por vingar-se de Camila, que em nada o havia ofendido, foi até Anselmo e disse:

— Sabe, Anselmo, há muitos dias venho lutando comigo mesmo, forçando-me a não te dizer o que não é mais possível ou justo que te encubra. Fica sabendo que a força de Camila já se rendeu, e está sujeita a tudo que eu quiser fazer com ela; e se demorei para revelar essa verdade a ti, foi para ver se era algum leviano capricho dela, ou se o fazia para me pôr à prova e ver se eram com firme propósito tratados os amores que com tua licença comecei com ela. Acreditei também que ela, se fosse quem deveria e a que ambos pensávamos ser, já teria te contado sobre minha inclinação; mas tendo visto que tarda, reconheço que são verdadeiras as promessas que ela me deu de que, quando estiveres outra vez ausente de tua casa, ela falará comigo no quarto onde guardas teus adornos — e era a verdade que lá falava com Camila —; não quero que saias às pressas para te vingares, porque o pecado ainda não foi cometido a não ser em pensamento, e pode ser que de agora até o momento de colocá-lo em ação se transformasse o de Camila, e nascesse em seu lugar o arrependimento. E assim, já que no todo ou em parte sempre seguiste meus conselhos, segue e guarda um que eu agora te direi, para que sem engano ou excesso de prudência te satisfaças com aquilo que te convier. Finge que estás ausente por dois ou três dias, como costumas fazer, e faz isso de forma a ficar escondido em teu aposento, porque as tapeçarias que estão lá e outras coisas que possam te encobrir oferecem toda a comodidade, e então verás com teus próprios olhos, e eu com os meus, o que Camila quer; e se for a maldade que se pode temer antes que esperar, com silêncio, sagacidade e discrição podes ser o carrasco de teu agravo.

Absorto, atônito e admirado ficou Anselmo com as palavras de Lotário, porque o pegaram na hora em que menos esperava ouvir, pois já tinha Camila como vencedora dos assaltos fingidos de Lotário e começava a gozar as glórias da vitória. Ficou em silêncio por um longo tempo, olhando para o chão sem mover um cílio, e ao cabo disse:

— Tu fizeste, Lotário, como eu esperava de tua amizade; em tudo hei de seguir teu conselho: faz o que quiseres e guarda aquele segredo que sabes que convém em um caso tão inusitado.

Prometeu-lhe Lotário, e quando o deixou, arrependeu-se totalmente do que disse, vendo o quão tolo havia sido, pois ele poderia se vingar de Camila, mas não por um caminho tão cruel e desonroso. Maldizia seu entendimento, repudiava sua leviana decisão e não sabia que meio encontrar para desfazer o que havia feito ou para dar-lhe alguma razoável saída. Enfim, decidiu prestar contas de tudo a Camila; e como não faltavam lugares para o fazer, nesse mesmo dia encontrou-a sozinha, e ali, assim que ela viu que podia falar, disse-lhe:

— Olhai, amigo Lotário, que tenho uma pena no coração, que me aperta de tal maneira que parece querer me arrebentar no peito, e há de se admirar se não o fizer; pois a falta de vergonha de Leonela chegou a tal ponto que todas as noites ela traz um de seus galãs para esta casa e fica com ele até o amanhecer, isso à custa de meu crédito e deixando campo aberto para julgar como quiser quem o vê sair em horas tão inusitadas de minha casa. E o que me angustia é que não posso puni-la ou repreendê-la, que sendo ela a secretária de nossos conluios colocou um freio na minha boca para calar os dela, e temo que aqui há de surgir algum mal acontecimento.

A princípio, quando Camila dizia isso, Lotário achou que era um artifício para fazê-lo acreditar que o homem que ele tinha visto saindo era de Leonela, e não dela; mas vendo-a chorar e afligir-se e pedir-lhe uma solução, veio a crer na verdade, e ao crer nela acabou por ficar confuso e arrependido de tudo. Mas, com tudo isso, disse a Camila que não se penalizasse, que ele buscaria um remédio para acabar com a insolência de Leonela. Contou-lhe também o que, instigado pela raiva furiosa do ciúme, dissera a Anselmo, e como acordara em se esconder no aposento, para ver dali com clareza a pouca lealdade que ela lhe tinha. Pediu-lhe perdão por essa loucura, e conselhos para poder remediá-la e sair de tão revolto labirinto onde seu mau conceito o havia posto.

Espantada ficou Camila ao ouvir o que Lotário lhe dizia, e com muita raiva e muitas discretas palavras ela o repreendeu e repudiou seu mau pensamento e a simplória e má determinação que havia tido; mas como naturalmente a mulher tem prontidão em seu engenho para o bem e para o mal, mais do que um homem, posto que lhe falta quando deliberadamente começa a fazer conjecturas, naquele mesmo instante Camila encontrou uma maneira de remediar um negócio aparentemente irremediável, e disse a Lotário tentar fazer com que Anselmo se escondesse no outro dia, porque ela pretendia aproveitar a ocasião de seu esconderijo para que a partir de então os dois pudessem desfrutar sem nenhum sobressalto; e, sem declarar plenamente seus pensamentos, advertiu-o de que tomasse cuidado para que, enquanto Anselmo estivesse escondido, ele viesse quando Leonela o chamasse e que respondesse a tudo o que ela lhe dissesse como responderia ainda que não soubesse que Anselmo o escutava. Insistiu Lotário que ela acabasse de declarar sua intenção, para que com mais certeza e sobreaviso ele se precavesse com tudo o que achasse necessário.

— Digo — Camila disse — que não há mais nada a se precaver, a não ser responder o que eu vos perguntar — não querendo Camila prestar-lhe contas antes do que ela pretendia fazer, temerosa de que ele não quisesse seguir o parecer que a ela tão bom lhe parecia e seguisse ou procurasse outros que não poderiam ser tão bons.

CAPÍTULO 34

Com isso, retirou-se Lotário; e Anselmo, no outro dia, com a desculpa de ir àquela aldeia de seu amigo, partiu e voltou para se esconder, o que pôde fazer com comodidade, pois Camila e Leonela por astúcia lhe facilitaram.

Escondido, então, Anselmo, com o sobressalto que se pode imaginar que teria aquele que esperava ver através de seus olhos dilacerar as entranhas de sua honra, estava a ponto de perder o bem supremo que pensava ter em sua querida Camila. Seguras e certas Camila e Leonela de que Anselmo estava escondido, entraram no aposento; e Camila mal tinha posto os pés no recinto, quando, dando um grande suspiro, disse:

— Ai, Leonela amiga! Não seria melhor, antes de pôr em execução o que não quero que saibas, para que não tentes interferir, que pegasses a adaga de Anselmo que eu te pedi e atravessasses com ela este infame peito meu? Mas não faças isso, porque não há razão para que eu pague a pena da culpa alheia. Primeiro quero saber o que viram em mim os atrevidos e desonestos olhos de Lotário que fosse causa para lhe dar atrevimento para revelar tão maligno desejo como o que me revelou, para o desprezo de seu amigo e para minha desonra. Vai, Leonela, para essa janela e chama-o, que, sem dúvida alguma, deve estar na rua, esperando para pôr em prática sua má intenção. Mas primeiro porei a minha, tão cruel quanto honrada.

— Ah, senhora minha! — respondeu a sagaz e avisada Leonela. — E o que queres fazer com esta adaga? Queres porventura tirar tua própria vida ou tirar a de Lotário? Que qualquer uma dessas coisas que desejas deve redundar na perda de teu crédito e fama. O melhor é que dissimules teu agravo e não permitas que esse mau homem entre agora nesta casa e nos encontre sozinhas. Olha, senhora, somos frágeis mulheres, e ele é homem, e determinado; e como vem com aquele maligno propósito, cego e apaixonado, talvez antes de colocares o teu em execução ele faça o que seria pior do que te tirar a vida. Maldito seja meu senhor Anselmo, que tanto espaço quis dar a esse traidor sem vergonha em sua casa! E agora, se o matares, senhora, como eu creio que queres fazer, o que havemos de fazer com ele depois de morto?

— Quê, amiga? — respondeu Camila. — Vamos deixá-lo para que Anselmo o enterre, pois será justo que ele tenha como descanso o trabalho de enterrar sua própria infâmia. Chama-o, termina com isso, que todo o tempo que levo para tomar a devida vingança de meu agravo parece que ofendo a lealdade que ao meu esposo devo.

Anselmo tudo isso ouvia, e a cada palavra que Camila dizia, mudavam seus pensamentos; mas quando entendeu que estava determinada a matar Lotário, quis sair e se revelar, para que tal coisa não fosse feita, mas o deteve o desejo de ver onde iria parar tanta galhardia e tanta honesta determinação, com o propósito de sair a tempo de impedi-la.

Nisso Camila foi tomada por um forte desmaio e, atirando-se sobre uma cama que ali estava, Leonela começou a chorar muito amargamente e a dizer:

381

— Ai, pobre de mim, se por desgraça eu tivesse a má sorte de ver morrer aqui em meus braços a flor da honestidade no mundo, a coroa das boas mulheres, o exemplo de castidade...!

Com outras coisas a essas semelhantes, que fariam quem a escutasse considerá-la a donzela mais ferida e leal do mundo, e sua senhora por outra nova e perseguida Penélope. Não demorou muito para Camila voltar do desmaio e, quando voltou a si, disse:

— Por que não vais, Leonela, chamar o mais desleal amigo de amigo que viu o sol ou encobriu a noite? Acaba com isso, corre, pica, anda, não deixes que o fogo da cólera que tenho se esvaia com demora, e a justa vingança que espero se transforme em ameaças e maldições.

— Vou chamá-lo, senhora minha — disse Leonela —, mas tens de me dar primeiro essa adaga, para que não faças nada, enquanto eu estiver ausente, que dê motivos para chorar por toda a vida a todos que te querem bem.

— Vai segura, amiga Leonela, não o farei — respondeu Camila —, pois ainda que eu seja atrevida e simplória, em tua opinião, em querer reparar minha honra, não serei tanto quanto aquela Lucrécia que dizem que se matou sem ter cometido erro algum e sem antes ter matado quem foi a causa de sua desgraça. Eu morrerei, se morrer, mas há de ser satisfeita e vingada de quem me deu a ocasião de chegar a este ponto para chorar seus atrevimentos, nascidos sem que eu tivesse nenhuma culpa.

Muito se fez de rogada Leonela antes de sair para chamar Lotário, mas enfim saiu e, enquanto ela não voltava, ficou Camila dizendo, como se estivesse falando consigo mesma:

— Valha-me Deus! Não seria mais correto ter despedido Lotário, como já fiz muitas outras vezes, do que colocá-lo em situação, como faço agora, de que me considere desonesta e má, ainda que seja somente pelo tempo que demorarei para desenganá-lo? Melhor seria, sem dúvida, mas eu não ficaria vingada, nem a honra de meu marido satisfeita, se tão ileso e com o caminho livre ele deixasse o lugar onde seus maus pensamentos o levaram. Pague o traidor com a vida o que intentou com tão lascivo desejo: que o mundo saiba, se algum dia chegar a saber, que Camila não apenas manteve sua lealdade ao marido, mas também o vingou daquele que se atreveu a ofendê-lo. Porém, talvez fosse melhor contar tudo isso a Anselmo; mas já o adverti na carta que escrevi à aldeia, e creio que não veio remediar o dano que indiquei porque, por boa-fé e confiança, não quis nem pôde acreditar que no peito de seu amigo tão firme pudesse caber qualquer gênero de pensamento que fosse contra sua honra; nem mesmo eu acreditei passados tantos dias, nem acreditaria jamais, se sua insolência não chegasse a tal ponto que as dádivas manifestadas e as longas promessas e as contínuas lágrimas não me mostrassem. Mas por que faço agora esses discursos? Tem porventura uma resolução tão galharda a necessidade de algum conselho? Não, por certo. Fora, então, traidores! Aqui, vingança! Entre o falso, venha,

CAPÍTULO 34

chegue, morra e acabe, e aconteça o que acontecer! Pura entrei sob o poder daquele que o céu me destinou para ser meu, pura sairei dele; ou, pelo menos, sairei banhada de meu casto sangue e do impuro do mais falso amigo que a amizade viu no mundo.

E, dizendo isso, andava pela sala com a adaga desembainhada, dando passos tão desgovernados e desaforados e fazendo tais gestos, que parecia que lhe faltava o juízo e que não era uma mulher delicada, mas um rufião desesperado.

Tudo olhava Anselmo, encoberto atrás de algumas tapeçarias onde havia se escondido, e se espantava com tudo, e já lhe parecia que o que vira e ouvira era justificativa suficiente para maiores suspeitas e já desejava que a prova da vinda de Lotário não acontecesse, temeroso de algum repentino evento ruim. E quando ia se revelar e sair, para abraçar e desenganar sua esposa, parou porque viu que Leonela voltava com Lotário pela mão; e assim que Camila o viu, fazendo diante de si uma grande linha no chão com a adaga, ela disse:

— Lotário, observa o que te digo: se porventura te atreveres a cruzar esta linha que vês, ou mesmo a alcançá-la, no ponto em que veja que estás avançando, cruzarei meu peito com esta adaga que em minhas mãos tenho. E antes que me respondas uma palavra a isso, quero que algumas outras me escutes, para que depois respondas o que mais te agrada. Primeiro, Lotário, quero que me digas se conheces Anselmo, meu marido, e o que pensas dele; e, segundo, quero saber se também me conheces. Responde-me isso e não te confundas ou penses muito sobre o que tens de responder, porque não há dificuldade no que te pergunto.

Não era tão ignorante Lotário que, desde o primeiro ponto em que Camila lhe disse para fazer Anselmo se esconder, não tivesse percebido o que ela pretendia fazer, e, assim, ele correspondeu com a intenção dela de forma tão discreta e pontual, que fizeram os dois passar essa mentira por mais certa que a verdade; e, assim, respondeu a Camila desta maneira:

— Não pensei eu, formosa Camila, que me chamavas para me perguntar coisas tão fora da intenção que aqui me trouxe. Se o fazes para adiar o favor prometido, à distância poderia tê-lo dilatado, porque mais atormenta o bem desejado quanto mais perto se está da esperança de possuí-lo; mas, para que não digas que eu não respondo às tuas perguntas, eu digo que conheço teu esposo Anselmo e nos conhecemos desde nossos anos mais tenros; e não quero dizer o que tu tão bem sabes sobre nossa amizade, por não me fazer testemunha do agravo que o amor faz com que eu lhe faça, poderosa desculpa dos maiores erros. Eu te conheço e tenho o mesmo conceito que ele tem de ti; que, se não fosse assim, por menos atributos que os teus, eu não teria ido contra o que devo ser a quem sou e contra as leis sagradas da verdadeira amizade, agora por mim quebradas e violadas por um inimigo tão poderoso como o amor.

DOM QUIXOTE

— Se confessas isso — respondeu Camila —, inimigo mortal de tudo aquilo que justamente merece ser amado, com que cara te atreves a aparecer diante de alguém que sabes que é o espelho que reflete aquele em quem deverias te olhar, para poder ver que com tão pouca razão o ofendes? Mas já me dou conta, ai, pobre de mim!, de quem te fez ter tão pouca razão com o que a ti mesmo deves, que deve ter sido alguma desenvoltura minha, que não quero chamar de desonestidade, por não proceder de uma decisão deliberada, mas por algum descuido desses que as mulheres que pensam que não têm a quem se recatar muitas vezes cometem inadvertidamente. Se não, diz-me: quando, oh, traidor!, respondi às tuas investidas com alguma palavra ou sinal que pudesse despertar em ti alguma sombra de esperança de realizar teus desejos infames? Quando tuas palavras amorosas não foram desfeitas e repreendidas pelas minhas com rigor e dureza? Quando tuas muitas promessas e maiores dádivas de mim foram acreditadas ou admitidas? Mas, como me parece que alguém não pode perseverar no intento amoroso por muito tempo, se não for sustentado por alguma esperança, quero atribuir a mim a culpa de tua impertinência, pois sem dúvida algum descuido meu sustentou por tanto tempo teus cuidados e, assim, quero me punir e me dar o castigo que tua culpa merece. E para que percebesses que sendo tão desumana comigo não era possível deixar de ser assim contigo também, quis te trazer para ser testemunha do sacrifício que pretendo fazer à ofendida honra de meu tão honrado marido, ofendido por ti com o maior cuidado possível, e por mim também com o pouco recato que tive em fugir da ocasião, se é que alguma te dei, para favorecer e aplaudir tuas más intenções. Volto para dizer que a suspeita que tenho de que algum descuido meu engendrou em ti pensamentos tão desvairados é a que mais me angustia e a que mais desejo castigar com minhas próprias mãos, porque, se outro carrasco me punir, talvez seja mais pública minha culpa; mas antes de fazer isso, quero matar morrendo e levar comigo quem me acabe de satisfazer o desejo de vingança que espero e tenho, vendo lá, onde quer que eu vá, o castigo que a justiça desinteressada e inflexível dá a quem em termos tão desesperados me pôs.

E, dizendo essas palavras, com incrível força e ligeireza, atacou Lotário com a adaga desembainhada, com tais sinais de querer cravá-la em seu peito, que ele quase ficou em dúvida se aquelas demonstrações eram falsas ou verdadeiras, pois foi obrigado a se valer de sua indústria e de sua força para evitar que Camila o acertasse. Ela fingia tão vividamente aquele estranho e feio embuste, que para dar-lhe a cor da verdade quis rubricá-lo com seu próprio sangue; porque, vendo que não podia atingir Lotário, ou fingindo que não podia, disse:

— Como a sorte não quer satisfazer de todo o meu desejo, pelo menos não será tão poderosa para me impedir de satisfazê-lo em parte.

E forçando Lotário a soltar a mão da adaga que prendia, puxou-a e, guiando-a para onde não poderia se ferir profundamente, enfiou-a e escondeu-a sob a axila esquerda, junto ao ombro, e depois se deixou cair no chão, como se desmaiasse.

CAPÍTULO 34

Estavam Leonela e Lotário suspensos e atônitos com tal acontecimento, e ainda duvidavam da veracidade daquele feito, vendo Camila estendida no chão e banhada em seu sangue. Acudiu Lotário com muita presteza, apavorado e sem fôlego, para tirar a adaga, e vendo a pequena ferida perdeu o medo que tinha até então e mais uma vez se admirou com a sagacidade, prudência e grande argúcia da bela Camila; e, para cumprir com o que tinha de fazer, começou uma longa e triste lamentação sobre o corpo de Camila, como se ela estivesse morta, lançando muitas maldições, não só sobre ele, mas sobre aquele que havia sido o causador daqueles termos. E, como sabia que seu amigo Anselmo o estava ouvindo, Lotário dizia coisas que fariam quem o ouvisse se penalizar por ele muito mais do que por Camila, ainda que a tivessem por morta.

Leonela a pegou nos braços e a levou para o leito, suplicando a Lotário que fosse procurar alguém que secretamente pudesse curar Camila; pedia também seu conselho e opinião sobre o que diriam a Anselmo a respeito da ferida de sua senhora, caso ele chegasse antes que ela estivesse curada. Ele respondeu que deveriam dizer o que quisessem, que ele não estava ali para dar conselhos que de algum proveito fossem: apenas lhe disse para tentar estancar o sangue, pois procuraria um lugar onde as pessoas não o vissem. E com sinais de muita dor e sentimento, saiu de casa, e quando se viu sozinho e em um lugar onde ninguém o via, não parava de fazer o sinal da cruz, maravilhando-se com a diligência de Camila e os maneirismos de Leonela. Pensava no quão consciente devia estar Anselmo de que tinha uma segunda Pórcia[2] como esposa, e queria estar logo com ele para celebrarem a mentira e a verdade mais dissimulada que se poderia imaginar.

Leonela estancou, como se disse, o sangue de sua senhora, que não foi mais do que aquele que bastou para provar seu engodo, e, lavando a ferida com um pouco de vinho, enfaixou-a como pôde, dizendo, enquanto a curava, algumas palavras que, ainda que não tivessem precedido outras, bastaria para fazer Anselmo acreditar que ele tinha em Camila um simulacro de honestidade.

Às palavras de Leonela se juntaram outras de Camila, dizendo-se covarde e de pouca coragem, pois lhe havia faltado justo na hora em que mais precisava, para tirar a própria vida, que tanto desgosto lhe causava. Pedia conselho a sua donzela, se contaria ou não todo aquele acontecimento ao seu querido esposo, a qual lhe disse para não contar, pois isso o deixaria na obrigação de se vingar de Lotário, o que não poderia ser sem muito risco seu, e que a boa mulher era obrigada a não dar ao marido motivos para repreendê-la, e sim evitá-los o máximo possível.

---

2. Esposa de Marco Bruto, um dos assassinos de César. Desejando que o marido lhe contasse a conspiração contra o imperador, provocou um ferimento na perna para mostrar que conseguia resistir à dor, e foi ela quem entregou a espada que Bruto usou para matar César.

DOM QUIXOTE

Camila respondeu que lhe parecia muito bom seu parecer, e que ela o seguiria, mas que de qualquer forma seria melhor pensar em algo para dizer a Anselmo sobre a causa daquela ferida, que ele não poderia deixar de ver; ao que Leonela respondia que nem mesmo por brincadeira sabia mentir.

— E eu, irmã — replicou Camila —, o que hei de saber? Eu que não me atreveria a forjar ou sustentar uma mentira, mesmo se minha vida disso dependesse? E se de fato não havemos de saber achar uma saída, seria melhor contar a ele a verdade nua, e que não nos apanhe nesse mentiroso caso.

— Não te penalizes, senhora: de hoje para amanhã — respondeu Leonela —, eu pensarei no que vamos dizer a ele, e talvez por ser a ferida onde é, podes cobri-la sem que ele veja, e o céu encaminhará de favorecer nossos tão justos e tão honestos pensamentos. Acalma-te, senhora minha, e tenta acalmar tua perturbação, para que meu senhor não te encontre sobressaltada, e deixa comigo e com Deus, que sempre acode aos bons desejos.

Atentíssimo havia estado Anselmo para ouvir e ver representar a tragédia da morte de sua honra, que foi representada por seus personagens com tão estranhos e eficazes afetos, que parecia que eles haviam se transformado na própria verdade do que fingiam. Desejava que anoitecesse e que tivesse ocasião para sair de sua casa e ir ver seu bom amigo Lotário, congratulando-se com ele pela pérola preciosa que encontrara no desengano da bondade de sua esposa. Tiveram as duas o cuidado de dar espaço e a comodidade para que saísse, e ele, sem perdê-la, saiu e foi procurar Lotário; e tendo-o encontrado, perdeu-se a conta dos abraços que lhe deu, e das coisas que de seu contentamento lhe disse, dos elogios que fez a Camila. Tudo escutou Lotário sem poder demonstrar nenhum sinal de alegria, porque representava em sua memória o quanto seu amigo estava enganado e o quão injustamente ele o ofendia; e embora Anselmo visse que Lotário não estava feliz, acreditava que a causa era por ter deixado Camila ferida e por ter sido ele a causa; e assim, entre outras palavras, ele disse que não se penalizasse pelo que sucedeu à Camila, pois sem dúvida a ferida era leve, já que concordaram em escondê-la dele, e que de acordo com isso não havia nada a temer, mas que de ali em diante ele se alegrasse e se regozijasse com ele, porque por sua diligência e meios ele se viu elevado à mais alta felicidade que poderia desejar, e queria que não fossem outros seus entretenimentos senão escrever versos em louvor a Camila que a fizessem eterna na memória dos séculos vindouros. Lotário elogiou sua boa determinação e disse que, de sua parte, ajudaria a erguer tão ilustre edifício.

Com isso, tornou-se Anselmo o homem mais deliciosamente enganado que pôde haver no mundo: ele mesmo levava pela mão para dentro de casa, acreditando que carregava o instrumento de sua glória, toda a perdição de sua fama. Recebia-o Camila com o rosto aparentemente carrancudo, embora com a alma risonha. Durou esse engano alguns dias, até que ao cabo de alguns meses girou a Fortuna sua roda e se fez pública a maldade com tanto artifício até ali encoberta, e a Anselmo lhe custou a vida sua impertinente curiosidade.

Capítulo 35

Onde se dá fim à novela do "Curioso impertinente"[1]

Pouco mais restava para ler da novela, quando Sancho Pança saiu da edícula onde Dom Quixote descansava, todo alvoroçado, dizendo aos brados:

— Acudi rápido, senhores, e socorrei meu senhor, que anda metido na batalha mais renhida e encarniçada que meus olhos já viram. Por Deus que já deu uma cutilada no gigante inimigo da senhora princesa Micomicona e lhe talhou a cabeça pela raiz, como se fosse um nabo!

— O que estás dizendo, irmão? — disse o padre, parando de ler o que restava da novela. — Estais em sã consciência, Sancho? Como diabos pode ser isso que dizeis, quando o gigante está a duas mil léguas daqui?

Nisso, ouviram um grande barulho no aposento e Dom Quixote dizendo a altas vozes:

— Parado aí, ladrão, malandrim, velhaco, que eu já te pego e de nada há de valer tua cimitarra![2]

E parecia que dava grandes cutiladas nas paredes. E Sancho disse:

— Não precisam nem parar para ouvir, entrem logo para acabar com a briga ou ajudar meu amo; talvez até não seja mais necessário, porque sem dúvida alguma o gigante já está morto e prestando contas a Deus de sua vida passada cheia de maldades, pois vi o sangue escorrer pelo chão, e a cabeça decepada e caída para o lado, que é enorme, como um grande odre de vinho.

— Que eu caia aqui morto — disse o estalajadeiro neste momento — se Dom Quixote ou Dom diabo não deu alguma cutilada num dos odres[3] de vinho tinto que estavam cheios à sua cabeceira, e o vinho derramado deve ser o que parece sangue para esse bom homem.

---

1. O título não menciona o episódio da luta com os odres de vinho tinto, narrado no presente capítulo. Tal episódio será anunciado no título do capítulo 36, embora tenha sido contado no capítulo 35. São anomalias que devem ser atribuídas a uma insuficiente revisão final do manuscrito por parte de Cervantes.
2. Espada de lâmina curva mais larga na extremidade livre, com gume no lado convexo, usada por árabes, turcos, persas e especialmente pelos guerreiros muçulmanos.
3. Espécie de saco feito de pele, usado para transportar líquidos.

E com isso entrou no aposento, e todos atrás dele, e encontraram Dom Quixote com o traje mais estranho do mundo. Estava de camisão, que na frente não era tão comprido que desse para cobrir suas coxas por completo, e nas costas tinha seis dedos a menos; as pernas eram muito compridas e magras, peludas e nada limpas; na cabeça estava com um gorro vermelho, todo seboso, que pertencia ao estalajadeiro; no braço esquerdo tinha enrolada a manta da cama, da qual Sancho tinha ojeriza, e ele sabia bem por quê, e na mão direita levava a espada desembainhada, com a qual dava cutiladas para todos os lados, dizendo palavras como se estivesse realmente lutando contra algum gigante. E o melhor é que não tinha os olhos abertos, pois estava dormindo e sonhando que lutava com o gigante: é que a imaginação da aventura que ia empreender era tão intensa, que o fazia sonhar que já havia chegado ao reino de Micomicão e que já estava na batalha com seu inimigo; e já dera tantas cutiladas nos odres, acreditando que as dava no gigante, que todo o aposento estava cheio de vinho. O estalajadeiro, quando viu aquilo, ficou com tanta raiva que atacou Dom Quixote e, com o punho fechado, começou a dar-lhe tantos golpes que, se Cardênio e o padre não o tirassem dali, ele mesmo acabaria com a guerra do gigante; e, apesar de tudo, o pobre cavaleiro não acordava, até que o barbeiro trouxe do poço um grande caldeirão de água fria e derramou-o por todo o seu corpo de uma só vez, com o que Dom Quixote acordou, mas não o bastante para se dar conta da maneira em que se achava.

John Vanderbank, 1735

CAPÍTULO 35

Doroteia, que viu como ele estava sumariamente vestido, não quis entrar para ver a batalha entre seu ajudador e seu oponente.

Sancho procurava a cabeça do gigante por todo o chão e, como não a encontrava, disse:

— Já sei que tudo nesta casa é encantamento, pois da outra vez, neste mesmo lugar onde estou agora, recebi muitos sopapos e pancadas, sem saber quem batia em mim, e nunca consegui ver ninguém; e agora não aparece por aqui essa cabeça, que eu o vi cortar com estes meus próprios olhos, com o sangue jorrando do corpo como de uma fonte.

— De que sangue ou de que fonte estás falando, inimigo de Deus e de seus santos? — disse o estalajadeiro. — Não vês, ladrão, que o sangue e a fonte não são outra coisa além desses odres que agora estão furados e o vinho tinto que ensopa esse aposento? Que ensopada veja eu nos infernos a alma de quem os furou!

— Não sei de nada — respondeu Sancho —: só sei que devo ser muito desafortunado, pois, por não encontrar essa cabeça, meu condado há de se dissolver como sal na água.

E estava pior Sancho acordado do que seu amo dormindo: de tal modo o deixavam as promessas que seu amo lhe fizera. O estalajadeiro se desesperava ao ver a pachorra do escudeiro e os danos feitos pelo senhor, e jurava que não seria como da última vez, que os dois tinham ido embora sem pagar, e que agora não haviam de valer os privilégios de sua cavalaria para que os dois não pagassem, e ainda mais o que pudessem custar os remendos que teriam de ser feitos nos odres rasgados.

O padre segurava pelas mãos Dom Quixote, que, acreditando que a aventura havia terminado e que estava diante da princesa Micomicona, caiu de joelhos diante do padre, dizendo:

— Bem pode vossa grandeza, alta e formosa senhora, viver daqui em diante mais segura de que não poderá prejudicá-la essa malnascida criatura; e doravante também fico desobrigado da promessa que vos fiz, já que, com a ajuda do Deus altíssimo e com o favor daquela por quem vivo e respiro, a cumpri tão bem.

— Eu não disse? — disse Sancho ao ouvir isso. — Sim, eu não estava bêbado: vede se meu amo já não enfiou esse gigante na salmoura! Só um tolo que não vê: meu condado está no papo!

Quem não havia de rir com os disparates dos dois, amo e criado? Todos riam, menos o estalajadeiro, que se encomendava ao diabo. Mas, por fim, tanto fizeram o barbeiro, Cardênio e o padre que, com não pouco esforço, puseram Dom Quixote na cama, o qual adormeceu, dando sinais de grande cansaço. Deixaram-no dormir e foram até a entrada da estalagem consolar Sancho Pança por não ter encontrado a cabeça do gigante, se bem que tiveram mais trabalho para aplacar o estalajadeiro, que estava desesperado pela morte súbita de seus odres. E a estalajadeira dizia aos berros:

DOM QUIXOTE

— Em mau momento e hora minguada entrou em minha casa esse cavaleiro andante! Antes meus olhos nunca o tivessem visto, pois me custa tão caro! Da última vez saiu com o custo de uma noite, de jantar, cama, palha e cevada, para ele e seu escudeiro e um rocim e um jumento, dizendo que era um cavaleiro aventureiro, que má ventura Deus dê a ele e a quantos aventureiros houver no mundo, e que por isso não estava obrigado a pagar nada, pois assim estava escrito nos códigos da cavalaria andante; e agora, por sua causa, veio esse outro senhor e pegou meu rabo, e o devolveu com mais de dois quartilhos[4] de prejuízo, todo pelado, e agora não pode ser usado para o que meu marido quer; por fim, para rematar, rasgou meus odres e derramou meu vinho, espero que derramado eu veja seu sangue. Pois ninguém vá pensando, isso eu juro pelos ossos do meu pai e pela vida da minha mãe, que eles não hão de me pagar moeda a moeda, ou eu não me chamaria como me chamo nem seria filha de quem sou!

Essas e outras razões dizia a estalajadeira com grande cólera, e sua boa criada Maritornes a ajudava. A filha permanecia calada e de vez em quando sorria. O padre tudo acalmou, prometendo compensá-los por sua perda da melhor maneira possível, tanto pelos odres quanto pelo vinho, e principalmente quanto ao estrago do rabo, do qual faziam tanta questão. Doroteia consolou Sancho Pança dizendo-lhe que, se fosse verdade que seu amo havia decapitado o gigante, ela lhe prometia, ao se ver instalada em seu reino, dar-lhe o melhor condado que houvesse nele. Sancho consolou-se com isso e assegurou à princesa que ela tomasse por certo que ele tinha visto a cabeça do gigante, o qual, entre outros sinais, tinha uma barba que chegava à cintura, e que se ela não aparecera é porque tudo o que acontecia naquela casa era por meio de encantamento, como ele provara da outra vez que havia pousado nela. Doroteia falou que acreditava nisso e que ele não se lamentasse, que tudo transcorreria bem e aconteceria sem complicações.

Acalmados todos, o padre quis terminar de ler a novela, pois viu que faltava pouco. Cardênio, Doroteia e todos os demais lhe rogaram que terminasse. Ele, que queria contentar a todos, e pelo gosto que tinha de lê-la, continuou a história, que dizia assim:

"Aconteceu, então, que, pela satisfação que lhe dava a bondade de Camila, Anselmo vivia uma vida feliz e despreocupada, e Camila, de propósito, fazia cara feia a Lotário, para que Anselmo entendesse ao contrário o sentimento que nutria por ele; e para maior confirmação de seu feito, Lotário pediu licença para não vir a sua casa, pois claramente se mostrava a má vontade com que Camila o recebia. Mas o enganado Anselmo disse-lhe que não deveria fazer isso de forma alguma; e, dessa maneira, por mil maneiras Anselmo era o fabricante de sua desonra, acreditando que o era de sua vontade.

---

4.   Os quartilhos equivaliam a 8,5 maravedis.

CAPÍTULO 35

"Nisso, a vontade que tinha Leonela de ver-se autorizada em seus amores cresceu tanto que, sem pensar em mais nada, corria atrás deles com toda a liberdade, confiada que sua senhora a encobriria e até a aconselharia qual o melhor modo de, com pouca suspeita, executar suas ações. Enfim, uma noite Anselmo ouviu passos no aposento de Leonela e, querendo entrar para ver quem ali estava, sentiu a porta ser barrada, o que o deixou com mais vontade de abri-la, e fez tanta força que a abriu e entrou, bem a tempo de ver um homem pular da janela para a rua; e correndo para alcançá-lo ou encontrá-lo, não conseguiu nem um nem outro, porque Leonela o segurou, dizendo:

"— Sossega, meu senhor, e não te alvoroces nem sigas quem daqui pulou: é coisa minha, e tanto, que é meu esposo.

"Anselmo não quis acreditar; antes, cego de raiva, tirou a adaga e quis ferir Leonela, dizendo-lhe que lhe contasse a verdade; se não, que ele a mataria. Ela, com medo, sem pensar no que dizia, disse-lhe:

"— Não me mates, senhor, pois vou te contar coisas de mais importância do que podes imaginar.

"— Diz tudo agora — disse Anselmo —; se não, estás morta.

"— Por ora, será impossível — disse Leonela —, pois estou muito perturbada; deixa-me até amanhã, então saberás de mim o que te há de admirar; e fica seguro de que quem pulou por essa janela é um jovem desta cidade, que me prometeu a mão como esposo.

"Anselmo se acalmou com isso e quis esperar o tempo que lhe foi pedido, pois achava que não ouviria nada contra Camila, por estar tão satisfeito e seguro de sua bondade; e, assim, saiu do aposento e deixou trancada nele Leonela, dizendo-lhe que dali ela não sairia até que lhe dissesse o que tinha a dizer.

"Então ele foi ver Camila e contar a ela, como contou, tudo o que havia acontecido com sua donzela e a palavra que Leonela lhe havia dado de dizer-lhe grandes e importantes coisas. Se Camila ficou perturbada ou não, nem é preciso dizer, porque foi tanto o medo que teve, acreditando verdadeiramente, e era de se acreditar, que Leonela havia de contar a Anselmo tudo o que sabia sobre sua pouca fidelidade, que ela não teve coragem de esperar para ver se sua suspeita era falsa ou não, e nessa mesma noite, quando lhe pareceu que Anselmo dormia, juntou as melhores joias que tinha e algum dinheiro e, sem ser percebida por ninguém, saiu de casa e foi até a de Lotário, a quem contou o que se passava e pediu que ele a pusesse a salvo ou que fugissem os dois para onde pudessem se resguardar de Anselmo. Camila deixou Lotário tão confuso que ele não conseguia responder palavra, muito menos saber o que faria.

"Enfim, ele concordou em levar Camila a um mosteiro, onde uma de suas irmãs era priolesa. Camila consentiu, e com a presteza que o caso exigia, Lotário a levou e a deixou no mosteiro, e ele mesmo se ausentou da cidade depois, sem avisar ninguém de sua ausência.

DOM QUIXOTE

"Quando amanheceu, sem ver que Camila estava faltando ao seu lado e com o desejo que tinha de saber o que Leonela queria lhe dizer, Anselmo se levantou e foi até onde a deixara trancada. Abriu a porta e entrou no aposento, mas não viu Leonela nele: só encontrou alguns lençóis amarrados à janela, indício e sinal de que ela havia descido por ali e fugido. Voltou então muito triste para contar tudo a Camila, e, não a encontrando na cama nem na casa inteira, ficou pasmo. Perguntou por ela aos criados da casa, mas ninguém soube dar conta do que ele pedia.

"Aconteceu por acaso que, enquanto procurava Camila, viu seus cofres abertos e que neles faltava a maioria de suas joias, e com isso finalmente se deu conta de sua desgraça, e de que Leonela não era a causa de sua desventura; e, assim como estava, sem terminar de se vestir, triste e pensativo, foi dar conta de sua desgraça ao amigo Lotário. Mas quando ele não o encontrou, e seus criados lhe disseram que naquela noite ele se ausentara de casa e levara consigo todo o dinheiro que tinha, Anselmo pensou que ia perder o juízo. E, para remate de tudo, ao voltar para sua casa, não encontrou nela nenhum dos criados ou criadas que tinha, mas a casa deserta e abandonada.

"Ele não sabia o que pensar, o que dizer ou o que fazer, e pouco a pouco ia perdendo o juízo. Contemplava-se e via-se num piscar de olhos sem mulher, sem amigo e sem criados, desamparado, a seu ver, do céu que o cobria, e sobretudo sem honra, porque na falta de Camila viu sua perdição.

"Por fim, depois de muito tempo decidiu ir à aldeia do amigo, onde estivera quando deu origem à maquinação de toda aquela desgraça. Fechou as portas de casa, montou a cavalo e partiu, com a respiração entrecortada; e mal tinha andado a metade do caminho quando, atormentado por seus pensamentos, foi obrigado a apear e amarrar seu cavalo a uma árvore, em cujo tronco se deixou cair, dando suspiros ternos e dolorosos, e lá permaneceu até quase o anoitecer; e naquela hora viu um homem vindo da cidade a cavalo e, depois de cumprimentá-lo, perguntou-lhe que novas havia em Florença. O cidadão respondeu:

"— As mais estranhas que em muitos dias se ouviram nela, porque se diz publicamente que Lotário, aquele grande amigo de Anselmo, o rico, que morava perto de San Juan, foi embora esta noite com Camila, esposa de Anselmo, o qual também desapareceu. Tudo isso foi dito por uma criada de Camila, que ontem à noite foi achada pelo governador descendo por um lençol pendurado na janela da casa de Anselmo. Na verdade, não sei exatamente como foi o negócio: só sei que toda a cidade está admirada com esse acontecimento, muito inesperado em razão da amizade íntima e fraterna dos dois, que diziam ser tão grande que os chamavam *os dois amigos*.

"— Alguém sabe, por acaso — disse Anselmo —, o caminho que Lotário e Camila tomaram?

CAPÍTULO 35

"— Nem em pensamento — disse o cidadão —, embora o governador tenha usado de muita diligência em procurá-los.

"— Ide com Deus, senhor — disse Anselmo.

"— Com Ele ficai — respondeu o cidadão e partiu.

"Com notícias tão infelizes, Anselmo quase chegou a ponto não só de perder o juízo, mas de acabar com a vida. Levantou-se o melhor que pôde e chegou à casa do amigo, que ainda não sabia de sua desgraça, mas ao vê-lo chegar amarelo, consumido e seco, entendeu que estava sofrendo de algum grave mal. Anselmo então pediu que o recostassem e que lhe dessem material para escrever. Assim foi feito, e eles o deixaram recostado e sozinho, como ele queria, pedindo até que fechassem a porta. Vendo-se, então, a sós, começou a carregar tanto a imaginação com sua desventura, que percebeu claramente que sua vida ia se acabando, e, assim, decidiu deixar notícia da causa de sua estranha morte; e, tendo começado a escrever, antes que acabasse de dizer tudo o que queria, faltou-lhe o alento, e ele deixou a vida nas mãos da dor causada por sua curiosidade impertinente.

"Vendo o dono da casa que já era tarde e que Anselmo não chamava, resolveu entrar para saber se sua indisposição tinha passado e o encontrou deitado de bruços, metade do corpo na cama e a outra metade na mesinha, sobre a qual estava o papel escrito e aberto, e ele ainda com a pena na mão. O homem veio até ele, tendo-o chamado primeiro; e, pegando-o pela mão, vendo que não lhe respondia e achando-o frio, viu que estava morto. Ele ficou muito admirado e aflito, e chamou as pessoas da casa para que vissem a desgraça que se abatera sobre Anselmo, e finalmente leu o papel, que reconheceu ter sido escrito de próprio punho, o qual continha estas razões:

> Um desejo tolo e impertinente tirou minha vida. Se a notícia de minha morte chegar aos ouvidos de Camila, saiba que eu a perdoo, porque ela não era obrigada a fazer milagres, nem eu tinha necessidade de querer que ela os fizesse; e então fui o fabricante de minha desonra, não há razão para que...

"Até aqui escreveu Anselmo, de onde se depreende que nesse ponto, sem poder concluir o raciocínio, concluiu-se sua vida. No dia seguinte, seu amigo comunicou aos parentes de Anselmo sua morte, os quais já sabiam de sua desgraça, e ao mosteiro, onde Camila estava quase a ponto de acompanhar o marido naquela viagem forçada, não pelas novas do falecido marido, mas pelas que soube do amigo ausente. Conta-se que, embora se visse viúva, não quis deixar o mosteiro, muito menos fazer os votos de freira, até que poucos dias depois lhe chegou a notícia de que Lotário morrera numa batalha que o senhor de

DOM QUIXOTE

Lautrec lutava então com o grande capitão Gonzalo Fernández de Córdoba no reino de Nápoles,[5] onde o amigo arrependido tinha ido parar. Ao saber disso, Camila professou os votos e dentro de poucos dias entregou a vida às rigorosas mãos da tristeza e da melancolia. Este foi o fim que todos tiveram, nascido de um princípio tão desatinado."

— Esta novela — disse o padre — me parece boa, mas não posso me convencer de que seja verdade; e, se for fingida, o autor fingiu mal, porque não se pode imaginar que exista um marido tão tolo, que queira fazer uma experiência tão penosa como fez Anselmo. Se esse caso tivesse se passado entre um cortejador e uma dama, ainda seria crível, mas entre marido e mulher, há algo de impossível nele; e no que diz respeito à maneira de contá-lo, não me desagrada.

---

5.   Possível referência à Batalha de Cerignola (1503), na qual participou, aos dezoito anos, aquele que mais à frente seria o famoso general francês Odet de Foix, senhor de Lautrec, lutando contra as tropas espanholas do Grão-Capitão.

Capítulo 36

Que trata da brava e descomunal batalha que Dom Quixote teve com uns odres de vinho tinto, e outros estranhos acontecimentos que na estalagem lhe aconteceram

Estando nisso, o estalajadeiro, que estava na porta da estalagem, disse:

— Esta que vem é uma bela tropa de convidados; se fizerem parada aqui, festa teremos.

— Que gente é essa? — disse Cardênio.

— Quatro homens — respondeu o estalajadeiro — vêm a cavalo, à gineta, com lanças e escudos, e todos com o rosto coberto; e com eles vem uma mulher vestida de branco, num silhão,[1] também coberto o rosto, e outros dois jovens a pé.

— Estão muito perto? — perguntou o padre.

— Tão perto — respondeu o estalajadeiro — que estão chegando.

Ao ouvir isso, Doroteia cobriu o rosto, e Cardênio entrou no aposento de Dom Quixote; e mal lhes havia dado tempo para tal, quando todos aqueles que o estalajadeiro tinha mencionado entraram na estalagem, e descendo os quatro do cavalo, foram desmontar a mulher que vinha sentada no silhão, que de porte gentil e bem-apessoados eram, e um deles, tomando-a nos braços, sentou-a numa cadeira que ficava na entrada do aposento em que Cardênio se escondera. Durante todo esse tempo, nem ela nem eles descobriram o rosto, nem falaram uma palavra: só quando a mulher se sentou na cadeira deu um suspiro profundo e baixou os braços, como pessoa dolente e debilitada. Os tropeiros conduziram os cavalos ao estábulo.

Vendo isso, o padre, querendo saber que tipo de gente era aquela que com tal traje e em tal silêncio estava, foi até onde estavam os tropeiros e perguntou a um deles o que queria; o qual lhe respondeu:

— Por Deus, senhor, não saberei lhe dizer que pessoas são essas: só sei que parecem muito importantes, especialmente aquele que tomou em seus braços aquela senhora que haveis visto; e digo isso porque todos os outros o respeitam, e não se faz outra coisa além do que ele ordena e manda.

---

1. Sela grande com estribo em um só lado, apropriada para mulheres, que cavalgavam trajando saias.

— E a senhora, quem é? — perguntou o padre.

— Também não saberei dizer isso — respondeu o tropeiro —, porque durante todo o trajeto não pude ver-lhe o rosto; suspirar sim a ouvi muitas vezes, e choramingar, que parece que a cada ai morre por dentro. E não é de se estranhar que não saibamos mais do que dissemos, porque não faz dois dias que meu companheiro e eu os acompanhamos; porque, encontrando-os no caminho, rogaram e nos persuadiram a ir com eles até a Andaluzia, oferecendo-nos bom pagamento.

— E já ouvistes de algum deles o nome? — perguntou o padre.

— Não, por certo — respondeu o moço —, porque todos caminham em tal silêncio, o que é de se admirar, pois nada se ouve entre eles além dos suspiros e soluços da pobre senhora, que nos dão pena, e sem dúvida acreditamos que ela vai forçada aonde quer que vá; e, como se depreende pelo seu hábito, é freira ou vai ser, o que é o mais provável, e talvez porque a clausura não tenha nascido de sua própria vontade, está triste, ao que parece.

— Qualquer coisa poderia ser — disse o padre.

E, deixando-os, voltou para onde estava Doroteia, que, ao ouvir a mulher encoberta suspirar, movida por uma compaixão natural, aproximou-se dela e disse:

— Que mal sentis, senhora minha? Olhai se é algum desses que nós mulheres costumamos ter o feitio e a experiência de curá-lo, pois de minha parte vos ofereço boa vontade de atender-vos.

Diante de tudo isso a abatida senhora permanecia calada, e embora Doroteia insistisse com mais oferecimentos, continuou em silêncio, até que chegou o senhor com o rosto coberto que o tropeiro disse que os outros obedeciam e disse a Doroteia:

— Não vos canseis, senhora, em oferecer nada a essa mulher, porque ela tem por costume não agradecer o que por ela se faz, nem tenteis fazer com que vos responda, se não quiserdes ouvir alguma mentira de sua boca.

— Jamais falei alguma — disse aquela que até então guardava silêncio —; antes por ter sido tão sincera e tão sem falsidades é que agora me encontro em tanta desventura; e quero que sejais testemunha disso, porque minha pura verdade vos torna falso e mentiroso.

Cardênio ouvia essas palavras com muita clareza e nitidez, como quem estava tão perto de quem as dizia que só a porta do aposento de Dom Quixote estava no meio; e assim que as ouviu, em alta voz, disse:

— Valha-me Deus! O que é isso que ouço? Que voz é essa que chegou aos meus ouvidos?

Virou a cabeça em direção a esses gritos aquela senhora, toda sobressaltada, e não vendo quem gritava, levantou-se e foi entrar no aposento; o cavaleiro, vendo isso,

CAPÍTULO 36

a deteve, sem deixá-la dar um passo. Com toda essa agitação e desassossego, o tafetá com que ela cobria o rosto caiu, revelando uma beleza incomparável e um rosto milagroso, ainda que pálido e assombrado, pois com os olhos ela esquadrinhava a sua volta todos os lugares onde a vista alcançava, com tanto afinco que parecia uma pessoa fora de si, cujos gestos inusitados, sem saber por que os fazia, causavam grande pena em Doroteia e em quantos a olhavam. O cavaleiro segurava-a com força por trás e, por estar tão ocupado segurando-a, não pôde segurar a máscara que lhe caía, como em efeito caiu por completo; e levantando os olhos Doroteia, que abraçava a senhora, viu que quem a abraçava também era seu esposo Dom Fernando, e mal o reconhecera, quando, lançando do fundo das entranhas um longo e tristíssimo "ai!", caiu para trás desmaiada; e se o barbeiro não estivesse lá para tomá-la nos braços, ela cairia no chão.

Acudiu logo o padre a descobrir o rosto dela, para jogar-lhe água, e assim que a descobriu, Dom Fernando a reconheceu, que era quem estava abraçado com a outra, e quase morreu quando a viu; mas, com tudo isso, não deixou de segurar Lucinda, que era quem tentava se libertar de seus braços, já que reconhecera Cardênio pela voz, e ele a reconhecera. Cardênio ouviu do mesmo modo o "ai!" que Doroteia deu ao desmaiar, e, pensando que era sua Lucinda, saiu do aposento apavorado, e o primeiro que viu foi Dom Fernando, que tinha Lucinda nos braços. Dom Fernando também reconheceu logo Cardênio; e todos os três, Lucinda, Cardênio e Doroteia, ficaram mudos e suspensos, quase sem saber o que lhes havia acontecido.

Adolphe Lalauze, 1879–1884

DOM QUIXOTE

Silenciavam todos e se entreolhavam todos, Doroteia e Dom Fernando, Dom Fernando e Cardênio, Cardênio e Lucinda, e Lucinda e Cardênio. Mas quem primeiro quebrou o silêncio foi Lucinda, falando com Dom Fernando desta maneira:

— Deixai-me ir, senhor Dom Fernando, pelo que vos obriga vossa condição, já que por outro respeito não o fazeis, deixai-me chegar ao muro de quem eu sou pedra, ao arrimo de quem não foi capaz de me separar vossas importunações, vossas ameaças, vossas promessas ou vossas dádivas. Observai como o céu, por caminhos inusitados e ocultos, pôs meu verdadeiro esposo diante de mim, e sabeis bem por mil dispendiosas experiências que só a morte seria suficiente para apagá-lo de minha memória. Sejam, então, essas tão claras decepções parte tão clara para que transformeis, já que não podeis fazer mais nada, o amor em raiva, o desejo em despeito, e terminai minha vida com isso, que como eu a entrego diante de meu bom esposo, eu a darei por bem empregada; talvez com minha morte fique satisfeito com a fé que nele mantive até o último sofrimento da vida.

A essa altura, Doroteia já havia voltado a si, e ouvira todas as razões que Lucinda disse, pelas quais veio a saber quem ela era; a qual, vendo que Dom Fernando ainda não lhe soltava os braços nem respondia às suas razões, esforçando-se ao máximo, levantou-se e foi ajoelhar-se a seus pés e, derramando grande quantidade de formosas e doloridas lágrimas, assim começou a lhe dizer:

— Senhor meu, se os raios deste sol que tens em teus braços eclipsados não te cegam ou ofuscam os dos teus olhos, já terás visto que a que se ajoelha aos teus pés é a sem ventura enquanto assim quiseres e a desafortunada Doroteia. Eu sou aquela humilde lavradora que tu, por tua bondade ou por teu gosto, quiseste elevar à alteza de poder ser chamada tua; eu sou aquela que, encerrada nos limites da honestidade, viveu uma vida feliz até que as vozes de tuas importunações e, aparentemente, sentimentos justos e amorosos, abriu as portas de seu recato e te entregou as chaves de sua liberdade, uma dádiva por ti tão mal-agradecida que bem claro demonstra ter sido forçoso eu me encontrar no lugar onde me encontras e a ver-te na situação em que eu te vejo. Mas, apesar disso, não gostaria que passasse por tua imaginação pensar que vim aqui com os passos de minha desonra, havendo me trazido apenas aqueles da dor e sentimento de me ver esquecida por ti. Tu quiseste que eu fosse tua, e o quiseste de tal maneira que, mesmo que agora queiras que eu não o seja, não será possível que tu deixes de ser meu. Olha bem, senhor meu, que pode compensar a formosura e a nobreza por quem me deixas a incomparável firmeza com que te quero. Tu não podes pertencer à bela Lucinda, porque és meu, nem ela pode pertencer a ti, porque é de Cardênio; e será mais fácil para ti, se olhares bem, conduzir tua vontade a amar quem te adora, e não forçar quem te abomina a te querer bem. Tu imploraste meu descuido, rogaste minha integridade, não ignoraste minha qualidade,

CAPÍTULO 36

tu sabes bem da maneira que me entreguei a toda tua vontade: não tens lugar nem justificativa para alegar engano; e se isso é assim, como o é, e tu és tão cristão quanto cavalheiro, por que, com tantos rodeios, postergas em me conceder a ventura no final, como o fez no início? E se não me amas pelo que sou, que sou verdadeira e legítima esposa, ama-me de menos e me admite como tua escrava; que, estando em teu poder, eu me considerarei feliz e afortunada. Não permitas, ao me deixar e desamparar, que se formem rodas ao redor de minha desonra; não dês tão má velhice aos meus pais, pois os serviços leais que, como bons vassalos, sempre prestaram aos teus não merecem. E se te parece que hás de aniquilar teu sangue misturando-o com o meu, considera que são poucas ou nenhuma nobreza no mundo que não tenham percorrido esse caminho, e que o que provém das mulheres não é o que se leva em conta nas descendências ilustres, ainda mais que a verdadeira nobreza consiste na virtude, e se isso te falta, negando-me o que tão justamente me deves, ficarei em vantagem na nobreza com relação a ti. Em suma, senhor, o que te digo ultimamente é que, queiras ou não, sou tua esposa: tuas palavras são testemunhas, que não foram nem devem ser mentirosas, se te gabas daquilo pelo qual me desprezas, a tua nobreza; testemunha será o pacto que firmaste, e testemunha também o céu, a quem convocaste para presenciar o que me prometias. E quando tudo isso falhar, tua própria consciência não há de faltar, pesando no meio de tuas alegrias, remoendo essa verdade que eu te disse e arruinando teus melhores prazeres e alegrias.

Essas e outras palavras disse a ferida Doroteia, com tanto sentimento e lágrimas, que os mesmos que acompanhavam Dom Fernando e todos os presentes a acompanhavam nelas. Dom Fernando escutou-a sem responder uma palavra, até que ela pôs fim às suas e deu princípio a tantos soluços e suspiros, que apenas um coração de bronze com sinais de tanta dor não se enterneceria. Olhando para ela estava Lucinda, não menos ferida por seus sentimentos do que admirada por sua grande discrição e beleza; e embora ela quisesse estender a mão e dizer-lhe algumas palavras de consolo, os braços de Dom Fernando não a deixavam, seguravam-na com força. Este último, cheio de confusão e espanto, depois de um bom tempo olhando atentamente para Doroteia, abriu os braços e, deixando livre Lucinda, disse:

— Venceste, bela Doroteia, venceste; porque não é possível ter coragem de negar tantas verdades juntas.

Assim que a soltou Dom Fernando, Lucinda teve um desmaio e ia cair no chão; mas, encontrando-se ali Cardênio, que tinha se colocado atrás de Dom Fernando para que este não o reconhecesse, deixou de lado todo o temor e, se aventurando apesar do risco, foi amparar Lucinda e, tomando-a nos braços, disse-lhe:

— Se o céu misericordioso faz gosto e quer que tenhas algum descanso, leal, firme e bela senhora minha, em nenhum lugar creio eu que o terás mais seguro do que nestes braços que agora te recebem e outrora te receberam, quando a fortuna quis que eu pudesse te chamar minha.

Por essas palavras, Lucinda voltou os olhos para Cardênio, e tendo começado a reconhecê-lo, primeiro pela voz, e certificando-se com olhos que era mesmo ele, quase fora de si e sem qualquer honesto pudor, lançou-lhe os braços ao pescoço e, juntando seu rosto ao de Cardênio, disse:

— Vós sim, senhor meu, sois o verdadeiro dono desta cativa, ainda que o impeça a contrária sorte e ainda que mais ameaças sejam feitas a esta vida que na vossa se sustenta.

Estranho espetáculo foi esse para Dom Fernando e para todos os espectadores, maravilhados com um evento nunca visto. Doroteia achou que Dom Fernando perdera a cor do rosto e que ele fazia um gesto de querer vingar-se de Cardênio, porque ela o viu mover a mão para colocá-la na espada; e assim que percebeu, com uma presteza jamais vista, abraçou-o pelos joelhos, beijando-os e segurando-o com força, o que o impedia de se mexer, e sem cessar um ponto em suas lágrimas, lhe disse:

— O que pensas fazer, único refúgio meu, nesse transe impensável? Tens tua esposa aos teus pés, e aquela que queres que seja está nos braços do marido dela. Olha se ficará bem para ti ou se será possível desfazer o que o céu fez, ou se te convém querer elevar à altura de tua nobreza aquela que, superando todo inconveniente, confirmada em sua verdade e firmeza, diante de teus olhos tem os seus, banhados em amoroso licor o rosto e o peito de seu verdadeiro esposo. Por quem é Deus, eu te imploro, e por quem tu és, eu te suplico que esse tão notório desengano não só não aumente tua raiva, mas que a mingue de tal maneira que com quietude e sossego permitas que esses dois amantes tenham sem impedimento teu todo o tempo que o céu quiser lhes conceder, e nisso mostrarás a generosidade de teu ilustre e nobre peito, e o mundo verá que a razão tem em ti mais força do que o apetite.

Enquanto Doroteia dizia isso, embora Cardênio tivesse em seus braços Lucinda, não tirava os olhos de Dom Fernando, determinado a, se o visse fazer qualquer movimento em seu prejuízo, se defender e ofender como melhor pudesse todos aqueles que em seu dano se mostrassem, ainda que isso lhe custasse a vida. Mas nessa hora acudiram os amigos de Dom Fernando, e o padre e o barbeiro, que presenciaram tudo, sem falar no bom Sancho Pança, e todos cercaram Dom Fernando, implorando-lhe que por bem olhasse as lágrimas de Doroteia, e que, sendo verdade, como sem dúvida acreditavam ser, o que ela havia dito em suas palavras, não deveria permitir ser defraudada de suas tão justas esperanças; que considerasse que não ao acaso, como parecia, mas sim com particular providência do céu, todos eles haviam se encontrado em um lugar onde menos se esperava; e que percebesse — disse o padre — que só a morte poderia separar Lucinda

CAPÍTULO 36

de Cardênio, e mesmo que os dividisse o fio de alguma espada, considerariam sua morte muito feliz, e que em laços irremediáveis era sinal de suprema lucidez lutar e vencer a si mesmo, mostrando um peito generoso, permitindo que por sua própria vontade os dois usufruíssem do bem que o céu já lhes havia concedido; que além disso pusesse os olhos na beldade que era Doroteia e visse que poucas ou nenhuma poderia se igualar a ela, quanto mais superá-la, e que acrescentasse à sua beleza sua humildade e o extremo do amor que tinha por ele, e sobretudo levasse em conta que, se ele se estimasse como cavalheiro e como cristão, não poderia fazer outra coisa senão cumprir a palavra dada, e que, cumprindo-a, cumpriria com Deus e satisfaria as pessoas discretas, que sabem e reconhecem que é prerrogativa da beleza, ainda que seja a de um sujeito humilde, desde que acompanhada de honestidade, poder se elevar e se igualar a qualquer alteza, sem prejuízo daquele que eleva e iguala a si mesmo; e quando as fortes leis do desejo são cumpridas, desde que o pecado não intervenha, quem as segue não deve ser culpado.

Com efeito, a essas razões todos acrescentaram outras, tais e tantas, que o valoroso peito de Dom Fernando — enfim, como nutrido de ilustre sangue — abrandou-se e deixou-se dominar pela verdade, que não podia negar mesmo que quisesse; e o sinal que deu de ter se rendido e se entregado ao bom parecer que lhe foi proposto foi abaixar-se e abraçar Doroteia, dizendo:

— Levantai-vos, senhora minha, não é justo que esteja ajoelhada aos meus pés aquela que eu tenho em minha alma; e se até agora não dei mostras do que digo, talvez tenha sido por ordem do céu, para que, vendo em vós a fé com que me amais, vos saiba estimar no que mereceis. O que vos peço é que não me repreendais por minha má conduta e meu muito descuido, porque a mesma ocasião e força que me moveu a aceitar-vos por minha me impeliu a tentar não ser vosso. E para ver como essa é a verdade, reparai e olhai nos olhos da já feliz Lucinda, e neles encontrareis desculpa para todos os meus erros; pois desde que ela encontrou e alcançou o que ela desejava, e eu encontrei em vós o que me realiza, que ela possa viver segura e feliz longos e felizes anos com seu Cardênio, que eu rogarei ao céu para me deixar viver os meus com minha Doroteia.

E, dizendo isso, tornou a abraçá-la e a juntar seu rosto ao dela, com um sentimento tão terno, que teve que se conter para que as lágrimas não acabassem dando mostras indubitáveis de seu amor e arrependimento. Não o fizeram as de Lucinda e Cardênio, e mesmo as de quase todos os presentes, porque começaram a derramar tantas, uns com seu próprio contentamento e outros com o alheio, que até parecia que algo grave e ruim havia a todos acontecido. Até Sancho Pança chorou, embora depois tenha dito que chorava por ver que Doroteia não era, como pensava, a rainha Micomicona, de quem tantos favores esperava. Durou algum tempo, junto com o choro, a admiração de todos, e então Cardênio e Lucinda foram ajoelhar-se diante de Dom Fernando, agradecendo-lhe o favor que lhes fizera, com tão corteses palavras que Dom Fernando não sabia o que lhes responder; e, assim, ele os levantou e os abraçou com mostras de muito amor e muita cortesia.

Pediu logo a Doroteia que lhe contasse como ela havia chegado àquele lugar, tão distante do seu. Ela, com breves e discretas razões, contou tudo o que havia dito anteriormente a Cardênio, do que Dom Fernando e os que o acompanhavam gostaram tanto que queriam que a história durasse mais: tamanha era a graça com que Doroteia contava suas desventuras. E assim que acabou, Dom Fernando contou o que na cidade lhe acontecera depois de ter encontrado o papel no seio de Lucinda, onde ela declarava ser esposa de Cardênio e que não podia ser dele. Disse que queria matá-la, e que o faria se não fosse impedido por seus pais, e que, assim, saiu de casa despeitado e transtornado, decidido a se vingar com mais comodidade; e que no outro dia soube que Lucinda se ausentara da casa dos pais, sem que ninguém pudesse dizer para onde ela havia ido, e que, finalmente, passados alguns meses, veio a saber que ela estava em um convento, com pretensão de permanecer nele a vida inteira se não pudesse passá-la com Cardênio; e que assim que soube, escolhendo aqueles três senhores para sua companhia, chegou ao local onde Lucinda se encontrava, e preferiu não falar com ela, temeroso de que, ao saberem que estava ali, reforçassem a guarda no convento; e assim, esperando um dia em que a portaria estivesse aberta, deixou os dois guardando a porta, e ele e outro entraram no convento à procura de Lucinda, que encontraram no claustro conversando com uma freira, e a arrebataram; sem lhe dar espaço para mais nada, tinham ido com ela para um lugar onde acomodaram o que era necessário para trazê-la; tudo isso eles puderam fazer bem a salvo, já que o convento ficava no campo, a uma boa distância da cidade. Disse que assim que Lucinda se viu em seu poder, perdeu os sentidos, e que depois de voltar a si, ela não havia feito outra coisa além de chorar e suspirar, sem dizer uma palavra, e que, assim, acompanhados de silêncio e lágrimas, chegaram àquela estalagem, que para ele era chegar ao céu, onde arrematam e têm fim todas as desventuras da terra.

Capítulo 37

Onde se prossegue a história da famosa infanta
Micomicona, com outras divertidas aventuras

Sancho escutava tudo isso não com pouca dor na alma, vendo que as esperanças de seu título de nobreza iam desaparecendo e se esvaindo em fumaça, e que a linda princesa Micomicona se transformara em Doroteia, e o gigante em Dom Fernando, e seu amo estava dormindo a sono solto, bem descuidado de tudo o que havia acontecido. Doroteia não tinha certeza se o bem que possuía era um sonho; Cardênio estava no mesmo pensamento, e o de Lucinda corria pela mesma senda. Dom Fernando dava graças ao céu pela mercê recebida e por tê-lo tirado daquele intrincado labirinto, onde esteve tão perto de perder o crédito e a alma; e, finalmente, todos os que estavam na estalagem estavam contentes e regozijados com o bom sucesso que haviam tido em tão difíceis e desesperados negócios.

O padre, sempre muito sensato, apreciava tudo com contentamento, dando a cada um as felicitações pelo bem alcançado; mas quem ficava mais jubilosa e feliz era a estalajadeira, por causa da promessa que Cardênio e o padre lhe haviam feito de pagar todos os prejuízos, e com juros, que ela tivera por conta de Dom Quixote. Só Sancho, como já se disse, estava aflito, desventurado e triste; e assim, com semblante melancólico, abordou seu amo, o qual acabava de despertar, a quem disse:

— Vossa mercê pode muito bem, senhor Triste Figura, dormir o quanto quiser, sem se preocupar em matar algum gigante ou devolver a princesa a seu reino, pois tudo já está feito e concluído.

— Acredito que sim — respondeu Dom Quixote —, pois travei com o gigante a batalha mais descomunal e desaforada que penso ter travado em todos os dias de minha vida, e de um revés, zás!, lhe derrubei a cabeça ao chão, e foi tanto o sangue que saiu dela que os regatos corriam pela terra como se fossem feitos de água.

— Como se fossem de vinho tinto, vossa mercê poderia dizer melhor — respondeu Sancho —, pois quero que vossa mercê saiba, se é que já não sabe, que o gigante morto é um odre furado, e o sangue, seis arrobas de vinho tinto que encerrava em seu ventre, e a cabeça decepada é a puta que me pariu, e que tudo mais vá para os infernos.

DOM QUIXOTE

— Mas o que estás dizendo, louco? — replicou Dom Quixote. — Estás em teu juízo?

— Vossa mercê se levante — disse Sancho — e verá o belo serviço que fez, e o que temos de pagar, e verá a rainha convertida numa dama comum chamada Doroteia, com outros acontecimentos que hão de admirá-lo, caso se dê conta deles.

— Eu não me espantaria com nada disso — replicou Dom Quixote — porque, se bem te recordas, da outra vez que estivemos aqui eu te disse que tudo que acontecia aqui eram coisas de encantamento, e não seria estranho se agora acontecesse o mesmo.

— Eu acreditaria em tudo — respondeu Sancho — se meu manteamento também fosse coisa dessa natureza, mas não: foi real e verdadeiro; e vi que o estalajadeiro, este mesmo que está aqui hoje, segurava uma ponta da manta e me jogava para o céu com muito donaire e brio, e com tanto riso quanto vigor; e quando as pessoas que participam são conhecidas, tenho para mim, embora seja homem simples e pecador, que não há encantamento algum, mas muita paulada e má sorte.

— Pois muito bem, Deus vai remediar isso — disse Dom Quixote. — Ajuda-me com as vestes e deixa-me sair lá fora, pois quero ver os acontecimentos e transformações que dizes.

Sancho ajudou-o a se vestir e, enquanto isso, o padre contou a Dom Fernando e aos outros as loucuras de Dom Quixote, e do artifício que tinham usado para tirá-lo da Penha Pobre, onde ele imaginava estar por causa do desdém de sua senhora. Contou-lhes também quase todas as aventuras que Sancho havia contado, das quais não pouco se admiraram e riram, pois lhes parecia o que parecia a todos: ser a mais estranha espécie de loucura que podia caber numa mente disparatada. O padre disse mais: que, como o bom sucesso da senhora Doroteia os impedia de seguir em frente com seu plano, era preciso inventar e encontrar outro para poder levá-lo para sua terra. Cardênio se ofereceu para continuar o que havia sido iniciado, e que Lucinda faria e representaria a personagem de Doroteia.

— Não — disse Dom Fernando —, não há de ser assim, pois quero que Doroteia prossiga em sua invenção; se a aldeia desse bom cavaleiro não estiver muito longe daqui, ficarei feliz que seu remédio seja providenciado.

— Não fica a mais de dois dias de caminhada daqui.

— Ainda que fossem mais, gostaria eu de percorrê-los, em troca de fazer uma ação tão boa.

Nisso saiu Dom Quixote, armado com todos os seus apetrechos, com o elmo de Mambrino na cabeça — embora amassado —, com sua rodela no braço e apoiado no galho que fazia de chuço. Dom Fernando e todos os outros ficaram pasmos com a estranha aparência de Dom Quixote, vendo seu rosto de meia légua de comprido, seco e amarelado, a desigualdade de suas armas e seus gestos comedidos, e calaram-se até verem o que dizia; o qual, com muita gravidade e repouso, postos os olhos na formosa Doroteia, disse:

404

CAPÍTULO 37

— Fui informado, formosa senhora, por este meu escudeiro que vossa grandeza foi aniquilada e vosso ser se desfez, porque de rainha e grã-senhora que costumáveis ser vos tornastes uma donzela comum. Se isso foi por ordem do rei necromante de vosso pai, temeroso de que eu não vos desse a ajuda necessária e devida, digo que ele não sabia nem sabe da missa a metade e que era pouco versado em histórias de cavalaria; porque se as tivesse lido e repassado de modo tão atento e demorado como eu as repassei e li, descobriria a cada passagem como outros cavaleiros de menor fama que a minha concluíram coisas mais difíceis, não sendo muito matar um gigantezinho, por mais arrogante que fosse; pois não se passaram muitas horas desde que o enfrentei, e quero ficar calado, para que não me digam que estou mentindo; mas o tempo, revelador de todas as coisas, tudo dirá quando menos esperarmos.

— Enfrentastes dois odres, não um gigante — disse então o estalajadeiro.

A quem Dom Fernando mandou calar e não interromper a prática de Dom Quixote de modo algum; e Dom Quixote prosseguiu dizendo:

— Digo, enfim, alta e deserdada senhora, que se pelo motivo que mencionei vosso pai fez essas metamorfoses em vossa pessoa, não lhe deis crédito algum, pois não há nenhum perigo na terra para o qual minha espada não abra um caminho, e com ela, pondo a cabeça de vosso inimigo por terra, dentro de breves dias porei na vossa a coroa de vossa terra.

Dom Quixote não disse mais nada e esperou que a princesa lhe respondesse; a qual, como já sabia da determinação de Dom Fernando de prosseguir com a farsa até que Dom Quixote fosse levado à sua terra, respondeu-lhe com muito donaire e muita seriedade:

— Quem quer que vos tenha dito, valoroso Cavaleiro da Triste Figura, que meu ser havia mudado e sido transformado, não vos disse à verdade, porque a mesma que ontem fui sou hoje. É verdade que algumas mudanças se deram em mim por certos eventos de boa ventura, que me deram o melhor que eu poderia desejar; mas não é por isso que deixei de ser o que era antes e de ter os mesmos pensamentos que sempre tive de valer-me do valor de vosso valoroso e invulnerável braço. Assim, senhor meu, que vossa bondade devolva a honra ao pai que me gerou e considere-o um homem sábio e prudente, pois com sua ciência encontrou um meio tão fácil e tão verdadeiro para remediar minha desgraça que creio que, se não fosse por vós, senhor, eu jamais conseguiria ter a ventura que tenho; e nisso que digo há tanta verdade quanto são boas testemunhas dela a maioria desses senhores aqui presentes. O que resta fazer é que amanhã prossigamos o caminho, porque hoje pouco poderemos avançar, e quanto ao desfecho do bom sucesso que espero, entregarei a Deus e ao valor de vosso peito.

Isso disse a discreta Doroteia, e ao ouvi-la Dom Quixote voltou-se para Sancho e, com mostras de grande irritação, lhe disse:

405

— Agora vou te dizer, Sanchico, que és o maior velhaco que há em toda a Espanha. Diz-me, ladrão, vagamundo, não acabaste de me dizer agorinha mesmo que essa princesa havia se transformado em uma donzela chamada Doroteia, e que a cabeça que entendo que cortei de um gigante era a puta que te pariu, com outros disparates que me puseram na maior confusão em que eu jamais estive em todos os dias de minha vida? Juro... — e olhou para o céu e cerrou os dentes — ... que estou prestes a te fazer um estrago que vai enfiar juízo na cabeça de quantos escudeiros mentirosos de cavaleiros andantes houver no mundo daqui para a frente!

— Acalme-se vossa mercê, meu senhor — respondeu Sancho —, que bem pode ser que eu tenha me enganado quanto à mutação da senhora princesa Micomicona; mas no que diz respeito à cabeça do gigante, ou pelo menos à furação dos odres e ao fato de o sangue ser vinho tinto, nisso não me engano, Deus é testemunha, porque os odres estão ali feridos, à cabeceira do leito de vossa mercê, e o vinho tinto transformou o aposento num lago, e, se não acredita, no frigir dos ovos vai vê-lo: quero dizer que o verá quando sua mercê o senhor estalajadeiro lhe pedir o pagamento de tudo. Quanto ao demais, que a senhora rainha esteja como estava, regozijo-me em minha alma, porque vou levar minha parte, como todo filho de Deus.

— Agora te digo, Sancho — disse Dom Quixote —, que me perdoes, mas és um mentecapto, e já basta.

— Basta — disse Dom Fernando —, e não se fala mais nisso; e então, se a princesa diz para partirmos amanhã porque hoje já é tarde, que assim seja, e esta noite poderemos passá-lo em boa conversação até o dia vindouro, quando todos acompanharemos o senhor Dom Quixote, pois queremos ser testemunhas das valorosas e inéditas façanhas que ele há de fazer no decorrer dessa grande empresa que tem a seu encargo.

— Sou eu que devo servir-vos e acompanhar-vos — respondeu Dom Quixote —, e estou muito grato pela mercê que me é feita e pela boa opinião que se tem de mim, a qual procurarei tornar realidade, ou me custará a vida, e até mais, se mais me puder custar.

Muitas palavras de cortesia e muitos oferecimentos se passaram entre Dom Quixote e Dom Fernando, mas um passageiro que naquele momento entrou na estalagem silenciou tudo, o qual em seu traje demonstrava que era um cristão que acabara de chegar de terra de mouros, porque estava vestido com um jaleco de pano azul, de abas curtas, com meias mangas e sem gola; os calções também eram de tecido azul, com um barrete da mesma cor; usava umas botas cor de tâmara e um alfanje mourisco, posto num talim que lhe atravessava o peito.[1] Logo atrás dele, em cima de um jumento, entrou uma mulher vestida à mourisca, com o rosto coberto e a cabeça toucada; usava um pequeno barrete de brocado e vestia uma túnica que a cobria dos ombros aos pés.

---

1. Alfanje ou alfange é um sabre de lâmina curta e larga, com o fio no lado convexo da curva; o talim é uma tira de couro ou de pano passada de um ombro ao quadril oposto, podendo sustentar espada ou qualquer outra arma.

CAPÍTULO 37

Célestin F. Nanteuil e J. J. Martínez, 1855

O homem era de aparência robusta e graciosa, com pouco mais de quarenta anos, rosto um tanto moreno, longos bigodes e a barba muito bem cuidada; em suma, mostrava em seu porte que, se estivesse bem-vestido, seria julgado por pessoa de qualidade e bem-nascida.

Pediu um aposento ao entrar e, como lhe disseram que não havia nenhum na estalagem, demonstrou todo o seu desgosto e, aproximando-se daquela que pelos trajes parecia uma moura, tomou-a nos braços para ajudá-la a apear. Lucinda, Doroteia, a estalajadeira, a filha e Maritornes, curiosas pelo novo traje, nunca visto por elas, rodeavam a moura, e Doroteia, que sempre foi graciosa, comedida e discreta, notando que tanto ela como aquele que a trazia se afligiam pela falta do aposento, lhe disse:

— Não fiqueis muito aflita, senhora minha, pela falta de conforto e regalo que há aqui, pois é próprio das estalagens não tê-los; mas, apesar disso, se quiserdes passar conosco — apontando para Lucinda —, talvez no decorrer dessa viagem não achareis outras acolhidas tão boas.

A mulher de rosto velado não respondeu nada a isso, nem fez outra coisa além de se levantar de onde estava sentada, e, pondo as duas mãos cruzadas sobre o peito, a cabeça inclinada, curvou o corpo em sinal de agradecimento. Por seu silêncio imaginaram que, sem dúvida alguma, devia ser moura, e que não sabia falar a língua cristã. Nisso chegou o cativo, que estivera ocupado com outra coisa, e vendo que todas tinham rodeado aquela que vinha com ele, e que ela calava a tudo que lhe diziam, disse:

— Minhas senhoras, essa donzela mal entende minha língua, nem sabe falar outra língua a não ser a de sua terra, e por isso não deve ter respondido e não responde ao que lhe foi perguntado.

— Nada lhe dissemos — respondeu Lucinda — além de oferecer-lhe nossa companhia por esta noite e parte do lugar em que nos instalaremos, onde lhe será dado o regalo que o conforto permitir, com a boa vontade que nos obriga a servir a todos os estrangeiros que tiverem necessidade disso, sobretudo se a necessitada for uma mulher.

— Por ela e por mim — respondeu o cativo — beijo vossas mãos, minha senhora, e estimo muito, e com razão, a mercê oferecida, pois em tal circunstância, e vinda de tais pessoas como vossa aparência mostra, bem se vê que deve ser muito grande.

— Dizei-me, senhor — disse Doroteia —: essa senhora é cristã ou moura? Porque as vestes e o silêncio nos fazem pensar que é o que não gostaríamos que fosse.

— É moura no traje e no corpo, mas na alma é uma grande cristã, porque tem grandes desejos de sê-lo.

— Então ela não é batizada? — replicou Lucinda.

— Não houve lugar para isso — respondeu o cativo — depois que ela saiu de Argel, sua pátria e terra, e até agora não se viu em perigo de morte tão próxima que a forçasse a ser batizada sem antes conhecer todas as cerimônias que nossa mãe a Santa Igreja ordena; mas se Deus quiser logo ela será batizada, com a decência que merece a qualidade de sua pessoa, que é maior do que demonstram seus trajes e os meus.

Essas razões deixaram todos os que o ouviam com vontade de saber quem eram a moura e o cativo, mas ninguém àquela altura quis lhe perguntar, visto que aquela hora era mais para dar-lhes descanso do que para perguntar sobre a vida deles. Doroteia pegou-a pela mão e levou-a para sentar-se a seu lado, implorando-lhe que tirasse o véu. Ela olhou para o cativo, como se lhe pedisse que lhe dissesse o que diziam e o que ela devia fazer. Ele disse em língua arábica que lhe pediram que tirasse o véu, e que ela assim o fizesse; e então ela o tirou e revelou um rosto tão formoso que Doroteia a considerou mais formosa do que Lucinda, e Lucinda, mais formosa do que Doroteia, e todos os presentes pensaram que se havia alguém que pudesse igualar a formosura das duas era a

CAPÍTULO 37

moura, e alguns até acharam que ela levava alguma vantagem. E como a formosura tem a prerrogativa e a graça de reconciliar os ânimos e atrair as vontades, logo todos se renderam ao desejo de servir e tratar com ternura a formosa moura.

Dom Fernando perguntou ao cativo como a moura se chamava, o qual respondeu que Lela[2] Zoraida; e assim que ela ouviu isso, entendeu o que tinham perguntado ao cristão e disse com grande pressa, cheia de aflição e donaire:

— Não, não Zoraida: Maria, Maria! — dando a entender que se chamava Maria e não Zoraida.

Essas palavras e a grande emoção com que a moura as pronunciou fizeram alguns dos que a ouviram derramarem mais de uma lágrima, sobretudo as mulheres, que por natureza são ternas e compassivas. Lucinda abraçou-a com muito amor, dizendo-lhe:

— Sim, sim, Maria, Maria.

Ao que a moura respondeu:

— Sim, sim, Maria: Zoraida *macange*! — que quer dizer "não".

A noite já estava chegando, e por ordem dos que vinham com Dom Fernando, o estalajadeiro tinha posto diligência e cuidado em lhes preparar o melhor jantar que lhe foi possível. Quando chegou a hora, então, todos se sentaram a uma mesa comprida, como a dos criados, porque não havia na estalagem mesa redonda nem quadrada, e deram a cabeceira e o assento principal, embora ele recusasse, a Dom Quixote, o qual quis que a senhora Micomicona estivesse a seu lado, já que ele era seu protetor. Então se sentaram Lucinda e Zoraida, e diante delas Dom Fernando e Cardênio, e depois o cativo e os demais cavaleiros, e, ao lado das senhoras, o padre e o barbeiro. E, assim, jantaram com grande contentamento, e ficaram ainda mais contentes ao ver que, deixando de comer, Dom Quixote, movido por um espírito semelhante ao que o moveu a falar tanto como falou quando jantou com os cabreiros, começou a dizer:

— Verdadeiramente, se bem se considera, senhores meus, grandes e inauditas coisas veem aqueles que professam a ordem da cavalaria andante. Se não, qual dos viventes haverá no mundo que, entrando agora pela porta deste castelo e vendo-nos aqui da maneira que nos encontramos, julgue e acredite que somos quem somos? Quem poderá dizer que essa senhora que está a meu lado é a grande rainha que todos sabemos, e que eu sou aquele Cavaleiro da Triste Figura que anda por aí na boca da fama? Agora não há dúvida de que essa arte e exercício excede todas aquelas e aqueles que os homens já inventaram, e tanto mais se há de estimar quanto a mais perigos se exponha. Afastem-se de mim aqueles que disserem que as letras são uma vantagem sobre as armas, que eu lhes direi, sejam eles quem forem, que não sabem o que dizem. Pois a razão que esses tais

---

2. Título de respeito, semelhante ao nosso "dona", "senhora".

costumam alegar e a que eles mais se atêm é que os trabalhos do espírito excedem os do corpo e que as armas são exercitadas apenas com o corpo, como se seu exercício fosse ofício de um trabalhador braçal, para o qual não é necessário mais do que a força bruta, ou como se nisso que chamamos armas aqueles de nós que as professamos não se encerrassem os atos de força, que pedem muito entendimento para executá-los, ou como se o ânimo do guerreiro que está no comando de um exército ou na defesa de uma cidade sitiada não trabalhasse tanto com o espírito quanto com o corpo. Se não, vejamos se é possível, apenas com as forças corporais, conhecer e conjecturar a intenção do inimigo, os desígnios, os estratagemas, as dificuldades, a prevenção dos danos que se temem; pois todas essas coisas são ações do entendimento, nas quais o corpo não tem parte alguma. Sendo, pois, que as armas requerem tanto espírito como as letras, vejamos agora qual dos dois espíritos, o do letrado ou o do guerreiro, trabalha mais, e isso se saberá pelo fim e pelo destino a que cada qual se encaminha, pois a intenção que mais se há de estimar é a que tem por objetivo um fim mais nobre. É o fim e destino das letras (e não falo agora das divinas, cujo objetivo é conduzir e encaminhar as almas para o céu, que a um fim tão sem fim como este nenhum outro se pode igualar: falo das letras humanas,[3] que têm como objetivo pôr a justiça distributiva em seu ponto e dar a cada um o que é seu) entender e garantir que as boas leis sejam mantidas. Fim certamente generoso e altivo e digno de grande louvor, mas não tanto quanto merece aquele relativo às armas, cujo objeto e finalidade é a paz, que é o maior bem que os homens podem desejar nesta vida. E, assim, as primeiras boas-novas que o mundo teve e que os homens tiveram foram as que os anjos deram na noite que foi nosso dia, quando cantaram nos ares: "Glória seja nas alturas, e paz na terra aos homens de boa vontade"; e a saudação que o melhor mestre da terra e do céu ensinou aos seus discípulos e favorecidos foi dizer--lhes que, quando entrassem numa casa, deveriam dizer: "Que a paz esteja nesta casa"; e muitas outras vezes lhes disse: "Minha paz vos dou, minha paz vos deixo; que a paz esteja convosco", como prenda e joia dada e deixada por tal mão, joia sem a qual nem na terra nem no céu pode haver bem algum. Essa paz é o verdadeiro fim da guerra, pois dá no mesmo dizer armas ou guerra. Portanto, pressuposta esta verdade, que o fim da guerra é a paz, e que nisso leva vantagem em relação ao fim das letras, passemos agora aos trabalhos do corpo do letrado e dos daquele que professa as armas, e vejamos qual deles é o maior.

Dom Quixote ia prosseguindo sua prática de tal maneira por tão bons termos que naquele momento nenhum dos que o ouviam o considerava louco; antes, como quase todos eles eram cavaleiros, escutavam-no de muito boa vontade; e ele prosseguiu dizendo:

---

3. As letras divinas são a teologia; as letras humanas, o direito.

CAPÍTULO 37

— Digo, pois, que os trabalhos do estudante são estes: principalmente a pobreza, não porque todos são pobres, mas apenas para mostrar a que extremo esse caso pode chegar; e em ter dito que sofre de pobreza, parece-me que não havia necessidade de dizer mais sobre sua desgraça, porque quem é pobre não tem coisa boa. Essa pobreza ele a padece por partes, ora na fome, ora no frio, ora na nudez, ora em tudo junto; mas, apesar disso, não é tanta que ele não coma, mesmo que seja um pouco mais tarde do que o habitual, mesmo que seja das sobras dos ricos, pois a maior miséria do estudante é aquela que entre si eles chamam de "ir atrás das migalhas"; e não lhes falta algum braseiro alheio ou lareira, que, se não aquece, ao menos amorna seu frio, e, enfim, dormem à noite debaixo de uma coberta. Não quero me estender a outras ninharias, como a falta de camisas e os raros sapatos, o tecido ralo e puído das vestes, nem aquele empanturrar-se com tanto gosto quando a boa sorte lhes traz algum banquete. Ao longo desse caminho que pintei, áspero e difícil, tropeçando aqui, caindo ali, levantando-se acolá, tornando a cair aqui, eles alcançam o grau que desejam; alcançado esse grau, vimos que, tendo passado muitos deles por tais Sirtes, por tais Cila e Caríbdis,[4] como que levados em voo pela fortuna favorável, digo que os vimos comandar e governar o mundo de uma cadeira, trocando a fome pela fartura, o frio pelo refrigério, a nudez pela elegância e o sono numa esteira pelo repouso em tecidos finos de holanda e damasco, prêmio justamente merecido por sua virtude. Mas contrapostos e comparados seus trabalhos aos do soldado guerreiro, eles ficam muito atrás em tudo, como agora direi.

---

4. Sirtes (cujo significado é "bancos de areia") eram, na Antiguidade, a denominação de dois golfos na costa setentrional da África; Cila e Caríbdis são penhascos do Estreito de Messina, na Itália, considerados bastante perigosos para a navegação.

Capítulo 38

Que trata do curioso discurso que fez Dom Quixote
das armas e das letras

Prosseguindo, Dom Quixote disse:

— Bem, já que começamos pelo estudante e as faces de sua pobreza, vejamos se é mais rico o soldado, e veremos que não há nenhum mais pobre em toda pobreza, porque está sujeito à miséria de sua paga, que tarde ou nunca chega, ou ao que pilhar por suas mãos, com considerável perigo para sua vida e sua consciência. E às vezes sua desnudez é tanta que uma casaca furada lhe serve de gala e camisa, e no meio do inverno costuma se resguardar das inclemências do céu, estando em campo aberto, apenas com o bafo da boca, que, como sai de um lugar vazio, tenho por averiguado que deve sair frio, contra toda natureza. Bem, esperai que aguarde a chegada da noite para se recuperar de todos esses desconfortos na cama que o espera, que, se não for por escolha própria, jamais pecará por estreita: bem pode medir na terra quantos pés quiser e se revirar nela à vontade, sem temor de que lhe fiquem curtos os lençóis. Chegado, então, a tudo isso, o dia e a hora de receber o prêmio por seu exercício: chegado um dia de batalha, que lá lhe colocarão o capelo na cabeça, feito de fiapos, para curar alguma bala que talvez lhe tenha atravessado as têmporas ou deixado com um braço ou perna aleijados. E quando isso não acontecer, mas o céu misericordioso o conservar são e vivo, pode ser que permaneça na mesma pobreza de antes e que seja necessário que aconteça um e outro combate, uma e outra batalha, e que de todas saia vitorioso, para prosperar em algo; mas esses milagres raramente são vistos. Mas dizei-me, senhores, se haveis examinado o assunto: quantos menos são os premiados pela guerra do que aqueles que nela pereceram? Sem dúvida, deveis responder que os mortos não têm comparação e não se podem contar, e que os premiados vivos podem ser contados com tão só três algarismos. Tudo isso se inverte no caso dos letrados, porque de becas (que não me refiro às luvas) todos têm com o que ir se sustentando. Assim, embora o trabalho do soldado seja maior, o prêmio é muito menor. Mas a isso se pode responder que é mais fácil premiar dois mil letrados do que trinta mil soldados, porque aqueles são premiados com ofícios que necessariamente devem ser dados aos de sua profissão, e estes não podem ser premiados a não ser com a mesma renda do senhor a quem servem, e essa impossibilidade reforça ainda mais que tenho razão. Mas deixemos isso de lado, que é um labirinto de dificultosa saída, e voltemos à primazia das armas sobre as letras, questão que até agora está por se averiguar, segundo as razões que cada uma de sua parte alega. E, entre as que eu disse, dizem as letras que sem elas as armas não poderiam ser sustentadas, porque a guerra também tem suas leis e está sujeita a elas, e que as leis se reportam às letras e aos letrados. A isso as armas respondem que sem elas as leis não podem ser cumpridas, porque com armas se defendem as repúblicas, os reinos são preservados, as cidades são resguardadas, as estradas são protegidas, os mares são limpos de corsários e, finalmente, se não fosse por elas, as repúblicas, os reinos, as monarquias, as cidades, as rotas marítimas e terrestres estariam sujeitas ao rigor e à confusão que a guerra traz consigo o tempo que dura e tem licença para usar seus privilégios e forças.

Miguel Rep, 2010

CAPÍTULO 38

"E é uma razão comprovada que o que custa mais não só se estima como deve ser mais estimado. Para alguém alcançar ser eminente em letras custa tempo, vigílias, fome, desnudez, vertigens de cabeça, indigestões no estômago e outras coisas a essas vinculadas, as que em parte já me referi; mas para alguém chegar por seus termos a ser um bom soldado lhe custa o mesmo que ao estudante, em maior grau, o que não tem comparação, porque a cada passo ele está prestes a perder a vida. E que temor da necessidade e da pobreza pode atingir ou angustiar o estudante, que chegue aos pés daquele que atinge um soldado que, encontrando-se cercado em alguma fortaleza e estando em guarda ou sentinela em algum revelim ou forte, sente que os inimigos estão minando em direção ao ponto onde ele está, e não pode sair dali por nenhuma razão, nem fugir do perigo que tão perto o ameaça? A única coisa que ele pode fazer é dar notícia ao seu capitão do que está acontecendo, para que ele possa remediar com alguma contramina, e ele ficará imóvel, temendo e esperando quando imprevistamente há de subir às nuvens sem asas e descer às profundezas contra sua vontade. E se isso parece de pouco perigo, vejamos se se iguala ou ultrapassa ao de investirem duas galés pela proa no meio do mar espaçoso, que, encravadas e travadas, não deixam ao soldado mais espaço do que o que concede os dois pés de tábua do esporão; e contudo, vendo que tem diante de si tantos ministros da morte a ameaçá-lo quantos canhões de artilharia lhe apontam do lado oposto, que não se distanciam de seu corpo nem mesmo por uma lança, e vendo que ao primeiro descuido dos pés iria visitar as profundezas de Netuno, e, apesar disso, com intrépido coração, arrebatado pela honra que o incita, coloca-se no alvo de tanta artilharia e tenta passar por tão estreita passagem para o navio contrário. E o que é mais admirável: que nem bem um soldado cai onde não poderá se levantar até o fim do mundo, quando outro vem e ocupa o mesmo lugar; e se ele também cair no mar, que como um inimigo o aguarda, outro e outro o sucedem, sem dar tempo ao tempo de suas mortes: valentia e ousadia como essas, as maiores que se podem encontrar em todos os transes da guerra. Bem hajam aqueles benditos séculos que careceram da espantosa fúria desses endemoniados instrumentos de artilharia, cujo inventor tenho para mim que no inferno está sendo premiado por sua diabólica invenção, com a qual fez com que um infame e covarde braço tirasse a vida de um valoroso cavaleiro, e que sem saber como nem por onde, no meio da coragem e do brio que inflama e anima os valentes peitos, chega uma desmandada bala (disparada por quem talvez fugiu e se assustou com o brilho que fez a fogo ao disparar da maldita máquina) e em um instante interrompe e acaba os pensamentos e a vida de quem merecia desfrutá-la por longos séculos. E assim, considerando isso, devo dizer que minha alma lamenta ter tomado esse exercício de cavaleiro andante em uma época tão detestável quanto a que vivemos; porque embora nenhum perigo me assuste, ainda fico receoso pensando se a pólvora e o estanho me hão de tirar a oportunidade de me tornar famoso e conhecido pelo valor do meu braço e do fio da minha espada,

Raúl Anguiano, 1970

por toda a face da Terra. Mas o céu faça o que lhe prouver, que mais estimado serei, se conseguir o que pretendo, quanto os perigos que enfrento forem maiores que aqueles que enfrentaram os cavaleiros andantes dos séculos passados."

Todo esse longo preâmbulo disse Dom Quixote enquanto os outros jantavam, esquecendo-se de levar bocado à boca, ainda que algumas vezes Sancho Pança lhe dissera para jantar, que depois haveria ocasião para dizer o que quisesse. Aqueles que o escutaram ficaram penalizados ao ver que um homem que aparentemente tinha bom entendimento e bom discurso em todas as coisas que tratava, o havia perdido tão rematadamente em se tratando de sua negra e amarga cavalaria. O padre disse-lhe que tinha razão em tudo o que dissera a favor das armas, e que ele, embora letrado e graduado, era do mesmo parecer.

Acabaram de jantar, tiraram a mesa, e enquanto a estalajadeira, a filha e Maritornes preparavam a edícula de Dom Quixote de La Mancha, onde haviam decidido que só as mulheres nela se recolhessem naquela noite, Dom Fernando implorou ao cativo que lhes contasse o percurso de sua vida, porque não podia ser senão aventureiro e deleitoso, segundo as mostras que havia começado a dar, vindo em companhia de Zoraida. Ao que o cativo respondeu que faria de boa vontade o que lhe mandava, e que só temia que a história não fosse tal que lhes desse o prazer que ele desejava, mas que, apesar de tudo isso, para não falhar em obedecê-lo, diria a ele. O padre e todos os outros lhe agradeceram e novamente lhe imploraram; e ele, vendo-se rogado por tantos, disse que os rogos não eram necessários onde a ordem tinha tanta força.

— E, assim, vossas mercês estejam atentos e ouvirão um discurso verdadeiro ao qual poderia ser que não alcançassem os mentirosos que com artifício curioso e pensado costumam se compor.

Com isso que disse, fez com que todos se acomodassem e lhe fizessem um grande silêncio; e ele, vendo que já estavam calados e esperando o que dizer quisesse, com uma voz agradável e calma começou a dizer assim:

Capítulo 39

Onde o cativo conta sua vida e seus sucessos

— Em um lugar das montanhas de León[1] teve início minha linhagem, com quem a natureza foi mais grata e liberal do que a fortuna, embora na penúria daquelas aldeias meu pai ainda tivesse fama de rico, e realmente seria se tivesse tanto cuidado em preservar suas posses como tinha para gastá-las. Sua natureza liberal e esbanjadora vinha do fato de ter sido soldado em seus anos de juventude, pois a soldadesca é uma escola em que o mesquinho se torna generoso, e o generoso, pródigo, e se alguns soldados são miseráveis, são como monstros, que raramente são vistos. Meu pai ultrapassava os termos da liberalidade e beirava o pródigo, coisa que não é de nenhum proveito para o homem casado que tem filhos que o sucederão no nome e no ser. Os que meu pai tinha eram três, todos varões e todos com idade para poder escolher seu estado. Portanto, vendo meu pai que, segundo ele dizia, não conseguia reprimir seu caráter, quis privar-se do instrumento e da causa que o tornava esbanjador e generoso, que era privar-se de seus bens, sem os quais o próprio Alexandre[2] pareceria mesquinho. E assim, um dia, chamando nós três a sós num aposento, disse-nos algumas palavras semelhantes às que direi agora: "Filhos, para dizer que vos quero bem, basta saber e dizer que sois meus filhos; e para entender que vos quero mal, basta saber que não consigo me reprimir na hora de preservar vossas posses. Bem, para que entendais a partir de agora que eu vos quero como pai, e que não vos quero destruir como padrasto, desejo fazer uma coisa convosco que há muitos dias venho pensando e dispondo com madura reflexão. Já estais na idade de assumir um estado, ou pelo menos de escolher um exercício que vos honre e beneficie quando fordes mais velhos. E o que tenho pensado é em dividir meu patrimônio em quatro partes: três delas darei a vós, a cada um o que couber, sem tirar nem pôr, e ficarei com a outra parte para viver e me sustentar durante os dias que o céu for servido de me conservar a vida.

---

1.   As montanhas de León dividem este reino e o de Astúrias, ambos considerados o lugar de origem da mais pura nobreza castelhana.
2.   Alexandre, o Grande, é um exemplo clássico de generosidade.

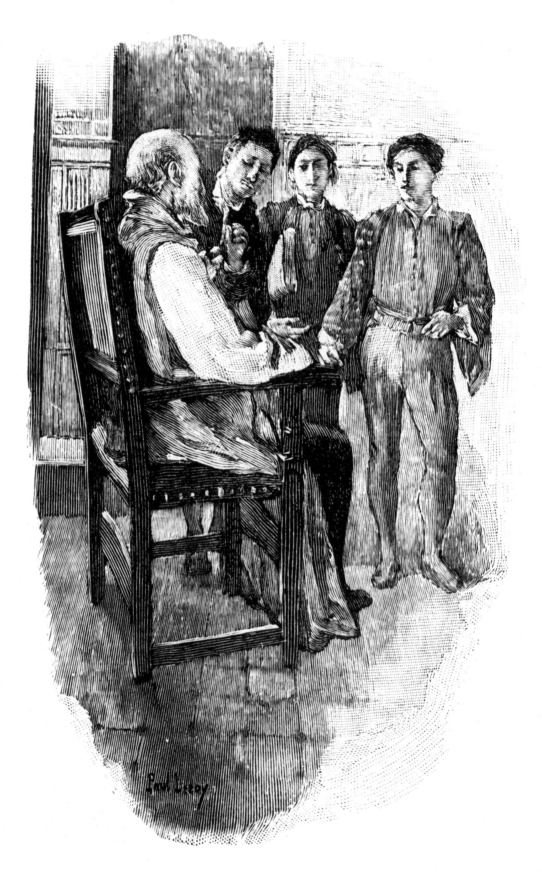

Paul Leroy e César Romagnoli, 1898

CAPÍTULO 39

Mas gostaria que, depois que cada um tivesse em sua posse a parte que lhe corresponde de seus bens, seguisse um dos caminhos que vos direi. Há um refrão em nossa Espanha, em minha opinião muito verdadeiro, como todos são, por serem sentenças curtas tiradas de uma longa e discreta experiência; e o que eu digo diz: 'Igreja, mar ou casa real', como se dissesse com mais clareza: 'Quem quiser ter valia e ser rico, siga a Igreja ou navegue, exercendo a arte do comércio, ou entre a servir os reis em suas casas'; porque dizem: 'Mais vale a migalha de um rei do que a mercê de um senhor'. Digo isso porque gostaria, e é minha vontade, que um de vós seguisse as letras; o outro, o comércio; e o outro servisse o rei na guerra, já que é difícil entrar a servi-lo em sua casa; pois, embora a guerra não dê muita riqueza, costuma dar muito valor e muita fama. Dentro de oito dias eu vos darei toda a vossa parte em dinheiro, sem faltar nem um tostão, como logo o comprovareis. Dizei-me agora se quereis seguir minha opinião e conselho no que vos propus". E, ordenando-me que eu respondesse primeiro, por ser o mais velho, depois de lhe dizer que não se desfizesse de suas posses, mas que gastasse o que tivesse vontade, pois já tínhamos idade suficiente para saber como ganhá-las, acabei por ceder ao seu gosto, dizendo-lhe que o meu era continuar o exercício das armas, servindo a Deus e meu rei nele. O segundo irmão fez os mesmos oferecimentos e optou por ir para as Índias, levando investida a quantia que lhe cabia. O mais novo, e o que creio ser o mais discreto, disse que queria entrar para a Igreja ou terminar os estudos em Salamanca. Assim que havíamos concordado e escolhido nossos exercícios, meu pai nos abraçou a todos e com a brevidade anunciada pôs em prática o que nos havia prometido; e dando a cada um sua parte, que, pelo que me lembro, eram três mil ducados para cada um em dinheiro (pois um tio nosso comprou a fazenda inteira e pagou em dinheiro vivo, para que ela continuasse no tronco da família), em um mesmo dia nós três nos despedimos de nosso bom pai. E naquele exato momento, parecendo-me desumano que meu pai chegasse à velhice com tão poucos bens, fiz com que ele tirasse dois mil ducados dos meus três mil, já que o resto me bastava para me contentar com o que era necessário a um soldado. Meus dois irmãos, movidos por meu exemplo, lhe deram cada um mil ducados; de modo que a meu pai restaram quatro mil em dinheiro, e mais três mil que, aparentemente, valia a parte que lhe coube, a qual ele não quis vender, mas mantê-la em terras e outras propriedades. Digo, por fim, que nos despedimos dele e daquele nosso tio que mencionei, não sem muito sentimento e lágrimas de todos nós; os dois pediram que os informássemos, sempre que fosse possível, de nossos passos, fossem prósperos ou adversos. Isso prometemos, e, abraçando-nos e tomando sua bênção, um de nós pegou o caminho de Salamanca; o outro, o de Sevilha; e eu, o de Alicante, onde tive notícias de que havia um navio genovês que dali carregava lã para Gênova. Este ano fará vinte e dois que saí da casa de meu pai, e em todos eles, embora tenha escrito algumas cartas, não tive notícias dele nem de meus irmãos; e direi em breves

DOM QUIXOTE

palavras o que passei nesse transcorrer de tempo. Embarquei em Alicante, fiz até Gênova uma próspera viagem, fui de lá para Milão, onde me provi com as armas necessárias e alguns adereços de soldado, de onde quis ir para me alistar no exército do Piemonte; e estando a caminho de Alessandria della Paglia,[3] recebi a notícia de que o grão-duque de Alba marchava para Flandres.[4] Mudei de objetivo, fui com ele, servi-o nas campanhas que fez, estive presente na morte dos condes de Egmont e de Horn,[5] tornei-me alferes de um famoso capitão de Guadalajara, chamado Diego de Urbina,[6] e algum tempo depois de ter chegado a Flandres tivemos notícias da aliança que Sua Santidade o Papa Pio V, de feliz memória, fizera com Veneza e com a Espanha, contra o inimigo comum, que é o Turco, o qual na mesma época ganhara com seu exército a famosa ilha de Chipre[7] que estava sob o domínio dos venezianos, e foi uma perda lamentável e infeliz. Soube-se como certo que vinha como general dessa aliança o sereníssimo Dom Juan de Áustria,[8] irmão natural de nosso bom rei Dom Felipe; revelou-se o grande aparato de guerra que estava sendo montado, e tudo isso me incitou e moveu meu espírito e desejo de me ver nessa esperada campanha; e embora eu tivesse esperanças, e quase certeza, de que na primeira oportunidade que se apresentasse eu seria promovido a capitão, quis largar tudo e ir, como realmente fui, para a Itália, e quis minha boa sorte que o senhor Dom Juan de Áustria acabasse de chegar a Gênova e que seguia para Nápoles para se juntar à armada de Veneza, como mais tarde fez em Messina.[9] Digo, enfim, que me achei naquela felicíssima campanha, já feito capitão de infantaria, honrosa posição a que fui levado por minha boa sorte, mais do que por meus méritos; e naquele dia, que foi tão venturoso para a cristandade,[10] porque nele o mundo e todas as nações se desenganaram do erro em que estavam, acreditando que os turcos eram invencíveis por mar; naquele dia, digo, em que o orgulho e a arrogância do otomano foram rompidos, entre tantos venturosos que ali houve (porque os cristãos que morreram ali tiveram mais sorte do que aqueles que permaneceram vivos e vitoriosos), eu fui o único infeliz; pois, em vez de receber uma coroa naval, como se fazia nos séculos romanos, eu me vi naquela noite que se seguiu a tão famoso dia com correntes nos pés e algemas nas mãos. E se passou assim: quando o Uchali, rei de

---

3.   Cidade fortificada do Milanesado, na Itália, onde estavam o duque de Alba e a capitania-geral do exército reunidos para a campanha de Flandres.

4.   Isso ocorreu em 2 de junho de 1567; o exército espanhol chegou a Bruxelas em 22 de agosto.

5.   Os condes de Egmont e de Horn, que tomaram partido contra Felipe II, foram decapitados em Bruxelas em 5 de junho de 1568. Sua execução foi um acontecimento político muito importante, sendo malvista até pelos próprios espanhóis.

6.   Cervantes lutou sob as ordens do capitão Diego de Urbina na batalha de Lepanto.

7.   A guerra do Chipre, iniciada em julho de 1570, foi vencida pelos turcos, que a partir de setembro desse ano controlavam quase toda a ilha. A Santa Liga, promovida por Pio V, foi assinada em 25 de maio de 1571.

8.   Filho bastardo de Carlos I e capitão-geral do Mediterrâneo.

9.   A frota espanhola saiu de Barcelona em 18 de julho de 1571 e chegou a Messina no dia 24 de agosto.

10.   Trata-se do dia 7 de outubro de 1571, data da Batalha de Lepanto, com a qual se pôs fim ao predomínio turco no Mediterrâneo.

CAPÍTULO 39

Argel,[11] atrevido e venturoso corsário, atacou e rendeu a nau capitânia de Malta, deixando vivos nela apenas três cavaleiros, e gravemente feridos, foi socorrê-la a nau capitânia de Juan Andrea,[12] na qual eu estava com minha companhia; e fazendo o que era meu dever em tal situação, saltei para a galé contrária, que, ao se desviar da que havia investido contra ela, impediu que meus soldados me seguissem, e assim me encontrei sozinho entre meus inimigos, a quem não pude resistir, por serem tantos: por fim me renderam, cheio de ferimentos. E como já devereis, senhores, ter ouvido dizer que o Uchali foi salvo com toda a sua esquadra, vim a ficar cativo em seu poder, e fui só eu o triste entre tantos felizes, e o cativo entre tantos livres, pois naquele dia alcançaram a desejada liberdade quinze mil cristãos, que até então vinham presos aos remos da armada turca. Levaram-me a Constantinopla, onde o grão-turco Selim[13] deu a meu amo o posto de general do mar, pois cumprira seu dever na batalha, levando o estandarte da Ordem de Malta como sinal de sua bravura. Encontrei-me no segundo ano, que foi o de setenta e dois, em Navarino,[14] remando na capitânia das três lanternas.[15] Vi e notei a ocasião que se perdeu ali de surpreender toda a frota turca no porto, pois todos os levantes e janízaros[16] que nela vinham tinham certeza de que seriam atacados dentro do próprio porto e tinham prontas suas roupas e passamaques, que são seus sapatos, para fugirem por terra, sem esperar serem combatidos: tal era o medo que tinham de nossa armada. Mas o céu ordenou de outra maneira, não por culpa ou descuido do general que comandava os nossos, mas pelos pecados da cristandade e porque Deus quer e permite que sempre tenhamos verdugos que nos castiguem. De fato, o Uchali foi para Modon,[17] que é uma ilha que fica perto de Navarino, e, deixando sua gente em terra, fortificou a boca do porto e ali ficou até o senhor Dom Juan voltar. Nessa viagem, ele tomou a galé chamada La Presa, cujo capitão era filho daquele famoso corsário Barba Ruiva. Tomou-a a capitânia de Nápoles, chamada La Loba, comandada por aquele raio de guerra, pelo pai de soldados, pelo venturoso e jamais vencido capitão Dom Álvaro de Bazán, marquês de Santa Cruz.[18] E não quero deixar de contar o que aconteceu na captura de La Presa. O filho de Barba Ruiva era tão cruel e tratava tão mal seus cativos que, assim que os remadores viram que a galé La Loba estava se aproximando e que os alcançava, todos largaram os remos ao mesmo tempo e agarraram seu capitão, que estava no tombadilho gritando para que remassem rápido, e passando-o de banco em banco, de popa a proa,

11. Uchali é Euch Ali, renegado calabrês que foi paxá ou rei de Trípoli e, depois, de Argel e de Túnis; posteriormente, foi almirante da armada turca. Em Lepanto, foi o único que conseguiu enganar os genoveses e fugir com trinta galés.
12. Trata-se de Giovani Andrea Doria, genovês, general das galés da Espanha, que comandou na Batalha de Lepanto a ala direita da esquadra cristã.
13. Nome pelo qual era conhecido o sultão de Constantinopla Selim II (1524–74), filho de Solimão, o Magnífico.
14. Porto localizado ao sul do golfo de Lepanto.
15. As três lanternas eram a insígnia da galé que liderava toda a armada real.
16. Levantes eram os soldados embarcados; janízaros, os de terra, especialmente os da guarda do grão-turco.
17. A antiga Methone do Peloponeso, na Grécia.
18. Dom Álvaro de Bazan foi o mais célebre almirante espanhol na época de Felipe II.

deram-lhe tantas mordidas que, logo depois de ter passado pelo mastro maior, sua alma já havia passado para o inferno: tal era, como eu disse, a crueldade com que os tratava e o ódio que tinham por ele. Voltamos a Constantinopla, e, no ano seguinte, que foi o de setenta e três, soube-se que o senhor Dom Juan tinha tomado Túnis e tirado esse reino dos turcos e posto em posse de Mulei Hamet, frustrando as esperanças de voltar a reinar nele que tinha Mulei Hamida,[19] o mouro mais cruel e mais corajoso que o mundo já teve. O grão-turco lamentou muito essa perda e, usando a sagacidade que todos de sua casa têm, fez as pazes com os venezianos, que as desejavam muito mais do que ele, e no ano seguinte de setenta e quatro atacou a Goleta[20] e o forte perto de Túnis que o senhor Dom Juan tinha deixado meio erguido. Em todos esses acontecimentos eu estava ao remo, sem esperança nenhuma de liberdade; pelo menos não esperava tê-la por resgate, pois estava determinado a não dar notícia de minha desgraça a meu pai. Enfim, perdeu-se a Goleta, perdeu-se o forte, sobre os quais se lançaram setenta e cinco mil soldados turcos, pagos, e mais de quatrocentos mil mouros e árabes de toda a África, toda essa gente acompanhada de tantas munições e apetrechos de guerra e de tantos sapadores, que só com as mãos e aos punhados de terra poderiam ter coberto a Goleta e o forte. Perdeu-se primeiro a Goleta, até então considerada inexpugnável, e não por causa de seus defensores, que fizeram tudo o que podiam e deviam fazer em sua defesa, mas porque a experiência mostrou com que facilidade se erguiam trincheiras naquela areia do deserto, pois ali se achava água a dois palmos, mas os turcos não a acharam nem a dois metros; e, assim, com muitos sacos de areia ergueram trincheiras tão altas que ultrapassavam as muralhas da fortaleza. Atirando lá de cima, ninguém podia detê-los nem auxiliar na defesa. Era opinião comum que nossos homens não deveriam se trancar na Goleta, mas sim esperar o desembarque inimigo em campo aberto, e quem diz isso fala de longe e com pouca experiência de casos semelhantes; pois, se havia apenas sete mil soldados na Goleta e no forte, como poderia um número tão pequeno, mesmo sendo esforçado, sair em campanha e permanecer nas fortificações, contra tantos inimigos? E como é possível deixar de cair uma fortificação que não é socorrida, e mais ainda quando cercada por muitos e teimosos inimigos, e em sua própria terra? Mas pareceu a muitos, e assim me pareceu, que foi uma particular graça e mercê que o céu fez à Espanha a de permitir que aquela oficina e antro do mal fosse assolada, e destruído aquele monstro voraz ou esponja e traça da infinidade de dinheiro que ali se gastava sem proveito algum, servindo apenas para conservar a memória felicíssima de tê-la conquistado o invictíssimo Carlos V, como se fosse necessário que aquelas pedras

19. Dom Juan da Áustria, em 1573, elevou Mulei ("senhor absoluto") Hamet ao trono de Túnis, que havia sido usurpado por Uchali quando depôs Hamida, irmão do primeiro, que por sua vez tinha deposto o próprio pai.
20. A Goleta era uma fortaleza localizada na baía de Túnis, que fora tomada pelos espanhóis em 1535 e retomada pelos turcos em 1574.

Gustave Doré e H. Pisan, 1863

a sustentassem para torná-la eterna, como é e será. O forte também foi perdido, mas os turcos o conquistaram palmo a palmo, pois os soldados que o defendiam lutaram com tanta bravura e força que mais de vinte e cinco mil inimigos foram mortos nos vinte e dois ataques que fizeram. Não capturaram sem ferimentos nenhum dos trezentos que restaram vivos, sinal verdadeiro e claro de seu esforço e valor, e de quão bem eles defenderam e guardaram suas praças. Rendeu-se, depois de terem sido aceitas suas condições, um pequeno forte ou torre que ficava no meio da enseada, a cargo de Dom Juan Zanoguera, cavaleiro valenciano e famoso soldado. Capturaram Dom Pedro Puertocarrero, general da Goleta, que fez todo o possível para defender sua fortaleza e lamentou tanto tê-la perdido que morreu de pesar a caminho de Constantinopla, para onde o levaram cativo. Também capturaram o general do forte, que se chamava Gabrio Cervellón, cavaleiro milanês, grande engenheiro e valentíssimo soldado. Morreram nessas duas fortalezas muitas pessoas notáveis, uma das quais era Pagán de Oria, cavaleiro da Ordem de São João, de natureza generosa, como mostra a grande liberalidade que usou com seu irmão, o famoso Juan Andrea de Oria; e o que tornou sua morte mais lamentável foi ter morrido nas mãos de uns árabes beduínos em quem confiou, vendo o forte já perdido, que se ofereceram para levá-lo em hábito de mouro a Tabarca,[21] que é um portinho ou casa que têm naquela região os genoveses que se exercitam na pesca do coral, cujas cabeças foram cortadas pelos árabes e levadas ao general do exército turco, o qual cumpriu com eles nosso provérbio castelhano, que diz que "a traição pode agradar, mas ao traidor faz abominar"; e, assim, diz-se que o general ordenou que aqueles que lhe trouxeram o presente fossem enforcados, porque não o trouxeram vivo. Entre os cristãos que se perderam no forte, estava um chamado Dom Pedro de Aguilar, natural de não sei que lugar na Andaluzia, que havia sido alferes no forte, soldado de grande valor e de raro entendimento; tinha ele especial graça no que chamam de poesia. Digo isso porque seu destino o trouxe à minha galé e ao meu banco e a ser escravo do mesmo amo que eu, e antes de partirmos daquele porto esse cavaleiro escreveu dois sonetos à maneira de epitáfios, um para a Goleta e outro para o forte. E na verdade gostaria de recitá-los, porque os sei de memória e acredito que causarão mais gosto do que pesar.

Na hora em que o cativo disse o nome de Dom Pedro de Aguilar, Dom Fernando olhou para seus companheiros e todos os três sorriram; e quando ia recitar os sonetos, um deles disse:

— Antes que vossa mercê prossiga, peço-lhe que me diga que fim levou esse Dom Pedro de Aguilar.

— O que eu sei é que — respondeu o cativo —, depois de dois anos em Constantinopla, ele fugiu em trajes de albanês com um espião grego, e não sei se saiu livre, mas acredito

---

21. Ilha e feitoria de coral próxima de Túnis, que já antes de 1600 se tornara um centro ativo de resgates.

CAPÍTULO 39

que sim, pois dali a um ano vi o grego em Constantinopla, embora não tenha conseguido lhe perguntar qual foi o fim daquela viagem.

— Foi bom — respondeu o cavaleiro —, porque esse Dom Pedro é meu irmão e agora está em nossa aldeia, saudável e rico, casado e com três filhos.

— Graças sejam dadas a Deus — disse o cativo — por todas as mercês que lhe concedeu, pois, segundo minha opinião, não há em toda a terra contentamento que se iguale a alcançar a liberdade perdida.

— E digo mais — replicou o cavaleiro —: conheço os sonetos que meu irmão fez.

— Diga-os então vossa mercê — disse o cativo —, pois saberá dizê-los melhor do que eu.

— Com todo prazer — respondeu o cavaleiro. — O da Goleta dizia assim:

Vilela, 2024

Capítulo 40

Onde se prossegue a história do cativo

SONETO

Almas ditosas que do mortal véu
livres e isentas, pelo bem que obrastes,
da baixa terra que vos levantastes
ao mais alto e ao melhor do céu,

e, ardendo em ira e em zelo honroso,
dos corpos a força que exercitastes,
que no próprio sangue e alheio matizastes
o mar vizinho e o solo arenoso:

primeiro que o valor faltou a vida
nos cansados braços, que, morrendo,
ao ser vencidos, levam a vitória;

e esta vossa mortal, triste lida
entre o muro e o ferro, vos vai obtendo
fama que o mundo vos dá, e o céu glória.

— Dessa maneira eu o conheço — disse o cativo.
— Pois o do forte, se bem me lembro — disse o cavaleiro —, diz o seguinte:

DOM QUIXOTE

SONETO

De entre esta terra estéril, derrubada,
desses torrões pelo solo jogados,
as almas santas de três mil soldados
subiram vivas a melhor morada,

sendo primeiro em vão exercitada
a força de seus braços esforçados,
até que ao fim, de poucos e cansados,
deixaram a vida no fio da espada.

E este é o solo que contínuo tem sido
de mil memórias lamentáveis cheio
nos passados séculos e presentes.

Mas não mais justas de seu duro seio
terão ao claro céu almas subido,
nem ele sustentou corpos tão valentes.

Os sonetos não pareciam ruins, e o cativo se alegrou com as novas que lhe deram de seu camarada e, prosseguindo sua história, disse:

— Tendo rendido a Goleta e o forte, então, os turcos deram ordem de desmantelar a Goleta (porque o forte foi deixado de tal forma que não havia nada para pôr no chão), e para fazê-lo com mais brevidade e menos trabalho eles o minaram em três partes, mas não foi possível mandar pelos ares o que parecia menos forte, que eram as muralhas velhas, e tudo o que restava em pé da nova fortificação que Fratino[1] tinha construído caiu por terra com muita facilidade. Em suma, a armada voltou a Constantinopla triunfante e vitoriosa, e alguns meses depois morreu meu amo Uchali, a quem chamavam de Uchali Fartax, que significa na língua turca "o renegado tinhoso", porque ele o era, e é costume entre os turcos se nomearem com algum defeito que tenham ou alguma virtude que haja neles; e isso é porque entre eles há apenas quatro sobrenomes de linhagens, que descendem da casa otomana, e os outros, como disse, tomam seu nome e sobrenome ou pelas falhas do corpo, ou pelas virtudes do espírito. E esse Tinhoso vogou a remo, sendo escravo do Gran Senhor, catorze anos, e com mais de trinta e quatro de idade renegou sua fé

---

1. Trata-se de Giacomo Palearo ou Paleazzo, de cognome *il Fratino* ("o fradinho"). Era um engenheiro militar a serviço de Carlos I e de Felipe II, responsável pela refortificação de vários pontos espanhóis no Mediterrâneo.

CAPÍTULO 40

para poder se vingar de um turco que, estando ao remo, deu-lhe um bofetão; e sua coragem foi tal que, sem recorrer a meios e caminhos sujos que os mais chegados do grão-
-turco apelam, ele se tornou rei de Argel, e depois general do mar, que é a terceira posição que há naqueles domínios.[2] Ele era calabrês de nascimento, e moralmente era um homem de bem, e tratava com muita humanidade seus cativos, que eram em torno de três mil, os quais, após sua morte, foram divididos, como deixou em testamento, entre o Gran Senhor (que é também filho herdeiro de todos os que morrem e entra na partilha com os demais filhos deixados pelo falecido) e entre seus renegados; e me coube um renegado veneziano, que, sendo grumete de navio, foi capturado pelo Uchali, e este o estimou tanto que foi um de seus pajens com mais regalias, e veio a ser o renegado mais cruel que já se viu. Seu nome era Hassan Agá,[3] e chegou a ser muito rico e a ser rei de Argel; com ele vim de Constantinopla, com algum contentamento, por estar muito perto da Espanha, não porque pretendesse dar notícia sobre meu desafortunado acontecimento a alguém, mas para ver se minha sorte era mais favorável em Argel do que em Constantinopla, onde já havia tentado mil maneiras de fugir, e em nenhuma tivera sucesso ou fortuna, e pensava em buscar em Argel outros meios de alcançar o que tanto desejava, pois a esperança de ter a liberdade nunca me abandonou, e quando no que tramava, pensava e executava não correspondia o acontecimento à intenção, então sem me render dissimulava e procurava outra esperança que me sustentasse, ainda que frágil e magra. Com isso entretinha a vida, encerrado em uma prisão ou casa que os turcos chamam "banho",[4] onde estão presos os cativos cristãos, tanto os que são do rei quanto os de alguns particulares, e também os que chamam "do armazém", que é como são chamados os cativos da repartição, que servem à cidade nas obras públicas que faz e em outros ofícios; e esses cativos têm sua liberdade muito dificultada porque, como são de domínio comum e não têm um amo particular, não há com quem negociar seu resgate, ainda que o tenham. Nesses banhos, como já disse, alguns indivíduos da cidade costumam levar seus cativos, principalmente quando são de resgate, pois ali os mantêm cômodos e seguros até que venha o resgate. Também os cativos do rei que são resgatados não saem para trabalhar com o resto dos servos, a não ser quando seu resgate é tardio; por essa razão, para fazer com que escrevam pedindo por eles com mais afinco, os fazem trabalhar e ir buscar lenha com os outros, o que não é pouca coisa. Portanto, fui um desses resgatáveis, e, como se soube que eu era capitão, fui incluído no cômputo dos cavaleiros e de gente importante; ainda que advertisse sobre minha pouca

2.   Cervantes traduz como general do mar o posto militar de *kapudã pachá*, criado em 1533 para comandar a frota e administrar os portos de Galípoli, Kavala e Alexandria. Acima dele, só há os cargos de *mufti* (conselheiro) e grão-vizir (primeiro-ministro).
3.   Hassan Agá, também chamado de Hassan Paxá, ou Hassan, o Veneziano, foi governador de Argel durante o cativeiro de Cervantes e, mais tarde, general do mar.
4.   Pátio fechado, um espaço amplo onde se dispunham as tendas para o confinamento dos cativos.

possibilidade e falta de renda, isso não evitou minha inclusão. Puseram-me uma corrente, mais para sinalizar que eu era resgatável do que para me resguardar, e assim passava a vida naquele banho, com muitos cavaleiros e pessoas importantes, categorizados e considerados para resgate. E embora a fome e a privação pudessem nos angustiar às vezes, ou quase sempre, nada nos angustiava mais do que ouvir e ver a cada passo as crueldades jamais vistas nem ouvidas que meu amo praticava contra os cristãos. Cada dia enforcava um, empalava este, desorelhava aquele, e isso, por tão pouco motivo, ou sem nenhum, que os turcos sabiam que o fazia só por fazer e porque era sua condição natural ser um homicida de todo o gênero humano. Apenas um soldado espanhol chamado um tal de Saavedra[5] se deu bem com ele; tendo feito coisas que ficarão na memória daquela gente por muitos anos, e tudo para alcançar a liberdade, jamais lhe deu com a vara, nem lhe ordenou que dessem, nem lhe proferiu insultos; e pela menor coisa das muitas que ele fez, todos nós temíamos que ele fosse empalado, e assim ele temeu mais de uma vez; e se não fosse pela falta de tempo, eu contaria agora um pouco sobre o que esse soldado fez, que seria ocasião para entreter-vos e admirar-vos muito mais do que com o relato de minha história. Digo, então, que sobre o pátio de nossa prisão se abriam as janelas da casa de um mouro rico e importante, as quais, como costumam ser as dos mouros, eram mais buracos do que janelas, e mesmo estas estavam protegidas com grossas e apertadas gelosias. Aconteceu, então, que um dia, estando no terraço de nossa prisão com outros três companheiros, experimentando saltar com as correntes, para passar o tempo, estando sozinhos, porque todos os outros cristãos tinham saído para trabalhar, levantei os olhos por acaso e vi por aquelas janelas fechadas que mencionei algo que parecia uma varinha, e na ponta dela havia um lenço amarrado, e a vara estava balançando e se mexendo, quase como se estivesse sinalizando para que nos aproximássemos para pegá-la. Demos uma olhada, e um dos que estavam comigo foi ficar embaixo da vara, para ver se a soltavam ou o que fariam; mas assim que ele chegou ergueram a vara e a mexeram para os dois lados, como se dissessem não com a cabeça. O cristão se virou, e a tornaram a descer e fizeram os mesmos movimentos de antes. Dirigiu-se a ela outro de meus companheiros, e com ele aconteceu o mesmo que ao primeiro. Finalmente, foi o terceiro, e lhe sucedeu o mesmo que ao primeiro e ao segundo. Vendo isso, eu não iria deixar de tentar a sorte, e assim que cheguei para ficar sob a vara, eles a deixaram cair e ela bateu nos meus pés dentro do banho. Acudi a desamarrar o lenço, o qual vi que estava amarrado com um nó, e dentro dele havia dez cianis, que são moedas de ouro de baixo quilate usadas pelos mouros, cada uma valendo dez reais nossos. Se fiquei satisfeito com a descoberta, não é preciso dizer, porque foi tanta a alegria quanto a admiração de pensar de onde poderia vir aquele bem,

---

5. É o próprio Cervantes.

CAPÍTULO 40

especialmente para mim, já que os sinais de não ter querido soltar a vara, senão a mim, deixavam claro que a mim se dirigia o favor. Peguei meu bom dinheiro, quebrei a vara, voltei ao terracinho, olhei a janela e vi que saía dela uma branquíssima mão que se abria e fechava muito depressa.[6] Com isso entendemos ou imaginamos que alguma mulher que naquela casa morava nos devia ter concedido esse benefício, e como sinal de que estávamos agradecidos a reverenciamos como costume dos mouros, baixando a cabeça, dobrando o corpo e pondo os braços sobre o peito. Pouco depois, mostraram pela mesma janela uma pequena cruz feita de juncos e depois voltaram a guardá-la. Esse sinal nos confirmou que alguma cristã devia estar cativa naquela casa, e era ela quem o bem nos fazia; mas a brancura da mão e os braceletes que nela vimos dissiparam esse pensamento, ainda que imaginássemos que ela devia ser cristã renegada, a quem, de ordinário, seus próprios patrões costumam tomar por legítimas esposas, e que inclusive o têm por ventura, porque as estimam mais do que as de sua nação. Em todas as nossas conjecturas estivemos muito longe da verdade do caso, e, assim, todo o nosso entretenimento a partir de então foi olhar e ter como norte a janela onde a estrela da vara nos aparecera, mas quinze dias se passaram nos quais não vimos nem a mão nem qualquer outro sinal. E embora nesse meio-tempo tenhamos tentado com diligência descobrir quem morava naquela casa e se havia alguma cristã renegada nela, nunca houve ninguém que nos dissesse outra coisa além de que vivia um mouro importante e rico chamado Agi Morato,[7] que fora alcaide da fortaleza de Pata,[8] que é um ofício entre eles de grande qualidade. Mas, quando mais desprevenidos estávamos de que ali ia chover mais cianis, vimos a desoras aparecer a vara, e outro lenço com um nó nela, mais volumoso, e isso foi na hora em que o banho estava, como da última vez, solitário e sem pessoas. Fizemos o experimento de costume, indo cada um primeiro que eu, dos mesmos três que estavam, mas a nenhum entregou a vara a não ser a mim, porque quando cheguei a deixaram cair. Desatei o nó e encontrei quarenta escudos de ouro espanhóis e um papel escrito em árabe, e ao final do escrito feita uma grande cruz. Beijei a cruz, peguei os escudos, voltei ao terraço, prestamos todas as nossas reverências, tornou a aparecer a mão, fiz sinais de que leria o papel, fecharam a janela. Ficamos todos confusos e felizes com o que havia acontecido, e como nenhum de nós entendia árabe, era grande nosso desejo de entender o que o papel continha, e maior a dificuldade de encontrar alguém para lê-lo. Por fim, decidi confiar num renegado, natural de Múrcia, que se declarava um grande amigo meu, e fizemos promessas entre os dois que o obrigavam a guardar o segredo que lhe confiasse; porque alguns renegados geralmente,

---

6. É um gesto tradicional de despedida.
7. Ou Hadji Murad, é um personagem histórico. Filho de cristãos escravos, renegou a fé e se tornou uma das pessoas mais importantes de Argel. *Agi* ou *Hadji* é o termo dado àqueles que cumpriram a peregrinação a Meca.
8. Al-Batha, fortaleza situada em território argelino, a duas léguas de Orã.

Gustave Doré e H. Pisan, 1863

CAPÍTULO 40

quando pretendem voltar para a terra dos cristãos, costumam trazer consigo algumas cartas de cativos influentes, nas quais dão fé, como podem, de que tal renegado é um homem de bem e que sempre fez bem aos cristãos, e que deseja fugir na primeira ocasião que lhe for oferecida. Há quem recorra a essas fés com boa intenção; outros se servem delas de indústria e má intenção: vindo roubar em terra dos cristãos, se por acaso se perdem ou são capturados, sacam esses papéis assinados e dizem que aquelas declarações darão fé do propósito com que vieram, que era ficar em terra de cristãos, e por isso vinham de barco com os outros turcos. Com isso escapam daquele primeiro perigo e se reconciliam com a Igreja, sem ser prejudicados; e na primeira ocasião, voltam para Barbária para ser o que eram antes. Outros há que usam esses papéis e deles lançam mão com boa intenção, e permanecem na terra dos cristãos. Pois bem, um dos renegados que mencionei foi esse meu amigo, que tinha cartas de todos os nossos camaradas, nas quais lhe dávamos o máximo de crédito possível; e se os mouros encontrassem esses papéis, iriam queimá-lo vivo. Soube que ele conhecia muito bem o árabe, e não apenas falava, mas escrevia; mas antes de me abrir totalmente com ele, pedi que lesse para mim aquele papel, que por acaso havia encontrado em uma fresta de minha cabana. Abriu-o para si e passou muito tempo olhando e reconstruindo para ele, murmurando entre os dentes. Perguntei-lhe se ele entendia; disse-me que muito bem, e que se queria que me vertesse palavra por palavra, que lhe desse tinta e pluma, porque era melhor que o fizesse. Demos logo o que ele pedia, e pouco a pouco ele foi traduzindo, e quando terminou, disse: "Tudo o que vai aqui em língua romance, sem faltar uma letra, é o que contém este papel mourisco, e deve notar-se que onde se diz Lela Marién significa Nossa Senhora a Virgem Maria". Lemos o papel, e dizia assim:

> Quando eu era criança, meu pai tinha uma escrava, que na minha língua me mostrou a salá cristã[9] e me contou muitas coisas sobre Lela Marién. A cristã morreu, e sei que ela não foi para o fogo, mas com Alá, porque depois a vi duas vezes, e ela me disse para ir à terra dos cristãos ver Lela Marién, que muito me amava. Eu não sei como se vai. Muitos cristãos vi por esta janela, e nenhum me pareceu cavaleiro além de ti. Eu sou formosa e moça, e tenho muito dinheiro para levar comigo. Veja se podes fazer com que partamos, e serás lá meu marido, se quiseres, e se não quiseres, não será nada, porque Lela Marién me dará quem me casar. Eu escrevi isso, olha a quem dás para ler; não te fies de nenhum

---

9.   A oração cristã; neste caso, ela se refere à Ave-Maria.

DOM QUIXOTE

mouro, porque são todos falazes. Disso me mortifico muito, gostaria que não o revelasses a ninguém, porque se meu pai descobrir, logo me jogará num poço e me cobrirá com pedras. Na vara colocarei um fio: amarra a resposta ali; e se não tiveres alguém para escrever em árabe, diz-me por sinais, e Lela Marién me fará entender. Ela e Alá te guardem, e essa cruz que eu beijo muitas vezes, que foi assim que me ordenou a cativa.

Olhai, senhores, se havia razão para que as razões desse papel nos admirassem e alegrassem; e, assim foi, um e outro, de tal maneira que o renegado entendeu que não ao acaso havia sido encontrado o papel, mas que realmente a algum de nós havia sido escrito, e, assim, ele nos pediu que se o que ele suspeitava era verdade, que confiássemos nele e disséssemos a ele, que ele arriscaria sua vida por nossa liberdade. E dizendo isso, tirou do peito um crucifixo de metal e com muitas lágrimas jurou pelo Deus que aquela imagem representava, em quem ele, embora pecador e mau, bem e fielmente acreditava, manter lealdade e segredo em tudo o que queríamos revelar para ele, porque lhe parecia quase adivinhar que por meio daquela que aquele papel havia escrito ele e todos nós teríamos liberdade e se chegaria aonde tanto desejava, que era se reconciliar com o grêmio da Santa Igreja sua mãe, de quem como membro apodrecido foi extirpado e separado, por sua ignorância e pecado. Com tantas lágrimas e com sinais de tanto arrependimento, o renegado disse isso, que todos nós de um mesmo parecer consentimos e lhe revelamos a verdade do caso, e assim o informamos de tudo, sem lhe esconder nada. Mostramos-lhe a janela por onde a vara aparecia, e ele tomou nota da casa e ficou de com grande cuidado se informar sobre quem morava nela. Também concordamos que seria bom responder ao bilhete da moura, e como tínhamos alguém que sabia como fazê-lo, no mesmo instante o renegado escreveu as palavras que lhe fui ditando, que eram exatamente as que direi, porque de todos os pontos substanciais que nesse evento me aconteceram nenhum me saiu da memória, nem jamais me abandonarão enquanto eu tiver vida. Com efeito, o que foi respondido à moura foi o seguinte:

Que o verdadeiro Alá te guarde, minha senhora, e aquela bendita Marién, que é a verdadeira mãe de Deus e é a que pôs no teu coração para ires à terra dos cristãos, porque te quer bem. Roga-lhe que te ajude a entender como poderás colocar em ação o que ela te diz, que ela é muito boa, que sim o fará. De minha parte e de todos esses cristãos que estão comigo, ofereço-me a fazer tudo o que pudermos por ti, até a morte. Não deixes de me escrever e

CAPÍTULO 40

me dizer o que pretendes fazer, que sempre te responderei, que o grande Alá nos deu um cristão cativo que sabe falar e escrever tua língua tão bem quanto verás neste papel. Assim, sem medo, podes nos avisar de tudo o que quiseres. Ao que dizes que se fores para a terra dos cristãos que hás de ser minha esposa, eu te prometo como um bom cristão; e saibas que os cristãos cumprem melhor o que prometem do que os mouros. Que Alá e Marién sua mãe estejam em tua guarda, senhora minha.

Escrito e dobrado este papel, esperei dois dias para que o banho estivesse solitário como de costume, e então saí ao lugar habitual do terraço, para ver se a vara aparecia, e não demorou muito em surgir. Assim que a vi, embora não pudesse ver quem a colocava, mostrei o papel, como que dando a entender que pusessem o fio; mas já estava preso à vara, à qual amarrei o papel, e daí em diante nossa estrela voltou a aparecer, com a bandeira branca da paz na trouxinha. Deixaram-na cair, e eu a peguei e encontrei no pano, todo a sorte de moeda de prata e ouro, mais de cinquenta escudos, que cinquenta vezes mais dobraram nosso contentamento e confirmaram a esperança de ter liberdade. Nessa mesma noite nosso renegado voltou e disse-nos que tinha sabido que o mouro que morava naquela casa era o mesmo que nos haviam dito, cujo nome era Agi Morato, riquíssimo em todos os sentidos, que tinha apenas uma filha, herdeira de toda a sua propriedade, e que era opinião comum em toda a cidade ser a mulher mais bonita de Barbária; e que muitos dos vice-reis que por ali passavam a pediram por esposa, e que ela nunca quis se casar, e que também soube que ela tinha uma cristã cativa, que já havia morrido; tudo condizia com o que vinha no papel. Reunimo-nos com o renegado para discorrer sobre como poderíamos tirar a moura da casa e ir todos para a terra dos cristãos, e finalmente ficou acordado por ora que esperássemos o segundo aviso de Zoraida, que assim se chamava e agora quer se chamar Maria, pois bem vimos que era ela e mais ninguém a que havia de dar alívio a todas aquelas dificuldades. Depois que acordamos isso, o renegado nos disse que não nos penalizássemos, que ele perderia a vida ou nos libertaria. Por quatro dias o banho esteve repleto de gente, o que fez com que a vara demorasse quatro dias para aparecer; ao final dos quais, na solidão costumeira do banho, apareceu com a trouxa tão bojuda que um felicíssimo parto prometia. A vara com lenço embrulhado se curvaram diante de mim; encontrei nele outro pedaço de papel e cem coroas de ouro, sem nenhuma outra moeda. O renegado estava lá; demos a ele para ler o papel dentro de nossa cabana, e ele disse que assim dizia:

Não sei, meu senhor, como dar a ordem de irmos para a Espanha, nem Lela Marién me revelou, embora eu lhe tenha perguntado.

DOM QUIXOTE

O que pode ser feito é que eu vos darei por esta janela muitíssimo dinheiro de ouro: resgatai-vos com eles, tu e vossos amigos, e que um de vós vá para terra de cristãos e compre lá uma barca e volte para buscar os demais; a mim me encontrarão no jardim de meu pai, que fica na porta de Bab-Azzun,[10] próximo à marina, onde devo passar todo este verão com meu pai e meus criados. De lá, à noite, podeis me retirar sem medo e me levar para a barca; e olha que hás de ser meu marido, porque senão vou pedir a Marién que te castigue. Se não confias em ninguém para buscar a barca, resgata-te e vai tu mesmo, que sei que voltarás melhor do que outro, porque és cavaleiro e cristão. Procura conhecer o jardim, e quando andares por aí saberei que está solitário o banho e te darei muito dinheiro. Alá te guarde, senhor meu.

Isso dizia e continha o segundo papel; que visto por todos, cada um se ofereceu para querer ser o resgatado e prometeu ir e com toda pontualidade, e eu também me ofereci para o mesmo; a tudo isso o renegado se opôs, dizendo que de modo algum permitiria que alguém saísse em liberdade até que todos fossem juntos, porque a experiência lhe mostrara o quanto os livres cumpriam mal a palavra que davam no cativeiro, pois muitas vezes haviam usado desse remédio alguns cativos importantes, resgatando algum que fosse a Valência ou Maiorca com dinheiro para poder providenciar uma barca e voltar por aqueles que o resgataram, e nunca mais voltaram, porque a liberdade alcançada e o temor de voltar a perdê-la apagou de sua memória todas as obrigações do mundo. E em confirmação da verdade que nos contou, falou-nos brevemente de um caso que se abateu sobre alguns cavaleiros cristãos quase na mesma época, o mais estranho que já aconteceu por aqueles lados, onde a cada passo sucedem coisas de grande espanto e admiração. Com efeito, chegou a dizer que o que podia e devia ser feito era que o dinheiro que devia ser dado para resgatar o cristão lhe fosse dado para comprar um barco ali em Argel, sob o pretexto de se tornar mercador e tratante em Tetuã e naquela costa; e que sendo ele o senhor da barca, facilmente encontraria uma forma de nos tirar do banho e nos embarcar todos. Ainda mais se a moura, como ela dizia, dava dinheiro para o resgate de todos, pois uma vez livres era coisa muito fácil embarcar até mesmo no meio do dia, e que a maior dificuldade que se oferecia era que os mouros não consentem que nenhum renegado compre nem tenha barca, somente se for um navio grande para ir em corso, porque temem que quem compra uma barca, principalmente se for espanhol, só a quer para ir à terra dos

---

10. Também conhecida como porta de Azún ou Asón-bab ("das ovelhas"), em árabe; era a porta da muralha que dava acesso ao porto e ao cemitério dos cristãos.

CAPÍTULO 40

cristãos, mas que resolveria esse inconveniente fazendo com que um mouro tagarino[11] fosse parceiro dele na compra da barca e no lucro das mercadorias, e com essa fachada se tornaria senhor da barca, com o qual considerava tudo resolvido. E ainda que me parecesse melhor para mim e os meus camaradas enviar alguém para buscar a barca em Maiorca, como disse a moura, não nos atrevemos a contradizê-lo, temendo que, se não fizéssemos o que ele disse, ele nos revelasse e nos pusesse em perigo de perder a vida, se descobrisse o trato de Zoraida, por cuja vida daríamos toda a nossa; e assim decidimos nos abandonar nas mãos de Deus e nas do renegado, e nesse exato momento respondemos a Zoraida dizendo-lhe que faríamos tudo o que ela nos aconselhava, porque ela havia traçado tudo tão bem como se Lela Marién lhe tivesse dito, e que cabia apenas a ela adiar aquele negócio ou colocá-lo logo em ação. Ofereci-me de novo para ser seu esposo, e com isso, outro dia que aconteceu de estar solitário no banho, em diversas ocasiões, com a vara e o lenço, ela nos deu dois mil escudos de ouro e um pedaço de papel onde dizia que no primeiro *jumá*, que é a sexta-feira sagrada deles, ela iria ao jardim de seu pai, e que antes de partir ela nos daria mais dinheiro, e se isso não bastasse, avisássemos que nos daria tanto como pedíssemos, que seu pai tinha tanto que não sentiria a menor falta dele, até porque ela tinha as chaves de tudo. Demos então quinhentos escudos ao renegado para comprar a barca; com oitocentos paguei meu resgate, entregando o dinheiro a um mercador valenciano que a esta altura se encontrava em Argel, que me resgatou do rei, dando sua palavra de que pagaria meu resgate com o primeiro navio que viesse de Valência; porque se logo desse o dinheiro, daria ao rei a suspeita de que havia muitos dias que meu resgate estava em Argel, e que o mercador, por conta de seus negócios, o havia ocultado. Finalmente, meu amo era tão capcioso que de nenhuma maneira me atrevi a desembolsar logo o dinheiro. Na quinta-feira antes da sexta-feira em que a bela Zoraida havia de ir ao jardim, deu-nos mais mil escudos e nos avisou de sua partida, pedindo que se me salvasse, logo localizaria o jardim de seu pai, e que procurasse de todo jeito uma oportunidade de ir lá e vê-la. Respondi-lhe em breves palavras que o faria e que tivesse o cuidado de nos confiar a Lela Marién todas aquelas orações que a cativa lhe ensinara. Feito isso, foi dada ordem para que nossos três companheiros fossem resgatados, para facilitar a saída do banho, e porque ao me verem resgatado e eles não, sabendo que havia dinheiro, não ficassem alvoroçados e o diabo os convencesse a fazer algo em prejuízo de Zoraida; e, com tudo isso, sendo eles quem eram e podendo me assegurar desse temor, não quis arriscar o negócio e, assim, mandei resgatá-los pela mesma ordem que me resgatei, dando todo o dinheiro para o mercador, para que com certeza e segurança pudesse fazer o trâmite; a quem nunca revelamos nosso trato e segredo, pelo perigo que havia.

---

11. Mouro nascido entre os cristãos da Espanha e que falava o castelhano.

Célestin F. Nanteuil e J. J. Martínez, 1855

Capítulo 41

Onde o cativo ainda segue contando sua história

Nem quinze dias se passaram, quando nosso renegado já tinha comprado uma barca muito boa, com capacidade para mais de trinta pessoas: e, para dar mais garantia e aparência de verdade ao negócio, quis fazer, como fez, uma viagem para um lugar chamado Sargel,[1] que está a trinta léguas de Argel para o lado de Orã, onde há muito comércio de figos secos. Duas ou três vezes ele fez essa viagem, na companhia do tagarino que ele tinha mencionado. (Na Barbária chamam de *tagarinos* os mouros de Aragão, e os de Granada, *mudéjares*; e no reino de Fez eles chamam os *mudéjares* de *elches*, que são as pessoas de quem esse rei mais se serve na guerra.) Digo, então, que toda vez que ele passava com sua barca, ancorava numa baía que ficava a menos de dois tiros de balestra do jardim onde Zoraida esperava; e lá, muito de propósito, punha-se o renegado com os mourinhos que navegavam no remo, ou então fazia suas salás, ou ensaiava de brincadeira o que pensava em fazer a sério; e assim, ele ia ao jardim de Zoraida e pedia frutas, e seu pai lhe dava sem conhecê-lo; e, embora ele quisesse falar com Zoraida, como depois me disse, e dizer que era ele que, por minha ordem, havia de levá-la para a terra dos cristãos, e que ficasse esperando feliz e segura, nunca lhe foi possível, pois as mouras não se deixam ver por nenhum mouro nem turco, a não ser que seu marido ou seu pai ordenem que faça isso. Com cristãos cativos permitem-se tratar e comunicar ainda mais do que seria razoável, mas para mim teria pesado muito se ele tivesse falado com Zoraida, pois talvez ela ficasse aflita, vendo que seu negócio andava em boca de renegados. Mas Deus, que ordenava tudo de outra maneira, não deu lugar ao bom desejo que nosso renegado tinha; o qual, vendo com quanta segurança ia a Sargel e de lá voltava, e que ancorava quando, como e onde queria, e que o tagarino seu companheiro não tinha outra vontade além da que a sua ordenava, e que eu já estava resgatado e tudo o que faltava era procurar alguns cristãos para ficar nos remos,

---

1. Tratava-se de um pequeno porto situado a cerca de 100 km de Argel e habitado por muitos mouriscos fugidos de Andaluzia e Valência. Era um centro corsário no qual havia tráfico de cativos e de armas.

DOM QUIXOTE

me disse para ver quais eu queria trazer comigo, além dos resgatados, e que eu os mantivesse de sobreaviso para a primeira sexta-feira, no lugar em que eu tinha determinado que seria nossa partida. Vendo isso, falei com doze espanhóis, todos remadores de valia, e daqueles que mais livremente poderiam sair da cidade; e não foi fácil encontrar tantos naquela conjuntura, porque havia vinte baixéis[2] em expedição corsária e tinham levado toda a gente dos remos, e não teria encontrado estes se não fosse pelo fato de seu amo ter ficado naquele verão sem sair em expedição, para terminar uma galeota[3] que tinha no estaleiro. A eles eu não disse mais nada além de que na primeira sexta-feira à tarde eles deveriam sair um por um, dissimuladamente, e se dirigir ao jardim de Agi Morato, e que lá eles me esperassem chegar. A cada um eu dei esse aviso em separado, com ordem de que, mesmo que vissem outros cristãos por lá, nada deveriam dizer a eles, a não ser que eu lhes ordenara esperar naquele lugar. Feita essa diligência, eu precisava fazer outra, que era a que mais me convinha: avisar Zoraida em que ponto estavam os negócios, para que ela ficasse em alerta e de sobreaviso, a fim de não se sobressaltar se de improviso a assaltássemos antes do tempo em que ela imaginava que a barca de cristãos poderia voltar. E, assim, determinei-me a ir ao jardim e ver se conseguiria falar com ela; e, com a desculpa de que ia colher algumas verduras, um dia antes de minha partida fui até lá, e a primeira pessoa que encontrei foi seu pai, que falou comigo na língua que em toda a Barbária, e até mesmo em Constantinopla, se fala entre cativos e mouros, que não é nem mourisca, nem castelhana, nem de qualquer outra nação, mas uma mistura de todas as línguas, com a qual todos nos entendemos. Digo, então, que nesse modo de linguagem ele me perguntou o que eu estava procurando naquele seu jardim, e de quem eu era. Respondi-lhe que era um escravo de Arnaute Mami[4] (e isso porque eu sabia com muita certeza que ele era um grande amigo seu) e que procurava verduras para fazer salada. Ele me perguntou, então, se eu era um homem de resgate ou não, e o quanto meu amo pedia por mim. Estando em todas essas perguntas e respostas, saiu da casa do jardim a bela Zoraida, a qual já havia muito que tinha me visto; e, como as mouras de forma alguma têm escrúpulos de se mostrar aos cristãos nem tampouco se esquivam, como eu já disse, não se importou de vir até onde seu pai estava comigo: antes, logo que seu pai viu que ela estava vindo, e vinha devagar, a chamou e ordenou que ela se aproximasse. Seria muito, neste momento, falar da formosura, da gentileza, do galante e rico adorno com o qual minha querida Zoraida se mostrou aos meus olhos: só direi que mais pérolas pendiam de seu lindíssimo pescoço, das orelhas e dos cabelos do que cabelos tinha na cabeça. Nos tornozelos, que estavam descobertos, como é de costume, ela trazia dois *carcasses* (que assim se chamam as tornozeleiras ou

2. Barco de grande porte.
3. Galé pequena, com cerca de vinte remos de cada lado, cada qual manejado por apenas um homem.
4. "Mami, o Albanês", famoso corsário que capturou a galé em que estavam Cervantes e seu irmão Rodrigo.

CAPÍTULO 41

argolas para os pés na língua mourisca) de puríssimo ouro, com tantos diamantes engastados, que ela me disse depois que seu pai os estimava em dez mil dobrões,[5] e as que ela trazia nos pulsos valiam outro tanto. As pérolas eram em grande quantidade e muito boas, porque o maior garbo e ostentação das mouras é adornar-se com ricas pérolas e aljôfar, e assim, há mais pérolas e aljôfar entre os mouros do que entre todas as outras nações; e o pai de Zoraida tinha a fama de ter muitas e das melhores que havia em Argel, e de também ter mais de duzentos mil escudos espanhóis, e de tudo isso era senhora esta que agora é minha. Se com todos esses adornos ela podia vir formosa ou não, pelas relíquias que lhe restaram depois de tantas dificuldades será possível conjecturar como deveria ser na prosperidade, pois já se sabe que a formosura de algumas mulheres tem dias e estações, e conforme as circunstâncias diminui ou aumenta; e é natural que as paixões do espírito a levantem ou abaixem, embora na maioria das vezes a destruam. Digo, em suma, que então ela veio extremamente adornada e extremamente formosa, ou pelo menos a mim pareceu ser a mais bela que eu já vira até então; e com isso, vendo as obrigações em que eu tinha me posto, parecia-me que eu tinha diante de mim uma divindade do céu, vinda à terra para meu gosto e para meu remédio. Assim que ela chegou, o pai dela lhe disse na língua deles que eu era cativo de seu amigo Arnaute Mami, e que tinha vindo buscar salada. Adiantando-se, naquela mistura de línguas que já mencionei, ela me perguntou se eu era um cavaleiro e qual o motivo de não me resgatarem. Respondi que já estava resgatado, e que pelo preço eu podia ver que meu amo me estimava, pois tinha dado por mim mil e quinhentos *zoltanis*.[6] Ao que ela respondeu:

— Na verdade, se fosses de meu pai, eu faria que nem pelo dobro ele te deixasse resgatar, porque vós, cristãos, sempre mentis em tudo que dizeis, e vos fazeis de pobres para enganar os mouros.

— Poderia muito bem ser isso, senhora — eu respondi —, mas na verdade eu tratei com meu amo com muita sinceridade, e trato e tratarei assim tantas pessoas quantas há no mundo.

— E quando te vais? — disse Zoraida.

— Amanhã, creio eu — respondi —, pois está aqui um baixel da França que zarpa amanhã, e eu planejo ir nele.

— Não é melhor — respondeu Zoraida — esperar que venham baixéis da Espanha e ir com eles, do que ir com os da França, que não são vossos amigos?

— Não — eu respondi —, embora, se a notícia de que um baixel da Espanha está chegando for verdade, talvez ainda espere por ele, porém o mais certo é partir amanhã; porque o desejo que tenho de ver-me em minha terra e com as pessoas que amo é tanto que não me deixará esperar outra oportunidade, por melhor que seja, pois pode demorar.

5. Antiga moeda de ouro que valia 2 escudos.
6. Moeda argelina de ouro.

— Deves ser, sem dúvida, casado em tua terra — disse Zoraida —, e por isso desejas ir ver tua esposa.

— Não sou — respondi eu — casado, mas dei a palavra de me casar assim que chegar lá.

— E é formosa a dama a quem deste a palavra? — disse Zoraida.

— Tão formosa é — respondi eu — que, para encarecê-la e dizer-te a verdade, ela se parece muito contigo.

Disso se riu muito seu pai, e disse:

— Por Alá, cristão, que deve ser muito formosa se se parece com minha filha, que é a mais formosa de todo esse reino. Se duvidas, olha bem para ela e verás como te digo a verdade.

Servia-nos como intérprete para a maioria dessas palavras e frases o pai de Zoraida, por ser mais ladino;[7] pois, embora ela falasse a língua bastarda que, como eu disse, é usada lá, declarava sua intenção mais por sinais do que por palavras. Estando nessas e muitas outras razões, um mouro chegou correndo e disse, aos berros, que quatro turcos tinham pulado as cercas ou muros do jardim e estavam colhendo as frutas, embora não estivessem maduras. O velho se sobressaltou, e o mesmo fez Zoraida, pois é comum e quase natural o medo que os mouros têm dos turcos, especialmente dos soldados, que são tão insolentes e têm tanto império sobre os mouros que estão sob seu domínio que os tratam pior do que se fossem seus escravos. Digo, então, que seu pai disse a Zoraida:

— Filha, vai para casa e te tranca ali, enquanto eu vou falar com esses cães; e tu, cristão, procura tuas verduras e vai-te em boa hora, e que Alá te leve com saúde para tua terra.

Eu me inclinei e ele foi procurar os turcos, deixando-me sozinho com Zoraida, que começou a dar mostras de ir aonde seu pai lhe ordenara. Mas, assim que as árvores do jardim o encobriram, voltando-se para mim com os olhos cheios de lágrimas, Zoraida me disse:

— *Ámexi*, cristão, *ámexi*? (Que quer dizer: "Tu vais, cristão, tu vais?".)

Respondi-lhe:

— Senhora, sim, mas de forma alguma sem ti: aguarda-me no próximo *jumá*, e não te assustes quando nos vires, pois sem dúvida alguma iremos a terra de cristãos.

Eu lhe disse isso de tal maneira que ela entendeu muito bem todas as palavras que trocamos, e, passando um braço em volta de meu pescoço, com passos desmaiados começou a caminhar em direção à casa. E quis a sorte, que poderia ser muito ruim se o céu não ordenasse de outra forma, que, indo nós dois na maneira e postura que eu vos contei, com um braço em volta do pescoço, seu pai, que já estava voltando depois de afugentar os turcos, nos viu do jeito e da maneira que estávamos indo, e nós vimos que

7. Mouro que domina alguma língua dos cristãos.

CAPÍTULO 41

Thomas Stothard, séc. XVIII–XIX

ele tinha nos visto. Mas Zoraida, precavida e discreta, não quis tirar o braço de meu pescoço, até se aproximou mais de mim e pousou a cabeça em meu peito, dobrando um pouco os joelhos, dando claros sinais e mostras de que desmaiava, e eu também dei a entender que a estava segurando contra minha vontade. Seu pai chegou correndo até onde estávamos, e, vendo sua filha daquela maneira, perguntou-lhe o que tinha; mas, como ela não lhe respondeu, seu pai disse:

— Sem dúvida alguma, com o susto da entrada desses cães ela desmaiou.

E, tirando-a de meu peito, trouxe-a para o seu; e ela, dando um suspiro e com os olhos ainda com lágrimas, voltou a dizer:

— *Ámexi*, cristão, *ámexi*. ("Vai, cristão, vai.")

Ao que seu pai respondeu:

— Não importa, filha, que o cristão vá embora, pois nenhum mal fez a ti, e os turcos já se foram. Não te assustes com coisa alguma, pois nenhuma pode te dar tristeza, porque, como já te disse, os turcos, a meu pedido, voltaram por onde entraram.

— Senhor, eles a assustaram, como disseste — disse eu a seu pai —, mas, como ela me pede que vá, não quero dar-lhe nenhum pesar: fica em paz, e, com tua licença, vou voltar, se necessário, para colher verduras deste jardim; pois, de acordo com meu amo, em nenhum há melhores para salada do que nele.

— Poderás voltar todas as vezes que quiseres — respondeu Agi Morato —, pois minha filha não diz isso porque tu ou qualquer um dos cristãos a deixou com raiva, mas, por dizer que os turcos se fossem, ela disse que devias ir embora, ou porque já era hora de que procurasses tuas verduras.

Com isso, despedi-me de ambos; e ela, ao que parece com dor na alma, se foi com seu pai, e eu, com a desculpa de procurar as verduras, percorri muito bem e a meu bel-prazer todo o jardim: olhei com atenção as entradas e saídas, e a fortaleza da casa, e a comodidade que poderia haver ali para facilitar todo o nosso negócio. Feito isso, fui embora e contei tudo que tinha acontecido ao renegado e a meus companheiros; e já não via a hora de me ver gozando sem sobressaltos do bem que a sorte me oferecia na pessoa da formosa e bela Zoraida. Enfim, o tempo passou, e chegou o dia e o prazo tão desejados por nós; e, seguindo todos à risca o plano que, com discreta consideração e longo discurso, muitas vezes tínhamos combinado, tivemos o bom sucesso que queríamos; pois na sexta-feira que se seguiu ao dia em que falei com Zoraida no jardim, nosso renegado, ao anoitecer, ancorou com a barca quase em frente do lugar em que estava a bela Zoraida.

Os cristãos que iriam pegar nos remos já haviam sido avisados e estavam escondidos por diversas partes de todos aqueles arredores. Todos estavam suspensos e agitados, esperando por mim, ansiosos para atacar o baixel que tinham diante dos olhos; porque eles não sabiam do combinado com o renegado, e achavam que teriam de conquistar e ganhar a liberdade pela força dos braços, tirando a vida dos mouros que estavam dentro da barca. Sucedeu então que, tão logo apareci com meus companheiros, todos os demais escondidos que nos viram começaram a se aproximar de nós. Isso aconteceu quando a cidade já estava fechada e não se via pessoa alguma por toda aquela campina. Uma vez reunidos, hesitamos se seria melhor ir primeiro raptar Zoraida ou render os mouros marinheiros que estavam ao remo da barca; e, estando nessa dúvida, chegou nosso renegado

CAPÍTULO 41

perguntando o que estávamos esperando, que já era hora pois todos os mouros estavam descuidados, e a maioria deles dormindo. Dissemos-lhe o que estávamos pensando, e ele disse que o mais importante era render o baixel primeiro, coisa que poderia ser feita com grande facilidade e sem qualquer perigo, e então poderíamos ir raptar Zoraida. Todos nós concordamos com o que ele disse, e assim, sem hesitar mais, tendo o renegado como guia, chegamos ao baixel, e, saltando ele à frente, agarrou um alfanje e disse em mourisco:

— Ninguém se mexa, se não quiser perder a vida.

A essa altura, quase todos os cristãos já tinham entrado na barca. Os mouros, que eram de pouca coragem, vendo seu capitão falar daquela maneira, ficaram assustados, e sem que nenhum deles pegasse em armas, que poucas ou quase nenhuma tinham, deixaram-se amarrar, sem abrir a boca, pelos cristãos, os quais o fizeram com muita presteza, ameaçando os mouros que, se levantassem a voz de alguma maneira, imediatamente todos seriam passados à espada. Tendo feito isso, metade de nós permaneceu de guarda deles, e os restantes, ainda tendo o renegado como guia, fomos ao jardim de Agi Morato, e quis a boa sorte que, quando íamos forçar a porta, ela se abriu com tanta facilidade como se não estivesse fechada; e assim, com grande quietude e silêncio, chegamos à casa sem sermos ouvidos por ninguém.

Estava a belíssima Zoraida esperando por nós em uma janela, e, assim que pressentiu a movimentação, perguntou em voz baixa se éramos *nizarani*, como se estivesse dizendo ou perguntando se éramos cristãos. Eu lhe respondi que sim, e pedi que descesse. Quando ela me reconheceu, não esperou mais e, sem falar nada, desceu em um instante, abriu a porta e mostrou-se a todos tão formosa e ricamente vestida que não acho as palavras para encarecê-la. Assim que a vi, peguei a mão dela e comecei a beijá-la, e o renegado fez o mesmo, e meus dois camaradas; e os outros, que não sabiam da história, fizeram o que viram que fazíamos, pois parecia apenas que a agradecíamos e a reconhecíamos como senhora de nossa liberdade. O renegado perguntou-lhe em língua mourisca se seu pai estava no jardim. Ela respondeu que sim e que dormia.

— Pois será necessário acordá-lo — replicou o renegado — e levá-lo conosco, e tudo o que há de valor neste lindo jardim.

— Não — disse ela —, meu pai não deve ser tocado de forma alguma, e nesta casa não há nada além do que eu levo, que é tanto, que bem dará para que todos fiqueis ricos e contentes; esperai um pouco e vereis.

E, dizendo isso, ela voltou a entrar, dizendo que voltaria muito rapidamente; que ficássemos quietos, sem fazer nenhum barulho. Perguntei ao renegado o que tinha conversado com ela, e ele me contou, e então eu lhe disse que nada deveria ser feito sem o consentimento de Zoraida; a qual já voltava carregada com um bauzinho cheio de escudos de ouro, tantos que ela mal conseguia segurá-lo. Quis a má sorte que seu pai acordasse nesse meio-tempo e ouvisse a movimentação que havia no jardim; e, assomando-se à janela, logo reconheceu que todos os que nele estavam eram cristãos; e, dando muitos gritos, altos e desaforados, começou a dizer em arábico:

— Cristãos, cristãos! Ladrões, ladrões!

Ao ouvir esses gritos, todos nos vimos postos em grande e temerosa confusão; mas o renegado, vendo o perigo em que estávamos, e o quanto lhe importava dar cabo daquela empresa antes de ser percebido, com grande rapidez subiu onde Agi Morato estava, e junto com ele foram alguns de nós; mas eu não ousei desamparar Zoraida, que como desmaiada havia se deixado cair em meus braços. Enfim, aqueles que subiram foram tão ágeis que num momento desceram com Agi Morato, trazendo-lhe de mãos atadas e com um lenço na boca, que não o deixava falar palavra, e o ameaçavam dizendo que tentar falar lhe custaria a vida. Quando sua filha o viu, cobriu os olhos para não vê-lo, e seu pai ficou espantado, ignorando o quanto de sua vontade tinha sido posto em nossas mãos. Mas sendo então mais necessários os pés, com diligência e presteza nos dirigimos para a barca; pois aqueles que haviam permanecido nela esperavam por nós, temerosos de que algum mal nos acontecera. Mal teriam passado duas horas desde o anoitecer, e já estávamos todos na barca, na qual tiramos as amarras das mãos e o lenço da boca do pai de Zoraida; mas o renegado tornou a dizer que ele não proferisse uma palavra, do contrário sua vida seria tirada. Ele, assim que viu ali sua filha, começou a suspirar muito emocionado, e mais ainda quando viu que eu a abraçava com força, e que ela, sem se defender, queixar-se ou esquivar-se, permanecia quieta; mas, apesar disso, ele ficou em silêncio, para que não se efetivassem as muitas ameaças que o renegado lhe fazia. Vendo-se, então, Zoraida já na barca, e que queríamos lançar os remos à água, e vendo lá seu pai e os demais mouros que estavam amarrados, ela disse ao renegado para me dizer que fizesse a mercê de soltar aqueles mouros e de dar liberdade ao seu pai, porque antes ela desejaria se lançar ao mar do que ver, diante de seus olhos e por sua causa, levarem cativo um pai que tanto a amava. O renegado isso me disse, e eu respondi que faria tudo a seu contento, mas ele respondeu que não era conveniente, pois se eles fossem deixados lá, dariam então voz de alarma e alvoroçariam a cidade, e seriam obrigados a sair para procurá-los com algumas fragatas leves, e ocupariam a terra e o mar para que não pudéssemos escapar; o que poderia ser feito era dar-lhes liberdade assim que chegássemos à primeira terra de cristãos. Todos concordamos com esse parecer, e Zoraida, a quem contamos tudo isso, dizendo as causas que nos moviam a não fazer logo o que ela queria, também ficou satisfeita; e então, com regozijado silêncio e alegre diligência, cada um de nossos bravos remadores pegou seu remo, e começamos, encomendando-nos a Deus de todo coração, a navegar de volta para as ilhas do reino de Maiorca, que é a terra de cristãos mais próxima dali. Mas, como soprava o vento tramontana e o mar estava um pouco agitado, não foi possível seguir a rota de Maiorca, e fomos forçados a ir costeando para os lados de Orã,

CAPÍTULO 41

não sem muita tristeza de nossa parte, pois temíamos ser descobertos ao passar por Sargel, que naquela costa fica a sessenta milhas de Argel; e, também, estávamos com medo de encontrar naquelas paragens alguma galeota daquelas que geralmente vêm com mercadorias de Tetuã, embora cada um por si e todos juntos pensássemos que, se houvesse uma galeota de mercadoria, se não fosse uma daquelas piratas, não só não nos perderíamos, mas tomaríamos um baixel onde pudéssemos terminar nossa viagem com mais segurança. Zoraida estava, enquanto navegávamos, com a cabeça posta entre minhas mãos para não ver seu pai, e eu sentia que ela estava pedindo a Lela Marién para nos ajudar. Devíamos ter navegado trinta milhas quando o amanhecer chegou até nós, como três tiros de arcabuz desviados da terra, toda a qual vimos deserta e sem ninguém para nos descobrir; mas, apesar disso, fomos pela força dos braços entrando um pouco no mar, que já estava um tanto mais calmo; e, tendo entrado quase duas léguas, deu-se a ordem de remar por turnos enquanto comíamos algo, pois o barco estava bem abastecido, mas aqueles que remavam disseram que não era hora de descansar: que lhes dessem de comer aqueles que não remavam, pois eles não queriam soltar os remos das mãos de maneira alguma. Fez-se assim, e nisso começou a soprar um forte vento contrário, o que nos forçou a soltar todas as velas e a deixar o remo, e nos dirigir a Orã, porque não era possível empreender outra viagem. Tudo foi feito com muita presteza; e assim, à vela, navegamos por mais de oito milhas por hora, sem carregar qualquer outro medo além de o de encontrar com algum baixel de piratas. Alimentamos os mouros marinheiros, e o renegado os consolou dizendo-lhes que, como eles não estavam indo cativos, na primeira oportunidade seriam libertados. O mesmo foi dito ao pai de Zoraida, que respondeu:

— Qualquer outra coisa pudera eu esperar e crer de vossa liberalidade e bom termo, oh, cristãos, mas dar-me liberdade, não me tenhais por tão simplório que eu acredite nisso, pois vós não vos pusestes em perigo de tirá-la de mim para no fim devolvê-la tão liberalmente, sobretudo sabendo quem sou, e o lucro que podeis obter em troca de minha liberdade; esse lucro, se quiserdes estabelecer um preço de resgate, desde já vos ofereço tudo aquilo que quiserdes por mim e por essa infeliz filha minha, ou, se não, só para ela, que é a maior e melhor parte de minha alma.

Ao dizer isso, ele começou a chorar tão amargamente que nos moveu a todos à compaixão, e forçou Zoraida a olhar para ele; a qual, vendo-o chorar, se enterneceu tanto que se levantou de meus pés e foi abraçar seu pai, e, juntando seu rosto com o dele, os dois começaram um pranto tão terno que muitos de nós que ali estávamos os acompanhamos nele. Mas, quando seu pai a viu como vestida com apuro e com tantas joias sobre si, disse-lhe em sua língua:

— O que é isso, filha, que ontem ao anoitecer, antes que nos sucedesse essa terrível desgraça em que nos vemos, eu te vi com tuas vestes comuns e caseiras, e agora, sem que tenhas tido tempo de te vestir nem teres recebido alguma notícia alegre para comemorá-la com adornos e atavios, vejo-te arrumada com os melhores trajes que conheço, os quais te dei quando a ventura nos foi mais favorável? Responde-me a isso, que me tem mais suspenso e admirado do que a própria desgraça em que me encontro.

Tudo o que o mouro dizia à sua filha era transmitido a nós pelo renegado, e ela não lhe respondia nem uma palavra. Mas, quando ele viu a um lado da barca o bauzinho onde ela costumava guardar suas joias, o qual ele bem sabia que deixara em Argel, e não trouxera para o jardim, ficou muito confuso, e perguntou-lhe como aquele baú tinha entrado em nossas mãos, e o que havia dentro dele. Nisso o renegado, sem esperar que Zoraida respondesse, respondeu:

— Não te canses, senhor, em perguntar a Zoraida, tua filha, tantas coisas, porque com uma que eu te responda vou te satisfazer a todas; e assim, quero que saibas que ela é uma cristã, e é a que tem sido a lima de nossas correntes e a liberdade de nosso cativeiro; ela vai aqui de sua vontade, tão contente, imagino, de se ver nesse estado como aquela que sai da escuridão para a luz, da morte para a vida e da tristeza para a glória.

— É verdade o que ele diz, filha? — disse o mouro.

— Isso mesmo — respondeu Zoraida.

— É verdade — replicou o velho — que és cristã, e aquela que deixou seu pai nas mãos de seus inimigos?

Ao que Zoraida respondeu:

— Sou cristã, sim, mas não fui eu que te deixei nesse ponto, pois meu desejo nunca foi deixar-te nem te fazer mal, queria apenas fazer bem a mim mesma.

— E qual é o bem que fizeste a ti mesma, filha?

— Isso — ela respondeu — deves perguntar tu a Lela Marién, que ela saberá como te dizer melhor do que eu.

O mouro mal ouviu essas palavras e com uma incrível rapidez se jogou de cabeça no mar, no qual sem dúvida se afogaria, se as vestes longas e enredadas que estava usando não o mantivessem por um tempo na superfície da água. Zoraida gritou para que o tirassem dali, e assim, todos acudimos logo, e, puxando-o pela túnica, nós o tiramos da água meio afogado e sem sentido; Zoraida, vendo isso, sentiu tanta pena que, como se o pai já estivesse morto, lançou sobre ele um choro terno e doloroso. Nós o viramos de bruços, ele verteu muita água e voltou a si depois de duas horas, durante as quais, tendo mudado o vento, achamos mais conveniente voltar para a terra, tendo de fazer força nos remos para não encalhar nela. Mas nossa boa sorte quis que chegássemos a uma enseada que estava ao lado de um pequeno promontório ou cabo que os mouros chamam Cava Rumia, que em nossa língua significa "a má mulher cristã", e é tradição entre os mouros que

CAPÍTULO 41

naquele lugar está enterrada a Cava, por quem a Espanha se perdeu,[8] pois *cava* em sua língua significa "mulher má", e *rumia*, "cristã"; e eles consideram até mau agouro ancorar ali quando a necessidade os força a isso — porque nunca fazem sem ela —, embora para nós não tenha sido abrigo de mulher má, e sim porto seguro de nosso remédio, de tão revolto que estava o mar. Pusemos nossas sentinelas em terra e não afastamos jamais os remos de nossas mãos; comemos o que o renegado havia trazido e rezamos a Deus e a Nossa Senhora, de todo o coração, para nos ajudar e nos favorecer para que pudéssemos dar final feliz a um começo tão venturoso. Deu-se ordem, a pedido de Zoraida, de deixar em terra seu pai e todos os outros mouros que vinham ali atados, pois ela não tinha coragem o bastante, nem o espírito tão duro, de ver diante de seus olhos seu pai amarrado e os de sua terra prisioneiros. Prometemos a ela que assim o faríamos no momento da partida, pois não corríamos perigo em deixá-los naquele lugar, que era despovoado. Não foram tão vãs nossas orações que não fossem ouvidas pelo céu, pois em nosso favor logo virou o vento e o mar acalmou, convidando-nos a voltar alegres à barca para continuar nossa viagem. Vendo isso, desamarramos os mouros e um por um os deixamos em terra, do que eles se admiraram; mas, quando íamos desembarcar o pai de Zoraida, que já estava completamente acordado, ele disse:

— Por que pensais, cristãos, que essa fêmea ruim se alegre de que me deis liberdade? Pensais que é por piedade de mim? Não, decerto, ela só faz isso por causa do obstáculo que minha presença lhe dará quando ela quiser executar seus maus desejos. Nem penseis que a moveu a mudar de religião o entendimento de que a vossa é mais vantajosa do que a nossa, mas saber que em vossa terra a desonestidade é usada mais livremente do que na nossa.

E, voltando-se para Zoraida, comigo e outro cristão segurando-o de ambos os braços, para que não fizesse nenhum desatino, lhe disse:

— Ó infame criança e mal-aconselhada menina! Aonde vais, cega e desatinada, em poder desses cães, nossos inimigos naturais? Maldita seja a hora em que eu te gerei, e malditos sejam os presentes e deleites em que te criei!

Mas, vendo eu que ele levava jeito de quem não ia terminar tão rápido, apressei-me a deixá-lo em terra, e de lá ele prosseguiu, aos gritos, em suas maldições e lamentos, rogando a Maomé que rogasse a Alá para nos destruir, nos confundir e acabar conosco; e quando, por termos içado as velas, já não podíamos ouvir suas palavras, vimos seus feitos, que eram arrancar as barbas, puxar os cabelos e rastejar pelo chão; mas uma vez gritou tanto que pudemos entender que ele dizia:

---

8.   Cava significa "a prostituta" em árabe, e foi um apelido depreciativo dado a Florinda, filha do conde Dom Julián, que, segundo a lenda, foi atraída para a corte do rei visigodo Rodrigo e violada por ele; por isso seu pai, que comandava a praça de Ceuta, traiu Rodrigo (no ano de 710) e induziu os muçulmanos a invadirem a Península Ibérica. Esse episódio tornou-se um romance e deu origem a um grande número de histórias literárias. O capitão cativo menciona a Cava Rumía, local onde está sepultada Florinda.

DOM QUIXOTE

— Volta, amada filha, volta à terra, que eu te perdoo tudo; entrega a esses homens esse dinheiro, que já é deles, e volta para confortar esse teu triste pai, que nessa areia deserta vai deixar a vida, se tu o deixares!

Tudo isso escutava Zoraida, e tudo sentia e chorava, e não sabia o que dizer ou como responder às suas palavras, a não ser:

— Reza a Alá, meu pai, e que Lela Marién, o motivo de eu me tornar cristã, te conforte em tua tristeza. Alá sabe bem que eu não poderia fazer nada mais do que fiz, e que esses cristãos não devem nada à minha vontade, pois, mesmo que eu quisesse não vir com eles e ficar em minha casa, seria impossível para mim, de acordo com a pressa que senti em minha alma para executar essa obra que me parece tão boa quanto tu, amado pai, a julgas má.

Quando ela disse isso, já nem seu pai a ouvia nem nós o víamos; e assim, confortando eu Zoraida, todos nós atentamos à nossa viagem, que nos era facilitada pelo vento próspero, de tal forma que tínhamos por certo nos vermos já na manhã seguinte nas margens da Espanha. Mas, como poucas vezes ou nunca o bem chega de forma pura e simples, sem ser acompanhado ou seguido por algum mal que o perturbe ou sobressalte, quis nossa ventura, ou talvez as maldições que o mouro tinha lançado sobre sua filha, que devem sempre ser temidas vindo de qualquer pai que seja; quis, digo eu, que já estando em alto-mar e já passando um pouco das três horas da manhã, indo com todas as velas desfraldadas e os remos recolhidos, pois o vento próspero nos tirava o trabalho de usá-los, com a luz da lua, que claramente resplandecia, vimos perto de nós um baixel de velas redondas, que, com todas elas içadas, girando o timão na direção do vento, cruzava diante de nós, mas passava tão perto que fomos forçados a diminuir para não bater nele, e eles também forçaram o leme para nos dar passagem. Eles tinham vindo à amurada do baixel para nos perguntar quem éramos, para onde navegávamos e de onde vínhamos; mas, por nos perguntar isso na língua francesa, nosso renegado disse:

— Ninguém responda; porque estes sem dúvida são corsários franceses, que fazem o rapa por onde passam.

Por essa advertência, ninguém respondeu uma palavra; e, tendo passado um pouco à frente, pois o baixel já estava a sotavento, de improviso eles lançaram duas peças de artilharia que, aparentemente, vinham ligadas por correntes, porque com uma delas cortaram nosso mastro pela metade e deram com ele e com a vela no mar; e logo em seguida, disparando outra peça, veio dar a bala no meio de nossa barca, de modo que a abriu toda, sem fazer qualquer outro mal; mas, como nos vimos afundando, todos nós começamos com grandes gritos a pedir ajuda e implorar aos do baixel que nos acolhessem, pois estávamos nos afogando. Eles diminuíram então e, jogando o esquife ou barca no mar, entraram nele cerca de doze franceses bem armados, com seus arcabuzes de mechas acesas, e

CAPÍTULO 41

assim chegaram junto a nós; e, vendo como éramos poucos e como o baixel ia afundando, eles nos recolheram, dizendo que, por termos usado a descortesia de não lhes responder, aquilo tinha acontecido conosco. Nosso renegado pegou o cofre das riquezas de Zoraida e o lançou ao mar, sem que ninguém percebesse o que ele estava fazendo. Enfim, todos nós fomos com os franceses, os quais, depois de terem se informado de tudo o que queriam saber de nós, como se fossem nossos capitais inimigos, nos despojaram de tudo o que tínhamos, e de Zoraida tiraram até mesmo as tornozeleiras que ela trazia nos pés. Mas não me dava tanto pesar o que faziam a Zoraida como me dava temor que eles, depois de remover suas riquíssimas e preciosíssimas joias, tentassem tirar dela a joia mais valiosa e que ela mais estimava. Mas os desejos dessa gente não se estendem a nada além de dinheiro, e disso sua cobiça nunca está farta, a qual então chegou a tanto que até as vestes de cativos tirariam de nós, se fossem de algum proveito. E parece que combinaram entre eles que nos jogariam todos no mar enrolados numa vela, porque tinham intenção de fazer negócio em alguns portos da Espanha dizendo que eram bretões, e se nos levassem vivos seriam punidos, pois seu roubo seria descoberto. Mas o capitão, que era o que havia despojado minha querida Zoraida, disse que estava satisfeito com a presa que tinha, e que não queria parar em nenhum porto da Espanha, mas passar pelo estreito de Gibraltar à noite, ou como pudesse, e ir para La Rochelle,[9] de onde havia saído; e assim, eles concordaram em nos dar o esquife de seu navio, e tudo que fosse necessário para a curta navegação que nos restava, como fizeram no dia seguinte, já à vista da terra da Espanha, que nos fez esquecer por completo de todas as nossas tristezas e pobrezas, como se não tivessem passado por nós: tanto é o gosto de alcançar a liberdade perdida. Devia ser perto do meio-dia quando eles nos jogaram na barca, dando-nos dois barris de água e alguns biscoitos; e o capitão, movido não sei por que misericórdia, ao embarcar a formosíssima Zoraida deu-lhe cerca de quarenta escudos de ouro, e não permitiu que seus homens tirassem esses mesmos trajes que ela agora está usando. Entramos no baixel; demos-lhes graças pelo bem que nos faziam, mostrando-nos mais gratos do que queixosos; eles se afastaram do litoral, seguindo a rota do estreito; nós, sem olhar para nenhum outro norte que não fosse a terra que avistávamos à nossa frente, nos apressamos tanto a remar que ao pôr do sol estávamos tão perto que poderíamos muito bem, em nossa opinião, chegar antes que fosse muito de noite; mas como naquela noite a lua não aparecia e o céu se mostrava escuro, e além disso ignorávamos o lugar em que estávamos, não nos pareceu coisa segura atracar em terra, como alguns de nós queriam, os quais diziam que desembarcássemos, mesmo que fosse entre algumas rochas e despovoados, porque dessa forma nos protegeríamos do medo que, com razão, deveríamos ter de que por ali andassem

9.   Cidade protestante localizada na baía do golfo de Pertuis d'Antioche, na França, que no século XVI se transformou em famoso porto de corsários.

453

baixéis de corsários de Tetuã, os quais anoitecem na Barbária e amanhecem nas costas da Espanha, e normalmente atacam e voltam a dormir em suas casas; mas prevaleceu a opinião contrária, de que nos aproximássemos devagar, e que se a calma do mar o concedesse, desembarcássemos onde pudéssemos. Fez-se assim, e devia ser pouco antes da meia-noite quando chegamos ao pé de uma montanha muito disforme e alta, não tão junto ao mar que não nos concedesse um pouco de espaço para que desembarcássemos confortavelmente. Embicamos na areia, saímos à terra, beijamos o solo e, com lágrimas de contentamento muito alegre, todos demos graças a Deus, Nosso Senhor, pelo bem incomparável que Ele tinha feito a nós. Tiramos da barca os mantimentos que tínhamos e os deixamos na praia, e começamos a escalar um longo trecho na montanha, pois embora estivéssemos ali, não conseguíamos acalmar o peito, por não termos ainda certeza de que era terra de cristãos a que nos sustentava. Amanheceu mais tarde, em minha opinião, do que gostaríamos. Acabamos de subir toda a montanha, para ver se de lá de cima conseguíamos descobrir alguma aldeia ou cabanas de pastores; mas, embora estendêssemos a vista, nem aldeia, nem pessoa, nem caminho, nem estrada descobrimos. Apesar disso, decidimos andar por terra adentro, pois no mínimo logo encontraríamos alguém que nos desse informações. Mas o que mais me afligia era ver Zoraida andar a pé por aquelas asperezas, pois, embora uma vez eu a tivesse posto nos meus ombros, mais cansava--lhe meu cansaço do que repousava seu repouso; e, assim, não quis mais que eu tivesse esse trabalho novamente; e, com muita paciência e sinais de alegria, levando-a eu sempre pela mão, pouco menos de um quarto de légua devemos ter caminhado, quando chegou aos nossos ouvidos o som de um pequeno chocalho, sinal claro de que havia algum gado nas proximidades; e, olhando todos com atenção para ver se alguém aparecia, vimos ao pé de um sobreiro um jovem pastor, que com grande descanso e descuido estava esculpindo um pau com uma faca. Gritamos para ele, que, erguendo a cabeça, se levantou rapidamente e, como depois soubemos, os primeiros que lhe foram oferecidos à vista foram o renegado e Zoraida, e como ele os viu em trajes de mouros, pensou que todos os da Barbária vinham cair sobre ele; então, enfiando-se com surpreendente rapidez na floresta à frente, começou a dar os maiores gritos do mundo, dizendo:

— Mouros, mouros aqui em nossa terra! Mouros, mouros! Arma, arma!

Com esses brados ficamos todos confusos, e não sabíamos o que fazer; mas, considerando que os gritos do pastor iam causar alvoroço no lugar, e que a cavalaria que protegia a costa havia de vir logo para ver o que era, concordamos que o renegado tirasse as roupas de turco e pusesse um jaleco ou jaqueta de cativo que um de nós logo lhe deu, embora tenha ficado com a própria camisa; e assim, encomendando-nos a Deus, fomos pelo mesmo caminho que vimos o pastor pegar, sempre esperando que a cavalaria da costa investisse contra nós; e nossos pensamentos não nos enganaram, porque nem duas horas haviam passado quando, tendo já saído daqueles matagais para uma pradaria,

454

CAPÍTULO 41

descobrimos cerca de cinquenta cavaleiros, que com grande rapidez, correndo a meio galope, vinham até nós, e assim que os vimos, ficamos quietos esperando por eles. Porém, como eles chegaram e viram, em vez dos mouros que procuravam, tantos pobres cristãos, ficaram confusos, e um deles nos perguntou se por acaso éramos nós o motivo de um pastor ter dado voz de alarma.

— Sim — disse eu; e, querendo começar a contar-lhe meu sucesso, e de onde vínhamos e quem éramos, um dos cristãos que vinha conosco reconheceu o cavaleiro que nos fez a pergunta, e disse, sem me deixar dizer mais palavras:

— Graças sejam dadas a Deus, senhores, que a tão boa parte nos conduziu! Pois, se não me engano, a terra que pisamos é a de Vélez Málaga,[10] se os anos de meu cativeiro não me tiraram da memória a lembrança de que vós, senhor, que nos perguntais quem somos, sois Pedro de Bustamante, meu tio.

Assim que o cristão cativo disse isso, o cavaleiro se arrojou do cavalo e veio abraçar o moço, dizendo:

— Sobrinho de minha alma e de minha vida, te reconheço e já te chorei por morto, eu e minha irmã, tua mãe, e todos os teus que ainda estão vivos, e Deus foi servido de lhes conservar a vida para que eles possam desfrutar do prazer de ver-te. Já sabíamos que estavas em Argel, e pelos sinais e mostras de tuas roupas, e de todos desta companhia, entendo que tivestes uma libertação milagrosa.

— Isso mesmo — respondeu o moço —, e teremos tempo para contar tudo.

Depois que os cavaleiros entenderam que éramos cristãos cativos, apearam de seus cavalos, e cada um nos ofereceu o seu para nos levar à cidade de Vélez Málaga, que distava uma légua e meia dali. Alguns deles voltaram para pegar a barca e levá-la para a cidade, depois que dissemos onde a tínhamos deixado, e outros nos levaram na garupa, e Zoraida foi na do cavalo do tio do cristão. Todo o povo saiu para nos receber, pois já sabiam, por alguém que tinha se adiantado, da notícia de nossa vinda. Eles não se admiravam de ver cativos livres nem mouros cativos, porque toda a gente daquela costa está acostumada a ver um e outro; mas admiravam-se com a beleza de Zoraida, que naquele momento estava em seu auge, pois o cansaço da jornada, junto com a alegria de se ver já na terra dos cristãos, sem temor de se perder, trouxeram ao seu rosto tais cores que, se não é que o amor então me enganava, ousarei dizer que não havia criatura mais bonita no mundo, pelo menos que eu tenha visto. Fomos direto à igreja para agradecer a Deus pela mercê recebida; e, assim que Zoraida entrou nela, disse que havia rostos lá que se pareciam com o de Lela Marién. Dissemos a ela que eram suas imagens, e o melhor que pôde o renegado lhe deu a entender o que elas significavam, para que ela as adorasse como se

10. Cidade andaluza que fica a cerca de 25 km de Málaga e a 3 km da costa mediterrânea.

455

fosse realmente cada uma delas a mesma Lela Marién que tinha falado com ela. Zoraida, que tem um bom entendimento e uma disposição fácil e clara, logo entendeu tudo o que se disse sobre as imagens. De lá nos levaram e distribuíram todos em casas diferentes do povoado; mas o renegado, Zoraida e eu fomos levados pelo cristão que veio conosco para a casa de seus pais, que eram medianamente favorecidos pelos bens da fortuna, e nos receberam com tanto amor quanto a seu próprio filho. Seis dias permanecemos em Vélez, no fim dos quais o renegado, tendo reunido todos os documentos necessários, foi para a cidade de Granada para reintegrar-se, por meio da Santa Inquisição, ao mais sagrado grêmio da Igreja.[11] Os demais cristãos libertados foram cada um para onde melhor lhe pareceu. Ficamos apenas Zoraida e eu, apenas com os escudos que a cortesia do francês deu a Zoraida, com os quais comprei esse animal em que ela vem, e, servindo-a eu até agora de pai e escudeiro, e não de esposo, vamos com a intenção de ver se meu pai está vivo, ou se algum de meus irmãos teve uma ventura mais próspera do que a minha, muito embora, pelo fato de o céu ter me tornado companheiro de Zoraida, me parece que eu não estimaria nenhuma outra sorte que pudesse vir até mim, por melhor que fosse. A paciência com que Zoraida aceita os desconfortos que a pobreza traz consigo e o desejo que ela demonstra de se ver já cristã é tanto e tal, que me admira e me move a servi-la todo o tempo de minha vida, apesar de que o gosto que eu tenho de ver-me seu e de que ela seja minha me perturba e me desfaz, por não saber se encontrarei em minha terra algum canto onde recolhê-la, e ignoro se o tempo e a morte fizeram alguma mudança na propriedade e na vida de meu pai e irmãos, de modo que eu não encontre alguém que me conheça, se eles faltarem. Não tenho mais nada, senhores, a vos contar de minha história; se é agradável e peregrina, deixo a vossos bons entendimentos julgá-la; de mim sei dizer que gostaria de tê-la contado mais brevemente, embora o medo de cansar-vos tenha me refreado a língua em mais de quatro circunstâncias.

---

11.   Em Granada se localizava o Tribunal da Inquisição da Andaluzia Oriental. Todos os que haviam renegado a fé cristã no cativeiro deviam se apresentar o quanto antes ao Tribunal da Inquisição mais próximo do lugar em que haviam desembarcado.

Capítulo 42

*Que trata do que mais sucedeu na estalagem e de
outras muitas coisas dignas de se saber*

Depois de dizer isso, calou-se o cativo, a quem Dom Fernando disse:

— Por certo, senhor capitão, o modo com que haveis relatado esse extraordinário acontecimento foi tal que se iguala à novidade e ao excepcional do próprio caso: tudo é aventureiro e incomum e cheio de acidentes que maravilham e suspendem quem os ouve; e é um prazer tão grande que temos em ouvi-lo, que mesmo que no dia de amanhã nos encontrássemos entretidos na mesma história, desfrutaríamos se ela recomeçasse.

E, dizendo isso, Dom Fernando, Cardênio e todos os outros se ofereceram com todo o possível para servi-lo, com palavras e razões tão amorosas e tão verdadeiras, que o capitão se sentiu amparado em tudo o que necessitava. Especialmente Dom Fernando lhe disse que, se quisesse voltar com ele, faria com que o marquês seu irmão fosse padrinho de batismo de Zoraida, e que ele, por sua vez, o acolheria para que entrasse em sua terra com a solenidade e o conforto que eram devidos a sua pessoa. O cativo agradeceu-lhe muito cortesmente por tudo, mas não quis aceitar nenhuma de suas generosas ofertas.

A essa hora já tinha chegado a noite, e ao final dela chegou um coche à estalagem, com alguns homens a cavalo. Eles pediram hospedagem, ao que a estalajadeira respondeu que não havia um palmo desocupado em toda a estalagem.

— Bem, ainda que seja assim — disse um dos que haviam entrado a cavalo —, não deve faltar para o senhor ouvidor, que aqui vem.

Com esse nome, a anfitriã ficou perturbada e disse:

— Senhor, o que ocorre é que não tenho camas: se sua mercê o senhor ouvidor a traz, e certamente deve trazer, entre em boa hora, que meu marido e eu sairemos de nosso aposento para acomodar sua mercê.

— Que seja em boa hora — disse o escudeiro.

Mas a essa altura já havia descido do coche um homem cujo traje demonstrava logo o ofício e a posição que ocupava, porque a roupa longa de mangas bufantes que vestia mostrava que ele era ouvidor, como seu criado havia dito. Levava pela mão uma

Tony Johannot e Andrew Best Leloir, 1836–1837

CAPÍTULO 42

donzela, aparentemente de uns dezesseis anos, vestida para viagem, tão esplêndida, tão bela e tão galharda, que todos a olharam com admiração, de modo que se não tivessem visto Doroteia e Lucinda e Zoraida, que estavam na estalagem, acreditariam que outra beleza como a dessa donzela dificilmente poderia ser encontrada. Dom Quixote lá estava no instante em que o ouvidor e a donzela entravam e, assim que o viu, disse:

— Certamente vossa mercê pode entrar e espalhar-se neste castelo, que embora seja estreito e mal acomodado, não há estreiteza ou desconforto no mundo que não dê lugar às armas e às letras, e ainda mais se armas e letras trazem como guia e capitã da beleza essa bela donzela, a quem devem não só se abrir as portas os castelos para servi-la, mas também afastar os penhascos e dividir e baixar as montanhas para dar-lhe acolhida. Entre vossa mercê, digo, neste paraíso, que aqui encontrará estrelas e sóis que acompanhem o céu que vossa mercê traz consigo, aqui encontrará armas em seu ponto e beleza em seu extremo.

Admirado ficou o ouvidor com o entendimento de Dom Quixote, a quem começou a olhar com muita insistência, e não menos se admirava de sua figura do que de suas palavras; e sem encontrar alguma com que lhe responder, voltou a admirar-se quando viu a sua frente Lucinda, Doroteia e Zoraida, as quais, por conta da notícia dos novos hóspedes, e do que a estalajadeira lhes contara da beleza da donzela, vieram vê-la e recebê-la. Mas Dom Fernando, Cardênio e o padre lhe fizeram os mais lisonjeiros e corteses oferecimentos. Com efeito, o senhor ouvidor entrou confuso, tanto pelo que via como pelo que ouvia, e as formosas da estalagem deram as boas-vindas à formosa donzela.

Em suma, o ouvidor logo percebeu que todos os que ali estavam eram pessoas importantes, mas o porte, o semblante e a aparência de Dom Quixote o desatinavam. E tendo se passado todos os corteses oferecimentos, e sondado as comodidades da estalagem, ordenou-se o que já havia sido ordenado: que todas as mulheres se recolhessem na já mencionada edícula, e que os homens ficassem do lado de fora, como em sua guarda. E assim o ouvidor ficou satisfeito que sua filha, que era a donzela, fosse com aquelas senhoras, o que ela fez de muito boa vontade. E com parte da cama estreita do estalajadeiro, e com metade da que o ouvidor trouxe, acomodaram-se naquela noite melhor do que esperavam.

O cativo, que desde o instante em que viu o ouvidor sentiu o coração aos pulos e suspeitou que este era seu irmão, perguntou a um dos criados que o acompanhavam como se chamava e se ele sabia de que terra era. O criado respondeu que o licenciado se chamava Juan Pérez de Viedma e que tinha ouvido dizer que era de um lugar nas montanhas de León. Com essa informação e com o que tinha visto, confirmou-se que se tratava de seu irmão, que havia seguido as letras, a conselho de seu pai; e exultante e feliz, chamando à parte Dom Fernando, Cardênio e o padre, contou-lhes o que estava acontecendo,

459

DOM QUIXOTE

garantindo-lhes que o ouvidor era seu irmão. O criado também lhe contara como ele havia sido designado como ouvidor às Índias, na Audiência do México; soube também que aquela donzela era sua filha, de cujo parto a mãe morrera, e que ele ficara muito rico com o dote que com a filha lhe havia deixado em casa. Pediu-lhes conselhos sobre como deveria se revelar ou tentar saber primeiro se, depois de descoberto, seu irmão, vendo-o pobre, o insultaria ou o receberia de peito aberto.

— Deixem-me fazer a experiência — disse o padre —, ainda mais que não há o que pensar senão que vós, senhor capitão, sereis muito bem recebido, pois o valor e a prudência que vosso irmão revela em sua postura não dá qualquer indício de ser arrogante ou inábil, nem que não saberá como pôr acontecimentos fortuitos em seu ponto.

— Apesar disso — disse o capitão —, gostaria de me revelar, não de repente, mas de maneira mais indireta.

— Já vos disse — respondeu o padre — que arranjarei para que todos fiquemos satisfeitos.

A essa altura, o jantar estava pronto, e todos se sentaram à mesa, exceto o cativo e as damas, que jantaram sozinhas em seu aposento. No meio do jantar, o padre disse:

— Com o mesmo sobrenome de vossa mercê, senhor ouvidor, tive um camarada em Constantinopla, onde fiquei alguns anos cativo; esse camarada era um dos mais bravos soldados e capitães que havia em toda a infantaria espanhola, mas, o que tinha de esforçado e corajoso, tinha de desventurado.

— E como se chamava esse capitão, meu senhor? — perguntou o ouvidor.

— Chamava-se — respondeu o padre — Ruy Pérez de Viedma, e era natural de um lugar nas montanhas de León, o qual me contou um caso que aconteceu com seu pai e com seus irmãos, que, se não tivesse me contado um homem tão verdadeiro como ele, eu teria considerado uma ladainha daquelas que as velhas contam no inverno ao fogo. Porque ele me disse que seu pai havia dividido seus bens entre seus três filhos, e lhes dera certos conselhos que eram melhores do que os de Catão. O que sei é que aquele que escolheu ir à guerra o fez tão bem, que em poucos anos, por sua coragem e esforço, sem outro braço senão o de sua grande virtude, ascendeu a capitão de infantaria, já com meio caminho andado de ser logo mestre de campo.[1] Mas a sorte foi contrária, porque onde esperava que ela fosse boa, ali a perdeu, perdendo a liberdade na felicíssima jornada em que tantos tiveram fortuna, que foi na batalha de Lepanto. Eu a perdi na Goleta, e mais tarde, por diversos acontecimentos, fomos camaradas em Constantinopla. De lá ele veio para Argel, onde eu sei que lhe sucedeu um dos casos mais estranhos que no mundo aconteceram.

---

1. Oficial de alta patente que tinha sob seu comando um terço (corpo de tropas espanholas dos séculos XVI e XVII).

CAPÍTULO 42

Daqui o padre continuou, e com brevidade sucinta contou o que havia acontecido com Zoraida ao irmão, e a tudo isso o ouvidor estava tão atento, que nunca havia sido tão ouvidor como então. O padre só contou até o ponto em que os franceses despojaram os cristãos que vinham na barca, e a pobreza e a necessidade em que ficaram seu camarada e a bela moura, que ele não sabia aonde haviam ido parar, nem se tinham chegado à Espanha ou sido levados pelos franceses para a França.

Algo afastado dali, o capitão ouvia tudo o que o padre dizia, e notava todos os movimentos que seu irmão fazia; o qual, vendo que o padre já havia chegado ao fim de sua história, dando um grande suspiro e enchendo os olhos de água, disse:

— Oh, senhor, se soubésseis as boas novas que me contastes e como a mim me tocam tanto em particular que sou obrigado a demonstrá-lo com essas lágrimas que, contra toda a minha discrição e recato, saem de meus olhos! Esse tão valoroso capitão que dizeis é meu irmão mais velho, que, sendo mais forte e de pensamentos mais elevados do que eu e o outro irmão mais novo meu, escolheu o honroso e digno exercício da guerra, que era um dos três caminhos que nosso pai propôs para nós, de acordo com o que disse vosso camarada no que ouvistes e que pensastes ter sido ladainha. Segui o das letras, nas quais Deus e minha diligência me colocaram no grau em que me veis. Meu irmão mais novo está no Peru, tão rico que com o que enviou a meu pai e a mim ressarciu a parte que levou, deixando inclusive algo a mais nas mãos de meu pai para satisfazer sua natural liberalidade; e também eu consegui cuidar com mais decência e autoridade de meus estudos e chegar à posição em que me vejo. Meu pai ainda vive, morrendo com o desejo de saber de seu filho mais velho, e pede a Deus com orações contínuas que a morte não feche seus olhos até que ele veja os de seu filho vivo. O que me admira é que, sendo tão distinto em tantos trabalhos e aflições, ou eventos prósperos, ele tenha deixado de dar notícias de si a seu pai: que se o pai soubesse disso, ou qualquer um de nós, não teria necessidade de esperar o milagre da vara para alcançar seu resgate. Mas agora o que mais temo é me perguntar se aqueles franceses lhe deram liberdade ou o mataram para encobrir seu roubo. Isso tudo fará com que prossiga minha viagem não com o contentamento com que a comecei, mas com toda melancolia e tristeza. Oh, meu bom irmão, se soubesse onde estás agora, eu iria procurar-te e livrar-te de teus trabalhos, mesmo que fosse às custas dos meus! Oh, quem traria notícias ao nosso velho pai de que tu vivias, mesmo que estivesse nas masmorras mais escondidas da Barbária, que dali te tirariam suas riquezas, as de meu irmão e as minhas! Oh, bela e liberal Zoraida, quem poderia retribuir o bem que fizeste ao meu irmão! Quem dera estar presente na ocasião do renascer de tua alma e no casamento que tanto gosto nos dariam!

Essas e outras semelhantes palavras disse o ouvidor, tão cheio de compaixão com as notícias que de seu irmão lhe haviam dado, que todos os que o ouviam demonstravam sentimentos por sua desdita.

DOM QUIXOTE

O padre, vendo que tinha se saído tão bem em sua intenção e com aquilo que o capitão esperava, não quis mais deixar todo mundo triste, então se levantou da mesa e, entrando onde Zoraida estava, pegou-a pela mão, e atrás dela vieram Lucinda, Doroteia e a filha do ouvidor. O capitão estava esperando para ver o que o padre iria fazer, e foi que, pegando-o também pela outra mão, levou os dois até onde estavam o ouvidor e os outros cavalheiros e disse:

— Que cessem, senhor ouvidor, vossas lágrimas e preencha-se vosso desejo com todo o bem que puder desejar, porque tendes por diante vosso bom irmão e vossa boa cunhada. Este que veis aqui é o capitão Viedma, e esta, a bela moura que lhe fez tanto bem. Os franceses que eu vos disse os puseram na penúria que veis, para que vos mostreis a generosidade de vosso bom peito.

Acudiu o capitão a abraçar seu irmão, e este pôs as duas mãos em seu peito, para olhá-lo um pouco mais de longe; mas, quando acabou de reconhecê-lo, abraçou-o tão apertado, derramando tão ternas lágrimas de contentamento, que a maioria dos presentes teve de acompanhá-lo nelas. As palavras que os dois irmãos trocaram, os sentimentos que demonstraram, acredito que não podem ser imaginados, quanto mais escritos. Ali, em breves razões, dividiram o que haviam vivido, ali mostraram a medida exata da boa amizade entre dois irmãos, ali abraçou Zoraida o ouvidor, ali ofereceu-lhe seus bens, ali fez sua filha abraçá-la, ali a bela cristã e a mais bela moura renovaram as lágrimas de todos.

Ali estava Dom Quixote atento, sem dizer uma palavra, considerando esses estranhos acontecimentos, atribuindo-os todos a quimeras da andante cavalaria. Ali combinaram que o capitão e Zoraida voltariam com o irmão a Sevilha e avisariam o pai de seu encontro e libertação, para que, quando pudesse, ele viesse para o casamento e batismo de Zoraida, pois não seria possível para o ouvidor desviar seu caminho, já que tinha notícias de que dali a um mês partiria a frota de Sevilha para a Nova Espanha e seria um grande inconveniente para ele perder a viagem.

Em resolução, todos estavam satisfeitos e alegres com o bom acontecimento do cativo; e como a noite já havia avançado pelo menos dois terços de sua jornada, eles concordaram em se recolher e descansar o que restava dela. Dom Quixote se ofereceu para guardar o castelo, para que não fossem atacados por algum gigante ou outro mal andante bandoleiro, ávidos pelo grande tesouro de beleza que estava encerrado naquele castelo. Agradeceram os que já o conheciam e contaram ao ouvidor o estranho humor de Dom Quixote, que ele com não pouco deleite recebeu.

Só Sancho Pança se desesperava com o atraso do recolhimento, e só ele se acomodou melhor do que todos, atirando-se sobre os arreios de seu jumento, que lhe custaram tão caro como se dirá mais adiante.

CAPÍTULO 42

Recolhidas, então, as damas em seu aposento, e os demais se mal acomodando como puderam, Dom Quixote saiu da hospedaria para atuar como sentinela do castelo, como havia prometido.

Aconteceu, então, que pouco antes da chegada da aurora, uma voz tão afinada e tão boa chegou aos ouvidos das senhoras, obrigando todas elas a manter os ouvidos atentos, especialmente Doroteia, que estava desperta, ao lado de quem dormia dona Clara de Viedma, que assim se chamava a filha do ouvidor. Ninguém poderia imaginar quem era a pessoa que tão bem cantava, e era uma única voz, sem nenhum instrumento que a acompanhasse. Às vezes, parecia-lhes que cantava no pátio; outras, no estábulo, e estando muito atentas a essa confusão, Cardênio chegou à porta do aposento e disse:

— Quem não estiver dormindo, escute, que ouvirão a voz de um moço de mulas que canta de tal maneira que encanta.

— Nós já ouvimos, senhor — respondeu Doroteia.

E com isso Cardênio se retirou, e Doroteia, prestando o máximo de atenção, entendeu que o que se cantava era isto:

Carlos Mérida, 1981

Capítulo 43

Onde se conta a agradável história do moço de mulas, com outros estranhos acontecimentos sucedidos na estalagem

Marinheiro sou de amor
e em seu fundo mar
navego sem esperança
de um dia ancorar.

Seguindo vou uma estrela
que de longe descubro
mais bela e resplandecente
que quantas viu Palinuro.[1]

Não sei aonde me guia
e, assim, navego confuso,
a alma a olhar com atenção,
com cuidado mas difuso.

Recatos impertinentes,
honestidade sem uso,
são nuvens que a encobrem
quando na busca abuso.

Oh, clara e brilhante estrela
em cuja luz me consumo!
O instante que me encobrires
será o ponto em que sumo.

1. Piloto do navio de Eneias, que aparece na *Eneida* de Virgílio.

DOM QUIXOTE

Quando o que cantava chegou a esse ponto, Doroteia pensou que Clara não podia deixar de ouvir uma voz tão bonita e, assim, sacudindo-a de um lado para o outro, despertou-a, dizendo:

— Perdoa, menina, que te desperto, mas faço isso para que tenhas o prazer de ouvir a melhor voz que já ouviste em toda a tua vida.

Clara despertou toda sonolenta, e de início não entendeu o que Doroteia lhe dizia; questionando de novo, ela voltou a dizer-lhe, e então Clara ficou atenta; porém, mal ouvira dois versos que o que cantava ia prosseguindo, quando se apoderou dela um tremor tão estranho como se estivesse tomada de algum grave acesso de febre, e, abraçando-se estreitamente a Doroteia, disse-lhe:

— Ai, senhora de minha alma e de minha vida! Por que me despertastes? Pois o maior bem que a fortuna poderia me fazer agora era manter meus olhos e ouvidos fechados, para não ver nem ouvir aquele infeliz músico.

— O que estás dizendo, menina? Olha, dizem que quem canta é um moço de mulas.

— Na verdade é um senhor de lugares[2] — respondeu Clara —, e o que ele ocupa em minha alma está tão seguro que, se não quiser deixá-lo, nunca será tirado dele.

Doroteia ficou admirada das sentidas palavras da moça, parecendo-lhe que superavam em muito a discrição que seus poucos anos permitiam, e assim lhe disse:

— Falais de tal maneira, senhora Clara, que não consigo entender: explicai-vos melhor e dizei-me o que estais dizendo sobre alma e lugares e sobre esse músico cuja voz perturba tanto a vós... Mas não me digais nada por enquanto, pois não quero perder, acudindo a vosso sobressalto, o prazer que sinto de ouvir aquele que canta, pois me parece que com novos versos e nova melodia ele volta à sua canção.

— Que assim seja, senhora — respondeu Clara.

E, para não ouvi-lo, cobriu as orelhas com as mãos, o que também surpreendeu Doroteia, a qual, estando atenta ao que se cantava, viu que prosseguiam desta maneira:

> *Minha doce esperança,*
> *vais rompendo impossíveis e maleitas*
> *e segues firme na andança*
> *que tu mesma inventas e enfeitas:*
> *não te assustes se a sorte*
> *te mostrar os passos até tua morte.*

---

2.   Ou "senhor de vassalos": nobre que tem jurisdição sobre uma aldeia e seus correspondentes lugares.

CAPÍTULO 43

Não alcançam os preguiçosos
honrados triunfos ou alguma vitória,
nem podem ser ditosos
aqueles que, sem enfrentar sua história,
entregam desvalidos
ao ócio brando todos os sentidos.

Que o amor as glórias venda
caras, não é razão de tempestade,
porque não há mais rica prenda
que a que se aprecia por sua vontade,
e se sabe de forma justa
que não é de estima o que pouco custa.

Porfias de amor mesquinhas
talvez consigam coisas impossíveis;
e assim, embora as minhas
sejam no amor incompreensíveis,
não deixo de ansiar
daqui da terra o céu alcançar.

Aqui deu fim a voz, e Clara deu início a novos soluços; tudo isso inflamava o desejo de Doroteia, que desejava saber a causa de tão suave canto e de tão triste pranto, e então voltou a lhe perguntar o que dantes ela quisera dizer. Então Clara, temerosa de que Lucinda a ouvisse, abraçando estreitamente Doroteia, pôs sua boca tão perto do ouvido de Doroteia que com certeza poderia falar sem ser ouvida por mais ninguém, e assim lhe disse:

— Este que canta, minha senhora, é filho de um cavaleiro natural do reino de Aragão, senhor de dois lugares, que morava vizinho à casa de meu pai na corte; e embora meu pai mantivesse as janelas de casa cobertas de lona no inverno e com gelosias no verão,[3] não sei como nem quando esse cavaleiro, que era estudante, me viu, não sei se na igreja ou em outro lugar: enfim, ele se apaixonou por mim e me comunicou isso pelas janelas de sua casa com tantos sinais e com tantas lágrimas, que eu tive de acreditar nele, e até querê-lo, sem saber eu mesma o que queria. Entre os sinais que me fazia estava o de juntar uma mão com a outra, dando-me a entender que se casaria comigo, e embora eu muito me alegraria se assim fosse, já que me via sozinha e sem mãe, não sabia bem com quem

---

3.   As lonas das janelas, de linho encerado ou oleado, protegiam a casa da chuva e do frio; no verão, eram substituídas por gelosias, grades de madeira que permitiam que o ar circulasse.

me comunicar, e assim, deixei-o continuar, sem contudo lhe dar outro favor além de, quando meu pai estava longe de casa e o dele também, levantar um pouco a lona ou a gelosia e deixar-me ver por completo, e disso ele fazia tanta festa que dava mostras de enlouquecer. Nessa época, chegou o momento da partida de meu pai, da qual ele soube, e não por mim, pois nunca consegui falar com ele. Adoeceu, pelo que entendi, de tristeza, e, assim, no dia em que partimos, não pude vê-lo para me despedir dele nem com os olhos; mas ao fim de dois dias que estávamos viajando, entrando em uma estalagem, num lugar a um dia de viagem daqui, eu o vi na porta do local, vestido com o traje de moço de mulas, tão bem disfarçado que, se eu não o trouxesse muito bem retratado em minha alma, seria impossível reconhecê-lo. Eu o reconheci, admirei-me e alegrei-me; ele olhou para mim ocultando-se de meu pai, de quem sempre se esconde quando passa por mim nas estradas e nas estalagens às quais vamos; e como eu sei quem ele é e considero que por amor a mim ele vem a pé e com tanto trabalho, morro de tristeza, e onde ele põe os pés eu ponho meus olhos. Não sei com que intenção ele vem, nem como conseguiu escapar de seu pai, que o ama sobremaneira, pois não tem outro herdeiro e porque ele o merece, como vossa mercê verá quando o vir. E posso dizer-lhe mais: que tudo aquilo que canta sai de sua cabeça, pois ouvi dizer que é um grande estudante e poeta. E ainda mais: cada vez que o vejo ou o ouço cantar me tremo toda e me sobressalto, com medo de que meu pai o reconheça e conheça nossos desejos. Nunca em minha vida falei-lhe uma palavra e, apesar disso, amo-o de tal maneira que não posso viver sem ele. Isso é, minha senhora, tudo o que posso dizer sobre esse músico cuja voz tanto vos agradou: que só por ela já vereis bem que ele não é moço de mulas, como dizeis, mas um senhor de almas e lugares, como eu vos disse.

— Não digais mais nada, senhora dona Clara — disse Doroteia nesse momento, beijando-a mil vezes —, não digais mais nada, digo, e esperai que venha o novo dia, pois eu espero em Deus que encaminhe vossos negócios de maneira que tenham o final feliz que princípios tão honestos merecem.

— Ai, senhora! — disse dona Clara. — Que fim se pode esperar, se o pai dele é tão importante e tão rico, que lhe parecerá que eu não posso ser nem criada de seu filho, quanto mais esposa? Pois casar-me às escondidas de meu pai é coisa que não farei por nada no mundo. Gostaria apenas que esse jovem voltasse e me deixasse: talvez sem vê-lo, e com a grande distância da estrada que estamos percorrendo, a dor que agora carrego fosse aliviada; embora eu saiba dizer que esse remédio que imagino me será de pouca utilidade. Não sei que diabos foi isso, nem por onde entrou esse amor que tenho por ele, sendo eu tão moça e ele tão jovem, pois acredito que somos da mesma idade, e eu ainda nem completei dezesseis anos, e segundo meu pai os farei no próximo dia de São Miguel.

Doroteia não pôde deixar de sorrir ao escutar como dona Clara falava ainda como uma criança, a quem disse:

CAPÍTULO 43

— Vamos descansar, senhora, o pouco que eu acho que resta da noite, que Deus amanhecerá conosco e tudo se ajeitará, apesar de todos os obstáculos.

Elas se acalmaram com isso, e em toda a estalagem se fazia um grande silêncio. Só não dormiam a filha da estalajadeira e Maritornes, sua criada, que, como já conheciam o humor peculiar de Dom Quixote e sabiam que ele estava do lado de fora da estalagem, montando guarda de armadura e a cavalo, resolveram fazer com ele alguma brincadeira, ou ao menos passar algum tempo ouvindo seus disparates.

É, pois, o caso que em toda a estalagem não havia janela que dava para o campo, mas um buraco na parede do palheiro, por onde se jogava a palha para o lado de fora. As duas semidonzelas se puseram nessa abertura e viram que Dom Quixote estava a cavalo, apoiado em seu chuço, soltando de vez em quando suspiros tão profundos e tristes que parecia que com cada um deles sua alma era arrancada; e da mesma forma o ouviram dizer com uma voz suave, delicada e amorosa:

— Oh, minha senhora Dulcineia del Toboso, extremo de toda a formosura, fim e remate da discrição, arquivo do melhor donaire, repositório da honestidade e, por último, ideal de tudo o que é proveitoso, honesto e deleitável que há no mundo! E o que tua mercê estará fazendo agora? Terás por acaso o pensamento em teu cavaleiro cativo, que a tantos perigos quis se expor, de vontade própria e apenas para servir-te? Dá-me tu notícias dela, ó luminar das três faces![4] Talvez com inveja da sua a estejas agora mirando, vendo-a passear por alguma galeria de seus suntuosos palácios ou deitando os seios em alguma sacada, considerando como, salva sua honestidade e grandeza, há de domar a tormenta que por ela padece esse meu coração aflito, que glória deve dar às minhas penas, que sossego ao meu cuidado e, enfim, que vida à minha morte e que recompensa aos meus serviços. E tu, sol, que já deves estar quase selando teus cavalos, para madrugares e ires ver minha senhora, assim que a vires, suplico-te que a saúdes em meu nome; mas toma cuidado para que, ao vê-la e cumprimentá-la, não a beijes no rosto, pois terei mais ciúmes de ti do que tiveste daquela mulher veloz e ingrata que tanto te fez suar e correr pelas planícies da Tessália ou pelas ribeiras de Peneu,[5] que não me lembro bem por onde correste então, ciumento e apaixonado.

A esse ponto chegava então Dom Quixote em seu tão lamentoso discurso, quando a filha da estalajadeira começou a chamá-lo e a lhe dizer:

— Senhor meu, chegue-se aqui vossa mercê, por favor.

A cujos sinais e voz Dom Quixote virou a cabeça e viu, à luz da lua, que estava então em toda a sua claridade, como o chamavam da abertura que lhe pareceu uma

---

4. A Lua com suas três fases: cheia, crescente e minguante, ou referência aos nomes mitológicos com que era chamada: Diana, Febe e Hécate.
5. "Veloz e ingrata" alude ao mito de Dafne, ninfa perseguida por Apolo na região da Tessália, na Grécia, por onde corre o rio Peneu. Este era pai de Dafne e a transformou em loureiro para pôr fim à perseguição.

DOM QUIXOTE

janela, e até com barras douradas, como convém que as tenham castelos tão ricos quanto ele imaginava que fosse aquela estalagem; e então, no mesmo instante sua louca imaginação pensou que mais uma vez, como da última, a formosa donzela, filha da senhora daquele castelo, vencida por seu amor, voltava a solicitá-lo, e com esse pensamento, para não se mostrar descortês e mal-agradecido, pegou as rédeas de Rocinante e se aproximou do buraco e, assim que viu as duas moças, disse:

— Lamento por vós, formosa senhora, por terdes posto vossos pensamentos amorosos em quem não vos pode corresponder como vosso grande valor e gentileza merecem, pelo que não deveis culpar este miserável cavaleiro andante, a quem o amor impossibilitou de entregar sua vontade a outra que não seja aquela que, no momento em que seus olhos a viram, logo se fez senhora absoluta de sua alma. Perdoai-me, boa senhora, e recolhei-vos em vosso aposento e não queirais, expressando mais vossos desejos, que eu me mostre mais mal-agradecido; e se do amor que me devoteis achais em mim outra coisa com que vos satisfazer do que não o próprio amor, pedi-me, pois vos juro por aquela ausente e doce inimiga minha que vos darei imediatamente, mesmo que me pedísseis uma mecha do cabelo da Medusa,[6] que eram todas cobras, ou os próprios raios do sol encerrados numa redoma.

— Minha senhora não tem necessidade de nada disso, senhor cavaleiro — disse Maritornes nesse momento.

— Pois então, discreta dama, de que vossa senhora necessita? — Dom Quixote respondeu.

— Apenas de uma de vossas belas mãos — disse Maritornes —, para poder desafogar com ela o grande desejo que a trouxe a esse buraco, mesmo pondo em risco sua honra, pois se o senhor seu pai a ouvisse a faria em pedacinhos, sendo o maior deles a orelha.

— Isso é que eu queria ver! — respondeu Dom Quixote. — Mas ele pensará bem antes de fazer isso, se não quiser ter o fim mais desastroso que um pai já teve no mundo, por ter posto as mãos nos delicados membros de sua filha apaixonada.

Pareceu a Maritornes que sem dúvida Dom Quixote daria a mão que lhe fora pedida, e, pensando no que devia fazer, saiu do buraco e foi até a cavalariça, onde pegou o cabresto do burro de Sancho Pança, e voltou depressa à sua fenda, no momento em que Dom Quixote havia se posto de pé na sela de Rocinante para alcançar a janela gradeada onde imaginava estar a donzela ferida; e, ao dar-lhe a mão, disse:

— Tomai, senhora, essa mão, ou, melhor dizendo, esse verdugo dos malfeitores do mundo; tomai essa mão, digo, que não foi tocada por nenhuma outra mulher, nem mesmo aquela que tem inteira posse de todo o meu corpo. Não a estou dando a vós para que a beijeis, mas para que possais ver a constituição de seus nervos, o entrelaçamento de

---

6.   Uma das três górgonas, Medusa teve os cabelos transformados em serpentes pela deusa Minerva.

CAPÍTULO 43

seus músculos, a largura e amplitude de suas veias, por onde entendereis quão forte deve ser o braço que é dono de tal mão.

— Já veremos — disse Maritornes.

E, fazendo um nó no cabresto, enfiou-o no pulso e, descendo da abertura, amarrou o que restava no ferrolho da porta do palheiro, com muita força. Dom Quixote, que sentiu a aspereza do cordão no pulso, disse:

— Mais parece que vossa mercê está me arranhando do que me afagando: não a trateis tão mal, pois ela não tem culpa do mal que minha vontade vos causa, nem vos fica bem que em tão pouca parte vingueis vosso aborrecimento completo. Vede que quem quer bem não se vinga tão mal.

Mas todas essas palavras de Dom Quixote já ninguém escutava, pois assim que Maritornes o amarrou, ela e a outra se foram morrendo de rir e o deixaram preso de tal maneira que era impossível soltar-se.

Estava, então, como já foi dito, de pé em cima de Rocinante, o braço inteiro enfiado no buraco, e amarrado pelo pulso e no ferrolho da porta, com muito medo e aflição porque, se Rocinante se desviasse para um lado ou outro, ele ficaria pendurado pelo braço; e, assim, não se atrevia a fazer nenhum movimento, já que da paciência e quietude de Rocinante bem se podia esperar que ele não se movesse por um século inteiro.

Em suma, vendo-se Dom Quixote amarrado, e que as damas já tinham ido embora, começou a imaginar que tudo aquilo era feito por encantamento, como da última vez, quando naquele mesmo castelo foi moído pelo mouro encantado do tropeiro; e amaldiçoava a si mesmo pela falta de discrição e raciocínio, pois, tendo saído tão mal daquele castelo da primeira vez, se aventurara a entrar nele pela segunda vez, sendo de conhecimento dos cavaleiros andantes que, quando tentaram uma aventura e não foram bem com ela, é sinal de que não está guardada para eles, mas para outros, e, assim, não têm obrigação de tentar uma segunda vez. Apesar disso, ele puxava o braço, para ver se conseguia se soltar, mas estava tão bem preso que todas as suas tentativas foram em vão. É verdade que puxava com cuidado, para que Rocinante não se mexesse; e, embora quisesse se sentar na sela, tudo o que podia era ficar de pé ou arrancar a mão.

Ali começou a desejar a espada de Amadis, contra quem nenhum encantamento tinha força; ali amaldiçoou sua fortuna; ali exagerou a falta que sua presença faria no mundo enquanto estivesse encantado, o que sem dúvida ele acreditava estar; ali se lembrou novamente de sua querida Dulcineia del Toboso; ali foi chamar seu bom escudeiro Sancho Pança, que, sepultado no sono e estendido na albarda de seu jumento, não se lembrava naquele momento nem da mãe que o havia parido; ali chamou os sábios Lirgandeu e Alquife[7] para

---

7. Lirgandeu é o sábio que narra as aventuras do Cavaleiro do Febo; Alquife, no *Amadis de Grecia*, é casado com Urganda, madrinha de Amadis de Gaula e amiga de todos os cavaleiros andantes.

José Rivelles e Tomás López Enguídanos, 1819

CAPÍTULO 43

que o ajudassem; ali invocou sua boa amiga Urganda para socorrê-lo; ali, finalmente, surpreendeu-o a manhã tão desesperado e confuso, que urrava como um touro, pois não esperava que com o dia seu problema fosse sanado, já que o considerava eterno, tendo-se por encantado: e acreditava nisso pelo fato de que Rocinante não se movia nem pouco nem muito, e acreditava que assim, sem comer nem beber nem dormir, ele e seu cavalo teriam de permanecer até que aquele mau influxo das estrelas passasse ou até que outro encantador mais sábio o desencantasse.

Mas ele estava muito enganado em sua crença, pois, assim que amanheceu, quatro homens a cavalo chegaram à estalagem, muito bem-vestidos e adornados, com suas espingardas nos arções. Bateram à porta da estalagem, que ainda estava fechada, com grandes golpes; isso, visto por Dom Quixote do lugar em que continuava montando sentinela, fê-lo dizer com voz arrogante e alta:

— Cavaleiros ou escudeiros ou quem quer que sejais, não tendes motivos para bater às portas deste castelo, pois é bem claro que a essas horas ou quem está dentro dorme ou não tem o hábito de abrir as fortalezas até que o sol esteja estendido por todo o chão. Afastai-vos um pouco e esperai o dia clarear, e então veremos se é justo ou não que vos abram.

— Que diabo de fortaleza ou castelo é este — disse um deles —, para nos forçar a observar tais cerimônias? Se sois o estalajadeiro, mandai que abram para nós: somos viajantes e não queremos mais nada além de dar cevada a nossas montarias e seguir caminho, porque estamos com pressa.

— Parece-vos, cavaleiros, que eu tenho aparência de estalajadeiro? — Dom Quixote respondeu.

— Não sei que aparência tendes — respondeu o outro —, mas sei que estais dizendo disparates ao chamar essa estalagem de castelo.

— É um castelo — respondeu Dom Quixote —, e dos melhores de toda essa província, e há pessoas lá dentro que têm um cetro na mão e uma coroa na cabeça.

— Era melhor se fosse o contrário — disse o viajante —: o cetro na cabeça e a coroa na mão. E deve ser assim, se estiver aí dentro alguma companhia de atores, que muitas vezes têm essas coroas e cetros que dizeis; porque numa estalagem tão pequena e onde se guarda tanto silêncio como esta, não acredito que se alojem pessoas dignas de coroa e cetro.

— Sabeis bem pouco do mundo — respondeu Dom Quixote —, pois ignorais os casos que costumam ocorrer na cavalaria andante.

Os companheiros que tinham vindo com o questionador cansavam-se do colóquio que ele mantinha com Dom Quixote e, assim, voltaram a bater com grande fúria; e foi então que o estalajadeiro acordou, e também todos os que estavam na estalagem, e, assim, se levantou para perguntar quem estava chamando. Aconteceu a essa altura que um dos cavalos em que vinham os quatro que chamavam se aproximou para cheirar Rocinante, que, melancólico e triste, com as orelhas baixas, segurava sem se mexer seu emproado senhor; e como enfim era feito de carne, embora parecesse de madeira, não pôde deixar de ressentir-se e cheirar de volta quem vinha lhe fazer carícias, e, assim, ao mover-se um tantico, os pés juntos de Dom Quixote se desviaram e, escorregando da sela, dariam com ele no chão se não ficasse pendurado pelo braço, coisa que lhe causou tanta dor que ele pensou que cortavam seu pulso ou arrancavam seu braço. Pois ele ficou tão perto do chão que com as pontas dos dedos dos pés beijava a terra, e isso vinha em seu prejuízo, porque, como sentia o quão pouco lhe faltava para pôr os pés no chão, ele se cansava e se estirava o máximo para chegar à terra, como aqueles que estão no tormento da garrucha, postos em "toca, não toca", que eles próprios são a causa de aumentar sua dor, com o afinco que põem em se esticar, iludidos pela esperança de que tocariam o chão se se esticassem mais um pouco.

Capítulo 44

Onde prosseguem os inauditos sucessos da estalagem

Com efeito, foram tantos os gritos dados por Dom Quixote que o estalajadeiro abriu rapidamente as portas da estalagem e saiu apavorado para ver quem aqueles gritos dava, e os que estavam fora fizeram o mesmo. Maritornes, que já tinha acordado com os mesmos gritos, imaginando o que poderia ser, dirigiu-se ao palheiro e desamarrou, sem que ninguém visse, o cabresto que sustentava Dom Quixote, e ele despencou logo no chão, diante do estalajadeiro e dos caminhantes, que, aproximando-se dele, lhe perguntaram o que tinha, para que desse aqueles gritos. Ele, sem responder palavra, tirou o cordão do pulso e, pondo-se de pé, montou em Rocinante, embraçou o escudo, armou o chuço e, posicionando-se no campo, voltou a meio galope, dizendo:

— Quem disser que fui por justo motivo encantado, desde que minha senhora princesa Micomicona me dê permissão para fazê-lo, eu o desminto, convoco e desafio para uma singular batalha.

Admirados ficaram os novos caminhantes com as palavras de Dom Quixote, mas o estalajadeiro privou-os dessa admiração, dizendo-lhes quem era Dom Quixote e que deviam ignorá-lo porque estava fora de seu juízo.

Perguntaram ao estalajadeiro se por acaso tinha chegado àquela estalagem um rapaz de uns quinze anos, que vinha vestido como moço de mulas, com tais e tais detalhes, que eram os mesmos que tinha o amante de dona Clara. O estalajadeiro respondeu que havia tanta gente na estalagem que não havia notado a pessoa de quem perguntavam. Mas, tendo visto um deles o carro onde tinha vindo o ouvidor, disse:

— Aqui deve estar, sem dúvida, porque essa é a carruagem que dizem que ele está seguindo. Fique um de nós na porta e entrem os demais para procurá-lo; e até seria bom que um de nós cercasse toda a estalagem, para que não saia pelas cercas do pátio.

— Assim será feito — respondeu um deles.

E os dois entraram, um ficou na porta e o outro foi rodear a estalagem: tudo isso o estalajadeiro via, e não podia adivinhar por que faziam aquelas diligências, ainda que soubesse que eles estavam procurando aquele jovem cujos detalhes lhe deram.

A essa hora já raiava o dia, e tanto por isso quanto pelo ruído que Dom Quixote fizera, todos estavam acordados e se levantavam, especialmente dona Clara e Doroteia, pois, uma com o sobressalto de ter o amante tão perto e a outra com o desejo de vê-lo, haviam dormido bem mal naquela noite. Dom Quixote, vendo que nenhum dos quatro caminhantes lhe dava atenção nem atendia ao seu pedido, morria e se enfurecia de despeito e raiva; e se encontrasse nas ordenanças de sua cavalaria que o cavaleiro andante poderia licitamente assumir e empreender outra empresa, tendo dado sua palavra e fé de não se envolver em nenhuma até que terminasse a que havia prometido, ele atacaria todos e os faria responder a pulso. Mas porque lhe pareceu que não lhe convinha nem ficaria bem iniciar uma nova empresa até que instalasse Micomicona em seu reino, teve de se calar e permanecer quieto, esperando para ver aonde iriam parar as diligências daqueles caminhantes, um dos quais encontrou o jovem que procurava dormindo ao lado de um moço de mulas, sem preocupações de que alguém o procurasse, muito menos que o encontrasse. O homem travou-lhe o braço e disse:

— Por certo, senhor Dom Luís, que corresponde bem o traje que vestis a quem de fato sois, e a cama em que vos encontro diz bem das regalias com que vossa mãe vos criou.

O jovem limpou os olhos sonolentos e olhou devagar para quem o segurava, e então soube que era o criado de seu pai; então recebeu um sobressalto tão grande, que não soube ou não pôde dizer uma palavra por um bom tempo; e o criado continuou dizendo:

— Não há nada a fazer aqui, senhor Dom Luís, a não ser ter paciência e voltar para casa, se vossa mercê não quiser que seu pai e meu senhor parta para o outro mundo, porque não se pode esperar outra coisa da dor que lhe restou por vossa ausência.

— Pois como soube meu pai — disse Dom Luís — que eu tomava este caminho e com este traje?

— Um estudante — respondeu o criado — a quem contastes vossos pensamentos foi quem revelou, com pena do que viu vosso pai fazer no instante em que sentiu vossa falta; e, assim, ele despachou quatro de seus criados em vossa busca, e estamos todos aqui ao vosso serviço, mais felizes do que imaginar se pode, pelo bom ofício com que retornaremos, levando-vos ao alcance dos olhos que tanto vos amam.

— Isso será como eu quiser ou como o céu mandar — respondeu Dom Luís.

— O que haveis de querer ou o que há de ordenar o céu, além de consentir que volteis? Porque não há de ser possível outra coisa.

Toda essa discussão que entre os dois ocorria ouviu o moço de mulas ao lado de quem Dom Luís estava, e, levantando-se dali, foi contar a Dom Fernando e Cardênio e aos outros, que já estavam vestidos, o que estava acontecendo, e disse como aquele homem

CAPÍTULO 44

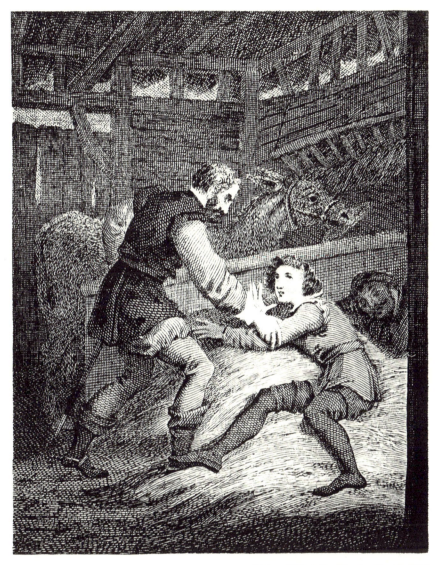

Richard Westall e Charles Heath, 1820

chamou aquele menino de *dom* e as palavras que trocavam, e como o queria levar para a casa do pai e o menino não queria. Com isso, e com o que sabiam da boa voz que o céu lhe dera, vieram todos com grande desejo de saber mais particularmente quem era, e até mesmo de ajudá-lo caso quisessem forçá-lo, e, assim, eles saíram para o lugar onde ainda estava falando e discutindo com seu criado.

Nisso, Doroteia saía de seu aposento, e atrás dela dona Clara, toda transtornada; e Doroteia, chamando Cardênio de lado, contou-lhe em breves razões a história do músico e de dona Clara, a quem ele também contou o que ocorria com a vinda dos criados de seu pai que vieram buscá-lo, e não lhe contou tão baixo que Clara não pudesse ouvir, pelo que ficou tão fora de si que, se Doroteia não conseguisse segurá-la, ela cairia no chão. Cardênio disse a Doroteia que voltassem ao aposento, que tentaria remediar tudo, e assim elas o fizeram.

Todos os quatro que vieram procurar Dom Luís já estavam dentro da estalagem e ao redor do menino, persuadindo-o a voltar sem demora e consolar seu pai. Ele respondeu que de nenhuma maneira tinha como fazer isso até terminar um negócio em que sua vida, honra e alma estavam em jogo. Então os criados o pressionaram, dizendo-lhe que de nenhum modo voltariam sem ele e que o levariam, quisesse ou não quisesse.

Francis Hayman e Charles Grignion, 1755

CAPÍTULO 44

— Isso não fareis — respondeu Dom Luís —, só me levando morto; embora de qualquer maneira que me leves, será como me tirar a vida.

A essa altura, todos os demais que estavam na estalagem tinham acudido à porfia, especialmente Cardênio, Dom Fernando, seus camaradas, o ouvidor, o padre, o barbeiro e Dom Quixote, ao qual pareceu que não havia mais necessidade de guardar o castelo. Cardênio, como já sabia a história do jovem, perguntou aos que queriam levá-lo o que os movia a querer levar contra sua vontade aquele menino.

— Move-nos — respondeu um dos quatro — restituir a vida a seu pai, que, devido à ausência deste cavaleiro, corre o risco de perdê-la.

A isso, Dom Luís disse:

— Não há por que contar aqui coisas minhas: sou livre e voltarei se tiver vontade, e, se não, nenhum de vós me há de forçar.

— A razão forçará vossa mercê — respondeu o homem —, e quando ela não for suficiente para vossa mercê, bastará que façamos o que viemos fazer e o que é nossa obrigação.

— Saibamos então a raiz disso tudo — disse neste momento o ouvidor.

Mas o homem, que o reconheceu como vizinho de sua casa, respondeu:

— Não reconhece vossa mercê, senhor ouvidor, este cavaleiro que é o filho de seu vizinho, que se ausentou da casa paterna com esse traje tão indecente à sua posição quanto vossa mercê pode ver?

Então o ouvidor olhou para ele com mais atenção e o reconheceu, e, abraçando--o, disse:

— Que infantilidades são essas, senhor Dom Luís, ou que causa tão poderosa que o tenha levado a vir dessa maneira, e nesse traje, que tão mal representa vossa posição?

Lágrimas vieram aos olhos do menino, e ele não pôde responder uma palavra. O ouvidor disse aos quatro para se acalmarem, que tudo daria certo; e tomando Dom Luís pela mão, chamou-o de lado e perguntou-lhe que saída havia sido aquela.

E enquanto ele fazia essa e outras perguntas, ouviram vários gritos na porta da estalagem, e a causa deles era que dois hóspedes que naquela noite tinham se alojado nela, vendo todo mundo ocupado tentando descobrir o que estavam procurando os quatro, haviam tentado sair sem pagar o que deviam; mas o estalajadeiro, que prestava mais atenção aos seus negócios do que aos alheios, agarrou-os quando saíam pela porta, pediu--lhes o pagamento e insultou suas más intenções com tais palavras, que os induziu a responder com os punhos e, assim, começaram a dar-lhe tanto, que o pobre estalajadeiro necessitou gritar e pedir socorro. A estalajadeira e sua filha não viram ninguém mais desocupado para ajudá-lo do que Dom Quixote, a quem a filha da estalajadeira disse:

— Socorra vossa mercê, senhor cavaleiro, pela virtude que Deus lhe deu, meu pobre pai, que dois homens maus o estão moendo e de modo que só restará o pó.

Ao que Dom Quixote respondeu com parcimônia e muito fino:

— Formosa donzela, no momento não há ocasião para vossa petição, porque estou impedido de me entreter com outra aventura até dar cabo de uma na qual tenho empenhada minha palavra. Mas o que poderei fazer para servir-vos é o que agora vos direi: correi e digais a vosso pai que se empenhe nessa batalha o melhor que puder e não se deixe derrotar de nenhum modo, enquanto eu peço uma licença à princesa Micomicona para poder socorrê-lo em sua desdita; que se ela me der, tenhais por certo que o livrarei dela.

— Ai de mim! — disse-lhe Maritornes, que estava diante dele. — Antes que vossa mercê obtenha essa licença que diz, meu senhor já estará no outro mundo.

— Concedei-me, senhora, que eu alcance a licença que digo — respondeu Dom Quixote —, pois, assim que eu a tiver, pouco importará que ele esteja no outro mundo, que de lá o tirarei ainda que o próprio mundo contradiga, ou pelo menos vos darei tal vingança àqueles que o tenham enviado para lá, que ficareis mais do que medianamente satisfeitas.

E sem outra palavra, foi ajoelhar-se diante de Doroteia, pedindo-lhe com palavras cavaleirescas e andantescas que sua grandeza fosse servida de dar-lhe permissão para correr e socorrer o castelão daquele castelo, que estava em grave míngua. A princesa deu-lhe de boa vontade, e ele então, embraçando o escudo e pondo a mão na espada, dirigiu-se à porta da estalagem, onde os dois hóspedes ainda deixavam o estalajadeiro de mal a pior; mas, assim que chegou, travou e ficou parado, ainda que Maritornes e a estalajadeira lhe perguntassem por que não avançava, que socorresse seu senhor e marido.

— Parei — disse Dom Quixote — porque não me é lícito pôr a mão na espada contra gente escudeiril; mas chamai aqui meu escudeiro Sancho, porque a ele cabe e compete essa defesa e vingança.

Isso tudo ocorria na porta da estalagem, e nela voavam sopapos e bofetadas bem aplicados, tudo em prejuízo do estalajadeiro e para a raiva de Maritornes, da estalajadeira e de sua filha, que se desesperavam ao ver a covardia de Dom Quixote e o mau bocado que passava seu marido, senhor e pai.

Mas deixemo-lo aqui, que não faltará quem o socorra, ou, se não, sofra e cale aquele que se atreve a fazer mais do que suas forças permitem, e voltemos atrás cinquenta passos, para ver o que Dom Luís respondeu ao ouvidor, que o deixamos de lado, perguntando-lhe o motivo de sua vinda a pé e vestido com um traje tão vil; ao que o jovem, apertando-lhe fortemente as mãos, como sinal de que alguma grande dor lhe apertava o coração, e derramando lágrimas em grande abundância, disse-lhe:

— Senhor meu, eu não sei dizer-vos outra coisa a não ser que, desde o momento que o céu escreveu e nossa vizinhança facilitou que eu visse minha senhora dona Clara, filha vossa e senhora minha, a partir desse instante eu a fiz dona de minha vontade; e se a vossa, verdadeiro senhor e pai meu, não o impedir, neste mesmo dia ela há de ser minha

CAPÍTULO 44

esposa. Por ela deixei a casa de meu pai, e por ela vesti este traje, para segui-la aonde quer que fosse, como a flecha ao alvo ou como o marinheiro ao norte. Ela não sabe de meus desejos mais do que conseguiu entender algumas vezes quando de longe viu meus olhos chorarem. Já, senhor, sabeis da riqueza e da nobreza de meus pais, e como sou seu único herdeiro: se vos parece que essas são razões para vos aventurar a me fazer em tudo venturoso, então me recebei como vosso filho; que se meu pai, conduzido por outros desígnios seus, não gostar desse bem que eu quis pretender para mim, mais força tem o tempo para desfazer e mudar as coisas do que as vontades humanas.

Dizendo isso, o mancebo apaixonado calou-se, e o ouvidor ficou a ouvi-lo suspenso, confuso e admirado, tanto por ter ouvido o modo e a discrição com que Dom Luís lhe revelara seu pensamento quanto por se ver em uma situação em que não sabia qual decisão tomar em tão repentina e inesperada proposta; e, assim, não respondeu nada além de que por enquanto se acalmasse e entretivesse seus criados, para que não o levassem naquele dia, e assim ganhasse tempo para considerar o que era melhor para todos. Dom Luís beijou-lhe as mãos à força, e até as banhou em lágrimas, coisa que poderia amolecer um coração de mármore, não só o do ouvidor, que, como pessoa discreta, já sabia quão bom era aquele casamento para sua filha, e, sendo possível, queria realizá-lo com o consentimento do pai de Dom Luís, que ele sabia que pretendia dar um título ao seu filho.

Já a esta hora os hóspedes estavam em paz com o estalajadeiro, pois por conta da persuasão e boas razões de Dom Quixote, mais do que pelas ameaças, tinham-lhe pago tudo o que ele quis, e os criados de Dom Luís aguardavam o fim da conversa do ouvidor e a resolução de seu amo, quando o demônio, que não dorme, ordenou que naquele mesmo momento entrasse na estalagem o barbeiro de quem Dom Quixote tirou o elmo de Mambrino, e Sancho Pança, os arreios do asno que ele trocou pelos seus. O barbeiro, levando seu jumento à cavalariça, viu Sancho Pança adereçando não sei o quê na albarda, e assim que a viu a reconheceu, e se atreveu a atacar Sancho, dizendo:

— Ah, Dom ladrão, aqui vos tenho! Que venha minha bacia e minha albarda, com todos os meus arreios que me roubastes!

Sancho, que se viu atacado tão sem aviso e ouviu as injúrias que lhe lançavam, segurou a albarda com uma mão e deu uma bofetada no barbeiro com a outra, que lhe banhou os dentes de sangue. Mas nem por isso o barbeiro largou o osso, que na verdade era sua albarda, antes levantou a voz de tal maneira que todos na estalagem acudiram ao ruído e à briga, e dizia:

— Socorro do rei e da justiça, que além de tomar meus bens quer me matar, esse ladrão, salteador de estrada!

— Mentis — respondeu Sancho —, pois eu não sou salteador de estradas, que em boa guerra meu senhor Dom Quixote ganhou esses despojos.

DOM QUIXOTE

Já estava Dom Quixote diante deles, muito satisfeito por ver como seu escudeiro se defendia e ofendia, e desde então o considerou um homem de honra, e propôs em seu coração armá-lo cavaleiro na primeira ocasião que lhe fosse oferecida, pois lhe pareceu que seria nele bem empregada a ordem da cavalaria. Entre outras coisas que o barbeiro dizia no decurso da contenda, veio a dizer:

— Senhores, esta albarda é tão minha quanto a morte que devo a Deus, e por isso a conheço como se a tivesse parido, e lá está meu asno no estábulo, que não me deixa mentir: se não, façam a prova, e se não lhe cair como uma luva, serei infame. E tem mais: no mesmo dia que me foi roubada, roubaram também uma bacia de latão nova, que nunca tinha sido usada, que valia um escudo.

Aqui não se conteve Dom Quixote sem responder, e colocando-se entre os dois e afastando-os, depositando a albarda no chão, para que estivesse à mostra até que a verdade se esclarecesse, disse:

— Para que vejam vossas mercês clara e manifestamente o erro que comete esse bom escudeiro, pois chama bacia o que foi, é e será o elmo de Mambrino, o qual eu lhe tirei em boa guerra, e dele me tornei senhor com legítima e lícita posse! Não vou me intrometer no da albarda, pois o que posso dizer é que meu escudeiro Sancho me pediu licença para tirar os arreios do cavalo desse covarde vencido, e com eles adereçar o seu; eu lhe dei, e ele pegou, e de ter se transformado de arreios em albarda, não saberei dar outra razão se não for a ordinária: que essas transformações são vistas nos acontecimentos da cavalaria; para confirmação disso, corre, Sancho filho, e pega aqui o elmo que este bom homem diz ser uma bacia.

— Por Deus, senhor — disse Sancho —, se não temos outra prova de nossa intenção além do que vossa mercê diz, tão bacia é o elmo de Maligno quanto o arreio desse bom homem é albarda!

— Faz o que eu te mando — respondeu Dom Quixote —, pois nem tudo neste castelo deve ser guiado pelo encantamento.

Sancho foi até onde estava a bacia e a trouxe; e assim que Dom Quixote a viu, pegou-a nas mãos e disse:

— Olhem vossas mercês com que cara pode dizer esse escudeiro que isso é uma bacia, e não o elmo que eu disse; e juro pela ordem de cavalaria que professo que este elmo foi o mesmo que lhe tirei, sem lhe ter acrescentado ou tirado coisa alguma.

— Não há dúvida disso — disse Sancho neste momento —, porque desde que meu senhor o derrotou, até agora não lutou com ele mais de uma batalha, quando libertou os infelizes acorrentados; e se não fosse por esse bacielmo, então eu teria passado maus bocados, porque houve uma chuva de pedras naquele suplício.

Capítulo 45

Onde se termina de averiguar a dúvida sobre o elmo de Mambrino
e a albarda, e outras aventuras sucedidas, com toda a verdade

— O que acham, senhores — disse o barbeiro —, do que esses gentis-homens afirmam, pois ainda insistem que não se trata de uma bacia, e sim de um elmo?

— E quem disser o contrário — disse Dom Quixote —, eu o farei saber que mente, se for cavaleiro, e se for escudeiro, que remente mil vezes.

Nosso barbeiro, que estava presente, como já sabia muito bem do humor de Dom Quixote, quis incitar seu desatino e levar adiante a brincadeira, para que todos rissem, e disse, falando com o outro barbeiro:

— Senhor barbeiro, ou quem quer que sejais, sabei que também sou de vosso ofício, e há mais de vinte anos tenho carta de exame[1] e conheço muito bem todos os instrumentos da barbearia, sem que falte nenhum; e do mesmo modo fui soldado por um tempo em minha juventude, e também sei o que é um elmo e o que é capacete e o que é viseira, e outras coisas relacionadas à milícia, quero dizer, aos tipos de armas dos soldados; e digo, salvo melhor parecer, sempre me remetendo ao melhor entendimento, que essa peça que está aqui diante de nós e que esse bom senhor tem em suas mãos não só não é uma bacia de barbeiro, mas está tão longe de sê-lo quanto o branco está longe do preto e a verdade da mentira; também digo que este, embora seja elmo, não é um elmo completo.

— Não, é claro — disse Dom Quixote —, porque lhe falta a metade, que é a babeira.

— Isso mesmo — disse o padre, que já havia entendido a intenção de seu amigo barbeiro.

E o mesmo foi confirmado por Cardênio, Dom Fernando e seus camaradas; e até o ouvidor, se não estivesse tão pensativo com o negócio de Dom Luís, entraria, por sua vez, na brincadeira, mas a importância do que pensava o mantinha tão desorientado que ele prestava pouca ou nenhuma atenção àqueles gracejos.

---

1. O certificado oficial autorizando o exercício da medicina; no caso do barbeiro, além da barbearia ele podia executar trabalhos de auxiliar de médico: realizar sangrias e pequenas cirurgias, bem como arrancar dentes.

— Valha-me Deus! — disse então o barbeiro enganado. — Como é possível que tanta gente honrada diga que isso não é bacia, mas elmo? Parece coisa de deixar uma universidade inteira perplexa, por mais discreta que seja. Basta. Se essa bacia é um elmo, também essa albarda deve ser arreio de cavalo, como disse esse senhor.

— Acho que é uma albarda — disse Dom Quixote —, mas já disse que não vou me meter nisso.

— Se é albarda ou arreio — disse o padre —, ninguém melhor para dizê-lo que o senhor Dom Quixote, pois nessas questões de cavalaria todos esses senhores e eu reconhecemos sua superioridade.

— Por Deus, meus senhores — disse Dom Quixote —, são tantas e tão estranhas as coisas que me aconteceram neste castelo, nas duas ocasiões em que me hospedei aqui, que não me atrevo a responder com toda a certeza nada do que me perguntarem sobre o que está contido nele, pois imagino que tudo que se passa aqui é pela via do encantamento. Da primeira vez me causou muitas moléstias um mouro encantado que há aqui, e Sancho não se deu muito bem com seus outros sequazes; e ontem à noite fiquei pendurado pelo braço por quase duas horas, sem saber como nem por que caí nessa desgraça. Então, enfiar-me agora em coisa tão confusa para dar meu parecer seria recair em julgamento imprudente. Quanto ao que dizem que isso é bacia e não elmo, já respondi; mas quanto a declarar se é albarda ou arreio, não me atrevo a dar uma sentença definitiva: deixo apenas ao bom parecer de vossas mercês; talvez por não ser armados cavaleiros como eu, não tenham a ver com vossas mercês os encantamentos deste lugar, e terão as mentes livres e poderão julgar as coisas deste castelo como realmente são, e não como se mostravam para mim.

— Não há dúvida — respondeu Dom Fernando —, o senhor Dom Quixote disse muito bem: cabe a nós a definição desse pleito; e para que tudo corra com mais fundamento, tomarei secretamente os votos desses senhores, e dos resultados darei plena e clara notícia.

Para aqueles que conheciam o humor de Dom Quixote, tudo isso era matéria de muita risada, mas para quem o ignorava parecia o maior disparate do mundo, em especial aos quatro criados de Dom Luís, e ao próprio Dom Luís e aos três outros viajantes que haviam acabado de chegar à estalagem, que tinham aparência de quadrilheiros, como de fato eram. Mas quem mais se desesperava era o barbeiro, cuja bacia ali diante de seus olhos se transformara no elmo de Mambrino, e cuja albarda ele pensava que sem dúvida se transformaria em rico arreio de cavalo; e uns e outros riam ao ver como Dom Fernando andava tomando os votos de uns e outros, sussurrando-lhes no ouvido para que declarassem secretamente se era albarda ou arreio aquela joia pela qual tanto se lutara; e depois de ter tomado os votos dos que conheciam Dom Quixote, disse em voz alta:

CAPÍTULO 45

— O caso é, bom homem, que já estou cansado de ouvir tantos pareceres, pois vejo que todos a quem perguntei o que quero saber me dizem que é um disparate dizer que isso seja albarda de jumento; antes é arreio de cavalo, e cavalo de puro sangue; e, portanto, haveis de ter paciência, porque, a vosso pesar e de vosso asno, isso é arreio, e não albarda, e de vossa parte haveis provado muito mal vossos argumentos.

— Que não me deixem entrar no céu — disse o sobrebarbeiro[2] — se vossas mercês não se enganam, e que minha alma pareça tão bem diante de Deus como a albarda assim me parece, e não arreio; mas lá vão as leis etc.,[3] e não digo mais nada, e a verdade é que não estou bêbado, pois estou de jejum, embora não de pecados.

As tolices ditas pelo barbeiro provocaram não menos risos do que os disparates de Dom Quixote, que então disse:

— Aqui não há mais nada a fazer senão deixar que cada um tome o que é seu, e que cada um se conforme com sua sorte.

Um dos quatro disse:

— Se isso não for uma brincadeira de mau gosto, não posso me convencer de que homens de tão bom entendimento, como todos os que estão aqui são ou parecem ser, se atrevam a dizer e afirmar que isso não é bacia nem aquilo albarda; mas, como vejo que o afirmam e o dizem, entendo que não carece de mistério insistir em algo tão contrário do que nos mostra a própria verdade e a própria experiência; porque juro por tal (e disse toda a expressão) que ninguém que hoje vive no mundo me fará acreditar que isso não seja bacia de barbeiro e aquilo, albarda de burro.

— Poderia ser de uma burrinha — disse o padre.

— Tanto faz — disse o criado —; o caso não consiste nisso, mas em decidir se é ou não uma albarda, como vossas mercês dizem.

Ao ouvir isso, um dos membros dos quadrilheiros que haviam entrado, que ouvira a pendência e a questão, cheio de cólera e enfado, disse:

— É tão albarda quanto meu pai, e quem disse ou disser qualquer outra coisa deve ter bebido água que passarinho não bebe.

— Mentis como um vilão velhaco — respondeu Dom Quixote.

E, erguendo o chuço, que nunca saía de suas mãos, ia desferir um golpe tão grande na cabeça do quadrilheiro que, se não tivesse se desviado, o homem teria ficado estendido ali. O chuço se despedaçou no chão, e os outros quadrilheiros, que viram seu companheiro sendo maltratado, levantaram a voz pedindo favor à Santa Irmandade.

O estalajadeiro, que também era da Irmandade, foi logo buscar sua vara e sua espada, e se postou ao lado de seus companheiros; os criados de Dom Luís rodearam Dom Luís,

2. Ou seja, o barbeiro mencionado acima.
3. O ditado completo é "Lá vão as leis para onde querem os reis".

DOM QUIXOTE

para que com o alvoroço ele não escapasse; o barbeiro, vendo a casa tumultuada, tornou a segurar sua albarda, e Sancho fez o mesmo; Dom Quixote pôs a mão na espada e arremeteu contra os quadrilheiros; Dom Luís gritava aos seus criados que o deixassem e socorressem Dom Quixote, e também Cardênio e Dom Fernando, pois ambos ajudavam Dom Quixote; o padre berrava; a estalajadeira gritava; sua filha se afligia; Maritornes chorava; Doroteia estava confusa; Lucinda, perplexa; e dona Clara, desmaiada. O barbeiro esmurrava Sancho; Sancho moía o barbeiro; Dom Luís, que um criado seu ousou agarrar pelo braço para que não fugisse, deu-lhe tal soco que banhou seus dentes de sangue; o ouvidor o defendia; Dom Fernando tinha um quadrilheiro a seus pés, com os quais lhe dava chutes muito ao seu gosto; o estalajadeiro tornou a levantar a voz, pedindo favor à Santa Irmandade... De modo que toda a estalagem era tomada de prantos, brados, gritos, confusões, temores, sobressaltos, desgraças, facadas, tabefes, pauladas, chutes e derramamento de sangue. E em meio ao caos, máquina e labirinto de coisas, Dom Quixote começou a imaginar-se metido de corpo e alma na discórdia do campo de Agramante[4] e, assim, disse com uma voz que trovejou por toda a estalagem:

— Contenham-se todos! Que todos embainhem as espadas, que todos se acalmem, que todos me ouçam, se todos quiserem continuar com vida!

Ao ouvir seus brados, todos se detiveram, e ele continuou, dizendo:

— Já não vos disse, senhores, que este castelo era encantado, e que alguma legião de demônios deve habitá-lo? Em confirmação disso, quero que vejais por vossos olhos como se passou aqui e se transportou até nós a discórdia do campo de Agramante. Vede como ali se peleja pela espada, aqui pelo cavalo, acolá pela águia, aqui pelo elmo, e todos nós pelejamos e não nos entendemos. Venha, pois, vossa mercê, senhor ouvidor, e vossa mercê, senhor padre, e um represente o rei Agramante e o outro, o rei Sobrino,[5] e nos ponham em paz. Porque, por Deus Todo-Poderoso, é uma grande velhacaria que tantas pessoas importantes como nós que aqui estamos se matem por motivos tão triviais.

Os quadrilheiros, que não entendiam o palavrório de Dom Quixote e se viam tão maltratados por Dom Fernando, Cardênio e seus camaradas, não queriam sossegar; o barbeiro sim, porque na pendência tinham desgrenhado sua barba e a albarda fora feita em pedaços; Sancho, à mais mínima palavra de seu amo, obedeceu, como bom criado; os quatro criados de Dom Luís também ficaram quietos, vendo quão pouco ganhariam se não ficassem; só o estalajadeiro insistia que deviam ser castigadas as insolências daquele louco, que a cada passo alvoroçava toda a estalagem. Finalmente, a confusão se apaziguou, a albarda permaneceu como arreio até o dia do juízo final, a bacia como elmo e a estalagem como castelo na imaginação de Dom Quixote.

4. Pendência narrada por Ariosto no *Orlando furioso*, em que Agramante luta contra Carlos Magno.
5. Um dos reis pagãos que, no *Orlando furioso*, apoiou Agramante na guerra contra Carlos Magno.

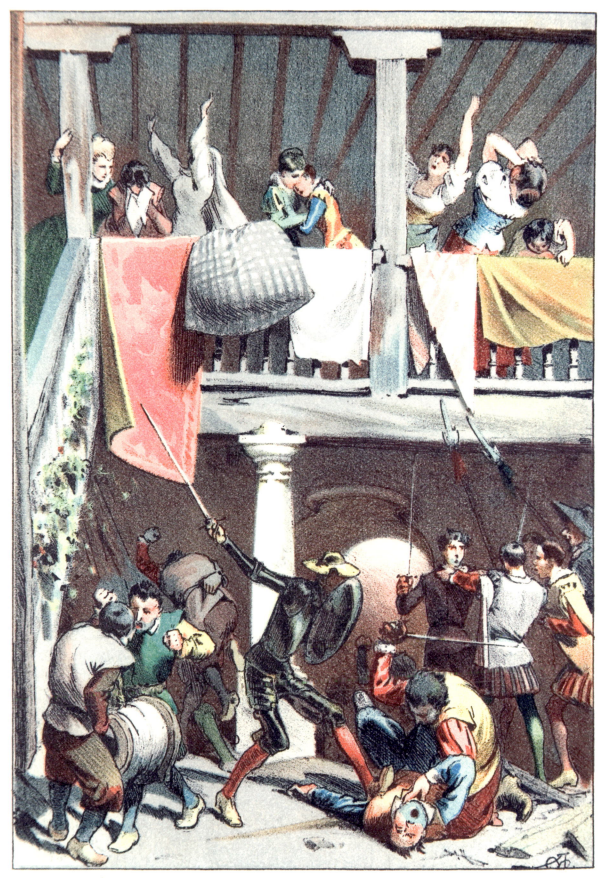

Apeles Mestres e Francisco Fusté, 1879

DOM QUIXOTE

Todos já apaziguados e feitos amigos por persuasão do ouvidor e do padre, os criados de Dom Luís voltaram a insistir que ele os acompanhasse imediatamente; e enquanto se entendia com eles, o ouvidor se aconselhou com Dom Fernando, Cardênio e o padre sobre o que deveria fazer naquele caso, contando-lhes as coisas que Dom Luís lhe havia dito. Por fim, ficou acordado que Dom Fernando dissesse aos criados de Dom Luís quem ele era e como era seu desejo que o rapaz fosse com ele para a Andaluzia, onde os méritos do rapaz seriam estimados como ele merecia pelo irmão de Dom Fernando, o marquês; pois, pelo que havia acontecido, já se sabia que Dom Luís não tinha intenção de voltar agora para ver o pai, nem que o cortassem em pedaços. Compreendida, então, pelos quatro a qualidade de Dom Fernando e a intenção de Dom Luís, determinaram entre si que três deles voltassem para contar o que se passava ao pai, e o outro ficasse para servir Dom Luís e não o deixasse até que voltassem para buscá-lo ou ele soubesse o que seu pai lhes ordenava.

Dessa maneira se apaziguou aquela engenhoca de contendas, pela autoridade de Agramante e pela prudência do rei Sobrino; mas, vendo-se o inimigo da concórdia e o emulador da paz desprezado e escarnecido, e os poucos frutos que colhera por tê-los posto todos em um labirinto tão confuso, decidiu tentar de novo, ressuscitando novas pendências e desassossegos.

O caso é que os quadrilheiros se acalmaram, por terem entreouvido a qualidade daqueles com os quais haviam combatido, e se retiraram da pendência, pois lhes parecia que de qualquer maneira que acontecesse haviam de levar a pior na batalha; mas um deles, o que foi moído e chutado por Dom Fernando, teve a lembrança de que, entre algumas ordens que trazia para prender alguns delinquentes, havia uma contra Dom Quixote, a quem a Santa Irmandade havia mandado prender pela liberdade que deu aos galeotes, como Sancho com muita razão havia temido.

Pensando nisso, quis então verificar se a descrição que lhe deram coincidia com a de Dom Quixote e, tirando um pergaminho do peito, encontrou o que procurava e começou a ler devagar (porque não era bom leitor), e a cada palavra que lia, punha os olhos em Dom Quixote e ia comparando a descrição no papel com o rosto de Dom Quixote, e descobriu que sem dúvida era ele que se mencionava na ordem de prisão. E mal se certificou, quando, guardando o pergaminho, segurou a ordem com a mão esquerda e com a direita agarrou Dom Quixote pela gola, com tanta força que não o deixava respirar, e aos berros dizia:

— Auxílio à Santa Irmandade! E para que se veja que realmente o peço, leia-se esta ordem, na qual se diz que esse salteador de estradas deve ser preso.

O padre pegou a ordem e viu como era verdade tudo o que o quadrilheiro dizia e como a descrição batia com Dom Quixote; o qual, vendo-se maltratado por aquele grosseiro vilão, no auge da cólera e com os ossos do corpo rangendo, o melhor que pôde agarrou

CAPÍTULO 45

com as duas mãos a garganta do quadrilheiro, que, se não fosse socorrido por seus companheiros, deixaria a vida antes que Dom Quixote deixasse a presa. O estalajadeiro, que era obrigado a favorecer os de seu ofício, veio então acudi-lo. A estalajadeira, que mais uma vez viu o marido em pendências, voltou a erguer a voz, cujo tom Maritornes e a filha acompanharam, pedindo favor ao céu e aos que ali estavam. Sancho disse, vendo o que se passava:

— Pelo Senhor, é verdade o que meu amo diz sobre os encantos deste castelo, pois não é possível passar nele uma hora em paz!

Dom Fernando separou o quadrilheiro e Dom Quixote, e com alívio para ambos desengalfinhou suas mãos, bem agarradas uma na gola de um e a outra na goela do outro; mas nem por isso cessavam os quadrilheiros de reclamar seu prisioneiro e que os ajudassem a entregá-lo amarrado e a submetê-lo à sua vontade, pois assim convinha ao serviço do rei e da Santa Irmandade, de cuja parte eles pediram novamente socorro e favor para fazer aquela prisão daquele ladrão e salteador de trilhas e caminhos. Dom Quixote ria-se ao ouvir essas palavras, e com muita calma disse:

— Vinde cá, gente grosseira e malnascida: de saltear caminhos chamais dar liberdade aos acorrentados, libertar os presos, acudir os miseráveis, levantar os caídos, remediar os necessitados? Ah, gente infame, digna por seu baixo e vil entendimento de que o céu não vos comunique o valor que se encerra na cavalaria andante, nem vos dê a entender o pecado e a ignorância em que estais em não reverenciar a sombra, quanto mais a assistência, de qualquer cavaleiro andante! Vinde cá, quadrilha de ladrões, e não quadrilheiros, salteadores de caminhos com licença da Santa Irmandade, dizei-me: quem foi o ignorante que assinou uma ordem de prisão contra um tal cavaleiro como eu? Quem ignorou o fato de que os cavaleiros andantes estão isentos de toda jurisdição legal e que sua lei é sua espada; sua jurisdição, seu brio; seus decretos, sua vontade? Quem foi o mentecapto, volto a dizer, que não sabe que não há carta de fidalguia[6] com tantos privilégios ou isenções como aquela que um cavaleiro andante adquire no dia em que se torna cavaleiro e se entrega ao duro exercício de cavalaria? Que cavaleiro andante já pagou peita, alcavala, chapim da rainha, aforamento, pedágio ou barcagem?[7] Que alfaiate lhe cobrou por alguma roupa que fez para ele? Que castelão o acolheu em seu castelo e exigiu que pagasse pela hospedagem? Que rei não o assentou em sua mesa? Que donzela não se apaixonou e se entregou a ele rendida a toda a sua vontade e desejo? E, finalmente, que cavaleiro andante houve, há ou haverá no mundo que não tenha coragem de dar, ele sozinho, quatrocentas pauladas em quatrocentos quadrilheiros que apareçam à sua frente?

6. Documento legal que certificava a fidalguia, especificando seus direitos e os deveres dos quais estava isento, como alguns impostos.
7. "Peita" é o imposto direto, que não incidia sobre os fidalgos; "alcavala", imposto indireto sobre contrato de compra e venda; "chapim da rainha", imposto único para finalidade particular; "aforamento", imposto pago ao rei a cada sete anos em sinal de vassalagem; "pedágio" e "barcagem", impostos que se pagavam para a passagem de mercadorias em alguns lugares ou para atravessá-las pelo rio em barcas.

Rafael Hayashi, 2024

Capítulo 46

Da notável aventura dos quadrilheiros e da grande
ferocidade de nosso bom cavaleiro Dom Quixote

Enquanto Dom Quixote dizia isso, o padre estava persuadindo os quadrilheiros de que Dom Quixote não tinha juízo, como podiam ver por suas obras e palavras, e que eles não tinham motivos para levar aquele negócio adiante, pois, ainda que o prendessem e levassem, logo teriam de soltá-lo por louco; ao que o homem da ordem de prisão respondeu que não lhe cabia julgar a loucura de Dom Quixote, mas fazer o que seu comandante lhe ordenava, e que, uma vez preso, podiam soltá-lo mais trezentas.

— Apesar disso — disse o padre —, desta vez não haveis de levá-lo, nem ele se deixará levar, pelo que entendo.

De fato, o padre tanto lhes disse, e Dom Quixote tantas loucuras fez, que os quadrilheiros seriam mais loucos do que ele se não percebessem o defeito de Dom Quixote e, assim, acharam por bem apaziguar-se e até mesmo ser mediadores das pazes entre o barbeiro e Sancho Pança, que ainda estavam discutindo com muito rancor. Por fim, como membros da justiça, eles mediaram a causa e foram seus árbitros, de tal forma que ambas as partes ficaram, se não de todo contentes, pelo menos um pouco satisfeitas, pois as albardas foram trocadas, mas não as cilhas e os cabrestos. E quanto ao elmo de Mambrino, o padre, sorrateiramente e sem que Dom Quixote percebesse, ofereceu oito reais pela bacia, e o barbeiro fez-lhe um recibo, atestando que não a pediria de volta nem naquele dia nem para todo o sempre, amém.

Sossegadas, então, essas duas pendências, que eram as principais e de maior importância, restava que os criados de Dom Luís aceitassem voltar em três, e que um deles ficasse para acompanhá-lo aonde Dom Fernando queria levá-lo; e como a boa sorte e a melhor fortuna já começara a desatar os nós e a facilitar as dificuldades em favor dos amantes da estalagem e seus valentes, quis concluir e dar a tudo um final feliz, pois os criados se contentaram com tudo quanto Dom Luís disse: e dona Clara ficou tão contente que ninguém que naquele momento olhasse para seu rosto não conheceria o regozijo de sua alma.

DOM QUIXOTE

Zoraida, embora não entendesse bem todos os acontecimentos que presenciara, se entristecia e também se alegrava ao ver e notar os semblantes de cada um, especialmente de seu espanhol, em quem sempre tinha postos os olhos e pendente a alma. O estalajadeiro, a quem não passou despercebido a dádiva e recompensa que o padre fizera ao barbeiro, pediu a Dom Quixote o pagamento pelo estrago dos odres e a perda do vinho, jurando que não sairiam da estalagem nem Rocinante nem o jumento de Sancho, sem que antes lhe pagassem até o último tostão. O padre apaziguou tudo, e tudo Dom Fernando pagou, mesmo que o ouvidor, de boa vontade, também tenha se oferecido para pagar; e todos ficaram em tanta paz e sossego que a estalagem já não parecia a discórdia do campo de Agramante, como dissera Dom Quixote, mas a própria paz e tranquilidade da época de Otaviano;[1] por tudo isso, era opinião comum que se devia agradecer à boa intenção e grande eloquência do senhor padre e a incomparável liberalidade de Dom Fernando.

Vendo-se, pois, Dom Quixote livre e desembaraçado de tantas pendências, tanto as de seu escudeiro como as suas, pareceu-lhe que seria bom continuar sua já iniciada viagem e terminar aquela grande aventura para a qual fora chamado e escolhido, e, assim, com resoluta determinação, foi ajoelhar-se diante de Doroteia, que não lhe permitiu falar uma palavra até que se levantasse, e ele, obedecendo-a, pôs-se de pé e disse:

— Diz um conhecido provérbio, formosa senhora, que a diligência é mãe da boa ventura, e em muitas e graves coisas a experiência já provou que a solicitude do negociante dá bom fim a pleito duvidoso; mas em nenhuma das coisas se mostra essa verdade mais do que nas da guerra, em que a rapidez e a vivacidade previnem os movimentos do inimigo e alcançam a vitória antes que o adversário se ponha na defesa. Digo tudo isso, alta e preciosa senhora, porque me parece que nossa permanência nesse castelo já não tem proveito, e poderia até nos ser danosa, como logo saberíamos, pois quem sabe se, por espiões ocultos e diligentes, haverá sabido vosso inimigo o gigante que vou destruí-lo, e, dando-lhe lugar o tempo, vá se fortificar em algum castelo ou fortaleza inexpugnável contra quem minha diligência e a força de meu incansável braço valerão pouco? Então, senhora minha, vamos prevenir, como eu disse, com nossa diligência seus desígnios, e partamos logo para a boa ventura, pois vossa grandeza não tardará mais em tê-la do modo que deseja do que eu tardarei em me ver diante de vosso oponente.

Dom Quixote calou-se e não disse mais nada, e esperou calmamente a resposta da formosa infanta, que, com um gesto majestoso e ajustado ao estilo de Dom Quixote, respondeu desta maneira:

— Agradeço-vos, senhor cavaleiro, o desejo que demonstrais de me favorecer em minha grande aflição, como bom cavaleiro a quem é natural e concernente favorecer os

---

1. A paz otaviana foi o longo período de paz no Império Romano que teve início depois da guerra do triunvirato em 30 a.C.

CAPÍTULO 46

órfãos e necessitados, e queira o céu que o vosso e o meu desejo se cumpram, para que vejais que há mulheres agradecidas no mundo; e quanto à minha partida, que seja logo, já que não tenho outra vontade além da vossa: disponde de mim a todo o vosso desejo e arbítrio, pois aquela que outrora vos deu a defesa de sua pessoa e pôs em vossas mãos a restauração de seus domínios não há de querer ir contra o que vossa prudência mandar.

— Pela graça de Deus — disse Dom Quixote. — E como vossa senhoria se humilha diante de mim, não quero perder a oportunidade de erguê-la e pô-la em seu herdado trono. Que a partida seja logo, porque o desejo e a estrada já me impelem ou, como se costuma dizer, na demora reside o perigo; e como o céu não criou, nem o inferno viu ninguém que me amedronte ou acovarde, encilha Rocinante, Sancho, e aparelha teu jumento e o palafrém da rainha, e despeçamo-nos do castelão e desses senhores, e vamo-nos daqui direto ao ponto.

Sancho, que estava presente a tudo, disse, balançando a cabeça de um lado para o outro:

— Ai, senhor, senhor, a coisa é mais feia do que parece na aldeia, diga-se com perdão das honradas cortesãs![2]

— Que coisa feia pode haver em qualquer aldeia, ou em todas as cidades do mundo, que possa ser dita contra mim, vilão?

— Se vossa mercê se zanga — respondeu Sancho —, vou me calar e parar de dizer o que sou obrigado como bom escudeiro, e como um bom criado deve dizer a seu senhor.

— Diz o que quiseres — replicou Dom Quixote —, tuas palavras não me causam nenhum medo: pois, se tu o tens, ages como quem és, e, se eu não o tenho, ajo como quem sou.

— Não é nada disso, por todos os meus pecados! — respondeu Sancho. — É que tenho por certo e confirmado que essa senhora que se diz rainha do grande reino de Micomicão não o é mais do que minha mãe, pois se ela fosse o que diz não andaria se bicando escondida pelos cantos com um dos que está aqui na roda.

Doroteia levantou-se, ruborizada com as palavras de Sancho, porque era verdade que seu esposo Dom Fernando, uma vez, às escondidas de outros olhos, colhera com os lábios parte do prêmio que seus desejos mereciam, e Sancho tinha visto isso, e pareceu-lhe que aquela desenvoltura era mais de dama cortesã do que de rainha de tão grande reino; ela não pôde nem quis responder a Sancho uma palavra, mas deixou-o continuar sua conversa, e ele foi dizendo:

— Digo isso, senhor, porque se, depois de ter percorrido caminhos e estradas, e passado noites ruins e dias piores, aquele que está se divertindo nesta estalagem há de vir

---

2.   As desculpas "com perdão das honradas senhoras" eram dadas quando se dizia algo que poderia ser considerado ofensivo; aqui Sancho distorce a frase maliciosamente, ao utilizar "cortesãs", mulheres de costumes libertinos, muitas vezes prostitutas.

a colher o fruto de nosso trabalho, não há razão para que eu me apresse em selar Rocinante, albardar o jumento e adereçar o palafrém, pois é melhor nos aquietarmos, e que cada puta se arranje como quiser, e fiquemos todos na paz.

Oh, valha-me Deus! Quão grande foi a ira que Dom Quixote sentiu ao ouvir as palavras desconjuntadas de seu escudeiro! Digo que foi tanta que, com voz atropelada e língua gaguejante, lançando fogo vivo pelos olhos, ele disse:

— Oh, vilão velhaco, malvisto, degradado, ignorante, indiscreto, desbocado, atrevido, murmurador e maledicente! Como te atreveste a dizer tais palavras em minha presença e na dessas ilustres senhoras? Como ousastes pôr em tua imaginação confusa tais desonestidades e atrevimentos? Sai de minha presença, monstro da natureza, depositário de mentiras, armazém de embustes, silo de velhacaria, inventor de maldades, publicador de sandices, inimigo do decoro que se deve às pessoas reais! Vai, não aparece diante de mim, sob pena de minha ira!

E, dizendo isso, ergueu as sobrancelhas, estufou as bochechas, olhou em todas as direções e deu um grande chute no chão com o pé direito, todos sinais da ira que encerrava em suas entranhas. Com tais palavras e gestos furiosos Sancho ficou tão acovardado e assustado que nesse instante queria que a terra se abrisse sob seus pés e o engolisse, e não soube o que fazer senão virar as costas e afastar-se da presença raivosa de seu senhor. Mas a discreta Doroteia, que já compreendia tão bem o humor de Dom Quixote, disse, para aplacar sua ira:

— Não vos indigneis, senhor Cavaleiro da Triste Figura, com as sandices que vosso bom escudeiro disse, porque talvez ele não as tenha dito sem motivo, nem de sua boa compreensão e consciência cristã pode-se suspeitar que ele levante falso testemunho de ninguém; e, assim, deve-se acreditar, sem dúvida, que como neste castelo, segundo dizei, senhor cavaleiro, todas as coisas vêm e acontecem por meio de encantamento, poderia ser, digo, que Sancho tivesse visto por esse caminho diabólico o que ele diz ter visto tão em ofensa de minha honestidade.

— Pelo onipotente Deus eu juro — disse Dom Quixote neste momento — que vossa grandeza acertou em cheio, e que alguma má visão surgiu diante desse pecador Sancho, que o fez ver o que seria impossível de ver se não fosse por encantamento: pois conheço bem a bondade e a inocência deste infeliz, que não sabe levantar falso testemunho de ninguém.

— Assim é e assim será — disse Dom Fernando —; então vossa mercê, senhor Dom Quixote, deve perdoá-lo e tornar a favorecê-lo com sua graça, *sicut erat in principio*,[3] antes que as tais visões o tirassem de seu juízo.

---

3. "Como era no princípio": o começo da oração de Glória ao Pai, rezada nas cerimônias depois do Pai-Nosso e da Ave-Maria.

CAPÍTULO 46

Dom Quixote respondeu que o perdoava, e o padre foi buscar Sancho, que veio muito humilde e, ajoelhando-se, pediu a mão ao seu amo, e ele a deu e, depois de permitir que a beijasse, o abençoou, dizendo:

— Agora já deves saber, Sancho, meu filho, que é verdade o que eu já te disse muitas vezes, que todas as coisas neste castelo são feitas por via de encantamento.

— Acho que sim — disse Sancho —, exceto por aquilo da manta, que realmente aconteceu por via ordinária.

— Não acredites — respondeu Dom Quixote —, pois, se fosse assim, eu te vingaria na ocasião, e também agora; mas nem então nem agora pude ver alguém em quem me vingar de teu agravo.

Todos quiseram saber o que era aquela coisa da manta, e o estalajadeiro contou-lhes ponto por ponto a história de quando Sancho Pança foi pelos ares, da qual todos riram muito, e Sancho não riria menos se seu amo não assegurasse de novo que era encantamento: pois a sandice de Sancho nunca chegou ao ponto de acreditar que não era verdade pura e apurada, sem qualquer possibilidade de engano, o fato de ter sido manteado por pessoas de carne e osso, e não por fantasmas sonhados ou imaginados, como seu senhor acreditava e afirmava.

Já havia dois dias que toda aquela gente ilustre estava na estalagem; e parecendo-lhes que era hora de partir, ajustaram as coisas para que, sem que Doroteia e Dom Fernando se dessem ao trabalho de voltar com Dom Quixote à sua aldeia, com a invenção da liberdade da rainha Micomicona, o padre e o barbeiro pudessem levá-lo do jeito que desejavam, para procurar o remédio de sua loucura em sua terra. E o que resolveram foi combinar com um carreiro de bois, que por acaso estava passando por ali, para que o levasse, desta forma: fizeram uma espécie de jaula, de paus treliçados, capaz de locomover confortavelmente Dom Quixote, e depois Dom Fernando e seus camaradas, com os criados de Dom Luís e os quadrilheiros, juntamente com o estalajadeiro, todos, por ordem e parecer do padre, cobriram o rosto e se disfarçaram, uns de um modo, outros de outro, de maneira que, para Dom Quixote, parecessem ser outras pessoas que não as que ele havia visto naquele castelo.

Feito isso, com grandíssimo silêncio entraram onde ele estava dormindo e descansando das refregas passadas. Aproximaram-se dele, que dormia livre e despreocupado de tal acontecimento, e, segurando-o com força, amarraram-lhe muito bem as mãos e os pés, de modo que, quando acordou sobressaltado, não pôde se mexer nem fazer nada além de se admirar e pasmar de ver diante dele rostos tão estranhos; e logo pensou no que sua imaginação contínua e desvairada lhe representava, e acreditou que todas aquelas figuras eram fantasmas daquele castelo encantado, e que sem dúvida alguma ele já estava encantado, pois não podia se mover nem se defender: tudo do jeito que o padre, inventor do artifício, tinha pensado que aconteceria. Só Sancho, de todos os presentes, estava em sã consciência e com sua mesma cara, e embora estivesse muito perto de ter a mesma doença que seu amo, não deixou de perceber quem eram todas aquelas figuras distorcidas, mas não se atreveu a descosturar a boca, até ver no que dava aquele assalto e prisão de seu amo, que também não dizia uma palavra, prestando atenção para ver onde ia parar sua desgraça: e foi que, levando a jaula até ali, o encerraram lá dentro, cravando os paus com tanta força que só podiam ser tirados com muita dificuldade.

Depois o pegaram nos ombros, e, quando estavam saindo do aposento, ouviu-se uma voz tenebrosa, a pior que soube fazer o barbeiro, não o da albarda, mas o outro, que dizia:

— Ó Cavaleiro da Triste Figura!, não te sintas humilhado pela prisão em que vais, pois assim convém para terminar mais rápido a aventura em que teu grande esforço te pôs. A qual terminará quando o furibundo leão manchado e a branca pomba tobosina se fundirem num só, já humilhadas as nobres cristas ao suave jugo matrimonial, de cujo consórcio inédito sairão à luz do orbe os bravos filhotes que imitarão as rampantes garras do valente pai; e isso será antes que o perseguidor da ninfa fugitiva faça duas vezes a visita das luzentes imagens com seu rápido e natural curso. E tu, ó mais nobre e obediente escudeiro que teve espada na cinta, barba no rosto e olfato no nariz!, não desmaies nem te descontentes ao ver levar assim diante de teus olhos a flor da cavalaria andante, que logo, se o modelador do mundo quiser, te verás tão alto e tão sublimado que não te reconhecerás, e as promessas que te fez teu bom senhor não serão defraudadas; e asseguro-te, em nome da sábia Mentironiana, que teu salário será pago, como verás na prática; e segue os passos do valoroso e encantado cavaleiro, pois convém que vás com ele até o fim. E porque não me é lícito dizer outra coisa, ficai com Deus, que eu volto para o lugar que conheço.

No fim da profecia, ele levantou a voz um tanto, e depois a baixou com um acento tão terno, que mesmo aqueles que conheciam a zombaria estavam prestes a acreditar que o que ouviam era verdade.

Dom Quixote ficou consolado pela profecia que ouvira, pois logo deduziu letra por letra de seu significado e viu que lhe prometiam ver-se ajuntado em santo e devido matrimônio com sua querida Dulcineia del Toboso, de cujo feliz ventre sairiam os filhotes, que eram seus filhos, para a glória perpétua de La Mancha; e acreditando nisso bem e firmemente, levantou a voz e, dando um grande suspiro, disse:

— Ó tu, quem quer que sejas, que tantas benesses me anunciaste! Rogo-te que peças em meu nome ao sábio encantador que cuida de minhas coisas que não me deixe perecer nesta prisão para onde agora me levam, até que eu veja cumpridas promessas tão alegres e incomparáveis como as que me foram feitas aqui; que, se assim for, terei por glória as penas de meu cárcere, e por alívio essas cadeias que me cingem, e não por duro campo de batalha esse leito em que me deitam, mas sim por cama macia e tálamo

CAPÍTULO 46

auspicioso. E quanto à consolação de Sancho Pança, meu escudeiro, confio em sua bondade e boa conduta que não me deixará nem em boa nem em má sorte; porque, caso não seja possível, por causa da sua ou de minha pouca ventura, dar a ele a ilha ou algo equivalente que lhe prometi, pelo menos seu salário haverá de receber, pois em meu testamento, que já está feito, deixo declarado o que deve ser dado a ele, não de acordo com seus muitos e bons serviços, mas conforme minha possibilidade.

Sancho Pança inclinou-se a ele com muito comedimento e beijou-lhe as duas mãos, pois só uma não podia, por estarem atadas as duas.

Depois aquelas aparições puseram a jaula nos ombros e a acomodaram no carro de bois.

Isidro e Antonio Carnicero e José Joaquín Fabregat, 1782

Capítulo 47

Da estranha maneira com que Dom Quixote foi
encantado, com outros famosos sucessos

Quando Dom Quixote se viu enjaulado daquela maneira e em cima do carro, disse:

— Já li muitas e muito sérias histórias de cavaleiros andantes, mas jamais li, nem vi, nem ouvi dizer que cavaleiros encantados sejam carregados dessa maneira e com a lentidão que esses animais preguiçosos e lerdos prometem, pois sempre costumam ser levados pelos ares com estranha rapidez, encerrados em alguma nuvem parda e escura ou em alguma carruagem de fogo, ou em algum hipogrifo ou outro animal semelhante; mas que me levem agora num carro de bois, valha-me Deus! Como isso me deixa confuso! Mas talvez a cavalaria e os encantos destes nossos tempos devam seguir um caminho diferente do que os antigos seguiram. E também pode ser que, como sou novel cavaleiro no mundo, e o primeiro que ressuscitou o já esquecido exercício da cavalaria aventureira, outros tipos de encantamentos e outras formas de transportar os encantados também tenham sido idealizados pela primeira vez. O que achas disso, Sancho, meu filho?

— Não sei o que acho — respondeu Sancho —, pois não sou tão lido como vossa mercê nos escritos andantes; mas, apesar disso, ousaria afirmar e jurar que essas visões que por aqui andam não são lá muito católicas.

— Católicas? Meu pai! — respondeu Dom Quixote. — Como podem ser católicas, se são todos demônios que assumiram corpos fantásticos para vir aqui fazer isso e me deixar neste estado? E se quiseres ver essa verdade, toca-os e apalpa-os, e verás como têm o corpo feito de ar e como consistem apenas de aparência.

— Por Deus, senhor — respondeu Sancho —, já toquei neles, e esse demônio que anda por aqui tão solícito é roliço de carnes e tem outra propriedade muito diferente da que ouvi dizer que os demônios têm; porque, pelo que se diz, todos eles cheiram a pedra sulfurosa e a outros maus odores, mas este recende a âmbar já a meia légua de distância.

Sancho dizia isso por causa de Dom Fernando, o qual, por ser tão nobre, devia mesmo cheirar ao que Sancho dizia.

Antonio Pérez Rubio, 1887

— Não te maravilhes com isso, Sancho amigo — respondeu Dom Quixote —, pois quero que saibas que os demônios sabem muito e, apesar de trazerem cheiros consigo, eles mesmos não cheiram a nada, porque são espíritos e, se cheiram, não podem cheirar a coisas boas, mas a ruins e pestilentas. E a razão é que, como eles trazem consigo o inferno onde quer que estejam e não podem receber nenhum tipo de alívio em seus tormentos, e o bom cheiro é uma coisa que deleita e contenta, não é possível que eles cheirem a coisa boa. E se te parece que aquele demônio do qual falas cheira a âmbar, ou tu te enganas ou ele quer te enganar fazendo com que não penses nele como um demônio.

Todos esses colóquios se passavam entre amo e criado; e Dom Fernando e Cardênio, temendo que Sancho viesse a descobrir por completo sua invenção, da qual já estava bastante desconfiado, resolveram abreviar a partida e, chamando à parte o estalajadeiro, mandaram-lhe encilhar Rocinante e albardar o jumento de Sancho, o que ele fez com grande presteza.

Nisso, o padre já havia combinado com os quadrilheiros que o acompanhassem ao seu lugar, dando-lhes um tanto por dia. Cardênio pendurou o escudo num dos lados da sela de Rocinante e a bacia no outro, e por sinais mandou que Sancho montasse em seu burro e pegasse Rocinante pelas rédeas, e pôs de ambos os lados do carro os dois quadrilheiros com suas espingardas. Mas antes que o carro se movesse, a estalajadeira, sua filha e Maritornes saíram para se despedir de Dom Quixote, fingindo que choravam de dor por sua desgraça; a quem Dom Quixote disse:

— Não choreis, minhas boas senhoras, porque todas essas desgraças estão ligadas a quem professa o que eu professo, e se essas calamidades não me acontecessem, eu não me consideraria um famoso cavaleiro andante, pois a cavaleiros de pouco nome e fama nunca sucedem semelhantes casos, porque não há ninguém no mundo que se lembre deles: aos valorosos, sim, pois têm inveja de sua virtude e bravura muitos príncipes e muitos outros cavaleiros, que procuram por más vias destruir os bons. Mas, apesar disso, a virtude é tão poderosa que por si só, apesar de toda a necromancia que seu primeiro inventor Zoroastro conheceu, sairá vitoriosa de todos os transes e dará luz ao mundo como o sol dá ao céu. Perdoai-me, formosas damas, se vos causei algum infortúnio por descuido meu, que de bom grado e conscientemente nunca os dei a ninguém, e rogai a Deus que me tire dessas prisões em que algum encantador mal-intencionado me pôs: que se delas eu me vir livre, não sairá de minha memória as mercês que me haveis dado neste castelo, para gratificá-las, servi-las e recompensá-las como elas merecem.

Enquanto isso se passava entre as damas do castelo e Dom Quixote, o padre e o barbeiro despediram-se de Dom Fernando e seus camaradas, e do capitão e seu irmão e de todas aquelas senhoras alegres, sobretudo Doroteia e Lucinda. Todos se abraçaram e concordaram em trocar notícias de seus sucessos, dizendo Dom Fernando ao padre para

CAPÍTULO 47

onde deveria escrever para informá-lo do destino de Dom Quixote, assegurando-lhe que não havia nada que lhe daria mais prazer em saber, e que ele também o informaria de tudo que visse que poderia dar-lhe gosto, tanto de seu casamento quanto do batismo de Zoraida, e o sucesso de Dom Luís e o regresso de Lucinda à sua casa. O padre se comprometeu a fazer tudo que lhe ordenavam, com toda pontualidade. Abraçaram-se outra vez, e outra vez tornaram a fazer novos oferecimentos.

O estalajadeiro foi ter com o padre e lhe deu alguns papéis, dizendo-lhe que os encontrara no forro da maleta onde se achou a *Novela do curioso impertinente* e que, como o dono não passara mais por ali, que os levasse todos, pois, como ele não sabia ler, não os queria. O padre agradeceu-lhe e, abrindo-os logo, viu que no início do escrito dizia: *Novela de Rinconete e Cortadillo*,[1] e por isso entendeu que era alguma novela e deduziu que, como a do curioso impertinente tinha sido boa, aquela também seria, pois talvez fossem todas do mesmo autor; e, assim, guardou-a, com o propósito de lê-la quando tivesse oportunidade.

Subiu a cavalo, e também seu amigo o barbeiro, com suas máscaras, para que não fossem reconhecidos por Dom Quixote, e começaram a andar atrás do carro. A ordem em que estavam era esta: o carro ia primeiro, guiado pelo dono; de ambos os lados estavam os quadrilheiros, como já foi dito, com suas espingardas; depois Sancho Pança seguia em seu burro, levando Rocinante pelas rédeas. Atrás de todo o cortejo iam o padre e o barbeiro em suas imponentes mulas, seus rostos cobertos, como já foi dito, com um porte sério e calmo, não andando mais do que o passo lento dos bois permitia. Dom Quixote ia sentado na jaula, as mãos atadas, os pés estendidos e encostado nas grades, com tanto silêncio e tanta paciência como se não fosse um homem de carne, e sim uma estátua de pedra.

E assim, com esse vagar e silêncio caminharam cerca de duas léguas, até chegarem a um vale, que o carreiro achou ser um lugar confortável para descansar e dar pasto aos bois; e dizendo-o ao padre, foi a opinião do barbeiro que andassem um pouco mais, pois ele sabia que atrás de uma encosta que perto dali se mostrava havia um vale com mais pasto, muito melhor do que aquele onde queriam parar. Seguiu-se o conselho do barbeiro, e assim eles tornaram a prosseguir seu caminho.

Nisso o padre virou o rosto e viu que às suas costas vinham uns seis ou sete homens a cavalo, bem-vestidos e adornados, pelos quais logo foram alcançados, pois não andavam com a pachorra e o repouso dos bois, mas como quem ia sobre mulas de cônegos e com o desejo de chegar rápido para fazer a sesta na estalagem que ficava a menos de uma légua dali. Os ligeiros se aproximaram dos lerdos, e todos se cumprimentaram com cortesia; um dos que vinham, que, por sinal, era cônego de Toledo e senhor dos outros que o acompanhavam, vendo aquela procissão organizada de carro, quadrilheiros,

---

1. A novela "Rinconete e Cortadillo" foi publicada pela primeira vez em 1613, como parte da coleção de *Novelas exemplares*; a descoberta do estalajadeiro confirma que Cervantes já a tinha escrito em 1604.

DOM QUIXOTE

Sancho, Rocinante, padre e barbeiro, e mais Dom Quixote enjaulado e aprisionado, não pôde deixar de perguntar o que significava levar aquele homem daquela maneira, embora já tivesse entendido, vendo as insígnias dos quadrilheiros, que devia ser algum ladrão criminoso ou outro delinquente cuja punição cabia à Santa Irmandade. Um dos quadrilheiros, a quem a pergunta foi feita, respondeu assim:

— Senhor, que o próprio cavaleiro lhe diga o que significa ir dessa forma, pois nós não sabemos.

Dom Quixote ouviu a conversa e disse:

— Por acaso vossas mercês, senhores, são versados e peritos no tema da cavalaria andante? Porque, se forem, comunicarei a vossas mercês minhas desgraças, mas, caso contrário, não há motivo para me cansar em dizê-las.

A essa altura, vendo que os caminhantes estavam conversando com Dom Quixote de La Mancha, o padre e o barbeiro já haviam chegado, para responder de modo que seu artifício não fosse descoberto.

O cônego, ao que disse Dom Quixote, respondeu:

— Na verdade, irmão, sei mais de livros de cavalaria do que das *Súmulas* de Villalpando.[2] Então, se não for nada mais do que isso, com certeza podeis me comunicar o que quiserdes.

— Graças a Deus — respondeu Dom Quixote. — Se é assim, quero, senhor cavaleiro, que saibais que vou encantado nesta jaula pela inveja e fraude de malvados encantadores, pois a virtude é mais perseguida pelos maus do que amada pelos bons. Cavaleiro andante sou, e não daqueles de cujos nomes a fama nunca se lembrou para eternizá-los em sua memória, mas daqueles que, a despeito e pesar da própria inveja, e de quantos magos criou a Pérsia, brâmanes a Índia, gimnosofistas a Etiópia,[3] há de pôr seu nome no templo da imortalidade, para que sirva de exemplo e modelo nos séculos vindouros, a fim de que os cavaleiros andantes vejam os passos que devem seguir, se quiserem chegar ao cume e à honrosa alteza das armas.

— O senhor Dom Quixote de La Mancha diz a verdade — disse o padre neste momento —, pois vai encantado nesse carro, não por suas culpas e pecados, mas pelas más intenções daqueles a quem a virtude irrita e a coragem enraivece. Este é, senhor, o Cavaleiro da Triste Figura, de quem talvez já ouvistes falar em algum momento, cujas valorosas façanhas e grandes feitos serão inscritos em bronzes duros e em mármores eternos, por mais que a inveja se canse de obscurecê-los e a malícia, de ocultá-los.

---

2. Refere-se à *Summa Summularum* (1557), de Gaspar Cardillo de Villalpando, obra teológica utilizada pelos universitários.

3. Os magos, brâmanes e gimnosofistas aparecem no livro xv das *Floridas* de Apuleio. Os brâmanes, na época, eram os sacerdotes que seguiam a doutrina de Pitágoras; os gimnosofistas eram os filósofos ascetas.

504

CAPÍTULO 47

Quando o cônego ouviu o preso e o livre falarem daquele jeito, quase fez o sinal da cruz de tanta admiração, sem entender o que lhe havia acontecido, e todos os que o acompanhavam caíram no mesmo pasmo. Nisso Sancho Pança, que se aproximara para ouvir a conversa, para melhorar tudo, disse:

— Agora, senhores, queiram-me bem ou queiram-me mal pelo que eu disser, o fato é que meu senhor Dom Quixote vai tão encantado quanto minha mãe: está em seu juízo perfeito, come e bebe e faz suas necessidades como os demais homens e como as fez até ontem, antes de o enjaularem. Sendo assim, como querem me fazer entender que vai encantado? Pois já ouvi muita gente dizer que os encantados não comem, não dormem nem falam, e meu amo, quando não o interrompem, fala mais do que trinta procuradores.

E voltando-se para o padre, continuou dizendo:

— Ah, senhor padre, senhor padre! Vossa mercê acha que eu não o conheço e acha que eu não percebo e adivinho para onde se encaminham esses novos encantamentos? Pois saiba que eu o conheço, por mais que encubra seu rosto, e saiba que eu o entendo, por mais que dissimule seus embustes. Enfim, onde reina a inveja não pode viver a virtude, nem a generosidade onde há mesquinhez. Maldito seja o diabo, que, se não fosse por sua reverência, a essa hora meu senhor já estaria casado com a infanta Micomicona, e eu já seria no mínimo conde, pois não se poderia esperar outra coisa, tanto da bondade de meu senhor da Triste Figura quanto da grandeza de meus serviços! Mas já vejo que é verdade o que se diz por aí: que a roda da fortuna gira mais rápido do que uma roda de moinho e que quem ontem estava nos píncaros hoje está no chão. Tenho pena por meus filhos e minha mulher, pois quando podiam e deviam esperar ver seu pai entrar pelas portas feito governador ou vice-rei de alguma ilha ou reino, vão vê-lo entrar feito cavalariço. Tudo isso que digo, senhor padre, é apenas para encarecer que sua paternidade tenha consciência dos maus-tratos que meu senhor recebe, e veja bem para que Deus não lhe cobre na outra vida por essa prisão de meu amo e o responsabilize por todos os socorros e bens que meu senhor Dom Quixote deixa de fazer nesse tempo que está preso.

— Não posso acreditar no que ouço! — disse o barbeiro nesse ponto. — Também vós, Sancho, sois da confraria de vosso amo? Valha-me Deus! Estou achando que haveis de lhe fazer companhia na jaula, e que haveis de ficar tão encantado como ele, pelo que vos toca de seu humor e de sua cavalaria! Em mau ponto vos emprenhastes de suas promessas e em má hora metestes na cachola a ilha que tanto desejais.

— Não estou prenhe de ninguém — respondeu Sancho — nem sou homem que me deixasse emprenhar, de qualquer rei que fosse, pois, embora pobre, sou cristão-velho e não devo nada a ninguém; e, se ilhas desejo, outros desejam outras coisas piores, e cada um é filho de suas obras; e, se por ser homem posso me tornar até papa, quanto mais governador de uma ilha, ainda mais podendo meu senhor ganhar tantas que até lhe falte a quem dá-las.

DOM QUIXOTE

Vossa mercê olhe como fala, senhor barbeiro, que fazer barbas não é a única coisa que existe, e mesmo à noite nem todos os gatos são pardos. Digo isso porque todos nos conhecemos, e ninguém venha querer me fazer de bobo. E nessa questão do encanto de meu amo, Deus sabe a verdade, e paremos por aqui, para não mexermos em vespeiro.

O barbeiro não quis responder a Sancho, para que não descobrisse com sua ingenuidade o que ele e o padre tanto tentavam encobrir; e por esse mesmo temor o padre dissera ao cônego que andassem um pouco à frente, que lhe contaria o mistério do enjaulado, com outras coisas que lhe dariam gosto. O cônego assim o fez e, adiantando-se com seus criados e o padre, prestou atenção em tudo que este lhe disse sobre a condição, vida, loucura e costumes de Dom Quixote, contando-lhe brevemente o início e a causa de seu desvario e todo o progresso de seus sucessos, até o enfiarem naquela jaula, e o plano que tinham de levá-lo para sua terra, para ver se por algum meio poderiam encontrar um remédio para sua loucura. Os criados e o cônego ficaram novamente admirados ao ouvir a estranha história de Dom Quixote, e quando terminaram de ouvi-la, o cônego disse:

— Verdadeiramente, senhor cura, tenho para mim que esses ditos livros de cavalaria são prejudiciais à república; e embora tenha lido, levado por um ocioso e falso gosto, o início de quase todos os desse gênero que há impressos, jamais consegui ler nenhum deles do começo ao fim, pois me parece que uns mais, outros menos, todos eles são a mesma coisa, e não tem este mais do que aquele, nem este outro mais do que o outro. E parece-me que esse gênero de escrita e composição enquadra-se no das fábulas a que chamam "milésias", que são contos disparatados, que servem apenas para deleitar, e não ensinar, ao contrário do que fazem as fábulas apologéticas, que deleitam e ao mesmo tempo ensinam. E como a intenção principal de tais livros é o deleite, não sei como podem alcançá-lo, estando cheios de tantos e tão desaforados disparates: pois o deleite que se concebe na alma deve ser o da formosura e da concordância que ela vê ou contempla nas coisas que a vista ou a imaginação lhe apresentam, e toda coisa que tem em si fealdade e descompostura não pode nos causar nenhum contentamento. Pois que formosura pode haver, ou que proporção das partes com o todo e do todo com as partes, num livro ou fábula onde um moço de dezesseis anos apunhala um gigante do tamanho de uma torre e o divide em duas metades, como se fosse de algodão, e que quando querem nos pintar uma batalha, depois de terem dito que há um milhão de combatentes do lado do inimigo, como o herói do livro está contra eles, necessariamente, e por mais que nos pese, devemos entender que tal cavaleiro alcançou a vitória apenas pelo valor de seu braço forte? E o que diremos da facilidade com que uma rainha ou imperatriz herdeira se comporta nos braços de um andante e desconhecido cavaleiro? Que inteligência, se não for totalmente bárbara e inculta, poderá contentar-se ao ler que uma grande torre cheia de cavaleiros navega mar afora, como um navio com vento próspero, e hoje anoitece na Lombardia

CAPÍTULO 47

e amanhã acorda nas terras do Preste João das Índias, ou em outras que nem Ptolomeu descreveu nem Marco Polo viu?[4] E se a isso me respondessem que aqueles que compõem tais livros os escrevem como coisas de mentira e que, assim, não são obrigados a pôr reparo em delicadezas ou verdades, eu lhes responderia que a mentira é tanto melhor quanto mais parece verdadeira, e tanto mais agrada quanto mais tem de verossímil e possível. As fábulas mentirosas devem estar casadas com o entendimento de quem as lê, e precisam ser escritas de tal maneira que, facilitando os impossíveis, aplainando as grandezas e deixando os ânimos em suspenso, admirem, suspendam, provoquem e entretenham, para que a admiração e a alegria andem no mesmo passo; e todas essas coisas não poderá fazer aquele que foge da verossimilhança e da imitação, nas quais consiste a perfeição do que se escreve. Nunca vi nenhum livro de cavalarias que faça um corpo de fábula inteiro, com todos os seus membros, de tal forma que o meio corresponda ao começo, e o fim ao princípio e ao meio, mas os compõem com tantos membros que mais parece que têm a intenção de formar uma quimera ou um monstro do que fazer uma figura bem-proporcionada. Além disso, seu estilo é duro; suas façanhas, incríveis; seus amores, lascivos; suas cortesias, malvistas; longos nas batalhas, tolos na razão, disparatados nas viagens e, finalmente, alheios a todo discreto artifício e, por isso, dignos de ser desterrados da república cristã, como se faz com gente inútil.

O padre ouvia-o com grande atenção, e pareceu-lhe um homem de bom entendimento e que tinha razão no que dizia, e, assim, disse-lhe que por ser da mesma opinião e ter ojeriza aos livros de cavalaria, tinha queimado todos os de Dom Quixote, que eram muitos. E contou-lhe sobre o escrutínio que fizera deles, e daqueles que condenara ao fogo e os que deixara vivos, do que não pouco se riu o cônego, e disse que, apesar de tudo o que havia falado de mal sobre esses livros, via algo de bom neles, que era a matéria que ofereciam para que um bom entendimento pudesse mostrar-se neles, pois ofereciam um campo longo e espaçoso no qual a pluma podia correr sem nenhum constrangimento, descrevendo naufrágios, tormentas, reencontros e batalhas, pintando um capitão valente com todas as partes que para tal lhe são exigidas, mostrando-se prudente em prevenir a astúcia de seus inimigos e eloquente orador em persuadir ou dissuadir seus soldados, maduro nos conselhos, ágil no determinado, tão corajoso em esperar como em atacar; ora pintando um lamentável e trágico sucesso, ora um alegre e impensável acontecimento; ali uma formosíssima dama, honesta, discreta e recatada; aqui um cavalheiro cristão, valente e comedido; acolá um bárbaro fanfarrão desaforado; aqui um príncipe cortês, valoroso e benquisto; representando bondade e lealdade de vassalos, grandezas e mercês de senhores. Pode ora mostrar-se astrólogo, ora excelente cosmógrafo, ora músico, ora inteligente

---

4. Ptolomeu foi um geógrafo e astrônomo grego; Marco Polo foi um viajante veneziano que escreveu *Il Milione*, o livro de viagens mais famoso da Idade Média, muitas vezes considerado fabuloso.

em assuntos de Estado, e talvez lhe surja a oportunidade de se mostrar necromante, se assim desejar. Pode mostrar a astúcia de Ulisses, a piedade de Eneias, a bravura de Aquiles, os infortúnios de Heitor, as traições de Sinon, a amizade de Euríalo, a liberalidade de Alexandre, a coragem de César, a clemência e a verdade de Trajano, a fidelidade de Zópiro, a prudência de Catão[5] e, enfim, todas aquelas ações que podem tornar perfeito um varão ilustre, ora reunindo-os num só, ora dividindo-os em muitos. E, sendo feito isso com aprazimento de estilo e com engenhosa invenção, que chegue o mais perto possível da verdade, sem dúvida comporá um pano de vários e belos fios entramados, que depois de terminado demonstre tal perfeição e beleza, que alcance o melhor fim que se pretende nos escritos, que é ensinar e deleitar ao mesmo tempo, como eu já disse. Porque a escrita desenfreada desses livros faz com que o autor possa mostrar-se épico, lírico, trágico, cômico, com todas aquelas partes que encerram em si as mais doces e agradáveis ciências da poesia e da oratória: pois a épica pode tão bem ser escrita em prosa como em verso.

Alfredo Zalce, 1986

5. Personalidades exemplares da Antiguidade: Ulisses, Eneias, Aquiles e Heitor são célebres por estarem imortalizados nas epopeias gregas e latinas; Sinon foi quem induziu os troianos a aceitar o cavalo de madeira; Euríalo, na *Eneida*, era conhecido por sua amizade com Niso; Trajano, imperador romano, era considerado modelo de piedade; Zópiro foi fiel a Dario, rei da Pérsia, quando a Babilônia se rebelou; Catão, cônsul da República romana, se distinguiu pela sobriedade de seus conselhos, sempre prudentes.

Capítulo 48

*Onde o cônego prossegue com a matéria dos livros de
cavalarias, e outras coisas dignas de seu engenho*

— Assim é como vossa mercê diz, senhor cônego — disse o padre —, e por esse motivo são dignos de repreensão aqueles que até agora compuseram tais livros, sem o cuidado de se ater a nenhuma boa razão ou arte e regras por onde poderiam ser guiados e tornar-se famosos na prosa, como o são em verso os dois príncipes da poesia grega e latina.[1]

— Eu, pelo menos — replicou o cônego —, fiquei com uma certa tentação de fazer um livro de cavalaria, encerrando nele todos os pontos que apontei; e se devo confessar a verdade, escrevi mais de cem folhas, e para pôr à prova se correspondiam à minha avaliação, divulguei-as entre homens apaixonados por essa leitura, doutos e discretos, e entre outros ignorantes, que só respondem ao gosto de ouvir disparates, e de todos encontrei uma agradável aprovação. Mas, apesar disso, não avancei, tanto porque me parece que estou fazendo algo estranho à minha profissão quanto porque vejo que é maior o número dos simplórios do que o dos prudentes, e posto que é melhor ser elogiado pelos poucos sábios do que zombado pelos muitos néscios, não quero me sujeitar ao confuso julgamento do desvanecido vulgo, que na maioria das vezes são os que leem tais livros. Mas o que de fato tirou de meu alcance e até de meu pensamento finalizar a obra foi um argumento que tive para comigo mesmo, tirado das comédias que agora são encenadas, que diz: "Se estas que agora estão em voga, tanto as imaginadas quanto as históricas,[2] todas ou a maioria delas são conhecidos disparates e coisas que não têm pés nem cabeça, e, apesar disso, o vulgo as ouve com prazer, e as considera e as aprova como boas, estando tão longe de ser assim, e os autores que as compõem e os atores que as representam dizem que assim hão de ser, porque é assim que as quer o vulgo, e não de outra maneira, e que aquelas que miram e seguem os preceitos que a arte exige servem apenas a quatro discretos que as entendem, ficando os demais órfãos de entender seu artifício, e que é melhor

---

1. Homero e Virgílio.
2. Ou seja, tanto as fictícias como as de tema histórico.

DOM QUIXOTE

serem adotados pelos muitos do que ganhar aprovação dos poucos; assim virá a ser com meu livro, depois de ter quebrado a cabeça para manter os preceitos citados, virei a ser como o alfaiate da esquina que cose fiado e ainda dá a linha". Embora eu tenha tentado algumas vezes persuadir os da companhia de que eles estão enganados em ter a opinião que têm, e que atrairão mais pessoas e ganharão mais fama representando comédias que seguem a arte e não com as cheias de disparates, eles já estão tão aferrados e incorporados em seu parecer que não há razão ou evidência que os demova. Lembro-me de que um dia disse a um desses pertinazes: "Dizei-me, não vos lembrais de que há alguns anos foram representadas na Espanha três tragédias de um poeta famoso desses reinos, compostas de tal forma que maravilharam, deliciaram e arrebataram todos os que as desfrutaram? Tanto os simples quanto os prudentes, tanto os do vulgo quanto os eleitos, e deram mais dinheiro aos representantes, as três sozinhas, do que trinta das melhores que aqui foram feitas?". "Sem dúvida", respondeu o autor que mencionei, "vossa mercê deve estar se referindo a *La Isabela, La Filis e La Alejandra.*"[3] "A essas mesmo", respondi eu, "e notai se elas guardavam bem os preceitos da arte, e se, mantendo-os, deixavam de parecer o que eram e de agradar todo mundo. Então a culpa não é do vulgo, que pede disparates, mas de quem não sabe representar outra coisa. Sim, não foi disparate *La ingratitud vengada,* nem *La Numancia* o teve, nem foi encontrado na do *Mercader amante,* muito menos em *La enemiga favorable,*[4] nem em algumas outras que alguns entendidos poetas compuseram, para a fama e renome deles e para benefício daqueles que as representaram." E outras coisas acrescentei a essas, de modo que em minha opinião o deixei um tanto confuso, mas não satisfeito ou convencido a ponto de livrá-lo de seu equivocado pensamento.

— Vossa mercê tocou num assunto, senhor cônego — disse neste momento o padre —, que despertou em mim um antigo rancor que tenho das comédias que agora estão em voga, que é o mesmo que tenho com os livros de cavalaria; porque havendo de ser a comédia, como lhe parece a Túlio, espelho da vida humana, exemplo dos costumes e imagem da verdade, as que agora se representam são espelhos de disparates, exemplos do absurdo e imagens da lascívia. Pois que maior disparate pode haver em matéria do que estamos tratando do que uma criança em cueiros aparecendo na primeira cena do primeiro ato, e na segunda saindo já homem feito e barbado? E qual poderia ser ainda maior do que nos oferecer um velho valente e um jovem covarde, um lacaio retórico, um pajem conselheiro, um rei biscate e uma princesa lavadeira? O que direi, então, da obediência que eles mantêm com relação aos tempos em que as ações que se representam podem ou

3.   Obras de Lupercio Leonardo de Argensola escritas entre 1581 e 1584.
4.   *La ingratitud vengada:* comédia de Lope de Vega escrita entre 1585 e 1595, impressa em 1620; *La Numancia:* tragédia do próprio Cervantes, publicada postumamente, em 1784; *El mercader amante:* comédia de Gaspar Aguilar, publicada em 1616; *La enemiga favorable:* comédia do cônego Francisco Tárrega, impressa em 1616.

CAPÍTULO 48

podiam acontecer? Já vi comédia que a primeira jornada começou na Europa; a segunda, na Ásia; a terceira terminou na África, e ainda que fosse de quatro jornadas, a quarta terminaria na América, e, assim, teria sido feita nas quatro partes do mundo? E sendo a imitação o principal que a comédia há de ter, como é possível que ela satisfaça qualquer entendimento médio se, fingindo uma ação que se passa no tempo de rei Pepino e Carlos Magno, tem como principal personagem o imperador Heráclio, que entrou com a Cruz em Jerusalém, e o que ganhou a Casa Santa, como Godofredo de Bulhão, havendo infinitos anos de um para o outro;[5] e se baseando a comédia em algo fingido, como atribuir-lhe verdades históricas e misturar pedaços de outros episódios que aconteceram a pessoas e épocas diferentes, e isso não com traços verossímeis, mas com erros óbvios, absolutamente imperdoáveis? E o ruim é que há gente ignorante que diz que isso é perfeito e que o resto é andar com floreios. Pois bem, e se observamos as comédias religiosas? Que falsos milagres se fingem nelas, que coisas apócrifas e mal-entendidas, atribuindo a um santo os milagres de outro! E mesmo comédias profanas se atrevem a incluir milagres, sem mais respeito ou consideração do que pensar que tal milagre ou aparição ficarão bons ali, para que gente ignorante se maravilhe e venha à comédia. Que tudo isso atua em prejuízo da verdade e em detrimento da história, e até em desonra dos engenhos espanhóis, pois os estrangeiros, que com muita pontualidade cumprem as leis da comédia, consideram-nos bárbaros e ignorantes, vendo os absurdos e disparates das comédias que fazemos. E não seria exagerado afirmar que o principal objetivo das repúblicas bem-ordenadas ao permitir que as comédias se tornem públicas é entreter a comunidade com uma recreação honesta e distraí-la às vezes dos maus humores que a ociosidade tende a engendrar, e o fato de que isso se consiga com qualquer comédia, boa ou má, não cria razão para estabelecer leis nem restringir quem as compõe e as representa a fazê-las como deveriam ser feitas, porque, como disse, com qualquer uma alcança-se o que com elas se pretende. A isso eu responderia que esse fim seria alcançado muito mais facilmente, sem qualquer comparação, com boas comédias do que com as não boas, porque assistindo à comédia artificiosa e bem-ordenada o público sairia alegre com os gracejos, instruído com as verdades, maravilhado com os acontecimentos, sábio com as palavras, alerta com os embustes, sagaz com os exemplos, irado contra o vício e apaixonado pela virtude: que todos esses afetos há de despertar a boa comédia no espírito de quem a vir, por mais rústico e lerdo que seja, e de toda impossibilidade é impossível não alegrar e entreter, satisfazer e contentar a comédia que possui todas as suas partes muito mais do que aquela que carece delas, como normalmente carecem estas que agora são encenadas. E não têm culpa disso os poetas que as compõem, pois alguns deles sabem muito bem o que estão fazendo

---

5.   Pepino reinou de 752 a 768 d.C., e seu filho Carlos Magno, de 768 a 814 d.C.; Heráclio foi imperador de Bizâncio de 610 a 641 d.C.; Godofredo de Bulhão participou como general na Primeira Cruzada (1099).

DOM QUIXOTE

de errado e conhecem muito bem o que devem fazer, mas, como as comédias se tornaram mercadoria vendável, eles dizem, e dizem a verdade, que os representantes não as comprariam se não fossem dessa espécie; e, assim, o poeta procura acomodar-se com o que lhe pede o representante que lhe há de pagar por sua obra. E para que se veja que isso é verdade, pode-se notar pelas muitas e infinitas comédias que um felicíssimo engenho desses reinos compôs[6] com tanta galhardia, com tanta graça, com versos tão elegantes, com tão boas razões, com tão discretas sentenças, e, finalmente, tão cheias de elocução e alteza de estilo, que encheu o mundo com sua fama; e por querer acomodar-se ao gosto dos representantes, nem todas chegaram, como chegaram algumas, ao ponto de perfeição que se requer. Outros as compõem sem olhar para o que estão fazendo de tal modo que, depois de encenadas, os atores precisam fugir e se ausentar, temerosos de serem punidos, como muitas vezes o foram, por terem representado coisas para o prejuízo de alguns reis e para a desonra de algumas linhagens. Todos esses inconvenientes cessariam, e ainda outros muitos mais que não direi, se houvesse na corte uma pessoa inteligente e discreta que examinasse todas as peças antes de serem representadas (não apenas as que foram feitas na corte, mas todas as que quisessem representar na Espanha), sem a tal aprovação, selo e assinatura, nenhuma autoridade em seu local permitiria que qualquer comédia fosse realizada, e assim os comediantes teriam o cuidado de enviar as comédias à corte, e com segurança poderiam representá-las, e aqueles que compõem olhariam com mais cuidado e estudo o que faziam, temerosos de ter que passar suas obras pelo exame rigoroso de quem as entende; e assim se fariam boas comédias, e o que se pretende com elas seria felicissimamente alcançado: tanto o entretenimento do povo quanto a chancela dos grandes intelectos da Espanha, para o proveito e a segurança dos atores, que então seriam poupados de seu castigo. E se outro, ou este mesmo se encarregasse de examinar os novos livros de cavalaria que se compusessem, sem dúvida alguns poderiam sair com a perfeição que vossa mercê disse, enriquecendo nossa língua com o agradável e precioso tesouro de eloquência, dando oportunidade para que os livros antigos fossem ofuscados pelos novos que surgissem, para o honesto passatempo, não só dos ociosos, mas também dos mais ocupados, pois não é possível estar o tempo inteiro assoberbado, nem a condição e a debilidade humana podem ser mantidas sem qualquer lícita recreação.

A essa altura de seu colóquio estavam o cônego e o padre, quando o barbeiro, adiantando-se, aproximou-se deles e disse ao padre:

— Aqui, senhor licenciado, é o lugar que eu disse ser bom para que, enquanto tiramos a sesta, os bois aproveitem o pasto fresco e abundante.

— Assim me parece também — respondeu o padre.

---

6. Refere-se a Lope de Vega, cuja obra *Arte nuevo de hacer comedias* (1609) concorda em grande parte com as observações do cônego.

CAPÍTULO 48

E dizendo ao cônego o que pensava fazer, quis também ele ficar com eles, convidado pelo lugar com um belo vale que se oferecia à vista de todos. Assim, para aproveitar o lugar e a conversa com o padre, por quem já ficara cativado, e para saber mais das façanhas de Dom Quixote, mandou alguns de seus criados irem à estalagem, que estava não muito longe dali, e trazer de lá o que havia para comer, para todos, porque ele tinha resolvido sestear naquele lugar aquela tarde; ao que um de seus criados respondeu que a mula de provisões, que já devia estar na estalagem, tinha provisão suficiente e que da estalagem só precisavam pegar a cevada.

— Bem, se é assim — disse o cônego —, levem todas as montarias para lá e fazei voltar a mula.

Enquanto isso, vendo Sancho que podia falar com seu amo sem a contínua presença do padre e do barbeiro, que considerava suspeitos, dirigiu-se à jaula onde ia seu amo e lhe disse:

— Senhor, para desencargo de consciência, quero lhe contar o que acontece ao redor de seu encantamento, e é que esses dois que vêm aqui com os rostos cobertos são o padre de nossa aldeia e o barbeiro, e imagino que tramaram isso de lhe conduzir dessa maneira, por pura inveja que eles têm de como vossa mercê está à frente deles em empreender feitos famosos. Assumindo, então, essa verdade, conclui-se que vossa mercê não é conduzido encantado, mas enganado e tonto. Como prova disso, quero lhe perguntar uma coisa; e se me responder como eu penso que me responderá, pegará a mentira no ar e verá como não o levam encantado, e sim com o juízo transtornado.

— Pergunta o que quiser, filho Sancho — respondeu Dom Quixote —, que eu te responderei e atenderei a todas as tuas vontades. E no que dizes que aqueles ali que vão e vêm conosco são o padre e o barbeiro, nossos compatriotas e conhecidos, pode ser que pareça que são eles mesmos; mas que sejam eles realmente e de fato, não acredites nisso de nenhuma maneira: o que tens de acreditar e entender é que se se parecem com eles, como dizes, deve ser que aqueles que me encantaram tenham tomado essa aparência e semelhança, porque é fácil para os encantadores tomarem a figura que desejam, e que tenham tomado a de nossos amigos, para te dar ocasião de pensar o que pensas e entrar num labirinto de imaginações, do qual não poderás sair ainda que tivesses a corda de Teseu;[7] e também o terão feito para que eu vacile em meu juízo e não saiba atinar a origem de minha desgraça. Porque se por um lado me dizes que me acompanham o barbeiro e o padre de nossa aldeia, e por outro lado me vejo numa jaula e sei que forças humanas não seriam suficientes para me enjaular, somente as sobrenaturais, o que queres que eu diga ou pense a não ser que o gênero de encantamento de que padeço excede os que li em

---

7. O fio que Teseu ganhou de Ariadne e com o qual saiu do labirinto de Creta, depois de matar o Minotauro.

todas as histórias que tratam de cavaleiros andantes que foram encantados? Então podes tranquilizar-te nisso de acreditar que são o que dizes, porque eles são assim tanto quanto eu sou turco. E quando quiseres me perguntar algo, diz, que eu te responderei, ainda que perguntes de hoje até amanhã.

— Valha-me, Nossa Senhora! — respondeu Sancho em voz alta. — É possível que vossa mercê seja tão cabeça-dura e tão desmiolado, que não perceba que o que estou lhe dizendo é a pura verdade, e que nessa sua prisão e desgraça há mais malícia do que encanto? Pois assim que é, quero provar com evidências como não está encantado. Se não, diga-me, para que Deus o livre dessa tormenta, e assim se veja nos braços de minha senhora Dulcineia quando menos esperar…

— Deixa de rogar tanto — disse Dom Quixote — e pergunta o que quiseres, que já te disse que te responderei com toda a pontualidade.

— É o que eu peço — respondeu Sancho —, e o que eu quero é que me diga, sem acrescentar ou subtrair nada, mas com toda a verdade, como se espera que digam e hão de dizê-lo todos aqueles que professam armas, como vossa mercê as professa, sob o título de cavaleiros andantes…

— Digo que não mentirei em coisa alguma — respondeu Dom Quixote. — Pergunta logo, que realmente me cansas com tantas ressalvas, plegárias e advertências, Sancho.

— Digo que estou seguro da bondade e sinceridade de meu amo, e, assim, por ser relevante para nossa história, pergunto, falando com todo respeito, se por acaso, depois de vossa mercê estar enjaulado e a seu parecer encantado nesta jaula, acometeu-lhe vontade ou necessidade de fazer chover águas claras ou escuras, como se costuma dizer.

— Não entendo isso de fazer chover águas, Sancho; esclarece mais, se quiser que te responda direito.

— Como é possível que vossa mercê não entenda "fazer chover águas claras ou escuras"? Pois na escola desfraldam os meninos com isso. Quero dizer se sentiu vontade de fazer aquilo que ninguém pode fazer em nosso lugar.

— Agora eu te entendo, Sancho! E muitas vezes, e ainda sinto agora. Tira-me desse aperto, que devo passá-lo a limpo!

Célestin F. Nanteuil e J. J. Martínez, 1855

Capítulo 49

*Onde se trata do discreto colóquio que Sancho Pança
teve com seu senhor Dom Quixote*

— Ah — disse Sancho —, peguei vossa mercê! Era isso que eu queria saber, do fundo de meu coração. Venha cá, senhor, poderia vossa mercê negar o que se costuma dizer por aí quando uma pessoa está irrequieta: "Não sei o que fulano tem, que não come, nem bebe, nem dorme, nem responde com justeza ao que lhe perguntam, que parece até que está encantado"? De onde se conclui que aqueles que não comem, nem bebem, nem dormem, nem fazem as obras naturais que eu digo, estes tais estão encantados, mas não aqueles que têm a vontade que vossa mercê tem, que bebe quando lhe dão de beber e come quando tem o que comer, e responde a tudo que lhe perguntam.

— Isso é verdade, Sancho — respondeu Dom Quixote —, mas já te disse que há muitos tipos de encantamentos, e pode ser que com o tempo eles tenham mudado de um para outro e que agora seja comum que os encantados façam tudo que eu faço, mesmo que não fizessem antes. De modo que contra os costumes da época não há o que discutir ou tirar conclusões. Sei e tenho para mim que estou encantado, e isso basta para a certeza de minha consciência, a qual ficaria bastante pesada se eu pensasse que não estava encantado e me deixasse ficar nesta jaula, preguiçoso e covarde, defraudando o socorro que eu poderia dar a tantos miseráveis e necessitados que de minha ajuda e amparo devem estar, agora mesmo, precisando com extrema necessidade.

— Pois, mesmo assim — replicou Sancho —, digo que para maior tranquilidade e satisfação de todos seria bom que vossa mercê tentasse sair desse cárcere (que eu me comprometo com todas as minhas forças a ajudá-lo, e até tirá-lo daí) e montasse de novo em seu bom Rocinante, que também parece estar encantado, pelo jeito melancólico e triste como ele vai, e, feito isso, tentássemos outra vez a sorte na busca de mais aventuras; e se não nos dermos bem, teremos tempo de voltar à jaula, na qual prometo, pelo juramento de bom e leal escudeiro, encerrar-me junto com vossa mercê, se acaso vossa mercê for assim tão desaventurado, ou eu tão simplório, que não consiga sair como digo.

— Eu me contentarei em fazer o que dizes, Sancho, meu irmão — replicou Dom Quixote —, e quando vires a oportunidade de me pôr em liberdade, eu te obedecerei de olhos fechados; mas tu, Sancho, verás como te enganas no conhecimento de minha desgraça.

O cavaleiro andante e o escudeiro mal-andante se entretiveram nessas conversas até chegarem ao lugar em que o padre, o cônego e o barbeiro os esperavam, já apeados. O carreiro, então, desatrelou os bois do carro e os deixou vagar à vontade por aquele lugar verde e tranquilo, cujo frescor convidava a querer apreciá-lo não pessoas tão encantadas como Dom Quixote, mas aquelas tão conscientes e discretas como seu escudeiro; o qual implorou ao padre que permitisse que seu senhor saísse da jaula por um momento, porque, se não o deixassem sair, aquela prisão não ficaria tão limpa quanto a decência de um cavaleiro como seu amo exigia. O padre o compreendeu e disse que faria de bom grado o que lhe pedia, se não temesse que, vendo-se seu senhor em liberdade, voltasse a fazer das suas e fosse para um lugar onde jamais o encontrassem.

— Eu garanto que ele não fugirá — respondeu Sancho.

— Eu também, e ainda mais — disse o cônego — se ele me der a palavra, como cavaleiro, de não se afastar de nós enquanto não for nosso desejo.

— Sim, dou — respondeu Dom Quixote, que estava escutando tudo —, ainda mais porque quem está encantado, como eu, não tem liberdade para evacuar sua pessoa de qualquer modo, pois quem o encantou pode fazê-lo não se mover do lugar por três séculos, e, se ele tiver fugido, o trará de volta voando. — E que, como assim era, bem podiam soltá-lo, e ainda mais sendo para proveito de todos; e, caso não o soltassem, assegurava a eles que não poderia deixar de ferir-lhes o olfato, se não se desviassem dali.

O cônego tomou-lhe as mãos, embora estivessem atadas, e sob sua boa-fé e palavra o desenjaularam, ficando ele infinita e imensamente satisfeito em ver-se fora da jaula; e a primeira coisa que fez foi esticar todo o corpo e depois foi até onde estava Rocinante e, dando-lhe duas palmadas nas ancas, disse:

— Ainda espero em Deus e em sua bendita Mãe, flor e espelho dos cavalos, que logo nos veremos como desejamos: tu, com teu senhor às costas; e eu, em cima de ti, exercendo o ofício para o qual Deus me enviou ao mundo.

E, dizendo isso, Dom Quixote retirou-se com Sancho para uma parte remota, de onde voltou mais aliviado e com mais vontade de cumprir o que seu escudeiro lhe ordenasse.

O cônego olhava para ele e se admirava ao ver a estranheza de sua grande loucura e de que, quando falava e respondia, mostrava ter boníssimo entendimento: só vinha a perder os estribos, como já foi dito em outras ocasiões, em se tratando de cavalaria. E assim, movido pela compaixão, depois que todos se sentaram na grama verde para esperar a resposta do cônego, disse-lhe:

CAPÍTULO 49

Daniel Urrabieta Vierge, 1906–1907

— É possível, senhor fidalgo, que a leitura amarga e ociosa dos livros de cavalaria tenha exercido tanto poder em vossa mercê, a ponto de desviarem seu juízo para que acredite que está encantado, com outras coisas dessa natureza, tão distantes de serem verdadeiras como a própria mentira está longe da verdade? E como é possível que haja mente humana que acredite que existiu no mundo aquela infinidade de Amadises e aquela turbamulta de tantos cavaleiros famosos, tantos imperadores de Trebizonda, tantos Felixmarte de Hircânia, tanto palafrém, tantas donzelas andantes, tantas serpentes, tantos endríagos, tantos gigantes, tantas aventuras inauditas, tanto tipo de encantamentos, tantas batalhas, tantos encontros insolentes, tantos trajes elegantes, tantas princesas enamoradas, tantos escudeiros condes, tantos anões engraçados, tantos bilhetes, tantos galanteios, tantas mulheres corajosas e, enfim, tantos e tão disparatados casos como os livros de cavalaria contêm? De mim sei dizer que, quando os leio, desde que não me ponha a imaginar que são todos mentiras e leviandades, me dão alguma satisfação; mas quando percebo o que são, dou com o melhor deles na parede, e até o lançaria no fogo, se o tivesse a meu lado ou nas proximidades, como merecedores de tal pena, por serem falsos e embusteiros e fora do tratamento que a natureza comum exige, e como inventores de novas seitas e de um novo modo de vida, e como quem dá oportunidade para o vulgo

DOM QUIXOTE

ignorante acreditar e considerar verdadeiros tantos disparates como contêm. E ainda têm tanto atrevimento que se atrevem a perturbar o engenho dos discretos e bem-nascidos fidalgos, como bem se vê pelo que fizeram com vossa mercê, pois o levaram a tal termo que é preciso encerrá-lo numa jaula e trazê-lo num carro de bois, como quem traz ou leva um leão ou um tigre de um lugar para outro, para ganhar com ele deixando que o vejam. Vamos, senhor Dom Quixote, tenha pena de si mesmo e volte ao grêmio da discrição, sabendo usar de quanta o céu foi servido de dar-lhe, empregando o felicíssimo talento de seu engenho em outra leitura que resulte no aproveitamento de sua consciência e no aumento de sua honra! E se apesar de tudo vossa mercê, levado por sua inclinação natural, quiser ler livros de façanhas e de cavalaria, leia o livro dos Juízes na Sagrada Escritura, pois lá encontrará verdades grandiosas e feitos tão verdadeiros quanto corajosos. Um Viriato teve a Lusitânia; um César, Roma; um Aníbal, Cartago; um Alexandre, a Grécia; um conde Fernán González, Castela; um Cid, Valência; um Gonzalo Fernández, a Andaluzia; um Diego García de Paredes, a Estremadura; um Garci Pérez de Vargas, Jerez; um Garcilaso, Toledo; um Dom Manuel de León, Sevilha,[1] cuja lição de seus valorosos feitos pode entreter, ensinar, deleitar e admirar os mais altos engenhos que os lerem. Essa sim será de fato uma leitura digna do bom entendimento de vossa mercê, meu senhor Dom Quixote, da qual sairá erudito na história, enamorado da virtude, esclarecido na bondade, aperfeiçoado nos costumes, valente sem temeridade, ousado sem covardia, e tudo isso para honra de Deus, proveito seu e fama de La Mancha, onde, como eu soube, vossa mercê tem seu início e origem.

Dom Quixote esteve escutando com muita atenção as palavras do cônego e, quando viu que já terminara de dizê-las, depois de muito olhar para ele, disse-lhe:

— Parece-me, senhor fidalgo, que o discurso de vossa mercê visava querer me convencer de que não houve cavaleiros andantes no mundo e que todos os livros de cavalaria são falsos, mentirosos, prejudiciais e inúteis para a república, e que fiz mal em lê-los, e pior em acreditar neles, e ainda muito pior em imitá-los, tendo começado a seguir a duríssima profissão de cavaleiro andante que eles ensinam, negando, além disso, que houvesse no mundo Amadises, nem de Gaula nem da Grécia, nem todos os outros cavaleiros de que os livros estão cheios.

— Tudo é assim mesmo como vossa mercê está relatando — disse o cônego nesse momento.

Ao que Dom Quixote respondeu:

---

1. Esta enumeração é uma verdadeira galeria de homens e guerreiros célebres, que já foram citados no decorrer desta história, com exceção de Garcilaso de La Vega, cavaleiro da guerra de Granada (que não se deve confundir com o poeta homônimo), e Manuel de León, cavaleiro que se tornou famoso por entrar na jaula de um leão para recolher a luva de uma dama.

CAPÍTULO 49

— Vossa mercê acrescentou também que aqueles livros me fizeram um grande mal, pois transtornaram meu juízo e me enfiaram numa jaula, e que seria melhor eu me corrigir e mudar minhas leituras, lendo outros livros mais verdadeiros e que melhor deleitem e ensinem.

— Isso mesmo — disse o cônego.

— Pois eu — replicou Dom Quixote — falo por conta própria que o sem juízo e o encantado é vossa mercê, já que começou a proferir tantas blasfêmias contra uma coisa tão aceita no mundo e tida por tão verdadeira, que quem a nega, como vossa mercê, merecia a mesma pena que vossa mercê diz que dá aos livros quando os lê e eles o desagradam. Pois querer dar a entender que não houve nenhum Amadis neste mundo, nem todos os outros cavaleiros aventureiros de que as histórias estão cheias, será querer persuadir que o sol não ilumina, nem o gelo esfria, nem a terra sustenta; pois que engenho pode haver no mundo que possa persuadir outro de que não foi verdade a história da infanta Floripes e Guy de Borgonha, e a de Fierabrás com a ponte de Mantible,[2] que aconteceu nos tempos de Carlos Magno, que juro ser tão verdadeira como agora é dia? E, se é mentira, também deve ser falso que houve Heitor ou Aquiles, a guerra de Troia, os Doze Pares da França ou o rei Artur da Inglaterra, que anda até hoje transformado em corvo e é continuamente esperado em seu reino. E também ousarão dizer que a história de Guarino Mezquino é mentirosa,[3] e a da demanda do Santo Graal,[4] e que os amores de Dom Tristão e da rainha Isolda são apócrifos,[5] como os de Guinevere e Lancelote, havendo pessoas que até se lembram de ter visto a dona Quintanhona, que era a melhor servidora de vinho que a Grã-Bretanha teve. E isso é tão assim, que me lembro de minha avó por parte de pai me dizendo, quando via alguma senhora usando uma touca respeitável: "Aquela, meu neto, parece a dona Quintanhona"; de onde eu concluo que ela deve tê-la conhecido, ou pelo menos deve ter visto algum retrato seu. Pois quem poderá negar que a história de Pierres e a bela Magalona[6] não é verdadeira, se até hoje se vê no arsenal dos reis a manivela com que se conduzia o cavalo de madeira sobre o qual o bravo Pierres andava pelos ares, que é um pouco maior que um timão de carroça? E ao lado da manivela está a sela de Babieca,

---

2.   Estas façanhas são narradas na *Historia del emperador Carlomagno y los doce Pares de Francia* (Alcalá, 1589), uma das mais populares novelas de aventuras. A moura Floripes se apaixonou por Guy de Borgonha e protegeu os Doze Pares. A ponte de Mantible foi defendida pelo gigante Falafre, que cobrava caro para que se passasse por ela.

3.   Guarino Mezquino aparece na *Crónica del noble caballero Guarino Mezquino*, tradução do *Guerrin Meschino* de Andrea da Barberino, e no poema em oitavas *Il Meschino*, escrito por Tullia d'Aragona.

4.   A lenda do Graal, a taça na qual José de Arimateia verteu o sangue de Cristo, aparece em um antigo poema francês, traduzido em espanhol com o título *La demanda del santo Grial con los maravillosos hechos de Lanzarote e de Galaz, su hijo*, está ligada ao ciclo arturiano.

5.   A lenda de Tristão e Isolda era bastante conhecida na Espanha, sobretudo pela novela de cavalarias *Don Tristán de Leonís*, muito popular.

6.   Personagens da *Historia de la linda Magalona, hija del Rey de Nápoles, y del esforzado caballero Pierres de Provenza, hijo del conde de Provenza*, texto traduzido do francês por Felipe Camús e publicado em Burgos no ano de 1519.

DOM QUIXOTE

e em Roncesvalles está o corno de Rolando, do tamanho de uma grande viga. Disso se deduz que houve Doze Pares, que houve Pierres, que houve Cides e outros cavaleiros semelhantes,

> *desses que as gentes dizem*
> *que vão às suas aventuras.*

Se não, digam-me também que não é verdade que foi cavaleiro andante o valente lusitano Juan de Merlo,[7] que foi para a Borgonha e lutou na cidade de Ras com o famoso senhor de Charní, chamado *mossén*[8] Pierres, e depois, na cidade de Basileia, com *mossén* Enrique de Remestán, saindo de ambas as empresas vencedor e cheio de honrosa fama; e as aventuras e desafios pelos quais passaram na Borgonha os bravos espanhóis Pedro Barba e Gutierre Quijada (de cuja linhagem descendo por linha reta de varão), vencendo os filhos do conde de Saint-Pol. Neguem-me também que Dom Fernando de Guevara tenha ido buscar aventuras na Alemanha, onde lutou com *micer*[9] Jorge, cavaleiro da casa do duque da Áustria; digam que foram burlas as justas de Suero de Quiñones, do Passo;[10] as empresas de *mossén* Luis de Falces contra Dom Gonzalo de Guzmán,[11] cavaleiro castelhano, com muitas outras façanhas realizadas por cavaleiros cristãos, destes reinos e dos estrangeiros, tão autênticas e verdadeiras, que volto a dizer que quem os negasse careceria de toda razão e bom discurso.

O cônego ficou admirado ao ouvir a mescla que Dom Quixote fazia de verdades e mentiras, e ao ver o conhecimento que ele tinha de tudo o que dizia respeito aos feitos de sua cavalaria andante; portanto respondeu:

— Não posso negar, senhor Dom Quixote, que não seja verdade alguma coisa do que vossa mercê disse, especialmente no que diz respeito aos cavaleiros andantes espanhóis, e também devo admitir que havia Doze Pares da França, mas não quero crer que fizeram todas aquelas coisas que o arcebispo Turpin escreve sobre eles, pois a verdade é que eram cavaleiros escolhidos pelos reis da França, a quem chamaram de *Pares* porque eram todos iguais em valor, qualidade e bravura: pelo menos, se não o eram, era razoável que o fossem, e era como uma religião do tipo daquelas que hoje são costume como a de Santiago ou de Calatrava, pois se pressupõe que quem a professa há de ser ou deve ser cavaleiro valoroso, valente e bem-nascido; e como agora dizem "cavaleiro de San Juan" ou "de Alcântara", diziam naquele tempo "cavaleiro dos Doze Pares", pois eram doze iguais

7. Cavaleiro castelhano de origem portuguesa.
8. Título que se dava aos cavaleiros do antigo reino de Aragão.
9. Antigo título honorífico da Coroa de Aragão, também usado genericamente como *mossén*.
10. Suero de Quiñones defendeu, em 1434, o Passo Honroso na ponte do rio Órbigo, em Astorga.
11. Referência a um duelo ocorrido em Valladolid, em 1428, entre esses dois cavaleiros.

Ramón Aguilar Moré, 1973

que foram escolhidos para essa religião militar. Não há dúvida de que houve um Cid, e também Bernardo del Carpio; mas que tenham feito as façanhas que dizem, acho um exagero. Quanto à manivela que vossa mercê diz do conde Pierres, e que está junto à sela de Babieca no arsenal dos reis, confesso minha falta, que sou tão ignorante ou tão curto de vista que, embora tenha visto a sela, não reparei na manivela, ainda mais sendo tão grande como vossa mercê disse.

— Pois está ali, sem dúvida alguma — replicou Dom Quixote —, e, por sinal, dizem que está enfiada numa bainha de couro de vitela, para não ficar mofada.

— É possível — respondeu o cônego —, mas, pelas ordens que recebi, não me lembro de tê-la visto. Porém, mesmo que admita estar ali, nem por isso me forço a acreditar nas histórias de tantos Amadises, nem nas de tantas turbas de cavaleiros que por aí nos contam, nem é motivo que um homem como vossa mercê, tão honrado e de tantas qualidades e dotado de tão bom entendimento, se dê a entender que são verdadeiras tantas e tão estranhas loucuras quanto as que estão escritas nos disparatados livros de cavalaria.

Capítulo 50

*Das discretas contendas que Dom Quixote e o cônego
tiveram, com outros acontecimentos*

— Aí é que está! — respondeu Dom Quixote. — Haviam de ser mentira os livros que são impressos com licença dos reis e com a aprovação daqueles a quem foram submetidos, e para o gosto da maioria são lidos e celebrados por velhos e crianças, pobres e ricos, letrados e ignorantes, plebeus e cavaleiros... enfim, por todos os tipos de pessoas de qualquer estado e condição que sejam, e ainda mais contendo tanta aparência de verdade, pois nos informam o pai, a mãe, o país, os parentes, a idade, o lugar e os feitos, ponto por ponto e dia a dia, do que tal cavaleiro fez, ou cavaleiros fizeram? Cale vossa mercê, não diga tal blasfêmia, e acredite que o aconselho nisso que, como pessoa discreta, deveria fazer: leia-os e verá o prazer que recebe de sua leitura. Se não, diga-me: há maior contentamento do que ver, digamos, aparecendo aqui e agora, diante de nós, um grande lago de piche fervendo, todo borbulhante, no qual andam nadando e cruzando muitas serpentes, cobras e lagartos, e muitas outras espécies de animais ferozes e espantosos, e que do meio do lago vem uma voz triste que diz: "Tu, cavaleiro, quem quer que sejas, que o temeroso lago estás fitando, se quiseres alcançar o bem que está escondido sob essas negras águas, mostra o valor de teu forte peito e lança-te no meio de seu licor negro e ardente, porque, se não o fizeres, não serás digno de ver as maravilhas sublimes que nele encerram e contêm os sete castelos das sete fadas que sob esta escuridão jazem"? E que o cavaleiro, sequer tendo acabado de ouvir a voz temerosa, sem entrar em mais contas consigo mesmo, sem considerar o perigo a que se dispõe e até mesmo sem se despojar do fardo de suas fortes armas, encomendando-se a Deus e a sua senhora, atira-se no meio do lago fervente, e quando menos espera e não sabe onde há de parar, encontra-se entre floridos campos, a cujos pés nem sequer os Elísios chegam? Lá o céu parece que é mais transparente e que o sol alumia com uma clareza nunca vista. Uma bucólica floresta de árvores tão verdes e frondosas é oferecida à vista, cuja verdura encanta os olhos, e os ouvidos se entretêm com o doce e misterioso canto dos pequenos, infinitos e pintados passarinhos que atravessam pelos intrincados galhos. Aqui se revela um riacho, cujas frescas águas, que parecem líquidos cristais, correm sobre pequenas areias e seixos brancos, que lembram ouro peneirado e pérolas puras; acolá vê uma fonte primorosa de jaspe colorido e de liso mármore formada; aqui está outra decorada ao estilo grutesco, onde, dispostas em ordem desordenada, as pequenas conchas dos mexilhões com as retorcidas casinhas brancas e amarelas do caracol se misturam com pedaços de cristal luzente e réplicas de esmeraldas, criando uma variada obra, de modo que a arte, imitando a natureza, parece derrotá-la ali. De repente se revela acolá um grandioso castelo ou um vistoso alcácer, cujas muralhas são de ouro maciço, os parapeitos de diamantes, os portões de ametista: enfim, é tão admirável sua composição que, embora seja constituído por material não menos valioso do que diamantes, carbúnculos, rubis, pérolas, ouro e esmeraldas, é ainda mais admirável sua feitura. E há mais para ver, depois de ter visto isso, do que ver sair do portão do castelo um grande número de donzelas, cujos galantes e vistosos trajes, se eu os descrevesse agora como as histórias nos contam, seria interminável, e logo aquela que parecia ser a principal de todas pegar pela mão o ousado cavaleiro que se jogou no lago fervente, e levá-lo, sem dizer uma palavra, para dentro do rico alcácer ou castelo, e fazê-lo se desnudar como veio ao mundo e banhá-lo com mornas águas, e depois untá-lo com unguentos perfumados e vesti-lo com uma camisa de linho muito fino, toda olorosa e perfumada, e aparecer outra donzela e jogar um rico manto sobre seus ombros, o qual dizem que costuma valer o mesmo que uma cidade, ou até mais? O que é ver, então, quando nos contam que depois de tudo isso o levam para outra sala, onde encontra as mesas postas com tanto requinte, que fica suspenso e admirado? O que é vê-lo verter água em suas mãos, toda de âmbar e flores aromáticas perfumada? E quando o fazem sentar em um assento de marfim? O que é vê-lo servir todas as donzelas, mantendo um admirável silêncio? E quando lhe trazem tantas iguarias diferentes, tão saborosamente cozidas, que seu apetite não sabe para qual deve estender a mão? Como será ouvir a música que soa enquanto come sem saber quem canta ou onde soa? E, terminada a refeição e tirada a mesa, o cavaleiro recostado na cadeira, e talvez palitando os dentes, como de costume, percebe que entra a desoras por uma porta da sala outra donzela muito mais bela do que qualquer uma das primeiras e se senta ao lado do cavaleiro e começa a contar-lhe que castelo é aquele e como ela está fascinada nele, com outras coisas que arrebatam o cavaleiro e maravilham os leitores que estão lendo sua história? Não quero me estender mais sobre isso, pois pode-se inferir que qualquer parte lida de qualquer história de um cavaleiro andante deve causar deleite e admiração a quem a lê. E vossa mercê acredite em mim e, como eu lhe digo novamente, leia esses livros, e verá como eles desterram qualquer melancolia que vossa mercê possa ter e melhoram sua situação, se esta for ruim. De mim sei dizer que desde que sou cavaleiro andante sou valente, comedido, liberal, bem-educado, generoso, cortês, ousado, brando, paciente, padecedor do trabalho, das prisões, dos encantos; e ainda que há pouco tenha me visto preso numa jaula como um louco, acredito que, pelo valor de meu braço, o

CAPÍTULO 50

céu me favorecendo e a sorte não estando contra, em poucos dias me verei rei de algum reino, onde possa demonstrar a gratidão e a generosidade que meu peito encerra. Dou fé, senhor, que o pobre está impedido de demonstrar a virtude da generosidade a qualquer um, ainda que em seu mais alto grau a possua, e a gratidão que consiste apenas em desejo é coisa morta, assim como é morta a fé sem obras. Por isso queria que a sorte me oferecesse alguma ocasião em que me tornasse imperador, para mostrar minhas virtudes fazendo o bem aos meus amigos, especialmente a este pobre Sancho Pança, meu escudeiro, que é o melhor homem do mundo, e gostaria de dar-lhe um condado que eu tenho há muitos dias já prometido, ainda que eu tema que não há de ter a habilidade de governar seu estado.

Quase todas estas últimas palavras Sancho ouviu de seu amo, a quem disse:

— Trabalhe vossa mercê, senhor Dom Quixote, para me dar esse condado tão prometido por vossa mercê quanto por mim esperado, e prometo-lhe que não me faltará a capacidade de governá-lo; e quando me faltar, ouvi dizer que há homens no mundo que tomam em arrendamento as propriedades dos senhores e lhes dão um pouco a cada ano, e cuidam do governo, e o dono fica de pernas para o ar, gozando da renda que lhe dão, sem cuidar de mais nada: e assim farei, e não me preocuparei com negociar nada, e sim me desligarei de tudo e aproveitarei minha renda como um duque, e lá eles que se virem.

Salvador Dalí, 1981

DOM QUIXOTE

— Isso, irmão Sancho — disse o cônego —, é entendido em relação ao desfrute da renda; no entanto, administrar a justiça compete ao senhor do condado, e é aí que entra a habilidade e o bom juízo, e principalmente a boa intenção de acertar: se isso faltar já no princípio, os meios e os fins serão sempre errados, e assim Deus costuma ajudar tanto o bom desejo do simples quanto desfavorecer o mau do discreto.

— Não sei nada dessas filosofias — respondeu Sancho Pança —, mas sei que assim que tiver o condado saberei governá-lo, pois tenho tanta alma como qualquer um, e tanto corpo quanto qualquer outro, e eu seria tão rei de meu condado quanto cada um é do seu; e sendo assim, faria o que quisesse; e fazendo o que eu quisesse, faria do meu gosto; e fazendo meu gosto, eu ficaria feliz; e quando estamos felizes, não temos mais nada a desejar; e não tendo mais o que desejar, acabou-se, e que venha o condado, e seja o que Deus quiser sem mais delongas.

— Não são más filosofias, como tu dizes, Sancho, mas, apesar de tudo, ainda há muito a dizer sobre essa questão de condados.

Ao que Dom Quixote replicou:

— Não sei o que há mais por dizer: apenas me guio pelo exemplo que me deu o grande Amadis de Gaula, que fez seu escudeiro conde da Ínsula Firme, e, assim, posso sem peso na consciência tornar conde Sancho Pança, que é um dos melhores escudeiros que um cavaleiro andante já teve.

Admirado ficou o cônego com os presunçosos disparates que Dom Quixote havia dito, com a maneira como pintara a aventura do Cavaleiro do Lago, com o efeito que nele haviam causado as arquitetadas mentiras dos livros que lera, e, por fim, admirou o despautério de Sancho, que tanto queria alcançar o condado que seu senhor lhe prometera.

A essa altura voltaram os criados do cônego que tinham ido à estalagem por conta da mula das provisões, e usando como mesa um tapete e a grama verde do prado, sentaram-se à sombra de algumas árvores e comeram ali, para que a boiada não perdesse as comodidades daquele lugar, como já foi dito. Enquanto eles comiam, ouviram inesperadamente um barulho alto e um som de chocalho que soou entre algumas moitas e espessos arbustos que havia ali ao lado, e no mesmo instante eles viram sair uma bela cabra daquele mato, de pelagem manchada de preto, branco e marrom. Atrás dela vinha um cabreiro chamando por ela e dizendo palavras num linguajar próprio, para que ela parasse ou ao rebanho voltasse. A cabra fugitiva, temerosa e despavorida veio até as pessoas, como que para se aproveitar, e ali parou. Chegou o cabreiro e, agarrando-a pelos chifres, como se ela fosse capaz de dialogar e entender, disse:

— Ah, tinhosa, tinhosa, Malhada, Malhada, e como andais com travessuras estes dias! Que lobos vos assustam, filha? Não me direis o que é isso, lindeza? Mas o que pode ser senão que sois fêmea e não podeis sossegar, que é o mal de vossa condição e

CAPÍTULO 50

Antonio Carnicero e Joaquín Ballester, 1780

a de todas aquelas a quem imitais! Voltai, voltai, amiga, porque, se não tão feliz, pelo menos estareis mais segura em vosso cercado ou com vossas companheiras: que se vós que as haveis de guiar e encaminhar andais tão sem guia e tão perdida, onde elas irão parar?

As palavras do cabreiro agradaram quem as ouviu, especialmente o cônego, que lhe disse:

— Por vossa vida, irmão, que vos sossegueis um pouco e não vos apresseis em devolver tão rápido essa cabra ao seu rebanho, já que ela é uma fêmea, como dizei, e há de seguir seu instinto natural, não importa o quanto tenteis impedir. Tomai este bocado e bebei um trago, com o qual diminuireis vosso alvoroço, e enquanto isso a cabra descansa.

E disse isso enquanto lhe oferecia com a ponta da faca uns nacos de fiambre de coelho. O cabreiro pegou e agradeceu; bebeu e sossegou e então disse:

— Não queria que vossas mercês pensassem que sou um tolo porque falei com esse bicho como se ele fosse gente, na verdade as palavras que eu lhe disse não têm mistério algum. Sou rústico, mas não ao ponto de não saber como lidar com homens e bestas.

— Nisso também acredito — disse o padre —, pois já sei por experiência que os morros criam letrados e as cabanas dos pastores encerram filósofos.

— Pelo menos, senhor — respondeu o pastor —, abrigam homens vividos; e para que acrediteis nesta verdade e a toqueis com a mão, embora pareça que sem me fazer de rogado eu vos convido, se não vos aborreceis com isso e quereis, senhores, um breve momento para me prestar um ouvido atento, eu vos contarei uma verdade que prova o que aquele senhor — apontando para o padre — disse, e a minha também.

A isso Dom Quixote respondeu:

— Por perceber nesse causo um quê de sombra de aventura de cavalaria, eu, de minha parte, vos ouvirei, irmão, com gosto, e todos esses senhores também, por serem discretos e chegados a uma novidade curiosa que arrebata, anima e entretém os sentidos, como sem dúvida acho que há de fazer vossa história. Começai, então, amigo, que vamos todos ouvir.

— Eu estou fora — disse Sancho —, porque vou para aquele riacho com esta empanada, onde pretendo me fartar por três dias; pois ouvi meu senhor Dom Quixote dizer que o escudeiro de um cavaleiro andante deve comer quando lhe for oferecido, até não poder mais, porque muitas vezes acontece de eles entrarem ao acaso por uma selva tão intrincada que não conseguem sair dela em seis dias, e se o homem não estiver satisfeito, ou se os alforjes não estiverem bem abastecidos, ele poderá ficar por ali mesmo, como de fato costuma ocorrer, mumificado.

— Tu estás certo, Sancho — disse Dom Quixote. — Vai aonde quiseres e come o que puderes, pois já estou satisfeito, e só preciso alimentar a alma, o que farei ouvindo a história desse bom homem.

— E assim alimentaremos também as nossas — disse o cônego.

E logo rogou ao cabreiro que começasse o que havia prometido. O cabreiro deu duas palmadas no lombo da cabra, que segurava pelos chifres, dizendo:

— Encosta aqui ao meu lado, Manchada, que ainda há tempo pela frente até voltar ao nosso cercado.

Parece que a cabra entendeu, pois, assim que seu dono se sentou, ela se deitou ao lado dele com muita calma, e olhando para o rosto dela ficou claro que ela estava atenta ao que ia dizendo o cabreiro. Ele começou sua história desta maneira:

Capítulo 51

*Que trata do que o cabreiro contou a todos os que
levavam o valente Dom Quixote*

— A três léguas deste vale fica uma aldeia que, embora pequena, é uma das mais ricas que há em todas essas redondezas, na qual havia um lavrador muito honrado, e tanto que, embora ser honrado esteja ligado a ser rico, mais ele o era pela virtude que tinha do que pela riqueza que alcançava; porém, o que mais o fazia afortunado, como dizia, era ter uma filha de extrema formosura, rara discrição, graça e virtude; quem a conhecia e a olhava se admirava ao ver as qualidades extremas com que o céu e a natureza a haviam enriquecido. Quando criança, era formosa, e sempre foi crescendo em beleza, e aos dezesseis anos era formosíssima. A fama de sua beleza começou a se espalhar por todas as aldeias vizinhas… que estou dizendo? Até pelas circunvizinhas: e se estendeu para as cidades mais distantes e até entrou nos salões dos reis e nos ouvidos de todo tipo de gente, que como coisa rara ou como uma imagem de milagres vinham vê-la de todos os lugares. Seu pai a guardava, e guardava-se ela, pois não há cadeados, trancas ou fechaduras que protejam melhor uma donzela do que os de seu próprio recato.

"A riqueza do pai e a beleza da filha levaram muitos, tanto da aldeia como forasteiros, a pedi-la em matrimônio; mas ele, como a quem cabia dispor de joia tão rica, estava confuso, sem saber determinar a quem a entregaria, dos infinitos que o incomodavam. Dentre os muitos que tanto a desejavam estava eu, e me deu muitas e grandes esperanças de bom sucesso o fato de seu pai saber quem eu era, e também ser natural da mesma aldeia e limpo de sangue,[1] estar na flor da idade, ser muito rico de posses e não menos dotado de inteligência. Com todas essas mesmas qualidades também a solicitou outro da mesma aldeia, motivo que suspendeu e desequilibrou a vontade do pai, a quem parecia que com qualquer um de nós sua filha estaria bem encaminhada; e, para sair dessa confusão, resolveu contar tudo a Leandra, que assim se chama a rica que me deixou na miséria,

---

1. Na época, a "limpeza de sangue" na Espanha era uma distinção social e legal que separava os cristãos "velhos", ou seja, aqueles que tinham ascendência cristã pura, dos cristãos "novos", que tinham ancestrais judeus ou muçulmanos convertidos ao cristianismo.

DOM QUIXOTE

advertindo que, como éramos os dois iguais, seria bom deixar à vontade de sua querida filha escolher a seu gosto, algo digno de imitação de todos os pais que desejam casar os filhos: não digo que eles os deixem escolher em coisas más e ruins, mas que proponham coisas boas e, das boas, que os filhos escolham a seu gosto. Não sei qual foi o de Leandra, só sei que o pai nos entreteve a ambos com a pouca idade da filha e com palavras genéricas, que nem o obrigavam nem nos desobrigavam. Meu concorrente se chama Anselmo, e eu sou Eugenio, para que saibais os nomes das pessoas que estão contidas nesta tragédia, cujo fim ainda está pendente, mas bem se vê que há de ser desastroso.

"Nessa época, veio à nossa aldeia um tal Vicente de la Roca, filho de um lavrador pobre do mesmo lugar, e esse Vicente vinha das Itálias e de várias outras partes, pois era soldado. Quando era um menino de cerca de doze anos, foi levado de nossa aldeia por um capitão que com sua companhia passava por ali, e o jovem voltou depois de outros doze vestido de soldado, com roupas de mil cores,[2] cheio de mil penduricalhos de vidro e finas correntes de aço. Hoje ostentava uma gala e no dia seguinte outra, mas todas sutis, falsas, de pouco peso e menor importância. A gente do campo, que é maliciosa por natureza e, se o ócio lhe dá oportunidade, é a própria malícia, notou isso e contou um por um seus trajes e galas, e descobriu que as vestes eram três, de cores diferentes, com suas ligas e meias, mas ele fazia tantas combinações e invenções com elas que, se não os contassem, haveria quem jurasse que exibia mais de dez pares de trajes e mais de vinte plumagens. E que não pareça impertinência e exagero o que estou contando sobre os trajes, pois eles desempenham um papel importante nessa história. Ele se sentava num banco sob um grande álamo que há em nossa praça e lá nos deixava todos boquiabertos, surpresos pelas façanhas que ia nos contando. Não havia terra em todo o mundo que ele não tivesse visto nem batalha onde não houvesse estado; matara mais mouros do que os que há em Marrocos e Tunísia, e participara de desafios mais singulares, segundo dizia, do que Gante e Luna,[3] Diego García de Paredes e mil outros que ele mencionava, e saíra vitorioso de todos eles, sem que lhe tivessem derramado uma única gota de sangue. Por outro lado, apresentava sinais de ferimentos que, embora não fossem muito bem notados, nos faziam entender que eram tiros de arcabuz recebidos em diferentes combates e ações de guerra. Finalmente, com uma arrogância jamais vista, chamava de vós a seus iguais e aos próprios conhecidos,[4] e dizia que seu pai era seu braço; sua linhagem, suas obras; e que, por sua condição de soldado, não devia nada ao próprio rei. Somava-se a essa arrogância ser um

---

2. Não existia uniforme militar propriamente dito, e os soldados se vestiam com espalhafato, usando trajes coloridos adornados com plumas, em oposição à sisudez das vestes dos cortesãos, que deviam seguir as leis contra o luxo.
3. Talvez seja uma referência ao soldado espanhol Juan de Gante, que aparece na obra *Carlo famoso*, e a Marco Antonio Lunel, que participou de um duelo mencionado em *Historia del Capitán don Hernando de Avalos* (1562), de Pedro Vallés.
4. A forma de tratamento *vós*, na época, era dispensada às pessoas consideradas de nível social inferior ou para marcar distância.

Adolphe Lalauze, 1879–1884

pouco músico e tocar violão dedilhado, de tal forma que alguns diziam que o fazia falar; mas suas graças não paravam por aqui, pois se dizia também um poeta, e, assim, de cada ninharia que acontecia na aldeia compunha um romance de légua e meia de escrita. Esse soldado, então, que pintei aqui, esse Vicente de la Roca, esse bravo, esse galante, esse músico, esse poeta foi visto e olhado muitas vezes por Leandra de uma janela de sua casa que dava para a praça. Ela se enamorou do falso brilho de seus trajes vistosos; ela se encantou com seus romances, pois de cada um que compunha distribuía vinte cópias; chegaram aos seus ouvidos as façanhas que ele contara de si; e, por fim, que assim o diabo deve ter ordenado, ela se enamorou dele, antes que nascesse nele a presunção de cortejá--la; e como nos casos de amor não há nenhum que com mais facilidade se realize do que aquele que tem a seu favor o desejo da dama, Leandra e Vicente se entenderam com facilidade, e antes que algum de seus muitos pretendentes se desse conta de seu desejo, ela já o havia cumprido, tendo deixado a casa de seu querido e amado pai (pois mãe ela não tem) e se ausentado da aldeia com o soldado, que saiu com mais triunfo dessa empresa do que de todas as muitas que ele se atribuía. O acontecido deixou toda a aldeia admirada, e também todos os que dele tiveram notícia; eu fiquei surpreso; Anselmo, atônito; o pai, triste; seus parentes, afrontados; a justiça, informada; os quadrilheiros, a postos; conferiram-se os caminhos, esquadrinharam-se as matas e todo o lugar, e depois de três dias encontraram a voluntariosa Leandra numa caverna das montanhas, só de anágua, sem os muitos dinheiros e as preciosíssimas joias que ela havia tirado de sua casa. Devolveram-na à presença do pai magoado, perguntaram-lhe sua desgraça: confessou voluntariamente que Vicente de la Roca a enganara e, dando-lhe a palavra de que seria seu esposo, persuadiu-a a deixar a casa do pai, que ele a levaria à cidade mais rica e suntuosa que havia em todo o universo mundial, que era Nápoles; e que ela, mal advertida e pior enganada, acreditara nele e, roubando seu pai, entregou-lhe tudo na mesma noite em que fugiu, e que ele a levou para uma montanha escarpada e a encerrou naquela caverna onde a haviam encontrado. Também contou como o soldado, sem tirar sua honra, roubou-lhe tudo o que tinha e a deixou naquela caverna e foi embora, fato que mais uma vez surpreendeu a todos. Custava-nos acreditar na moderação do jovem, mas ela afirmou com tanta insistência que isso foi o bastante para que o desconsolado pai se consolasse, não se importando com as riquezas que haviam sido levadas, pois sua filha permanecera com a joia que, uma vez perdida, não deixa esperança de que seja recuperada. No mesmo dia em que Leandra apareceu, seu pai a fez desaparecer de nossa vista e a encerrou num mosteiro de um vilarejo que fica aqui perto, esperando que o tempo apagasse um pouco da má fama que sua filha granjeou. Os poucos anos de Leandra serviram de desculpa para sua culpa, pelo menos para aqueles que não tinham interesse em que ela fosse má ou boa; mas aqueles que conheciam sua discrição e grande inteligência não atribuíram seu pecado à

CAPÍTULO 51

ignorância, mas à sua desenvoltura e à inclinação natural das mulheres, que na maioria das vezes é irresponsável e desordenada. Com Leandra encerrada, os olhos de Anselmo ficaram cegos, pelo menos sem ter nada para olhar que o deixasse feliz; os meus, nas trevas, sem luz que pudesse guiá-los a qualquer coisa agradável. Com a ausência de Leandra nossa tristeza crescia, nossa paciência enfraquecia, amaldiçoávamos as galas do soldado e abominávamos a imprudência do pai de Leandra. Finalmente, Anselmo e eu concordamos em deixar a aldeia e vir para esse vale, onde ele, apascentando uma grande quantidade de suas próprias ovelhas e eu, um grande rebanho de cabras, também minhas, passamos a vida entre as árvores, dando trégua às nossas paixões ou cantando juntos louvores ou vitupérios à bela Leandra, ou suspirando sós e a sós comunicando aos céus nossos lamentos. À nossa imitação, muitos outros pretendentes de Leandra vieram a essas ásperas montanhas exercitando o mesmo labor, e são tantos que parece que este lugar se converteu na Arcádia pastoral, pois está cheio de pastores e apriscos, e não há parte dele em que o nome da bela Leandra não seja ouvido. Este a amaldiçoa e a chama de voluntariosa, volúvel e desonesta; aquele a condena como fácil e leviana; um a absolve e perdoa, e outro a julga e condena; um celebra sua beleza, outro renega sua condição, e, finalmente, todos a desonram e todos a adoram, e a loucura de todos se espalha a tal ponto que há quem se queixe de desdém sem nunca ter falado com ela, e até quem se arrependa e sinta a doença furiosa do ciúme, que ela nunca proporcionou a ninguém, porque, como já disse, seu pecado foi conhecido antes de seu desejo. Não há cavidade na rocha, nem margem de riacho, nem sombra de árvore que não seja ocupada por algum pastor que conte suas desventuras aos ares; o eco repete o nome de Leandra onde quer que se forme: 'Leandra' as montanhas ressoam, 'Leandra' os rios murmuram, e Leandra nos mantém a todos suspensos e encantados, esperando sem esperança e temendo sem saber o que tememos. Entre esses disparatados, quem mostra ter menos, e ao mesmo tempo mais juízo, é meu concorrente Anselmo, que, tendo tantas outras coisas das quais se queixar, só se queixa de ausência; e ao som de uma rabeca que toca admiravelmente, com versos nos quais mostra seu bom entendimento, cantando se queixa. Eu sigo outro caminho mais fácil, e em minha opinião o mais acertado, que é falar mal da leviandade das mulheres, de sua inconstância, seus duplos sentidos, suas falsas promessas, sua fraca fé e, por fim, da pouca capacidade que têm em saber apresentar seus pensamentos e intenções. E esse foi o motivo, senhores, de eu ter dito tais palavras e razões a essa cabra quando cheguei aqui, pois, por ela ser fêmea, não a considero muito, embora seja a melhor de todo o meu rebanho. Essa é a história que prometi vos contar. Se me demorei ao contá-la, serei rápido em servir-vos: aqui perto tenho minha malhada e nela há leite fresco e queijo saborosíssimo, com várias outras frutas suculentas, não menos agradáveis de olhar do que saborear".

Capítulo 52

Da pendência que Dom Quixote teve com o cabreiro, com a rara aventura dos disciplinantes,[1] os quais tiveram um feliz fim à custa de seu suor

Uma boa acolhida teve a história do cabreiro por todos os que o haviam escutado; especialmente o cônego a apreciou, já que com estranha curiosidade notou a maneira como ele a contara, tão distante de parecer um rústico pastor quanto perto de se sair como um discreto cortesão, e, assim, disse que o padre havia feito bem em dizer que os morros criavam letrados. Todos foram solícitos com Eugênio, mas o mais voluntarioso foi Dom Quixote, que lhe disse:

— Decerto, irmão cabreiro, se eu me achasse em condições de começar alguma aventura, partiria logo logo para que a vossa terminasse bem, tiraria Leandra do convento (onde sem dúvida ela deve estar contra sua vontade), a despeito da abadessa e de todos aqueles que quisessem impedir, e a colocaria em vossas mãos, para que dispusésseis de acordo com vossa vontade e disposição, respeitando, no entanto, as leis da cavalaria, que ordenam que nenhuma donzela seja desonrada; embora eu espere em Deus nosso Senhor que a força de um encantador malicioso não seja tão poderosa, que outro encantador mais bem-intencionado não possa com ela, e então eu vos prometo meu favor e ajuda, como obriga minha profissão, que não é outra senão favorecer os desvalidos e necessitados.

O cabreiro olhou para ele e, ao ver Dom Quixote tão decaído e exasperado, espantou-se e perguntou ao barbeiro, que estava a seu lado:

— Senhor, quem é este homem que tal figura ostenta e de tal maneira fala?

— Quem seria — respondeu o barbeiro —, se não o famoso Dom Quixote de La Mancha, desfazedor de injustiças, reparador de agravos, protetor das donzelas, assombro de gigantes e vencedor de batalhas?

— Isso me parece — respondeu o cabreiro — com o que se lê nos livros de cavaleiros andantes, que faziam tudo o que vossa mercê diz sobre este homem, pois para mim eu tenho ou que vossa mercê está zombando ou que este cavalheiro deve ter a cabeça oca.

---

1. Penitentes que se açoitavam nas costas com *disciplinas* (cordas de algodão ou cânhamo com uma ponta metálica), para pagar promessa ou conseguir alguma graça. Saíam em procissão com a cabeça coberta por um capuz.

— Sois é um grandíssimo canalha — disse Dom Quixote neste momento —, e vós é que sois o oco e o mirrado, pois estou mais repleto do que jamais esteve a maldita puta que vos pariu.

E, dizendo e agindo, arrebatou um pão que tinha junto a si e desferiu com ele um golpe no meio da cara do pastor, com tanta fúria que lhe deformou o nariz; mas o pastor, que não estava para brincadeira, vendo com que seriedade o maltratavam, sem guardar respeito pelo tapete, nem pelas toalhas de mesa, nem por todos os que comiam, saltou sobre Dom Quixote e, agarrando-o pelo pescoço com as duas mãos, não hesitaria em esganá-lo, se Sancho Pança não chegasse naquele ponto e o agarrasse por trás e desse com ele em cima da mesa, quebrando pratos, rompendo copos e derramando e espalhando tudo o que nela estava. Dom Quixote, que se viu livre, conseguiu subir em cima do cabreiro, que, com o rosto coberto de sangue, esmagado pelos coices de Sancho, engatinhava em busca de alguma faca da mesa para empreender uma sangrenta vingança, mas o cônego e o padre o impediram; porém, o barbeiro facilitou para que o pastor prendesse Dom Quixote debaixo dele, sobre quem choveram tantas bofetadas que do rosto do pobre cavaleiro chovia tanto sangue quanto do seu.

Caíam na gargalhada o cônego e o padre, pulavam de tanto rir os quadrilheiros, atiçavam um e outro, como fazem com os cães quando travados em uma briga; só Sancho Pança estava desesperado, porque não conseguia livrar-se de um dos criados do cônego, que o impedia de ajudar seu amo.

Em suma, estando todos em júbilo e festa, exceto os dois espancadores que se pegavam, ouviram o som de uma trombeta, tão triste, que os fez virar o rosto para onde achavam que soava; mas quem mais se alvoroçou ao ouvi-lo foi Dom Quixote, que, embora estivesse debaixo do pastor, muito contra sua vontade, e mais do que medianamente ferido, disse-lhe:

— Irmão demônio, que não é possível que deixes de ser um, pois tiveste coragem e forças de suportar as minhas, peço-te que façamos uma trégua, por não mais de uma hora, porque o dolente som daquela trombeta que chega aos nossos ouvidos parece que a alguma nova aventura me chama.

O pastor, que já estava cansado de surrar e ser surrado, então o deixou, e Dom Quixote ficou de pé, virando igualmente o rosto para onde o som se ouvia, e viu de repente que por uma encosta desciam muitos homens vestidos de branco, à maneira de penitentes.

Acontece que naquele ano as nuvens haviam negado seu orvalho à terra, e por todos os lugares daquela região havia procissões, rogativas e penitências, pedindo a Deus que abrisse as mãos de sua misericórdia e chovesse sobre eles; e para isso a gente de uma aldeia, que ali perto estava, vinha em procissão a uma devota ermida que numa encosta daquele vale havia.

CAPÍTULO 52

Dom Quixote, que viu os estranhos trajes dos disciplinantes, sem ter na memória as muitas vezes que já os havia de ter visto, imaginou que era coisa de aventura e que só a ele cabia, como cavaleiro andante, empreendê-la, e confirmava ainda mais essa imaginação pensar que uma imagem que traziam enlutada era alguma dama principal que levavam à força aqueles covardes e descomedidos meliantes; e assim que isso lhe ocorreu, com grande ligeireza arremeteu sobre Rocinante, que pastando estava, tirando-lhe do arção o freio e o escudo, e a certa altura o freou e, pedindo a espada a Sancho, subiu em Rocinante e embraçou seu escudo e disse em alta voz a todos os que presentes estavam:

— Agora, valorosos companheiros, vereis como é importante que haja no mundo cavaleiros que professem a ordem da andante cavalaria; agora digo que vereis, na libertação daquela boa senhora que lá está prisioneira, se hão de ser estimados os cavaleiros andantes.

Dizendo isso, apertou as coxas em Rocinante, porque esporas não tinha, e a galope, porque corrida mesmo não se lê em toda essa verídica história que desse Rocinante, foi ao encontro dos disciplinantes; o padre e o cônego e o barbeiro correram para detê-lo, mas não lhes foi possível, muito menos o detiveram os gritos que Sancho lhe dava, dizendo:

— Aonde vai, senhor Dom Quixote? Que demônios carrega no peito que o incitam a ir contra nossa fé católica? Leve em conta, ai de mim, que esta é uma procissão de disciplinantes e aquela senhora que carregam no andor é a benditíssima imagem da Virgem Imaculada; veja, senhor, o que faz, que dessa vez pode-se dizer que não é o que parece ser.

Cansou-se em vão Sancho, porque seu amo estava tão empenhado em chegar aos enroupados e libertar a senhora enlutada, que não ouviu uma palavra, e mesmo que ouvisse, não voltaria nem se o rei lhe ordenasse. Chegou, então, à procissão e parou Rocinante, que já queria se aquietar um pouco, e com voz alterada e rouca disse:

— Vós, que talvez por não serdes bons escondeis vossos rostos, prestai atenção e escutai o que vos dizer quero.

Os primeiros a parar foram os que carregavam a imagem; e um dos quatro clérigos que cantavam as ladainhas, vendo a estranha aparência de Dom Quixote, a magreza de Rocinante e outras circunstâncias dignas de riso que notou e descobriu em Dom Quixote, respondeu-lhe, dizendo:

— Senhor irmão, se quer nos dizer algo, fale depressa, porque esses irmãos que aqui vão estão se arrancando o couro, e nós não podemos e não é razão para nos determos a ouvir coisa alguma, se não for tão breve que possa ser dito em duas palavras.

— Em uma o direi — respondeu Dom Quixote — e é esta: que de imediato liberteis aquela formosa senhora, cujas lágrimas e triste semblante dão clara evidência de que está sendo levada contra sua vontade e que algum notório agravo lhe fizestes, e eu, que nasci no mundo para desfazer tais injúrias, não permitirei que se dê um único passo sem lhe dar a desejada liberdade que merece.

Com essas palavras caíram em si que Dom Quixote devia ser algum homem louco, e começaram a rir com vontade, um riso que serviu para atear pólvora à ira de Dom Quixote, porque, sem dizer mais uma palavra, desembainhando a espada, arremeteu contra o andor. Um dos que o levavam, deixando a carga para os companheiros, saiu ao encontro de Dom Quixote, empunhando uma viga ou bastão com a qual sustentava o andor enquanto estava parado; e recebendo nela uma grande espadada que lhe lançou Dom Quixote, que a desfez em duas partes, com o último pedaço que lhe restou na mão golpeou com tal força Dom Quixote em cima do ombro, do mesmo lado da espada, que o pobre cavaleiro — por não conseguir empregar o escudo contra a maléfica força — veio ao chão desamparado.

Sancho Pança, que ofegante tentava alcançá-lo, vendo-o caído, gritou ao seu malfeitor que não lhe desse outro golpe, porque era um pobre cavaleiro encantado, que não fizera mal a ninguém em todos os dias de sua vida. Mas o que deteve o vilão não foram os gritos de Sancho, e sim o fato de Dom Quixote não mover nem mais um dedo; e, assim, acreditando tê-lo matado, com pressa ergueu a túnica até a cintura e disparou fugindo pelo campo como um cervo.

A essa altura, todos os que acompanhavam Dom Quixote chegaram aonde ele estava; mas os da procissão, que os viram vir correndo, e com eles os quadrilheiros com suas armas, temeram algum mau acontecimento e todos fizeram uma roda ao redor da imagem, e levantados os capuzes, empunhando seus cordões, e os clérigos os castiçais, aguardavam o assalto determinados a se defender de seus agressores, e até a ofendê-los se pudessem. Mas a sorte fez melhor do que o esperado, porque Sancho não fez nada além de se jogar no corpo de seu senhor, fazendo sobre ele o choro mais doloroso e engraçado do mundo, acreditando que estava morto.

O padre foi reconhecido pelo outro padre que na procissão vinha, cujo reconhecimento acalmou o concebido temor dos dois esquadrões. O primeiro padre deu ao segundo, em duas palavras, um relato de quem era Dom Quixote, e assim ele e toda a turba de disciplinantes foram ver se estava morto o pobre cavaleiro e ouviram que Sancho Pança, com lágrimas nos olhos, dizia:

— Ó flor da cavalaria, que com uma só paulada terminaste a carreira de teus tão bem passados anos! Ó honra de tua linhagem, honra e glória de toda a Mancha, e mesmo de todo o mundo, que, em tua falta, estará cheio de malfeitores sem medo de serem castigados por seus delitos! Ó dadivoso acima de todos os Alexandres, porque em apenas oito meses de serviço me tinhas ofertada a melhor ilha que o mar cerca e rodeia! Ó humilde com os soberbos e arrogante com os humildes, acometedor de perigos, sofredor de afrontas, apaixonado sem causa, imitador dos bons, flagelo dos maus, inimigo dos ruins, enfim, cavaleiro andante, que é tudo o que dizer se pode!

CAPÍTULO 52

Com os gritos e gemidos de Sancho, Dom Quixote reviveu, e a primeira palavra que disse foi:

— Aquele que vive ausente de vós, dulcíssima Dulcineia, a misérias maiores que estas está sujeito. Ajuda-me, Sancho amigo, a subir no carro encantado, pois já não estou para apertar a sela de Rocinante, porque tenho o ombro despedaçado.

— Farei isso de boa vontade, senhor meu — respondeu Sancho —, e voltemos a minha aldeia na companhia destes senhores que seu bem desejam, e lá nos organizaremos para fazer outra saída que nos seja de mais proveito e fama.

— Bem dizes, Sancho — respondeu Dom Quixote —, e será prudente deixar passar a má influência das estrelas que agora regem.

O cônego e o padre e o barbeiro lhe disseram que ele faria bem em fazer o que dizia, e assim, tendo recebido com muito gosto as simplicidades de Sancho Pança, puseram Dom Quixote no carro de bois, como antes vinha. A procissão voltou a se organizar e continuou seu caminho; o pastor despediu-se de todos; os quadrilheiros não quiseram avançar, e o padre pagou-lhes o que lhes era devido; o cônego pediu ao padre que o informasse do destino de Dom Quixote, se ele sarava de sua loucura ou se permanecia nela, e com isso pediu licença para continuar viagem. Enfim, todos se dividiram e se afastaram, deixando apenas o padre e o barbeiro, Dom Quixote e Pança, e o bom Rocinante, que diante de tudo o que havia visto estava com tanta paciência quanto seu amo.

O carreiro atrelou seus bois e ajeitou Dom Quixote em um feixe de feno, e com sua fleuma habitual seguiu o caminho que o padre quis, e ao cabo de seis dias chegaram à aldeia de Dom Quixote, onde entraram na metade do dia, que calhou de ser um domingo, e as pessoas estavam todas na praça, no meio da qual passou o carro de bois de Dom Quixote. Todos foram ver o que havia na carroça e, quando encontraram seu compatriota, ficaram maravilhados, e um rapaz correu a dar as novas a sua ama e a sua sobrinha que seu tio e seu senhor chegava magro e amarelado e deitado num monte de feno e num carro de bois. Era uma pena ouvir os gritos que as duas boas damas deram, os tapas que se davam, as maldições que tornaram a lançar sobre os malditos livros de cavalaria, tudo isso se renovou ao ver Dom Quixote entrar por suas portas.

Ao saber da chegada de Dom Quixote, veio a mulher de Sancho Pança, que já sabia que tinha ido com ele para servir de escudeiro, e assim que viu Sancho, a primeira coisa que lhe perguntou foi se estava bem o burro. Sancho respondeu que estava melhor do que seu amo.

— Graças a Deus — respondeu ela —, que tanto bem me fez; mas contai-me agora, amigo, que bens trazeis de vossas escuderias? Que vestido da moda trazeis para mim? Que sapatitos para vossos filhos?

— Não trago nada disso — disse Sancho —, mulher minha, embora traga outras coisas de maior importância e consideração.

Jérôme David, 1650

— Isso recebo com muito gosto — respondeu a mulher. — Mostrai-me essas coisas de mais importância e consideração, amigo meu, que as quero ver, para que se alegre este meu coração, que esteve tão triste e descontente em todos os séculos de vossa ausência.

— Em casa vos mostrarei todas, mulher — disse Pança —, e, por enquanto, ficai feliz, que se Deus quiser sairemos de viagem mais uma vez em busca de aventuras, e vós me vereis logo conde, ou governador de uma ínsula, e não das que há por aí, mas a melhor que se pode encontrar.

— Que o céu assim o permita, marido meu, que temos muita necessidade. Mas dizei-me o que é isso de ínsulas, que eu não entendo.

— As pérolas não são para os porcos — respondeu Sancho —; a seu tempo o verás, mulher, e até te surpreenderás ao ouvir ser chamada de senhoria por todos os teus vassalos.

— Que dizes, Sancho, de senhorias, ínsulas e vassalos? — respondeu Juana Pança, que assim se chamava a mulher de Sancho, não porque fossem parentes, mas porque é costume em La Mancha que as mulheres tenham o sobrenome do marido.

CAPÍTULO 52

— Não te apoquentes, Juana, para saber tudo isso tão depressa: basta que eu te diga a verdade, e bico calado. Só posso te dizer, assim por cima, que não há nada mais agradável no mundo do que ser um homem honrado, escudeiro de um cavaleiro andante buscador de aventuras. É verdade que a maioria delas não sai tão bem quanto o homem gostaria, pois, de cem que se encontram, as noventa e nove costumam sair às avessas e enviesadas. Sei por experiência, porque de algumas saí manteado e de outras moído; mas, com tudo isso, é lindo esperar pelos acontecimentos atravessando montanhas, perscrutando selvas, pisando rochas, visitando castelos, hospedando-se em estalagens com toda discrição, sem pagar um maldito maravedi.

Todas essas conversas se passaram entre Sancho Pança e Juana Pança, sua mulher, enquanto a ama e a sobrinha de Dom Quixote o receberam, despiram-no e o deitaram em sua antiga cama. Olhava-as com os olhos extraviados e não conseguia entender bem onde estava. O padre instruiu a sobrinha a ter muito cuidado em zelar por seu tio e ficar alerta para que outra vez não lhes escapasse, contando o que havia sido necessário para trazê-lo para sua casa. Aqui as duas lançaram de novo seus gritos para o céu; ali se renovaram as maldições aos livros de cavalaria, ali pediram ao céu que confundisse no centro do inferno os autores de tantas mentiras e disparates. Finalmente, elas ficaram confusas e temerosas de se ver sem seu amo e tio assim que ele tivesse alguma melhora; e, sim, foi como elas imaginaram.

Mas o autor desta história, que com curiosidade e diligência procurou os feitos que Dom Quixote fez em sua terceira saída, não conseguiu encontrar nenhuma notícia deles, pelo menos em escritos autênticos: só a fama conservou, nas memórias de La Mancha, que Dom Quixote na terceira vez que saiu de sua casa foi para Saragoça, onde se viu numas famosas justas que naquela cidade tiveram lugar, e ali lhe aconteceram coisas dignas de sua coragem e bom entendimento. Nem de seu fim e fechamento conseguiu encontrar coisa alguma, nem o teria conseguido ou sabido se a boa fortuna não lhe trouxesse um velho médico que tinha em seu poder uma caixa de chumbo, que, segundo ele disse, havia sido encontrada em ruínas demolidas de uma antiga ermida que se reformava; nessa caixa, foram encontrados alguns pergaminhos escritos em letras góticas, mas em versos castelhanos, que continham muitas de suas façanhas e davam notícias da beleza de Dulcineia del Toboso, da figura de Rocinante, da fidelidade de Sancho Pança e do sepultamento do próprio Dom Quixote, com diferentes epitáfios e louvores a sua vida e costumes.

E os que puderam ser lidos e passados a limpo foram os que aqui inclui o fidedigno autor desta nova e jamais vista história. Tal autor não pede, a quem a lê, recompensa pelo imenso trabalho que lhe custou inquirir e pesquisar todos os arquivos manchegos para trazê-la à luz, mas sim que lhe deem o mesmo crédito que os discretos costumam dar aos livros de cavalaria, que tão em voga andam pelo mundo, que com isso se considerará bem pago e satisfeito e se entusiasmará a sair e procurar outras, se não tão verdadeiras, pelo menos de tanta invenção e passatempo.

Antonio Rodríguez Luna, 1973

DOM QUIXOTE

As primeiras palavras que estavam escritas no pergaminho encontrado na caixa de chumbo eram estas:

Os acadêmicos de Argamasilla,[2] lugar de La Mancha, na vida e morte do valoroso Dom Quixote de La Mancha, *hoc scripserunt*[3]

O REI DO CONGO,
ACADÊMICO DE ARGAMASILLA,
À SEPULTURA DE DOM QUIXOTE

Epitáfio

O descabeçado que ornou La Mancha
de mais despojos do que Jasão de Creta;[4]
o juízo que teve na veneta
tão aguda mas que não deslancha;
o braço que sua força tanto ensancha,
que chegou do Catai até Gaeta;[5]
a musa mais horrenda e mais discreta
que gravou os versos em brônzea prancha;

ele que na chinela deixou Amadises
e em baixa os Galaores estimou,
estribando em seu amor e bizarria;

ele que bem silenciou os Belianises,
aquele que em Rocinante errando andou,
jaz debaixo desta lousa mui fria.

2.   O topônimo pode se referir tanto a Argamasilla de Alba quanto a de Calatrava, mas o indicativo de uma academia no local é meramente satírico, servindo para situar os poemas e os nomes fictícios dos poetas autores desses epitáfios.
3.   "Escreveram isto."
4.   Personagem da tragédia *Medeia*, Jasão foi em busca do velocino de ouro. Porém, ele era da Tessália, e não de Creta.
5.   Catai é a China; Angélica, a amada de Orlando, era princesa desse reino. Gaeta é um porto próximo de Nápoles; ali, o Grão-Capitão venceu os franceses.

546

CAPÍTULO 52

DO APANIGUADO,[6]
ACADÊMICO DE ARGAMASILLA,
IN LAUDEM DULCINEAE DEL TOBOSO[7]

Soneto

Esta que vedes de rosto entripado,
alta de peitos e porte orgulhoso,
é Dulcineia, rainha del Toboso,
por quem foi Dom Quixote apaixonado.

Pisou por ela um e outro lado
da grande Serra Negra e do famoso
Campo de Montiel, até o ervoso
prado de Aranjuez, a pé e cansado

(culpa de Rocinante). Ó estrela dura!,
que esta manchega dama e este invicto
andante cavaleiro, em tenros anos,
ela, ao morrer, deixou a formosura,
e ele, embora vai em mármore escrito,
não evitou o amor, iras e enganos.

DO CAPRICHOSO, DISCRETÍSSIMO
ACADÊMICO DE ARGAMASILLA,
EM LOUVOR A ROCINANTE,
CAVALO DE DOM QUIXOTE DE LA MANCHA

Soneto

Em um soberbo trono diamantino
que com sangrentos passos pisa Marte,
frenético o Manchego seu estandarte
tremula com esforço peregrino,

6. Aquele que é protegido, favorito.
7. "Em elogio de Dulcineia del Toboso".

547

pendura as armas e o aço fino
com que destroça, assola, racha e parte…
Novas proezas!, porém inventa a arte
um novo estilo ao novo paladino.

E se de seu Amadis se preza Gaula,
por cujos bravos descendentes Grécia
triunfou mil vezes e sua fama ensancha,

hoje Quixote coroado em aula
onde Belona rege, e se envaidece,
mais que Grécia ou Gaula, a alta Mancha.

Nunca suas glórias o olvido mancha,
pois mesmo Rocinante, em ser galhardo,
supera o Brilhadouro e o Baiardo.[8]

DO BURLÃO,
ARGAMASILLESCO ACADÊMICO,
PARA SANCHO PANÇA

Soneto

Sancho Pança é este, de corpo pitico,
mas grande em valor, milagre estranho!,
escudeiro o mais simples e sem engano
que teve o mundo, vos juro e certifico.

Para ser conde, faltou um tantico,
se não se conjurassem em seu dano
insolências e agravos do insano
século, que não perdoa nem um burrico.

Sobre ele cavalgou (com perdão se mente)

---

8. Cavalos de Orlando e Reinaldos de Montalbán no *Orlando furioso*.

CAPÍTULO 52

o manso escudeiro, depois do manso
cavalo Rocinante e o seu dono.

Ó tolas esperanças dessa gente,
como passais prometendo descanso
e ao fim parais em sombra, em névoa, em sono!

DO ENDIABRADO,[9]
ACADÊMICO DE ARGAMASILLA,
NA SEPULTURA DE DOM QUIXOTE

Epitáfio

Aqui jaz o cavaleiro
bem moído e mal-andante
a quem levou Rocinante
por um desfiladeiro.
Sancho Pança, o embusteiro,
jaz também junto a ele,
escudeiro o mais fiel
que viu o labor de escudeiro.

DO TIQUITOC,[10]
ACADÊMICO DE ARGAMASILLA,
NA SEPULTURA DE DULCINEA DEL TOBOSO

Epitáfio

Descansa aqui Dulcineia,
e, ainda que bem avantajada,
transformou-a em pó e nada
a morte espantável e feia.

---

9. No original, *cachidiablo*, figura burlesca, vestida de modo ridículo, comum nas procissões e representações teatrais.
10. Onomatopeia com que eram designados dois brinquedos: o joão-teimoso e o bilboquê.

DOM QUIXOTE

Foi a castiça plebeia
e teve arroubos de dama;
de Dom Quixote foi chama
e foi glória de sua aldeia.

Esses foram os versos que puderam ser lidos; os demais, por estar carcomida a letra, foram entregues a um acadêmico para que por hipóteses os decifrasse. Sabe-se que o fez, à custa de muitas vigílias e muito trabalho, e que tem a intenção de trazê-los à luz, com a esperança da terceira saída de Dom Quixote.

Forse altro canterà con miglior plectro.[11]

FINIS

---

11.   "Talvez outro cante com melhor inspiração poética". O verso procede, ligeiramente modificado, do *Orlando furioso* (xxx, 16).

Miguel Rep, 2010

Virgílio Dias, 2024

Loucura e individualização em *Dom Quixote*

por Christian Ingo Lenz Dunker

Pode-se apresentar a obra de Miguel de Cervantes de muitas maneiras. Síntese e novo começo das epopeias medievais, como *La Celestina* e *El Cid*; expressão da vontade de produzir uma literatura universal e unificante para esse primeiro império no qual o Sol nunca se punha.[1] Podemos olhar para *Dom Quixote* como uma obra que define os rumos do romance moderno, e que define até o que viríamos a chamar, posteriormente, de modernidade. Outros dirão, ao contrário, que Cervantes escreveu durante o reinado de Felipe III, quando já estava claro que o Império Espanhol não poderia mais se manter, e seu grande tema doravante seria sua decadência.

Nascido em 1547 e tendo estudado em Sevilha com jesuítas, Cervantes viveu apenas a algumas dezenas de quilômetros de Toledo, a cidade barroca por excelência e epicentro da Contrarreforma, e esteve imerso na concepção tolerante de Erasmo de Roterdã. Nesse período, a Espanha acordava de seu sonho de convivência pacífica com a chegada desta primeira contraofensiva cristã, tanto no território europeu, que começava a ser dominado pelos Habsburgo, quanto no Novo Mundo, onde novas almas despertavam a questão metafísica sobre sua possível, necessária ou desejável salvação.

Cervantes participou como soldado da batalha de Lepanto, em 1571, na qual a esquadra espanhola derrotou os turcos. O pintor italiano Paolo Veronese retratou esse evento de maneira muito significativa na pintura *Batalha de Lepanto*, dividindo a tela em duas partes. Na parte de cima temos a perspectiva celestial, com seres bem definidos, em escala gigantesca, que contemplam felizes a batalha que dava ganho de causa aos cristãos. Na parte de baixo, a perspectiva se modifica completamente, e vemos uma confusão de navios, pessoas e movimentos desordenados. Fundir duas perspectivas gritantemente

---

1. O Império Espanhol foi descrito como o primeiro império global da história, o mais poderoso do mundo entre o século XVI e a primeira metade do XVII, atingindo sua extensão máxima no XVIII. Foi também o primeiro a ser chamado de "o império no qual o Sol nunca se põe". Do final do século XV até o início do XIX, a Espanha controlava um enorme território ultramarino no Novo Mundo e no arquipélago asiático das Filipinas, o que eles chamavam de "Las Indias". Incluiu também territórios na Europa, África e Oceania.

diferentes em uma mesma imagem para representar o mundo é um bom exemplo da estratégia que vamos encontrar também no *Dom Quixote* de Cervantes.

Depois de Lepanto, Cervantes foi aprisionado e escravizado pelos mouros em Argel até ter seu resgate pago depois de um ano. Em 1580, os reinos de Portugal e Espanha se unificam, aumentando ainda mais o tamanho do império a ser governado e administrado. Tanto sua experiência no exército, quanto o exílio e o regresso à Espanha — transformada pelos novos ventos da contrarreforma — colocaram Cervantes diante de uma realidade disparatada. Mendigos, estrangeiros, vagabundos, errantes e pícaros de toda sorte surgiam como efeito do crescimento desordenado e da afluência de ouro e prata. Ele mesmo é preso duas vezes por problemas com o fisco.

A primeira parte de *Dom Quixote* foi publicada em 1605 e fez algum sucesso, mas, como não resolveu as pendências financeiras de seu autor, levou-o à escrita de uma segunda parte, que é publicada em 1615. Isso, por si só, nos indica o caráter dividido, senão de seu personagem principal, do próprio texto. Mas é uma divisão alegórica, que recorre a uma estratégia inaugural. Na primeira parte, em vez de interiorizar o conflito entre o mundo antigo e o Novo Mundo, Cervantes o projeta em dois personagens diferentes, que são, ao fim e ao cabo, uma só pessoa com duas vozes: o engenhoso fidalgo *Dom Quixote* e seu auxiliar Sancho Pança.

Um é a voz do passado, quando cada pessoa tinha uma identidade fixa e bem definida. Aristocratas eram nobres quando dormiam, quando comiam, quando iam ao banheiro e quando se sentavam no trono. O outro é a voz da sabedoria popular e da baixa burguesia, com suas aspirações de conquista e ascensão social. Sabe-se que *As meninas*, a monumental pintura de Diego Velázquez, de 1656, retratava justamente o rei Felipe III e sua família, em uma tela de 3,20 m por 2,79 m, posicionada na região privada do castelo do rei, ou seja, dedicada apenas e exclusivamente à sua própria contemplação. Dom Quixote enlouqueceu porque leu livros de cavalaria demais. Como se ele tivesse se transportado para uma época anterior àquela em que vivia, quando poderia ser uma pessoa pública, um nobre em qualquer circunstância. Restituído em sua identidade, podia assim enfrentar com maior precisão as dificuldades da vida moderna: a incerteza de qual mulher amar, qual profissão escolher, onde tomar assento e residência. Aqui chegamos ao tema da loucura em *Dom Quixote*. Segundo os comentadores, a figura do cavaleiro teria sido inspirada no poeta Torquato Tasso, no mordomo de Carlos V, conhecido como Alonso Quijada, e no rei português Dom Sebastião, desaparecido em 1578, na batalha de Alcácer Quibir.

O poeta italiano Torquato Tasso escreveu sobre a tomada de Jerusalém, inspirando-se em fatos, mas combinando-os com um grande romance entre Tancredo, um cristão, e Clorinda, uma muçulmana. Ocorre que a escrita de *Jerusalém libertada* parece ter desencadeado uma crise de loucura no seu autor, que passou a ser acossado por ideias de perseguição e grandiosidade. Recolhido a asilos e mosteiros, ele teve seus originais roubados e publicados contra sua vontade em 1575. Ao que tudo indica, temos aqui a primeira das figuras modernas da loucura, ou seja, a paranoia com seus delírios sistemáticos de perseguição, ciúmes, erotomania e megalomania.

O mordomo do imperador Carlos V — monarca da família dos Habsburgos — também se chamava Alonso Quijano, como o nobre empobrecido que enlouquece por ter lido livros de cavalaria demais, tornando-se então um personagem: Dom Quixote de La Mancha. O caráter esguio e o queixo pronunciado do manchego já foi comparado ao fenótipo do próprio imperador Habsburgo. Mas, no caso do mordomo, a loucura passa pela excessiva obediência, pelo apego a uma época à qual se pertence como serviçal, mas que se vive, por procuração e contiguidade, como quem participa das decisões e destinos do mundo. Encontramos aqui a segunda figura fundamental da loucura moderna, na forma da esquizoidia, ou na vívida experiência, impostora ou não, de sentir-se outro que não aquele que se é. Perder a capacidade de reconhecer diferenças, experimentar-se fracionado, fragmentado ou excessivamente unido em torno de um personagem mecânico, autômato ou maquínico.

Finalmente, o rei português Dom Sebastião, que desapareceu em luta contra os mouros, mas passou a representar, desde então, a mitomania de que ele não morreu, mas voltará algum dia para restaurar o Império Português em todo seu esplendor e glória. Temos, portanto, a loucura melancólica que se reverte em mania. Observemos que, em 1621, Richard Burton escreve um tratado sobre a *Anatomia da melancolia*, que se tornará um dos livros mais vendidos e lidos daquele século.

Lembremos que Cervantes escreve *Dom Quixote* em um momento no qual o erasmismo ibérico declina, no contexto da Contrarreforma emergente, cujo marco é o Concílio de Trento (1545–63). Exemplo da guinada espanhola com vistas à retomada é a transformação das ideias de Erasmo em heresia, em 1560. Salientemos que sua grande obra se chamava justamente *Elogio da loucura*. Lembremos também que os Países Baixos foram governados pelo ramo espanhol dos Habsburgo, entre 1554 e 1714, período no qual emerge a obra de Erasmo de Roterdã e, depois, de Baruch Espinoza.

Assim como Thomas More a quem admirava pela ideia de *Utopia*, mas também como Montaigne na França, Maquiavel na Itália e Shakespeare na Inglaterra, Erasmo deparava-se com a multiplicidade, a diversidade e a diferença representadas por outras formas de vida. A esse Novo Mundo, desconhecido, inconstante e perigoso, ele deu o nome de loucura. Mas a loucura aqui é muito menos desrazão, como veremos em Descartes, e muito mais uma experiência da perda de referências e da descoberta de nosso novo estatuto de seres divididos. Pois as vozes do novo continente, com suas novas raças, novos costumes e novos deuses, logo começaram a ressoar com as antigas vozes suprimidas em cada um de nós. Daí que a descrição de Erasmo esteja muito longe das imagens posteriores da loucura furiosa e doentia, e mais próxima do que os antigos chamavam de tolice (*stultice*).

Loucura era, por exemplo, as indulgências e a mendicância, inventadas pela Igreja Católica e exploradas como negócio. Loucura era o médico que pretendia curar seus pacientes fazendo-os crer em suas teorias da doença. Loucura era acreditar que os maus--tratos dispensados às crianças produziriam cidadãos justos e honrados. Loucura é achar que aqueles que não pensam como você são hereges, infiéis que merecem morrer. Loucura é a vida de desperdício e inconsequência levada pelos nobres e aristocratas. No fundo, é um livro profundamente irônico, pois mostra como chamamos de loucura aquilo que nos remete a uma luta entre luz e trevas, que não conseguimos classificar e dominar perfeitamente, mas que nos habita como seres de contradição e paradoxo. Ao fim e ao cabo, somos todos loucos, no sentido de que desconhecemos as razões de nossas próprias luzes e sombras.

A loucura entre a vida como um sonho e a vida como um teatro

Escrito sob o signo da ironia e da sátira, *Elogio da loucura* de 1511 é a obra de Erasmo que o levará a ser condenado como herege. Observemos, portanto, que Cervantes escreve em uma época na qual ideias recentemente populares e correntes se tornam proscritas e perigosas. É esse sistema de inversões, culturalmente determinado, que levará a esta nova forma de anatomia da loucura que encontramos no Quixote. Até aqui, a loucura não era sinônimo de doença, nem um fenômeno de ordem médica ou psicológica, mas significava apenas a inversão ou desvio da razão, bom senso e seriedade. A figura fundamental da loucura não era a mania ou a psicose, mas a tolice. O tolo não é alguém que perdeu a razão, como se dirá depois da obra de Descartes, em 1630, mas alguém que deixa a imaginação subjugar a razão, fazendo-a trabalhar a seu serviço. Trata-se de dar a palavra à "louca da casa", ou seja, à imaginação, para, a partir do absurdo e da exageração, criar um espelho crítico de sua época. Segue-se assim um conjunto de teses, cuja valência moral não foi completamente desatualizada: quanto mais uma ideia está fora do bom senso, mais admiradores ela atrai. No fundo, somos todos um pouco loucos, mas há aqueles mais loucos que os simples loucos, como os gramáticos, ou seja, os que se arrogam saberes superiores, os pedantes convictos, os poetas criadores de fábulas ridículas, e a lista continua: os escritores, que pensam, repensam obsessivamente seus escritos, chegando a passar nove ou dez anos com o manuscrito antes que ele seja impresso, os advogados, que fazem leis absurdas e inaplicáveis, os filósofos, que se gabam de saber tudo, não estando de acordo em nada, os reis, que se divertem com futilidades e posses, vendendo em benefício próprio os cargos e os empregos, "servindo-se de expedientes pecuniários para devorar as energias do povo e engordar à custa do sangue dos escravos",[2] e

2.   ROTTERDAM, Erasmo de. *Elogio da loucura*. Coleção "Os Pensadores", Volume X, Erasmo de Rotterdam e Thomas More. São Paulo: Abril Cultural, 1972, p. 18–20.

finalmente os teólogos, que acreditam que o livro sagrado deveria ser tomado ao pé da letra, sem interpretações.

Ora, cada uma destas pequenas loucuras, depois chamadas obsessivas, histéricas, narcísicas ou fóbicas, terá seu lugar no conjunto de encontros que caracterizam o Quixote. Contudo, podemos dizer que, ao contrário de Erasmo, Cervantes não faz um monólogo crítico sobre um mundo invertido, mas produz uma situação dialogal em que o protagonista é confrontado com uma voz que lhe lembra não apenas a razão, lúcida e de bom senso, como muitos assinalaram, mas uma voz que é por sua vez também interessada e iludida. Tomemos como exemplo a crença de Sancho Pança de que, ao final das andanças, poderá ser agraciado com um ilha ou algum dos tesouros esquecidos pelo velho mestre. Não estamos no regime binário da razão e do bom senso contra seu duplo, representado pela tola imaginação, mas em algo mais próximo do que Montaigne descreveu como o confronto entre a loucura sábia e a loucura louca. Em seus *Ensaios*, ele afirma que os seres humanos são sempre loucos, mas que há aqueles que justamente sabem que habitar este novo espaço da modernidade equivale a suportar uma divisão entre público e privado, uma dissociação entre quem somos e quem gostaríamos de ser, uma fragmentação e desacordo entre nossas vontades e faculdades mentais (inclusive razão e imaginação). Já aqueles que padecem da loucura louca são os que acreditam verdadeiramente nos seus papéis sociais, nas suas identidades, nas suas funções e finalidades na terra. A diferença entre a loucura sábia e a loucura louca é que a loucura sábia sabe que toda loucura é louca. Ela sabe que a vida com os outros é uma vida de representação, como se estivéssemos em um teatro, que a vida é sonho, ou seja, que ela está atravessada por nossos desejos e inconsciências, que a vida é uma história de som e fúria contada por um idiota, como disse Shakespeare, e antes dele Calderón de la Barca, e depois dele Flaubert.

Encontramos também em Montaigne a imagem do grande sábio grego Pitágoras transmutado em leão, como que a figurar o encarceramento da razão em uma jaula, em meio a um mundo tomado por guerras religiosas e empreendimentos de colonização das Américas, da África e da Ásia. Essa imagem estará presente no episódio que melhor ilustra a confrontação reflexiva da loucura consigo mesma, quando nosso protagonista encontra o Cavaleiro do Verde Gabão nos capítulos 16, 17 e 18 do segundo volume do Quixote.

De imediato, percebe-se um conjunto de similaridades entre Dom Quixote e o Cavaleiro do Verde Gabão. Ambos são manchegos, estão com seus cinquenta anos e são amantes da caça e dos livros de cavalaria. Ambos estão decadentes e fixados em suas glórias do passado. Eles sentem admiração e curiosidade mútua, o que leva a uma conversa amigável e, pela primeira vez, uma tomada de distância crítica do conflito. Desta vez, a loucura vai emergir de uma outra maneira, ou seja, através da falta de prudência e discrição do caçador de aventuras.[3] Como já salientaram inúmeros teóricos da aurora da modernidade, como Norbert Elias, o nosso processo civilizatório passou, principalmente a partir do século XVII, pelo cultivo dos bons modos, envolvendo por exemplo a racionalização das ações, a dissimulação de afetos, a contenção dos gestos e das palavras e a participação administrada nos rituais cortesãos, criando assim uma nova forma de personalidade que caracterizará o nobre moderno como aristocrata ou burguês, em contraste com o nobre medieval, guerreiro valente e bruto.

A conversação em que Quixote fala como um nobre moderno é interrompida pela passagem de uma carroça carregando dois leões enjaulados, sobre a qual o nosso protagonista investe intempestivamente, restando do episódio o rosto escorrido com requeijão. Libertar os leões pitagóricos enjaulados tornou-se assim exemplo de falta absoluta de discrição e prudência. Lembremos que a prudência ou *sôphrosýnê* era a principal virtude ética, chamada também de temperança ou moderação, tendo sua equivalente romana em *sobrietas*, a sobriedade. Prudência indicava sanidade moral, autocontrole e capacidade de se limitar. O oposto, portanto, da desmesura ou *hûbris*, violação explícita do conceito pitagórico e platônico de harmonia. Os dois ramos da temperança moderna, o aristotélico "nada em excesso" e o platônico "conhece-te a ti mesmo", logo se tornaram, pela teologia cristã, sinônimos de pureza, integridade e castidade.

Ora, ao se insurgir sem discrição ou prudência contra leões imaginários, o Quixote fez, mais uma vez, uma triste figura. Mas desta vez sua loucura é também crítica do que há de problemático neste novo processo civilizatório que limita os sujeitos e disciplina seus pensamentos ou dociliza seus corpos, de modo a produzir um novo tipo de tolo. Talvez seja por isso que Sancho Pança aparece tão pouco neste episódio. Ocorre que a violação da nova regra da prudência e discrição leva o Quixote a ser percebido de uma maneira que teria sido impossível tanto aos nobres quanto aos servos medievais, ou seja, como alguém vulgar. Dessa forma, ele introduz um terceiro e novo tipo de loucura à classificação de Montaigne: ao lado da loucura sábia e da loucura louca, existe a loucura vulgar. Ela não é prerrogativa de ricos ou de pobres, de nativos ou de estrangeiros. Ela não denota falta de educação, mas déficit de decoro como cuidado de si.

O único acréscimo que a vulgaridade traz é um novo título. Doravante será chamado de Cavaleiro dos Leões. O Cavaleiro do Verde Gabão se surpreende com o desatino representado pela ideia de lutar à força com leões. Viver como louco, morrer como cordato, eis um lema que atravessa nosso cavaleiro andante. É assim que figura aos olhos do seu duplo especular do Gabão: "um louco cordato e um cordato louco".[4] Ao que também observa: "o que você fala é cordato, elegante e bem-dito, mas a forma com age é disparatada,

---

3.   VIEIRA, Maria Augusta da Costa. Louco lúcido: Dom Quixote e o Cavaleiro do Verde Gabão. *Revista USP*, São Paulo, n. 67, p. 282–293, set./nov. 2005.

4.   Tradução do autor. No original: "era un cuerdo loco y un loco que tiraba a cuerdo". VIEIRA, Maria Augusta da Costa. Louco lúcido: Dom Quixote e o Cavaleiro do Verde Gabão. *Revista USP*, São Paulo, n. 67, p. 290, set./nov. 2005.

temerária e tonta."[5] Ao que se segue, Quixote chega ao momento maior de sua loucura, ou seja, fato de que sua alienação se torna dialética, o que quer dizer que se torna capaz de suspensão e distanciamento, de perda e conservação de si. Ele começa por reconhecer que suas obras não testemunham outra coisa que não sua loucura. Mas que seu interlocutor não deve confundir o que "ele parece" com o que "ele é", o Quixote devolve um golpe central da ética moderna contra aquele que agora surge como um louco, que acredita nas aparências que os outros lhes mostram. Inversão dialética, o Quixote sabe muito bem que sua imagem não o representa em totalidade, por isso pode ir lutar com os leões de sua loucura e regressar para uma conversação sóbria e discreta. Logo, é ele e não o cavaleiro gabonês que se mostra senhor de sua própria divisão, fragmentação e dissociação subjetiva. A prova é que, quando apresentado ao filho e à esposa do Cavaleiro do Verde Gabão, os cumprimenta de forma discreta e aguda e com comedidas razões, salientando assim a mentira percebida pela maneira como seu duplo exagerou nas tintas. Reconhecendo ao final para seu próprio filho, o Cavaleiro do Verde Gabão afirma: "apenas saberei dizer que o vi fazer coisas do maior louco do mundo, mas suas razões são tão discretas que apagam seus grandes feitos [...] para dizer a verdade o tenho mais por louco que por cordato".[6] Ao que o filho concorda dizendo que está diante de um louco cheio de "intervalos lúcidos".[7]

A loucura lúcida de Quixote responde às atuais preocupações dos psicopatólogos com o excesso de conformidade e adaptacionismo por trás dos diagnósticos e com a expectativa social de normalopatia. A crítica de nossos ideais, ilusões e aspirações de ajustamento compõe, nesse sentido, a objeção quixotesca contra um mundo harmonizado pela separação clara e distinta entre público e privado, que, no entanto, será violada por aqueles que criam e praticam as exceções calculadas das regras. Trata-se de uma crítica àqueles que advogam a cortesia e discrição de um lado enquanto suportam a violência e a desigualdade por outro. Crítica aos discursos liberais que se expressam em práticas autoritárias.

CHRISTIAN INGO LENZ DUNKER é psicanalista e professor titular em Psicanálise e Psicopatologia do Instituto de Psicologia da USP, autor de mais de 15 livros e youtuber no canal Falando Nisso.

---

5. Tradução do autor. No original: "ya le tenía por cuerdo, y ya por loco, porque lo que hablaba era concertado, elegante y bien dicho, y lo que hacía, disparatado, temerario y tonto". VIEIRA, Maria Augusta da Costa. Louco lúcido: Dom Quixote e o Cavaleiro do Verde Gabão. *Revista USP*, São Paulo, n. 67, p. 290, set./nov. 2005.
6. Tradução do autor. No original: "solo te sabré decir que le he visto hacer cosas del mayor loco del mundo y decir razones tan discretas, que borran y deshacen su hechos. [...] para decir verdad, antes le tengo por loco que por cuerdo". VIEIRA, Maria Augusta da Costa. Louco lúcido: Dom Quixote e o Cavaleiro do Verde Gabão. *Revista USP*, São Paulo, n. 67, p. 291, set./nov. 2005.
7. Tradução do autor. No original: "él es un entreverado loco, lleno de lúcidos intervalos". VIEIRA, Maria Augusta da Costa. Louco lúcido: Dom Quixote e o Cavaleiro do Verde Gabão. *Revista USP*, São Paulo, n. 67, p. 291, set./nov. 2005.

John Hamilton Mortimer, séc. XVIII

O *Dom Quixote* de Miguel de Cervantes:
o leitor e a leitura

por Maria Augusta da Costa Vieira

O *Quixote*, como bem se sabe, está repleto de ideias sugestivas que podem nos conduzir a diferentes campos de interpretação. No entanto, quem deverá tirar as conclusões sobre a obra é você, caro leitor, que, no silêncio da leitura atenta e no movimento pendular de páginas-adiante e páginas-atrás, irá arquitetando modos e formas de entender e considerar a obra cervantina. O tempo é distante, o espaço tampouco é o nosso, porém, com a liberdade necessária será possível encontrar não uma, mas muitas razões para ler esta obra que certamente inventou não apenas uma nova forma de escrever, mas também uma nova forma de ler.

É raro encontrar um leitor que, após empreender a leitura do *Quixote*, não se surpreenda ao constatar a imensa capacidade comunicativa da obra: um livro que lhe oferece uma leitura agradável e que lhe traz inquietações tão válidas nos dias atuais. Muitas vezes, o que se espera de uma obra clássica é um texto no mínimo sisudo e nada envolvente, escrito em uma linguagem rebuscada e difícil, repleta de questões que não dialogam com os nossos tempos. No entanto, nada disso vale para o *Quixote*. Ao que tudo indica, Cervantes transitava por outros caminhos.

Um preceito para a escrita

No século XVI ibérico, alguns escritores passaram a adotar o preceito do *escribo como hablo*, que consistia em fazer com que os textos escritos reproduzissem a língua falada. Além do propósito de dignificar a oralidade e de elevar o castelhano ao patamar de uma língua culta, este preceito buscava também conceder à escrita uma maior naturalidade, precisão, clareza e simplicidade.

É preciso ter em conta que, na época, a língua castelhana tratava de conquistar um estatuto próprio e ainda era recente a publicação de sua primeira gramática, escrita

DOM QUIXOTE

por Antonio de Nebrija e publicada em 1492. Alguns autores se empenhavam em escrever seus textos nesta língua e não em latim, como ocorria muitas vezes e, nesse caso, a busca pela naturalidade se associava também ao uso da língua castelhana. Ou seja, o *escribo como hablo* estava associado não apenas à naturalidade na escrita, mas também à utilização da língua romance, como eram então designadas as línguas neolatinas. Em *O cortesão* (1528) de Baldassare Castiglione — um tratado de importante circulação no período sobre a conduta do homem de corte —, encontramos a defesa de que o texto escrito deve corresponder à fala, criando-se, então, o consenso em torno da ideia de que "escrever é um modo de falar".[1]

Poucos anos após a publicação de *O cortesão*, isto é, entre 1535 e 1536, o escritor espanhol Juan de Valdés redige uma verdadeira apologia à língua castelhana nos moldes de um diálogo humanista, sob o título *Diálogo de la lengua*. Nessa obra estão presentes não apenas a defesa da língua vernácula frente ao latim como também a defesa da naturalidade quanto ao estilo em detrimento de toda e qualquer afetação — o avesso da naturalidade —, uma prática muito criticada e rejeitada por alguns.

No entanto, é preciso ter em conta que, ao invés do que poderia parecer, a naturalidade no estilo não correspondia à noção de um discurso espontâneo que brotaria livremente. Ao contrário, supunha ponderação, cálculo, enfim, uma criteriosa operação racional que previa a recorrência a variados artifícios para alcançar uma aparência de naturalidade. Ou seja, nesse caso, a naturalidade na escrita não teria nada a ver com o espontâneo. Certamente, o preceito do *escribo como hablo* correspondia à *perspicuitas* da retórica clássica, definida por Juan Luis Vives como "uma descrição muito evidente que atrai aquele que ouve como se a coisa estivesse presente".[2] Em outros termos, a clareza (ou a perspicuidade) era considerada como uma das virtudes da escrita, enquanto a obscuridade e a afetação não passavam de vícios.

Quando Cervantes publica a primeira parte do *Quixote*, em 1605, essa tendência já começava a ceder espaço para uma orientação divergente. Essa nova concepção tratava de alargar a distância entre o referente e a metáfora, entre *res* e *verba*, para chegar a uma forma poética que privilegiasse a capacidade engenhosa de penetrar nos assuntos da forma mais distante e inesperada, tratando de extrair das coisas, por meio das palavras, suas propriedades mais ocultas.

Cervantes é considerado um dos últimos autores que seguem o preceito do *escribo como hablo*. É instigante ler o *Quixote* sob a chave desta orientação própria do século XVI, uma vez que a obra tem como eixo de sustentação o longo diálogo entre o cavaleiro e seu escudeiro, entre o letrado e o analfabeto. Não deve ter sido tarefa fácil mimetizar a

---

1. CASTIGLIONE, Baldassare. *El cortesano*. Trad. Juan Boscán. Ed. de M. Pozzi. Madri: Cátedra, 1994, 1º livro, p. 152.
2. VIVES, Juan Luis. *El arte retórica*. Barcelona: Anthropos Ed., 1998, p. 223.

conversação entre esses dois personagens tendo em conta os distintos registros de fala próprios de cada um e, mais do que isso, considerando o fato de que a fala de cada um muitas vezes se converte em tema de grande polêmica entre eles. Cervantes não apenas optou por uma escrita pautada pela naturalidade, como também soube ridicularizar, tal qual o faz Erasmo de Roterdã em *Elogio da loucura* (1511), a afetação no estilo e o pedantismo como modo de produzir uma aparência de erudição.

No entanto, esse trabalho artesanal com a linguagem empreendido por Cervantes muitas vezes sequer é percebido por nós, leitores, para quem o diálogo entre os dois personagens flui com a mais perfeita naturalidade, como se estivéssemos seguindo de perto os passos do cavaleiro e seu escudeiro e escutando suas vozes.

Ler muito e andar muito...

Em um momento de suas andanças, Dom Quixote faz uma afirmação sugestiva que sintetiza sua própria experiência como leitor e cavaleiro andante. A afirmação pode ser considerada um provérbio, ou um refrão, que tem a perspectiva de expressar uma verdade sobre a vida e a humanidade em geral. Ele diz a um grupo de personagens, no capítulo 25 da segunda parte da obra, publicada em 1615: "aquele que lê muito e anda muito, vê muito e sabe muito". Ou seja, esse pensamento tão conciso sugere que a leitura de muitos livros ao lado das muitas andanças que fazemos mundo afora acabam trazendo para nossa vida muita sabedoria, no sentido de nos fazer ver e entender muitas coisas.

Em certa medida, é possível afirmar que Dom Quixote confiava que ele próprio fazia jus a esse ensinamento, uma vez que passou seus dias e suas noites dedicado à leitura de variados tipos de livros, embora sua maior predileção recaísse sobre as histórias da cavalaria andante. Por volta dos cinquenta anos, quando já seria considerado um idoso e, ao mesmo tempo, já teria acumulado um grande repertório de leitura, decide sair pelo mundo com o firme propósito de colocar em prática os princípios que regiam a cavalaria, acreditando que, não apenas as histórias de cavaleiros eram verdadeiras, isto é, que elas eram relatos históricos e não ficcionais, mas também, e sobretudo, acreditando que ele próprio teria a capacidade e o poder de corrigir e transformar o mundo. Acredita, portanto, que ao longo dos anos teria adquirido e acumulado a sabedoria própria daquele que leu muito e que, quando decide fazer suas andanças pelos campos, já dispunha da sabedoria suficiente para atuar como um legítimo cavaleiro.

Ao me referir desse modo a Dom Quixote — como alguém que tem ideias tão engenhosas —, posso deixar parecer que ele teria sido um personagem histórico, quando, na realidade, tudo foi construído por seu autor, Cervantes. Digo isso muito embora, cá entre nós, seja bem provável que o próprio Cervantes também estivesse plenamente convencido da verdade que guarda o provérbio proferido por seu personagem: "aquele que lê muito e anda muito, vê muito e sabe muito". Se verificarmos os poucos registros de que dispomos sobre sua biografia, é fácil constatar que sua história de vida sempre esteve permeada pelas letras e, ao mesmo tempo, por muitas andanças. No entanto, Cervantes não tinha o propósito de endireitar o mundo como seu personagem, e sim o de compor um livro capaz de questionar a fundo tudo o que um livro pressupunha, tudo o que hoje classificamos como elementos que compõem a literatura, isto é: as histórias em si, a forma como elas são contadas, o modo como se apresenta o narrador, o autor, as condições de leitura, o leitor, a circulação dos livros, a impressão dos mesmos, sua eventual tradução, enfim, todos esses itens que se integram na estruturação de uma obra.

Embora não se tenha registros sobre os estudos regulares que Cervantes teria feito, é possível afirmar que ele reuniu uma vasta cultura literária e, mais do que isso, deve ter pensado muito — não apenas nas histórias que leu, mas também na forma como elas eram narradas. Em meio a tudo isso, em sua juventude passou cinco anos na Itália e outros cinco como cativo em Argel. Circulou bastante pela Espanha e passou pelo menos dois meses em Portugal. Ou seja, como sentencia seu próprio personagem, além de ler muito, ele próprio teria andado muito...

Um retrato

Ao contrário do que ocorre com alguns escritores do mesmo período, Cervantes praticamente não deixou registros que dessem margem a conclusões sobre sua biografia. Além de narrativas em prosa, poesias e obras de teatro, não deixou escritos que evidenciassem traços biográficos e tampouco definições que dessem pistas mais precisas acerca de suas orientações poéticas como o fez, por exemplo, Lope de Vega que, em 1609, publica *Arte nuevo de hacer comedias* (Nova arte de fazer comédias) — uma sistematização de princípios de composição poética e representação cênica do que então se entendia como sendo a comédia nacional. Tampouco deixou cartas ou polêmicas travadas com poetas contemporâneos, como ocorreu com Luis de Góngora, que manteve substanciosa correspondência com alguns de seus detratores. Cervantes não abriu espaço para esse tipo de especulação, apesar de alguns biógrafos ávidos por conclusões sentenciosas ensaiarem cruzamentos às vezes imaginários entre vida e produção artística. O que o autor do *Quixote* nos deixou, no entanto, é decisivo: uma obra em prosa e em poesia que narra histórias nunca antes imaginadas, repleta de indagações e controvérsias sobre o modo de ser — num sentido amplo — do que hoje entendemos por literatura.

O DOM QUIXOTE DE MIGUEL DE CERVANTES: O LEITOR E A LEITURA

Apesar da dedicação de estudiosos empenhados ao longo dos séculos na busca por documentos que deslindem aspectos da vida de Cervantes, sua biografia ainda traz hiatos. Nem sequer pode ser considerado autêntico seu retrato mais difundido, aquele em que se estampa um rosto iluminado de linhas alongadas e olhar profundo, nariz fino e levemente adunco, boca pequena encoberta em parte por um espesso bigode que se prolonga e se confunde com a barba e o cavanhaque, arrematado por um protuberante colarinho pregueado. Na verdade, a autoria do retrato foi atribuída a Juan de Jáuregui, pintor e poeta famoso sevilhano, provavelmente amigo de Cervantes. No entanto, ao que parece, a suposta obra de Jáuregui teria desaparecido, restando apenas uma cópia, hoje conservada na Real Academia Espanhola, em Madri. Assim, até mesmo o retrato do autor do *Quixote*, que ficou impresso em muitas páginas, paira no horizonte das incertezas, tanto no que diz respeito à autenticidade do retratista quanto às verdadeiras feições do retratado. O que se conserva, no entanto, é seu autorretrato em tom irônico, que integra o prólogo das *Novelas exemplares*, uma coletânea de narrativas publicada em 1613.

A leitura nos tempos de Cervantes

A primeira parte do *Quixote* foi publicada em janeiro de 1605, ou seja, no início do século XVII, o que nos faz considerar que a obra se situa no meio-dia espanhol, isto é, entre o século XVI, em que muitas coisas floresceram em diversos setores da vida social, econômica, política e religiosa, e no despertar do XVII, quando se assiste a um progressivo processo de retração. Assim, a obra de Cervantes — e em particular o *Quixote* — ainda usufrui dos estímulos expansionistas do XVI, embora já se ressinta de um inexorável processo de mudança.

É importante ter em conta que a imprensa foi inventada em meados do século XV, no entanto, é ao longo do século XVI que, na Espanha, a possibilidade de imprimir livros atinge um desenvolvimento bem mais expressivo. Graças à imprensa, muitas obras são editadas no decorrer do século, inclusive os livros de cavalaria, um tipo de narrativa que passa a ter uma intensa circulação em terras ibéricas. Essas obras vão cultivando um apreço especial do público, que se encanta com os enredos fantasiosos de amores e aventuras. Muitos outros tipos de livros também passam a ser impressos graças ao dinamismo que as letras adquirem ao longo do século, muito embora ainda não houvesse uma distinção clara entre os gêneros. Por exemplo, não se distinguia muito bem um relato histórico de um relato ficcional, e como se sabe, essa fronteira imprecisa acaba sendo crucial para Dom Quixote, que, antes de qualquer coisa, é leitor, embora queira ser personagem, mais precisamente, um cavaleiro andante.

DOM QUIXOTE

Além dessa relativa indefinição quanto aos gêneros, havia uma censura tremenda à publicação de livros, uma vez que a monarquia espanhola era a grande aliada da Inquisição. Qualquer ação que pudesse sugerir a presença de alguma ideia considerada adversa à Contrarreforma seria duramente punida. A Península Ibérica, como se sabe, acatou integralmente as decisões do Concílio de Trento, realizado entre 1545 e 1563, em Trento, na Itália. Nessa reunião da cúpula da Igreja Católica, tratou-se de adotar uma série de medidas para combater ferrenhamente a entrada de todo e qualquer pensamento advindo da Reforma Protestante no mundo católico europeu, além da histórica perseguição aos judeus e aos muçulmanos. E, certamente, os livros, fossem eles baseados em relatos históricos ou ficcionais, assim como as representações dramáticas, tão difundidas na época, acabaram sendo alvos constantes da vigilância monárquica como modo de preservar fielmente os princípios contrarreformistas e inquisitoriais. Como se diz, em tom jocoso, a Espanha nessa época era mais católica que o Papa.

Com o exemplar do *Quixote* em mãos é fácil constatar esse controle que a coroa espanhola exerce sobre a publicação de livros. Ao folhear as primeiras páginas, vemos em primeiro lugar os dados bibliográficos da obra e o privilégio concedido ao editor; em segundo, a taxa, isto é, o número de cadernos e o valor de venda correspondente a cada exemplar; em terceiro, o testemunho das erratas, isto é, a certificação da plena correspondência entre o original e a obra publicada; em quarto, o privilégio real que concede à obra o direito de publicação, tal qual o original, pelo período de dez anos; e por último, a dedicatória, um gesto de oferecimento da obra feito pelo autor, na expectativa de um possível reconhecimento, de preferência monetário, o que, aliás, não ocorre com Cervantes em relação ao Duque de Béjar. Todas as obras deveriam passar por um processo igual de controle e censura, no entanto, a pirataria já era um fato naqueles tempos.

Quando Juan de la Cuesta publica a primeira parte do *Quixote*, em janeiro de 1605, aparece, no mesmo ano, uma edição pirata em Lisboa e outra em Valência. Ainda em 1605, o mesmo editor publica uma segunda edição e, em 1608, uma terceira. Em 1607 é publicada uma edição em Bruxelas e, em 1610, em Milão. Em 1612 é publicada a primeira tradução inglesa e, em 1614, a primeira francesa, dando início à extensa e constante série de traduções do *Quixote*, que vão do Oriente ao Ocidente, do hemisfério Norte ao Sul.

Esse notável sucesso editorial em seus primeiros anos de existência nos faz pensar em quem seria o seu leitor, já que o número de analfabetos era muito elevado e, para piorar, os livros custavam caro. Não havia um empenho da monarquia no sentido de implementar uma política educacional na criação de escolas e centros de alfabetização, no entanto, grande parte das pessoas se envolvia com as mais diversas narrativas divulgadas, na maior parte das vezes, por meio da leitura oral dirigida a um grupo de ouvintes formado espontaneamente. Desse modo, a própria obra de Cervantes, como de outros autores da época, acabava sendo conhecida por muitos, embora fossem poucos os indivíduos alfabetizados. Podemos constatar a encenação dessa prática no próprio *Quixote,* quando, na estalagem de Juan Palomeque, o padre se põe a ler a novela do "Curioso impertinente", nos capítulos 33, 34 e 35, para o grupo de viajantes e frequentadores que lá se encontravam.

É curioso observar como Cervantes estava atento às práticas letradas e não letradas da época, e como atribuiu valor tanto às histórias orais, introduzindo na obra os inúmeros relatos narrados por Sancho e por outros personagens, quanto aos textos escritos dos quais o padre e o barbeiro são grandes conhecedores. Sua narrativa, na realidade, tem como eixo central a história de um grande leitor, Alonso Quijano, que um dia decide se converter em personagem, dando, assim, sentido a sua existência, com a perspectiva de consertar o mundo, sem se dar conta de que a loucura estava se apropriando de suas ideias.

A narrativa cervantina acaba estabelecendo com o leitor laços de extrema simpatia, deixando marcas indeléveis que convertem sua escritura em momentos primorosos de reflexão e entretenimento. No prólogo às *Novelas exemplares,* como quem trata de situar o lugar que ocupa a leitura em meio à correria do dia a dia, diz Cervantes: "nem sempre se está nos templos; nem sempre se ocupam os oratórios; nem sempre se lida com negócios, por mais importantes que sejam. Há horas de recreação, para que o espírito aflito descanse."[3] Que estas páginas sirvam, caro leitor, como uma porta aberta para a leitura do *Quixote.*

MARIA AUGUSTA DA COSTA VIEIRA é professora titular de Literatura Espanhola na Universidade de São Paulo. Obteve o Prêmio Jabuti em 2013 com *A narrativa engenhosa de Miguel de Cervantes* (Edusp/Fapesp).

---

3. CERVANTES, Miguel de. *Novelas exemplares.* Trad. de Ernani Ssó. São Paulo: Cosac Naify, 2005, p. 34. No original: "[...] no siempre se está en los templos; no siempre se ocupan los oratorios; no siempre se asiste a los negocios, por calificados que sean. Horas hay de recreación donde el afligido espíritu descanse." (CERVANTES, Miguel de. Prólogo al lector. In:_____. *Novelas ejemplares.* Ed. de Jorge García López. Barcelona: Editorial Crítica, 2001, p. 18).

Virgílio Dias, 2024

O avesso e o direito da tapeçaria: considerações sobre este louvável exercício de traduzir[1]

por Paula Renata de Araújo e Silvia Massimini Felix

Ocupado leitor:

Em tempos como os nossos, em que são escassos os momentos nos quais não estamos conectados ou absorvidos pelo cotidiano frenético, ter em mãos uma obra literária escrita para um "desocupado leitor" exige uma mudança de frequência. Cervantes nos convida a explorar este continente desprovidos de grandiosas intenções; estamos diante da história de outro leitor e, nesse terreno da ambiguidade, da polifonia e do humor nos encontramos todos na mesma condição de nosso cavaleiro.

Dentro da tradição cervantina de diálogo com o leitor, queremos contar que traduzir *Dom Quixote* convocou em nós, em partes iguais, entusiasmo e responsabilidade. Embora tenha nos dado algum trabalho, hoje, ao escrever este posfácio, só nos lembramos do deleite. Permita-nos parodiar Cervantes e dizer com toda a sinceridade que nenhum trabalho foi maior do que fazer este texto que você está lendo agora. Pois, ao contrário de Cervantes, que se via às voltas com os protocolos da época, nós, com mais entusiasmo que formalidades, temos a quixotesca tarefa de, nesta breve oportunidade, compartilhar com você, leitor ocupado, o que nos fez empreender esta tradução quando já estávamos tão familiarizadas com o *Dom Quixote* e, ao mesmo tempo, conscientes de que traduzir uma obra universal implica sobretudo conservar sempre olhos de principiante.

Em função dos mais de vinte anos em que nos dedicamos ao estudo da obra cervantina, sabíamos dispor de boas ferramentas para efetuar esse percurso. No entanto,

---

1. Nossa tradução tem como texto-fonte a edição virtual do Dom Quixote do Instituto Cervantes (disponível em: https://cvc.cervantes.es/literatura/clasicos/quijote), uma edição crítica preparada pelos mais insignes especialistas cervantinos e que conta com inúmeros estudos e notas explicativas. As notas da presente tradução se baseiam em grande medida nos textos complementares e de apoio da edição original mencionada, e também na edição comemorativa do quarto centenário da obra, realizada pela Real Academia Española, com edição e notas do crítico Francisco Rico.

DOM QUIXOTE

isso também fez com que nos sentíssemos mais responsáveis. A obra de Cervantes foi nosso objeto de estudo desde sempre, e nossa vida acadêmica cresceu ao redor dela. Entre mestrado, doutorado, congressos, grupos de estudo, traduções e aulas tivemos o privilégio de nos aprofundar no universo da literatura espanhola do chamado Século de Ouro, período em que a Espanha se consolidou como uma das principais potências mundiais, graças à sua expansão colonial nas Américas e à influência política e militar na Europa. Essa prosperidade econômica e política criou um ambiente propício para seu desenvolvimento cultural e artístico; é desse período que provêm outros gigantes como Velázquez, Góngora e Lope de Vega.

Conhecer os "bastidores" do *Dom Quixote* — sua genealogia, sua recepção em diversos contextos — nos levou a ter uma grande clareza dos caminhos a percorrer durante a tradução. Em algum momento do segundo volume do *Quixote*, nosso cavaleiro afirma que as traduções são como as "tapeçarias flamengas olhadas pelo avesso",[2] em que se enxergam as figuras, mas também os nós e os arremates, e acreditamos que essa metáfora seja parcialmente útil para ilustrar que nossa tradução pode ser também uma tapeçaria, só que contemplada de ambos os lados. Desse modo, o processo tradutório ganha novos desafios, porém o resultado tende a ser singular.

Traduzir a língua de Cervantes

Embora língua e literatura sejam inseparáveis, assim como língua e cultura, para esta tradução nos organizava de algum modo contemplá-las em uma visão mais dual. Pensar no espanhol como a "língua de Cervantes", em um primeiro momento, pode remeter o leitor a um modo afetivo de chamar o idioma, assim como chamamos o português de "língua de Camões", ou o italiano de "língua de Dante". No entanto, é preciso matizar que, dentro de seu contexto, Cervantes tinha um ideal de língua muito particular. O escritor é herdeiro de tendências que começaram a ser difundidas por toda a Europa a partir do humanismo renascentista: a valorização das línguas faladas regionalmente em contraponto ao latim, unida a uma busca por naturalidade na escrita. Um século antes do *Dom Quixote*, quando Antonio de Nebrija publicou a primeira gramática da língua espanhola, em 1492, o estudo da gramática como área de conhecimento estivera até então reservado ao latim e ao grego, já que as línguas neolatinas contavam com pouco prestígio e eram relegadas apenas ao uso doméstico. E é aí que está a originalidade e, por que não, a ousadia da tarefa de Nebrija no campo dos estudos gramaticais, quando ele eleva o idioma ao patamar de ser estudado e analisado.

---

2. *Dom Quixote de La Mancha*, capítulo 42, Livro II (tradução nossa).

O AVESSO E O DIREITO DA TAPEÇARIA

Cervantes iria, porém, ainda mais longe na busca dessa escrita "natural", desse espanhol eficaz e envolvente que parece tão espontâneo. Parece, mas não o é. É preciso levar em conta a complexidade subjacente ao conceito de naturalidade na escrita de Cervantes, tendo em conta que a aparente simplicidade e espontaneidade dos textos desse período na verdade resultavam de um processo deliberado e calculado. A ideia de *escribo como hablo* ("escrevo como falo") está enraizada na tradição da retórica clássica e é retomada por Juan de Valdés em *Diálogo de la lengua*,[3] composto em 1535, livro que pondera a melhor maneira de escrever e falar a língua espanhola. Assim, na esteira de humanistas como Juan de Valdés e Juan Luis Vives, com sua *Arte retórica*[4] é que Cervantes cria uma linguagem literária própria, na qual prefere a simplicidade à afetação. Desse modo, ao traduzir o espanhol do século XVII, foi importante considerar o ideal de língua espanhola de Cervantes, que era uma língua viva, com a fluência e a naturalidade da fala popular, porém extremamente calculada, sem qualquer espontaneidade.

Ao traduzir o texto de Cervantes, procuramos preservar a principal característica dessa língua que estava em processo de construção, mas que ao mesmo tempo buscava obter um status de prestígio, tudo isso orquestrado por preceptivas poéticas e retóricas específicas; essa característica é a variedade. Tentamos, assim, variar nossas soluções de tradução, em busca de uma linguagem simples que acompanhasse o estilo cervantino, porém com certa rigidez em relação aos anacronismos, já que, embora Cervantes outorgue toda essa espontaneidade à sua narrativa, o texto não deixa de ter mais de quatrocentos anos.

Todo esse cálculo permite que nosso autor transite com desenvoltura pela fala erudita de Dom Quixote e pela popular Sancho, em seu permanente diálogo. Permite-lhe buscar uma linguagem pouco afetada e ao mesmo tempo fazer emergir de maneira consequente e sistemática uma enorme quantidade de arcaísmos e afetações na linguagem de seu protagonista. Permite-lhe exagerar os ditados na boca de Sancho e parodiar outras linguagens presentes nos gêneros literários contemporâneos a ele, como a dos malandros da picaresca. A fala de seus personagens é tão rica e flexível quanto eram os registros linguísticos dos espanhóis daquela época. Desse modo, a naturalidade é a virtude essencial de qualquer diálogo dentro da obra: nela, o biscainho fala com interferência de seu idioma materno, com erros de espanhol; os condenados às galés usam gírias incompreensíveis; e as rebuscadas falas de Dom Quixote muitas vezes não estão ali para ser amplamente compreendidas por seus interlocutores e, talvez, nem mesmo por nós leitores, já que grande parte do humor brota desses momentos de transe cavaleiresco de nosso protagonista.

Por outro lado, toda essa variedade pretendida por Cervantes fez com que diversas edições e até traduções tomassem a liberdade de corrigir certos erros e hipotéticos

---

3. VALDÉS, Juan de. *Diálogo de la lengua*. Madri: Espasa-Calpe, 1976.
4. VIVES, Juan Luis. *El arte retórica*. Madri: Anthropos Editorial, 1998.

descuidos do escritor. Afortunadamente diversos estudos evidenciaram que muitas dessas características, tais como repetições, cacofonias, lapsos e pleonasmos são usos da língua da época, que em maior ou menor grau eram peculiaridades estilísticas a serviço de uma maior expressividade ou de uma intenção humorística. Assim, o leitor pode ficar em paz com as pequenas "falhas" que encontrar pelo caminho. Do mesmo modo, as formas de tratamento sofrem por vezes oscilações, que não se enquadram em deslizes da linguagem coloquial da época, e sim demonstram estados de ânimo, como quando Dom Quixote, em diversas ocasiões, se enfurece com Sancho, modificando o registro de sua fala.[5]

Para Cervantes nada é acidental, tudo joga a serviço da variedade e naturalidade. Até mesmo a loucura do protagonista funciona como um recurso que permite ao autor inserir em sua obra um tipo de discurso muito específico e nada aleatório. Em seus estudos sobre as dimensões da loucura na obra de Cervantes, Ana Souza[6] discute a importância que esse recurso teve no âmbito da literatura erudita do período, propiciando várias obras de caráter filosófico e satírico, que se apoiam nela para a criação de uma linguagem jocosa. Dentre as obras que seguem esse caminho, destaca-se o *Elogio da loucura* (1511), de Erasmo de Rotterdam,[7] que utiliza a loucura como um artifício literário para criticar os desatinos da sociedade. Sua obra é uma sátira que mostra a loucura como faceta essencial da vida humana e, embora tenha sido parcialmente censurada pela Inquisição na Espanha, a maioria dos críticos reconhece sua influência na obra de diversos escritores, incluindo Cervantes.[8] Erasmo distingue dois tipos de loucura: um negativo, associado a doenças patológicas e males sociais, e outro positivo, que alivia a alma e traz felicidade. Essa visão da loucura como uma força vital e positiva está presente no *Dom Quixote*, influenciando a maneira como Cervantes constrói os desatinos de seu protagonista e os efeitos dessa loucura em seu discurso e em outros personagens da obra.

Inclusive é importante observar que a naturalidade com a qual os demais personagens lidam com o cavaleiro enlouquecido não é artificial, e sim reproduz o que ocorria socialmente naquele momento. Os loucos que apresentavam uma loucura saudável encontravam-se relativamente integrados à sociedade.[9] Por essa razão, não é à toa que

---

5.   Para ampliar as informações sobre esse tema, ver: SILVA, Rosemeire. *Ingenuidade e perspicácia. Sancho Pança no mundo cavaleiresco de Dom Quixote*. São Paulo: Universidade de São Paulo, 2000 [dissertação de mestrado].
6.   SOUZA, Ana Aparecida Teixeira de. *Dimensões da loucura nas obras de Miguel de Cervantes e Lima Barreto: Don Quijote de La Mancha e Triste fim de Policarpo Quaresma*. São Paulo: Universidade de São Paulo, 2009 [dissertação de mestrado].
7.   ROTTERDAM, Erasmo de. *Elogio da loucura*. São Paulo: Martins Fontes, 2019.
8.   Vários críticos do século xx, como Menéndez Pelayo, Américo Castro e Marcel Bataillon, apontam a influência significativa do pensamento erasmista na obra de Cervantes. Eles argumentam que o *Elogio da loucura* inspirou elementos centrais da narrativa de *Dom Quixote*, incluindo a natureza da loucura do protagonista e a crítica social presente na obra. Antonio Vilanova e outros reforçam essa visão, sugerindo que Cervantes se inspirou na obra de Erasmo tanto para a construção de Dom Quixote quanto para a de Sancho Pança. Cf. SOUZA, *op. cit.*, p. 129–30.
9.   Essa imagem do louco, incorporada no âmbito social, aparece em outra obra de Cervantes, em uma de suas *Novelas exemplares* (1613), "O licenciado Vidriera".

O AVESSO E O DIREITO DA TAPEÇARIA

Dom Quixote, mesmo tomado pela loucura, pode realizar, na companhia de Sancho, sua andança cavaleiresca pelas terras espanholas — La Mancha, Aragão e Catalunha —, sem ser condenado, e sim divertindo muitas das personagens com as quais se encontra.

Quando Dom Quixote entra no transe de cavaleiro andante e exagera em sua linguagem afetada, ou quando Sancho utiliza ditados aos borbotões, quem se deleita é o leitor.

Traduzindo uma tradução fictícia

Se levarmos a sério o que se afirma já nos primeiros capítulos do *Dom Quixote*, a obra-prima da literatura espanhola decorreria da tradução para o espanhol da *História de Dom Quixote de La Mancha* do árabe Cide Hamete Benengeli, história que, por sua vez, procederia da tradução para o árabe de "autênticos documentos manchegos". Mas, veja só o descuido, em ambos os casos os autores silenciaram o nome dos tradutores. O tema da tradução como recurso na difusão das obras ou até mesmo na comunicação entre os personagens é algo a que Cervantes faz questão de dar visibilidade, e para isso reserva um espaço estratégico em sua obra-prima, tanto no primeiro quanto no segundo volume do *Dom Quixote*.

A primeira pista está no prólogo, que é uma joia e o leitor não deve se desviar dele: Cervantes se diz padrasto do *Dom Quixote*, afirma que ele é uma espécie de filho postiço. Porém é só nos primeiros capítulos da obra que nos é revelado o motivo: segundo um dos narradores, a obra procederia de uma tradução do árabe, tradução esta que, acredite, ainda estaria em curso ao longo da obra. E o humilde tradutor, personagem que tem uma breve passagem pelo texto, além de anônimo cobra pouco pela tradução, e dele não sabemos quase nada.

Mas qual seria o propósito de Cervantes com isso? O recurso da tradução fictícia cria uma camada adicional de ficção dentro da obra, o que permite ao autor explorar temas como a veracidade, a autoria e a natureza da narração. Também permite, como tradutoras, que nos embrenhemos nessa teia de perspectivas com uma pitada de ousadia, como se de algum modo Cervantes esperasse por nossa tradução para compor tal quadro. A nossa e todas as que vieram e virão, já que o autor, nos primeiros capítulos do segundo volume da obra, em 1615, faz com que um personagem chamado Sansão Carrasco anuncie ao nosso cavaleiro:

> Bem haja Cide Hamete Benengeli, que deixou escrita a história de vossas grandezas, e duas vezes bem haja o curioso que teve o cuidado de traduzi-las do árabe para nosso vulgar castelhano, para o entretenimento universal das gentes. [...] tenho para mim que hoje estão impressos mais de doze mil livros da tal história:

DOM QUIXOTE

se não, que o digam Portugal, Barcelona e Valência, onde foram impressos, e ainda corre o boato de que está sendo impresso na Antuérpia; e está claro para mim que não há de haver nação ou língua onde não seja traduzido.[10]

Proféticas, as palavras desse personagem, apenas dez anos após a publicação do primeiro volume, se tornaram rapidamente realidade e o *Dom Quixote* que o leitor tem em mãos não só vem sendo traduzido há pelo menos quatro séculos, como é um dos livros mais traduzidos do mundo.

A relação do *Dom Quixote* com o tema da tradução é uma questão prolífica que se manifesta em vários planos: o recurso da tradução fictícia ajuda a criar um distanciamento que atrai a atenção do leitor sobre o problema da representação literária da história, o contraponto ao ideal aristotélico[11] de cisão entre o poeta e o historiador. A dicotomia entre ficção e realidade é um problema que aparece na essência da obra. Nosso cavaleiro confunde o literário com o histórico, fantasia com a realidade, e esse é ponto de partida de suas aventuras. Por outro lado, através dessa ficção editorial e do jogo com seus narradores, a obra exemplifica tal dicotomia em sua própria estrutura narrativa. O leitor acaba envolvido em uma reflexão sobre os conceitos de ficção, poesia, história, realidade e verdade. Há uma integração temática total e profunda entre um protagonista que apaga os limites entre a vida e a literatura e uma narração que joga e teoriza sobre a mesma dicotomia.

Ter essa consciência durante a tradução nos possibilitou trabalhar para não romper o equilíbrio entre os narradores e as perspectivas, bem como a sutil literaturização de certos debates inerentes à poética da narrativa desse período. Não nos esqueçamos que o gênero narrativo estava "em reforma" nesse período, e o fato de o *Dom Quixote* ser considerado o primeiro romance moderno implica também que apresente uma dinâmica e uma fluência na escrita muito específicas, com o uso de diversos recursos estilísticos que buscamos não alterar.

As verdadeiras traduções do *Dom Quixote*

Deixando um pouco de lado o tema da tradução fictícia, voltemos agora à questão das traduções verdadeiras da obra. Para isso, a primeira fonte que temos é a própria

---

10. *Dom Quixote de La Mancha*, capítulo 3, Livro II (tradução nossa). Quando o segundo volume do *Dom Quixote* foi impresso, em 1615, o primeiro (de 1605) contava ao menos com nove edições, mas não havia conhecimento de nenhuma edição em Barcelona antes de 1617, nem na Antuérpia antes de 1673. Oudin a traduzira para o francês em 1614; Shelton, para o inglês, em 1612.

11. Aristóteles estabeleceu em sua *Poética* uma série de novidades essenciais que marcaram a maneira com a qual a tradição ocidental pensaria a ficção durante os séculos posteriores.

O AVESSO E O DIREITO DA TAPEÇARIA

continuação do *Dom Quixote*, seu segundo volume, em que o personagem Sansão Carrasco afirma que a obra foi traduzida para o castelhano para "entretenimento universal". As palavras do personagem saltam a quarta parede tanto no aspecto da existência de traduções naquele período quanto no que concerne ao seu caráter universal, considerando que o *Quixote* é hoje um fenômeno global, com difusão amplíssima.

Pensando em como se iniciaram as edições em português, a primeira tradução, publicada em Lisboa em 1794, foi anônima e surpreendentemente tardia em comparação com outras línguas, além de não incluir os textos preliminares do original. A segunda tradução, de 1876–78, foi iniciada por António Feliciano de Castilho, continuada pelo visconde de Azevedo e concluída por Manuel Pinheiro Chagas, sendo conhecida como Castilho-Azevedo-Chagas; trata-se da primeira versão publicada no Brasil, em 1898. A terceira tradução foi feita pelo visconde de Benalcanfor em 1877–78, seguida por uma quarta tradução em 1888–89, levada a cabo por José Carcomo, todas em Portugal. Em 1952, surgiu a primeira tradução para o português do Brasil, elaborada por Almir de Andrade e Milton Amado, que se tornou a segunda mais reeditada no Brasil, inaugurando aqui a tradição iniciada em Portugal de traduzir o *Dom Quixote* em dupla.[12] Estamos orgulhosas de perpetuar essa tradição, agora com uma dupla de tradutoras, as primeiras mulheres a traduzir a obra para nosso português do Brasil.

E por último, mas não menos importante, queremos compartilhar aquilo que norteou nossa tradução, que foi o resgate do humor, e por que foi preciso resgatá-lo. *Dom Quixote* foi escrito sobretudo como uma obra cômica, porém a distância no tempo e as mudanças culturais afetam inevitavelmente a percepção de uma obra. O humor é especialmente perecível, pois está muito unido às circunstâncias que o engendraram. E quanto mais sofisticado, mais efêmero. Além disso, nosso desafio se via ampliado pelas camadas de leitura romântica vertidas sobre a obra, que a levaram a ser lida muitas vezes anacronicamente, na chave do herói romântico, sonhador e marcado pela melancolia — quando, na verdade, existem muitos caminhos de leitura.

Cada leitor, como diz nosso autor no prólogo, é livre para construir sua leitura da obra. Porém, é preciso lê-la. Esqueça tudo o que leu ou escutou sobre o livro. Há um filósofo espanhol, Fernando Savater, que inclusive dá algumas instruções sobre como "esquecer o *Dom Quixote*",[13] considerando que esta é uma obra sem dúvida muito discutida, difundida, mas pouco lida ainda. São tantas as camadas, as discussões sobre a obra, que poucos se atreveram a lê-la por inteiro. Então, como diria Savater, é preciso ler para esquecer, ler para construir nosso próprio percurso como leitores.

Desejamos que você, estimado leitor, tenha tido um percurso de leitura tão belo quanto foi nossa jornada de tradução.

---

12. COBELO, Silvia. "A tradução tardia do Quixote em Portugal". *Tradterm*, v. 16, p. 193–216, 2011.
13. SAVATER, Fernando. *Instrucciones para olvidar el Quijote y otros ensayos generales*. Madri: Taurus, 1985.

PAULA RENATA DE ARAÚJO é bacharel e licenciada em Letras (português e espanhol) pela Universidade de São Paulo. É mestre e doutora na área de Língua Espanhola e Literaturas Espanhola e Hispano-americana na mesma universidade, tendo realizado parte de sua pesquisa na Universidade Complutense de Madri. Atua no ensino e pesquisa em língua e literatura espanhola há mais de 20 anos, com especial interesse pelos temas relacionados à tradução e à adaptação de obras literárias. É membra do conselho diretor da Asociación Internacional de Cervantistas.

SILVIA MASSIMINI FELIX é formada em Língua e Literatura Espanhola e Italiana pela Universidade de São Paulo, e mestre em Literatura Espanhola pela mesma instituição, com uma dissertação cujo objetivo foi traduzir e analisar duas novelas exemplares de Cervantes. Nos últimos anos, vem se dedicando à tradução de escritoras contemporâneas latino-americanas, e sempre se impressiona como as obras que traduz dialogam, de uma forma ou outra, com *Dom Quixote*.

Felipe González Rojas, 1887

Autor desconhecido, 1620

Ilustrar, ler, traduzir, interpretar o *Dom Quixote*: o poder da imagem[1]

por José Manuel Lucía Megías

Sempre se ilustraram livros, antes e depois do *Dom Quixote*. Dos pergaminhos romanos aos códices medievais, das "bíblias para pobres" às magníficas xilogravuras dos incunábulos, das calcogravuras que fizeram sucesso no século XVI aos mil métodos tecnológicos dos quais a imprensa industrial se valeu para oferecer livros cada vez mais sofisticados a partir do século XIX, sem esquecer as novas possibilidades que a tecnologia digital pôs nas mãos dos editores nos últimos tempos. Mudanças tecnológicas que levaram a transformações — e até revoluções — nas formas de acesso e difusão da informação.

A expansão da leitura e da escrita desde o século XVI até nossos dias permitiu que fossem experimentadas mil possibilidades na relação entre texto e imagem. E todas elas contam com um exemplo no livro *Dom Quixote*, nas milhares de edições impressas da obra desde as primeiras publicadas em Madri em 1605 e 1615, nos dois textos do *Dom Quixote* idealizados por Miguel de Cervantes — o ponto de partida do romance moderno, conforme a leitura dos escritores ingleses e alemães do século XVIII.

A evolução da imprensa, desde sua constituição como uma das mais importantes indústrias culturais do Ocidente (século XVI) até sua consolidação em um determinado modelo de negócio no século XIX, com a explosão industrial — e sua decadência no século XXI —, foi parte integrante da relação particular da imagem com o texto, que vai desde a mera ilustração (e embelezamento) das aventuras narradas até a interpretação mais particular de um artista e sua maneira característica de compreender e refletir o mundo. O livro nem sempre foi ilustrado da mesma forma e nunca foi feito com as mesmas funções. Uma viagem emocionante, um percurso que podemos fazer de mãos dadas com as milhares de ilustrações que tomaram como ponto de partida o *Dom Quixote* e com os milhares de quadros ou desenhos que o interpretaram ao longo de todo esse tempo. Tanto no interior das edições em que se difundiu a obra (em espanhol e, sobretudo, nas primeiras traduções que dela

---

1. Com tradução de Paula Renata de Araújo e Silvia Massimini Felix.

foram feitas) como em imagens soltas, que enchiam de beleza e de leituras as paredes dos salões e gabinetes de milhões de casas em todo o mundo.

Antes do *Dom Quixote* já se ilustravam livros, e eles continuaram a ser ilustrados depois do *Dom Quixote*. Mas não há nenhuma obra como o *Dom Quixote* que permita, graças às suas ilustrações, ter um panorama completo do que aconteceu nos últimos quatrocentos anos na relação entre texto e imagem. São milhares de ilustrações que mostram a riqueza dos matizes dos artistas e dos projetos editoriais que abordaram as aventuras quixotescas em seu três primeiros séculos de difusão.

Nas páginas seguintes, vamos nos limitar a esboçar quatro caminhos neste complexo e rico panorama iconográfico, um guia para animar os leitores a continuar perambulando e se aprofundando na complexa rede de interpretações da recepção do *Dom Quixote*, que o fez passar de um livro de cavalaria de sucesso no século XVII para se estabelecer simplesmente como a obra de ficção mais influente do mundo ocidental.

Ilustrar o *Dom Quixote:* as primeiras saídas à "praça pública"

"A esta hora, apareceu na praça o Cavaleiro da Triste Figura Dom Quixote de La Mancha, tão natural e exatamente da forma como é retratado em seu livro que foi um enorme prazer vê-lo."[2] Com essas palavras, um anônimo cronista narra o momento em que Dom Quixote e outros personagens de Cervantes fazem sua aparição (teatral) em terras americanas. Estamos em 1607, em Pausa, uma cidade mineira do Peru prestes a celebrar com uma grande festa o anúncio da nomeação do novo vice-rei na pessoa do marquês de Montesclaros. À surpresa pela data e o lugar da difusão do *Dom Quixote*, uma tão próxima e outro tão distante dos de sua primeira edição, somam-se os detalhes das cenas cavaleirescas vividas naquele pequeno povoado do Vice-Reino do Peru, graças à imaginação e às leituras de seu corregedor. Os livros de cavalaria ainda seguem vivos em ambos os lados do Atlântico.

Dez dias antes das festividades, havia sido disposta uma placa na praça, para que todos os cavaleiros que quisessem participar do torneio pudessem fazê-lo. Nove nomes aparecerão inscritos, todos relacionados a personagens de livros de cavalaria: "O Cavaleiro Venturoso, o da Triste Figura, o Forte Bradaleón, Belflorán, o Cavaleiro Antártico de Luzisor, o Duvidoso Furibundo, o Cavaleiro da Selva, o da Gruta Escura e o Galán de Contumeliano". Todos eles, dez dias depois, se apresentam na praça ataviados com seus

---

2.   LUCÍA MEGÍAS, José Manuel; VARGAS DÍAZ-TOLEDO, Aurelio. *Don Quijote en América*: Pausa, 1607 (facsímil y edición). Edición. "Relación de las fiestas que se selebraron en la corte de Pausa", Literatura: teoría, historia y crítica, n. 7, 2005, p. 203–244.

trajes, acompanhados de suas fantasias e com seus cognomes e insígnias bem visíveis, para deleite de tantas damas e cavalheiros que ali se reuniram. Sem querer (ou querendo), todos estavam se convertendo em personagens de um particular (e único) livro de cavalarias; eram protagonistas de uma daquelas cenas que tanto desejavam escutar quando se lia em voz alta um texto cavaleiresco, naquelas leituras públicas que pareciam encurtar as horas e reduzir a nada as milhas que os separavam da Espanha. A aparição do Cavaleiro da Triste Figura (na verdade, um cavaleiro de Córdoba que respondia pelo nome de Luís de Galves) foi saudada com aplausos e risadas:

> Vinha cavaleiro em um cavalo magro, muito parecido com seu Rocinante, com umas meias antigas e uma cota muito enferrujada, capacete com muitas penas de galo, gola de doze avos, e a máscara muito de acordo com o que representava. Vinha acompanhado pelo Padre e pelo Barbeiro nos trajes próprios de escudeiro e infanta Micomicona de que fala sua crônica, e de seu leal escudeiro Sancho Pança, graciosamente vestido, cavaleiro em seu asno albardado e com seus alforjes bem providos e o elmo de Mambrino.

Todos os presentes reconheceram imediatamente os personagens cervantinos; bastava mostrar alguns objetos, já convertidos em símbolos (como um rocim magro ou uma bacia de barbeiro), e a relação entre o cavaleiro real e o fictício estava garantida, assim como o riso; sobretudo quando o cavaleiro de La Mancha se dirige a todos com seu *mote* particular:

> Sou o audaz dom Quixo-
> E embora desgraça-,
> Forte, bravo e arrisca-.

E entre gargalhadas se apresentou o texto do *Dom Quixote* aos seus leitores em 1605: um livro de cavalarias de entretenimento que havia convertido o humor em centro de sua fábula. Entretenimento que, como Cervantes bem soube escrever com palavras nascidas da boca do cônego de Toledo, deve ser acompanhado de ensino (capítulo 47), resgatando assim um dos princípios de *Los cuatro libros de Amadís de Gaula* [Os quatro livros de Amadis de Gaula], segundo a reescritura realizada no fim do século XV por Garci Rodríguez de Montalvo a partir de um texto medieval. Com essa proposta nasce um novo gênero, o da "história fingida", que conhecemos com o nome de "livros de cavalaria". Cervantes, no fim do século XVI, resgata essa primeira proposta programática e, "com delicadeza de estilo e com engenhosa invenção", conseguiu compor um "tecido de vários belos fios trançados", cuja leitura e compreensão foram se ampliando e enriquecendo ao longo dos séculos. E da mesma forma que Garci Rodríguez de Montalvo, que a partir de um texto medieval do *Amadís de Gaula* foi capaz de lançar as bases de um novo gênero narrativo (os livros de cavalaria), também Cervantes fará o mesmo, a partir dessa proposta cavaleiresca, com seu *Dom Quixote*, lançando as bases do romance moderno.

Para compreender a estreita relação entre o *Dom Quixote* e o imaginário cavaleiresco, basta se deter na primeira das representações de Dom Quixote e Sancho Pança que conservamos, que põe imagens aos desfiles vistos em Dassau em 1613 para celebrar o batismo de Johan Georg II, da Casa da Saxônia (impresso em Leipzig em 1614, pode ser consultado no Banco de Imágenes del Quijote: 1605–1915).[3]

Como acontecerá com tantas celebrações cortesãs do momento, Dom Quixote e Sancho serão representados e sairão à praça pública como mais um cavaleiro andante... um dos melhores, para ser mais preciso. Serão quatro gravuras desenhadas e gravadas pelo artista alemão Andreas Bretschneider, nas quais se representa detalhadamente o desfile cavaleiresco que tem como protagonista o Cavaleiro da Triste Figura; na primeira imagem aparecem "O anão", "O padre" e "O barbeiro"; atrás, na segunda, "A sem-par Dulcineia del Toboso" e "O engenhoso fidalgo Dom Quixote de La Mancha, cavaleiro da Triste Figura"; para aumentar a hilaridade deste curioso desfile, pode ser que na época um homem tivesse encarnado a figura de Dulcineia, que, sem dúvida, pode ser qualificada como "sem-par"; na terceira, foram desenhados "Sancho Pança Scudiero Don Quixote" e a "Linda Maritornes", com uma representação cômica semelhante à da princesa de La Mancha; e por último, encerrando o cortejo, encontramos uma carroça, na qual dois bois puxam um castelo tal como Dom Quixote o imaginaria em suas primeiras saídas, e de sua torre emerge um novo anão/porqueiro com sua trombeta, transformando em imagem o que haviam sido as palavras seguintes no capítulo 2 da parte I.

A partir desse primeiro imaginário — diretamente ligado à representação cavaleiresca que incide sobre o gênero literário que o viu nascer e com o qual seus primeiros leitores o relacionam —, pouco a pouco o *Dom Quixote* será carregado de uma simbologia própria, de seus próprios elementos característicos e simbólicos, como a bacia do barbeiro e os moinhos de vento, que são testemunhos de sua loucura, do elemento cômico que pretende realçar, como acontece com a primeira imagem que aparecerá na França: a capa da tradução de Rosset do segundo volume do *Dom Quixote*, publicada em Paris em 1618 e retomada e aprimorada na edição inglesa de 1620, que difunde a tradução ao inglês do segundo volume feita por Shelton.[4]

---

3. Veja em: https://www.cervantesvirtual.com/portales/quijote_banco_imagenes_qbi/.
4. A capa da edição inglesa de 1620 foi reproduzida na abertura deste posfácio. A imagem que nela aparece tem como modelo a gravura da edição francesa de 1618, que é considerada a primeira imagem específica do cavaleiro e seu escudeiro.

No panorama das primeiras ilustrações do *Dom Quixote*, devemos destacar as cinco gravuras anônimas que foram impressas a partir da tradução alemã de apenas 22 capítulos na gráfica Matías Götzen de Frankfurt, e as 31 imagens que se difundiram em Paris em meados do século XVII, realizadas, em sua maior parte, pelo desenhista e gravador Lagniet, a partir dos desenhos de Jérôme David. Algumas das imagens de Jérôme David foram reproduzidas nesta edição.[5]

Ler o *Dom Quixote* em imagens: os modelos iconográficos (séculos XVII–XVIII)

No conjunto das edições ilustradas do *Dom Quixote* dos séculos XVII e XVIII, identificamos quatro modelos iconográficos, dos quais, neste momento, daremos apenas algumas pequenas pinceladas, a fim de que o leitor conte com os dados necessários para compreender como a evolução na leitura do *Dom Quixote* em seus dois primeiros séculos de difusão também foi feita de mãos dadas com suas ilustrações, espelho das mudanças culturais que a Europa viverá neste período, muitas delas reproduzidas nesta edição.

a. O modelo holandês: o Dom Quixote como um livro de cavalarias de entretenimento

Para além das já referidas primeiras ilustrações de *Dom Quixote*, tanto em frontispícios (1618 e 1620) e versões parciais (1648) como em gravuras soltas (1650), temos de penetrar na florescente (e prestigiosa) indústria editorial flamenga para encontrar o primeiro modelo iconográfico do *Dom Quixote*, que batizamos de "modelo holandês", o primeiro programa iconográfico que propõe, na escolha de seus motivos e no momento particular de especificar uma imagem, uma determinada leitura, uma determinada forma de se aprofundar nos conteúdos da obra. A proposta de autoridade deste modelo, o mais bem-sucedido e extenso de todos os que identificamos, dado que as suas cópias e reformulações duraram até o fim do século XVIII, é concretizada em duas edições: a publicada em holandês em 1657 por Jacobo Savry em Dordrecht e, sobretudo, a que Juan Mommarte concluiu em Bruxelas em 1662, esta última em espanhol. Em ambas, encontramos um conjunto de 26 gravuras (24 lâminas e dois frontispícios), que serão ampliadas para 34 na edição que os Verdussem publicarão na Antuérpia entre 1672 e 1673.

Há um elemento burlesco (e talvez até carnavalesco) mais do que evidente nesse modelo iconográfico. Mas sua referência deve ser buscada no gênero narrativo em que o

---

5. As informações sobre as artes presentes nesta edição podem ser consultadas no índice iconográfico incluído após este posfácio. [N. de E.]

DOM QUIXOTE

Dom Quixote foi forjado e divulgado em seu primeiro século de difusão: os livros de cavalarias de entretenimento. Como livro de cavalarias o *Dom Quixote* foi impresso em 1605 e como livro de cavalarias continuou a ser lido em meados do século. O impressor holandês Juan Mommarte dedica sua reedição do *Dom Quixote* de 1662 ao "muito ilustre sr. dom Antonio Fernández de Córdova, cavaleiro do Hábito de Santiago…". Na epístola dedicatória, oferece uma imagem clara de sua recepção contemporânea: o *Dom Quixote* é um texto que supera todos os outros "inventado apenas para passar o tempo na ociosidade", embora, como o impressor reconhece, seja menor em sua matéria "porque é um romance de cavalarias, todo escárnio dos antigos e entretenimento dos que virão".

Dom Quixote como um livro de cavalarias de entretenimento que, ao mesmo tempo em que provoca risos, ensina a "desprezar as presunções e a arrogância", encarnadas em seu protagonista. Um livro de cavalarias que faz sucesso tanto na Espanha ("que se orgulha de ser séria") como no resto da Europa ("lido com aplausos e celebrado com aclamação universal"), pelo que se tornou, graças a uma feliz metáfora, o "livro que mais vezes suou na impressão".

b. O modelo francês: das caricaturas de Coypel ao Dom Quixote cortesão

Enquanto o modelo iconográfico holandês se manterá durante dois séculos, com suas cópias, imitações e reelaborações, dominando a imagem do *Dom Quixote* como livro de entretenimento, como livro popular sobretudo na Espanha graças ao que é conhecido como *Quijote de surtido* [Dom Quixote variado],[6] o século XVIII testemunhará três novos modelos iconográficos que abrirão a obra de Cervantes a novos âmbitos de recepção, a novas leituras. É o que acontece com a primeira dessas propostas: aquela que se aproveitará da autoridade de um pintor da corte francesa: Charles-Antoine Coypel. Desde 1718, o pintor francês preparou um total de 28 caricaturas para sua posterior transformação em linhas e cores nas tapeçarias da Manufatura dos Gibelinos de Paris. O novo espaço de divulgação das aventuras cavaleirescas de Dom Quixote impunha uma nova linguagem iconográfica: os salões nobres e os surpreendentes jardins de Versalhes serão reunidos nas imagens agora imaginadas e depois admiradas. O *Dom Quixote*, sem deixar de ser uma obra humorística, torna-se cortesão nos grandes salões franceses, cujos nobres compravam incessantemente tapeçarias baseadas nas caricaturas de Coypel: até 1790 foram vendidas 240 no total. De 1724 a 1736, o próprio Coypel estará por trás da impressão de conjuntos de gravuras soltas de grande formato a partir de suas caricaturas, gravadas

---

6. Trata-se de um tipo de edição de qualidade inferior ao primeiro modelo (edições de formato in-oitavo com calcogravuras), impressa em formato in-quarto, usando papel mais barato e xilogravuras, que se tornou bastante popular na Espanha, sendo amplamente difundida. [N. de T.]

ILUSTRAR, LER, TRADUZIR, INTERPRETAR O DOM QUIXOTE

pelos mais célebres mestres de sua época, e que serão um dos produtos editoriais quixotescos mais reconhecidos e imitados de todo o século XVIII e parte do século XIX; imagens que em 1746 se transformam em excelentes gravuras em uma das mais curiosas e interessantes edições do *Dom Quixote*: *Las principales aventures de l'admirable Don Quichotte*, impressa em Haia por Pierre de Hondt, tanto em francês como em holandês.

c. O modelo inglês: o Dom Quixote como sátira moral

Se o modelo cortesão francês se baseia em um imaginário inicialmente pensado para decorar as paredes dos palácios nobiliários da época, o modelo inglês nasce com uma proposta de autoridade editorial muito específica: a edição que os irmãos Tonson imprimem em Londres em 1738 financiada por lorde Carteret, que é composta por quatro volumes em quarto maior,[7] adornados com 68 gravuras grandes, cujos desenhos foram feitos por John Vanderbank e que deixaram de fora (parcialmente) as imagens de outro dos grandes artistas ingleses da época: o satírico William Hogarth, que tentou em vão entrar furtivamente e participar desta imponente aventura editorial. Quatro anos depois, é impressa em dois volumes a tradução para o inglês, feita por Charles Jarvis, que incluirá o mesmo número de gravuras. O pintor Vanderbank dedicou boa parte da vida a transformar seus próprios desenhos em pinturas a óleo, que hoje estão dispersas em coleções públicas e particulares.

Lorde Carteret concebeu um novo modelo de edição que supõe uma nova leitura da obra: uma edição de luxo para uma "sátira moral". Tanto as imagens — cujos temas foram escolhidos e serão explicados na introdução de Juan Oldfield — quanto a análise do *Dom Quixote* realizada por Gregorio Mayans y Siscar no início da obra, na primeira biografia de Cervantes publicada, procuram distanciar o *Quixote* da leitura cavaleiresca do século anterior para transformá-lo em um modelo de sátira, dentro desse novo modelo literário que os escritores ingleses do momento procuravam, e que encontrarão em Cervantes o autor digno de ser imitado.

d. O modelo espanhol: a canonização do Dom Quixote

No prólogo que a Real Academia Espanhola (RAE) inclui no início de sua edição de 1780, que Joaquín Ibarra imprimiu em sua oficina de Madri, fica evidente desde as primeiras linhas o novo âmbito de difusão da obra:

---

7. Termo usado para descrever um formato específico de livro, menor que o formato "fólio" (em que uma folha é dobrada uma única vez para formar duas páginas), e maior que o formato "quarto" comum (em que a folha é dobrada duas vezes para formar quatro páginas): as folhas em quarto medem em geral 26 centímetros, enquanto as "em quarto maior" têm de 27 a 30 centímetros. [N. de T.]

DOM QUIXOTE

> Quem conhece o mérito desta obra e sabe apreciar a pureza, a elegância e a cultura de sua linguagem, não se surpreenderá que um órgão, cujo principal objetivo é cultivar e promover o estudo da língua espanhola, tenha decidido publicar um dos melhores textos e modelos dela: sobretudo quando, entre tantas edições que foram feitas do *Dom Quixote* dentro e fora do reino, é possível dizer verdadeiramente que não há nenhuma que não apresente defeitos substanciais (parte I, p. 10).

A edição da RAE de 1780 nasce com o desejo de oferecer um "novo" texto do *Dom Quixote*, um texto corrigido, livre dos erros que foram sendo acumulados em sua transmissão. Em outras palavras: a edição que inaugura este modelo iconográfico não pretende exatamente oferecer um "novo" livro de luxo (embora o tenha sido tanto na época quanto hoje), mas sim apresentar uma leitura canônica do texto cervantino, agora completamente afastado do gênero cavaleiresco em que foi forjado. Uma leitura que se concentra em sua finalidade (sátira moral), na qualidade literária de seu autor (como Vicente de los Ríos se dedica a demonstrar em seu estudo introdutório) e, sobretudo, pretende devolver a Castela e La Mancha o imaginário de suas gravuras, de suas imagens. Assim, os diferentes artistas convocados para ilustrar a obra (coordenados pela Real Academia de San Fernando) têm não só "indicações" do conteúdo de cada uma das gravuras, mas também as portas abertas do arsenal real para copiar as verdadeiras armas de época e um conjunto de pequenos bustos para que todos os personagens principais — independente do criador das gravuras — tivessem a mesma fisionomia. O *Quixote* se torna então um "romance realista" *avant la lettre*.[8]

Este modelo iconográfico, com suas múltiplas reedições, muitas delas em formato menor para adaptá-lo a outros públicos, triunfou em grande parte da Europa no início do século XVIII graças ao fato de a proposta de autoridade editorial ter sido respaldada pela Real Academia Espanhola.

Quatro leituras, quatro formas de abordagem do *Dom Quixote* que se baseiam em prólogos, em estudos anteriores, em comentários na imprensa, mas também em imagens, naquelas imagens em que o artista segue os ditames de uma interpretação externa, como acontece, sobretudo, nas influentes edições de 1738 e 1780. Nada será igual no século XIX, quando o *Dom Quixote* puder elevar-se acima de uma única interpretação, de uma única leitura.

---

8. Expressão francesa que significa "antes da letra" ou "antes de ser chamado assim". É empregada para se referir a algo que existia ou acontecia antes de um termo ou conceito ser formalmente definido ou popularizado. [N. de T.]

Traduzir *Dom Quixote* em imagens: de Gustave Doré (1863) a José Jiménez Aranda (1905–08), terminando com Urrabieta Vierge (1906)

Nada será igual a partir do século XIX. Nada é igual depois do triunfo da imprensa como meio de comunicação, da melhoria das comunicações, da alfabetização em massa da população e do acesso à leitura — e em menor medida à escrita — para as mulheres. A Europa continua a acreditar que é o centro do mundo e é a partir dela que a industrialização é promovida, que também verá modificados os modos de produção e distribuição de informação e conhecimento.

É o momento de triunfo da imprensa industrial.

É hora de pensar numa edição do *Dom Quixote* na qual a imagem dialogue com o texto, traduzindo-o em imagens. Entre 1836 e 1837, foram publicados em Paris os dois volumes de uma nova tradução do *Dom Quixote* para o francês, assinada por Louis Viardot, o que seria um dos grandes sucessos editoriais de todo o século. A obra, graças aos avanços na impressão, será acompanhada por 760 gravuras, todas desenhadas pelo cartunista francês Tony Johannot. Pode-se dizer que não há episódio, não há personagem, não há detalhe que não tenha passado pelo lápis do artista para ser transformado em imagem. Um *Dom Quixote* que se lê em imagens, que não baseia sua leitura na escolha de alguns episódios, na forma peculiar de representá-los. A imagem oferece um "novo texto iconográfico", uma verdadeira tradução da obra de Cervantes.

Em 1863, a Librairie de L'Hachette publicou *L'Ingénieux Hidalgo Don Quichotte de la Manche par Michel de Cervantes Saavedra. Traduction de Louis Viardot, avec les dessins de Gustave Doré gravés par H. Pisan.* [O engenhoso fidalgo Dom Quixote de La Mancha, de Miguel de Cervantes Saavedra. Tradução de Louis Viardot, com desenhos de Gustave Doré gravados por H. Pisan]. Dois volumes magníficos em edição de luxo, com programa iconográfico composto por 377 imagens, gravadas por Héliodore Pisan. Gustave Doré já era um renomado ilustrador de livros quando se aproximou da obra de Cervantes, um dos projetos editoriais que vieram a consagrá-lo na época. Antes de 1863, ele ilustrou Rabelais (1854), Balzac (1861), Dante (1861, 1868), Perrault (1862) e Burger [*Aventuras do Barão de Münchausen* na versão de Gautier] (1862); e depois do *Dom Quixote* ilustrou a Bíblia (1866), Milton (1866), La Fontaine (1867), Tennyson (1867–1868), Coleridge (1876) e Ariosto (1879). Uma obra imensa. Uma obra surpreendente. Uma obra única, pois está destinada a conseguir o impossível: tornar-se o modelo iconográfico mais difundido do *Dom Quixote*.

O *Dom Quixote* por Doré pode ser considerado o maior expoente de uma das funções da ilustração: a tradução do texto cervantino para uma nova linguagem, que é a das imagens. Desta forma, o *Dom Quixote* só pode ser "lido" a partir de suas imagens, a partir da tradução particular da obra retratada em suas gravuras, cabeçalhos e ornamentos,

DOM QUIXOTE

independentemente de qualquer letra, seja em espanhol ou em qualquer outro idioma das mais de 140 variedades linguísticas para as quais a brilhante obra de Cervantes foi traduzida em seus mais de quatrocentos anos de sucesso. George Sand foi uma das primeiras leitoras da tradução de Doré que conseguiu perceber a dimensão brilhante desta nova leitura e registrou-a em uma carta que enviou a Doré em 31 de dezembro de 1863:

> Senhor,
>
> Passei duas noites olhando a ilustração do *Dom Quixote* e quero lhe contar o enorme prazer que experimentei. Já estava maravilhada com quase todos os temas dos *Contos de Fadas*, e o *Dante*, que só consegui folhear de passagem, pareceu-me soberbo, mas o *Dom Quixote* que agora possuo, e que tenho seguido até o conhecer de cor, parece-me uma obra de arte. Que imaginação forte e encantadora o senhor tem! Que vida, que sentimento dos homens e de seus pensamentos, das coisas e de suas expressões! Admiro-o de todo o coração e devo-lhe não apenas alguns momentos doces, mas uma impressão profunda e duradoura que está associada em mim ao aparecimento e ao significado da obra-prima de Cervantes. Aqui está uma tradução elevada, encantadora e muito fiel, porque é ao mesmo tempo cômica e dolorosa, angustiante e bufona, e as paisagens, e a arquitetura, e os costumes e os detalhes de toda espécie, incluindo os cardos, incluindo os trapos, incluindo as galinhas, tudo exala talento, humor e drama.[9]

O pintor José Jiménez Aranda (1837–1903) passou parte de sua vida entre pincéis, tintas e lápis imaginando as aventuras de Dom Quixote e Sancho Pança. As centenas de desenhos preparatórios, a enorme quantidade de pinturas a óleo e, sobretudo, a ideia de criar uma edição "só com imagens" do *Dom Quixote*, para comemorar o terceiro centenário de sua publicação, são uma boa prova disso. "Ele sempre pintou e desenhou o *Dom Quixote*. Como jovem iniciante; quando ganhou reputação e quando os louros o consagraram; em sua ausência, ou melhor, na saudade da pátria; quando regressou e, por fim, quando novamente estabelecido em Sevilha, em seus últimos anos, pôde dedicar-se quase inteiramente à ideia de toda a sua vida: fazer um *Dom Quixote* em desenhos", assim relata seu amigo José Ramón Mélida no início da edição de 1905. É uma pena que, como outros ilustradores do *Dom Quixote*, tenha sido surpreendido pela morte antes de ver sua

---

9. FLAUBERT, Gustave. *Correspondance*. Paris: Garnier, 1984.

obra concluída. Entre 1905 e 1908 foram impressos em Madri os oito volumes do que é conhecido como "*Dom Quixote* do Centenário". Os primeiros quatro volumes foram dedicados ao texto e os demais às ilustrações. Ali, 689 placas levam a assinatura de José Jiménez Aranda, e as restantes 111 foram realizadas por outros tantos artistas, dentre os quais se destacam os pintores Joaquín Sorolla e José Moreno Carbonero, que já tinham uma proximidade com a ilustração do *Dom Quixote* em 1898 (Barcelona, Seix Barral).

E se falarmos de obsessão — de loucura quixotesca —, não poderemos esquecer o nome do pintor e desenhista Daniel Urrabieta Vierge, que desde que publicou em Londres sua edição inglesa do *Dom Quixote* com 260 desenhos, por volta de 1901 ou 1902, tornou-se um dos mais copiados e imitados desde o início do século, tanto em Nova York (1906–07) quanto na Espanha (Barcelona, Salvat, 1916). Em Urrabieta Vierge encontramos algumas das características que destacamos em alguns ilustradores do século XIX: a paixão pelo texto de Cervantes, que acaba por fazer parte de sua própria vida, e a necessidade de conhecer as terras espanholas antes de se propor a ilustrar suas paisagens e seus personagens. Um caldeirão de tradições. Uma magnífica ponte para a proliferação de leituras pessoais no século XX. O ponto de chegada de nossa seleção. O ponto de partida para novas leituras, para novas aventuras editoriais.

Ilustrações que já não têm a intenção de "ler" *Dom Quixote*, cuja interpretação já está consolidada no imaginário coletivo; ilustrações que se apresentam como um diálogo particular entre o artista e suas aventuras, diálogo muito semelhante ao estabelecido pelo tradutor com o texto original. Um diálogo sempre surpreendente. Um diálogo necessário.

Interpretar o *Dom Quixote* em imagens: as leituras mais pessoais

São dezenas de artistas — centenas, quase ousamos dizer — que se aproximaram do *Dom Quixote* durante os séculos XIX e XX. J. Alaminos, Ricardo Balaca, Frank Brangwyn, José Carbonero, Walter Crane, Luis Ferrant, Gustave Fraipont, J. J. Grandville, Arthur B. Houghton, J. H. Jurres, Adolphe Lalauze, W. Marstrand, Apeles Mestres, Célestin Nanteuil, Jaime Pahissa, Josep-Lluís Pellicer, Bartolomeo Pinelli, Ricardo de los Ríos, José Rivelles, William H. Robinson, George Roux, Adolph Schrödter, A. Seriñá, Robert Smirke, Joaquín Sorolla, Staal, Thomas Stothard, William Strang, Salvador Tusell, Richard Westall, Jules Worms, Eusebio Zarza ou Édouard Zier; e, dentre os mais modernos, Portinari, Roberto Páez, Enrique Herreros ou Miguel Rep. Alguns deles foram selecionados para ilustrar esta nova tradução do *Dom Quixote*.

Todos eles, com seu estilo peculiar, com uma liberdade diferente em cada uma das propostas editoriais de que participaram, compartilham um mesmo impulso criativo: a leitura mais pessoal da obra cervantina.

DOM QUIXOTE

O *Dom Quixote* não precisa mais ser lido, interpretado, traduzido. O *Dom Quixote* deve agora ser questionado. O artista — tal como o cervantista, o pesquisador ou o leitor — procura respostas às suas questões no texto. Para aqueles de seu tempo. Para aqueles de seu mundo. Respostas particulares que o artista capta em linhas e cores de uma forma original, inovadora e única. Diante de tiragens milionárias que a imprensa industrial trouxe, é chegado o momento do triunfo do livro artístico, das tiragens limitadas e especiais, que fazem as delícias dos bibliófilos de ontem (e dos livreiros de hoje), de apostar em inovações e nas vanguardas, que abrirão caminho nas primeiras décadas do século xx. E tudo isto terá como pano de fundo o *Dom Quixote*; o livro popular, as edições destinadas ao público infantil e juvenil (que na França e na Inglaterra serão repletas de imagens desde muito cedo) coexistirão com as edições de luxo; as tiragens milionárias com os exemplares (quase) únicos; as ilustrações mais comerciais com as propostas mais pessoais.

Um caso excepcional é o de Honoré Daumier, que nunca ilustrou nenhuma edição do *Dom Quixote*, mas que dedicou 29 pinturas a óleo e 41 desenhos aos nossos personagens e suas aventuras, muitos deles publicados nas revistas ilustradas da época e em tiragens avulsas. Dialogar com o *Dom Quixote* fora de uma edição permite a Daumier maior liberdade na escolha de cenas, que, em seu pincel ou lápis, parecem momentos roubados do texto. Cenas que parecem estar sempre em construção, pela metade, como a própria interpretação da obra. As figuras de Dom Quixote e Sancho em busca de aventura, o fidalgo de La Mancha lendo livros de cavalaria, ou diferentes cenas na Serra Morena, protagonizadas pela mula morta, são alguns dos temas mais recorrentes em sua obra.

"Neste momento estou relendo *Dom Quixote*. Que livro gigantesco! Existe algo mais bonito?", escreveu Flaubert a George Sand em fevereiro de 1869. Alguns anos antes, em 22 de novembro de 1852, para ser mais exato, em uma carta enviada a Louise Colet, ele relembrou suas leituras semanais, com destaque para o *Dom Quixote*, e mais uma vez a hipérbole e o entusiasmo constituem as linhas principais de sua análise:

> Quanto à leitura, nunca paro de ler Rabelais, e aos domingos o *Dom Quixote*, com Bouilhet. Que livros esmagadores! Eles crescem à medida que você olha para eles, como as pirâmides, e você quase acaba ficando com medo. O que há de prodigioso no *Dom Quixote* é a ausência de arte e essa fusão perpétua de ilusão e realidade que o torna um livro tão cômico e poético. Perto dele, que minúsculos se tornam todos os outros! Como nos sentimos pequenos, meu Deus! Tão pequenos![10]

10. FLAUBERT, Gustave. *Correspondance*. Paris: Garnier, 1984.

ILUSTRAR, LER, TRADUZIR, INTERPRETAR O DOM QUIXOTE

E isso é escrito, sentido, confessado por ninguém menos que Gustave Flaubert, o romancista que levou o romance moderno aos seus limites no século XIX, aquela proposta narrativa que começa com o próprio *Dom Quixote*, com a leitura ambiciosa e exploratória do *Dom Quixote* culminada por escritores ingleses e alemães dos séculos XVII e XVIII.

De peculiar livro de cavalaria, contraponto aos livros de entretenimento de cavalaria que ainda triunfavam no início do século XVII, *Dom Quixote* tornou-se a ficção mais influente de nossa cultura ocidental. Uma jornada emocionante de abrir caminhos e transitar por formas de leitura em que as imagens também têm desempenhado um papel. Um papel protagonista na hora de ilustrar, ler, traduzir e interpretar a obra.

JOSÉ MANUEL LUCÍA MEGÍAS é professor titular da Universidade Complutense de Madri e presidente de honra da Asociación de Cervantistas. É também diretor do Banco de Imágenes del Quijote (1605–1915) e da Red de Ciudades Cervantinas.

Índice iconográfico

Armando Romanelli
2016, Brasil
Coleção particular
Capa

Armando Romanelli
2005, Brasil
Coleção particular
páginas 8–9

Bartolomé Maura y Montaner
1880–1883, Espanha
26,8 x 19,6 cm
Banco de Imágenes del Quijote
página 2

Gustave Doré e H. Pisan
1863, França
24,6 x 19,6 cm
Banco de Imágenes del Quijote
página 18

Adriana Coppio
2024, Brasil
50 x 40 cm
Coleção particular
página 4

Candido Portinari
1956, Brasil
40 x 32 cm
Painel a lápis de cor / cartão
Acervo do Projeto Portinari
página 44

593

Henry Liverseege e J. E. Coombs
1834, Inglaterra
20,4 x 16,8 cm
Banco de Imágenes del Quijote
página 49

Walter Crane
1900, Inglaterra
17,2 x 12,1 cm
Banco de Imágenes del Quijote
página 51

Charles-Antoine Coypel e Louis de Surugue
1724–1736, França
14,2 x 13,4 cm
Banco de Imágenes del Quijote
página 53

Ricardo Balaca
1880–1883, Espanha
20,7 x 28,2 cm
Banco de Imágenes del Quijote
página 55

Valero Iriarte
1720, Espanha
54 x 78 cm
Museu do Prado
páginas 64–65

Gustave Doré e H. Pisan
1863, França
24,4 x 19,6 cm
Banco de Imágenes del Quijote
página 67

William Strang
1902, Inglaterra
22,0 x 17,5 cm
Banco de Imágenes del Quijote
página 70

Armandino Pruneda Sainz
1994, México
101 x 75 cm
Museo Iconográfico del Quijote – Guanajuato, México
página 73

Francis Hayman e Charles Grignion
1755, Inglaterra
23,3 x 17,7 cm
Banco de Imágenes del Quijote
página 79

Antonio Quirós
1960, Espanha
150 x 120 cm
Museo Iconográfico del Quijote – Guanajuato, México
página 82

ÍNDICE ICONOGRÁFICO

 **Claudio Dantas**
2024, Brasil
Coleção particular
página 85

 **Apeles Mestres e Francisco Fusté**
1879, Espanha
18,7 x 13,4 cm
Banco de Imágenes del Quijote
página 90

 **José Moreno Carbonero**
1911, Espanha
48,5 x 67,5 cm
Pinacoteca do Estado de São Paulo
páginas 96–97

 **Arnold Belkin**
1985, Canadá-México
80 x 100 cm
Museo Iconográfico del Quijote – Guanajuato, México
página 99

 **Apeles Mestres e Francisco Fusté**
1879, Espanha
18,7 x 13,5 cm
Banco de Imágenes del Quijote
página 102

 **Agustín Celis Gutiérrez**
1970, Espanha
170 x 139 cm
Museo Iconográfico del Quijote – Guanajuato, México
página 105

 **Adolph Schrödter**
1863, Alemanha
17,5 x 14,8 cm
Banco de Imágenes del Quijote
página 108

 **Adolphe Lalauze**
1879–1884, Escócia-França
13,7 x 8,7 cm
Banco de Imágenes del Quijote
página 115

 **Candido Portinari**
1956, Brasil
28,5 x 21,5 cm
Painel a lápis de cor / cartão
Acervo do Projeto Portinari
página 120

 **W. Marstrand**
1865–1869, Alemanha-Dinamarca
14,5 x 89 cm
Banco de Imágenes del Quijote
página 125

595

DOM QUIXOTE

John Vanderbank
1730, Inglaterra
40,6 x 29,5 cm
Tate Gallery
London
página 130

Francis Hayman e Gérard Scotin
1755, Inglaterra
22,9 x 17,8 cm
Banco de Imágenes del Quijote
página 155

Daniel Urrabieta Vierge
1906–1907, Estados Unidos-Espanha
11,6 x 8,2 cm
Banco de Imágenes del Quijote
página 138

Mariana Darvenne
2024, Brasil
Acervo da artista
página 159

Pierre-Gustave Staal e Eugène Mouard
1866, França
7,9 x 6,8 cm
Banco de Imágenes del Quijote
página 140

Giulia Bianchi
2024, Brasil
Acervo da artista
páginas 164–165

Miguel Rep
2010, Argentina
Acervo do artista
página 142

William Strang
1902, Inglaterra-Escócia
19,5 x 15,2 cm
Banco de Imágenes del Quijote
página 175

Célestin F. Nanteuil e J. J. Martínez
1855, Espanha-França
16 x 11,6 cm
Banco de Imágenes del Quijote
página 149

W. Marstrand
1865–1869, Dinamarca
14,4 x 9,2 cm
Banco de Imágenes del Quijote
página 185

ÍNDICE ICONOGRÁFICO

Paul Cézanne
c. 1875, França
22,5 x 16,5 cm
Coleção particular
página 191

Carmen Parra
1990, México
48,5 x 63 cm
Museo Iconográfico
del Quijote –
Guanajuato, México
página 216

William Strang
1902, Inglaterra-
Escócia
20,6 x 16,8 cm
Banco de Imágenes
del Quijote
página 195

Francis Hayman
1765, Inglaterra
52,9 x 62,3 cm
Royal Albert
Memorial Museum
páginas 218–219

Candido Portinari
1956, Brasil
37 x 24,5 cm
Pintura a lápis de
cor / papel
Acervo do Projeto
Portinari
página 198

**Charles-Antoine
Coypel e Louis de
Surugue**
1724–1736, França
27,2 x 29,4 cm
Banco de Imágenes
del Quijote
página 222

Jérôme David
1650, França
20,5 x 17,7 cm
Banco de Imágenes
del Quijote
página 207

Virgílio Dias
2024, Brasil
Coleção particular
página 230

**Apeles Mestres e
Francisco Fusté**
1879, Espanha
18,9 x 13,2 cm
Banco de Imágenes
del Quijote
página 213

Virgílio Dias
2024, Brasil
Coleção particular
página 238

Honoré Daumier
1866–1868, França
29,5 x 45 cm
Oskar Reinhart
Collection 'Am
Römerholz'
página 240

Robert Blyth
1782, Escócia
44,5 x 37,5 cm
Scottish National
Gallery Of
Modern Art
página 273

Honoré Daumier
1867, França
132,5 x 54,5 cm
Musée d'Orsay
página 245

Susano Correia
Brasil, 2024
Coleção particular
página 281

Miguel Rep
2010, Argentina
Acervo do artista
página 253

**Francisco de
Goya e Félix
Bracquemond**
1860, Espanha-
França
20,5 x 14,2 cm
Banco de Imágenes
del Quijote
página 285

**Francis Hayman
e Simon Francis
Ravenet**
1755, Inglaterra-
França
23,3 x 17,9 cm
Banco de Imágenes
del Quijote
página 258

**Francis Hayman e
Charles Grignion**
1755, Inglaterra
23,3 x 17,3 cm
Banco de Imágenes
del Quijote
página 301

Salvador Dalí
1983, Espanha
© Salvador Dalí,
Fundació Gala–
Salvador Dalí/
AUTVIS, Brasil,
2024
página 261

Ricardo Balaca
1880–1883,
Espanha
27,8 x 20,7 cm
Banco de Imágenes
del Quijote
página 315

ÍNDICE ICONOGRÁFICO

Pedro González Bolívar
1881, Espanha
100 x 88 cm
Museo del Prado
página 317

Célestin F. Nanteuil e J. J. Martínez
1855, Espanha-França
16,5 x 11,5 cm
Banco de Imágenes del Quijote
página 327

José Moreno Carbonero
1898, Espanha
10,1 x 16,4 cm
Banco de Imágenes del Quijote
páginas 334–335

Stephen Baghot de la Bere
1905, Inglaterra
13,7 x 10,7 cm
Banco de Imágenes del Quijote
página 338

Antonio Rodríguez e Bartolomé Vázquez
1797–1798, Espanha
9,3 x 5,3 cm
Banco de Imágenes del Quijote
página 345

Arthur B. Houghton e Irmãos Dalziel
1866, Inglaterra
13,9 x 10,3 cm
Banco de Imágenes del Quijote
página 349

Gustave Doré e H. Pisan
1863, França
24,6 x 19,6 cm
Banco de Imágenes del Quijote
página 351

Adolphe Lalauze
1879–1884, Escócia-França
13,0 x 9,7 cm
Banco de Imágenes del Quijote
página 358

Daniel Urrabieta Vierge
1906–1907, Estados Unidos-Espanha
17,4 x 11,3 cm
Banco de Imágenes del Quijote
página 367

Édouard Zier e Alfred Prunaire
1890, França
16,1 x 10,4 cm
Banco de Imágenes del Quijote
página 372

DOM QUIXOTE

John Vanderbank
1735, Inglaterra
41 x 31 cm
York Art Gallery
página 388

Paul Leroy e César Romagnoli
1898, França-Itália
7,8 x 5 cm
Banco de Imágenes del Quijote
página 420

Adolphe Lalauze
1879–1884, Escócia-França
13,0 x 9,4 cm
Banco de Imágenes del Quijote
página 397

Gustave Doré e H. Pisan
1863, França
24,7 x 19,7 cm
Banco de Imágenes del Quijote
página 425

Célestin F. Nanteuil e J. J. Martínez
1855, Espanha-França
15,6 x 11,6 cm
Banco de Imágenes del Quijote
página 407

Silas Vilela
2024, Brasil
Coleção particular
página 428

Miguel Rep
2010, Argentina
Acervo do artista
página 414

Gustave Doré e H. Pisan
1863, França
24,6 x 19,7 cm
Banco de Imágenes del Quijote
página 434

Raúl Anguiano
1970, México
250 x 500 cm
Museo Iconográfico del Quijote – Guanajuato, México
páginas 416–417

Célestin F. Nanteuil e J. J. Martínez
1855, Espanha-França
16,7 x 12,4 cm
Banco de Imágenes del Quijote
página 440

ÍNDICE ICONOGRÁFICO

Thomas Stothard
séc. XVIII–XIX, Inglaterra
29,2 x 26,7 cm
Banco de Imágenes del Quijote
página 445

Francis Hayman e Charles Grignion
1755, Inglaterra
23 x 17,6 cm
Banco de Imágenes del Quijote
página 478

Tony Johannot e Andrew Best Leloir
1836–1837, França
Banco de Imágenes del Quijote
página 458

Apeles Mestres e Francisco Fusté
1879, Espanha
19 x 13,5 cm
Banco de Imágenes del Quijote
página 487

Carlos Mérida
1981, Guatemala
92 x 72 cm
Museo Iconográfico del Quijote – Guanajuato, México
página 464

Rafael Hayashi
2024, Brasil
Coleção particular
página 490

José Rivelles e Tomás López Enguídanos
1819, Espanha
13 x 7,8 cm
Banco de Imágenes del Quijote
página 472

Isidro e Antonio Carnicero e José Joaquín Fabregat
1782, Espanha
13,1 x 7,4 cm
Banco de Imágenes del Quijote
página 497

Richard Westall e Charles Heath
1820, Inglaterra
8 x 6,5 cm
Banco de Imágenes del Quijote
página 477

Antonio Pérez Rubio
1887, Espanha
60 x 111 cm
Museo del Prado
páginas 500–501

601

Alfredo Zalce
1986, México
124 x 163 cm
Museo Iconográfico del Quijote – Guanajuato, México
página 508

Antonio Carnicero e Joaquín Ballester
1780, Espanha
20,6 x 14,1 cm
Banco de Imágenes del Quijote
página 529

Célestin F. Nanteuil e J. J. Martínez
1855, Espanha-França
16,5 x 11,7 cm
Banco de Imágenes del Quijote
página 515

Adolphe Lalauze
1879–1884, Escócia-França
12,9 x 9,2 cm
Banco de Imágenes del Quijote
página 533

Daniel Urrabieta Vierge
1906–1907, Estados Unidos-Espanha
7 x 9 cm
Banco de Imágenes del Quijote
página 519

Jérôme David
1650, França
19,7 x 17,9 cm
Banco de Imágenes del Quijote
página 542

Ramón Aguilar Moré
1973, Espanha
188 x 153 cm
Museo Iconográfico del Quijote – Guanajuato, México
página 523

Antonio Rodríguez Luna
1973, Espanha
200 x 350 cm
Museo Iconográfico del Quijote – Guanajuato, México
páginas 544–545

Salvador Dalí
1981, Espanha
50 x 80 cm
Museo Iconográfico del Quijote – Guanajuato, México
página 527

Miguel Rep
2010, Argentina
Acervo do artista
página 551

ÍNDICE ICONOGRÁFICO

Virgílio Dias
2024, Brasil
Acervo do artista
página 552

Felipe González Rojas
1887, Espanha
Coleção Biblioteca Virtual Miguel de Cervantes
página 577

John Hamilton Mortimer
séc. XVIII, Inglaterra
29,85 x 20,64 cm
Victoria and Albert Museum
página 560

Autor desconhecido
1620, Inglaterra
página 578

Virgílio Dias
2024, Brasil
Coleção particular
página 568

Agradecimentos

Um livro do tamanho deste *Dom Quixote* não se faz sem a ajuda de grandes amigos. Agradecemos a Caio Dias, que realizou as primeiras pesquisas de imagens, quando a ideia desta edição estava nascendo. A Victor Drummond, por todo o aconselhamento jurídico e pelo apoio na busca de novos artistas. A Ernesto Loureiro Neto, da galeria Fora de Série, conselheiro geral no que se refere às artes plásticas e a *Dom Quixote*. A Pedro Santana Jardim de Mattos, livreiro e amigo, que prestou grande auxílio na curadoria das artes, assim como Marcio Motta, o Manga, por todo o apoio na pesquisa e pela parceria de sempre. São todos integrantes da família Antofágica que foram essenciais no desenvolvimento do livro.

Quando se fala das imagens da edição, é necessário ressaltar nossa gratidão a José Manuel Lucía Megías, professor da Universidade Complutense de Madri e diretor do Banco de Imágenes del Quijote, pelo trabalho que norteou esta edição. Agradecemos também a Priscila Serejo, pela pesquisa inicial.

Aos antigos parceiros da editora, Projeto Portinari, Virgílio Dias, Claudio Dantas, Adriana Coppio, Mariana Darvenne e Giulia Bianchi, assim como aos artistas Miguel Rep, Susano Correia, Silas Vilela e Rafael Hayashi, cujas obras também ilustram o livro. Um agradecimento a Armando Romanelli e sua esposa Luci Romanelli pelas artes que representam *Dom Quixote*, inclusive a que ilustra a capa.

Às instituições AUTIVS, VEGAP e Museo Iconográfico del Quijote, esta última com ativa participação do diretor-geral Onofre Sánchez Menchero e do coordenador de museografia Ernesto Alejandro Sánchez Mendez, sempre solícito à editora.

A Daniel Lameira e Victoria Rebello, que participaram dos primeiros passos de *Dom Quixote* em Antofágica. E, por fim, às tradutoras Paula Renata de Araújo e Silvia Massimini Felix, grandes parceiras que não apenas se empenharam em verter com maestria as palavras e o estilo de Cervantes para o leitor do século XXI, como também exerceram um papel fundamental na construção deste projeto.

Dados Internacionais de Catalogação na Publicação (CIP)

S112d
Saavedra, Miguel de Cervantes

Dom Quixote / Miguel de Cervantes Saavedra; traduzido
por Silvia Massimini Felix, Paula Renata de Araújo. –
Rio de Janeiro : Antofágica, 2024. 608 p. : il.; 20 x 26cm

Título original: *El ingenioso hidalgo Don Quijote de
La Mancha*

ISBN: 978-65-80210-62-6
1. Literatura espanhola. I. Felix, Silvia Massimini.
II. Araújo, Paula Renata de. III. Título.

CDD: 840   CDU: 821.133.1

André Queiroz – CRB 4/2242

Todos os direitos desta edição reservados à

Antofágica
prefeitura@antofagica.com.br
instagram.com/antofagica
youtube.com/antofagica
Rio de Janeiro — RJ

1ª edição, 1ª reimpressão.

CÁ ENTRE NÓS, O NEGÓCIO É
DESATINAR SEM RAZÃO NENHUMA.

Motivados pela promessa de serem também nomeados governadores de uma ilha, em junho de 2025 os funcionários da Ipsis Gráfica puseram-se a trabalhar nesta impressão, composta nas fontes Wulkan, Kennerley e Cheltenham sobre papel Polén Bold 90g.